La boda de Rachel Chu

Kevin Kwan

La boda de Rachel Chu

Traducción de
Eva Carballeira
María del Mar López Gil
Jesús de la Torre

Papel certificado por el Forest Stewardship Council®

Primera edición: febrero de 2019

Copyright © 2015 Kevin Kwan
© 2019, Penguin Random House Grupo Editorial, S. A. U.
Travessera de Gràcia, 47-49. 08021 Barcelona
© 2019, Eva Carballeira, María del Mar López Gil, Jesús de la Torre, por la traducción

Printed in Spain – Impreso en España

ISBN: 978-84-9129-369-9
Depósito legal: B-28907-2018

Impreso en Rodesa, Villatuerta (Navarra)

Compuesto en MT Color & Diseño, S. L.

SL 9 3 6 9 9

Todo el mundo que de verdad importa
en *Locos, ricos y asiáticos*

NICHOLAS YOUNG: Profesor de Historia de la Universidad de Nueva York y heredero de una de las mayores fortunas de Asia. Inocentemente llevó a su novia a Singapur para la boda de su mejor amigo, sin imaginar que a ella eso le iba a fastidiar la vida. Ahora viven juntos en Manhattan, en contra de los deseos de la madre y de la abuela de Nicholas.

RACHEL CHU: Profesora de Economía estadounidense de origen chino que es ahora la envidia de todas las chicas solteras de Singapur por su relación con Nicholas.

ELEANOR YOUNG: Madre de Nicholas, con quien en la actualidad no se habla, que podría devorar unas cuantas *madres tigre* para desayunar. Divide su tiempo entre Sídney y Singapur.

SHANG SU YI: La dominante abuela de Nicholas, y matriarca de los clanes Shang y Young, vive en su palaciega mansión de Tyersall Park, en Singapur, y se niega a perdonar a Nicholas por desafiar sus deseos sobre con quién debería casarse.

ASTRID LEONG: La arrebatadoramente bella e impecablemente elegante prima de Nicholas. Es una «doble heredera», destinada a heredar por ambos lados de su aristocrática familia, y vive en Singapur con su marido, Michael Teo, magnate de la tecnología, y su hijo, Cassian.

EDISON CHENG: El extremadamente esnob primo de Hong Kong de Nicholas Young y Astrid Leong. Haciendo gala de una personalidad que ni siquiera una madre podría amar, Eddie trabaja en la banca privada pero en realidad pasa la mayor parte de su tiempo haciéndose pruebas para los trajes a medida que le confecciona su sastre.

OLIVER T'SIEN: Historiador de arte y antigüedades cuya verdadera especialidad es conocerse todos los cotilleos de las familias más importantes de Asia. Por supuesto, es también primo de Nicholas.

KITTY PONG: Antigua estrella de telenovelas de Hong Kong que rompió con Alistair Cheng y se fugó a Las Vegas para casarse con Bernard Tai, el zafio hijo *playboy* del magnate *Dato'* Tai Toh Lui.

CHARLIE WU: El primer amor de Astrid Leong, y su exprometido, es un multimillonario de la industria tecnológica que vive en Hong Kong.

GOH PEIK LIN: La mejor amiga de la universidad de Rachel Chu. Hija de una familia muy rica de Singapur dedicada al negocio inmobiliario, no tenía ni idea de que existieran familias incluso más ricas que la suya.

Para mis hermanos y primos

Londres, 8 de septiembre de 2012, 09:00 GMT

Un Ferrari 458 Italia rojo ha chocado contra el escaparate de la tienda de Jimmy Choo de Sloane Street entre las 04:00 y las 04:30 de esta madrugada. No hay testigos presenciales. Según fuentes de la Policía Metropolitana, los dos pasajeros fueron trasladados al hospital St. Mary's de Paddington y están heridos de gravedad, aunque su vida no corre peligro. El nombre del dueño del vehículo no se dará a conocer mientras se esté realizando la investigación.

SARAH LYRE, *The London Chronicle*

Prólogo

Aeropuerto Internacional de Pekín-Capital

9 de septiembre de 2012, 19:45 horas

U n momento. Yo vuelo en primera clase. Lléveme a primera —le dijo Edison Cheng, con desprecio, al auxiliar de vuelo que lo acompañaba a su asiento.

—Esto es primera clase, señor Cheng —le informó el hombre del uniforme azul marino almidonado.

—¿Y dónde están los compartimentos? —preguntó Eddie, todavía confuso.

—Señor Cheng, me temo que British Airways no tiene compartimentos privados en primera clase*. Pero si me permite mostrarle algunas de las características especiales de su asiento...

—No, no, gracias —dijo Eddie, mientras lanzaba su maletín de cuero sobre el asiento como un niño malcriado. «¡No me jodas! Los sacrificios que tengo que hacer por el banco hoy en día». Edison Cheng, el consentido «príncipe de la banca pri-

---

* Por desgracia para Eddie, solo Emirates, Etihad Airways y Singapore Airlines tienen compartimentos privados en sus Airbus A380. Emirates incluso tiene dos baños *Shower Spa* con unas lujosas duchas para los pasajeros de primera clase. (Tomad nota, miembros del Mile High Club).

vada», habitual de las páginas de sociedad de Hong Kong por su estilo de vida hedonista, su sofisticado guardarropa, su elegante esposa (Fiona), sus fotogénicos hijos y su soberbio linaje (su madre era Alexandra Young, de los Young de Singapur) no estaba acostumbrado a tales incomodidades. Cinco horas antes, habían interrumpido su almuerzo en el Hong Kong Club y le habían hecho embarcar apresuradamente en el avión privado de la empresa para ir hasta Pekín y coger a toda prisa aquel vuelo a Londres. Hacía años que no sufría la humillación de volar en una aerolínea comercial, pero la señora Bao iba en aquel maldito avión y había que adaptarse a la señora Bao.

Pero ¿dónde estaba exactamente aquella mujer? Eddie esperaba encontrarla en el asiento de al lado, pero el sobrecargo le dijo que no había nadie con aquel nombre en primera.

—No, no, se supone que debería estar aquí. ¿Puede comprobar la lista de embarque, o lo que sea? —exigió Eddie.

Minutos más tarde, lo acompañaban hasta el asiento 37E de clase turista, donde una mujer menuda con un jersey blanco de vicuña de cuello vuelto y un pantalón de vestir de franela gris se encontraba emparedada entre dos pasajeros.

—¿Señora Bao? ¿Bao Shaoyen? —preguntó Eddie, en mandarín.

La mujer levantó la vista y sonrió tímidamente.

—¿Es usted el señor Cheng?

—Sí. Me alegro de conocerla, aunque lamento que tenga que ser en estas circunstancias —dijo Eddie, mientras sonreía aliviado. Se había pasado los últimos ocho años gestionando las cuentas que los Bao tenían en diversos paraísos fiscales, pero era un clan tan hermético que hasta entonces nunca había conocido a ninguno de sus miembros. Aunque parecía bastante cansada, Bao Shaoyen era mucho más guapa de lo que había imaginado. Con la piel de alabastro, unos ojos enormes que se curvaban hacia arriba en los extremos y unos prominentes pómulos acentuados por la forma en que llevaba recogido su cabello azabache (en una cola de caballo baja), no parecía lo suficientemente mayor como para tener un hijo estudiando un máster.

—¿Qué hace aquí sentada? ¿Ha habido algún error? —preguntó Eddie, preocupado.

—No, siempre vuelo en clase turista —respondió la señora Bao.

Eddie no pudo ocultar su cara de sorpresa. El marido de la señora Bao, Bao Gaoliang, era uno de los políticos más importantes de Pekín y además había heredado una de las mayores empresas farmacéuticas de China. Los Bao no solo eran unos de sus clientes habituales, eran sus clientes con mayores ingresos.

—Solo mi hijo vuela en primera clase —le explicó Bao Shaoyen, al ver la cara de Eddie—. A Carlton le encanta la alta cocina occidental. Además, como estudiante, está sometido a mucha presión y necesita descansar todo lo posible. Pero a mí no me vale la pena. No toco la comida del avión y, de todos modos, nunca soy capaz de dormir en estos vuelos tan largos.

Eddie tuvo que esforzarse para no poner los ojos en blanco. «¡Típico de los ricos de la China continental!». No escatimaban en gastos para el emperadorcito de la casa y ellos sufrían en silencio. Y todo para nada. Se suponía que Carlton Bao, de veintitrés años, estaba en Cambridge terminando el proyecto del máster, pero en lugar de ello se había pasado la noche anterior emulando como nadie al príncipe Enrique: había sumado treinta y ocho mil libras a sus cuentas de gastos de media docena de locales nocturnos de Londres, se había cargado su nuevo Ferrari, había destrozado el mobiliario urbano y a punto había estado de matarse. Y eso ni siquiera era lo peor. Lo peor era lo que a Eddie le habían prohibido expresamente que contara a Bao Shaoyen.

Eddie se encontraba en una encrucijada. Necesitaba urgentemente repasar los planes con la señora Bao, pero habría preferido que le hicieran una colonoscopia a pasar las siguientes once horas entre la chusma de la clase turista. Por el amor de Dios, ¿y si alguien lo reconocía? Una fotografía de Edison Cheng embutido en un asiento de clase turista se volvería viral en cuestión de segundos. Aun así, Eddie admitió a regañadientes que sería indecoroso que una de las clientas más importantes de su banco se quedara allí, en tercera clase, mientras él estaba delante, repantingado en un asiento convertible en cama y bebiendo coñac de veinte años. Echó un vistazo al joven de pelo revuelto que estaba sentado a un lado de la señora Bao, inclinándose peligrosamente hacia ella, y a la anciana que se encontraba al otro lado, cortándose las uñas en la bolsa para el mareo, y se le ocurrió una solución.

—Señora Bao, sin duda estaría encantado de quedarme con usted en esta parte del avión, pero, dado que tenemos ciertos asuntos altamente confidenciales que tratar, ¿me permite que consiga un asiento para usted delante? Estoy seguro de que el banco insistiría en que me acompañara a primera clase. Nosotros correríamos con los gastos, por supuesto, y allí tendríamos más intimidad para hablar —dijo Eddie, bajando la voz.

—Bueno, supongo que... si el banco insiste... —respondió Bao Shaoyen, un tanto indecisa.

Después de despegar, cuando ya habían servido los aperitivos y ambos estaban cómodamente instalados en los suntuosos asientos tipo vaina uno enfrente del otro, Eddie puso al día a su clienta de inmediato.

—Señora Bao, me he comunicado con Londres justo antes de salir. Su hijo está estable. La cirugía para solucionar la perforación del bazo ha sido todo un éxito, y ahora el equipo de Traumatología puede tomar el relevo.

—Gracias a Dios —exclamó Bao Shaoyen suspirando, y se recostó en el asiento por primera vez.

—Ya hemos hablado con el mejor cirujano plástico de Londres, el doctor Peter Ashley, y estará en quirófano junto al equipo de Traumatología, atendiendo a su hijo.

—Mi pobre niño —dijo Bao Shaoyen, con los ojos llenos de lágrimas.

—Su hijo ha tenido mucha suerte.

—¿Y la muchacha inglesa?

—La chica sigue en quirófano. Pero estoy seguro de que se recuperará —repuso Eddie, con su sonrisa más alentadora.

Apenas treinta minutos antes, Eddie estaba en otro avión dentro de un hangar privado del Aeropuerto Internacional de Pekín-Capital, poniéndose al corriente de los detalles más escabrosos durante una reunión de emergencia convocada apresuradamente con el señor Tin, el canoso jefe de seguridad de la familia Bao, y Nigel Tomlinson, el jefe de su banco en Asia. Ambos hombres habían subido a bordo del Learjet en cuanto este había aterrizado, para apiñarse delante del ordenador portátil de Nigel mientras un socio de Londres les comunicaba las últimas noticias por videoconferencia de transmisión segura.

—Carlton acaba de salir del quirófano. Está un poco magullado, pero al ir en el asiento del conductor, con el airbag y todo eso, ha sido el que menos daños ha sufrido, la verdad. La chica inglesa, sin embargo, está en una situación delicada. Sigue en coma, le han aliviado la presión cerebral, pero es todo lo que pueden hacer por el momento.

—¿Y la otra chica? —preguntó el señor Tin, mirando con los ojos entornados la imagen pixelada de la pequeña ventana emergente.

—Nos han dicho que murió a causa del impacto.

Nigel suspiró.

—¿Y era china?

—Creemos que sí, señor.

Eddie meneó la cabeza.

—Esto es un puto marrón. Tenemos que descubrir quiénes son sus parientes más cercanos de inmediato, antes de que las autoridades se pongan en contacto con ellos.

—¿Cómo se pueden meter tres personas en un Ferrari? —preguntó Nigel.

El señor Tin hacía girar inquieto su teléfono sobre la consola de nogal lacada.

—El padre de Carlton Bao está en Canadá, en una visita de Estado con el primer ministro chino, y nada debe interrumpirlo. La señora Bao me ha ordenado que ningún tipo de escándalo llegue a sus oídos jamás. No debe enterarse de la muerte de esa chica. ¿Entendido? Hay demasiadas cosas en juego, dada su situación política. Y este es un momento especialmente delicado, ya que el gran cambio de liderazgo del partido que se produce una vez cada diez años está teniendo lugar justamente ahora.

—Claro, claro —lo tranquilizó Nigel—. Diremos que la joven blanca era su novia. En lo que respecta a su padre, solo iba una chica en el coche.

—¿Por qué tendría que enterarse el señor Bao siquiera de lo de la chica blanca? Tranquilo, señor Tin. Me he ocupado de asuntos peores relacionados con los hijos de algunos jeques —alardeó Eddie.

Nigel le lanzó a Eddie una mirada de advertencia. El banco se enorgullecía de su absoluta discreción, y allí estaba su socio chismorreando sobre otros clientes.

—Tenemos un equipo de respuesta estratégica preparado en Londres que yo dirijo personalmente, y puedo asegurarle que haremos todo lo posible para evitar que esto salga a la luz

—dijo Nigel, antes de volverse hacia Eddie—. ¿Cuánto crees que nos costará comprar el silencio de Fleet Street?

Eddie respiró hondo, mientras intentaba hacer algunos cálculos rápidos.

—No es solo la prensa. Los policías, los conductores de la ambulancia, el personal del hospital, las familias. Habrá que cerrarle la boca a un montón de gente. Yo diría que diez millones de libras, para empezar.

—Bien, en cuanto aterrices en Londres, llévate directamente a la señora Bao a la oficina. Necesitamos que firme la retirada de fondos antes de que la traslades al hospital a ver a su hijo. No sé qué vamos a decir si el señor Bao nos pregunta para qué necesitamos tanto dinero —comentó Nigel.

—Dígale que la chica necesitaba algunos órganos nuevos —sugirió el señor Tin.

—También podemos decirle que hemos tenido que pagar lo de la tienda —añadió Eddie—. Esos Jimmy Choo son caros de cojones.

Hyde Park, 2
Londres, 10 de septiembre de 2012

Eleanor Young bebió un sorbo de su té matutino, mientras elaboraba su pequeña mentirijilla. Estaba de vacaciones en Londres con tres de sus mejores amigas —Lorena Lim, Nadine Shaw y Daisy Foo— y, tras dos días con las chicas sin parar, necesitaba desesperadamente unas cuantas horas para ella. Aquel viaje era una distracción que todas precisaban urgentemente: Lorena se estaba recuperando de una alergia al bótox que le había dado un buen susto, Daisy había tenido otra pelea con su nuera por la elección de las guarderías de sus nietos y la propia Eleanor estaba deprimida porque su hijo, Nicky, llevaba más de dos años sin hablarle. Y Nadine... Bueno, Nadine estaba consternada por el estado del nuevo apartamento de su hija.

—*Alamaaaaaaak!* ¡Cincuenta millones de dólares y ni siquiera puedo tirar de la cadena! —chilló Nadine, mientras entraba en el *office*.

—¿Qué esperabas? Si todo es de alta tecnología —dijo Lorena, riéndose—. ¿Al menos el inodoro te ha ayudado a *suay kah-cherng**?

—¡No, *lah*! ¡He agitado la mano delante de todos esos estúpidos sensores una y otra vez, pero no ha pasado nada! —exclamó Nadine, antes de dejarse caer, derrotada, en un sillón ultramoderno que parecía hecho con una maraña de cuerdas enredadas de terciopelo rojo.

—No es por criticar, pero creo que el apartamento de tu hija no solo es excesivamente moderno, sino también excesivamente caro —comentó Daisy, entre mordisco y mordisco de tostada untada con algodón de cerdo.

—*Aiyah*, está pagando el nombre y la ubicación, nada más —resopló Eleanor—. Personalmente, yo hubiera elegido un piso con unas buenas vistas a Hyde Park, en lugar de al Harvey Nichols.

—¡Ya conoces a mi Francesca, *lah*! No podría importarle menos el parque. ¡Lo que quiere es quedarse dormida viendo sus grandes almacenes favoritos! Gracias a Dios que por fin se ha casado con alguien que puede pagar su descubierto —repuso Nadine, suspirando.

Las mujeres se quedaron calladas. Las cosas no habían sido fáciles para Nadine desde que su suegro, sir Ronald Shaw, había despertado tras seis años en coma y había cerrado el grifo del dinero al ver el despilfarro de su familia. A su derrochadora hija, Francesca (en su día considerada por el *Singapore Tattle* una de las cincuenta mujeres mejor vestidas), no le había sentado bien que le

---

* En hokkien, «lavarte el trasero».

pusieran un límite de presupuesto para comprar ropa, y había decidido que la mejor solución era tener una descarada aventura con Roderick Liang (de los Liang del Grupo Financiero Liang), que acababa de casarse con Lauren Lee. La alta sociedad de Singapur se había escandalizado y la abuela de Lauren, la extraordinaria señora Lee Yong Chien, había tomado represalias asegurándose de que todas las familias de rancio abolengo del Sudeste Asiático les cerraran las puertas en las narices a los Shaw y a los Liang. Al final, Roderick, cruelmente humillado, había decidido volver arrastrándose con su esposa en lugar de huir con Francesca.

Sintiéndose como una paria social, Francesca se había ido a Inglaterra y había solucionado su vida rápidamente casándose «con un iraní judío que tiene quinientos millones de dólares»[*]. Tras mudarse al número 2 de Hyde Park, el edificio de lujo obscenamente caro subvencionado por la familia real de Qatar, por fin había empezado a hablar de nuevo con su madre. Obviamente, eso había dado a las chicas una excusa para visitar a los recién casados, aunque por supuesto lo único que querían era ver el famoso apartamento y, lo más importante, disfrutar del alojamiento gratuito[**].

Mientras las mujeres discutían la agenda de compras de ese día, Eleanor soltó su mentirijilla.

—Yo no puedo ir de tiendas esta mañana. He quedado para desayunar con los Shang. Son taaaaaan aburridos. Tengo que verlos al menos una vez, ya que estoy aquí, o se sentirán tremendamente insultados.

—No deberías haberles dicho que ibas a venir —la reprendió Daisy.

---

[*] Según Cassandra Shang, alias Radio Uno Asia.

[**] Las mujeres como Eleanor preferirían acampar seis en una habitación o dormir en el suelo de un conocido lejano antes que gastarse el dinero en hoteles. Esas mismas mujeres apoquinarían sin pestañear noventa mil dólares por un «recuerdito» de perlas del Mar de la China Meridional cuando están de vacaciones.

—¡*Alamak*, sabes que Cassandra Shang lo descubriría tarde o temprano! Es como si tuviera un radar especial, y si se entera de que he estado en Inglaterra y no le he presentado mis respetos a sus padres, me lo recordará de por vida. ¿Qué le voy a hacer, *lah*? Es la maldición de estar casada con un Young —dijo Eleanor, fingiendo compadecerse de sí misma.

En realidad, aunque llevaba casada con Philip Young más de tres décadas, sus primos («los Shang imperiales», como todos los conocían) nunca habían sido corteses con ella. Si Philip hubiera estado allí, seguramente los habrían invitado a la residencia palaciega de los Shang en Surrey, o al menos a cenar en la ciudad, pero, cada vez que Eleanor iba sola a Inglaterra, los Shang permanecían callados como tumbas.

Por supuesto, hacía tiempo que Eleanor había dejado de intentar encajar en el esnob clan insular de su marido, pero mentir sobre los Shang era la única forma de evitar que sus amigas fisgonearan demasiado. Si hubiera quedado con otra persona, las *kay poh** de sus amigas seguramente habrían querido pegarse a ella como una lapa, pero el mero hecho de mencionar a los Shang las intimidaba de tal forma que evitaban hacer demasiadas preguntas.

Mientras las chicas decidían pasar la mañana probando todas las exquisiteces *gourmet* gratuitas de la famosa zona de restaurantes de Harrods, Eleanor, discretamente vestida con un elegante traje de pantalón color camel de Akris, un abrigo acampanado verde botella de Max Mara y sus características gafas de sol Cutler and Gross de montura dorada**, salió de aquel edificio pijo de Knightsbridge y caminó dos manzanas hacia el este hasta

---

* En hokkien, «chismosas» o «entrometidas».

** Eleanor, que no solía llevar ropa de diseñadores caros y se vanagloriaba constantemente de «haber empezado a cansarse de las marcas en los años setenta», conservaba unas cuantas prendas selectas que reservaba específicamente para ocasiones como aquella.

el hotel Berkeley, donde un Jaguar XJL plateado la esperaba aparcado delante de una fila de arbustos redondos perfectamente podados. Todavía preocupada por si sus amigas la estaban siguiendo, Eleanor echó un vistazo rápido a su alrededor antes de subir a aquel sedán, que se la llevó.

En Connaught Street, en Mayfair, emergió delante de una hilera de elegantes casas adosadas. Ni la fachada georgiana de ladrillo rojo y blanco, ni la brillante puerta negra revelaban lo que la esperaba al otro lado. Pulsó el botón del portero automático y una voz le respondió casi de inmediato.

—¿En qué puedo ayudarla?

—Soy Eleanor Young. Tengo una cita a las diez —dijo la mujer con un acento que, de repente, se había vuelto mucho más británico. Aún no había acabado de hablar, cuando oyó el sonido de varios cerrojos abriéndose y un hombre con unos músculos intimidantes y un traje de rayas diplomáticas abrió la puerta. Eleanor entró en un vestíbulo luminoso y austero, donde una atractiva joven estaba sentada tras un escritorio azul cobalto de Maison Jansen. La joven sonrió con dulzura.

—Buenos días, señora Young. No tardaremos ni un minuto, estamos avisando —dijo.

Eleanor asintió. Conocía bien el procedimiento. En la pared completamente negra del vestíbulo había unas puertas acristaladas con marco de acero que daban a un patio privado ajardinado, a través de las cuales pudo ver cómo un hombre calvo con traje negro cruzaba el jardín hacia ella. El portero del traje de rayas diplomáticas la acompañó hasta el hombre calvo, limitándose a decir: «La señora Young para el señor D'Abo». Eleanor se percató de que ambos llevaban sendos auriculares, apenas visibles. El tipo calvo la escoltó por el sendero cubierto por un dosel acristalado que dividía el patio en dos, pasaron por delante de unos arbustos pulcramente podados y llegaron al edificio contiguo, en ese caso un búnker ultramoderno recubierto de titanio negro y cristales tintados.

«La señora Young para el señor D'Abo», repitió el hombre a su auricular, y una nueva tanda de cerraduras de seguridad se abrieron suavemente. Tras un breve viaje en ascensor, Eleanor se sintió aliviada, por primera vez esa mañana, al entrar por fin en la sala de visitas suntuosamente amueblada del Liechtenburg Group, uno de los bancos privados más exclusivos del mundo.

Como muchos otros asiáticos de elevado poder adquisitivo, Eleanor tenía cuentas en muchas instituciones financieras diferentes. Sus padres, que habían perdido gran parte de su fortuna original cuando los encerraron en el campo de concentración de Endau durante la ocupación japonesa de Singapur en la Segunda Guerra Mundial, habían inculcado a sus hijos un mantra clave: «Nunca pongas todos los huevos en la misma cesta». Eleanor había recordado aquella lección durante las siguientes décadas, mientras amasaba su propia fortuna. No importaba que Singapur, su tierra natal, se hubiera convertido en uno de los centros financieros más seguros del mundo; Eleanor, como muchos de sus amigos, seguía teniendo su dinero repartido por diversos bancos del planeta, en lugares seguros que preferían mantenerse en el anonimato.

La cuenta del Liechtenburg Group, sin embargo, era la joya de su corona. Ellos gestionaban la mayor parte de sus activos y Peter D'Abo, su banquero privado, le proporcionaba puntualmente los intereses más elevados. Al menos una vez al año, Eleanor encontraba alguna excusa para ir a Londres, donde disfrutaba de la revisión de su cartera con Peter. Tampoco la molestaba que este se pareciera a su actor favorito, Richard Chamberlain (en la época en la que salía en *El pájaro espino*) y en más de una ocasión Eleanor se había sentado enfrente de Peter, al otro lado del escritorio de ébano de Macasar perfectamente pulido, y se lo había imaginado con un alzacuellos de cura mientras este le explicaba en qué nuevo e ingenioso chanchullo había invertido su dinero.

Eleanor comprobó el carmín de sus labios una última vez en el minúsculo espejo de la funda de seda de su barra de labios de Jim Thompson, mientras esperaba en la sala de visitas. Admiró el enorme jarrón de cristal lleno de calas moradas con sus tallos de color verde intenso retorcidos pulcramente en forma de espiral, y pensó en cuántas libras iba a retirar de la cuenta en ese viaje. El dólar de Singapur estaba mostrando una tendencia a la baja esa semana, así que sería mejor gastar más en libras por el momento. Daisy había pagado la comida del día anterior y Lorena la cena, así que le tocaba a ella invitar. Las tres habían hecho el pacto de turnarse para pagar todo en aquel viaje, conscientes de lo ajustadas que estaban las cosas para la pobre Nadine.

Las puertas de doble hoja con bordes plateados empezaron a abrirse y Eleanor se levantó, expectante. Pero en lugar de Peter D'Abo, apareció una señora china acompañada de Eddie Cheng.

—¡Dios mío, tía Elle! ¿Qué estás haciendo aquí? —le espetó Eddie, sin pensar.

Eleanor sabía, desde luego, que el sobrino de su marido trabajaba para el Liechtenburg Group, pero Eddie era el responsable de la oficina de Hong Kong y nunca habría imaginado encontrárselo allí. Había abierto la cuenta expresamente en la oficina de Londres para no correr nunca el riesgo de tropezarse con alguien conocido.

—Ah..., hola. He quedado con una amiga para desayunar —tartamudeó ella, ruborizándose. «¡*Aiyoh aiyoh aiyoh*, me han pillado!».

—Ah, sí, para el desayuno —repuso Eddie, consciente de lo rara que era aquella situación. «Cómo no, la muy zorra tiene una cuenta con nosotros».

—He llegado hace dos días. Estoy con Nadine Shaw, ya sabes, para visitar a Francesca —comentó Eleanor. «Ahora toda la puñetera familia se enterará de que tengo dinero guardado en Inglaterra».

—Ah, sí, Francesca Shaw. ¿No se había casado con un árabe? —preguntó Eddie, cortésmente. «Y a mi madre siempre le preocupa que el tío Philip no tenga suficiente para vivir. ¡Verás cuando se entere de ESTO!».

—Es un judío iraní, muy guapo. Acaban de mudarse a un piso en el número 2 de Hyde Park —respondió Eleanor. «Menos mal que es imposible que le den los dieciséis dígitos de mi cuenta».

—*Wah*, debe de ser un hombre de éxito —dijo Eddie, con fingida admiración. «Dios mío, voy a tener que interrogar a Peter D'Abo sobre su cuenta, aunque seguro que no suelta prenda, el muy estirado».

—Yo diría que de mucho éxito. Es banquero, como tú —replicó Eleanor. Se fijó en que la mujer china parecía tener prisa por irse y se preguntó quién sería. Para ser de la China continental, iba vestida de una forma muy elegante y discreta. Debía de ser una clienta importante de Eddie. Por supuesto, su sobrino estaba haciendo lo correcto al no presentársela. «¿Qué hacían aquellos dos en Londres?».

—Bueno, espero que disfrutes del desayuno —se despidió Eddie con una sonrisilla, antes de largarse con aquella mujer.

Más tarde, Eddie llevó a Bao Shaoyen a la unidad de cuidados intensivos del hospital St. Mary's de Paddington para ver a Carlton. Después, la invitó a cenar en el Mandarin Kitchen de Queensway pensando que los *noodles* de langosta[*] la animarían,

---

[*] No importa que ese restaurante recuerde inexplicablemente a una taberna griega de los años ochenta con sus techos abovedados y encalados. Los amantes asiáticos de la buena cocina volarían a Londres solo para saborear el plato estrella de Mandarin Kitchen, y es que en ningún otro lugar del mundo se pueden

pero, al parecer, las mujeres perdían el apetito cuando les entraba la llorera. Shaoyen no había estado en absoluto preparada para ver el estado de su hijo. Tenía la cabeza tan hinchada como una sandía y le salían tubos de todas partes: de la nariz, de la boca, del cuello. Tenía ambas piernas rotas, quemaduras de segundo grado en los brazos y lo que quedaba sin vendar parecía totalmente machacado, como una botella de plástico que alguien hubiera pisado. Ella quería quedarse con él, pero los médicos no le dejaron. El horario de visitas había acabado. Nadie le había dicho que estaba tan mal. ¿Por qué no se lo había dicho nadie? ¿Por qué no lo hizo el señor Tin? ¿Y dónde estaba su marido? Estaba furiosa con él. Estaba cabreada por tener que enfrentarse a aquello sola, mientras él andaba por ahí cortando cintas y estrechando manos a los canadienses.

Eddie se revolvió incómodo en su silla, mientras Shaoyen sollozaba de forma incontrolable enfrente de él. ¿Por qué no se calmaba? ¡Carlton había sobrevivido! Unas cuantas rondas de cirugía plástica y se quedaría como nuevo. Tal vez mejor. Cuando Peter Ashley, el Miguel Ángel de Harley Street, agitara su varita mágica, probablemente su hijo acabaría pareciendo el Ryan Gosling chino. Antes de llegar a Londres, Eddie había dado por hecho que solucionaría aquel marrón en un par de días y que aún le sobraría tiempo para que le tomaran las medidas para un nuevo traje de primavera de Joe Morgan, y tal vez para algunos pares de Cleverley nuevos. Pero empezaban a aparecer grandes grietas en el dique. Alguien había dado el chivatazo a la prensa asiática, que estaba siguiendo el rastro frenéticamente. Tenía que reunirse con su contacto de Scotland Yard. Tenía que hablar con sus contactos de Fleet Street. Aquello estaba a punto de estallar, y él no tenía tiempo para madres histéricas.

---

tomar unos *noodles* de huevo chinos hechos a mano, estofados en una embriagadora salsa de jengibre y cebolleta, y servidos con langostas gigantes pescadas a diario en los mares de Escocia.

Justo cuando parecía que las cosas no podían ir peor, Eddie vio un rostro familiar por el rabillo del ojo. Era la puñetera tía Ellen otra vez, que acababa de entrar en el restaurante con la señora Q. T. Foo, aquella mujer de la familia de L'Orient Jewelry, como fuera que se llamara, y con la cotilla de Nadine Shaw. «¡No me jodas! ¿Por qué todos los chinos que vienen a Londres comen en los mismos tres restaurantes?»*. Justo lo que necesitaba: que las mayores reinas del cotilleo de Asia vieran cómo Bao Shaoyen sufría un colapso. Un momento, puede que aquello no tuviera por qué ser algo malo. Tras lo de aquella mañana en el banco, Eddie sabía que tenía a Eleanor agarrada por las pelotas. Y en aquel preciso instante, él necesitaba que alguien de confianza se ocupara de Bao Shaoyen mientras él se encargaba de la limpieza. El hecho de que vieran a esta última compartiendo una maravillosa cena en Londres con las principales damas de la alta sociedad asiática podría jugar a su favor y despistar a los voraces periodistas.

Eddie se levantó y se dirigió pavoneándose a la mesa redonda del centro de la sala. Eleanor fue la primera en ver que se acercaba y apretó la mandíbula, irritada. «Cómo no iba a estar aquí Eddie Cheng. ¡Será mejor que ese idiota no comente que me ha visto esta mañana, o estaré demandando al Liechtenburg Group hasta el día del juicio final!».

—Tía Elle, ¿eres tú?

—¡Dios mío, Eddie! ¿Qué estás haciendo en Londres? —susurró Eleanor, mirándolo sorprendidísima.

Eddie sonrió de oreja a oreja y se inclinó para darle un beso en la mejilla. «Madre mía, que alguien le dé un Óscar ahora mismo».

—He venido por trabajo. ¡Qué sorpresa tan agradable encontrarte aquí, precisamente!

---

* La Santísima Trinidad son el Four Seasons por el pato laqueado, el Mandarin Kitchen por los *noodles* de langosta anteriormente mencionados y el Royal China por el *dim sum*.

Eleanor suspiró, aliviada. «Menos mal que me sigue la corriente».

—Chicas, ¿conocéis todas a mi sobrino de Hong Kong? Su madre es la hermana de Philip, Alix, y su padre es el famoso cardiocirujano Malcolm Cheng, conocido en todo el mundo.

—Claro, claro. ¡Qué pequeño es el mundo, *lah*! —gorjearon las mujeres con entusiasmo.

—¿Qué tal está tu querida madre? —preguntó Nadine ansiosamente, aunque nunca en su vida había visto a Alexandra Cheng.

—Muy bien, muy bien. Mamá está en Bangkok en estos momentos, visitando a la tía Cat.

—Sí, sí, a tu tía tailandesa —respondió Nadine con cierta reverencia, ya que estaba informada de que Catherine Young se había casado con un miembro de la aristocracia tailandesa.

Eleanor tuvo que resistir la tentación de poner los ojos en blanco. Eddie no perdía la oportunidad de presumir de sus contactos.

—¿Me permiten que les presente a la señora Bao Shaoyen, bellas damas? —preguntó Eddie, cambiando a mandarín.

Las mujeres saludaron con educación a la recién llegada, inclinando la cabeza. Nadine se fijó de inmediato en que llevaba un jersey de cachemira de Loro Piana, una falda lápiz de Céline con un corte maravilloso, unos discretos zapatos de tacón bajo de Robert Clergerie y un bonito bolso de mano de charol de una marca indiscernible. Veredicto: «Aburrida, pero inusitadamente elegante para alguien de la China continental».

Lorena se centró en su anillo de diamantes. Aquella piedra tendría ocho quilates u ocho y medio, color D, grado VVS1 o VVS2, corte radiante, flanqueado por dos diamantes triangulares amarillos de tres quilates cada uno, engarzados en platino. Solo Ronald Abram, de Hong Kong, tenía ese engarce tan

LA BODA DE RACHEL CHU

particular. Veredicto: «No del todo vulgar, pero podría haber conseguido una piedra mejor si la hubiera comprado en L'Orient».

—¿Bao? ¿Tiene algo que ver con los Bao de Nanjing? —le preguntó Daisy, que pasaba del aspecto de la gente y estaba más interesada en la genealogía, en mandarín.

—Sí, mi marido es Bao Gaoliang —respondió la señora Bao, con una sonrisa. «¡Por fin alguien que habla mandarín de verdad! Y que sabe quiénes somos».

—*Aiyah*, qué pequeño es el mundo! ¡Conocí a su marido la última vez que estuvo en Singapur con la delegación china! Chicas, Bao Gaoliang es el exgobernador de la provincia de Jiangsu. ¡Vamos, siéntense con nosotras! Estamos a punto de pedir la cena —les ofreció Daisy, gentilmente.

Eddie sonrió.

—Es muy amable. La verdad es que nos vendría bien un poco de compañía. Es un momento un poco difícil para la señora Bao. Su hijo ha tenido un accidente de coche en Londres, hace dos días, y está en el hospital.

—¡DIOS mío! —exclamó Nadine.

Eddie siguió hablando.

—Me temo que yo no puedo quedarme. He de ocuparme de algunos asuntos muy urgentes para la familia Bao, pero estoy seguro de que la señora Bao disfrutará de su compañía. No conoce bien Londres, así que está bastante perdida aquí.

—¡Tranquilo, nosotras cuidaremos bien de ella! —se ofreció Lorena, caritativamente.

—Me siento muy aliviado. Tía Ellie, ¿puedes enseñarme cuál es el mejor sitio para coger un taxi?

—Por supuesto —dijo Eleanor, antes de acompañar a su sobrino afuera.

Mientras las mujeres consolaban a Bao Shaoyen, Eddie le contaba la verdad a Eleanor en la puerta del restaurante.

—Sé que te estoy pidiendo un gran favor. ¿Puedo contar contigo para mantener a la señora Bao ocupada y entretenida durante un rato? Y lo que es más importante: ¿puedo contar con tu absoluta discreción? Necesitamos estar seguros de que tus amigas no hablarán de la señora Bao con la prensa, especialmente con la asiática. Si me haces este favor, estaré en deuda contigo.

—*Aiyah*, puedes confiar en nosotras al cien por cien. Mis amigas no son dadas al cotilleo, ni nada de eso —le aseguró Eleanor.

Eddie asintió atento, perfectamente consciente de que aquellas señoras se pondrían a enviar mensajes a Asia a la velocidad del rayo con las novedades en cuanto él se fuera. Los incómodos columnistas de la prensa amarilla se asegurarían de mencionarlo en sus informes diarios, y todo el mundo creería que Shaoyen estaba en Londres simplemente para ir de compras y salir a comer.

—Y yo, ¿puedo contar con tu discreción? —le preguntó Eleanor, mirándolo a los ojos.

—No tengo muy claro a qué te refieres, tía Elle —dijo Eddie, con una sonrisilla.

—Me refiero a mi desayuno... Al de esta mañana.

—Ah, no te preocupes. Ya lo había olvidado. Firmé un acuerdo de confidencialidad cuando empecé a trabajar en el mundo de la banca privada, y no se me ocurriría incumplirlo ni en sueños. Si algo garantizamos en el Liechtenburg Group es la discreción y la confianza.

Eleanor regresó al restaurante mucho más aliviada por aquel extraño giro de los acontecimientos. Estaba a punto de igualar el marcador con su sobrino. En la mesa había una bandeja enorme, sobre la que descansaba una langosta gigantesca en una cama de humeantes *noodles* calientes, pero nadie estaba comiendo. Las mujeres levantaron la vista hacia Eleanor con una expresión un tanto peculiar en la cara. Se imaginó que debían de estar muriéndose por saber lo que Eddie le había dicho fuera.

—La señora Bao nos estaba enseñando algunas fotos de su precioso hijo en el móvil. Está preocupadísima por su cara, y le estaba asegurando que los cirujanos plásticos de Londres son de los mejores del mundo —dijo Daisy, mientras Eleanor se sentaba. Su amiga le tendió el teléfono y los ojos de Eleanor se abrieron un poco más, de forma casi imperceptible, mientras miraba fijamente la imagen—. ¿A que es guapo? —le preguntó su amiga, en un tono casi demasiado alegre.

—Sí, muy guapo —respondió Eleanor, con total indiferencia, mientras levantaba la vista del teléfono.

Ninguna de las demás dijo nada sobre el hijo de la señora Bao durante el resto de la cena, pero todas estaban pensando lo mismo. No podía ser una coincidencia. El hijo accidentado de Bao Shaoyen era igualito a la mujer que había causado el tremendo distanciamiento entre Eleanor y su hijo, Nicholas.

Sí, Carlton Bao era la viva imagen de Rachel Chu.

Primera parte

Hoy en día, todo el mundo dice que es multimillonario.
Pero uno no es realmente multimillonario
hasta que se gasta los millones.

<small>COMENTARIO OÍDO EN EL HIPÓDROMO DE HONG KONG</small>

1

The Mandarin

Hong Kong, 25 de enero de 2013

A principios de 2012, dos hermanos, hombre y mujer, que limpiaban el desván de su difunta madre en el barrio londinense de Hampstead descubrieron lo que parecía un montón de viejos pergaminos chinos en el fondo de un baúl antiguo. Por casualidad, ella tenía una amiga que trabajaba en Christie's, así que los llevó a la casa de subastas de Old Brompton Road (en cuatro bolsas de la compra de Sainsbury's), con la esperanza de que pudieran «echarles un vistazo y decirnos si valen algo».

Cuando el principal especialista en Pintura Clásica China desenrolló uno de los pergaminos de seda, estuvo a punto de sufrir un infarto. Desplegada ante él, se hallaba una imagen representada de forma tan extraordinaria que le recordó de inmediato a una serie de pinturas en forma de pergaminos colgantes que se creían destruidos hacía mucho tiempo. ¿Podría tratarse de *El Palacio de las Dieciocho Excelencias*? Se pensaba que aquella obra de arte, creada en 1693 por el pintor Yuan Jiang, de la dinastía Qing, se había sacado de China en secreto durante la Segunda Guerra del Opio, en 1860, cuando muchos de los palacios reales habían sido saqueados, y se había perdido para siempre.

El personal se apresuró a desenrollar los pergaminos y descubrió veinticuatro piezas, cada una de ellas de casi dos metros de largo, en un estado impecable. Colocados unos al lado de otros, ocupaban once metros y casi llenaban el suelo de dos de los talleres. Finalmente, el especialista principal pudo confirmar que se trataba, sin lugar a dudas, de la mítica obra descrita en todos los textos chinos que había estado estudiando durante gran parte de su carrera.

El Palacio de las Dieciocho Excelencias era un majestuoso retiro imperial del siglo VIII, que se encontraba en las montañas del norte de la actual Xi'an. Se consideraba una de las residencias reales más grandiosas jamás construidas y su extensión era tal que para ir de una sala a otra había que hacerlo a lomos de un caballo. En esos antiguos pergaminos de seda, los intrincados pabellones, patios y jardines, que serpenteaban a través de un paisaje montañoso de ensueño azul y verde, estaban pintados con colores conservados de manera tan vibrante que parecían casi eléctricos en su iridiscencia.

Los empleados de la casa de subastas, impresionados, contemplaron en silencio aquella exquisita obra de arte. Un hallazgo de ese calibre era tan importante como descubrir una pintura de Da Vinci o Vermeer que llevara mucho tiempo perdida. Cuando el director internacional de Arte Asiático entró apresuradamente para ver los pergaminos, se mareó y se obligó a retroceder varios pasos por temor a desplomarse sobre aquella delicada obra de arte.

—Llamad a François, a Hong Kong. Decidle que quiero que Oliver T'sien coja el próximo vuelo a Londres* —dijo final-

---

* Oliver T'sien, uno de los subdirectores más valorados de Christie's, era amigo de toda la vida de muchos de los principales coleccionistas del mundo. (Tener relación con prácticamente todas las familias importantes de Asia nunca viene mal).

mente el director, conteniendo las lágrimas—. Tenemos que organizar un gran circuito para estas bellezas. Empezaremos exponiéndolas en Ginebra, luego en Londres y, después, en nuestra sala de exposiciones del Rockefeller Center de Nueva York. Demos a los principales coleccionistas del mundo la oportunidad de verlas. Después nos las llevaremos a Hong Kong y las venderemos justo antes del Año Nuevo chino. Para entonces, los chinos deberían estar ya salivando de la emoción —añadió.

Y, precisamente, esa era la razón por la que Corinna Ko-Tung estaba sentada en el Clipper Lounge del Mandarin Hotel de Hong Kong, un año después, esperando con impaciencia la llegada de Lester y Valerie Liu. En su tarjeta de visita lujosamente grabada ponía que era «consultora de arte», pero para unos cuantos clientes selectos era muchísimo más que eso. Corinna había nacido en una de las familias con más pedigrí de Hong Kong y aprovechaba en secreto sus numerosos contactos para realizar una actividad complementaria muy rentable. Corinna prestaba todo tipo de servicios a clientes como los Liu: desde elegir las obras de arte que colgaban en sus paredes, a la ropa que se ponían, todo ello con el fin de conseguir que los aceptaran en los clubes más elitistas, que los incluyeran en las listas de invitados más convenientes y que admitieran a sus hijos en los mejores colegios de la ciudad. En resumen, era una consultora especializada en trepas sociales.

Corinna vio a los Liu cuando estaban subiendo el breve tramo de escaleras que conducía al salón de la entreplanta, que tenía vistas al vestíbulo. Era una pareja despampanante y Corinna pensó que se merecía unas palmaditas en la espalda por ello. La primera vez que Corinna había visto a los Liu, iban vestidos de Prada de la cabeza a los pies. Para estos recién llegados de Guangdong, aquello era el colmo de la sofisticación, pero para Corinna simplemente decía a gritos: «Dinero desorientado de la China continental». Por obra suya, Lester entró en el Clipper Lounge con un aspecto especialmente sofisticado, luciendo un traje de tres piezas de Kilgour hecho a medida en Savile Row, mientras que Valerie iba elegantemente ataviada con un abrigo de astracán plateado de J. Mendel, unas perlas negras del tamaño justo y unos botines de ante de Lanvin, de color gris paloma. Aunque había algo que no encajaba demasiado con su modelito: el bolso era un error. Estaba claro que el lustroso bolso de piel de reptil teñido en tonos degradados procedía de alguna especie prácticamente extinta, pero a Corinna le recordaba el tipo de bolso que solo usaría una fulana. Tomó nota mentalmente para comentárselo en el momento adecuado.

Valerie llegó a la mesa deshaciéndose en disculpas.

—Sentimos el retraso. Nuestro chófer nos ha llevado por error al Landmark Mandarin Oriental, en lugar de a este.

—No pasa nada —respondió Corinna cortésmente. La impuntualidad era una de las cosas que más odiaba, pero, con los honorarios que recibía de los Liu, desde luego no iba a protestar.

—Me sorprende que haya querido vernos aquí. ¿No cree que el salón de té del Four Seasons es mucho más agradable? —preguntó Valerie.

—O incluso el Peninsula —dijo Lester, metiendo baza, mientras miraba con desdén las lámparas rectangulares de los años setenta que colgaban del techo del vestíbulo en forma de cascada.

—En el Peninsula hay demasiados turistas, y al Four Seasons van todos los advenedizos. El Mandarin es donde las auténticas familias de Hong Kong han tomado el té durante generaciones. Mi abuela, lady Ko-Tung, solía traerme aquí al menos una vez al mes cuando era niña —explicó pacientemente Corinna—. También deben olvidarse de lo de «Oriental». Los locales lo llamamos simplemente «el Mandarin» —añadió.

—Ah —dijo Valerie, un tanto avergonzada. Luego echó un vistazo alrededor, fijándose en las paredes paneladas de roble gastado y en los cojines de los sillones, perfectamente hundidos, y de repente abrió los ojos de par en par—. ¿Ha visto quién está ahí? ¿No son Fiona Tung-Cheng y su suegra, Alexandra Cheng, tomando el té con los Ladoory? —le susurró, emocionada, a Corinna.

—¿Quiénes son esas? —preguntó Lester, en voz demasiado alta.

Nerviosa, Valerie hizo callar a su marido en mandarín.

—¡No mires, ya te lo diré después!

Corinna sonrió para mostrar su aprobación. Valerie aprendía rápido. Los Liu eran unos clientes relativamente recientes, pero eran del tipo que Corinna prefería: los llamaba «realeza roja». A diferencia de los millonarios de la China continental, recién bajados del barco, esos herederos de la clase dirigente china (conocidos en ese país como *fuerdai*, o «ricos de segunda generación») tenían buenos modales y buenos dientes, y no habían conocido las privaciones de la generación de sus padres. Para ellos, los dramas del Gran Salto Adelante y la Revolución Cultural eran historia antigua. Habían recibido cantidades obscenas de dinero fácil, así que también estaban dispuestos a deshacerse de cantidades obscenas de dinero.

La familia de Lester dirigía una de las compañías de seguros más grandes de China y este había conocido a Valerie, hija de un anestesista y nacida en Shanghái, cuando ambos estudiaban en la Universidad de Sídney. Con una fortuna creciente y un gusto cada vez más refinado, esa pareja de treinta y tantos años se esforzaba ambiciosamente por dejar huella en las altas esferas asiáticas. Tenían casas en Londres, Shanghái, Sídney y Nueva York, además de una vivienda recién construida que parecía un transatlántico en Deep Water Bay, en Hong Kong, cuyas paredes estaban llenando compulsivamente de obras de arte dignas de un museo, con la esperanza de que el *Hong Kong Tattle* les dedicara pronto un artículo.

Lester fue directo al grano.

—¿Por cuánto cree que acabarán vendiéndose esos pergaminos?

—Precisamente de eso quería hablarles. Sé que dijeron que estaban dispuestos a pagar hasta cincuenta millones, pero tengo la sensación de que esta noche se batirán todos los récords. ¿Estarían dispuestos a llegar a los setenta y cinco? —preguntó Corinna, con cautela, tanteando el terreno.

Lester ni pestañeó.

—¿Está segura de que valen tanto? —preguntó, después de coger uno de los rollitos de hojaldre rellenos de salchicha que había en la bandeja de plata para pasteles.

—Señor Liu, es la obra de arte chino más importante que saldrá jamás al mercado. Es una oportunidad única en la vida...

—¡Van a quedar tan bien en la cúpula! —exclamó Valerie, sin poder contenerse—. Los vamos a colgar de forma que se pueda apreciar una vista panorámica de toda la obra, y voy a pintar las paredes del primer y segundo piso para que combinen perfectamente con los colores. Me encantan los tonos turquesas...

Corinna ignoró la cháchara de Valerie y siguió hablando.

—Además de la obra de arte en sí, el valor de poseerla es incalculable. Piensen en cómo aumentará su categoría, la categoría de su familia, una vez que se sepa que la han adquirido. Habrán superado a los mayores coleccionistas del mundo. Me han dicho que van a pujar representantes de los Bin, de los Wang y de los Kuok. Y los Huang acaban de volar desde Taipéi. Qué casualidad, ¿verdad? También sé de buena tinta que Colin y Araminta Khoo enviaron la semana pasada a un equipo especial de curadores del Museo del Palacio Nacional de Taipéi para examinar la obra.

—Caray, Araminta Khoo. ¡Es tan guapa y elegante! No podía dejar de leer todo lo que encontraba sobre su increíble boda. ¿La conoce? —preguntó Valerie.

—Estuve en su boda —se limitó a responder Corinna.

Valerie meneó la cabeza, maravillada. Intentó imaginarse a Corinna, aquella mujer de mediana edad de aspecto apocado que siempre llevaba los tres mismos trajes de pantalón de Giorgio Armani, en el evento más glamuroso jamás celebrado en Asia. Algunos habían nacido de pie y en la familia adecuada.

Corinna continuó con la charla.

—Permítanme que les dé las instrucciones. La subasta de esta noche empieza a las ocho en punto y les he conseguido acceso a la galería VVIP de Christie's. Ahí es donde se sentarán durante la subasta. Yo estaré abajo, en la sala, pujando en exclusiva para ustedes.

—¿No estaremos juntos? —preguntó Valerie, confusa.

—No, no. Ustedes estarán en esa sala especial, donde podrán ver desde arriba toda la acción.

—¿Pero no será más emocionante estar en la propia sala? —insistió Valerie.

Corinna negó con la cabeza.

—Créame, no conviene que la vean en la sala de subastas. La galería VVIP es donde debe estar. Allí se encontrarán todos los coleccionistas, y sé que le gustará que...

—Un momento —la interrumpió Lester—. Entonces, ¿de qué nos sirve comprar esa maldita cosa? ¿Cómo sabrán todos que nosotros hemos ganado la subasta?

—En primer lugar, todos los verán en la galería VVIP, así que la gente ya sospechará y, mañana a primera hora, haré que uno de mis contactos del *South China Morning Post* publique un artículo sin confirmar diciendo que el señor y la señora Liu, de la familia de Harmony Insurance, han adquirido la pintura. Créame, esa es la forma elegante de hacerlo. Les interesa que la gente especule. Les interesa ser esa información sin confirmar.

—¡Vaya, es usted brillante, Corinna! —chilló Valerie, emocionada.

—Pero si está «sin confirmar», ¿cómo lo sabrá la gente?

Lester seguía sin entender nada.

—Eres más lento que una tortuga: todo el mundo verá la pintura en la fiesta de inauguración de nuestra casa, el mes que viene —dijo Valerie, reprendiendo a su marido mientras le daba una palmada en la rodilla—. ¡Lo confirmarán con sus propios ojos, muertos de envidia!

El Centro de Exposiciones y Convenciones de Hong Kong, situado justo en la bahía de Wan Chai, poseía varios tejados curvos superpuestos que recordaban a una manta raya gigante deslizándose por el agua. Esa misma noche, un desfile de estrellas en ciernes, de famosos cuyos nombres solían estar destacados en negrita, de multimillonarios de poca monta y del tipo de personas que Corinna Ko-Tung consideraba intrascendentes desfilaron por la Sala Principal y se disputaron los asientos más visibles de la subasta del siglo, con el fondo de la sala lleno hasta los topes de prensa internacional y mirones. Arriba, en la lujosa galería VVIP, Valerie y Lester estaban en el séptimo cielo codeándose con los verdaderos multimillonarios, mientras bebían champán Laurent-Perrier y comían canapés preparados por el Café Gray.

Cuando por fin el subastador se subió al estrado de madera reluciente, las luces de la sala empezaron a atenuarse. Una celosía dorada enorme cubría la pared que estaba enfrente del escenario y, en el momento preciso, la celosía empezó a abrirse para mostrar los pergaminos colgantes en todo su esplendor. Realzados con maestría por aquel sistema de iluminación de última generación, casi parecían tener luz propia. La multitud se quedó sin aliento y, cuando volvieron a subir las luces, el subastador abrió la sesión de inmediato y sin miramientos.

—Lote de veinticuatro pergaminos colgantes sumamente excepcionales de la dinastía Qing, tinta y color sobre seda, que representan el Palacio de las Dieciocho Excelencias, obra de Yuan Jiang. Firmados por el artista y fechados en 1693. ¿Tenemos una puja de salida de... un millón?

Valerie sintió la adrenalina fluyendo por sus venas cuando Corinna levantó la pala azul numerada para lanzar la primera puja. Un torbellino de palas empezó a surgir por toda la sala y el precio comenzó su estratosférico ascenso. Cinco millones. Diez millones. Doce millones. Quince millones. Veinte millones. En cuestión de minutos, la puja llegó a cuarenta millones. Lester se recostó en la silla, analizando la acción de la sala de pujas como si se tratara de una compleja partida de ajedrez, mientras Valerie le clavaba las uñas en el hombro de vez en cuando, con gran expectación.

Cuando la puja alcanzó los sesenta millones, el teléfono de Lester sonó. Era Corinna y parecía nerviosa.

—¡*Suey doh sei**, está aumentando demasiado rápido! En nada sobrepasaremos su límite de setenta y cinco millones. ¿Quiere seguir pujando?

Lester respiró hondo. Sin duda, los contables de su padre no pasarían por alto un gasto de más de cincuenta millones y tendría que dar explicaciones.

—Siga hasta que yo la pare —le ordenó.

A Valerie le daba vueltas la cabeza de la emoción. Estaban tan cerca. ¡Era increíble, pronto sería la dueña de algo que incluso Araminta Khoo codiciaba! A los ochenta millones, por fin la puja empezó a ralentizarse. No se alzaban más palas en la

---

* En cantonés, «¡Me va a dar algo!».

sala que la de Corinna, y al parecer solo quedaban dos o tres compradores más al teléfono dispuestos a pujar contra los Liu. El precio iba aumentando de medio en medio millón, y Lester cerró los ojos y rezó para conseguirlo por menos de noventa millones. Valía la pena. Valía la pena recibir una reprimenda de su padre. Alegaría que había comprado para la familia mil millones de dólares de buena publicidad.

De pronto, se armó un revuelo al fondo de la sala de subastas. Se oyó un murmullo, mientras la multitud que estaba de pie empezaba a apartarse. Aunque la sala estaba llena de famosos vestidos de punta en blanco, se hizo el silencio mientras una mujer china increíblemente guapa con el pelo azabache, la piel blanca empolvada y los labios carmesí, vestida teatralmente con un vestido largo de terciopelo negro con los hombros descubiertos, se abría paso entre el público. Flanqueada por dos borzois, blancos como la nieve y con largas correas de diamantes, la dama empezó a recorrer lentamente el pasillo central mientras todas las cabezas se giraban hacia aquella maravillosa visión.

El subastador se aclaró la garganta discretamente ante el micro e intentó recuperar la atención de la sala.

—Tengo ochenta y cinco millones y medio, ¿alguien ofrece ochenta y seis?

Uno de los auxiliares que estaba al teléfono asintió. Corinna levantó de inmediato la pala para anular aquella puja. Y, entonces, la mujer del vestido de terciopelo negro levantó su pala. Mientras la observaba desde la galería, el director de Christie's Asia se volvió hacia sus socios, sorprendido.

—Creía que solo era alguien que buscaba publicidad —comentó, intentando obtener un ángulo de visión mejor—. Su pala es la número 269. Que alguien averigüe quién es. ¿Está al menos autorizada para pujar? —preguntó el hombre.

Oliver T'sien, que estaba en la sala pujando en nombre de un cliente privado y llevaba observando a la dama de los perros con pelaje de seda con sus prismáticos de la ópera desde que había entrado, se echó a reír.

—Tranquilo, está autorizada.

—¿Quién es? —preguntó el director.

—Bueno, se ha afinado la nariz y la barbilla, y parece que también se ha puesto implantes en los pómulos, pero estoy casi seguro de que la postora número 269 no es otra que la señora Tai.

—¿Carol Tai, la viuda de *Dato' Tai* Toh Lui, el magnate que murió el año pasado?

—No, no, es la esposa de Bernard, el hijo del *dato*, que heredó toda la fortuna de su padre. Esa mujer de negro es la estrella de culebrones anteriormente conocida como Kitty Pong.

Wan Chai (Hong Kong), 20:25 horas

Les habla el enviado especial Sunny Choy, informando para CNN International. Nos encontramos en directo en el Centro de Exposiciones y Convenciones de Hong Kong, donde los principales coleccionistas del mundo están pujando con entusiasmo por El Palacio de las Dieciocho Excelencias. *El precio acaba de alcanzar los noventa millones de dólares. Para que se hagan una idea, el récord lo tenía un jarrón Qianlong que se vendió en Londres por ochenta y cinco millones novecientos mil dólares en 2010. Eso en Londres. En Asia, el precio más alto jamás pagado fueron los sesenta y cinco millones cuatrocientos mil dólares abonados por una pintura a tinta de Qi Baishi, en 2011[*]. Así que esta pintura ya ha pulverizado DOS récords mundiales.*

---

[*] Más tarde, se puso en tela de juicio la autenticidad de la pintura y el comprador retiró la oferta. (Probablemente se dio cuenta de que no combinaba con su sofá).

Ahora, hace unos diez minutos, la exactriz Kitty Pong —que está casada con el multimillonario Bernard Tai— ha paralizado la subasta al aparecer con dos perros enormes con correas de diamantes y empezar a pujar. En estos momentos, hay cuatro postores más pujando contra ella. Nos han dicho que uno de ellos es un representante del Getty Museum de Los Ángeles, se sospecha que otra postora es la heredera Araminta Lee Khoo y, aún está sin confirmar, pero se cree que el tercer postor es un representante de los Liu, magnates de los seguros. Todavía no sabemos quién es el misterioso cuarto postor. Te devuelvo la conexión, Christiane.

Estación de esquí de Gudauri
(República de Georgia), 12:30 horas

—¡Hay una mujer ridícula vestida de negro, con dos puñeteros perros, que no para de pujar! —gritó Araminta enfadada, delante de su ordenador portátil, sin reconocer a Kitty Pong en la retransmisión en directo de la subasta. Tras un largo día de heliesquí en la cordillera del Cáucaso, le dolían los músculos y aquella subasta estaba retrasando un remojón más que necesario en la gigantesca bañera hundida de su cabaña de invierno.

—¿Qué precio ha alcanzado hasta ahora? —preguntó Colin amodorrado, tumbado en la alfombra de piel de yak blanca y negra que había al lado de la chimenea.

—No pienso decírtelo, sé que no lo aprobarías.

—En serio, Minty, ¿cuánto?

—¡Chist! ¡Estoy pujando! —le gritó Araminta a su marido, antes de seguir hablando con el empleado de Christie's.

Colin se levantó de la cómoda alfombra y caminó lentamente hacia el escritorio en el que su esposa se había instalado con el ordenador y el teléfono satelital. Parpadeó dos veces mientras observaba la retransmisión de vídeo, sin saber muy bien si creer lo que estaba viendo.

—*Lugh siow, ah?*[*] ¿En serio vas a pagar noventa millones por un puñado de pergaminos?

Araminta lo miró.

—Yo no digo nada cuando tú compras lienzos enormes y horrorosos con excrementos de elefante, así que no empieces.

—No te pases, mis Chris Ofilis solo costaron dos o tres millones cada uno. Piensa en cuántos cuadros con excrementos de elefante podríamos comprar...

Araminta tapó el micrófono con la mano.

—Haz algo útil y tráeme otro chocolate caliente. Con extra de nubes de azúcar, por favor. ¡Esta subasta no acabará hasta que yo diga que ha acabado!

—Además, ¿dónde los vas a colgar? Ya no nos queda espacio en las paredes de casa —insistió Colin.

—¿Sabes? Creo que quedarían fenomenal en el vestíbulo del nuevo hotel que mi madre está construyendo en Bután. ¡MALDITA SEA! ¡Esa zorra de negro no piensa rendirse! ¿Quién demonios es? ¡Parece la Dita Von Teese china!

Colin meneó la cabeza.

—Minty, se te está yendo de las manos. Pásame el teléfono. Yo me ocuparé de la puja, si tanto deseas ganar. Tengo mucha más experiencia en esto que tú. Lo más importante es ponerte un límite. ¿Cuál es tu límite máximo?

Supermercado Cold Storage de Jelita (Singapur), 20:35 horas

Astrid Leong se encontraba en el supermercado cuando sonó su teléfono. Estaba intentando improvisar algún plato para el

---

[*] En hokkien, «¿Te has vuelto loca?».

día siguiente, que era la noche libre de la cocinera, y su hijo de ocho años, Cassian, iba de pie en la parte delantera del carrito, haciendo su mejor interpretación de Leonardo DiCaprio en la proa del *Titanic*. Como siempre, Astrid se sintió un poco abochornada por usar el teléfono en un lugar público, pero, dado que era su primo Oliver T'sien llamándola desde Hong Kong, no tenía más remedio que contestar. Condujo el carrito hacia la sección de verduras congeladas y respondió a la llamada.

—¿Qué pasa?

—Te estás perdiendo toda la diversión de la subasta del año —le informó su primo, alegremente.

—Vaya, ¿era hoy? Dime, ¿a cuánto ascienden los daños?

—¡Aún no ha acabado! No te lo vas a creer, pero Kitty Pong ha hecho una entrada triunfal y está pujando por la pintura como si no hubiera un mañana.

—¿Kitty Pong?

—Sí, con un vestido de cóctel de Madame X y dos borzois con correas de diamantes. Menudo espectáculo.

—¿Desde cuándo se ha vuelto coleccionista de arte? ¿Está Bernard ahí? Me extraña que se gaste el dinero en algo que no sean drogas y barcos.

—Bernard no está. Pero si Kitty consigue quedarse con la pintura, se convertirán de inmediato en los principales coleccionistas de arte asiático del mundo.

—Hmm... Me estoy perdiendo toda la diversión.

—Solo quedan Kitty, Araminta Lee, una pareja de la China continental por la que Corinna Ko-Tung está pujando y el Getty Museum. Ya vamos por noventa y cuatro millones. Sé que no has puesto un límite, pero solo quería asegurarme de que deseas seguir adelante.

—¿Noventa y cuatro? Sigue. ¡Cassian, deja de jugar con esos guisantes congelados!

—Ya son noventa y seis. ¿Qué? ¡*Madredelamorhermoso*, hemos alcanzado los cien millones! ¿Pujo?

—Claro.

—Los de la China continental han abandonado, por fin. Pobrecillos, tienen cara de acabar de perder a su primogénito. Vamos por ciento cinco.

—Cassian, puedes suplicar todo lo que quieras, no pienso dejarte comer minihamburguesas de microondas. Imagina todos los conservantes que debe de tener esa ternera, ¡devuélvelas!

—Esto es territorio del libro Guinness, Astrid. Nunca nadie ha pagado tanto por una pintura china. Ciento diez. Ciento quince. Es Araminta contra Kitty. ¿Continúo?

Cassian estaba atrapado dentro del congelador de los helados.

Astrid miró a su hijo con exasperación.

—Tengo que dejarte. Consíguelo. Como tú mismo has dicho, es algo de lo que el museo no puede prescindir, así que me da igual cuánto me toque pagar.

Diez minutos después, mientras Astrid estaba en la cola de la caja, el teléfono volvió a sonar. Astrid sonrió a la cajera, a modo de disculpa, mientras atendía la llamada.

—Siento volver a molestarte, pero ya vamos por ciento noventa y cinco millones, que has ofrecido tú —dijo Oliver, con voz de estar un poco cansado.

—¿En serio? —dijo Astrid, mientras apartaba el Mars que Cassian intentaba pasarle a la cajera.

—Sí, los Getty abandonaron a los ciento cincuenta y Araminta a los ciento ochenta. Solo estás tú contra Kitty, y parece que ella está empeñada en conseguirlo. Llegados a este punto, mi conciencia me impide recomendarte que sigas adelante. Sé que a Chor Ling, del museo, le horrorizaría enterarse de que has pagado tanto.

—Ella nunca lo sabrá: será una donación anónima.

—Aun así. Astrid, sé que no es cuestión de dinero, pero, a ese precio, esto ya es cosa de idiotas.

—Qué fastidio. Tienes razón, ciento noventa y cinco millones es una locura. Deja que Kitty Pong se lo quede, si tanto lo desea —dijo Astrid. Acto seguido, sacó un taco de vales de descuento del bolso y se los dio a la cajera.

Treinta segundos después, *El Palacio de las Dieciocho Excelencias* fue adjudicado por ciento noventa y cinco millones: la obra de arte china más cara jamás subastada. La rutilante multitud estalló en un aplauso ensordecedor, mientras Kitty Pong posaba ante las cámaras y los flashes se disparaban como artefactos explosivos improvisados en el centro de Kabul. Uno de los borzois empezó a ladrar. Ahora el mundo entero sabría que Kitty Pong (o la señora de Bernard Tai, como insistía en que la llamaran ahora) estaba en la ciudad.

2

Cupertino (California)

9 de febrero de 2013 - Nochevieja china

Los chicos acaban de volver del partido de fútbol. No te acerques a Jason, llegará sudando como un pollo —le advirtió Samantha Chu a su prima Rachel en cuanto oyó a lo lejos el bullicio del garaje. Ambas estaban sentadas en unos taburetes de madera en la cocina de los tíos de Rachel, el tío Walt y la tía Jin, haciendo *dumplings* para la fiesta del Año Nuevo chino.

El hermano de veintiún años de Samantha abrió de golpe la mosquitera de la puerta y entró seguido de Nicholas Young.

—¡Hemos hecho morder el polvo a los hermanos Lin! —anunció Jason, triunfante, mientras cogía dos Gatorades de la nevera y le lanzaba uno a Nick—. Eh, ¿dónde están los viejos? Esperaba encontrarme a más tías histéricas luchando por un pedazo de encimera de la cocina.

—Papá ha ido a recoger a la tía abuela Louise a la residencia de ancianos y mamá, la tía Flora y la tía Kerry han ido a 99 Ranch —le informó Samantha.

—¿Otra vez? ¡Me alegro de que no me hayan liado para llevarlas en coche de nuevo, ese sitio siempre está lleno de *fobbies*[*] y el aparcamiento parece un concesionario de Toyota! ¿Qué necesitaban ahora? —preguntó Jason.

—De todo. El tío Ray ha llamado: al final va a traer a toda la familia y ya sabes cuánto son capaces de comer esos chicos —comentó Samantha, introduciendo un poco de relleno de carne picada de cerdo y cebolleta en un círculo de masa, antes de pasársela a Rachel.

—Prepárate, Jase. Seguro que la tía Belinda dirá algo de tu nuevo tatuaje —bromeó Rachel, mientras hacía pequeños pliegues en la parte superior del *dumpling* para darle una forma de media luna perfecta.

—¿Quién es la tía Belinda? —preguntó Nick.

Jason hizo una mueca.

—¡Tío! Aún no la conoces, ¿no? Es la mujer del tío Ray. El tío Ray es cirujano maxilofacial y está montado en el dólar. Tiene una supermansión gigante en Menlo Park, así que la tía Belinda se cree la reina de Downtown Abbey. Es una estirada que alucinas y cada año vuelve loca a mamá porque espera hasta el último momento para decidir si ella y sus hijos malcriados nos honrarán con su presencia.

—Es Down*ton* Abbey, Jase —lo corrigió Samantha—. Y no exageres, no es tan mala. Lo que pasa es que es de Vancouver.

—Querrás decir de «Hongcouver» —replicó Jason, lanzando la botella vacía a la bolsa de plástico gigante de Bed Bath and Beyond que había al otro extremo de la cocina, en la puerta de la despensa, y que servía como cubo de reciclaje—. ¡A la tía Belinda le vas a encantar, Nick, sobre todo cuando se entere de que hablas como ese tío de *Notting Hill*!

---

[*] Apelativo derivado de las iniciales de «Fresh out of the boat» («recién salidos del barco»), que es la forma en que los asiáticos estadounidenses de segunda, tercera o cuarta generación llaman a los inmigrantes asiáticos recién llegados, para demostrar su superioridad.

Alrededor de las seis y media, veintidós miembros del extenso clan Chu llegaron a la casa. La mayoría de los tíos y las tías de más edad se sentaron alrededor de la gran mesa de comedor de palisandro, que estaba cubierta por un grueso plástico protector, mientras los adultos más jóvenes tomaban asiento con sus hijos en tres mesas plegables de jugar al *mah-jongg* que había diseminadas por el salón. Los Chu adolescentes y universitarios se repantingaron delante de la gran pantalla de televisión de la sala de estar para ver el baloncesto y engullir cantidades industriales de empanadillas chinas.

Mientras las tías empezaban a sacar bandejas rebosantes de pato asado, gambas gigantes rebozadas y fritas, col china al vapor con setas *shiitake* y *noodles* chinos de la longevidad, la tía Jin echó un vistazo a la multitud que tenía alrededor.

—¿Ray aún no ha llegado? ¡No vamos a esperar más, la comida se va a enfriar!

—Seguro que la tía Belinda aún está intentando decidir qué vestido de Chanel ponerse —bromeó Samantha.

Justo entonces, sonó el timbre de la puerta y Ray y Belinda Chu entraron en la casa con sus cuatro hijos adolescentes, que lucían polos de Ralph Lauren de diferentes tonalidades. Belinda llevaba puestos unos pantalones de seda de cintura alta en color crema, una blusa naranja tornasolada con mangas de gasa abullonadas, su característico cinturón dorado de Chanel y unos pendientes de perlas gigantes de color champán, más apropiadas para una noche de estreno de la Ópera de San Francisco.

—¡Feliz año a todos! —exclamó el tío Ray con alegría, antes de obsequiar a su hermano mayor, Walt, con una gran caja de peras japonesas, mientras su mujer, ceremoniosamente, le entregaba a la tía Jin una fuente Le Creuset tapada.

—¿Podrías calentarme esto en el horno? Veinte minutitos a ciento quince grados.

—Pero bueno, no tenías por qué traer nada —dijo la tía Jin.

—No, no, esta es mi cena: estoy siguiendo la dieta crudívora —le explicó Belinda.

Cuando por fin estuvieron todos acomodados en sus asientos y empezaron a atacar los platos con entusiasmo, el tío Walt sonrió a Rachel, que estaba al otro extremo de la mesa.

—¡Aún me choca verte en esta época del año! Normalmente solo vienes para Acción de Gracias.

—Ha coincidido bien, porque Nick y yo teníamos que ocuparnos de unos asuntos de última hora para la boda —explicó Rachel.

—¡Rachel Chu! —exclamó la tía Belinda de pronto, imperiosamente—. ¡No puedo creer que lleve aquí diez minutos y que TODAVÍA NO ME HAYAS ENSEÑADO TU ANILLO DE COMPROMISO! ¡Ven aquí ahora mismo! —le ordenó la mujer. Rachel se levantó obedientemente de la silla, fue hacia su tía y extendió la mano para que la inspeccionara.

—¡Madre mía, es tan... bonito! —declaró la tía Belinda con voz chillona, logrando apenas reprimir su sorpresa. «¿No se supone que ese tal Nick es de familia rica? ¿Cómo se ha conformado la pobre Rachel con ese guijarro enano? ¡No debe de tener más de un quilate y medio!».

—Es un anillo muy simple, justo lo que yo quería —dijo Rachel con modestia, mientras observaba el enorme pedrusco de corte marquesa que lucía su tía en el dedo.

—Sí, es muy sencillo, pero te sienta de maravilla —le aseguró la tía Belinda—. ¿Dónde has encontrado un anillo como este, Nick? ¿Es de Singapur?

—Mi prima Astrid me ayudó. Es de su amigo Joel, de París[*] —respondió Nick, educadamente.

---

[*] Joel Arthur Rosenthal, es decir, JAR de París, cuyas preciosas joyas hechas a mano son de las más codiciadas del mundo. Si Belinda tuviera más ojo, se habría dado cuenta de que el anillo de Rachel estaba formado por un diamante perfecto

—Hmm. Imagínate, ir hasta París para esto —murmuró la tía Belinda.

—¿No os prometisteis en París? —los interrumpió emocionada la prima mayor de Rachel, Vivian, que vivía en Malibú—. Creo que mamá me contó algo sobre una compañía de mimos que actuaron en el compromiso.

—¿Mimos? —exclamó Nick, mirando con pavor a Vivian—. ¡Te aseguro que allí no hubo ningún mimo!

—¡Pues entonces cuéntanoslo todo! —lo engatusó la tía Jin.

Nick miró a Rachel.

—¿Por qué no lo haces tú? Lo cuentas mucho mejor que yo.

Rachel respiró hondo, mientras toda la mesa la miraba, expectante.

—Vale, allá va. La última noche de nuestro viaje a París, Nick organizó una cena sorpresa. No me dijo adónde íbamos, así que sospechaba que iba a pasar algo. Acabamos en una hermosa mansión histórica que hay en una isla en medio del Sena...

—El Hôtel Lambert, en lo alto de Île Saint-Louis —aclaró Nick.

—Sí, y había una mesa para dos con velas en la azotea. La luz de la luna se reflejaba en el río, un violonchelista estaba sentado en un rincón tocando Debussy, todo era perfecto. Nick había contratado a un chef francés de origen vietnamita, que trabajaba en uno de los mejores restaurantes de París, para preparar una cena exquisita, pero yo estaba tan nerviosa que perdí por completo el apetito.

—Echando la vista atrás, puede que el menú degustación de seis platos no fuera la mejor idea —reflexionó Nick.

---

de corte oval, engarzado con hilos de oro blanco casi tan finos como cabellos, entretejidos con diminutos zafiros azules. (Nick no le había dicho a Rachel cuánto le había costado).

Rachel asintió.

—Cada vez que el camarero levantaba la campana de plata de un plato, creía que debajo habría un anillo. Pero no pasó nada. Cuando la cena se acabó y el violonchelista empezó a guardar sus cosas, pensé: «Supongo que esta no es la gran noche». Pero entonces, cuando estábamos a punto de marcharnos, escuchamos unas bocinas que venían del río. Era una de esas barcas, un *bateau mouche* para turistas, y había un montón de gente en la cubierta superior. Mientras la barcaza pasaba al lado del edificio, empezó a sonar una música a todo volumen por los altavoces y la gente empezó a subirse a los bancos como gacelas. Resulta que eran del Ballet de la Ópera de París y Nick los había contratado para hacer un baile especial para mí.

—¡Qué bonito! —dijo la tía Belinda con voz entrecortada, finalmente impresionada—. ¿Y después Nick se te declaró?

—¡Nooo! Al acabar la actuación, empezamos a bajar las escaleras. Yo seguía emocionada por aquella coreografía impresionante que acababa de ver, aunque estaba un poco decepcionada por que no hubiera acabado en declaración. Cuando llegamos abajo, no había nadie en la calle salvo un chico bajo un árbol, mirando el río. Entonces el chico empezó a tocar la guitarra y me di cuenta de que era *This Must Be the Place*, de Talking Heads, la canción que habíamos escuchado tocar a un músico callejero en Washington Square Park la noche que nos conocimos. ¡El chico empezó a cantar y entonces me di cuenta de que era el mismo chico del parque!

—¡Venga ya! —exclamó Samantha, antes de taparse la boca con ambas manos, mientras el resto de la sala seguía escuchando extasiada.

—Nick había logrado seguirle el rastro al cantante hasta Austin y se lo había llevado a París. Ya no tenía rastas rubias, pero nunca olvidaré esa voz. Entonces, antes de que me diera cuenta de lo que estaba pasando, Nick estaba de rodillas mirándome con una cajita de terciopelo en la mano. ¡Entonces me volví completamente loca! Empecé a chillar sin parar y, antes de que Nick pudiera acabar de pedirme que me casara con él, le dije «sí, sí, sí» y todos los bailarines de la barcaza empezaron a gritar como locos.

—¡Es la declaración más guay del mundo! —exclamó Samantha efusivamente, secándose las lágrimas. Cuando se había enterado de lo que le había pasado a Rachel en Singapur, Samantha se había enfadado mucho con Nick. ¿Cómo podía no haberse dado cuenta de lo mal que estaban tratando a Rachel? Rachel se había mudado de la casa de Nick inmediatamente después de volver de Asia, y Samantha se alegraba de que su prima se hubiera librado de él. Pero, cuando pasaron los meses, y Rachel empezó a salir de nuevo con Nick, Samantha también empezó a cambiar de opinión. Al fin y al cabo, había ido al rescate de Rachel y había sacrificado su relación con su propia familia para estar con ella. Había esperado pacientemente entre bastidores para darle a Rachel todo el tiempo necesario para recuperarse. Y, ahora, por fin iban a casarse de una vez por todas.

—¡Bien hecho, Nick! ¡Estamos todos deseando que llegue el gran día, el mes que viene, en Montecito! —exclamó el tío Ray.

—Nosotros hemos decidido pasar algunas noches más en el Ojai Valley Inn and Spa —presumió la tía Belinda, mirando a todos los comensales, para asegurarse de que toda la familia la había oído.

Rachel se rio para sus adentros, segura de que el resto de la familia no tendría ni la más remota idea de a qué se refería Belinda.

—Suena de maravilla. Ojalá nosotros dispusiéramos de tiempo para hacer algo así. Nos toca esperar a que acabe el semestre, en mayo, para irnos de luna de miel.

—¿Pero Nick y tú no acabáis de estar en China? —preguntó el tío Ray. Jin, la tía de Rachel, intentó lanzarle una mirada a Ray desde el otro lado de la mesa para que cambiara de tema, mientras su mujer le pellizcaba con fuerza el muslo derecho—. ¡Ay! —gritó Ray, antes de darse cuenta de su metedura de pata. Belinda le había contado que Rachel y Nick habían vuelto a Fuzhou para seguir otra pista falsa sobre el paradero de su padre, pero al parecer aquel era uno más de la larga lista de secretos familiares de los que se suponía que no debía hablar.

—Sí, hicimos una escapada —respondió Nick, de inmediato.

—Sois unos valientes. Yo, al menos, no soporto su comida. Me da igual lo «gourmet» que digan que se ha vuelto, todos sus animales están llenos de agentes cancerígenos. ¡Y mirad ese pato que os estáis comiendo! Apuesto a que también lo han alimentado con hormonas de crecimiento —se mofó la tía Belinda, mientras mordisqueaba un nabo.

Rachel miró fijamente el orondo pato asado, con su lustroso brillo ámbar, y perdió súbitamente el apetito.

—Puedes fiarte de la comida de Hong Kong, pero no de la del continente —dijo la tía Jin, mientras le quitaba hábilmente toda la grasa a su pato asado con los palillos.

—¡Eso no es verdad! —protestó Samantha—. ¿Por qué tenéis tantos prejuicios contra China? Cuando estuve allí el año pasado, comí algunos de los mejores platos de mi vida. No sabes lo que es un buen *xiao long bao** hasta que no lo comes en Shanghái.

—Rachel, ¿qué novedades hay con lo de tu padre? ¿Ya lo has encontrado? —soltó de repente la tía abuela Louise, la más anciana del clan Chu, desde un extremo de la mesa.

---

* *Dumplings* rellenos de carne y caldo caliente que, dada su creciente popularidad en los últimos años en el panorama gastronómico internacional, no paran de abrasar bocas de novatos por todo el mundo.

El primo Dave, sorprendido, escupió un trozo de cerdo a la barbacoa a medio masticar. Se hizo el silencio en el comedor, mientras algunos intercambiaban miradas furtivas. El rostro de Rachel se ensombreció un poco. La joven respiró hondo antes de responder.

—No, no lo hemos encontrado.

—El mes pasado creímos que teníamos posibilidades, pero no salió bien —dijo Nick, cogiendo de la mano a Rachel.

—Allí las cosas pueden ser muy complicadas —reflexionó el tío Ray, intentando coger una gamba gigante rebozada más. Su mujer le apartó la mano de una palmada.

—Al menos, ahora tenemos claro que el padre de Rachel ha cambiado de nombre. Porque toda su documentación oficial desaparece en 1985, poco antes de que se graduara en la Universidad de Pekín —explicó Nick.

—Hablando de universidades, ¿sabéis que la hija de Penny Shi, que tuvo las mejores calificaciones de su clase en Los Gatos, no ha conseguido entrar en ninguna de las universidades de la Ivy League en las que ha solicitado plaza? —trinó la tía Jin, intentando cambiar de tema. Era realmente espantoso haber sacado a colación lo del padre de Rachel delante de Kerry, la madre de esta, que ya había sufrido lo suficiente las tres últimas décadas como madre soltera.

El primo Henry ignoró el comentario de la tía Jin y metió baza para ofrecerles su ayuda.

—Mi empresa trabaja con una abogada increíble de Shanghái. Su padre ocupa un puesto importante en el Gobierno y ella tiene muy buenos contactos. ¿Queréis que mire si puede ayudaros?

Kerry, que había permanecido en silencio hasta el momento, posó de golpe los palillos en la mesa e intervino.

—A ver, todo esto es una pérdida de tiempo. ¡No tiene ningún sentido perseguir fantasmas!

Rachel miró fugazmente a su madre. Luego se levantó de la mesa y abandonó la habitación, sin mediar palabra.

Samantha dio su opinión, con la voz un tanto entrecortada de la emoción.

—No es ningún fantasma, tía Kerry. Es su padre y tiene derecho a ponerse en contacto con él. No quiero ni imaginar cómo sería mi vida sin mi padre. ¿Vas a culpar a Rachel por querer encontrarlo?

3

Scotts Road

Singapur, 9 de febrero de 2013

Cuando llegues, entra directamente por el garaje —le dijo Bao Shaoyen a Eleanor por teléfono. Eleanor cumplió órdenes y se acercó a la garita de seguridad, para explicar que iba a hacerles una visita a los Bao después de cenar. Estos habían alquilado hacía poco un apartamento en aquel nuevo edificio de Scotts Road.

—Ah, sí, señora Young. Por favor, vaya por la izquierda y siga las flechas —dijo el asistente con el uniforme gris.

Eleanor bajó por la rampa y entró en un aparcamiento subterráneo impoluto en el que, curiosamente, no había ningún coche. «Deben de ser unos de los primeros inquilinos en mudarse», pensó, mientras giraba a la izquierda y se acercaba a una puerta de garaje metálica de color blanco con una señal en la parte de arriba que decía: «UNIDAD 01. APARCAMIENTO MECANIZADO (SOLO PARA RESIDENTES)». La puerta se abrió rápidamente y una señal luminosa verde empezó a parpadear. Mientras avanzaba hacia el interior de aquel luminoso compartimento, se encendió delante de ella una señal digital que decía: «PARE. POSICIÓN DE APARCAMIENTO CORRECTA». «Qué raro... ¿Se supone que tengo que aparcar aquí?».

De repente, el suelo empezó a moverse. Eleanor contuvo la respiración y se aferró al volante, instintivamente. Solo al cabo de unos segundos, se dio cuenta de que estaba sobre una plataforma rotativa que estaba haciendo girar lentamente su coche noventa grados. Cuando el vehículo dejó de girar, todo el suelo empezó a elevarse. «¡Por el amor de Dios, es un ascensor para coches!». A su derecha había una pared acristalada y, mientras el ascensor seguía subiendo, la vista nocturna del horizonte de Singapur se desplegó ante ella en todo su esplendor.

«Lo de este apartamento tan moderno ha debido de ser idea de Carlton», pensó Eleanor. Desde que había conocido a Bao Shaoyen en Londres, el septiembre anterior, se había hecho muy amiga de la familia. Eleanor y sus amigas habían apoyado a Shaoyen y a su marido, Gaoliang, durante esas semanas tan difíciles en las que Carlton había estado entrando y saliendo del quirófano en el St. Mary's de Paddington y, en cuanto este estuvo fuera de peligro, fue Eleanor quien les sugirió que completara su recuperación en Singapur, en lugar de en Pekín.

«El clima y la calidad del aire le vendrán mucho mejor y tenemos algunos de los mejores fisioterapeutas del mundo. Conozco a los mejores médicos de Singapur y me aseguraré de que Carlton reciba el mejor tratamiento», les había dicho a los Bao, que siguieron su consejo, agradecidos. Por supuesto, Eleanor no había revelado el verdadero motivo que se ocultaba tras su altruismo: tenerlos cerca le permitiría descubrir todo lo que pudiera sobre aquella familia.

Eleanor conocía a muchos hijos malcriados, pero nunca había conocido a ninguno cuya madre comiera de su mano hasta ese punto. Shaoyen había llevado a tres doncellas desde Pekín para que la ayudaran a cuidar de Carlton, pero aun así insistía en hacer ella misma prácticamente todo. E, inexplicablemente, desde que habían llegado a Singapur en noviembre, se habían mudado tres veces. Daisy Foo les había hecho a los Bao lo que ella consideraba un favor especial, y había usado los contactos de su familia para conseguirles una suite Valley Wing en el Shangri-La a un precio muy reducido. Pero, por alguna razón, a Carlton no le satisfacía uno de los mejores hoteles de Singapur. Los Bao se mudaron de inmediato a un piso amueblado de Hilltops, el lujoso rascacielos de Leonie Hill, y un mes después volvieron a mudarse a un apartamento aún más pijo de Grange Road. Y ahora estaban en aquel edificio, con ese ridículo ascensor para coches.

Eleanor recordaba haber leído algo sobre aquel lugar en la sección inmobiliaria del *Business Times*. Era el primer edificio de lujo de Asia que tenía ascensores para los coches controlados biométricamente, y «garajes privados panorámicos» en todos los apartamentos. Solo los expatriados, que derrochaban su riqueza sin pestañear, o alguien de la China continental con mucho dinero habría deseado vivir en un lugar como ese. Carlton, que obviamente pertenecía a la segunda categoría, había conseguido justo lo que quería.

Cincuenta pisos más arriba, el suelo por fin se detuvo y Eleanor se encontró delante de un amplio salón. Shaoyen estaba al otro lado de una pared acristalada, saludándola con la mano. A su lado se encontraba Carlton, en una silla de ruedas.

—¡Bienvenida, bienvenida! —exclamó Shaoyen emocionada, mientras Eleanor entraba en el apartamento.

—¡*Alamak*, me he llevado un susto de muerte! ¡Cuando el suelo empezó a moverse, creía que me estaba dando un ataque de vértigo!

—Lo siento, señora Young, fue idea mía. Creí que le haría gracia la novedad del ascensor para coches —le explicó Carlton.

Shaoyen miró a Eleanor, resignada.

—Espero que ahora veas por qué hemos tenido que mudarnos aquí. La furgoneta para discapacitados llega directamente hasta este piso, y Carlton puede entrar con la silla de ruedas en el apartamento sin problemas.

—Sí, muy práctico —repuso Eleanor, sin creer ni por un instante que el acceso para discapacitados hubiera desempeñado un papel importante en la elección del apartamento. Se giró para volver a ver aquel garaje tan efectista, pero la pared acristalada se había vuelto de un color blanco opaco—. ¡Vaya, qué ingenioso! Creía que tendríais que estar contemplando el coche todo el día, cuando estáis sentados en el salón. Sería una desgracia si tuvierais un viejo Subaru.

—Bueno, puedes ver tu coche, si quieres —dijo Carlton, mientras tocaba la pantalla de su iPad mini. La cristalera volvió a hacerse transparente de inmediato, pero, esa vez, unos puntos de luz dirigidos y la luz ambiental hicieron que su Jaguar de doce años pareciera una pieza de museo. Eleanor se sintió secretamente aliviada por que su chófer, Ahmad, hubiera abrillantado el vehículo el día anterior—. Imagine lo maravilloso que se vería ahí un Lamborghini Aventador de color cromo —añadió Carlton, mientras miraba a su madre, ilusionado.

—No volverás a ponerte al volante de otro coche deportivo —aseguró Shaoyen, indignada.

—Eso ya lo veremos —murmuró Carlton entre dientes, dirigiéndole a Eleanor una mirada cómplice. Eleanor le sonrió, pensando en lo cambiado que estaba. Durante las primeras semanas de rehabilitación en Singapur, Carlton parecía totalmente catatónico, apenas establecía contacto visual con ella ni le dirigía la palabra. Pero ahora el jovencito de la silla de ruedas hablaba, e incluso bromeaba. A lo mejor le habían dado sertralina, o algo así.

Shaoyen condujo a Eleanor al salón formal, un espacio moderno y agresivo con ventanas del suelo al techo y paredes de ónix retroiluminadas. Una doncella china, de la China continental, entró con una bandeja que crujía por el peso de un recargado juego de té de Flora Danica que, personalmente, Eleanor consideró incongruente con el resto de la decoración.

—Venga, vamos, toma un poco de té. Eres muy amable al hacernos compañía en Fin de Año, cuando deberías estar con tu esposo —comentó Shaoyen, gentilmente.

—Bueno, Philip no llega hasta más tarde. Nuestra familia no celebra el Año Nuevo hasta mañana. Hablando de maridos, ¿Gaoliang no está?

—Acaba de irse. Ha tenido que volver a Pekín. Tiene muchos asuntos oficiales de los que ocuparse en los próximos días.

—Qué lástima. Bueno, tendrás que guardarle un poco de esto —dijo Eleanor, mientras le tendía a Shaoyen una bolsa de plástico de OG*.

—¡Vaya, no era necesario! —exclamó Shaoyen, mientras metía la mano en la bolsa y sacaba media docena de envases distintos—. ¿Qué son todas estas delicias que tienen tan buena pinta?

—Son solo unos cuantos dulces tradicionales de Año Nuevo hechos por las cocineras de mi suegra. Tartaletas de piña, cartas de amor, galletas de almendra y pasteles *nyonya* variados.

—Eres muy amable. *Xiè xie!*** Espera un momento, yo también tengo algo para ti —dijo Shaoyen, y se dirigió apresuradamente hacia otra habitación.

Carlton observó los postres.

—Ha sido tremendamente amable al traernos todos estos obsequios, señora Young. ¿Cuál deberíamos probar primero?

—Yo empezaría con algo no demasiado dulce, como las galletas de almendra *kueh bangkit*, y luego seguiría con las tar-

---

* Oriental Garments, más conocida como OG, es una cadena de grandes almacenes fundada en 1962. Venden ropa, accesorios y artículos del hogar económicos, y es el lugar al que van todas las señoras de rancio abolengo de Singapur de cierta generación que, aunque aseguran que solo usan ropa interior de Hanro, compran en secreto todos sus sujetadores y bragas Triumph allí, a precios de saldo.

** En mandarín, «Gracias».

taletas de piña —le aconsejó Eleanor, antes de estudiar el rostro de Carlton durante un instante. La cicatriz que tenía en la mejilla izquierda ya no era más que una línea fina apenas visible, que en realidad añadía un toque de encanto y picardía a aquellos pómulos aburridamente perfectos. Era un joven guapo, e, incluso después de todas las operaciones de cirugía plástica, seguía pareciéndose tanto a Rachel Chu que a veces le resultaba inquietante mirarlo. Afortunadamente, su acento de pijo inglés, que tanto le recordaba al de Nicky, era mucho más atractivo que el absurdo deje estadounidense de Rachel.

—¿Puedo compartir un secreto con usted, señora Young? —susurró Carlton, de repente.

—Claro —respondió Eleanor.

Carlton echó un vistazo al pasillo, por si veía acercarse a su madre, y después, lentamente, se levantó de la silla de ruedas y dio algunos pasos vacilantes.

—¡Estás caminando! —exclamó Eleanor, sorprendida.

—¡Chist! ¡No grite! —le pidió Carlton, volviendo a sentarse en la silla de ruedas—. No quiero que mi madre me vea hasta que pueda cruzar sin problemas el salón. Mi «fisio» dice que podré volver a caminar con normalidad en un mes, y que en verano ya podré correr.

—¡Dios mío! ¡Me alegro tanto por ti! —dijo Eleanor.

Shaoyen volvió a entrar en el salón.

—¿A qué viene tanta emoción? ¿Te ha contado Carlton que su *mazi* va a hacernos una visita?

—¡Noooo! —exclamó Eleanor, con interés.

—No es mi novia, mamá —puntualizó Carlton.

—Vale, la «amiga» de Carlton viene a visitarnos la próxima semana —aclaró Shaoyen.

Carlton emitió un gemido, avergonzado.

—¡*Aiyah*, Carlton es tan guapo y tan listo que es normal que tenga una «amiga»! Es una lástima, había preparado una lista de muchas candidatas guapísimas para *gaai siu** —dijo Eleanor, con picardía.

Carlton se ruborizó un poco.

—¿Le gustan las vistas, señora Young? —preguntó el muchacho, intentando cambiar de tema.

—Sí, son muy bonitas. Desde aquí se ve mi apartamento, ¿sabes? —respondió Eleanor.

—¿En serio? ¿Cuál es? —preguntó Shaoyen con interés, yendo hacia la ventana. Llevaban en Singapur tres meses, y le parecía un poco extraño que Eleanor no los hubiera invitado nunca a su casa.

—Es el que está encima de aquella colina. ¿Veis la torre que parece construida sobre la vieja mansión?

—¡Sí, sí!

—¿En qué piso vive? —quiso saber Carlton.

—En el ático.

—¡Qué maravilla! Intentamos conseguir el ático aquí, pero ya estaba ocupado —fanfarroneó Carlton.

—Este ya es lo suficientemente grande, ¿no crees? ¿No tenéis toda la planta?

—Sí. Son trescientos veinticinco metros cuadrados, con cuatro habitaciones.

—Madre mía, el alquiler debe de costaros un riñón.

—Bueno, decidimos comprar la casa, en lugar de alquilarla —dijo Carlton, con una sonrisa de satisfacción.

—Ah —repuso Eleanor, sorprendida.

—Sí, y, ahora que nos hemos mudado, nos gusta tanto que hemos decidido comprar el piso de arriba y el de abajo para hacer un tríplex.

—No, no, solo nos lo estamos pensando —lo interrumpió Shaoyen, rápidamente.

---

* En cantonés, «presentarle».

—¿Qué quieres decir, madre? ¡Si firmamos el contrato hace dos días! ¡Ya no hay vuelta atrás!

Shaoyen apretó los labios, antes de recomponerse y esbozar una sonrisa forzada. Obviamente, su hijo se había ido de la lengua y ella se sentía incómoda.

Eleanor intentó que se relajara.

—Shaoyen, creo que habéis tomado una decisión muy inteligente. Los precios en este distrito siempre van a subir. Las propiedades de Singapur empiezan a estar más solicitadas incluso que las de Nueva York, Londres o Hong Kong.

—Eso es exactamente lo que le dije a madre —comentó Carlton.

Shaoyen no dijo nada, pero extendió el brazo para servirle una taza de té a Eleanor.

Eleanor cogió la taza de té, sonriendo, mientras la calculadora de su cerebro empezaba a hacer su trabajo. En aquella ubicación privilegiada, aquel piso debía de haberles costado a los Bao, fácilmente, unos quince millones de dólares —probablemente más con el garaje panorámico— y ahora resultaba que habían comprado dos pisos más. Al tener a Cheng como su banquero particular, Eleanor había dado por hecho que los Bao debían de estar forrados, pero, al parecer, estaban mucho más forrados de lo que creía.

Daisy Foo había tenido razón todo ese tiempo. Poco después de conocer a Shaoyen en Londres, Daisy había dicho: «Seguro que los Bao son más ricos que nadie. No tenéis ni idea de lo ricos que se han vuelto todos los de la China continental. Parece que fue ayer cuando Peter y Annabel Lee se convirtieron en los primeros multimillonarios del continente, y ahora hay cientos de ellos. Mi hijo me ha dicho que, en cinco años, en China habrá más multimillonarios que en Estados Unidos». El señor Wong, el investigador privado de confianza que Lorena le había recomendado, llevaba meses peinando China para intentar descubrir todos los trapos sucios de los Bao, y ahora Eleanor estaba aún más ansiosa por leer su informe.

Después de que Carlton y Shaoyen hubieran dado buena cuenta de los dulces de Año Nuevo, Shaoyen tendió una gran bolsa roja y dorada a Eleanor.

—Toma, es solo un pequeño detalle para que celebres las fiestas. *Xin nian kuai le**.

—¡*Aiyah*, no era necesario *lah*! ¿Qué es? —preguntó Eleanor, mientras sacaba de la bolsa una caja marrón y naranja, universalmente reconocible. La mujer levantó la tapa y vio que la caja contenía un bolso Birkin de Hermès.

—¿Te gusta? Sé que eres de colores neutros, así que te he comprado el Blanco Himalaya de cocodrilo del Nilo —le explicó Shaoyen.

Eleanor sabía que ese bolso, teñido en los colores chocolate, beis y blanco de un gato himalayo, tenía que costar al menos cien mil dólares.

—*Alamak!* ¡Es un regalo demasiado generoso! ¡No puedo aceptarlo!

—Solo es un pequeño detalle, en serio —dijo Shaoyen, recatadamente.

—Te agradezco el gesto, pero no puedo aceptarlo. Sé cuánto cuestan este tipo de cosas. Deberías guardártelo para ti.

—No, no, demasiado tarde —contestó Shaoyen, mientras abría el broche y levantaba la solapa delantera del bolso. En la piel estaban grabadas las iniciales de Eleanor: E. Y.

Eleanor suspiró.

—Esto es demasiado. Tengo que pagártelo.

—No, no. No nos ofendas. Esto no es nada, comparado con lo amable que has sido con nosotros en los últimos meses.

«No sabes lo que estoy tramando», pensó Eleanor.

* En mandarín, «Feliz Año Nuevo».

—Ayúdame. ¡Esto es una exageración! —dijo a continuación, volviéndose hacia Carlton.

—En realidad no es nada —repuso el chico.

—¡Claro que lo es! Sabes que es imposible que acepte un regalo tan generoso de tu madre.

Carlton se rio.

—Venga conmigo, señora Young. Deje que le enseñe algo —comentó el joven, antes de abandonar el salón en la silla de ruedas, haciéndole un gesto a Eleanor para que lo siguiera. Al final del pasillo, abrió la puerta de uno de los cuartos de invitados y encendió la luz. Eleanor echó un vistazo a la habitación. Apenas tenía muebles, pero era casi imposible entrar en ella.

El suelo estaba cubierto de bolsas de Hermès con sus correspondientes cajas y, expuesto sobre cada caja, había un bolso Birkin o Kelly, en todos los colores del arcoíris y en todos los tipos posibles de pieles exóticas. En cada una de las paredes había armarios hechos a medida que exhibían hileras e hileras de bolsos de Hermès, todos ellos iluminados por tenues focos. Había más de cien bolsos en la habitación, y la calculadora del cerebro de Eleanor empezó a funcionar a toda máquina.

—Esta es la habitación de los regalos de mi madre. Ha regalado un Hermès a todos los médicos, enfermeras y fisioterapeutas del Centro Médico de Camden que me han ayudado en los últimos meses —dijo Carlton. Eleanor observó boquiabierta todos aquellos bolsos que se apiñaban en la habitación—. Mi madre tiene una debilidad. Y ahora ya sabe cuál es —añadió el joven, riéndose.

Shaoyen le enseñó a Eleanor algunos bolsos de Hermès realmente únicos, hechos exclusivamente para ella. Personalmente, a Eleanor le parecía un derroche de dinero tremendo. «¡No quiero ni pensar cuántas acciones de Noble Group o CapitaLand podría comprar con este dinero!». Pero, públicamente, hizo el numerito de emitir exclamaciones de asombro al ver los bolsos.

Eleanor volvió a darles las gracias por su generoso regalo, y se dispuso a marcharse. Carlton fue hacia la entrada en la silla de ruedas.

—Esta vez coja el ascensor, señora Young. Haré que su coche baje solo y la estará esperando cuando llegue al vestíbulo.

—Vaya, muchas gracias, Carlton. ¡Estaba pensando que, como tuviera que volver a subirme en ese ascensor para coches, iba a darme un ataque de pánico!

Shaoyen y Carlton se despidieron de ella en la entrada del ascensor. Las puertas se cerraron, pero, en lugar de bajar de inmediato, el ascensor se quedó parado un momento. Al otro lado de la puerta, Eleanor oyó gritar a Carlton, de repente.

—¡Ay! ¡Aaaay! ¡Eso ha dolido mucho, madre! ¿Qué he hecho?

—*BAICHI!** ¿Cómo se te ocurre contarle tantas intimidades a Eleanor Young? ¿No has aprendido nada? —exclamó Shaoyen, en mandarín.

Entonces, el ascensor empezó a bajar con rapidez y Eleanor no oyó nada más.

---

* En mandarín, «¡Idiota!».

4

Ridout Road

Singapur

De: Astrid Teo <astridleongteo@gmail.com>
Fecha: 9 de febrero de 2013 a las 22:42
Para: Charlie Wu <charles.wu@wumicrosystems.com>
Asunto: ¡F. A. N.!

¿Qué tal?

¡Solo quería desearte Feliz Año Nuevo! He venido a casa para la cena anual de *yee sang** con mi familia política, y acabo de acordarme del año que fui a tu casa a cenar y uno de los ingredientes eran virutas de oro de veinticuatro quilates. Recuerdo que se lo conté a mi abuela, porque sabía que se escandalizaría. («¡Por el amor de Dios, esos Wu se han

---

* El *yee sang*, o «pescado crudo», es una bandeja enorme con pescado crudo, verduras encurtidas cortadas en tiras y diferentes especias y salsas, que se come durante el Año Nuevo chino en Singapur. En un momento determinado, los comensales se levantan y lanzan por los aires los ingredientes con sus palillos, mientras se desean prosperidad y abundancia unos a otros. A eso se le llama «el lanzamiento de la prosperidad» y se cree que, cuanto más alto llegues, más suerte tendrás.

quedado sin formas de gastarse el dinero, por eso ahora se lo comen, literalmente!», fue lo que dijo).

Siento haber tardado tanto en escribirte, pero estos últimos meses han sido una locura. Me he convertido en una especie de mujer trabajadora... Ahora estoy involucrada en las actividades del Museo de Bellas Artes, ayudándoles entre bastidores con algunas adquisiciones estratégicas importantes para su ampliación. (Por favor, no se lo cuentes a nadie. Querían convertirme oficialmente en miembro de la junta directiva del museo, o ponerle mi nombre a una de las alas, pero me he negado a ambas cosas. No anhelo ver mi nombre tallado en una pared, en realidad me parece un poco macabro).

Hablando de adquisiciones, ¡la nueva empresa de Michael está en racha! El año pasado compró dos *start-ups* tecnológicas de Estados Unidos, lo que me proporcionó una excusa para acompañarlo a un par de viajes a California y visitar a mi hermano. Alex y Salimah ya tienen tres hijos y viven en una casa preciosa en Brentwood. Este año, mi madre por fin ha accedido a acompañarme a Los Ángeles para conocer a sus nietos (papá todavía se niega a reconocer a Salimah y a «esos» niños). Por supuesto, mamá se enamoró de ellos. Son una monada.

No puede decirse lo mismo de Cassian, que es un niño realmente difícil. ¡Superé los terribles dos años, pero nadie me había hablado de los terribles cinco! No sabes lo afortunado que eres de tener niñas. Ahora estamos intentando decidir si retrasamos un año más su inicio en primaria en ACS. (Por supuesto, Michael cree que no debería ir a ACS y quiere que vaya a un colegio internacional. ¿A ti qué te parece?).

Además, en octubre nos hemos mudado a una casa nueva, en Ridout Road. ¡Sí, por fin! Aunque no me costó mucho convencer a Michael para dejar nuestro pisito, ahora que puede comprarse una casa con su propio dinero. Es uno de esos preciosos bungalós diseñados por Kerry Hill en los años noventa, de estilo moderno tropical clásico, construido alrededor de tres jardines con estanques reflectantes, y esas cosas. Hemos contratado a un joven arquitecto local, que estuvo haciendo prácticas con Peter Zumthor, para hacer algunas reformas, y a un paisajista italiano maravilloso para que los jardines recuerden menos a Bali y más a Cerdeña. (¡Sí, el viaje que hicimos hace tantos años a Cala di Volpe sigue inspirándome!).

Por supuesto, la mudanza y la puesta a punto de la casa nueva se convirtieron en un trabajo de jornada completa, aunque supuestamente tenía todo un equipo de diseño a mi disposición. Lo más curioso es que ya se nos queda pequeña. No nos vendrían mal mil metros cuadrados más, ahora que a Michael le ha dado por coleccionar objetos históricos y Porsches antiguos. Lo que se suponía que iba a ser la sala de estar de la primera planta se ha convertido prácticamente en un concesionario. ¿Te lo puedes creer? ¡Si hace dos años ni siquiera era capaz de convencer a mi marido para que se comprara un traje nuevo!

En fin, ¿tú qué tal estás? Te vi en la portada de *Wired* el mes pasado, ¡estoy muy orgullosa de ti! ¿Cómo están las niñas? ¿E Isabel? En el último correo electrónico que me enviaste parecía que estabais en muy buen momento. ¿Qué te había dicho? ¡Una semana en las Maldivas sin teléfono ni wifi reaviva cualquier matrimonio!

¡Si vienes este año a Singapur, avísame: te haré una visita guiada de mi nuevo concesionario de coches!

Bss,
A

De: Charlie Wu <charles.wu@wumicrosystems.com>
Fecha: 10 de febrero de 2013 a las 01:29
Para: Astrid Teo <astridleongteo@gmail.com>
Asunto: Re: ¡F. A. N.!

Hola, Astrid:

El trabajo del museo es perfecto para ti, siempre he creído que podrías ser de gran ayuda en el ámbito cultural. Me alegra que por fin tengas una casa con suficiente espacio para que quepa un alfiler. No sé si me considerarías muy afortunado últimamente: mi hija pequeña, Delphine (4), se ha vuelto exhibicionista (el otro día se quitó toda la ropa y estuvo corriendo por Lane Crawford diez minutos sin que las niñeras fueran capaces de atraparla; sospecho que estaban demasiado ocupadas comprando en las rebajas previas a Año Nuevo como para darse cuenta), y su hermana mayor, Chloe (7), está pasando por una fase de chicazo tremenda. Ha encontrado mis viejos DVD de *Doctor en Alaska* y, por alguna razón, se ha enamorado de la serie (aunque yo creo que es demasiado joven para entenderla). Ahora quiere ser piloto de avioneta, o *sheriff*. A Isabel no le hace ninguna gracia todo esto, pero al menos últimamente está mucho más contenta conmigo.

¡Feliz año de la serpiente para ti y tu familia!

Saludos,
Charlie

Tanto este mensaje, como los documentos adjuntos, contienen información de Wu Microsystems o sus filiales que puede ser confidencial y/o de carácter reservado. Si usted no es el destinatario correcto, no podrá leer, copiar, difundir o utilizar esta información. Si ha recibido esta comunicación por error, notifíqueselo inmediatamente al remitente respondiendo a este correo electrónico y, acto seguido, elimine este mensaje.

De: Astrid Teo <astridleongteo@gmail.com>
Fecha: 10 de febrero de 2013 a las 07:35
Para: Charlie Wu <charles.wu@wumicrosystems.com>
Asunto: Re: Re: ¡F. A. N.!

¡Madre mía, recuerdo los atracones de *Doctor en Alaska* que nos pegábamos cuando vivíamos en Londres! Yo estaba totalmente obsesionada con John Corbett. ¿Qué habrá sido de él? ¿Recuerdas aquella idea que tuviste, inspirado por la época de chef de Adam en el Brick? Querías buscar una cafetería vieja en medio de la nada donde pararan los camioneros, en alguna carretera inhóspita de las islas Orcadas, o del noroeste de Canadá, y contratar a un cocinero brillante que hubiera hecho prácticas en los mejores restaurantes de París. Serviríamos unos platos de lo más exquisitos e innovadores, pero no tocaríamos la decoración del lugar ni una pizca y seguiríamos usando los viejos platos de plástico de la cafetería y cobrando precios de cafetería. Yo sería la camarera y solo me vestiría con ropa de Ann Demeulemeester. Y tú serías el camarero y solo servirías los mejores whiskys de malta y los vinos más exclusivos, pero les quitaríamos las etiquetas para que nadie lo supiera. La gente acabaría allí de vez en cuando por accidente y les serviríamos la mejor comida del mundo. ¡Sigue pareciéndome una idea brillante! No te preocupes demasiado por tus hijas. Creo que el nudismo es algo hermoso en los niños (aunque a lo mejor deberías mandarla a Suecia en verano), y mi prima Sophie también pasó por una fase de chicazo. Aunque, ahora que lo pienso, tiene más de treinta años y nunca la he visto con maquillaje, ni con falda. Vaya.

Bss,
A

P. D.: ¿Por qué tus respuestas son cada vez más minimalistas? Tus últimos correos electrónicos han sido dolorosamente cortos, comparados con mis tochos. ¡Si no supiera lo ocupado que estás intentando dominar el mundo, y lo importante que eres, empezaría a sentirme ofendida!

De: Charlie Wu <charles.wu@wumicrosystems.com>
Fecha: 10 de febrero de 2013 a las 09:04
Para: Astrid Teo <astridleongteo@gmail.com>
Asunto: Re: Re: Re: ¡F. A. N.!

John Corbett vive con Bo Derek desde 2002. Creo que les va muy bien.
Saludos, C

P. D.: El que va a dominar el mundo es tu marido, no yo. Yo he estado ocupado buscando a un chef brillante que quiera vivir en la Patagonia y cocinar para seis clientes al mes.

Tanto este mensaje, como los documentos adjuntos, contienen información de Wu Microsystems o sus filiales que puede ser confidencial y/o de carácter reservado. Si usted no es el destinatario correcto, no podrá leer, copiar, difundir o utilizar esta información. Si ha recibido esta comunicación por error, notifíqueselo inmediatamente al remitente respondiendo a este correo electrónico y, acto seguido, elimine este mensaje.

5

Tyersall Park

Singapur, Año Nuevo chino, por la mañana

Tres berlinas Mercedes Clase-S del mismo color plata iridio con matrículas TAN01, TAN02 y TAN03 avanzaban lentamente entre el tráfico matutino, de camino a Tyersall Park. En el primer coche, Lillian May Tan, la matriarca de la familia que exhibía descaradamente su apellido en sus vehículos, observaba por la ventanilla los adornos rojos y dorados del Año Nuevo chino que invadían todas las fachadas de Orchard Road. Cada año, la decoración se volvía más elaborada y menos elegante.

—Por el amor de Dios, ¿qué es eso?

Desde el asiento del copiloto, Eric Tan analizó aquella pantalla LED de diez pisos de altura, en la que aparecía una animación capaz de causar un ataque epiléptico, y se rio.

—Abuela, creo que supuestamente es una serpiente roja... entrando en una especie... de túnel dorado.

—Pues es una serpiente muy rara —comentó Evie, la nueva esposa de Eric, con su voz aguda.

Lillian May se abstuvo de comentar qué le parecía aquella criatura hinchada de cabeza ancha, pero le recordaba a algo que había visto hacía mucho tiempo, cuando su difunto esposo —bendito fuera— la había llevado a un espectáculo en directo de lo más peculiar en Ámsterdam.

—¡Deberíamos haber ido por Clemenceau Avenue! ¡Ahora nos hemos quedado atrapados en el tráfico de Orchard Road! —dijo Lillian May, preocupada.

—*Aiyah*, da igual por dónde vayamos, estará todo colapsado —comentó su hija Geraldine.

A partir del primer día del Año Nuevo chino, los singapurenses participan en un ritual realmente único. Por toda la isla, hay gente corriendo como loca yendo a las casas de sus familiares y amigos para darles regalos de Año Nuevo, intercambiar *ang pows** y engullir comida. Los dos primeros días del Año Nuevo son los más importantes y se sigue un rígido protocolo para concertar las visitas, por estricto orden de edad. Primero se visita a los parientes más mayores y más queridos (y, normalmente, más ricos). Los hijos adultos que ya no viven en casa deben visitar a sus padres, los hermanos menores a todos sus hermanos mayores en orden descendente de edad, los primos segundos visitan antes a los primos primeros y, después de pasarse todo el día conduciendo por la ciudad y rindiendo homenaje a la familia paterna, al día siguiente tienen que repetir el

---

* En hokkien, «paquetes rojos». Esos sobres rojos con relieves dorados están llenos de dinero contante y sonante. Las parejas casadas se los entregan en Año Nuevo a los solteros, sobre todo a los niños, para desearles suerte. Las cantidades varían dependiendo del nivel de ingresos del que regala, pero se puede decir sin temor a equivocarse que la cantidad mínima que se obsequia en los hogares más pudientes son cien dólares. Al final de la semana, la mayoría de los niños se han hecho con mil dólares y, para algunos, toda la asignación anual depende de ese ritual. Los *ang pows* de Tyersall Park se salían de lo tradicional, ya que estaban hechos de vitela de color rosa pálido, y siempre contenían una cantidad nominal, pero simbólica. Eso explica que, generación tras generación, los niños a los que llevaban a Tyersall Park en Año Nuevo exclamaran, contrariados: «*Kan ni nah*. ¡Solo hay dos dólares dentro!».

proceso completo con la familia materna*. En las familias grandes, el proceso suele implicar complicadas tablas de Excel, aplicaciones de seguimiento de *ang pows* y un montón de vodka ruso para sobrellevar el dolor de cabeza fruto de aquel caos.

Los Tan se enorgullecían de ser siempre los primeros en llegar a Tyersall Park el día de Año Nuevo. Aunque aquellos descendientes del magnate del caucho del siglo xix Tan Wah Wee eran primos terceros de los Young y, en teoría, no deberían ser los primeros en visitarlos, en los años sesenta habían iniciado la tradición de aparecer allí temprano, a las diez de la mañana en punto. Sobre todo, porque el difunto marido de Lillian May no quería desaprovechar la oportunidad de codearse con todos los VVIP que solían ir a primera hora.

Cuando la caravana de vehículos llegó finalmente a Tyersall Avenue y recorrió el camino de grava de la vasta propiedad, Geraldine le dio a Evie un curso acelerado de última hora sobre sus parientes.

—Bueno, Evie, recuerda saludar a Su Yi en hokkien como te he enseñado, y no te dirijas a ella a menos que ella te hable primero.

—Vale —dijo Evie, asintiendo, mientras observaba boquiabierta la elegante columnata de palmeras que llevaba hasta la casa más majestuosa que había visto jamás, y se ponía cada vez más nerviosa.

—Y evita establecer contacto visual con sus damas de compañía tailandesas. La tía abuela Su Yi siempre tiene dos doncellas a su lado que te echan mal de ojo —comentó Eric.

—Ay, Dios...

—*Aiyah*, deja de asustar a la pobre niña —dijo Lillian May, con sorna.

---

* Si tus padres se habían divorciado y vuelto a casar, o venías de una de esas familias en las que el abuelo había tenido varias esposas y había engendrado a varias familias, estabas completamente jodido.

Mientras la familia salía de los coches y se preparaba para entrar en la casa, Geraldine le susurró a su madre una última advertencia.

—Recuerda: NO vuelvas a hablar de Nicky. A la tía Su Yi casi le da un infarto el año pasado, cuando le preguntaste dónde estaba.

—¿Qué te hace pensar que Nicky no estará aquí este año? —preguntó Lillian May, mientras se agachaba al lado del espejo retrovisor del Mercedes para colocarse los elaborados mechones de cabello que le caían por el cuello.

Geraldine echó un vistazo rápido a su alrededor, antes de continuar.

—¡*Aiyah*, no sabéis la última! Monica Lee me ha contado que su sobrina Parker Yeo se ha enterado de un cotilleo sensacional por Teddy Lim: al parecer, Nicky va a casarse con esa chica el mes que viene. ¡Y en lugar de celebrar una gran boda aquí, van a casarse en California, en una playa! ¿Os imagináis?

—¡Vaya, menuda desgracia! Pobre Su Yi. Y pobre Eleanor. Qué desfachatez, tanto esfuerzo para que Nicky fuera el nieto favorito y total para nada.

—Recuerda, mamá, *um ngoi hoy seh, ah*[*]. ¡No digas nada!

—Tranquila, no le diré nada a Su Yi —prometió Lillian May. Se alegraba de estar por fin en Tyersall Park, en aquel oasis de esplendor, tan lejos de los adornos estridentes y chabacanos de Año Nuevo que engalanaban el resto de la isla. Al cruzar la puerta principal, Lillian tuvo la sensación de haber entrado en un túnel del tiempo mágico. Aquella era una residencia que obedecía solo a las tradiciones decretadas por la exigente señora de la casa. Y había sido transformada con sutileza para aquellas fiestas. Las orquídeas *phalaenopsis* que solían estar sobre la mesa

---

[*] En cantonés, «No eches una maldición mortal». Es decir, «no lo eches todo a perder».

antigua de piedra del vestíbulo, dando la bienvenida a los invitados, habían sido sustituidas por un imponente arreglo floral de peonías rosas. Arriba, en el salón principal, un pergamino de seis metros de largo caligrafiado con un poema de Año Nuevo de Xu Zhimo —compuesto en honor al difunto marido de Su Yi, sir James Young— se desplegaba sobre la pared con incrustaciones de plata y lapislázuli, y las cortinas blancas de gasa que solían ondear contra las puertas de la terraza habían sido sustituidas por paneles de seda con aguas en un luminoso rosa pálido.

En el invernadero bañado por el sol, estaba empezando el ritual del té de Año Nuevo. Su Yi, resplandeciente con un vestido de satén de seda azul turquesa con el cuello alto, y un collar de perlas de una sola sarta, tipo ópera, estaba sentada en una silla de mimbre con cojines, al lado de las puertas acristaladas. Sus damas de compañía de confianza estaban de pie detrás de ella, con aire solemne, mientras tres de sus hijos de mediana edad se alineaban frente a ella, como colegiales a la espera de entregar sus deberes. Felicity y Victoria observaron cómo su hermano, Philip, le ofrecía con ceremonia la tacita de té a su madre, con ambas manos, y le deseaba formalmente buena salud y prosperidad. Después de que Su Yi bebiera un sorbo del té *oolong* infusionado con dátiles rojos secos, le tocó el turno a Eleanor. Mientras esta empezaba a servir el humeante líquido de la tetera de dragón de la dinastía Qing profusamente tallada, se oyó llegar a los primeros invitados de la mañana.

—¡Caray, los Tan cada año llegan más temprano! —exclamó Felicity, molesta.

Victoria meneó la cabeza con desaprobación.

—A Geraldine siempre le preocupa perderse la comida. Cada año está más gorda, no quiero ni imaginarme cuál será su nivel de triglicéridos.

—¿El inútil de Eric Tan no acaba de casarse con una indonesia? Me preguntó cómo será de oscura —comentó Felicity.

—Es medio china, medio indonesia. Su madre es una de las hermanas Liem, así que seguro que será más rica que todas nosotras juntas. No digáis nada, pero Cassandra me ha advertido de que la tía Lillian May acaba de llegar de Estados Unidos y lleva una peluca nueva. Ella cree que la hace parecer más joven, pero Cassandra dice que parece una *pontianak*[*] —murmuró Victoria.

—¡Madre del amor hermoso! —exclamó Felicity, riéndose.

Justo en aquel momento, Lillian May entró como si nada en la sala, seguida por una comitiva de hijos e hijas, esposas varias y nietos. La matriarca de la familia Tan se acercó a Su Yi, se inclinó ligeramente y le brindó el saludo tradicional de Año Nuevo.

—*Gong hei fat choy!*[**]

—*Gong hei fat choy.* ¿Quién es usted? —preguntó Su Yi, mirándola a través de sus características gafas ahumadas.

Lillian May se quedó atónita.

—Su Yi, soy yo. ¡Lillian May Tan!

Su Yi se quedó callada un instante.

—Ah, no te había reconocido con tu nuevo peinado. Creía que esa maldita inglesa de *Dinastía* había venido a verme —comentó luego, con socarronería.

Lillian no sabía si sentirse halagada u ofendida, pero el resto de la sala prorrumpió en carcajadas.

Pronto empezaron a llegar más miembros del extenso clan Young-T'sien-Shang, y todos empezaron a *gongheifatchoyzarse* entre ellos apresuradamente, a darles *ang pows* a los niños, a

---

[*] Mujeres fantasmas que tienen el pelo como un nido de ratas y que viven en bananeros. Las *pontianaks* pertenecen a la mitología indonesia y malaya, y se dice que son los espíritus de las mujeres que murieron dando a luz. Las *pontianaks* matan a sus víctimas abriéndoles la tripa con sus uñas sucias y afiladas, y devoran sus órganos. Ñam.

[**] «Felicidades y mucha prosperidad». Es el saludo formal en cantonés. Los niños traviesos prefieren decir: «¡Feliz año nuevo, te tiro de la oreja!» o *«Gong hei fat choy—ang pow tae lai!»* (¡Y ahora dame ese *ang pow*!).

alabar los modelitos que llevaban, a comentar quién había engordado o estaba demasiado delgado, a intercambiar informes sobre qué casas se habían vendido y por cuánto, a enseñarse fotos de sus últimas vacaciones/nietos/tratamientos médicos y a atiborrarse de tartaletas de piña.

Cuando los invitados empezaron a dirigirse poco a poco hacia la grandiosa escalera para subir al salón principal del piso de arriba, Lillian May aprovechó la oportunidad para saludar a Eleanor.

—¡No quería alabarte delante de Felicity y Victoria, porque siempre se ponen celosas, pero he de decirte que tu vestido cruzado de color morado es maravilloso! ¡Eres, sin duda, la mujer más elegante de la sala!

Eleanor sonrió educadamente.

—Tú también estás guapísima. Es un conjunto precioso... ¿El caftán va aparte?

—Me lo compré cuando fui a visitar a mi hermana en San Francisco. Es de un nuevo diseñador maravilloso que he descubierto. ¿Cómo se llama? Déjame pensar... Eddie Fisher. No, no era así... ¡Eileen Fisher! Eso sí, la Costa Oeste ha tenido un invierno gélido, de lo más atípico. Deberías meter en la maleta alguna prenda de abrigo para el viaje.

—¿Qué viaje? —preguntó Eleanor, frunciendo el ceño.

—El de California.

—No voy a ir a California.

—Pero, obviamente, tú y Philip iréis a... —empezó a decir Lillian, antes de quedarse en silencio de repente.

—¿Adónde?

—Madre mía, soy una boba... Lo siento, por un momento te había confundido con otra persona —balbuceó Lillian—. *Geik toh sei!** Me estoy volviendo muy senil. ¡Vaya, mira, ahí

---

* En cantonés, «Esto me irrita muchísimo».

están Astrid y Michael! ¿Astrid no está divina? Y el pequeño Cassian está monísimo con esa pajarita. ¡Tengo que ir a pellizcarle los mofletes a esa ricura! Eleanor apretó la mandíbula. Lillian May mentía fatal. Algo iba a suceder en California, y la mente de Eleanor valoró todas las posibilidades. ¿Por qué demonios iban a tener que ir ella y Philip a la condenada California juntos? A menos que hubiera algún evento importante que tuviera que ver con Nicky. ¿Al final iba a casarse? Sí, sí, debía de ser eso lo que iba a pasar. Por supuesto, la única persona que sabría la verdad sería Astrid, que en aquel preciso instante estaba parada en el rellano de la escalera, mientras Lillian May le acariciaba el vestido de una forma muy grotesca. De lejos, Astrid parecía llevar puesto un vestido recto blanco bastante sencillo con detalles en azul en las mangas y en el escote, pero, a medida que Eleanor se fue acercando, se dio cuenta de que los detalles azules eran, en realidad, bordados de seda que imitaban los estampados de la porcelana de Delft.

—¡*Aiyah*, Astrid, vengo aquí cada año solo para ver el vestido de alta costura que te habrás puesto! Y, desde luego, no me has defraudado: eres con diferencia la mujer más elegante de la sala. ¿Qué llevas puesto? ¿Es de Balmain? ¿De Chanel? ¿De Dior? —le preguntó Lillian, efusivamente.

—Bah, solo es un pequeño experimento que mi amigo Jun* ha confeccionado para mí —respondió Astrid.

—¡Es realmente divino! Y Michael... ¡Del barrio de Toa Payoh a magnate! ¡Mi hijo dice que te has convertido en el Steve Gates de Singapur!

—Ja, ja. No *lah*, tía —respondió Michael, que era demasiado educado como para corregir a la anciana.

---

* Jun Takahashi, la mente creativa que hay detrás de la marca de culto Undercover. El prototipo del vestido de Astrid era, probablemente, la inspiración de su colección de otoño-invierno 2014.

—Es verdad. Cada vez que abro el *Business Times* veo tu cara. ¿Tienes algún soplo que darme? —preguntó Eleanor, uniéndose al grupo.

—¡Tía Elle, por lo que dicen mis amigos de G. K. Goh, tú eres la que debería darme a mí algunos consejos sobre la bolsa! —comentó Michael, riéndose, obviamente disfrutando de aquella repentina adoración por parte de los parientes de su mujer.

—¡Tonterías, *lah*! Yo solo soy una humilde aprendiz, comparada contigo. Discúlpame, pero tengo que robarte un momento a tu mujer —dijo Eleanor, mientras agarraba a Astrid por el codo y la guiaba por el largo salón principal, que parecía una galería, hacia el rincón donde estaba el piano de cola. El joven pianista que, a juzgar por lo que sudaba enfundado en su traje, parecía recién salido del primer año en el Raffles Music College, estaba tocando un inofensivo estudio de Chopin.

Astrid se dio cuenta, por la fuerza con que la sujetaba, de que Eleanor no estaba para bromas.

—Quiero que me digas la verdad. ¿Nicky se va a casar en California? —preguntó Eleanor, por encima de la música.

Astrid respiró hondo.

—Sí —contestó.

—¿Cuándo?

—No quiero mentirte, pero le prometí expresamente a Nicky que no revelaría ningún detalle, así que tendrás que preguntárselo tú misma.

—¡Sabes tan bien como yo que mi hijo se niega a responder a mis llamadas desde hace más de dos años!

—Bueno, eso es algo entre tú y él. Por favor, no me involucres en esto.

—¡Estás involucrada en esto te guste o no, porque los dos habéis estado guardando secretos! —exclamó Eleanor, furiosa.

Astrid suspiró. Odiaba ese tipo de enfrentamientos.

—Dadas las circunstancias, creo que sabes perfectamente por qué no puedo decírtelo.

—¡Vamos, tengo derecho a saberlo!

—Sí, pero no tienes derecho a sabotear su boda.

—¡No voy a sabotear nada! ¡Tienes que contármelo! ¡SOY SU MADRE, MALDITA SEA! —explotó Eleanor, olvidándose de dónde estaba. El pianista, sorprendido, dejó de tocar, y de repente todos los ojos de la sala se clavaron en ellas. Astrid vio que incluso su abuela las observaba, contrariada.

Astrid apretó los labios, negándose a decir nada.

Eleanor la miró, irritada.

—¡Esto es increíble!

—No, lo increíble es que esperes que Nicky quiera que te acerques lo más mínimo a su boda —replicó Astrid, con voz temblorosa, antes de irse ofendida.

Tres semanas antes de Año Nuevo, los chefs de las familias Young, Shang y T'sien se habían reunido en la lúgubre cocina de Tyersall Park para empezar con la producción maratoniana de las exquisiteces de Año Nuevo. Marcus Sim, el aclamado repostero de la familia Shang que trabajaba en su finca de Inglaterra, había volado a Singapur para preparar todo tipo de dulces *nyonya*: *kueh lapis* de todos los colores del arcoíris, *ang koo kueh* esculpidos con delicadeza y, por supuesto, sus famosas galletas *kueh bangkit* de almendra marcona. Ah Lian, el cocinero de toda la vida de los T'sien, había supervisado al equipo responsable de las labores intensivas de preparación de las tartaletas de piña, los *nien gao* pecaminosamente dulces y los sabrosos pasteles de rábano, o *tsai tao kueh*. Por su parte, Ah Ching, la chef de Tyersall Park, se había encargado de controlar la comida de Año Nuevo, donde haría su aparición anual un jamón asado gigante (con su famosa salsa de brandy y piña).

Pero, por primera vez desde que tenía uso de razón, Eleanor no disfrutó de la comida. Apenas tocó el jamón que, según aseguraba Geraldine Tan, estaba «aún más jugoso que el del año anterior», y ni siquiera pudo enfrentarse a su *neen gao* favorito. Le encantaba cómo preparaban allí esos pastelitos pegajosos de harina de arroz: cortados en porciones con forma de media luna, rebozados en huevo y dorados en la sartén, de forma que la capa exterior del pastel quedaba ligera y crujiente, pero en cuanto lo mordías era dulce y pegajoso. Sin embargo, ese día no tenía ganas de nada. Debido al estricto protocolo de asignación de asientos, estaba atrapada al lado del obispo See Bei Sien. Observó a su marido, que, sentado frente a ella, se disponía a comer otra ración de jamón mientras hablaba con la mujer del obispo. «¿Cómo puede comer en un momento así?». Hacía una hora, le había preguntado a Philip si había oído algo sobre la boda de Nicky y su respuesta la había dejado atónita.

«Por supuesto», había dicho su marido.

«¿QUÉÉÉ? ¿Por qué no me lo has contado, *lah*?».

«No había nada que contar. Sabía que no íbamos a ir».

«¿Qué quieres decir? ¡CUÉNTAMELO TODO!», le había exigido Eleanor.

«Nicky me llamó cuando estaba en Sídney y me preguntó si quería ir a su boda. Le pregunté si tú estabas invitada y me contestó que no. Así que le dije: "Buena suerte, amigo, pero no iré si tu madre no va"», le había explicado Philip, tranquilamente.

«¿Dónde es la boda? ¿Cuándo es?».

«No lo sé».

«*Alamak!* ¿Cómo no lo vas a saber, si te ha invitado?».

Philip había suspirado.

«No se me ocurrió preguntarle. Como no íbamos a ir, no tenía sentido».

«¿Por qué no me contaste lo de la conversación, para empezar?».

«Porque sabía que te comportarías de forma irracional».

«¡Eres un imbécil! ¡Un imbécil integral!», había chillado Eleanor.

«¿Lo ves? Sabía que te ibas a comportar de forma irracional».

Eleanor jugueteó con los *noodles* estofados, furiosa por dentro, mientras fingía escuchar las quejas del obispo sobre la mujer de algún pastor que se había gastado no se sabía cuántos millones en convertirse en una estrella del pop. En la mesa de los niños, la niñera de Cassian intentaba convencerlo para que acabara el almuerzo.

—¡No quiero *noodles*! ¡Quiero helado! —protestaba el niño.

—Es el día de Año Nuevo chino. Hoy no vas a tomar helado —dijo su niñera, con firmeza.

De repente, a Eleanor se le ocurrió una idea.

—¿Podría decirle a Ah Ching que tengo la garganta irritada debido a esta comida tan caliente y que necesito urgentemente un poco de helado, por favor? —le susurró a una de las sirvientas.

—¿Helado, señora?

—Sí, me da igual el sabor. Lo que tengan en la cocina. Pero no me lo traiga aquí, la veré en la biblioteca.

Quince minutos después, tras sobornar a la niñera de Cassian con cinco billetes de cien dólares nuevecitos, Eleanor se sentó en el escritorio negro lacado de la biblioteca y vio cómo el pequeño devoraba un helado en un gran cuenco de plata.

—Cassian, cuando mami se vaya, le dices a Ludivine que me llame y mi chófer irá a recogerte para ir a comer helado cuando quieras —dijo Eleanor.

—¿En serio? —preguntó Cassian, con los ojos como platos.

—Completamente. Será nuestro pequeño secreto. ¿Cuándo se va a ir tu madre? ¿Te ha dicho que va a subirse a un avión para ir a Estados Unidos pronto?

—Sí. En marzo.

—¿Te dijo adónde iba? ¿A Cupertino? ¿A San Francisco? ¿A Los Ángeles? ¿A Disneylandia?

—A Los Ángeles —dijo Cassian, engullendo otra cucharada de helado.

Eleanor suspiró, aliviada. Si era en marzo, aún tenía tiempo. Le dio una palmadita en la cabeza al niño y sonrió, mientras este se manchaba la pechera de la camisa de etiqueta de Bonpoint de salsa de chocolate. «¡A Astrid le está bien empleado, por ocultarme cosas!».

6

Morton Street

Mensajes de texto enviados al teléfono móvil personal de Nicholas Young (cuyo número ignoran sus padres)

ASTRID: Tu madre se ha enterado de lo de la boda. Feliz Año Nuevo.

NICK: ¡Joder! ¿Cómo se ha enterado?

ASTRID: No estoy segura de quién le ha dado el soplo. Me puso entre la espada y la pared en la casa de Ah Ma. Las cosas se pusieron feas.

NICK: ¡¿En serio?!

ASTRID: Y tanto. Se le fue la pinza y montó una escena porque yo no soltaba prenda.

NICK: Entonces, ¿no sabe el lugar, la fecha, etc.?

ASTRID: No, pero seguro que al final lo averiguará. Prepárate.

NICK: Doblaré las medidas de seguridad en el banquete. Contrataré a exmiembros del Mosad.

ASTRID: Asegúrate de que todos sean de Tel Aviv. Con buenos bronceados, barbas de varios días y tableta de chocolate en los abdominales.

Nick: No, necesitamos vigilantes que impongan de verdad. A lo mejor debería llamar a Putin para ver a quién me puede recomendar.

Astrid: Te echo de menos. Tengo que dejarte. Ling Cheh está tocando el gong para comer.

Nick: Por favor, deséale *gong hei fat choy* a Ling Cheh de mi parte, y guárdame un poco de *tsai tao kueh*.

Astrid: Te apartaré todos los crujientes.

Nick: ¡Mis favoritos!

10 de febrero de 2013, 09:47, hora del este de Estados Unidos

Mensaje dejado en el buzón de voz de Nicholas Young en Nueva York

Eh, Nicky, ¿estás ahí? Feliz Año Nuevo. ¿Estás celebrándolo en Nueva York? Espero que tengas algo previsto. Si no encuentras *yee sang* en Chinatown, por lo menos tómate un plato de fideos chinos. Hemos pasado todo el día en casa de Ah Ma. Ha ido todo el mundo. Todos tus primos. La nueva esposa de Eric Tan es muy guapa y tiene la tez muy blanca. Creo que seguramente se la aclara con lejía. Me he enterado de que organizaron una boda por todo lo alto como la de Colin y Araminta, pero en Yakarta. La familia de ella corrió con la mayoría de los gastos, claro. Seguro que de ahora en adelante pagará todas las películas no rentables de Eric. Nicky, por favor, llámame cuando oigas este mensaje. Tengo que comentarte una cosa.

11 de febrero de 2013, 08:02, hora del este de Estados Unidos

Mensaje dejado en el buzón de voz de Nicholas Young en Nueva York

Nicky, ¿estás ahí? *Alamak*, esto está pasando de castaño oscuro. No puedes seguir ignorándome de esta manera. Por favor, llámame. Tengo que decirte una cosa muy importante. Una cosa que te prometo que te interesará saber. Por favor, llámame lo antes posible.

12 de febrero de 2013, 11:02 hora del este de Estados Unidos

Mensaje dejado en el buzón de voz de Nicholas Young en Nueva York

Nicky, ¿estás ahí? ¿Nicky? No está... Soy papá. Por favor, llama a tu madre. Tiene que hablar contigo urgentemente. Quiero que dejes a un lado tus diferencias y que simplemente la llames. Es el Año Nuevo chino. Por favor, sé un buen hijo y llama a casa.

Fue Rachel la primera que oyó los mensajes. Acababan de llegar de California y, después de soltar el equipaje, Nick había ido rápidamente a por unos bocadillos a La Panineria mientras Rachel deshacía las maletas y comprobaba los mensajes del contestador del teléfono fijo.

—Como no les quedaba mortadela, he comprado un bocadillo de jamón y *fontina* con mostaza de higo y otro de mozzarella, tomate y pesto; he pensado que podíamos compartirlos —dijo Nick al regresar al apartamento. Al tenderle la bolsa de papel a Rachel, le dio la sensación de que algo iba mal—. ¿Estás bien?

—Eh..., escucha los mensajes del contestador —respondió Rachel, al tiempo que le pasaba el teléfono inalámbrico. Mientras Nick los escuchaba, Rachel fue a la cocina y se puso a desenvolver los bocadillos. Notó que le temblaban los dedos, y se vio incapaz de decidir si dejaba los bocadillos envueltos en el papel de cera o los ponía en platos. Por un momento, se enfadó con ella misma. No había imaginado que volver a oír la voz de Eleanor Young después de todo ese tiempo la afectaría de esa manera. ¿Qué estaba sintiendo? ¿Ansiedad? ¿Miedo? No estaba del todo segura.

—¿Sabes? —dijo Nick al entrar en la cocina—. Creo que es la primera vez en mi vida que mi padre me ha dejado un mensaje en el contestador. Siempre soy yo el que lo llama. Debe de estar hasta las narices de mi madre.

—Parece que alguien se ha ido de la lengua. —Rachel esbozó una sonrisa forzada, tratando de disimular su nerviosismo.

Nick hizo una mueca.

—Astrid me envió un mensaje advirtiéndomelo cuando estábamos en la casa de tu tío, pero no quise comentar nada mientras celebrábamos el Año Nuevo. El ambiente ya estaba bastante caldeado con todos los comentarios sobre tu padre. Debería haberlo visto venir.

—¿Qué piensas hacer?

—Absolutamente nada.

—¿De verdad vas a ignorar sus llamadas?

—Claro que sí. No pienso seguirle el juego a mi madre.

Al principio Rachel se sintió aliviada, pero después la asaltó la duda sobre si esta era la forma adecuada de que Nick gestionase las cosas. El hecho de ignorar a su madre les había complicado la existencia desde el primer momento. ¿Estaría cometiendo un gran error otra vez?

—¿Estás seguro de que no quieres por lo menos hablar con tu padre... para intentar enfriar los ánimos antes de la boda?

Nick reflexionó acerca de ello durante unos instantes.

—¿Sabes? En realidad no hay nada que enfriar. Mi padre ya nos dio su bendición cuando hablé con él el mes pasado. Al menos él se alegra por nosotros.

—Pero ¿y si los mensajes no tienen nada que ver con nuestra boda?

—Mira, si hubiera algo verdaderamente importante que mis padres necesitaran decirme, me lo habrían contado en el mensaje. O me lo habría contado Astrid. Esta es otra argucia que mi madre ha maquinado como último recurso para impedir que nos casemos. Hay que reconocerlo: es como un perro rabioso que no te soltará la pierna así como así —dijo Nick, echando humo.

Rachel se dirigió a la sala de estar y se dejó caer en el sofá. Después de todo ella era una chica que se había criado sin conocer a su padre, y, por mucho que detestara a Eleanor Young, inevitablemente la entristecía que Nick se hubiera distanciado tanto de su madre. Tenía claro que no era culpa suya, pero le disgustaba haber formado parte del motivo que lo había desencadenado. Reflexionó durante unos minutos antes de decidirse a hablar.

—Ojalá las cosas no hubieran tomado esta dirección. Jamás pensé que te pondría en semejante situación.

—No me pusiste en ninguna situación. Esto ha sido cosa de mi madre. Es la única culpable.

—Es que nunca imaginé que me encontraría en una coyuntura en la que los padres de mi marido no fueran invitados a la boda y que la mayoría de sus parientes no asistieran...

Nick tomó asiento al lado de Rachel.

—Ya hemos hablado de esto. Todo va a salir estupenda mente. Astrid y Alistair sí irán, y son mis primos más cercanos.

Ya sabes que siempre he odiado esas bodas chinas tradicionales a las que asiste hasta el gato. Vamos a organizar una ceremonia íntima rodeados de tu familia y nuestros mejores amigos. Solo tú, yo y los familiares de nuestra elección. Los demás no importan.

—¿Estás seguro?

—Segurísimo —repuso Nick, al tiempo que comenzaba a besarle la suave zona de la nuca.

Con un tenue suspiro, Rachel cerró los ojos con la esperanza de que lo dijera de corazón.

Al cabo de un par de semanas, los estudiantes de la Universidad de Nueva York matriculados en el curso «La Gran Bretaña de entreguerras. Redescubrimiento, deconstrucción y restablecimiento de la "generación perdida"» disfrutaron de un espectáculo de lo más curioso. En mitad de la clase del profesor Young, dos mujeres rubias sumamente bronceadas y de proporciones amazónicas entraron en el aula. Vestidas con idénticos conjuntos de jerséis ceñidos de cachemira azul marino, impecables pantalones holgados de lino blanco y gorras de estilo marinero con ribetes dorados en las viseras, se aproximaron tranquilamente al centro del aula y abordaron al profesor.

—¿Señor Young? Solicitan su presencia. Si es tan amable de acompañarnos —dijo una de las rubias con marcado acento noruego.

Desconcertado, Nick respondió:

—Mi clase no termina hasta dentro de veinticinco minutos. Si tienen la amabilidad de esperar fuera, hablaremos cuando acabe.

—Me temo que no es posible, señor Young. El asunto es de suma urgencia y nos han pedido que vengamos a por usted inmediatamente.

—¿Inmediatamente?

—Sí, inmediatamente —respondió la otra rubia. Su acento afrikáans sonaba mucho más grave que el noruego—. Le rogamos que nos acompañe ahora mismo.

A Nick comenzaba a irritarle un poco la interrupción cuando de pronto cayó en la cuenta: seguramente se trataba de una broma antes de la boda, muy posiblemente por cortesía de su mejor amigo, Colin Khoo. Él le había asegurado a Colin que le traían sin cuidado las despedidas de soltero o cualquier tontería de esas, pero no cabía duda de que aquellas dos rubias de piernas largas formaban parte de alguna rebuscada confabulación.

—¿Y si no las acompaño? —dijo con una sonrisa traviesa.

—Entonces no tendremos más remedio que tomar medidas drásticas —repuso la noruega.

A Nick le costó horrores mantener el gesto serio. Confiaba en que a esas mujeres no les diera de repente por sacar un radiocasete y ponerse a hacer un *striptease*. Su clase se sumiría en el caos y perdería el control de los chavales, de por sí poco atentos, por no hablar de su credibilidad, ganada a pulso, pues aparentaba prácticamente la misma edad que la mayoría de sus alumnos.

—Denme unos minutos para recoger —dijo finalmente Nick.

—Muy bien. —Las mujeres asintieron al unísono.

Diez minutos después, Nick salió de la clase mientras sus entusiasmados alumnos sacaban rápidamente los teléfonos para ponerse a enviar mensajes, escribir tuits y colgar fotos en Instagram de su profesor custodiado por dos rubias esculturales con atuendos de inspiración marinera. Delante del edificio, en University Place, había aparcado un BMW todoterreno plateado con las lunas tintadas. Nick se subió un poco a regañadientes y, conforme el vehículo cruzaba a toda velocidad Houston

Street en dirección a la circunvalación West Side, se preguntó adónde demonios lo llevaban.

En la calle 52, el coche se incorporó a uno de los carriles de salida hacia la terminal portuaria de Manhattan, donde amarraban todos los cruceros que visitaban Nueva York. En el muelle 88 había atracado un megayate que a simple vista parecía tener como mínimo cinco plantas. Se llamaba *The Odin*. «¡Madre mía, a Colin le sobra el tiempo y el dinero!», pensó Nick, con la vista levantada hacia el gigantesco barco, que relucía con los rayos del sol que se reflejaban en el agua y creaban destellos oscilantes sobre el casco azul oscuro. Tras subir por la pasarela, entró en el suntuoso vestíbulo del yate, una altísima galería con un ascensor cilíndrico de cristal en el medio que parecía haber sido robado en una tienda de Apple. Las rubias acompañaron a Nick al interior del ascensor, que subió una única planta antes de volver a abrir sus puertas.

—Podríamos haber usado las escaleras —señaló Nick con ironía a las dos mujeres.

Al salir del ascensor, medio esperaba encontrar la sala llena de amigos como Colin Khoo, Mehmet Sabançi, y algunos de sus primos, pero en vez de eso se encontró a solas en lo que daba la impresión de ser la cubierta principal del yate. Las señoritas lo condujeron a través de una serie de espacios suntuosos, entre ellos elegantes salas revestidas de madera de sicomoro dorada, taburetes tapizados de piel de ballena y un salón con un techo que brillaba como una instalación de James Turrell.

A Nick comenzó a invadirle cierta desazón al intuir que esto no tenía nada que ver con una despedida de soltero. Justo cuando comenzaba a sopesar sus opciones para salir a toda velocidad, llegaron a una puerta corredera de doble hoja custodiada por dos altos y corpulentos mozos de cubierta[*]. Los hom-

---

[*] También rubios, muy posiblemente suecos.

bres abrieron la puerta, que daba paso a un comedor con tragaluces. Al final de la sala, recostada en un canapé con una americana de piqué blanco, pantalones de montar blancos y botas de equitación de F.lli Fabbri color camel, se hallaba nada menos que Jacqueline Ling.

—¡Ah, Nicky, justo a tiempo para el suflé! —dijo ella.

Nick fue al encuentro de la vieja amiga de la familia con una sensación divertida y a la vez exasperada. Debería haberse olido antes que toda esa tontería de las nórdicas guardaba alguna relación con Jacqueline, que era la pareja del multimillonario noruego Victor Normann desde hacía tiempo.

—¿Qué tipo de suflé es? —preguntó Nick en tono despreocupado, al tiempo que tomaba asiento frente a la legendaria belleza, que recibía el apodo de «la Catherine Deneuve china» en las páginas de sociedad.

—Creo que es de kale y emmental. ¿No te parece que este repentino bombo publicitario sobre el kale es un pelín exagerado? Me gustaría saber quién se ha estado encargando de promocionar la industria del kale: no cabe duda de que se merece un premio. Bueno, ¿no te sorprende nada verme?

—En realidad, estoy algo decepcionado. Por un momento he pensado que me habían secuestrado para obligarme a actuar de extra en una película de James Bond.

—¿Acaso no te alegras de haber conocido a Alannah y Mette Marit? Sabía que no habrías venido si te hubiera llamado para invitarte a almorzar sin más.

—Claro que habría venido, pero a una hora más normal; espero que me encuentres un nuevo trabajo cuando la Universidad de Nueva York me despida por abandonar mi puesto en mitad de una clase.

—¡Vamos, no seas tan aguafiestas! No tienes ni idea de lo que me costó encontrar un amarre para este mastodonte. Fíjate, pensaba que Nueva York en teoría era una ciudad de categoría internacional, pero ¿sabes que el único puerto deportivo que tenéis solo dispone de cabida para esloras de cincuenta y cinco metros? ¿Así cómo es posible que alguien pueda amarrar su yate?

—Bueno, este es descomunal. Supongo que es un Lürssen, ¿no?

—En realidad es un Fincantieri. Como Victor quería que construyeran su caprichito lo más lejos posible de Noruega, para ahorrarse el tostón de esos periodistas que siempre están pendientes de todos sus movimientos, optó por un astillero italiano. Espen*, por supuesto, ha diseñado este, como todos nuestros barcos.

—Tía Jacqueline, no creo que me hayas convocado aquí para hablar de construcción naval. ¿Por qué no me dices lo que realmente has venido a decirme? —preguntó Nick, al tiempo que le quitaba el pico a una *baguette* aún caliente para mojar en su suflé.

—Nicky, te tengo dicho que no me llames «tía». ¡Me hace sentir como si se me hubiera pasado la fecha de caducidad! —replicó Jacqueline simulando hacer aspavientos al tiempo que se echaba hacía atrás un lustroso mechón de pelo negro.

—Jacqueline, sabes de sobra que nadie diría que tienes cuarenta años —contestó Nick.

—Treinta y nueve, Nicky.

—Vale, treinta y nueve. —Nicky se echó a reír. Había que reconocer que, incluso sentada frente a él bajo la brillante luz del sol con una pizca de maquillaje, seguía siendo una de las mujeres más despampanantes que jamás había conocido.

—¡Menos mal que has esbozado tu bonita sonrisa! Por un momento me temía que ibas a ponerte arisco. No te pongas

---

* Se refiere, naturalmente, a Espen Oeino, uno de los arquitectos navales más destacados del mundo, que ha diseñado impresionantes yates para gente como Paul Allen, el emir de Qatar y el sultán de Omán.

arisco nunca, Nicky, está muy pero que muy feo. Mi hijo, Teddy, siempre tiene una expresión malhumorada y arrogante; en qué mala hora lo mandé a Eton.

—No creo que Eton tenga nada que ver con eso —señaló Nick.

—Probablemente estés en lo cierto. Ha heredado esos genes recesivos Lim propios de los esnobs de la familia de mi difunto esposo. Oye, que sepas que has sido la comidilla del Año Nuevo chino en todo Singapur.

—Dudo mucho que haya sido la comidilla en todo Singapur, Jacqueline. Llevo más de una década viviendo en el extranjero y en realidad no conozco a mucha gente.

—Ya sabes a lo que me refiero. Espero que no te importe que hable con franqueza. Siempre te he tenido mucho cariño, así que no quiero que cometas una equivocación.

—¿Y cuál es la «equivocación»?

—Casarte con Rachel Chu.

Nick puso los ojos en blanco con aire de impotencia.

—No me apetece nada enzarzarme en una discusión sobre esto contigo. Sería una pérdida de tiempo para ti.

Jacqueline, haciendo caso omiso, continuó:

—La semana pasada vi a tu Ah Ma. Me convocó en su casa, y tomamos té en su porche. Está muy dolida porque te has distanciado de ella, pero a estas alturas aún está dispuesta a perdonarte.

—¿A perdonarme? Tiene gracia.

—Ya veo que sigues mostrándote reacio a entender su punto de vista.

—No estoy mostrándome reacio ni mucho menos. Es que ni siquiera me planteo entender su punto de vista. No sé por qué mi abuela no se alegra por mí, por qué no es capaz de confiar en mi buen juicio para decidir con quién deseo pasar el resto de mi vida.

—No tiene nada que ver con la confianza.

—Entonces, ¿de qué se trata?

—Es cuestión de respeto, Nicky. Ah Ma se preocupa muchísimo por ti, y en el fondo siempre ha mirado por tu bien. Sabe lo que más te conviene y únicamente pide que respetes sus deseos.

—Antes respetaba a mi abuela, pero, lo siento, no puedo respetar su clasismo. No voy a pasar por el aro para casarme con alguien de las cinco familias de Asia que ella considera que están a la altura.

Jacqueline suspiró y meneó la cabeza lentamente.

—Hay muchas cosas que desconoces de tu abuela, de tu propia familia.

—Bueno, ¿por qué no me pones al día? Dejémonos de misterios.

—Mira, no puedo irme de la lengua. Pero te diré una cosa: si decides seguir adelante con la idea de casarte el mes que viene, te garantizo que tu abuela tomará las medidas pertinentes.

—¿Qué quieres decir? ¿Te refieres a que va a desheredarme? Creía que ya lo había hecho —repuso Nick en tono sarcástico.

—Perdona si parezco condescendiente, pero la arrogancia de la juventud te ha llevado por mal camino. Dudo que seas realmente consciente de lo que significa que te cierren las puertas de Tyersall Park para siempre.

Nick se echó a reír.

—¡Jacqueline, pareces un personaje sacado de una novela de Trollope!

—Tómatelo a risa si quieres, pero estás mostrando una actitud bastante poco razonable al respecto. Te han inculcado un sentimiento de privilegio, y estás dejando que eso afecte a tus decisiones. ¿Eres verdaderamente consciente de lo que significa perder el derecho a tu fortuna?

—Me va de maravilla.

Jacqueline dedicó a Nick una sonrisa condescendiente.

—No me refiero a los veinte o treinta millones que tu abuelo te dejó. Eso es solo *teet toh lui**. Con eso hoy en día ni siquiera te puedes comprar una casa como Dios manda en Singapur. Me refiero a tu auténtico legado. A Tyersall Park. ¿Estás dispuesto a perderlo?

—Mi padre va a heredar Tyersall Park, y algún día lo heredaré yo —afirmó Nick.

—Permíteme que te dé una noticia: hace mucho tiempo que tu padre abandonó cualquier esperanza de heredar Tyersall Park.

—Eso son simples habladurías.

—De eso nada, Nicky. Es un hecho, y aparte de los abogados de tu abuela y de tu tío abuelo Alfred, probablemente soy la única persona sobre la faz de la tierra que está al corriente de ello.

Nicky negó con la cabeza sin dar crédito.

Jacqueline suspiró.

—Te crees muy listo. ¿Sabes que yo estaba con tu abuela el día en que tu padre anunció que tenía intención de emigrar a Australia? No, porque en aquella época estabas fuera en un internado. Tu abuela se puso furiosa con tu padre, y luego se quedó desconsolada. Figúrate, una mujer de su generación, una viuda, obligada a enfrentarse a esa humillación. Recuerdo que me dijo llorando: «¿De qué vale tener esta casa y todas estas cosas si mi único hijo me abandona?». Ahí fue cuando decidió cambiar su testamento y dejarte la casa a ti. Se saltó a tu padre y depositó todas sus esperanzas en ti.

Nick no pudo disimular su asombro. A lo largo de los años, los metomentodos de sus parientes habían hecho conje-

---

* En hokkien, «dinero falso», en alusión al que se utiliza para juegos de mesa.

turas en secreto acerca del contenido del testamento de su abuela, pero el asunto había dado un giro inesperado.

—Tu reciente comportamiento, por supuesto, ha malogrado esos planes. Sé de buena tinta que tu abuela está haciendo trámites para volver a cambiar su testamento. ¿Cómo te sentaría que Tyersall Park fuera a parar a uno de tus primos?

—Si la hereda Astrid, me alegraré por ella.

—Ya conoces a tu abuela: querrá que la casa la herede uno de los chicos. No la heredará ninguno de los Leong porque sabe que ya tienen muchísimas propiedades, pero podría perfectamente caer en manos de uno de tus primos tailandeses. O de uno de los Cheng. ¿Cómo te sentaría que Eddie Cheng se convirtiera en amo y señor de Tyersall Park?

Nick miró a Jaqueline alarmado.

Jacqueline mantuvo silencio durante un instante, sopesando con cuidado qué iba a decir a continuación.

—¿Sabes algo de mi familia, Nicky?

—¿A qué te refieres? Sé que Ling Yin Chao era tu abuelo.

—A principios del siglo xx, mi abuelo, el hombre más rico del Sudeste Asiático, era reverenciado por todos. Su casa de Mount Sophia era más grande que Tyersall Park, y yo nací en esa casa. Me crie prácticamente igual que tu familia, en un lujo que apenas existe hoy.

—Un momento... ¿No irás a decirme que tu familia se arruinó?

—Por supuesto que no. Pero como el puñetero de mi abuelo tuvo demasiadas esposas y demasiados hijos, su fortuna se dispersó. En conjunto, todavía ostentaríamos altas posiciones en la lista Forbes, pero no cuando últimamente somos tantos los que comemos de la misma olla. Y mírame, soy una mujer. Mi abuelo era un hombre chapado a la antigua de Xiamen y, para las personas como él, se suponía que las mujeres no heredaban: se pactaban sus matrimonios y punto. Antes de morir, depositó sus bienes en un complejo fideicomiso familiar, donde se establecía que solamente los varones nacidos con el apellido Ling podrían ser beneficiarios. Se suponía que yo me casaría con un buen partido, y así fue, pero mi marido tuvo una muerte precoz y me dejó con dos niños pequeños y algo de *teet toh lui*. ¿Sabes lo que se siente al codearte con algunas de las personas más ricas del mundo y tener la sensación de que estás con una mano delante y otra detrás en comparación con ellas? Te lo digo yo, Nicky: no te haces idea de lo que es tenerlo todo y después perderlo.

—No es que estés pasando estrecheces precisamente. —Nick hizo un gesto hacia la sala.

—Cierto, me las he ingeniado para mantener cierto nivel, pero no me ha resultado tan fácil como te imaginas.

—Te agradezco que me cuentes esto, pero la diferencia entre tú y yo es que yo me conformo con menos. No necesito un yate, o un avión, o una finca enorme. He pasado la mitad de mi vida en casas demasiado grandes, y es un tremendo alivio vivir como vivo en Nueva York. Estoy muy contento con mi vida tal cual está.

—Creo que me has malinterpretado. ¿Cómo puedo expresarlo para que lo entiendas? —Jacqueline apretó los labios durante unos instantes con la mirada fija en sus pulcras uñas pintadas, como si no tuviera muy claro lo que deseaba decir—. ¿Sabes? Me crie pensando que había nacido en un mundo determinado. Toda mi identidad se sustentaba en la idea de que pertenecía a esta familia..., de que era una Ling. Pero, nada más casarme, descubrí que ya no se me consideraba una Ling. No en el sentido más estricto. Cada uno de mis hermanos, de mis hermanastros y de los idiotas de mis primos varones heredarían cientos de millones del fideicomiso Ling, pero yo no tendría derecho a un céntimo. Sin embargo, después comprendí que realmente no era la pérdida del dinero lo que más me estaba afectando, sino el hecho de tomar conciencia de que era un cero a la izquierda incluso dentro de mi propia familia. Si sigues adelante con esta boda, te prometo que todo se tambaleará a tu alrededor. Ahora mismo puede que te des aires delante de mí, pero créeme, cuando te arrebaten todo te quedarás mudo de asombro. Las puertas que te han abierto a lo largo de toda tu vida se cerrarán de repente, porque, a vista de todo el mundo, no eres nada sin Tyersall Park. Y me repatearía ser testigo de ello. Eres el legítimo heredero. ¿Cuánto vale ese terreno hoy? Veinticuatro hectáreas de las más cotizadas en pleno centro de Singapur..., es como ser dueño de Central Park en Nueva York. Ni siquiera puedo pararme a calcular el valor. Si Rachel se enterara de que vas a renunciar a eso...

—Bueno, desde luego no me interesa nada de eso si no puedo compartir mi vida con ella —rebatió Nick, obstinado.

—¿Quién ha dicho que no podrías estar con Rachel? ¿Por qué no vives con ella como has hecho hasta ahora? Simplemente no te cases todavía. No se lo restriegues por la cara a tu abuela. Ve a casa y haz las paces con ella. Tiene noventa y tantos años, ¿cuántos le quedan? Podrás hacer lo que se te antoje cuando fallezca.

Nick reflexionó sobre sus palabras en silencio. Llamaron suavemente a la puerta y entró un mayordomo con una bandeja de café y dulces.

—Gracias, Sven. Venga, prueba la tarta de chocolate. Creo que la encontrarás muy interesante.

Al tomar un bocado, Nick enseguida identificó el mismo sabor que el del esponjoso pero sustancioso chifón de chocolate que preparaba la cocinera en la casa de su abuela.

—¿Cómo te las ingeniaste para sonsacarle la receta a Ah Ching? —preguntó, sorprendido.

—No lo hice. Me escondí disimuladamente una porción en el bolso cuando almorcé con tu abuela la semana pasada y la envié por avión directamente a Marius, el magnífico chef que tenemos a bordo. Se pasó tres días realizando personalmente el estudio forense de la tarta y, después de unos veinte intentos, dimos en el clavo, ¿no te parece?

—Está perfecta.

—A ver, ¿cómo te sentirías si no pudieras volver a probar esta tarta de chocolate en tu vida?

—Solo tendría que lograr que me invitaras a tu yate.

—Este yate no es mío, Nicky. Nada de esto es mío. Y no creas que no lo tengo presente cada día de mi vida.

7

Belmont Road

Singapur, 1 de marzo de 2013

El hombre con la ametralladora dio unos golpecitos en la luna tintada del Bentley Arnage de Carol Tai.

—Baje la ventanilla, por favor —ordenó bruscamente.

Al descender la ventanilla, el hombre se asomó y escudriñó atentamente a Carol y Eleanor Young, en los asientos traseros.

—Sus invitaciones, por favor —dijo, extendiendo una mano enfundada en un guante de kevlar. Carol le tendió las tarjetas metálicas grabadas.

—Por favor, tengan sus bolsos abiertos para que los examinen en la entrada —indicó el hombre, y acto seguido le hizo una seña al chófer de Carol para que continuase. Al pasar el control de seguridad, se vieron atrapadas en un atasco con otros sedanes de lujo que trataban de abrirse paso hacia la casa con la puerta lacada en rojo de Belmont Road.

—*Aiyah*, si llego a saber que iba a ser tan *lay chay**, no habría venido —rezongó Carol.

---

* En hokkien, «engorroso».

—Te dije que no merecía la pena el quebradero de cabeza. Antes jamás ocurría esto —señaló Eleanor, mientras miraba con gesto malhumorado el atasco y rememoraba los primeros tiempos de la fiesta del té que la señora Singh organizaba para mostrar sus joyas.

Gayatri Singh, la benjamina de un marajá, poseía una de las legendarias colecciones de joyas de Singapur que, según se decía, rivalizaba con las de las señoras Lee Yong Chien o Shang Su Yi. Todos los años regresaba de su viaje a India con otro alijo de reliquias familiares que birlaba a su madre, cada vez más senil, y, desde principios de la década de 1960, invitaba a sus amigas más cercanas —mujeres procedentes de familias de la élite de Singapur— a tomar el té para «celebrar» sus últimas baratijas.

—En la época en la que la señora Singh organizaba el encuentro, era algo muy distendido, simplemente se reunían en la sala de estar unas cuantas damas agradables vestidas con preciosos saris. Todas nos turnábamos para toquetear las joyas de la señora Singh mientras chismorreábamos y engullíamos dulces indios —rememoró Eleanor.

Carol escudriñó la larga cola que intentaba acceder por la puerta principal.

—Esto no tiene nada de distendido. *Alamak*, ¿quiénes son todas estas mujeres acicaladas como si fueran a un cóctel?

—Son los nuevos ricos. El quién es quién de la sociedad singapurense de los que nadie ha oído hablar jamás: principalmente *chindos** —rezongó Eleanor.

Desde que la señora Singh perdió interés en contar quilates y comenzó a pasar más tiempo en India estudiando las escrituras védicas, su nuera Sarita —anteriormente actriz secundaria de Bollywood— había tomado la batuta del evento, y la informal fiesta del té para damas se había convertido en un se-

---

* Locos y ricos chinos + indonesios = chindos.

ñalado evento benéfico de recaudación de fondos para la causa de turno por la que abogara Sarita. El evento aparecía automáticamente en todas las revistas de papel cuché, y todo aquel que pudiera desembolsar el desorbitado importe de la entrada tenía el privilegio de husmear en la elegante casa modernista y quedarse con la boca abierta ante la colección de joyas, que actualmente se mostraban en distintas exposiciones temáticas.

El evento de ese año estaba dedicado a la obra del prestigioso orfebre noruego Tone Vigeland; cuando Lorena Lim, Nadine Shaw y Daisy Foo se asomaron a las vitrinas de cristal de lo que ahora era la «galería», habilitada en la antigua sala de tenis de mesa, Nadine no pudo evitar expresar su consternación.

—*Alamak*, ¿a quién le apetece contemplar toda esta *gow sai** escandinava? Pensaba que veríamos parte de las joyas de la señora Singh.

—¡Baja la voz! Esa *ang mob*** de ahí es la conservadora. Por lo visto es un pez gordo del Museo de Diseño Austin Cooper de Nueva York —advirtió Lorena.

—¡*Aiyah*, por mí como si es Anderson Cooper! ¿Quién está dispuesto a pagar quinientos dólares por entrada para ver joyas hechas con clavos oxidados? ¡Yo he venido a ver rubíes del tamaño de rambutanes!

—Nadine tiene razón. Esto es un despilfarro, aun cuando mi banquero del OCBC me haya regalado las entradas —señaló Daisy.

Justo en ese momento, Eleanor entró en la galería entrecerrando los ojos deslumbrada por las luces. Inmediatamente volvió a ponerse las gafas de sol.

---

* En hokkien, «caca de perro».

** En hokkien, «pelirrojo». Es un término del argot hokkien que hace referencia a los caucásicos de toda condición, aunque la mayoría de los caucásicos no tienen el pelo rojo (ni mechas).

—¡Eleanor! —exclamó Lorena, sorprendida—. ¡No sabía que ibas a venir!

—No lo tenía previsto, pero a Carol le regaló entradas su banquero del UOB y me convenció para que asistiera. Necesita que le levanten el ánimo.

—¿Dónde está?

—En el aseo, para variar. Ya sabes, su incontinencia urinaria.

—Pues aquí no hay nada que le levante el ánimo, a menos que le apetezca ver joyas que le pegarán el tétanos —advirtió Daisy.

—¡Le dije a Carol que sería una pérdida de tiempo! Sarita Singh últimamente solo pretende impresionar a sus pretenciosas amistades internacionales. Hace tres años nos invitó a Felicity, a Astrid y a mí, y lo único que había eran joyas de luto victoriano. Nada más que azabaches y broches hechos con pelo de difuntos. *Hak sei yen!** Solo le pareció interesante a Astrid.

—Deja que te diga lo que me parece interesante ahora mismo: ¡tu nuevo bolso Birkin! Pensaba que no llevarías uno de estos ni muerta. ¿No comentaste en una ocasión que únicamente llevaban bolsos así las horteras de la China continental? —preguntó Nadine.

—Qué curioso que menciones eso: me lo regaló Bao Shaoyen.

—*Wah, ah nee ho miah!*** Te dije que los Bao estaban forrados —dijo Daisy.

—Pues estabas en lo cierto: los Bao están forradísimos. ¡Por Dios, qué tren de vida han llevado en los pocos meses que han estado aquí! Nadine, si creías que tu Francesca era derro-

---

* Aunque esta expresión cantonesa significa «para morirse de miedo», se emplea para designar cualquier cosa repugnante o siniestra.

** En hokkien, «qué vidorra te pegas».

chadora, deberías ver el ritmo que lleva el tal Carlton. ¡En mi vida he visto a un muchacho tan obsesionado con los coches! Al principio su madre juró que jamás le permitiría volver a meterse en otro coche deportivo, pero cada vez que voy por allí hay un nuevo modelo ostentoso en su garaje panorámico. Por lo visto ha estado comprando coches para importarlos a China. Según dice, obtendrá jugosos beneficios revendiéndolos a sus amistades.

—¡Vaya, parece que Carlton se ha recuperado de maravilla! —comentó Lorena.

—Sí, ya apenas necesita las muletas. Ah, por si sigues teniéndolo en mente para tu Tiffany, olvídalo. Por lo visto ya tiene novia. Una modelo o algo por el estilo; vive en Shanghái, pero toma un vuelo cada fin de semana para ir a verlo.

—Carlton es guapísimo y encantador, seguramente habrá una larga cola de chicas a la espera de cazarlo —dijo Nadine.

—No lo niego, pero ahora entiendo por qué Carlton le quita el sueño a su madre. Ella me contó que los últimos meses han sido la época en la que más relajada se ha encontrado desde hace años. Teme que una vez que Carlton se recupere del todo y regresen a China sea imposible atarlo en corto.

—Hablando de China, ¿te reuniste con el señor Wong? —preguntó Lorena en voz baja.

—Por supuesto. *Aiyah*, cómo ha engordado ese hombre; creo que el sector de la investigación privada debe de ser *zheen ho seng lee**.

—¿Y? ¿Todo bien? ¿Leíste el informe?

—Pues claro. No vais a creer lo que descubrí sobre los Bao —dijo Eleanor con una tenue sonrisa.

—¿Qué? ¿Qué? —preguntó Lorena, al tiempo que se acercaba más a ella.

---

* En hokkien, «un negocio muy rentable».

Justo entonces, Carol entró en la galería y fue derecha hacia Lorena y Eleanor.

—¡*Alamak*, menuda cola había en el baño! ¿Qué tal la muestra?

Daisy la cogió del brazo y le dijo:

—Creo que había cosas más interesantes en el *jambun** que en esta muestra. Vamos, veamos si la comida es un pelín mejor. Espero que haya samosas picantes.

Mientras cruzaban el pasillo en dirección al comedor, una mujer india de pelo blanco como la nieve vestida con un sencillo sari de color hueso las vio al salir de una de las habitaciones.

—¿Es Eleanor Young la que se oculta con ese aire tan misterioso tras esas gafas de sol? —preguntó la mujer con voz refinada y cadenciosa.

Eleanor se quitó las gafas.

—¡Oh, señora Singh! No sabía que había vuelto a la ciudad.

—Sí, sí. Lo que pasa es que me estoy escondiendo del gentío. Dígame, ¿cómo está Su Yi? Me perdí su fiesta *Chap Goh Meh*** la otra noche.

—Muy bien.

—Me alegro, me alegro. Tenía en mente hacerle una visita desde que volví de Cooch Behar, pero esta vez el *jet lag* ha sido tremendo. ¿Y cómo está Nicky? ¿Vino para el día de Año Nuevo?

—No, este año no —respondió Eleanor, con una sonrisa de compromiso.

La señora Singh la miró con gesto significativo.

—Bueno, seguro que vendrá el año que viene.

---

* En malayo, «aseo».

** En hokkien, «Decimoquinta Noche», una celebración que se organiza el decimoquinto día del primer mes del calendario lunar para señalar oficialmente el fin de las celebraciones de Año Nuevo. Esa noche, las mujeres solteras lanzan naranjas al río bajo la luna llena con la esperanza de encontrar un buen partido, mientras el resto de singapurenses comienzan a planificar su dieta.

—Sí, por supuesto —dijo Eleanor, y procedió a presentar a las damas. La señora Singh sonrió cortésmente a todas—. Díganme, ¿están disfrutando de la exposición de mi nuera?

—Es muy pero que muy interesante —señaló Daisy.

—A decir verdad, prefería, con diferencia, cuando usted mostraba su colección de joyas —se aventuró a decir Eleanor.

—Acompáñenme —dijo la señora Singh con una sonrisa traviesa. Condujo a las damas por una escalera del fondo y a través de otro pasillo flanqueado de retratos de diversos miembros de la realeza india con antiguos marcos bañados en oro. Enseguida llegaron a una repujada puerta con incrustaciones de turquesas y madreperlas custodiada por un par de policías indios.

—No se lo digan a Sarita, pero decidí organizar una pequeña fiesta particular —comentó al abrir la puerta.

En el interior se hallaba la estancia privada de la señora Singh, un espacio ventilado que daba a una exuberante veranda rodeada de limeros. Un mayordomo servía humeantes tazas de *chai*, mientras un citarista interpretaba una suave y cautivadora melodía en un rincón. En los divanes morados se recostaban varias damas con saris tornasolados dando mordisquitos a *ladoos* dulces, mientras otras estaban sentadas con las piernas cruzadas sobre la alfombra de seda de cachemira, admirando las interminables hileras de joyas dispuestas majestuosamente en grandes bandejas de terciopelo verde en medio del suelo. Era como asistir a una fiesta de pijamas en el interior de la cámara acorazada de Harry Winston.

Daisy y Nadine se quedaron boquiabiertas, e incluso Lorena —cuya familia era propietaria de una cadena internacional de joyerías— no pudo por menos que asombrarse ante la ingente variedad y esplendor de las piezas. Había joyas por valor posiblemente de cientos de millones colocadas como si tal cosa en el suelo delante de ellas.

La señora Singh entró como si nada en la sala, dejando a su paso el frufrú del chifón.

—Adelante, señoras. No sean tímidas, y por favor pruébense lo que deseen con total libertad.

—¿En serio? —preguntó Nadine, a la que se le había empezado a acelerar el pulso.

—Sí, sí. En lo tocante a las joyas, coincido con la filosofía de Elizabeth Taylor: las joyas son para lucirlas y disfrutarlas, no para contemplarlas tras el cristal de una vitrina.

Antes de que la señora Singh terminara la frase, Nadine ya había agarrado en un acto reflejo una de las piezas más grandes del surtido: un collar compuesto por nueve vueltas de descomunales perlas y diamantes.

—¡Cielo santo, todo es del mismo collar!

—Sí, es un disparate. Aunque le parezca mentira, mi abuelo se lo encargó a Garrard para llevarlo en el jubileo de la reina Victoria y, como pesaba ciento treinta y seis kilos, le sentaba muy bien drapeado sobre la panza. Pero en los tiempos que corren es imposible ponerse semejante cosa en público —dijo la señora Singh mientras trataba a duras penas de cerrar el enorme broche de perla barroco a la altura de la nuca de Nadine.

—¡Claro, a eso me refiero! —exclamó Nadine emocionada, mientras se le formaba una pompita de saliva en la comisura de la boca al mirarse fijamente en el espejo de cuerpo entero. Los diamantes y las perlas cubrían por completo su torso.

—Como lo lleve encima más de quince minutos le dolerá la espalda —le advirtió la señora Singh.

—¡Oh, vale la pena! ¡Vale la pena! —resolló Nadine mientras se disponía a probarse un ancho brazalete hecho íntegramente con cabujones de rubíes.

—Esto sí que me gusta —dijo Daisy, cogiendo un exquisito broche con forma de pluma de pavo real con incrustaciones de lapislázulis, esmeraldas y zafiros que imitaban de maravilla los tonos naturales de esa ave.

La señora Singh sonrió.

—Era de mi querida madre. Cartier lo diseñó para ella a principios de la década de 1920. ¡Recuerdo que solía ponérselo en el pelo!

Dos doncellas entraron con cuencos de *gulab jamun*[*] recién hecho, y las damas se dispusieron a saborear las irresistibles exquisiteces dulces en un rincón de la sala. Carol dio cuenta de su postre en dos bocados y contempló su cuenco plateado con bastante tristeza.

—Pensaba que todo esto me subiría la moral, pero probablemente debería haber ido mejor a la iglesia.

—*Aiyah*, ¿qué pasa, Carol? —preguntó Lorena.

—Adivina, *lor*. Mi hijo, para variar. Desde que murió *Dato'*, apenas he visto o he tenido noticias de Bernard. Es como si yo no existiera. Solo he visto a mi nieta en dos ocasiones desde que nació; la primera en el hospital de Gleneagles, y después cuando vinieron al funeral de *Dato'*. Ahora Bernard ni se molesta en devolverme las llamadas. Según las doncellas, sigue en Macao, pero su dichosa mujer vuela a cualquier otro sitio a diario. ¡La cría no ha cumplido los tres años aún y ella ya se desentiende! Cada semana al abrir el periódico me encuentro alguna noticia sobre ella en alguna fiesta por aquí o por allá, o comprándose algo. ¿Os habéis enterado de que compró un cuadro por casi doscientos millones?

Daisy la miró con compasión.

—*Aiyah*, Carol, a lo largo de los años he aprendido a hacer caso omiso de las habladurías sobre el despilfarro de mis hijos. *Wah mai chup*[**]. Llegados a un punto, tienes que dejarlos

---

[*] *Dumplings* de leche fritos y cubiertos de sirope de rosa.

[**] En hokkien, «Me importa un comino».

tomar sus propias decisiones. Al fin y al cabo, se lo pueden permitir.

—Pero precisamente eso es lo que me preocupa: no se lo pueden permitir. ¿De dónde sacan tanto dinero?

—¿No se hizo cargo Bernard de todas las empresas a raíz de la muerte de *Dato'*? —preguntó Nadine, de repente más interesada en la historia de Carol que en el *sautoir* de oro y diamantes coñac que estaba sujetando en alto hacia la luz del sol.

—Claro que no. ¿Acaso piensas que mi marido era tan tonto como para ceder la batuta a Bernard mientras yo sigo viva? ¡Él sabía que ese muchacho vendería mi propia casa conmigo dentro y me pondría de patitas en la calle si pudiera! Cuando Bernard se fugó con Kitty para casarse en Las Vegas, *Dato'* se puso como una furia. Prohibió a todos los empleados de la oficina de la familia que le dieran un céntimo a Bernard y bloqueó totalmente su fondo fiduciario. No puede tocar la suma principal; únicamente el beneficio anual.

—Entonces, ¿cómo se permitieron comprar ese cuadro? —preguntó Lorena.

—Estarán gastando en descubierto. Como todos los bancos están al corriente de la fortuna que tendrá algún día, están encantados de prestarle dinero ahora —conjeturó Eleanor mientras toqueteaba una daga india con piedras preciosas.

—¡*Aiyah*, qué vergüenza! ¡Nunca imaginé que mi hijo tuviera que pedir prestado dinero a un banco algún día! —rezongó Carol.

—Pues si según dices ahora está sin blanca, te aseguro que debe de estar haciendo eso. Eso es lo que hizo uno de los primos de Philip. Llevaba la vida del sultán de Brunéi, ¡y hasta que murió su padre no se dieron cuenta de que había hipotecado la casa, de que había hipotecado todo, para mantener su tren de vida y a sus dos amantes, una en Hong Kong y la otra en Taipéi! —dijo Eleanor.

—Bernard no tiene dinero. Solo recibe unos diez millones al año para sobrevivir —confirmó Carol.

—Vaya, pues definitivamente deben de estar pidiendo préstamos a lo grande, porque la tal Kitty parece estar gastando como una *siow tsah bor*[*] —comentó Daisy—. ¿Qué es eso con lo que estás jugueteando, Elle?

—Es una daga india de esas raras —respondió Eleanor. En realidad eran dos dagas que se enfundaban en sendos extremos de una vaina con incrustaciones de gemas de colores vivos y opacos; había abierto el pasador de un extremo y estaba sacando y metiendo el pequeño y afilado puñal. Buscó con la mirada a la anfitriona y le dijo—: Señora Singh, hábleme de esta preciosa arma.

La señora Singh, que estaba sentada en un extremo de un diván cercano conversando con otra invitada, volvió la vista fugazmente hacia ella.

—Oh, eso no es un arma, es una reliquia hindú muy antigua. ¡Cuidado con sacarla, Eleanor, trae muy mala suerte! De hecho, ni siquiera debería tocarla. Hay un espíritu maligno atrapado entre los dos cuchillos y si lo libera la desgracia caerá sobre su primogénito. Como no queremos que le ocurra nada al querido Nicky, le ruego que lo suelte.

Las señoras la miraron horrorizadas y, por una vez en su vida, Eleanor se quedó muda.

---

[*] En hokkien, «loca».

8

Salón Diamante, hotel Ritz-Carlton

Hong Kong, 7 de marzo de 2013

COLUMNA «ALTA SOCIEDAD» DE LA REVISTA *PINNACLE*
Leonardo Lai

La pasada noche, un público estelar iluminó la decimoquinta Gala Anual Pinnacle de la Fundación Ming. El evento es un acto altruista organizado por **Connie Ming,** la primera esposa de **Ming Ka-Ching,** el segundo hombre más rico de Hong Kong, y las entradas a la velada de este año, a 25.000 dólares de Hong Kong por butaca, se agotaron rápidamente cuando se corrió la voz de que asistiría la **duquesa de Oxbridge,** prima de **su majestad la reina Isabel II,** y que los **Four Heavenly Kings**[*] se reunirían para rendir tributo a la legendaria cantante **Tracy Kuan,** ganadora del Premio Pinnnacle a la Trayectoria Profesional de esta edición.

---

[*] Cuatro estrellas masculinas de la música pop cantonesa de la década de 1990 —Jacky Cheung, Aaron Kwok, Leon Lai y Andy Lau— que dominaron las listas de éxitos del panorama musical asiático, llenaron estadios y consiguieron que estuviera bien visto que los varoniles hombres asiáticos se pusieran mechas en el pelo y llevaran *blazers* con lentejuelas.

El tema era «Nicolás y Alejandra», la romántica y malograda pareja imperial de Rusia, y para ello no existía un marco más perfecto que el salón Diamante del Ritz-Carlton, en la tercera planta del edificio más alto de Hong Kong. A su llegada, los invitados se encontraron el espacio convertido en «San Petersburgo en invierno», con carámbanos de cristal de Swarovski colgados del techo, abedules cubiertos de «nieve» y centros de mesa con huevos de Fabergé. **Oscar Liang,** el *enfant terrible* de la cocina de fusión cantonesa, se superó con su suculento e innovador cerdo de Ekaterimburgo: cochinillo perforado con «balas» de pan de oro aderezadas con trufa, arrojado por una rampa a un sótano antes de ser asado en leña en cafetales rusos.

En este magnífico marco, los miembros de la flor y nata de Hong Kong sacaron todas las grandes piedras de sus cajas fuertes. La anfitriona por excelencia, Connie Ming, lució diamantes amarillo canario dignos de una zarina con un vestido palabra de honor blanco y negro de pedrería diseñado a medida por Óscar de la Renta; **Ada Poon** lució los famosos rubíes Poon sobre su modelo de alta costura de chifón rosa de Elie Saab; y la indiscutible estrella de China, **Pan TingTing,** causó sensación con el vestido de gasa blanco de corte Imperio que en su época lució Audrey Hepburn en la película *Guerra y paz.* Los **hermanos Kai** se enzarzaron a puñetazo limpio (de nuevo), y poco faltó para que se produjera un incidente cuando por error condujeron a la **señora Y. K. Loong** a una mesa donde se encontraban sentados los hijos del segundo matrimonio de su difunto esposo (el litigio para resolver la disputa por la herencia se reanuda a finales de este mes). Pero el ambiente recuperó la normalidad cuando Tracy Kuan hizo su entrada en un trineo arrastrado por ocho modelos masculinos descamisados con tabletas de chocolate bajo sus atuendos de cosacos. Tracy, con un vestido de corsé blanco de pelo y piel diseñado por Alexander McQueen, cautivó al público al entonar tres bises acompañada por los Four Heavenly Kings, que en esta ocasión cantaron en directo.

También se rindió homenaje al ganador del Pinnacle Empresarial del Año, **Michael Teo,** el tremendamente fotogénico titán de la tecnología cuyo meteórico ascenso ha dado mucho que hablar. A raíz de que el precio de las acciones de su pequeña empresa de software se elevaran más que el monte Fuji hace dos años, Michael aprovechó los beneficios para abrir su propia compañía de capital riesgo, que obtuvo una millonada lanzando algunas de las *start-ups* más pujantes del sector digital asiático, como Gong Simi?, la aplicación de mensajes en *singlish*. La gran pregunta que me hago es: ¿dónde ha tenido escondida Michael a su preciosa esposa singapurense durante todo este tiempo? **Astor Teo,** con su mirada angelical, estaba absolutamente deslumbrante con su minúsculo modelito de encaje negro *vintage* (de Fontana), aunque ojalá sus pendientes de diamantes y aguamarinas hubieran sido más llamativos. (¡Con el dineral que ha conseguido su marido últimamente, ya va siendo hora de que renueve sus joyas!).

Sir Francis Poon, galardonado con el Premio Pinnacle a la Filantropía, se llevó la mayor sorpresa de la noche cuando la esposa de **Bernard Tai** (es decir, la antigua estrella de telenovelas Kitty Pong), sobrepasada de emoción ante la conmovedora presentación de sir Francis sobre sus misiones de asistencia médica, ¡irrumpió en el escenario e impactó al público anunciando una donación espontánea de veinte millones de dólares para su fundación! La señora Tai acaparó todas las miradas con un vestido de noche rojo pasión de Guo

---

* *Singlish* es como se designa coloquialmente el inglés que se habla en Singapur. [*N. de los T.*]

Pei con esmeraldas que a simple vista tendrían un valor de mil millones y una cola de dos metros elaborada con plumas de pavo real. Pero no cabe duda de que no le harán falta plumas para remontar a nuevas cotas sociales.

Astrid se acomodó en un sillón de la sala VIP SilverKris del Aeropuerto Internacional de Hong Kong para esperar al aviso de embarque de su vuelo a Los Ángeles. Al sacar su iPad para revisar por última vez el correo electrónico, recibió un mensaje.

CHARLIE WU: Me alegré de verte anoche.

ASTRID LEONG TEO: Igualmente.

C. W.: ¿Qué haces hoy? ¿Comemos juntos?

A. L. T.: Lo siento, ya estoy en el aeropuerto.

C. W.: ¡Qué viaje más corto!

A. L. T.: Sí, por eso no te avisé de antemano. Ha sido una escala de una noche de camino a Los Ángeles.

C. W.: ¿Tu maridito va a comprar otra empresa de Silicon Valley esta semana?

A. L. T.: No, mi maridito ya ha regresado a Singapur. Yo voy a California a la boda de Nicky en Montecito. (¡Ni pío! Es un secreto, y nadie de mi familia sabe que voy excepto mi primo Alistair, que viaja conmigo).

C. W.: ¿De modo que Nicky al final va a casarse con la chica que estaba en boca de todos hace un par de años?

A. L. T.: Sí, Rachel. Es un encanto.

C. W.: Por favor, felicítalo de mi parte. ¿Michael no va a la boda?

A. L. T.: Habríamos levantado la liebre si hubiéramos viajado juntos a Estados Unidos tan poco tiempo después de nuestro último viaje. Por cierto, le encantó conocerte anoche. Por lo visto te admira muchísimo y no daba crédito a que fuese yo la que os presentase.

C. W.: ¿¿Acaso no sabe que estuvimos prometidos??

A. L. T.: Claro que sí, pero no creo que atase cabos hasta anoche. Como te asocia al gremio de la tecnología, en realidad ni se le había pasado por la cabeza que tú y yo nos conociéramos. ¡Le diste un buen empujón a mi reputación!

C. W.: Es buena gente. Y enhorabuena de nuevo por su premio. Ha hecho unas jugadas francamente inteligentes.

A. L. T.: ¡Deberías habérselo comentado! Anoche estuviste muy callado.

C. W.: ¿Sí?

A. L. T.: Prácticamente no metías baza y daba la impresión de que estabas deseando largarte.

C. W.: ¡Estaba tratando de evitar a Connie Ming, que ya está intentando comprometerme para financiar la gala del año que viene! Y supongo que no esperaba encontrarte allí.

A. L. T.: ¡Cómo no iba a estar para apoyar a Michael!

C. W.: Ya, pero pensaba que no asistías a galas benéficas, especialmente en Hong Kong. ¿Tu familia no tenía por norma no asistir bajo ningún concepto a estos eventos?

A. L. T.: La norma es más laxa ahora que soy un ama de casa aburrida. Cuando era más joven, mis padres, con su paranoia por la seguridad, no querían que mis fotos aparecieran por todas partes ni que me relacionaran con vividores que van de fiesta en fiesta, la «gentuza china internacional», como los llamaba mi madre.

C. W.: Gente como yo.

A. L. T.: ¡Jajajaja!

C. W.: Lo de anoche debió de ser un trago. Había muchas personas a las que tu madre censuraría.

A. L. T.: Tampoco fue para tanto.

C. W.: ¿En serio? Te vi sentada en la mesa de Ada Poon.

A. L. T.: Vale, lo confieso: ESO fue un suplicio.

C. W.: ¡Jajajaja!

A. L. T.: Ada y sus amigas *tai tai** me ignoraron durante la primera hora.

C. W: ¿Les dijiste que eras de Singapur?

A. L. T.: Como en el programa figuraba la biografía de Michael, todo el mundo sabía que yo era su esposa. Sé que los de Hong Kong se han puesto un pelín quisquillosos desde que el aeropuerto de Singapur fue elegido el mejor del mundo.

C. W.: Bueno, en mi opinión seguimos teniendo mejores tiendas en nuestro aeropuerto. ¿Quién necesita un cine gratis o un jardín de orquídeas cuando Loewe y Longchamp se encuentran a diez pasos? De todas formas, la razón por la que las señoras te hicieron el vacío es porque no estudiaste en St. Paul, St. Stephen ni en el Colegio Diocesano. No sabían dónde ubicarte en su jerarquía.

---

* Término cantonés que significa «esposa suprema» (en circunstancias donde el hombre tiene varias esposas), pero que ha perdido su sentido literal, dado que la poligamia está prohibida en Hong Kong desde 1971. Actualmente *tai tai* designa a una señora de posibles que por lo general ostenta una posición privilegiada en la alta sociedad de Hong Kong. Un requisito imprescindible para ser una *tai tai* es casarse con un hombre rico, lo cual posibilita que la *tai tai* disponga de una tremenda cantidad de tiempo libre para almorzar, ir de compras, acudir al salón de belleza, decorar, chismorrear, organizar eventos benéficos para mascotas, disfrutar del té de la tarde, dar clases de tenis, contratar a tutores para sus hijos y aterrorizar a sus doncellas, no necesariamente en ese orden.

A. L. T.: Pero la buena educación es gratis. Se trataba de un evento benéfico, por el amor de Dios. Las señoras no dejaban de competir entre sí, alardeando de las cuantiosas multas que todas se han visto obligadas a pagar por sus sótanos ilegales. Fue un peñazo. Pero luego, cuando la duquesa pronunció su discurso, vino derecha a mi mesa y me dijo: «¡Astrid! ¡Me pareció que eras tú! ¿Qué haces aquí? He quedado a comer con tus padres en Stoker and Amanda la semana que viene. ¿Estarás en Chatsworth también?». Y con eso bastó. De repente las *tai tais* no se despegaban de mí.

C. W.: ¡Apuesto a que no podían!

A. L. T.: Me fascinan las mujeres de Hong Kong. El estilo de aquí es totalmente diferente al de Singapur. Destilan una opulencia estudiada que desarma. No creo haber visto TANTÍSIMAS joyas concentradas en una sala. De verdad, parecía la Revolución Rusa, cuando todos los aristócratas huyeron del país llevándose hasta la última pieza que tenían, algunas cosidas bajo la ropa.

C. W.: Iban recargadas a más no poder. ¿Qué pensaste de todas esas tiaras?

A. L. T.: No me parece bien que una mujer lleve tiara a menos que haya pertenecido a varias generaciones de su familia.

C. W.: Igual no lees las columnas de cotilleo, pero hay un petardo llamado Leonardo Lai...

A. L. T.: ¡Jaja, sí! Mi prima Cecilia acaba de enviarme el artículo.

C. W.: Es obvio que Leonardo no tenía NI IDEA de quién eras y ni siquiera ha atinado con tu nombre, pero por lo visto le preocupa que andes escasa de joyas. ¡Jajaja!

A. L. T.: ¡Me alegro mucho de que haya escrito mal mi nombre! Mi madre se pondría como una furia si me viera en las columnas de cotilleo. Supongo que a Leonardo no le impresionaron las piezas de la auténtica colección imperial: mis pendientes pertenecieron a la emperatriz viuda María Fiódorovna.

C. W.: Claro que sí. Enseguida me fijé en ellos; parecían del estilo de los que solía comprarte en la época que pasamos en Londres, en aquella pequeña joyería *vintage* de la galería comercial de Burlington donde tanto te gustaba curiosear. Eras, con diferencia, la mujer mejor vestida de la gala.

A. L. T.: Eres un encanto. Pero, vamos, no es que lo diera todo como algunas de esas seguidoras de la moda de Hong Kong que lucieron vestidos de noche diseñados especialmente al estilo de Catalina la Grande o alguien así.

C. W.: Tú siempre has vestido para gustarte a ti misma: por eso precisamente ibas estupenda. Tú y Kitty Pong, por supuesto.

A. L. T.: Qué gracioso. ¡Pues me pareció que iba fantástica! Su vestido era muy Josephine Baker.

C. W.: Iba desnuda salvo por todas esas plumas y esmeraldas.

A. L. T.: El vestido causó sensación. Pero robarle el protagonismo a Francis Poon fue bastante desvergonzado. ¡Temí que al pobre de Francis le diera un ataque al corazón cuando ella subió precipitadamente al escenario y le quitó el micrófono mientras pronunciaba su discurso!

C. W.: Ada Poon debería haber intervenido y abofeteado a Kitty Pong tal y como habría hecho cualquier tercera esposa que se precie.

A. L. T.: Iba demasiado cargada de joyas como para saltar al escenario.

C. W.: Me pregunto realmente qué le habrá ocurrido a Bernard Tai. ¿Por qué está Kitty siempre en el candelero y él no? ¿Seguirá vivo?

A. L. T: ¡Seguramente lo habrá encadenado en alguna mazmorra con una mordaza de bola en la boca!

C. W.: ¡Astrid Leong! ¡Me estás dejando pasmado!

A. L. T.: Perdona, es que últimamente he estado leyendo mucho al marqués de Sade. Si no te importa que te lo pregunte, ¿dónde estaba TU mujer? ¿Conoceré algún día a la legendaria Isabel Wu?

C. W.: Isabel es demasiado estirada como para ir a eventos de este tipo. Solo le da bola a estas celebraciones de la vieja guardia un par de veces al año.

A. L. T.: ¡Jajaja! No me hagas pensar a la vez en bolas y en la vieja guardia. ¡Ni me atrevo a decirte lo que me acaba de venir a la cabeza!

C. W.: ¿Sir Francis Poon?

A. L. T.: ¡Eres terrible! Uy, mi primo me está haciendo señas. Es hora de embarcar.

C. W.: Nunca entenderé por qué sigues viajando en vuelos comerciales.

A. L. T.: Somos Leong; esa es la razón. Mi padre opina que sería vergonzoso si vieran a la familia viajando en aviones privados, dado que él es «funcionario público». Y, según dice, es mucho más seguro volar en un gran avión comercial que en uno pequeño.

C. W.: Yo opino que es mucho más seguro ir en tu avión particular, con personal de tierra comprometido. Realizas el trayecto en la mitad de tiempo y el *jet lag* es más llevadero.

A. L. T.: Yo jamás sufro *jet lag*, ¿recuerdas? Además, no tenemos la pasta de Charlie Wu.

C. W.: ¡Eso sí que tiene gracia! Los Leong podríais machacarme en cualquier momento. Bueno, buen viaje.

A. L. T.: Me alegro de que hayamos charlado. La próxima vez que vengamos a Hong Kong, prometo avisarte con más antelación.

C. W.: ¡Vale!

A. L. T.: Michael y yo te invitaremos a cenar. En Hutchison House hay un estupendo restaurante teochew del que mi primo no deja de hablar.

C. W.: No, no, no: en mi ciudad invito yo.

A. L. T.: Bueno, lo discutiremos más adelante. Bss.

Charlie apagó el ordenador y giró el sillón de su despacho hacia la ventana. Desde su oficina en la planta 55 de *Wu*thering Towers gozaba de vistas panorámicas al puerto y divisaba todos los vuelos que despegaban del Aeropuerto Internacional de Hong Kong hacia el este. Se quedó contemplando el horizonte, escudriñando cada avión que despegaba, tratando de localizar el de Astrid. «No debería haber intercambiado mensajes con ella esta mañana bajo ningún concepto —se dijo para sus adentros—. ¿A santo de qué continúo haciéndome esto a mí mismo? Cada vez que oigo su voz, cada vez que leo un e-mail suyo o un simple mensaje, es un verdadero trago. Intenté parar. Intenté dejarla en paz. Pero, al volver a verla después de tanto tiempo entrando en la sala con nada más que encaje negro sobre su piel resplandeciente, me quedé impactado ante su belleza».

Cuando Charlie por fin divisó el Airbus A380 sobrevolando el cielo con sus inconfundibles distintivos azul marino y dorado, inexplicablemente le dio por descolgar el teléfono y llamar a su hangar privado.

—¿Johnny? ¿Puedes preparar el avión para dentro de una hora? Necesito ir a Los Ángeles.

«Le daré una sorpresa a Astrid en la terminal de llegadas con rosas rojas, lo mismo que hice cuando estábamos en la universidad en Londres. Esta vez, cuando baje del avión, la recibiré con quinientas rosas rojas. La llevaré a almorzar a Gjelina y después igual alquilamos un coche para pasar unos días en algún spa alucinante de la costa. Será como en los viejos tiempos, cuando íbamos a Francia en el Aston Martin Volante y recorríamos todo el valle del Loira para explorar antiguos castillos juntos y asistir a degustaciones de vinos. Ay, ¿en qué demonios estoy pensando? Estoy casado con Isabel y Astrid está casada con Michael. Soy el mayor imbécil del mundo. Por un momento, por un fugaz momento, tuve ocasión de recuperarla, cuando su inseguro marido se empezó a sentir demasiado pobre como para seguir a su lado, pero en vez de eso hice que ganara una fortuna. Por Dios, ¿cómo se me ocurrió? Y ahora están juntos de nuevo, puñeteramente felices y más enamorados que nunca. Y aquí estoy yo, con una mujer que me odia, y completamente jodido».

9

El Club Locke

Hong Kong, 9 de marzo de 2013

K itty Pong salivaba de la emoción en el atestado ascensor. Llevaba años oyendo comentarios sobre ese lugar, y por fin estaba a punto de comer en él. Situado en la quinta planta de un anodino edificio de oficinas en Wyndham Street, el Locke era el club gastronómico más exclusivo de Hong Kong —el sanctasanctórum— y entre sus miembros figuraba la *crème de la crème* de la sociedad de Hong Kong y la *jet set* internacional. A diferencia de otros clubes gastronómicos privados*, donde la fama o un grueso talonario de cheques garantizaban automáticamente la membresía, el Locke establecía sus propias

---

* En una ciudad donde a la gente le obsesiona la comida casi tanto como el estatus, el secreto mejor guardado de la oferta gastronómica tal vez sea que la cocina más selecta supuestamente no la ofrecen los restaurantes con estrellas Michelin de los hoteles de cinco estrellas, sino los clubes gastronómicos. Estos establecimientos exclusivos para socios son templos de lujo ocultos en pisos altos de edificios de oficinas, donde los famosos y la gente pudiente se reúnen para disfrutar de la comida lejos de las miradas entrometidas de los *paparazzi*. Estos clubes a menudo tienen listas de espera de años para conceder la membresía, y solo se puede sobornar a los mejores conserjes de los hoteles exclusivos para conseguir un pase especial de «socio invitado», siempre y cuando se posea el rango adecuado.

reglas. El establecimiento ni siquiera contaba con una lista de espera para socios: era necesario ser invitado por los estrictos y reservados miembros de la junta directiva, e incluso simular un interés pasajero en la membresía podría conllevar no recibir una invitación en la vida.

En la época en la que interpretaba un papel secundario en la telenovela *Cosas esplendorosas*, Kitty a veces escuchaba a Sammi Hui —la protagonista de la serie— alardear de sus almuerzos en el Locke, y de cómo había estado sentada en la misma sala que la reina de Bután o la última amante de Leo Ming. Kitty se moría de ganas de ver el suntuoso comedor donde la sentarían hoy y las personalidades que estarían almorzando en las mesas próximas. ¿Estarían todos saboreando la especialidad de la casa, la sopa de tortuga servida en cuencos de madera de alcanforero?

Había sido un tremendo golpe de suerte haber estado sentada a la misma mesa que Evangeline de Ayala en la gala Pinnacle. La joven y glamurosa Evangeline era esposa de Pedro Paulo de Ayala, el vástago de una de las familias dedicadas al sector inmobiliario más antiguas de Filipinas y, aunque la pareja se había trasladado muy recientemente a Hong Kong (vía Londres, donde Pedro Paulo había trabajado en Rothschild), se habían granjeado popularidad como nuevos socios del club gracias a sus vínculos aristocráticos —sin olvidar su rimbombante apellido—. Por lo visto Evangeline se había quedado maravillada ante el generoso donativo de Kitty a la fundación de sir Francis Poon y, cuando le propuso a Kitty reunirse para almorzar en el Locke, esta se preguntó si por fin iba a recibir una invitación de socia. Al fin y al cabo, en apenas dos meses se había convertido en la coleccionista de arte y filántropa más destacada de Hong Kong.

Cuando la puerta del ascensor finalmente se abrió, Kitty entró pavoneándose en el vestíbulo del club, con relucientes paredes revestidas de ébano y una imponente escalinata negra de mármol y acero que conducía al mítico comedor, arriba. Uno de los miembros del personal del mostrador de recepción le sonrió.

—Buenas tardes. ¿En qué puedo ayudarla?

—He quedado con la señorita De Ayala para almorzar.

—¿Con la señora De Ayala? —corrigió el impertinente hombre.

—Sí, quería decir la señora De Ayala —contestó Kitty, nerviosa.

—Me temo que no ha llegado todavía. Por favor, tome asiento en el salón y la acompañaremos al comedor en cuanto llegue.

Kitty entró en una sala con paredes forradas de seda y se sentó en medio del sofá rojo de Le Corbusier para lucirse al máximo. Unas cuantas señoras que salían del ascensor se quedaron mirándola fijamente al pasar por delante, y ella no dudó de que se debía al conjunto que con tanto esmero había elegido ponerse. Había optado por un vestido de flores negro y rojo sin mangas de Giambattista Valli, un bolso de mano de piel de borrego rojo de Céline y unas bailarinas rojas con una hebilla dorada de Charlotte Olympia. Las únicas joyas que llevaba eran unos pendientes de cabujones de rubíes de Solange Azagury-Partridge. Aun con el estrecho calado en un lado del vestido, su *look* rozaba lo recatado, y desafió a cualquier pedante *tai tai* a que la criticara hoy.

Kitty no lo sabía, pero una de las señoras del ascensor era Rosie Ho, que había quedado a almorzar con Ada Poon y unas cuantas antiguas compañeras de clase de ambas en Maryknoll. Rosie se dirigió al comedor como una flecha y anunció sin resuello:

—Chicas, jamás creeréis quién está sentada en el salón ahora mismo. Tres intentos. ¡Venga, venga!

—Danos alguna pista —dijo Lainey Lui.

—Lleva un vestido estampado de flores y está claro que se ha operado para quitarse pecho.

—Oh, Dios mío, ¿es la lesbiana esa que es novia de Bebe Chow?

—No, mejor aún...

—¡Anda, dínoslo! —suplicaron las señoras.

—¡Es Kitty Pong! —anunció Rosie a bombo y platillo.

Ada, indignada, se puso lívida.

—*Mut laan yeah?*[*] ¿Cómo se atreve a presentarse aquí después de la treta publicitaria que montó la otra noche? —dijo Lainey echando humo.

—¿Quién ha sido la imbécil que la ha traído? —preguntó Tessa.

Ada se levantó despacio de la mesa y esbozó una sonrisa forzada ante sus acompañantes.

—¿Me disculpáis un momento? Por favor, seguid comiendo; no dejéis que se enfríe la deliciosa sopa de tortuga.

Evangeline de Ayala entró en el salón con un bonito vestido recto blanco y negro de Lanvin y besó a Kitty en ambas mejillas.

—Siento mucho llegar tarde: no tengo ninguna buena excusa, salvo que siempre me oriento con la hora de Manila.

—No pasa nada; estaba contemplando las obras de arte —respondió Kitty con gentileza.

—Muy impresionantes, ¿verdad? ¿Eres coleccionista?

—Como estoy empezando, estoy tratando de formarme —contestó Kitty con modestia, al tiempo que se preguntaba si Evangeline estaba aparentando no saber que había adquirido recientemente la obra de arte más cara de toda Asia.

Las señoras se aproximaron al mostrador de recepción, donde el mismo hombre les hizo un cálido recibimiento.

—Buenas tardes, señora De Ayala. ¿Va a almorzar con nosotros hoy?

—Sí, solo nosotras dos —respondió Evangeline.

—Perfecto. Tengan la bondad de acompañarme —dijo el recepcionista, y condujo a las mujeres por la sinuosa escalera

---

[*] En cantonés, «¿Qué cojones?».

de mármol. Al entrar en el comedor, Kitty reparó en que varias personas las observaban con la boca abierta. El gerente del club fue a su encuentro a toda prisa dándose aires de importancia.

«Qué bien, se dispone a darme la bienvenida personalmente al club», pensó Kitty.

—Señora De Ayala, discúlpeme, pero parece ser que se ha producido una enorme confusión en nuestro sistema informático de reservas. Me temo que hoy estamos al completo y no nos será posible darles mesa.

El recepcionista se quedó atónito ante el anuncio del gerente, pero no dijo nada.

Evangeline se mostró perpleja.

—Pero si hice la reserva hace dos días y nadie me ha llamado para informarme.

—Sí, me hago cargo. No sabe cuánto lo lamentamos..., pero me he tomado la licencia de reservarles una mesa en Yung Kee, a la vuelta de la esquina, en Wellington Street. Las están esperando con una preciosa mesa, y espero que nos permitan invitarlas a almorzar para compensar este inconveniente.

—Seguramente podrá encontrarnos mesa para un almuerzo rápido aquí, ¿no? Solo somos dos, y hay unas cuantas mesas vacías junto al ventanal —dijo Evangeline, esperanzada.

—Lamentablemente esas mesas ya están reservadas. Les ruego que acepten mis disculpas nuevamente, y espero que disfruten en Yung Kee: les recomiendo que pidan el fabuloso ganso asado —dijo el gerente al tiempo que conducía a Kitty y Evangeline con actitud imperiosa hacia las escaleras.

A la salida del club, Evangeline seguía estupefacta.

—¡Qué raro! Lo siento mucho; jamás había ocurrido nada parecido. No obstante, las normas del Locke son un tanto singulares. En fin, permíteme que le mande rápidamente un mensaje a mi chófer para ponerlo al corriente del cambio de planes. —Al sacar el teléfono, Evangeline vio que la estaba llamando su marido—.

Hola, cariño, ¿qué tal? Me acaba de pasar una cosa rarísima —le dijo Evangeline con voz melosa. Acto seguido dio un respingo ante la sarta de improperios procedentes del otro extremo de la línea—. ¡Nada! ¡No hemos hecho nada! —exclamó a la defensiva.

Kitty alcanzaba a oír que el marido de Evangeline continuaba despotricando.

—No le encuentro explicación... No sé qué ha ocurrido —siguió balbuciendo Evangeline por teléfono, con la cara cada vez más pálida. Finalmente bajó el teléfono y miró a Kitty bastante desconcertada—. Lo siento, pero de pronto no me encuentro muy bien. ¿Te importa si dejamos el almuerzo para otra ocasión?

—Por supuesto que no. ¿Va todo bien? —preguntó Kitty, bastante preocupada por su nueva amiga.

—Era mi marido. Nuestra membresía del club Locke acaba de ser anulada.

Después de que el chófer de Evangeline la recogiera, Kitty se quedó en el bordillo de la acera intentando asimilar lo ocurrido. Por la mañana se había despertado contenta y emocionada, y ahora se encontraba bastante alicaída por el hecho de que sus planes para almorzar se hubieran torcido de esa manera. Pobre Evangeline. Qué horror lo que le había ocurrido. Justo cuando estaba a punto de llamar a su chófer, Kitty reparó en que una mujer de pelo canoso vestida con un traje pantalón sin gracia la observaba sonriendo.

—¿Se encuentra bien? —le preguntó la mujer.

—Sí —respondió Kitty, algo confundida. ¿La conocía de algo?

—Acabo de almorzar en el Locke, y no pude evitar fijarme en lo que ha sucedido en el comedor —dijo la mujer a modo de presentación.

—Sí, es bastante raro, ¿verdad? Me sabe muy mal por mi amiga.

—¿Y eso?

—Ella no estaba al corriente de que había perdido su membresía en el club, y me había traído a comer aquí. Creo que ahora mismo debe de sentirse muy avergonzada.

—¿Que han echado del club a Evangeline de Ayala? —preguntó la mujer sin dar crédito.

—Ah, ¿la conoce? Sí, justo cuando salíamos del club, su marido la llamó para darle la noticia. Debe de haber hecho algo terrible para que los echaran así, sin previo aviso.

La mujer se quedó callada unos instantes, como si estuviera tratando de dilucidar si Kitty hablaba en serio.

—Ay, querida, no tiene la menor idea de por dónde van los tiros. Es totalmente ajena a lo que realmente ha sucedido, ¿verdad? En la historia del club, únicamente han anulado membresías en tres ocasiones. La de hoy ha sido la cuarta. Es obvio que los De Ayala han sido expulsados porque Evangeline ha intentado traerla a usted al club.

Kitty la miró con gesto incrédulo.

—¿¿Por mí?? ¡Qué tontería! Es la primera vez que piso el club: ¿qué tengo yo que ver en esto?

La mujer meneó la cabeza con lástima.

—El hecho de que ni siquiera sea consciente de ello me entristece muchísimo. Pero creo que puedo ayudarla.

—¿A qué se refiere? ¿Quién es usted?

—Soy Corinna Ko-Tung.

—¿Como Ko-Tung Park?

—Sí, y Ko-Tung Road y el ala Ko-Tung del hospital Queen Mary. Vamos, acompáñeme. Estará muerta de hambre. Le explicaré todo tomando *yum cha**.

Corinna condujo a Kitty por On Lan Street y a continuación por un callejón a espaldas de la New World Tower. Tras

---

* Esta expresión cantonesa significa literalmente «tomar té», pero en Hong Kong generalmente hace alusión a un almuerzo de *dim sum* con té.

coger el ascensor de servicio hasta la tercera planta, llegaron a la entrada trasera del restaurante Tsui Hang Village, donde los VIP podían pasar desapercibidos.

El gerente reconoció a Corinna enseguida, se apresuró a ir a su encuentro y le hizo una gran reverencia.

—Señora Ko-Tung, es un gran honor que haya venido a almorzar con nosotros hoy.

—Gracias, señor Tong. ¿Nos da un comedor privado, por favor?

—Cómo no. Por favor, acompáñenme. ¿Cómo se encuentra su madre últimamente? Por favor, trasládele mis mejores deseos —dijo el gerente con efusividad mientras las escoltaba por un pasillo.

Las señoras fueron conducidas a un comedor privado decorado en tonos suaves de beis, con una gran mesa redonda y un televisor de pantalla plana en la pared del fondo con el canal CNBC sintonizado y el volumen silenciado.

—Le comunicaré al chef que se encuentran aquí; estoy seguro de que querrá preparar todas sus especialidades.

—Por favor, dele las gracias de mi parte de antemano. ¿Sería tan amable de apagar la televisión? —dijo Corinna.

—Oh, disculpen, por supuesto —repuso el gerente, y se lanzó presto a por el mando a distancia como si se tratara del objeto más ofensivo del mundo.

Una vez que los camareros colocaron con florituras las toallitas calientes, sirvieron dos tazas de té y abandonaron la sala, Kitty dijo:

—Debe de ser una clienta asidua.

—Hace tiempo que no vengo por aquí. Pero he pensado que sería un lugar adecuado para hablar tranquilamente.

—¿Siempre la tratan tan bien?

—Generalmente. El hecho de que mi familia sea propietaria del terreno donde está construida esta torre también influye en ello.

Kitty se quedó bastante impresionada. Jamás la habían tratado con tanta reverencia, ni siquiera después de convertirse en la esposa de Bernard Tai.

—Bueno, ¿de verdad cree que han echado a los De Ayala del club por mi culpa?

—No es que lo crea, estoy segura —respondió Corinna—. Ada Poon es miembro de la junta directiva.

—Pero ¿qué tiene contra mí? Acabo de donar una generosa suma a la fundación de su marido.

Corinna suspiró. Esto le iba a resultar más difícil de lo que pensaba.

—No estuve en la gala Pinnacle, pues no asisto a semejantes eventos, pero a la mañana siguiente mi teléfono no dejó de sonar. Todo el mundo estaba comentando lo que usted hizo.

—¿Qué hice?

—Ofendió profundamente a los Poon.

—Pero si solo trataba de ser generosa...

—Puede que lo vea de esa manera, pero todos los presentes tuvieron una impresión diferente. Sir Francis Poon tiene ochenta años, y todos lo veneran. Ese galardón era su gran momento, la culminación de décadas de trabajo humanitario, pero, cuando usted irrumpió en el escenario para anunciar su generosa donación en mitad de su discurso, se consideró como un tremendo agravio hacia su persona. Humilló a su familia, a sus amistades y, tal vez, por encima de todo, a su esposa. Se suponía que también era una noche especial para Ada, y le robó el protagonismo.

—En ningún momento fue mi intención hacer eso —replicó Kitty.

—Sea honesta consigo misma, Kitty. Por supuesto que sí. Deseaba acaparar toda la atención, igual que cuando compró *El Palacio de las Dieciocho Excelencias*. Pero, a diferencia del público de Christie's, en la sociedad de Hong Kong no están bien vistos los espectáculos. Su comportamiento a lo largo de los últimos meses no se considera más que un intento descarado de hacerse un hueco entre la gente adecuada por medio del dinero. A ver, muchas personas se lo han ganado precisamente así, pero hay una forma correcta de hacerlo, y otra equivocada.

Kitty estaba indignada.

—Señora Ko-Tung, sé perfectamente lo que me hago. Busque mi nombre en Baidu y ya verá. Ojee todas las revistas y periódicos. Los blogueros y periodistas de la prensa del corazón escriben sobre mí sin cesar. Todos los meses aparecen fotos de mí en todas las revistas. A lo largo del año pasado he cambiado totalmente de estilo, y en el número del *Orange Daily* de la semana pasada dedicaba tres páginas a mis *looks* de alfombra roja.

Corinna meneó la cabeza con ademán desdeñoso.

—¿Es que no se da cuenta de que esas revistas simplemente la están explotando? Las lectoras corrientes del *Orange Daily* que viven en Yau Ma Tei seguramente pensarán que su vida es un sueño hecho realidad, claro, pero en los círculos sociales de cierto nivel de Hong Kong es irrelevante que vista de alta costura y luzca diamantes por valor de millones de dólares. En este nivel, eso está al alcance de cualquiera. Todo el mundo es rico. Cualquiera tiene posibilidad de donar veinte millones de dólares si se le antoja. Para estas personas, el hecho de que su foto aparezca continuamente en las páginas de eventos es, de hecho, más perjudicial que beneficioso: se considera una actitud a la desesperada. Confíe en mí, aparecer en el *Tattle* no beneficiará su imagen. No pondrá a su alcance el ingreso en el club Locke, ni una invitación a la fiesta anual en el jardín de la villa de la señora Ladoorie en Repulse Bay.

Kitty no sabía si creerla o no. ¿Cómo se atrevía esa mujer que parecía que se había cortado el pelo en una peluquería de tres al cuarto de Mong Kok a darle consejos sobre su imagen?

—Señora Tai, permítame que la ponga un poco al corriente de a lo que me dedico. Yo asesoro a gente que desea granjearse un hueco entre la élite de Asia, entre la gente verdaderamente influyente.

—Con el debido respeto, estoy casada con Bernard Tai. Mi marido es uno de los hombres más ricos del mundo. Ya es influyente.

—¡No me diga! Entonces, ¿dónde está Bernard últimamente? ¿Por qué no está en todos los actos a los que yo asisto? ¿Por qué no fue al almuerzo organizado por el jefe ejecutivo* en honor a las cincuenta personalidades más influyentes de Asia el jueves pasado? ¿O a la fiesta que organizó mi madre para la duquesa de Oxbridge anoche? ¿Cómo no asistió usted?

Kitty no supo qué responder. Se sintió tremendamente humillada.

—Señora Tai, si me permite hablar con total franqueza, los Tai nunca han tenido muy buena reputación. *Dato'* Tai Toh Lui fue un tiburón procedente de algún pueblucho malayo. Los demás magnates lo despreciaban. Y ahora su hijo tiene fama de ser un haragán y vividor que heredó una fortuna y que no ha dado un palo al agua en su vida. Todo el mundo sabe que Carol Tai continúa manejando el cotarro. Nadie se toma en serio a Bernard, especialmente después de casarse con una exestrella del porno procedente de la China continental convertida en actriz de telenovelas.

Kitty se sintió como si la hubieran abofeteado. Abrió la boca para protestar, pero Corinna continuó:

—Me trae sin cuidado la verdad: no soy quién para juzgarla. Pero considero necesario que tenga presente lo que todo el mundo comenta de usted en Hong Kong. Todo el mundo

* Se refiere al jefe ejecutivo de Hong Kong, que supuestamente se halla al frente del Gobierno.

salvo Evangeline de Ayala, que ambas sabemos que se ha mudado aquí muy recientemente.

—Es la primera persona que me ha tratado bien desde que me casé —dijo Kitty con tristeza. Bajó la vista hacia su servilleta antes de continuar—: No soy tan ingenua como usted piensa. Estoy al tanto de las habladurías de la gente. Todo el mundo me ha tratado horriblemente desde mucho antes de la gala Pinnacle. El año pasado estuve sentada al lado de Araminta Lee en el desfile de Viktor & Rolf en París, y me ignoró por completo. ¿Qué he hecho yo para merecer esto? Hay muchos otros miembros de la alta sociedad con pasados turbios, mucho peores que el mío. ¿Por qué me hacen el vacío?

Corinna escudriñó a Kitty durante unos instantes. La había tomado por alguien mucho más codiciosa, y descubrir la ingenuidad de la chica que estaba sentada frente a ella la pilló desprevenida.

—¿De veras quiere saberlo?

—Sí, por favor.

—En primer lugar, procede de la China continental. Ya sabe lo que opinan la mayoría de los hongkoneses sobre los chinos continentales. Le guste o no, para empezar ha de hacer un esfuerzo adicional para superar todos los prejuicios. Pero cometió un fallo nada más comenzar la carrera. Hay un montón de gente que jamás le perdonará lo que le hizo a Alistair Cheng.

—¿A Alistair?

—Sí. Alistair Cheng goza de una tremenda popularidad. Cuando le rompió el corazón, se ganó enemigos entre todas las chicas que lo adoraban y todas las personas que respetaban a su familia.

—No me parecía que la familia de Alistair fuese tan especial.

Corinna resopló.

—¿No la llevó Alistair a Tyersall Park?

—¿A Tyer qué?

—Dios mío, ni siquiera se acercó nunca a las puertas del palacio, ¿verdad?

—¿De qué está hablando? ¿Qué palacio?

—Da igual. La cuestión es que la madre de Alistair es Alix Young; Alistair está emparentado con casi todas las familias importantes de Asia por parte materna: los Leong de Malasia, los aristócratas T'sien, los Shang..., que son prácticamente dueños de todo. Siento tener que contarle esto, pero fue una gran metedura de pata.

—No tenía ni idea —dijo Kitty con un hilo de voz.

—¿Cómo iba a saberlo? No se crio en este círculo. No la han educado debidamente al estilo de los que se crían entre algodones. Le aseguro que, si decidimos trabajar juntas, estará al tanto de toda la información privilegiada. Le enseñaré los intríngulis de este mundo. Le revelaré todos los secretos de estas familias.

—¿Y cuánto va a costarme todo eso?

Corinna sacó un portafolios de piel de su baqueteado bolso tipo *tote* de Furla y se lo tendió a Kitty.

—Cobro un anticipo anual, y está obligada por contrato a firmar por un mínimo de dos años.

Kitty echó un vistazo a la cláusula de honorarios y soltó una carcajada.

—¡Está de broma!

Corinna se puso seria. Sabía que había llegado la hora de sacar la artillería.

—Señora Tai, permítame que le haga una pregunta. ¿Cuál es su verdadera aspiración en la vida? Porque así es como yo veo su porvenir: seguirá viajando por Asia en los próximos años, asistiendo a galas, eventos benéficos y cosas por el estilo, apareciendo en las revistas. Con el tiempo, es posible que trabe amistad con otros chinos continentales ricos o con las esposas *gweilo** de hombres destinados aquí con contratos de tres años en algún banco extranjero o una compañía de capital privado. Es posible que hasta la inviten a formar parte de las juntas directivas de organizaciones benéficas sin relevancia fundadas por estas expatriadas ociosas. Le saturarán la bandeja de entrada de invitaciones a cócteles en la boutique Chopard o a inauguraciones de exposiciones de arte en Sheung Wan. Cómo no, puede que la inviten a alguna que otra fiesta en casa de Pascal Pang, pero las puertas del auténtico Hong Kong siempre estarán cerradas para usted. Nunca le pedirán que se haga socia de los mejores clubes o que asista a las fiestas más exclusivas organizadas en las casas de alto postín: y no me refiero a la mansión de Sonny Chin en Bowen Road. Sus hijos jamás accederán a los mejores colegios ni jugarán con los hijos de las familias de alcurnia. Jamás tendrá posibilidad de conocer a las personas que mueven la economía, que cuentan con los favores de altos cargos políticos de Pekín, con influencia en la cultura. A las personas de verdadera relevancia en Asia. ¿Cuánto vale eso en su opinión?

Kitty permaneció en silencio.

—Mire, deje que le muestre unas cuantas fotos —dijo Corinna, al tiempo que colocaba su iPad encima de la mesa. Conforme fue pasando las imágenes de un álbum, Kitty reconoció a unas cuantas figuras destacadas de la alta sociedad posando desenfadadamente con Corinna en propiedades particulares: Corinna desayunando en el avión de un magnate de la China continental que ahora vivía en Singapur, en la graduación del hijo de Leo Ming en St. George's School en Vancouver, en el paritorio del Matilda Hospital sosteniendo en brazos a un famoso recién nacido de la alta sociedad de Hong Kong.

---

* Este término despectivo de la jerga coloquial cantonesa, que significa literalmente «diablo extranjero», por lo general alude a personas de origen caucásico. Hoy en día muchos hongkoneses lo emplean para referirse a los extranjeros en general y no lo consideran ofensivo.

—¿Me puede presentar a esta gente?

—Son mis clientes.

De pronto Kitty abrió los ojos, pulcramente maquillados, de par en par.

—¿Ada Poon? ¿¿Es clienta suya??

Corinna sonrió.

—Deje que le enseñe una foto de la pinta que tenía antes de que yo empezara a trabajar con ella. Naturalmente, esto debe quedar entre usted y yo.

—¡Dios mío! ¡Menudo conjunto! ¡Y vaya dientes! —exclamó Kitty con una risotada.

—Sí, el doctor Chan hizo la mayor proeza de su vida con esos dientes, ¿a que sí? ¿Sabía que antes de convertirse en la tercera esposa del señor Poon trabajó en la boutique de Chanel de Canton Road, en Kowloon? Así fue como conoció a Francis; él entró buscando un detalle para su esposa, pero se llevó un detalle para él mismo.

—Qué interesante. Yo pensaba que procedía de una buena familia de Hong Kong.

Corinna midió sus palabras con cautela.

—Puedo revelarle el pasado de Ada porque es de sobra conocido. Pero ya ve, prácticamente cualquiera puede subir escalafones en la sociedad de Hong Kong. En el fondo todo es cuestión de percepción. Y de una meticulosa reinvención de la trayectoria personal. Le haré un lavado de imagen. Cualquiera puede ser perdonado. Cualquier cosa puede quedar en el olvido.

—Entonces, ¿mejorará mi imagen? ¿Va a ayudarme a cambiar la percepción que se tiene de mí en Hong Kong?

—Señora Tai, voy a cambiar su vida.

10

Arcadia

Rachel condujo a sus amigas por el largo pasillo y abrió una puerta.

—Aquí está —dijo en voz baja, al tiempo que les hacía una seña a Goh Peik Lin y Sylvia Wong-Swartz para que se asomaran al interior.

Peik Lin chilló al ver por primera vez el vestido de novia de Rachel colocado en un maniquí *vintage* en medio del vestidor.

—¡Ooooh! ¡¡Es precioso!! ¡¡Preciooooso!!

Sylvia rodeó el maniquí para examinar el vestido desde todos los ángulos.

—No es para nada como me lo imaginaba, pero es precioso. Es totalmente de tu estilo. ¡Todavía no doy crédito a que Nick te llevase a París a comprarte el vestido y terminaras encontrando este en las ventas de muestras de Temperley en el SoHo!

—Es que no me enamoré de ninguno en París. Todos los vestidos que vi para esta temporada eran muy recargados, y la verdad es que no me apetecía lidiar con el engorro de la alta costura..., o sea, con la obligación de coger vuelos cada dos por tres para ir a París a hacerme todas las pruebas —alegó Rachel con cierto reparo.

—¡Ay, pobrecita, qué suplicio tener que ir a París para las pruebas! —bromeó Sylvia.

Peik Lin le dio una palmadita a Sylvia en el brazo.

—*Aiyah*, conozco a Rachel desde que ella tenía dieciocho años. Es demasiado práctica; nunca la cambiaremos. Al menos este vestido podría pasar por ser de alta costura.

—Ya veréis cuando me lo pruebe. La gracia está en cómo sienta —dijo Rachel con entusiasmo.

Sylvia la miró con recelo.

—Mmm... Ese comentario no es propio de Rachel Chu. ¡Puede que aún estemos a tiempo de hacerte una incondicional de la moda!

Samantha, la prima de Rachel, entró en el cuarto con unos auriculares con micrófono puestos, un aire bastante autoritario y los nervios de punta.

—¡Por fin! He estado buscándoos por todas partes. Ya ha llegado todo el mundo, y todos os estamos esperando para empezar el ensayo.

—Perdona, no sabía que estabais esperando —dijo Rachel.

—¡He encontrado a la novia! ¡Vamos de camino! —bramó por el micro mientras conducía a las chicas como borregos fuera de la casa y a través del amplio jardín en dirección al templete de música de estilo neoclásico donde se iba a celebrar la ceremonia. Sylvia se quedó maravillada ante las montañas que se divisaban a lo lejos en un lado del jardín y las vistas del océano Pacífico en el otro—. Cuéntame otra vez cómo encontrasteis esta increíble finca.

—Tuvimos mucha suerte. Mehmet, el amigo de Nicky, nos habló de Arcadia; los dueños son amigos de su familia. Solo vienen aquí una vez al año para pasar unos días en verano, y nunca la prestan para eventos, pero hicieron una excepción en nuestro caso.

—¿Mehmet es el cachas con barba de tres días con esos ojos alucinantes de color avellana? —preguntó Samantha.

—El mismo. Lo llamamos «el Casanova turco» —dijo Rachel.

—Figuraos lo rico que hay que ser para mantener una finca como esta todo el año y solo utilizarla unas cuantas semanas —comentó Sylvia asombrada.

—Hablando de ricos, algunas de las mujeres que han llegado parecen recién sacadas de las páginas de *Vogue China*. Hay una supermodelo alta de piernas largas con unas botas que está claro que cuestan más que mi Prius, y otra chica despampanante con un vestido camisero de lino absolutamente divino que tiene un acento inglés de lo más pijo; la tía Belinda ya está haciendo aspavientos —informó Samantha.

Rachel se echó a reír.

—Me figuro que habrán llegado Araminta Lee y Astrid Leong.

—Ahora se hace llamar Araminta Khoo —corrigió Peik Lin.

—Ooh, me muero de ganas de conocer a todas estas mujeres de las que tanto he oído hablar; ¡va a ser como un número de *Vanity Fair* en vivo y en directo! —exclamó Sylvia con entusiasmo.

Las mujeres entraron en el pórtico de piedra toscana del templete, donde se habían congregado todos los que participaban en la ceremonia nupcial. El equipo a cargo de la decoración estaba dando los últimos toques a un intrincado enrejado de bambú ensartado con glicinias y jazmines que cubría el pasillo principal hasta un arco donde la pareja juraría los votos.

Belinda Chu fue rauda al encuentro de Rachel con gesto bastante angustiado.

—Tu florista ha prometido que las glicinias estarán en todo su esplendor mañana, justo a tiempo para la ceremonia, pero yo tengo mis dudas. ¡Tardarán días en florecer! ¡Habrá que darles una pasada con secadores de pelo! Tch, tch, tch, definitivamente deberías haber contratado al mío, que se encarga de los arreglos florales de las mejores casas de Palo Alto.

—Seguro que todo saldrá de maravilla —dijo Rachel en tono sereno mientras le hacía un guiño a Nick, que estaba de pie delante del arco hablando con Mehmet, Astrid y uno de los miembros del equipo.

Astrid saludó a Rachel con un cálido abrazo.

—¡Está todo tan bonito que me dan ganas de casarme otra vez!

El teléfono de Nick comenzó a sonar. Como no reconoció el número, ignoró la llamada y puso el teléfono en modo vibración. El miembro del equipo que se hallaba al lado de Nick saludó tímidamente a Rachel, y esta dio un respingo al ver que se trataba de Colin Khoo. No lo había reconocido con esa mata de pelo oscuro hasta los hombros.

—¡Vaya! ¡Ahora sí que pareces un surfista polinesio! —exclamó Rachel.

—¡Eso está bien! —contestó Colin al darle un beso en la mejilla a la futura novia. Araminta, apartada del gentío con su sahariana *vintage* de Yves Saint Laurent y unas sandalias doradas de gladiador por encima de la rodilla diseñadas por Gianvito Rossi, fue la siguiente en saludar a Rachel con un beso en ambas mejillas.

—Esa es la heredera a cuya boda asistió Rachel, donde comenzó todo el lío —murmuró por lo bajo la tía Jin a Ray Chu.

—¿Quién es el muchacho que hay a su lado que va con vaqueros rotos y chanclas?

—Es su marido. Se rumorea que también es multimillonario —cuchicheó Kerry Chu.

—Igual que con mis pacientes de un tiempo a esta parte: nunca sé si el chaval que tengo sentado en mi clínica dental es un indigente o el propietario de Google —comentó Ray en tono áspero.

Después de que todos los asistentes al ensayo de la boda se fueran presentando unos a otros y de que Jason Chu se hiciera suficientes fotos con la supermodelo y con Astrid, la prima bombón de Nick —que estaba convencido de que era la chica esa que salía en *La casa de las dagas voladoras*—, Samantha comenzó a agruparlos y distribuirlos para desfilar por el pasillo.

—A ver, el desfile puede comenzar una vez que Mehmet se haya cerciorado de que todos los invitados han tomado asiento. Jase: primero acompañas a la tía Kerry por el pasillo, y después vienes a por mamá. Cuando mamá se haya acomodado en su asiento, ya puedes sentarte a su lado. A ver, necesito a Alistair Cheng. ¿Dónde estás? —Alistair se identificó mientras Samantha comprobaba el gráfico en su iPad—. Vale, tú acompañarás a Astrid Leong por el pasillo, puesto que ella representa a la familia de Nick. Astrid es esa de ahí. ¿Te acordarás de ella mañana?

—Creo que sí. Es mi prima —contestó Alistair en su habitual tono lacónico.

—Uy, ¡no sabía que eras otro primo! —dijo Samantha entre risas.

El teléfono de Nick comenzó a vibrar de nuevo; irritado, se lo sacó del bolsillo de sus vaqueros. Era del mismo número, pero esta vez se trataba de un mensaje. Nick deslizó el dedo por la pantalla para leerlo.

Lo siento: he hecho todo lo posible para detener a tu madre. Te quiero. Papá.

Se quedó mirando el mensaje. ¿Qué demonios quería decir su padre?

Samantha empezó a dar órdenes a voz en grito.

—Vale, ahora es el momento en el que entran el novio y su padrino. Nick y Colin: vosotros dos permaneceréis en el lateral de la izquierda del templete mientras todos los invitados toman asiento. Cuando oigáis que suena el solo del chelo, esa es la señal para dirigiros hacia...

—Perdona un segundo —dijo Nick, y salió a toda prisa del arco. Se detuvo en el rincón del fondo de la entrada y se puso a llamar frenéticamente a su padre. Esta vez saltó un mensaje automático: «El teléfono al que llama no tiene activado el buzón de voz. Por favor, inténtelo de nuevo más tarde».

«Maldita sea». Nick probó a llamar a su padre al teléfono fijo de Sídney mientras una súbita oleada de pánico comenzaba a apoderarse de él.

Colin se acercó a ver qué ocurría.

—¿Todo bien?

—Hum, no sé. Oye, ¿no viajas siempre con personal de seguridad?

Colin puso los ojos en blanco.

—Sí. Es un tremendo fastidio, pero el padre de Araminta insiste en ello.

—¿Dónde están tus guardaespaldas ahora?

—Hay un equipo apostado en la puerta, y esa mujer de ahí es la guardaespaldas personal de Araminta —respondió Colin, señalando hacia una mujer con una encrespada permanente sentada discretamente entre los familiares de Rachel—. Ya sé que parece una cajera de banco, pero te conviene saber que fue miembro de las Fuerzas Especiales de China y es capaz de destripar a un hombre en menos de diez segundos.

Nick le enseñó a Colin el mensaje de su padre.

—Por favor, ¿puedes avisar a tu personal de seguridad y pedir refuerzos para mañana? Pagaré lo que haga falta. Es necesario blindar todo y asegurarnos de que solamente se permita el acceso a la propiedad a las personas que figuran en la lista de invitados.

Colin hizo una mueca.

—Vaya, me temo que es un pelín tarde para eso.

—¿A qué te refieres?

—Mira delante de tus narices. A las doce en punto.

Nick se quedó mirando un segundo.

—No, esa no es mi madre. Esa es una prima de Rachel de Nueva Jersey.

—Me refiero a que mires hacia arriba. Al cielo...

Nick miró al resplandeciente cielo azul con los ojos entrecerrados.

—Ay, Dios... Joder.

—Viv, ¿está listo Ollie? —preguntó Samantha, y se agachó para darle al primito de Rachel el cojín de terciopelo azul para las alianzas. El crío no llevaba sujetándolo más de dos segundos cuando de repente salió volando de sus manos. Las ramas de los gigantescos robles comenzaron a sacudirse, y un zumbido ensordecedor inundó el aire. De buenas a primeras, un voluminoso helicóptero blanco y negro pasó zumbando por encima del pórtico y comenzó a dar vueltas sobre el gran jardín mientras tomaba tierra despacio. Samantha y Rachel se quedaron mirando horrorizadas cómo las ráfagas de aire de las gigantescas hélices lanzaban todo por los aires como si se tratase de un tornado.

—¡Salgan del enrejado! ¡Va a derrumbarse! —gritó un trabajador mientras todo el mundo echaba a correr para ponerse a salvo. El arco se desplomó justo cuando el enrejado empezaba a venirse abajo. Parte del bambú comenzó a salir despedido de la estructura a gran velocidad, y las glicinias se desprendieron de sus tallos. La tía Belinda dio un grito al estampársele en la cara una mata de jazmín.

—¡Madre mía, todo se ha echado a perder! —exclamó Kerry Chu.

Cuando las hélices del AgustaWestland AW109 finalmente se detuvieron, la puerta delantera se abrió y un hombre corpulento con gafas de sol oscuras bajó de un salto para abrir la puerta principal de la cabina. Una mujer china ataviada con un coqueto traje pantalón de color azafrán salió del helicóptero.

—¡Por Dios, la tía Eleanor, cómo no! —gruñó Astrid.

Rachel se quedó totalmente de piedra mientras veía a Nick correr por el césped a toda velocidad en dirección a su madre. Colin y Araminta se apostaron rápidamente detrás de Rachel, seguidos por una señora china con una permanente barata que por alguna razón estaba blandiendo una pistola.

—Volvamos a la casa —le dijo Colin.

—No, no, no pasa nada —repuso Rachel. Mientras presenciaba la surrealista escena, la había invadido una súbita certeza: no tenía absolutamente nada que temer. La madre de Nick era la que estaba muerta de miedo. ¡Temía hasta tal punto que esa boda llegase a celebrarse que había estado dispuesta a tomarse las molestias necesarias para alquilar un helicóptero y aterrizar en el mismísimo maldito lugar de la ceremonia! En un acto reflejo, Rachel fue al encuentro de Nick. Quería estar a su lado.

Nick arremetió contra su madre como una furia.

—¿Qué demonios estás haciendo aquí?

Eleanor miró a su hijo con gesto sereno y contestó:

—Sabía que te pondrías furioso. ¡Pero como te negabas a devolverme las llamadas, no he podido localizarte de otra manera!

—¿Creíste que ibas a impedir mi boda maquinando esta..., esta invasión? ¡Estás loca, joder!

—¡Nicky, no utilices ese tipo de lenguaje! Yo no he venido aquí a impedir tu boda. No tengo ninguna intención de hacer eso. De hecho, quiero que te cases con Rachel...

—Vamos a avisar a seguridad: ¡lárgate de aquí ahora mismo!

En ese instante, Rachel llegó junto a Nick. Él la miró fugazmente con inquietud, y Rachel le sonrió con aire tranquilizador.

—Hola, señora Young —dijo, con una renovada seguridad en su voz.

—Hola, Rachel. Por favor, ¿podemos hablar en privado? —preguntó Eleanor.

—¡No, Rachel no va a hablar contigo en privado! ¿Acaso no te parece suficiente lo que has hecho? —terció Nick.

—*Alamak*, pagaré para arreglar todos los destrozos. En el fondo deberíais agradecerme que ese tinglado endeble de bambú se haya venido abajo, iba a provocar más de una demanda judicial. Mirad, de verdad que no he venido aquí para echaros a perder la boda; he venido para pediros perdón. Quiero daros mi bendición.

—A buenas horas. Por favor, ¡DÉJANOS EN PAZ DE UNA VEZ POR TODAS!

—Creedme, sé dónde estoy de más, y me marcharé con mucho gusto. Pero consideraba que era necesario arreglar las cosas con Rachel antes de que caminase hacia el altar. ¿De veras quieres privarla de conocer a su padre antes de casarse?

Nick se quedó mirando a su madre como si estuviera trastornada.

—¿De qué estás hablando?

Eleanor ignoró a su hijo y miró fijamente a Rachel a los ojos.

—Estoy hablando de tu verdadero padre, Rachel. ¡Lo he localizado por ti! ¡Eso es lo que llevo un mes intentando deciros a los dos!

—¡No te creo! —repuso Nick en tono desafiante.

—Me trae sin cuidado que no me creas. Conocí a la mujer del padre de Rachel a través de tu primo Eddie cuando estuve en Londres el año pasado; puedes preguntárselo tú mismo. Todo fue de pura casualidad, pero conseguí atar cabos y confirmé que sin duda es su padre. Rachel, tu padre se llama Bao Gaoliang, y es uno de los políticos más destacados de Pekín.

—Bao Gaoliang... —Rachel pronunció el nombre despacio, con absoluta incredulidad.

—Y ahora mismo se encuentra en el Four Seasons Biltmore de Santa Bárbara, y tiene la esperanza de volver a ver a tu madre, Kerry. Y se muere de ganas de conocerte. Acompáñame, Rachel, y os llevaré a todos a conocerlo.

—Esta es otra de tus malditas intrigas. No vas a llevarte a Rachel a ninguna parte. —A Nick le hervía la sangre.

Rachel posó la mano en el brazo de Nick.

—Muy bien. Quiero conocer a ese hombre. Veamos si realmente se trata de mi padre.

Rachel no pronunció una palabra durante el breve trayecto en helicóptero hasta el hotel. Mantuvo la mano agarrada con fuerza a la de Nick y observó pensativa a su madre, sentada enfrente de ella. Por su expresión, se dio cuenta de que todo esto le resultaba mucho más difícil a ella, dado que era la primera vez en más de treinta años que Kerry iba a ver al hombre del que había estado enamorada, al hombre que la había salvado de un marido maltratador y de la espantosa familia de este.

Cuando bajaron del helicóptero, Rachel tuvo que detenerse un momento de camino al hotel.

—¿Estarás bien? —preguntó Nick.

—Creo que sí..., lo que pasa es que todo está sucediendo demasiado deprisa —respondió Rachel. No era así como se había imaginado que ocurriría. La verdad era que no se había hecho una idea clara de cómo podrían desarrollarse las cosas, pero, después de la decepción de sus dos últimos viajes a China, había empezado a perder la esperanza de encontrar a su padre algún día. O, si acaso, ocurriría al cabo de unos años, tras hacer un largo y fatigoso viaje a algún lugar remoto. Jamás se le había pasado por la cabeza que lo conocería en un complejo hotelero de Santa Bárbara el día antes de su boda.

Rachel y su madre fueron conducidas por el vestíbulo, donde flotaba el perfume de las mimosas, seguidamente por un largo pasillo de azulejos mediterráneos, y finalmente fuera de nuevo. Mientras cruzaban los exuberantes jardines en dirección a una de las suites rústicas privadas, Rachel sintió como si estuviera flotando en un extraño y neblinoso sueño. El tiempo parecía haberse acelerado, y todo le resultaba muy irreal. El contexto era demasiado llamativo, demasiado tropical para semejante ocasión. Antes de que pudiera recomponerse por completo, llegaron a la puerta de la cabaña y la madre de Nick llamó rápidamente con varios toques.

Rachel respiró hondo.

—Estoy aquí contigo —le susurró Nick por detrás, al tiempo que le apretaba cariñosamente el hombro.

Abrió la puerta un hombre con un auricular que Rachel imaginó que se trataba de un guardaespaldas o algo así. En el interior de la sala había otro hombre con una camisa con el cuello desbrochado y un chaleco de punto amarillo pálido, sentado delante de la chimenea. Sus gafas sin montura enmarcaban un rostro vivaracho de tez clara, y su pelo, negro como el azabache, pulcramente peinado con la raya a la izquierda, tenía unas cuantas canas a la altura de las sienes. ¿Sería su padre?

Kerry se quedó vacilante en la puerta, pero, cuando el hombre se levantó y se aproximó a la luz, ella de pronto se tapó la boca y ahogó un grito.

—¡Kao Wei!

El hombre fue al encuentro de la madre de Rachel y, tras observarla inquisitivamente durante una fracción de segundo, le dio un fuerte abrazo.

—Kerry Ching. Estás aún más guapa de lo que recordaba —dijo en mandarín.

Kerry rompió a llorar en fuertes y entrecortados sollozos, y a Rachel automáticamente se le anegaron los ojos en lágrimas al ver a su madre llorando acurrucada contra el pecho de su padre. Al cabo de unos instantes, tras lograr serenarse, Kerry se volvió hacia su hija y dijo:

—Rachel, este es tu padre.

A Rachel le resultaba increíble oír esas palabras. Permaneció en el umbral, con la súbita sensación de que volvía a tener cinco años de nuevo.

Fuera de la cabaña, Eleanor se dirigió a su hijo y le dijo con un nudo en la garganta:

—Vamos, démosles un poco de intimidad.

Nick, con los ojos un poco llorosos también, respondió:

—Es lo mejor que te he oído decir desde hace mucho tiempo, mamá.

11

Four Seasons Biltmore

Santa Bárbara, California

Cómodamente repantingada en el vestíbulo del hotel con su consabido vaso de agua caliente con limón, Eleanor procedió a relatar con pelos y señales a Nick la historia de cómo había logrado dar con el paradero del verdadero padre de Rachel.

—Bao Shaoyen estaba muy agradecida a todas nosotras en Londres. El inútil de tu primo Eddie se había marchado al cabo de unos días, después de que le tomaran las medidas para sus nuevos trajes, y, como Shaoyen no conocía a un alma en Londres, nos ocupamos de ella. Todos los días la acompañábamos a ver a Carlton al hospital mientras se recuperaba de sus heridas, la llevábamos a comer a restaurantes chinos medio decentes, y Francesca hasta nos llevó en coche a todos a los *outlets* de Bicester Village un día. Shaoyen vio el cielo abierto cuando descubrió que había uno de Loro Piana. ¡Dios mío, deberías haber visto la cantidad de cachemira que compró esa mujer! Creo que no tuvo más remedio que comprar tres maletas grandes en el *outlet* de Tumi para meterlo todo.

»En cuanto Carlton salió de la unidad de cuidados intensivos, le aconsejé a Shaoyen que le dejara hacer la rehabilitación en Singapur. Incluso llamé por teléfono al doctor Chia al Hospital de la Universidad Nacional y moví hilos para que Carlton recibiera el mejor tratamiento de fisioterapia. Como es natural, el padre de Carlton fue a verlo desde Pekín, y a lo largo de los siguientes meses tuve ocasión de conocer a fondo a la familia. Entretanto, el detective privado de la tía Lorena se puso a indagar para sacar a la luz todo lo posible sobre la familia.

—¡La tía Lorena y sus turbios detectives! —exclamó Nick con sorna, y acto seguido le dio un sorbo a su café.

—¡*Alamak*, deberías estar agradecido de que Lorena contratara los servicios del señor Wong! Si él no hubiera husmeado por ahí y no hubiera sobornado a la gente adecuada, jamás habríamos podido averiguar la verdad. Resulta que Bao Gaoliang se había cambiado el nombre justo al graduarse en la universidad. Kao Wei fue siempre el apodo que recibió en su infancia: su verdadero nombre es Sun Gaoliang. Se crio en Fujian, pero sus padres le hicieron adoptar el apellido de su padrino, que era un alto cargo del partido muy respetado en la provincia de Jiangsu, porque así podría trasladarse allí y conseguir un empujón para emprender su carrera profesional.

—¿Y cómo les diste la noticia a los Bao?

—En un momento dado, Shaoyen tuvo que volver a China para gestionar unos asuntos, y Gaoliang estaba solo en Singapur para ver a Carlton. Una noche, me lo llevé a tomar *kai fun* al Wee Nam Kee*, y me interesé por la época de su juventud.

---

* Arroz con pollo de Hainan, que supuestamente podría considerarse el plato nacional de Singapur. (Y sí, Eleanor está preparada para que los blogueros culinarios empiecen a criticar su elección de restaurante. Se decantó por el Wee Nam Kee concretamente porque su ubicación en United Square se halla a solo cinco minutos de la zona residencial de Bao, donde aparcar a partir de las seis de la tarde cuesta dos dólares. Si lo hubiera llevado al Chatterbox, el que ella personalmente prefiere, aparcar en el Mandarin Hotel habría sido una pesadilla y no habría tenido más remedio que darle al aparcacoches quince dólares para que se encargara de su Jaguar, cosa que no estaba dispuesta a hacer NI MUERTA).

Él se puso a hablarme de los tiempos de la universidad en Fujian, y llegados a un punto le pregunté sin rodeos: «¿Conoció a una mujer llamada Kerry Ching?». Gaoliang se puso blanco como la pared y contestó: «No conozco a nadie con ese nombre». A continuación de repente le entraron las prisas y se le notaba que estaba deseando terminar la cena y marcharse. Ahí fue cuando finalmente le revelé la verdad. Dije: «Gaoliang, le ruego que no se alarme. Puede irse si así lo desea, pero, antes de hacerlo, le ruego que me escuche. Creo que el destino nos ha reunido. Mi hijo está prometido con una mujer llamada Rachel Chu. Por favor, permítame que le enseñe su foto, y seguramente entenderá que ha sucedido algo extraordinario».

—¿Qué foto tienes de Rachel? —preguntó Nick.

Eleanor se sonrojó.

—La de su carné de conducir que me consiguió el primer detective que contraté en Beverly Hills. Bueno, el caso es que Gaoliang echó un vistazo a la foto y se quedó totalmente de piedra. Enseguida me preguntó: «¿Quién es esta chica?». Y es que salta a la vista: la chica de la foto es idéntica a Carlton, pero con el pelo largo y maquillaje, claro está. Así que respondí: «Es la hija de una mujer llamada Kerry Chu. Ahora vive en California, pero vivió en Xiamen cuando estaba casada con un hombre que responde al nombre de Zhou Fang Min». Y ahí fue cuando Gaoliang se vino abajo.

—Guau. Deberías dedicarte profesionalmente a esto —comentó Nick enarcando una ceja.

—Puedes burlarte de mí todo lo que quieras, pero Rachel no tendría la posibilidad de conocer a su padre hoy si yo no hubiera tomado cartas en el asunto.

—No, no, no ha sido un comentario sarcástico, sino un cumplido.

—Me consta que sigues enfadado conmigo por todo lo ocurrido, pero quiero que sepas que todo lo que hice fue por tu bien.

Nick, indignado, negó con la cabeza.

—¿Cómo esperas que reaccione? Estuviste a punto de echar a perder el amor de mi vida. No confiaste en mi buen criterio, y tuviste un pésimo concepto de Rachel desde el principio. Pensaste que era una cazafortunas incluso antes de conocerla.

—¡Madre mía! ¿Cuántas veces tengo que decirte que lo siento? La juzgué mal a ella. Te juzgué mal a ti. Fuese o no una cazafortunas, yo no quería que te casaras con Rachel porque tenía presente que sufrirías en cuanto tu abuela se enterase. Me constaba que Ah Ma jamás lo aprobaría, y quería ahorrarte su cólera. Porque, hace mucho tiempo, yo fui esa nuera inaceptable. ¡Y ni siquiera era hija de una madre soltera de la China continental! Créeme, sé lo que significa sufrir su rechazo. Pero tú jamás conociste esa faceta de tu abuela. Yo te protegí de ello. Ah Ma te adoró desde el día en que naciste, y yo no quería que eso cambiase por nada del mundo.

Al darse cuenta de que su madre estaba al borde de las lágrimas, Nick suavizó su actitud. Al pasar por delante un camarero, le hizo una seña.

—Disculpe, ¿sería tan amable de traer otro vaso de agua caliente con rodajas de limón? Gracias.

—Muy caliente, por favor —puntualizó Eleanor, al tiempo que se daba toquecitos en los ojos con los clínex arrugados que al parecer siempre llevaba en el bolso.

—Bueno, seguro que estás al corriente de que Ah Ma tiene previsto desheredarme. Jacqueline Ling me lo dio a entender hace unas semanas.

—¡Esta Jacqueline siempre hace el trabajo sucio de tu Ah Ma! Pero Ah Ma es imprevisible. En fin, tampoco importa tanto, porque tienes a Rachel. Cuando te digo que me alegro mucho de que vaya a casarse contigo lo digo de corazón.

—¡Vaya, menudo cambio de actitud! Supongo que ahora que estás al tanto de que el verdadero padre de Rachel es uno de esos peces gordos de la política china no lo desapruebas.

—No es un político cualquiera. Es mucho más que eso.

—¿Qué quieres decir?

Eleanor echó una rápida ojeada a la sala para cerciorarse de que nadie pudiera escucharla.

—El padre de Bao Gaoliang fue el fundador de la farmacéutica Millennium, una de las compañías más importantes de su sector en China. Posee acciones de primera línea en la Bolsa de Shanghái.

—¿Y? No entiendo por qué te sorprendes. Todos tus conocidos son ricos.

Eleanor se inclinó hacia delante y bajó la voz.

—*Aiyah*, estas personas no son ricos corrientes con unos cuantos millones. ¡Son ricos de China! Estamos hablando de miles y miles de millones. Y encima, solo tienen un hijo..., y ahora una hija.

—¡Conque por eso de buenas a primeras estás tan deseosa de que nos casemos! —gruñó Nick a su madre al caer en la cuenta finalmente de su verdadero propósito.

—¡Por supuesto! Si Rachel juega bien sus cartas, se convertirá en una gran heredera y tú también saldrás beneficiado.

—Me alegro mucho de poder contar siempre con que tienes segundas intenciones relacionadas con el dinero.

—¡Solo miro por ti! Ahora que tu herencia por parte de Ah Ma no está garantizada, no puedes reprocharme que desee lo mejor para ti.

—No, supongo que no —dijo Nick en voz baja. Por mucha impotencia que sintiera, era consciente de que jamás cambiaría a su madre. Como para tantas otras personas de su generación, toda su vida giraba en torno a la adquisición y conservación de la fortuna. Daba la impresión de que todas sus amistades participaban en la misma competición para ver quién era capaz de dejar en herencia a sus hijos la mayor cantidad de casas, las empresas más grandes y las carteras de valores más voluminosas.

Eleanor se acercó más a él.

—Oye, hay ciertas cosas que debes saber de los Bao.

—No tengo necesidad de oír chismorreos.

—¡*Aiyah*, no son chismorreos! Son detalles importantes de los que me he enterado al relacionarme con ellos, y por lo que el señor Wong averiguó...

—¡Basta! No me interesa —dijo Nick con énfasis.

—¡*Aiyah*, he de contártelo por tu propio bien!

—¡Ya está bien, mamá! ¿Rachel acaba de conocer a su padre hace veinte minutos y ahora pretendes airear todos los secretos de su familia? De entrada, mi relación estuvo en un tris de irse al garete por culpa de tus indagaciones y tejemanejes. No es justo para Rachel, y no es como deseo comenzar mi matrimonio.

Eleanor resopló. Su hijo era imposible. Era tan terco y moralista que ni siquiera se daba cuenta de que ella estaba tratando de ayudarle. En fin, tendría que esperar a otra ocasión. Mientras exprimía más limón en el agua, sin mirar a su hijo a los ojos, le preguntó:

—Bueno, ¿cabe alguna posibilidad de que permitas a tu pobre y abandonada madre asistir a la boda de su único hijo mañana?

Nick se quedó en silencio durante unos instantes.

—Deja que hable con Rachel. No estoy seguro de si estará dispuesta a extenderte la alfombra roja después de haberle destrozado el lugar de la ceremonia, pero se lo preguntaré.

Eleanor se levantó de la mesa entusiasmada.

—Voy a hablar con el encargado ahora mismo. Lo arreglaremos. Como si tenemos que encargar que traigan en avión todas las glicinias del mundo. Me aseguraré de que su boda vuelva a ser perfecta.

—Seguro que Rachel lo apreciará.

—Y voy a llamar a papá ahora mismo. Debería coger un vuelo ya. Aún no es demasiado tarde para que consiga llegar aquí mañana a mediodía.

—Oye, he dicho que hablaría con Rachel. No te he prometido nada —la advirtió Nick.

—¡*Aiyah*, por supuesto que me permitirá asistir! Con solo mirarla a la cara se nota que no es rencorosa. Eso es lo que tiene de bueno, que no se da aires de superioridad. Las mujeres que se dan aires de superioridad son muy *gow tzay**. Oye, ¿harías una cosa por mí?

—¿Qué?

—¡Por favooor, ve a la barbería a cortarte el pelo para mañana! Lo llevas demasiado largo y no podría soportar verte en el día de tu boda como un *chao ah beng*** cualquiera.

---

* No existe una traducción apropiada que le haga justicia a este encantador término hokkien, que se emplea para describir en la misma medida a personas maliciosas, poco razonables, pijas y con las que resulta imposible tratar.

** En hokkien, «matón apestoso de clase baja».

12

Arcadia

Montecito, California

El sol de media tarde se cernía sobre las cumbres de las montañas de Santa Inés, imprimiéndole una tonalidad dorada a todo. El enrejado de bambú ya había recuperado su esplendor original tras ser totalmente restaurado y creaba un exuberante dosel de glicinias y jazmines que colgaban sobre el pasillo central, cuyo delicado aroma dulzón flotaba entre los invitados mientras ocupaban sus asientos bajo el pórtico.

Con el telón de fondo de un templete de música de estilo neoclásico construido con piedra de la Toscana e imponentes robles de doscientos años enmarcando los jardines, la escena parecía sacada directamente de un cuadro de Maxfield Parrish.

En el momento previsto, Nick salió del templete con su padrino, Colin, y ocupó su sitio junto a un majestuoso arco engalanado con grandes orquídeas blancas. Al fijarse en el centenar de invitados, se dio cuenta de que su padre —recién llegado de Sídney vestido con un traje gris hecho un gurruño— estaba sentado al lado de Astrid, mientras que su madre se hallaba en la fila de detrás cotilleando con Araminta, que minutos antes había causado sensación al aproximarse al pórtico con un impresionante vestido esmeralda de Giambattista Valli con el escote asimétrico hasta el ombligo.

—¡Estate quieto! —articuló con los labios Astrid desde la primera fila a Nick, que estaba toqueteando nerviosamente sus gemelos. Ella inevitablemente rememoró al niño flacucho con pantalón corto de fútbol que solía corretear con ella por los jardines de Tyersall Park, trepando a los árboles y saltando a los estanques. Se inventaban juegos sin cesar y se internaban en mundos de fantasía en los que Nicky siempre hacía de Peter Pan y ella de Wendy, pero ahora ahí estaba él, totalmente adulto y con un aire sumamente elegante con su esmoquin azul celeste de Henry Poole, listo para crear su propio mundo con Rachel. Se armaría la gorda cuando la noticia de la boda llegase a oídos de su abuela, pero por lo menos esa noche Nicky por fin iba a casarse con la chica de sus sueños.

Las puertas con cristaleras del templete se abrieron y en el interior un músico sentado junto a un piano de cola comenzó a tocar una melodía que resultaba vagamente familiar conforme las damas de honor de Rachel —Peik Lin, Samantha y Sylvia, con vestidos de seda de corte al bies en tono gris perla— empezaban a desfilar por el pasillo. La tía Belinda, con un vestido de lamé dorado de St. John y un bolero a juego, de pronto cayó en la cuenta de que el pianista estaba interpretando *Landslide*, de Fleetwood Mac, y se puso a llorar a lágrima viva contra su pañuelo de Chanel. El tío Ray, atónito ante la reacción de su esposa, fingió no enterarse y mantuvo la vista fija al frente, mientras que la tía Jin giró la cabeza y la fulminó con la mirada.

—Perdón..., perdón..., es que cada vez que escucho a Stevie me emociono —susurró Belinda, tratando de mantener la compostura.

Al término de la pieza, los invitados se encontraron con otra sorpresa al atenuarse las luces del templete y caer un telón de gasa colgado sobre el edificio, dejando a la vista un *ensemble* completo de músicos de la Orquesta Sinfónica de San Francisco en la azotea. Cuando el director de orquesta alzó la batuta y comenzaron a flotar en el ambiente los primeros compases de «Primavera en los Apalaches», de Aaron Copland, Rachel apareció en los escalones del pórtico agarrada del brazo de su tío Walt.

La novia, que estaba espectacular con un vestido ceñido de crepé de China de seda con delicadas tablas que se abrían en abanico sobre el ajustado corpiño y una falda recta con drapeados por la parte delantera que caían formando románticos pliegues a modo de cascada, suscitó murmullos de admiración entre los invitados a la ceremonia. Con su larga y exuberante melena de rizos sueltos recogida a los lados con un par de pasadores de diamante *art déco* con forma de pluma, encarnaba el prototipo de la novia desenfadada y moderna con un discreto toque de glamur del Hollywood de los años treinta.

Rachel, sujetando con firmeza su ramo de tulipanes y calas blancos de largos tallos, sonrió a los conocidos. Seguidamente divisó a su madre, sentada en primera fila junto a Bao Gaoliang. Había insistido, por supuesto, en que el tío Walt, que siempre había sido para ella lo más cercano a una figura paterna, la acompañara al altar, pero al ver esa imagen de su madre y su padre juntos experimentó un cúmulo de emociones totalmente desconocidas.

Sus padres estaban presentes. Sus padres. Al darse cuenta de que era la primera vez en su vida que podía realmente emplear ese término con todas las de la ley, los ojos comenzaron a anegársele en lágrimas. «La hora que he pasado sentada en el sillón de maquillaje ha sido una pérdida de tiempo». Justo la mañana de la víspera, prácticamente había renunciado a la espe-

ranza de conocer a su padre algún día, pero, al final de la jornada, había descubierto no solo que su padre estaba vivo y presente, sino que también tenía un hermanastro. Eso había
superado todas sus expectativas y, por las curiosas vueltas que
da la vida, todo ello debía agradecérselo a Nick.

Bao Gaoliang no pudo evitar experimentar un singular
orgullo mientras observaba a su hija caminando con gracia hacia el altar. Tenía ante sus ojos a una mujer que no había conocido hasta el día anterior, pero con la que innegablemente ya sentía una conexión, algo que al parecer no lograba forjar con su
hijo. Carlton y Shaoyen mantenían un vínculo especial del que
él siempre había quedado al margen; de pronto le asaltó el temor
de la conversación que tendría que entablar irremediablemente
a su regreso a China. Aún tenía que discutir todo lo que Eleanor
Young le había revelado con Shaoyen, que creía que él se encontraba de misión diplomática en Australia. ¿Cómo demonios
iba a encontrar la manera de explicar todo esto a su mujer y a
su hijo?

—Es increíble lo preciosa que estás —susurró Nick a Rachel cuando esta se colocó a su lado.

Rachel, demasiado emocionada para pronunciar palabra,
asintió sin más. Escudriñó los amables, bonitos y sensuales ojos
del hombre con el que estaba a punto de casarse y se preguntó
si todo era un sueño.

Después de la ceremonia, cuando los invitados a la boda se
trasladaron a un banquete organizado en el interior del templete de música, Eleanor se acercó con disimulo a Astrid y
comenzó su crónica:

—Lo único que ha faltado en el servicio religioso ha sido
un buen pastor metodista. ¿Dónde se mete Tony Chi cuando lo
necesitas? La verdad es que no me ha despertado el menor in-

terés ese ministro unitario de «todos somos naturaleza». ¿Te has fijado en que llevaba un pendiente? Menuda autoridad *kopi**.

Astrid, que no había hablado con Eleanor desde su llegada a lo *Apocalypse Now* del día anterior, la miró con acritud.

—La próxima vez que tengas planeado atiborrar a mi hijo con tropecientos kilos de helado, te lo quedas el resto del día. Con ese subidón de azúcar no tienes ni idea de lo que nos costó despegarlo del techo.

—Perdona, *lah*, pero sabías que no tenía más remedio que indagar acerca de la boda. ¿Ves? Al final todo ha salido bien, ¿a que sí?

—Supongo. Pero le podrías haber ahorrado el mal trago a todo el mundo.

Como no estaba dispuesta a dar más muestras de arrepentimiento, Eleanor intentó cambiar de tema.

—Oye, ¿ayudaste a Rachel a elegir el vestido?

—No, pero ¿a que está preciosa?

—Lo encuentro un poco soso.

—Yo opino que es de una sencillez exquisita. Parece del estilo que habría llevado Carole Lombard a una cena en la Riviera francesa.

—A mí tu modelo me parece mucho más espectacular —señaló Eleanor, mientras admiraba el vestido de cuello halter azul cobalto de Astrid diseñado por Gaultier.

—*Aiyah*, me lo has visto un montón de veces.

—¡Con razón me sonaba! ¿No te lo pusiste para la boda de Araminta?

---

* Kopi significa «café» en el argot del inglés hablado en Singapur. Una autoridad *kopi* hace referencia a cualquier tipo de licencia o certificado obtenido, no por méritos propios, sino por medio de un pequeño soborno a un funcionario (lo justo para que se compre un café). Aunque es un término despectivo utilizado para médicos, abogados o algún otro individuo cualificado, su uso está muy extendido como insulto a los malos conductores, que seguramente han sobornado a los examinadores para pasar el examen del carné de conducir. (Aunque parezca mentira, en Asia también hay malos conductores).

—Me lo pongo en todas las bodas.

—¿Y eso?

—¿No te acuerdas de la boda de Cecilia Cheng hace años, cuando la gente no paraba de hacer comentarios sobre mi vestido delante de ella? Me sentí tan mal que decidí que a partir de ese día siempre me pondría el mismo vestido para todas las bodas.

—Qué peculiar eres. No me extraña que hagas buenas migas con mi hijo, siempre con sus ideas raras.

—Me lo tomaré como un cumplido, tía Elle.

El jardín hundido situado a espaldas del templete de música había sido transformado en un salón de baile al aire libre. En los eucaliptos que rodeaban el jardín relucían cientos de velas en esferas de cristal antiguo, y los focos tradicionales le imprimían un brillo argénteo a la pista de baile.

Astrid se apoyó en la balaustrada de piedra que daba al jardín y pensó que ojalá a su marido le hubiese sido posible asistir para bailar con ella a la luz de la luna. Cuando el teléfono emitió un breve zumbido en su bolso de fiesta tipo *minaudière*, sonrió pensando que seguramente Michael le había leído la mente y le había mandado un mensaje. Sacó el teléfono con impaciencia y se encontró un mensaje de texto.

Espero que estés disfrutando de la boda. ¡Adivina qué! He tenido que venir a San José por motivos de trabajo. Podemos vernos si te quedas en California unos cuantos días. ¿En San Francisco? Pueden ir a recogerte en mi avión. Hay un italiano en Sausalito que sé que te encantará.
CHARLES WU
+852 6775 9999

Los invitados comenzaron a congregarse en la terraza para ver el baile nupcial de los recién casados; antes de que arrancara la música, Colin de pronto se puso a hacer tintinear con brío su copa de champán para reclamar la atención de todos los presentes.

—Hola a todos, soy Colin, el padrino de Nick. Tranquilos, no voy a dar la lata soltando un rollo para un brindis. Simplemente me pareció que, en esta ocasión tan especial, la feliz pareja se merecía una sorpresa.

Nick le lanzó una mirada a Colin que decía: «¿Qué demonios estás haciendo?».

Con una pícara sonrisa de oreja a oreja, Colin continuó:

—Hace unos meses, mi mujer y yo coincidimos con una amiga de Rachel en el Churchill Club. —Miró en dirección a Peik Lin, que alzó su copa de champán con aire cómplice—. Resulta que, a lo largo de todos sus años en la universidad, Rachel cantaba sin cesar un *cierto tema* hasta sacar de quicio a Peik Lin. ¿Y sabéis qué? Mira por dónde resulta que también era una de las canciones favoritas de Nick. Así que Nick y Rachel pensaban que bailarían algún romántico vals interpretado por la Orquesta Sinfónica de San Francisco, pero resulta que no. Damas y caballeros, por favor démosles la bienvenida al señor y la señora Young, que van a bailar por primera vez, acompañados por una de las cantantes más importantes del mundo.

Dicho esto, una banda de músicos salió al pequeño escenario del borde del jardín seguida por una mujer menuda con una mata de pelo rubio platino. La multitud comenzó a dar gritos de entusiasmo, mientras que muchas personas mayores parecían desconcertadas ante semejante algarabía.

Nick y Rachel se quedaron mirando boquiabiertos a Colin y acto seguido a Peik Lin.

—¡Es increíble! ¿Estabas al tanto? —exclamó Rachel.

—¡Qué va! ¡Qué cabrones! —dijo Nick mientras conducía a Rachel hacia la pista de baile. Cuando comenzaron a sonar los primeros acordes de una conocida canción, se produjo un clamor de entusiasmo entre la muchedumbre.

Philip y Eleanor Young, que se hallaban en los escalones que bajaban al jardín, contemplaron cómo su hijo hacía girar a la novia con elegante soltura. Philip miró a su esposa y dijo:

—Tu hijo por fin es feliz. No estaría de más que tú también sonrieras un pelín.

—Estoy sonriendo, *lah*, estoy sonriendo. Me duele la cara de tanto sonreír a esa caterva de parientes irritantemente simpáticos de Rachel. ¿Por qué se toman tantas confianzas todos estos chinos estadounidenses? Son muy impertinentes. Estaba totalmente convencida de que me iban a odiar.

—¿Por qué iban a hacerlo? Al final hiciste una muy buena obra en beneficio de Rachel.

Eleanor hizo amago de decir algo, pero cambió de parecer.

—Suéltalo de una vez, querida. No cabe duda de que estás deseándolo. Llevas toda la noche con ganas de decirme algo —la instó Philip.

—No tengo claro que Rachel considere que hice una buena obra cuando conozca a fondo a su nueva familia.

—¿A qué te refieres?

—El señor Wong me mandó un e-mail con un nuevo informe anoche. Tengo que enseñártelo. Francamente, creo que a lo mejor cometí un error de entrada al mezclarme con los Bao —dijo Eleanor con un suspiro.

—Pues es un pelín tarde, querida. Ahora estamos emparentados con ellos.

Eleanor miró a su marido totalmente horrorizada. No había caído en la cuenta de ello hasta ese momento.

Nick y Rachel se mecían juntos al ritmo de la canción, sintiéndose casi abrumados de felicidad.

—¿A que parece mentira que hayamos conseguido sacar esto adelante? —comentó Nick.

—La verdad es que sí. Estoy esperando que aterrice el siguiente helicóptero.

—Se acabaron los helicópteros, y se acabaron las sorpresas para siempre, te lo prometo —dijo Nick mientras la hacía girar—. De ahora en adelante seremos un matrimonio aburrido como cualquier otro.

—¡Anda ya! Cuando decidí ir al altar contigo, Nicholas Young, sabía que estaba firmando para llevar una vida de sorpresas. Así precisamente es como me gustaría que fuera. Pero al menos tienes que darme una pista de dónde vamos a ir de luna de miel este verano.

—Bueno, tenía planes a lo grande que incluían el sol de medianoche y unos cuantos fiordos, pero tu padre acaba de preguntarme si iríamos a visitarle a Shanghái en cuanto empiecen las vacaciones de verano. Se muere de ganas de que conozcas a tu hermano, y me ha jurado que moverá hilos para que nos hospedemos en los lugares más románticos de toda China. Bueno, ¿qué te parece?

—Me parece que es la mejor idea que jamás me han propuesto —respondió Rachel, con la mirada iluminada de excitación.

Nick tiró de ella para darle un abrazo.

—Te quiero, señora Young.

—Yo también te quiero, pero ¿quién ha dicho que vaya a adoptar tu apellido?

Nick frunció el ceño ligeramente como un niño que se ha lastimado y acto seguido esbozó una sonrisa.

—No tienes por qué adoptar mi apellido, mi amor. En lo que a mí respecta, puedes seguir haciéndote llamar Rachel Rodham Chu.

—¿Sabes de lo que me he dado cuenta hoy? De que Chu fue el apellido que me dio mi madre, pero resulta que no es el mío. Y a pesar de que mi padre se apellida Bao, tampoco es su auténtico apellido. El único apellido realmente mío es Young, y esa es mi elección.

Cuando Nick le dio un largo y tierno beso a Rachel, los invitados rompieron en aplausos. A continuación hizo una seña para que todos se unieran a ellos en la pista de baile y, mientras Cyndi Lauper continuaba con su canción, los recién casados cantaron al unísono:

If you are lost, you can look and you will find me, time after time.

Segunda parte

Si quieres saber qué piensa Dios del dinero,
solo mira a la gente a la que se lo ha dado.

DOROTHY PARKER

1

Ko-Tung Consulting Group
Informe de impacto social

Realizado por Corinna Ko-Tung para la señora de Bernard Tai
Abril de 2013

Seamos del todo francos y empecemos por lo más evidente: su anterior nombre era Kitty Pong y no nació en la isla de Hong Kong, en Kowloon ni en ninguna de las islas de alrededor que componían la antigua Colonia Británica de Hong Kong. Recuerde que, para la gente a la que usted quiere impresionar, su dinero no significa nada. Sobre todo en la actualidad, ahora que veintitantos chinos continentales han aparecido en escena con miles de millones cada uno, la vieja guardia ha recurrido a nuevas formas de estratificarse. Lo que importa más que nunca son los linajes y la época en la que cada familia ha hecho su fortuna. ¿De qué provincia de China procede su familia? ¿De qué grupo dialectal? ¿Formaban parte de los compactos clanes Chiu-Chow o de la clase expatriada de Shanghái? ¿Su fortuna es de segunda, tercera o cuarta generación? ¿Y cómo se hizo esa fortuna? ¿Fue en el sector textil o en el inmobiliario (anterior a Li Ka-Shing o posterior a 1997)? Cada ínfimo detalle es importante. Por ejemplo, puede tener diez mil millones de dólares pero, aun así, no ser considerada más que una mota de polvo por parte de los Keung, que ya solo cuentan con sus últimos cien millones pero que pueden rastrear su linaje hasta el duque de Yansheng*. Durante los próximos meses, tengo intención de cambiar su historial. Tomaremos sus datos biográficos más embarazosos y los convertiremos en ventajas. Haremos esto de distintas formas. Comencemos.

Apariencia

Físico y rasgos
En primer lugar, la reducción de pecho fue uno de los movimientos más astutos que ha podido realizar y su físico es ahora óptimo. Antes de su cirugía, su cintura de avispa solo servía para alimentar los rumores de experiencias cinematográficas que no aparecen en su currículum, pero ahora tiene la forma corporal que se considera ideal entre las mujeres cuya amistad pretende cultivar: delicadamente demacrada, con apenas un atisbo de un desorden alimenticio bien controlado. Por favor, no pierda más peso.

---

* Descendiente directo de Confucio que también fue muy conocido como el «Santo duque de Yen».

Debo elogiar también a su cirujano por el sobresaliente trabajo que ha realizado en su rostro (recuérdeme que le pida su nombre, para algunas de mis otras clientas, claro). Las curvas más redondeadas de sus mejillas se han reducido y la nariz ha sido contorneada de una forma exquisita. (Admítalo: ha copiado la nariz de Cecilia Cheng Moncur, ¿verdad? Puedo reconocer esa protuberancia aristocrática en cualquier sitio). Pero ahora corre usted el peligro de tener un aspecto demasiado perfecto y eso solo provoca los celos de sus competidoras en la alta sociedad. Así que, por favor, evite cualquier otra operación en un futuro inmediato. No más rellenos por ahora y las inyecciones de bótox en la frente tampoco van a ser necesarias, pues me gustaría ver salir alguna arruga entre las cejas. Siempre podremos quitarlas en el futuro, pero, por ahora, tener la capacidad de fruncir un poco el ceño le permitirá expresar empatía.

Pelo
Su largo cabello azabache es uno de sus mejores rasgos, pero las coletas altas y los peinados exagerados que actualmente lleva le dan un aspecto agresivo. Cuando usted entra en una habitación, las señoras piensan de inmediato: «Esta mujer va a robarme al marido, al bebé o mi alfombrilla de yoga». Le recomiendo llevar el pelo suelto con un corte en capas para la mayoría de las ocasiones y recogido en un moño bajo y flojo para las más formales. Además, tiene que teñirse el pelo para darle unos reflejos marrones, pues así suavizará sus rasgos. Le recomiendo Ricky Tseung de ModaBeauty en Seymour Terrace, en el barrio de Mid-Levels. Sin duda, está usted acostumbrada a ir a alguna de esas peluquerías caras que hay en los hoteles más lujosos, pero confíe en

mí, debe ir a Ricky. No solo es una ganga, sino que es el peluquero preferido entre las damas de las mejores familias: Fiona Tung-Cheng, la señora de Francis Liu, Marion Hsu... Cuando vaya por primera vez a Ricky, no le cuente absolutamente **nada** de sí misma (él ya sabrá más que de sobra). Con el tiempo, iré ideando anécdotas que usted podrá contarle (por ejemplo, que su hija sabe cantar *Wouldn't It Be Loverly* con perfecto acento *cockney*, que usted rescató una vez a un gato siamés herido, que paga de forma anónima los gastos de la quimioterapia de un antiguo profesor, etc.). Esas historias se abrirán paso hacia los oídos de todas las señoras pertinentes. Nota: No tiene que darle propinas a Ricky, pues es el propietario de la peluquería. Pero, de vez en cuando, puede regalarle algunos chocolates de Cadbury. ¡Le encantan las chocolatinas caras!

Maquillaje
Su maquillaje necesita, por desgracia, una revisión completa. Su piel de leche de tofu y los labios cereza ya no le quedan bien. Ahora que es una esposa y madre respetable, es fundamental dejar de parecer un objeto de deseo inalcanzable para adolescentes. Tenemos que crear un semblante que resulte agradable e inofensivo para mujeres de buena educación de todas las edades. Querrá que su color y su aspecto parezcan como si solo hubiese pasado cincuenta segundos ocupándose de ellos porque estaba usted demasiado ocupada trasplantando tulipanes en su jardín. La acompañaré a Germaine, mi asesor de belleza del stand de Elizabeth Arden en Sogo Causeway Bay. (No tendrá que comprar todos sus productos nuevos en Arden, son demasiado caros. Podremos comprar cosméticos nuevos en Mannings Pharmacy,

pero sí comprará uno o dos pintalabios en Arden para poder optar a la consulta y el cambio de imagen gratuito. Quizá tenga también un cupón adicional para un regalo gratis con la compra; por favor, recuérdemelo).

Sugerencias sobre otros cuidados
Interrumpa el uso de esmalte de uñas en rojo o en cualquier tono rojizo. (Sí, el rosa es un tono rojizo). Esto es innegociable. Debe recordar que nos enfrentamos a la tarea hercúlea de hacer desaparecer de su persona cualquier connotación de garras, zarpas o manos ligeras. Si pudiera conseguir que se ponga guantes blancos o que envuelva sus dedos con cuentas de rosario en todo momento, lo haría. A partir de ahora, acostúmbrese a las uñas sin pintar o a tonos monocromáticos de beis. Para ocasiones especiales, el «Nostalgia» de Jin Soon es un tono de beis rosado que le permitiré llevar.

Para evitar que la vuelvan a confundir con una de esas chicas a las que han puesto un chófer y un apartamento de un dormitorio en Braemar Hill, deberá también interrumpir el uso de cualquier perfume o producto oloroso. Yo le proporcionaré un aceite esencial de flor de cananga, salvia y otros ingredientes secretos que hará que huela como si hubiese pasado toda la mañana haciendo tartas de manzana.

Vestuario

Sé que ha estado usted trabajando con un importante estilista de moda de Hollywood que la ha introducido en el mundo de la alta costura y le ha dado un estilo vanguardista. Bueno, con ese estilo ha conseguido su objetivo: llamar la atención. Pero uno de mis propósitos más urgentes es hacerla desaparecer de las secciones de fotografía de todas las revistas. Como le he dicho más de una vez, el tipo de gente cuya amistad desea ahora cultivar valora la <u>invisibilidad</u> más que nada. ¿Cuándo fue la última vez que vio a Jeannette Sang o a Helen Hou-Tin en las páginas de eventos? Yo se lo diré: UNA O DOS VECES AL AÑO COMO MUCHO. Se ha hablado excesivamente sobre su ropa y ha habido una gran cobertura al respecto y está más sobreexpuesta que la Venus de Milo. Ha llegado la hora de pasar a su siguiente personaje: la señora de Bernard Tai, madre abnegada y figura humanitaria en alza.

(Por favor, no vuelva a calificarse a sí misma como «filántropa». Es de lo más pretencioso. Si alguien le pregunta a qué se dedica, responda: «Soy madre a tiempo completo y participo en algunas actividades benéficas a tiempo parcial»).

Mis ayudantes y yo hemos hecho una evaluación e inspección de su vestuario y verá que toda prenda y accesorio que se considere apropiado continuará tal cual, mientras que la ropa y los accesorios inadecuados han sido reubicados en el segundo, tercer y cuarto dormitorio de invitados (con algún sobrante en la sala de karaoke). Espero que no se alarme demasiado ante las rigurosas correcciones que hemos realizado. Sé que cualquier modelo medio de su armario cuesta más que un semestre de clases en Princeton, pero le hace parecer una estudiante de universidad pública en vacaciones: SIN CLASE. Según mi cómputo, han quedado doce prendas en su armario que aún son apropiadas para ser vistas en público y tres bolsos. (Cuatro, en realidad, pues le permitiré llevar el bolso de mano «Matar a un ruiseñor» de Olympia Le Tan en ocasiones especiales solo porque tiene connotaciones muy nobles). Por favor, consulte el ANEXO A donde se enumeran todas las marcas y diseñadores aprobados para su nuevo vestuario. Cualquier diseñador que **no** aparezca en la lista quedará prohibido para el siguiente año, con una excepción: <u>bajo ninguna circunstancia volverá a llevar nunca nada de Roberto Cavalli</u>. Por favor, no piense que estoy siendo cruel: he elaborado especialmente esta lista con el fin de que usted vista a diario de forma elegante pero poco memorable. Como dijo una vez Coco Chanel: «Vístete de manera impecable y verán a la mujer».

Para actos importantes (y solo asistirá a unos cuantos durante el próximo año), elegiremos un vestido elegante que desprenda lujo relajado. (Por favor, busque en Google «Reina Rania de Jordania» para ver algunos ejemplos).

JOYAS

La gran mayoría de sus joyas son de tal tamaño y extravagancia que cruzan la línea de lo vulgar para entrar en un territorio que solo puede describirse como obsceno. ¿No es consciente de que, a su edad, las joyas grandes solo sirven para hacerle parecer mayor? Como dicen por ahí: «Cuanto más grandes sean los diamantes, más vieja es la esposa y mayor la cantidad de amantes». Usted no tiene que parecer una dama de sesenta y tantos años que ha sido apaciguada por un marido que tiene amantes en cada provincia de China. Todas las piezas que no aparecen en la lista de más abajo —sobre todo, el

anillo de diamantes de 55 quilates que le regaló Su
Majestad la Sultana de Borneo— deberán permanecer
guardadas en su caja fuerte hasta un futuro próximo.
Las joyas de noche para actos oficiales se discutirán en
cada caso concreto, pero sus joyas de día quedarán
ahora limitadas a las siguientes:

- Anillo de bodas (no el de Tiffany, sino su anillo
  original de bodas de la Pequeña Iglesia del Oeste de
  Las Vegas).
- Solitario Graff de 4,5 quilates.
- Pendientes de broche de perlas de Mikimoto.
- Pendientes colgantes de perla negra de Tahití de Lynn
  Nakamura.
- Collar sencillo de perlas de K. S. Sze.
- Pendientes de diamantes en forma de pera de 3
  quilates (para llevar solamente con ropa de sport de lo
  más informal —lo cual provoca una inesperada y
  refrescante yuxtaposición y hace que el tamaño de las
  piedras preciosas sea aceptable—).
- Anillo de rubí L'Orient con engaste de tensión.
- Broche de orquídea de Carnet.
- Anillo de cuarzo Madera de Pomellato.
- Pulsera de tenis Edward Chiu de diamante y jade.
- Reloj de pulsera *vintage* Cartier Tank Américaine.

A esta lista, debería añadir unas cuantas baratijas
divertidas para ponerse, como algún rosario tibetano,
una pulsera electrónica de seguimiento de actividad de
Jawbone UP, un collar de juguete o una pulsera de goma
de apoyo a alguna causa benéfica. Esto consolidará la
idea de que es usted la señora de Bernard Tai y que ya
no tiene por qué demostrar nada ante nadie.

Estilo de vida

Diseño de interiores y decoración
Kaspar von Morgenlatte hizo un trabajo admirable en
su apartamento, pero el estilo está un poco anticuado y
resulta un poco demasiado perturbador. (Si no recuerdo
mal, la idea fue un encargo de su marido a principios de
los 2000 para evocar la casa de soltero de Miami Beach
del cerebro de un cartel de drogas boliviano. El trabajo
se hizo increíblemente bien. Recuerdo especialmente la
«silueta de un cuerpo hecha con tiza» con incrustación
en madreperla sobre el suelo de madera de ébano y el
trampantojo de «marcas de bala» en el cabecero del
dormitorio principal, pero creo que no sería aconsejable
celebrar allí el cumpleaños de un niño, sobre todo
mientras sigan colgados esos cuadros de Lisa
Yuskavage).

  Mejor que tratar de hacer una revisión de la
decoración, para lo que se necesitaría mucho tiempo,
creo que debería ponerse a buscar una casa nueva. Vivir
en un ático de las Torres Optus da un mensaje
equivocado en esta etapa de su vida: usted ni es el
segundo hijo de un magnate ni el director general de un
banco suizo de tercera. Puede que haya sido diseñado
por ese famoso arquitecto americano (sobrevalorado, en
mi opinión), pero no se considera un edificio de «buena
familia». A mí me gustaría verla reubicada en una casa
de uno de los barrios de la zona sur de la isla: Repulse
Bay, Deep Water Bay o incluso Stanley. Esto dará a
entender que es usted una esposa y madre
comprometida (no hay que preocuparse de todos los
expatriados franceses de Stanley, que deberían estar
comprometidos).

Colección de arte
Yo esperaba ver *El Palacio de las Dieciocho Excelencias* luciendo en el mejor rincón de su apartamento. ¿Dónde está? Le sugeriría que integre unas cuantas obras de arte importantes en su colección. Ahora mismo se compran demasiadas obras de artistas chinos contemporáneos, por no hablar de los americanos. Pero la fotografía alemana podría ser una opción interesante para usted. Yo creo que le daría a su colección una dignidad extremadamente necesaria y llamaría la atención de los círculos de coleccionistas serios si quisiera poseer una de las buenísimas imágenes de plantas medicinales de Thomas Struth, los fascinantes estudios de bibliotecas municipales en la Baja Sajonia de Candida Höfer o un bonito surtido de depósitos de agua oxidados de Bernd und Hilla Becher.

Hogar
Me alegra mucho ver que su personal doméstico está bien tratado y que tienen dormitorios de verdad. (No se creería la cantidad de gente a la que conozco en persona que obliga a sus asistentas* a dormir en espacios que no son más grandes que un armario o una despensa y que, sin embargo, tienen dormitorios de sobra llenos de ropa, zapatos o figuras de Lladró). En lugar de hacerles llevar esos uniformes de criadas francesas, le sugiero que se pongan un uniforme moderno y elegante de blusa azul marino y pantalones de algodón blancos de J. Crew. Recuerde: sus asistentas hablarán con otras asistentas en

---

* En Asia, la nueva generación de la clase dirigente usa el término «asistenta» para referirse a las personas que sus padres llaman «criadas» y sus abuelos «sirvientas».

sus días libres y tener fama de señora benévola será útil para su causa.

Transporte

Automóviles

Ya no debería permitir que la lleven en ese Rolls-Royce. Siempre he pensado que, a menos que se tenga más de sesenta años o se esté en posesión de una cabellera plateada que se parezca a la de Su Majestad la Reina Isabel II, ser vista en un Rolls es absolutamente ridículo. En lugar de ello, haga el favor de comprarse un Mercedes Clase-S, un Audi A8 o un BMW Serie 7 como todo el mundo. (Y si se siente especialmente valiente, un Volkswagen Phaeton). Podemos contemplar la posibilidad de un Jaguar dentro de un año, dependiendo de su posición social en ese momento.

Aviones

Su Gulfstream V es absolutamente aceptable. (Por favor, no suba de categoría aún con el GVI, al menos hasta que a Yolanda Kwok le entreguen el suyo. Se pondrá furiosa si usted consigue uno antes que ella e impedirá que prospere su solicitud para entrar a formar parte de la Asociación Atlética China).

Restaurantes

Los restaurantes a los que acude normalmente son deplorables. Están llenos solamente de expatriados, estrellas de series de televisión, arribistas y —lo que resulta más desagradable de todo— amantes de la buena comida. Como parte de mi nueva campaña para relacionarla solamente con círculos de poder, ya no puede arriesgarse a ser vista en «destinos culinarios» de moda. Si un restaurante lleva abierto menos de dos años o ha aparecido en el *Hong Kong Tattle* o la revista *Pinnacle* en los últimos dieciocho meses, lo considero de moda. Por favor, consulte el ANEXO B con la lista de restaurantes y clubes aprobados con comedores privados. Dentro de seis meses, si considero que ha atravesado el umbral de la aceptación en la alta sociedad, lo organizaré todo para que unos *paparazzi* la sorprendan comiendo un cuenco de *noodles* wonton en un *dai pai dong**. Esto hará maravillas con su imagen. Ya me imagino el titular: «Diosa de la alta sociedad sin miedo a comer con las masas».

VIDA SOCIAL

La resurrección de su vida social empezará primero con una muerte social. Durante los próximos tres meses, desaparecerá por completo de la escena. (Váyase de viaje, pase tiempo con su hija, ¿o por qué no las dos cosas?). Así evitará asistir a actos sociales celebrados en cualquier tienda o boutique de algún diseñador hasta que las personas adecuadas empiecen a invitarla. (No vale una invitación de la empresa de relaciones públicas; una nota escrita de puño y letra por el señor Dries Van Noten solicitando el honor de su presencia, sí). También evitará asistir a todas las fiestas, galas, bailes anuales, actos de recaudación de fondos, subastas benéficas, «cócteles para ayuda de» lo que sea, partidos de polo,

---

* Un puesto de comidas al aire libre. El *dai pai dong* donde Corinna organiza todas sus fotografías de *paparazzi* es uno especialmente pintoresco que está en St. Francis Yard, enfrente de la tienda de ropa masculina del Club Monaco.

degustaciones o cualquier otro evento al que usted se sienta forzada instintivamente a acudir. Tras su purgatorio de tres meses, la volveremos a introducir despacio en el mundo mediante una serie de apariciones cuidadosamente coreografiadas. Dependiendo de lo bien que lo haga, organizaré más invitaciones para eventos selectos de Londres, París, Yakarta y Singapur. Poner el pie en la escena internacional elevará su reputación como «personaje a seguir». (Nota: Ada Poon no empezó a recibir invitaciones a la fiesta anual en el jardín de lady Ladoorie hasta que se la vio asistiendo a la boda de Colin Khoo y Araminta Lee en Singapur).

Viajes

Sé que ha estado yendo a Dubái, París y Londres de vacaciones, pero eso es lo que hace hoy en día cualquier personaje de la *jet set* de Hong Kong. Para sobresalir por encima de los demás, tiene que empezar a viajar a lugares nuevos y demostrar que es usted una persona original e interesante. Este año, le sugiero que planee un viaje por los lugares de peregrinación religiosa más conocidos, como el Monasterio de Nuestra Señora de Fátima en Portugal, el Santuario de Lourdes en Francia y Santiago de Compostela en España. Asegúrese de publicar fotos de estos lugares en su Facebook. De este modo, aunque la fotografíen dando un bocado a una croqueta de jamón gallega, la gente la seguirá relacionando con la Santa Virgen María. Si este viaje sale bien, podemos organizar una visita a las escuelas de Oprah en Sudáfrica el año que viene.

Afiliaciones filantrópicas

Para ascender de verdad a un estrato social más alto, es importante que se afilie a una causa benéfica. Desde luego, mi madre lleva mucho tiempo siendo miembro de la Sociedad de Horticultura de Hong Kong, Connie Ming está vinculada a todos los museos de arte, Ada Poon es la dueña del cáncer y, en una brillante maniobra, Jordana Chiu pudo quitarle a Unity Ho el control del síndrome de colon irritable el año pasado en el Baile de la Serenidad del Colon. Podemos considerar algunos de sus intereses personales y ver si hay algo que encaje con nuestros objetivos. De lo contrario, elegiré yo una causa entre las opciones que quedan libres para que podamos lanzar un mensaje unitario sobre lo que usted representa.

Vida espiritual

Cuando yo vea que está preparada, la presentaré en la iglesia más exclusiva de Hong Kong, adonde empezará a asistir de forma regular. <u>Antes de que proteste, por favor, tenga en cuenta que este es un pilar fundamental de mi metodología para la rehabilitación social.</u> Sus verdaderas afiliaciones espirituales no son de mi incumbencia. No me importa que sea taoísta, daoísta, budista o de la religión que venere a Meryl Streep, pero es absolutamente esencial que se convierta en miembro de esta iglesia y que, con regularidad, rece, dé donativos, comulgue, levante las manos al cielo y estudie la Biblia. (Esto tiene el atractivo extra de asegurar que estará cualificada para ser enterrada en los cementerios cristianos más codiciados de la isla de Hong Kong, en lugar de tener que sufrir la eterna humillación de que la sepulten en uno de esos cementerios inferiores de la parte de Kowloon).

Cultura y conversación

Su principal obstáculo para el éxito social será siempre el hecho de que no asistió al jardín de infancia adecuado con ninguna de las personas adecuadas. Esto le impide participar en el setenta por ciento de las conversaciones que tienen lugar durante las cenas de las mejores casas. No sabe la de cotilleos que se remontan a la infancia de estas personas. Y este es el secreto: todas siguen absolutamente obsesionadas con lo que pasó cuando tenían cinco años. ¿Quién estaba gorda o flaca? ¿Quién mojó los pantalones durante el ensayo del coro? ¿Qué padre cerró Ocean Park durante un día para que pudieran celebrar una gran fiesta de cumpleaños? ¿Quién derramó sopa de judías rojas sobre el vestido de quién cuando tenían seis años y aún no ha sido perdonada? El veinte por ciento de las demás conversaciones de las fiestas consisten en quejas sobre los chinos continentales, de forma que, por defecto, usted no podrá participar en ese tipo de debates. Otro cinco por ciento consiste en quejarse del jefe ejecutivo, por lo cual, con el fin de sobresalir en el escaso cinco por ciento restante de conversaciones, deberá o bien saber dar buenísimos consejos sobre compra en el mercado bursátil o aprender a ser una brillante conversadora. La belleza desaparece, pero el ingenio la seguirá manteniendo en las listas de invitados de las fiestas más exclusivas. A tal fin, se embarcará en un programa de lecturas que he diseñado específicamente para usted. Asistirá también a un evento cultural por semana. Entre ellos podrá haber, entre otros, obras de teatro, ópera, conciertos de música clásica, ballet, danza contemporánea, arte en vivo, festivales literarios, lecturas de poesía, exposiciones en museos, películas independientes o en idiomas extranjeros y estrenos. (Las películas de Hollywood, el Cirque du Soleil y los conciertos de pop no cuentan como cultura).

LISTA DE LECTURAS

He visto muchas revistas pero ni un solo libro en toda su casa, a excepción de una traducción al chino de *Vayamos adelante (Lean In)* de Sheryl Sandberg en el dormitorio de una de sus asistentas. Por tanto, deberá leerse un libro cada quince días, a excepción de Trollope, al que le permitiré dedicar tres semanas por libro. Mientras lee estos libros, espero que llegue a entender y apreciar por qué la obligo a leerlos. Deberá hacerlo en el orden siguiente:

Esnobs, de Julian Fellowes
La maestra de piano, de Janice Y. K. Lee
People like us, de Dominick Dunne
The power of style, de Annette Tapert y Diana
     Edkins (este está descatalogado, le prestaré yo mi
     ejemplar)
Pride and avarice, de Nicholas Coleridge
The Soong Dinasty, de Sterling Seagrave
~~*Libertad, de Jonathan Franzen*~~
D. V., de Diana Vreeland
*Recuerdos de una princesa: memorias de la Maharani
     de Jaipur*, de Gayatri Devi

Obras completas de Jane Austen, empezando por
  Orgullo y prejuicio
Edith Wharton: *Las costumbres nacionales*, *La edad*
  de la inocencia, *Las bucaneras*, *La casa de la alegría*
  (debe leerlas por orden estricto; entenderá el porqué
  cuando termine la última)
La feria de las vanidades, de William Makepeace
  Thackeray
Anna Karenina, de León Tolstoi
Retorno a Brideshead, de Evelyn Waugh
Anthony Trollope: todos los libros de la serie
  Palliser, empezando por *Can you forgive her?*

Le haré una evaluación cuando haya terminado
estos libros para ver si está lista para alguna lectura
ligera de Proust.

Nota final

No hay una forma fácil de decir esto: debemos hablar de
Bernard. Ninguno de nuestros objetivos será eficaz si la
gente tiene la impresión de que su marido sufre alguna
incapacitación, está en coma o se ha convertido en su
esclavo sexual y está en un calabozo (ese es el último
rumor que está circulando). Debemos orquestar una
aparición muy pública con su marido y su hija pronto.
Hablemos de las opciones mañana en el Mandarin
mientras tomamos un té con *scones*.

2

Rachel y Nick

Shanghái, junio de 2013

Y esto es la sala de estar —dijo el director general con una floritura. Rachel y Nick atravesaron el vestíbulo y entraron en una habitación con techos de doble altura y una majestuosa chimenea de estilo *art-déco*. Uno de los asistentes que acompañaba al director general pulsó un botón y las finas cortinas de delante del alto ventanal se abrieron silenciosamente para mostrar una pasmosa vista del horizonte de Shanghái.

—No me extraña que la llamen la suite Majestic —comentó Nick. Otro ayudante abrió una botella de champán Deutz y empezó a servir el líquido burbujeante en un par de copas altas. Para Rachel, la enorme suite del hotel era como una decadente bombonera: desde el baño de mármol negro con su bañera ovalada hasta las almohadas tan absurdamente mullidas de la cama, cada rincón esperaba a ser saboreado.

—Tienen nuestro yate a su disposición y les recomiendo encarecidamente una salida a última hora de la tarde para que puedan ver la transición del día a la noche en la ciudad.

—Lo tendremos en cuenta —respondió Nick mientras miraba con deseo el mullido sofá. «¿Podría ser que esta encantadora gente se marchara para poder quitarme los zapatos y tumbarme un poco?».

—Por favor, hágannos saber si hay algo más que podamos hacer para que su estancia sea más placentera —dijo el director mientras se ponía una mano en el pecho y hacía una reverencia casi imperceptible antes de salir discretamente de la habitación.

Nick se tumbó en el sofá a lo largo, agradecido de poder estirarse después de su vuelo de quince horas desde Nueva York.

—Esto ha sido una sorpresa.

—¡Desde luego! ¿Te lo puedes creer? ¡Estoy segura de que solo el baño es más grande que nuestro apartamento entero! Nuestro hotel de París ya me pareció maravilloso, pero esto está a otro nivel —dijo efusivamente Rachel mientras regresaba a la sala de estar.

Se suponía que iban a alojarse en casa del padre de Rachel durante las primeras dos semanas de sus vacaciones en China, pero, al aterrizar en el aeropuerto internacional de Pudong, fueron recibidos en la puerta por un hombre con un traje de tres piezas y una nota de Bao Gaoliang. Rachel sacó el papel de su bolso y lo volvió a leer. Escrita en caracteres mandarines con tinta negra de trazo grueso, la nota decía:

Queridos Rachel y Nick:
Confío en que hayáis tenido un buen vuelo. Disculpad por no haber podido recibiros en el aeropuerto, pero he tenido que ir a Hong Kong a última hora y no volveré hasta tarde. Como oficialmente estáis en vuestra luna de miel, creo que será mucho más apropiado que os alojéis los primeros días en el hotel Peninsula como invitados míos. Sin duda, será mucho más romántico que mi casa. El señor Tin hará que podáis pasar rápidamente por el control de pasaportes y el Peninsula ha enviado un coche

para llevaros al hotel. Que paséis una tarde tranquila.
Estoy deseando presentaros a vuestra familia en una
cena esta noche. Me pondré en contacto para daros más
detalles antes de la noche, pero pensad que nos
reuniremos a las siete de la tarde.

    Con cariño,
    Bao Gaoliang

Nick vio cómo la cara de Rachel se iluminaba al volver a leer la carta, con los ojos sobrevolando las palabras «vuestra familia» por enésima vez.

—Es genial que tu padre haya organizado todo esto por nosotros —dijo Nick mientras daba otro sorbo al champán—. Todo un detalle.

—¿Verdad? Es todo un poco desmesurado, desde esta enormísima suite hasta el Rolls que nos ha recogido en el aeropuerto. Me he sentido un poco avergonzada al venir en él, ¿tú no?

—Bah, los nuevos Phantom son de lo más discretos. La abuela de Colin tenía un Silver Cloud antiguo de los años cincuenta que parecía como si vinieras directo del palacio de Buckingham. Subir ahí sí que resultaba embarazoso.

—Bueno, yo todavía no estoy acostumbrada a todo esto, pero supongo que es así como viven los Bao.

—¿Cómo te sientes ante lo de esta noche? —preguntó Nick como si le leyera la mente.

—Estoy deseando conocerlos a todos.

Nick recordaba las insinuaciones sobre los Bao que su madre había dejado caer en Santa Bárbara y le había contado los detalles de aquella conversación a Rachel unos días después de la boda.

«A mí me alegra que a mi padre y su familia les haya ido bien, pero para mí no cambia nada que sean ricos o pobres», había dicho ella en ese momento.

«Yo solo quería que supieras lo que yo sé. Es parte de mi nueva "política de total transparencia"», le había respondido Nick con una sonrisa.

«¡Ja! Gracias. Bueno, me siento mucho más cómoda moviéndome entre los ricachones gracias a ti. Ya he soportado un bautismo de fuego con tu familia. ¿No crees que estoy preparada para cualquier cosa?».

«Sobreviviste a mi madre. Creo que todo lo demás que ocurra de ahora en adelante será coser y cantar —se había reído Nick—. Yo solo quiero que seas completamente consciente de dónde te metes esta vez».

Rachel le había mirado pensativa.

«¿Sabes? Voy a tratar de afrontar esto sin hacerme ilusiones. Sé que voy a tardar un tiempo en conocer a mi nueva familia. Imagino que les ha producido el mismo impacto a mi hermano y a mi madrastra que a mí. Probablemente, les cueste aceptar todo esto y no espero establecer un vínculo con ellos de la noche a la mañana. Ya es bastante para mí saber que existen y poder conocerlos».

Ahora que estaban en territorio chino, Nick podía notar que Rachel no se sentía tan relajada como en Santa Bárbara. Podía notar sus nervios incluso cuando se tumbó junto a él en el sofá, mientras los dos trataban de sobrellevar el *jet lag*. Aunque ella trataba de mostrar tranquilidad, Nick sabía que deseaba ser aceptada por esa familia recién encontrada. Él se había criado con raíces en un antiguo linaje: los pasillos de Tyersall Park siempre habían estado llenos de retratos antiguos con vetustos marcos de madera de palisandro y, en la biblioteca, Nick había pasado muchas tardes de lluvia hojeando libros encuadernados a mano que contenían elaborados árboles genealógicos. Los Young habían documentado a sus antepasados remontándose hasta el año 432 d. C. y todo estaba en las páginas marrones y frágiles de aquellos tomos antiguos. Se preguntó cómo sería para Rachel haberse criado sin saber nada sobre su padre, sobre la otra mitad de su familia. Un suave timbre interrumpió sus pensamientos.

—Creo que hay alguien en la puerta —dijo Rachel con un bostezo mientras Nick se levantaba con desgana para ir a abrir.

—Una entrega para la señorita Chu —dijo con tono alegre el botones de uniforme verde. Entró en la suite empujando un carro de equipajes repleto de cajas inmaculadamente envueltas. Tras él había otro botones con un segundo carro lleno de más cajas.

—¿Qué es todo esto? —preguntó Nick. El botones sonrió y le entregó un sobre. Llevaba una elegante nota escrita a mano que decía: «¡Bienvenida a Shanghái! He pensado que te vendrían bien algunos productos básicos. Saludos, C.».

—¡Es de Carlton! —exclamó Rachel sorprendida. Abrió la primera caja y encontró cuatro mermeladas distintas en un embalaje con heno: mermelada de naranja de Sevilla, jalea de grosella, compota de nectarina y cuajada de limón y jengibre. Sobre los minimalistas tarros de cristal venían estampadas en elegante color blanco las palabras: DAYLESFORD ORGANIC.

—¡Ah! Daylesford es una granja orgánica de Gloucestershire propiedad de mis amigos los Bamford. Hacen unas comidas espectaculares. ¿Todas estas cajas son de ellos? —preguntó Nick, impresionado.

Rachel abrió otra caja y la encontró llena de botellas de refresco de manzana y zumo de mirtilo.

—¿Quién ha oído siquiera hablar del mirtilo? —comentó ella. Mientras los dos se lanzaban sobre las cajas vieron que la intención de Carlton era abastecerlos de toda la línea de productos de Daylesford. Había tostaditas con sal marina, galletas escocesas de mantequilla y otras galletas de todas las variedades posibles para acompañar los estupendos quesos, el salmón ahumado de las islas Shetland y las exóticas conservas. Y había vinos espumosos, vinos de cabernet francés y botellas de leche entera para regarlo todo.

Rachel estaba en medio de las cajas abiertas asombrada.

—¿Te puedes creer todo esto? Aquí hay suficiente para un año.

—Lo que no podamos comernos lo guardaremos para el apocalipsis zombi. Debo decir que Carlton me parece un tipo bastante generoso.

—¡Eso como poco! Qué bonito regalo de bienvenida. ¡Estoy deseando conocerle! —dijo Rachel entusiasmada.

—A juzgar por su gusto, creo que me va a caer bien. Bueno, ¿y qué probamos primero? ¿Las galletas de limón cubiertas de chocolate blanco o las galletas de jengibre cubiertas de chocolate?

Residencia de los Bao, Shanghái
Esa misma mañana más temprano

Gaoliang subía las escaleras para darse una ducha después de su salida matutina para correr cuando se encontró con dos asistentas que bajaban con varias maletas de Tramontano negras y marrones.

—¿De quién son esas maletas? —preguntó a una de las asistentas.

—De la señora Bao, señor —contestó la chica sin atreverse a mirarle a los ojos.

—¿Adónde las lleváis?

—Al coche, señor. Son para el viaje de la señora Bao.

Gaoliang entró en su dormitorio, donde encontró a su esposa sentada en su tocador colocándose unos pendientes de ópalo y diamante.

—¿Adónde vas? —preguntó.

—A Hong Kong.

—No sabía que tuvieras planeado salir hoy de viaje.

—Ha sido improvisado. Hay unos problemas en las fábricas de Tsuen Wan que tengo que solucionar —contestó Shaoyen.

—Pero Rachel y su marido llegan hoy.

—Ah, ¿era hoy? —preguntó Shaoyen.

—Sí. Tenemos un salón privado reservado en el Club Whampoa esta noche.

—Seguro que la cena estará muy bien. Asegúrate de pedir el pollo borracho.

—¿No estarás de vuelta a tiempo? —preguntó Gaoliang, un poco sorprendido.

—Me temo que no.

Gaoliang se sentó en la *chaise longue* junto a su esposa, muy consciente del motivo de aquel repentino viaje.

—Creía que habías dicho que no tenías problema con todo esto.

—Por un momento, pensé que era así... —respondió Shaoyen despacio, dejando que su voz se interrumpiera mientras limpiaba con cuidado uno de los pendientes con una bola de algodón empapada en desinfectante—. Pero ahora que va a pasar de verdad, me he dado cuenta de que no me siento cómoda con nada de esto.

Gaoliang soltó un suspiro. Desde su reencuentro con Kerry y Rachel en marzo, había pasado muchas largas noches tratando de tranquilizar a su mujer. Shaoyen se había quedado impactada, lógicamente, por la bomba que él había dejado caer al regresar de California, pero a lo largo de los últimos dos meses creía que había conseguido tranquilizarla. Kerry Chu era una mujer a la que había amado, aunque fue durante un tiempo muy breve, cuando tenía solo dieciocho años. Era un niño. Había pasado toda una vida. Cuando mencionó la idea de invitar a Rachel, pensando que eso la ayudaría a ver que no pasaba nada, Shaoyen no puso ninguna objeción. Debería haber sabido que no resultaría tan fácil.

—Sé lo difícil que esto debe de ser para ti —se atrevió a decir Gaoliang.

—¿Sí? Pues no estoy tan segura de que lo sepas —respondió Shaoyen mientras se rociaba el cuello con Lumière Noire.

—Imaginarás que esto tampoco es fácil para Rachel... —empezó Gaoliang.

Shaoyen miró airada a los ojos de su marido a través del espejo durante unos segundos y, después, dejó el bote de perfume sobre la mesa con un golpe. Gaoliang se sobresaltó.

—Rachel, Rachel. ¡De lo único que hablas desde hace semanas es de Rachel! ¡Pero no has escuchado una sola palabra de lo que yo he dicho! No has pensado en lo que yo sentía —gritó Shaoyen.

—Lo único que he intentado hacer es tener en consideración tus sentimientos —dijo él tratando de mantener la calma.

Shaoyen fulminó a su marido con la mirada.

—¡Ja! Si de verdad hubieses sido considerado, no habrías esperado que yo me quedara sentada y sonriendo en la cena mientras tú paseas a tu hija bastarda por una sala llena de familiares y amigos. ¡No son formas!

Gaoliang hizo una mueca de dolor al escuchar aquello, pero trató de defenderse.

—Solo he invitado a nuestros parientes más cercanos, a las personas que tienen que saber que existe.

—Aun así, que ella conozca a nuestra familia, a tus padres, al tío Koo, a tu hermana y el bocazas de su marido... Se extenderá el rumor enseguida y quedarás en ridículo ante todo Pekín. Ya puedes ir despidiéndote de cualquier esperanza de convertirte en viceprimer ministro.

—Era precisamente por evitar cualquier escándalo por lo que quería que se supiera todo esto desde el principio. No quería tener secretos. Tú eres la que me has impedido decírselo a nadie. ¿No crees que la gente va a ver que estoy cumpliendo con mi deber, que estoy haciendo lo más honroso para mi hija?

—Si crees que es eso lo que la gente va a ver, es que eres más ingenuo de lo que pensaba. Disfruta de tu cena. Yo me voy a Hong Kong y Carlton se viene conmigo.

—¿Qué? ¡Pero si Carlton está deseando conocer a su hermana!

—Solo lo decía por agradarte. No tienes ni idea del infierno que ha pasado, sus cambios de humor, su desesperación. Solo ves lo que quieres.

—¡Veo mucho más de lo que crees! —exclamó Gaoliang levantando la voz por primera vez—. La depresión de Carlton tiene más que ver con su comportamiento temerario que casi le lleva a terminar muerto en un accidente de coche. Por favor, no lo incluyas por la fuerza en los problemas que tú tengas con Rachel.

—¿No lo entiendes? ¡Él está en medio de todo esto te guste o no! ¡Al aceptar a tu hija ilegítima no has hecho más que traerle la deshonra! ¡Haz lo que quieras para destrozar tu propio futuro, pero no voy a permitir que destroces el de nuestro hijo!

—¿Eres consciente de que Rachel y Nick van a estar viviendo con nosotros durante dos meses? No sé qué crees que vas a conseguir no viéndolos ahora.

Shaoyen apretó los dientes.

—He decidido que no puedo ni consentiré dormir bajo el mismo techo que Rachel Chu o Nicholas Young.

—¿Y qué puedes tener en contra de Nicholas Young?

—Es el hijo de esa manipuladora de dos caras que se inmiscuyó en nuestras vidas.

—Vamos, Eleanor Young fue una gran ayuda para nosotros cuando Carlton estuvo en el hospital.

—Eso es solo porque sabía quién era él desde el principio.

Gaoliang negó con la cabeza con gesto de frustración.

—No voy a seguir discutiendo contigo si te pones tan irracional.

—Yo tampoco voy a discutir más. Tengo que tomar un avión. Pero recuerda mis palabras: no voy a permitir que Rachel y Nicholas entren en esta casa ni en ninguna otra que sea de mi propiedad.

—¡Deja de ser tan poco razonable! —estalló Gaoliang—. ¿Dónde se supone que se van a alojar?

—Hay miles de hoteles en esta ciudad.

—Estás loca. ¡Van a aterrizar en cuestión de horas! ¿Cómo voy a decirle, de repente, a mi hija que no es bienvenida en mi casa después de haber pasado veinte horas en un avión?

—Ya se te ocurrirá algo. ¡Pero esta es mi casa también y o los eliges a ellos o a tu esposa y a tu hijo! —Shaoyen salió corriendo dejando a su marido solo en una habitación que atufaba a rosa y narciso.

3

Astrid

Venecia, Italia

Ludivine, no sé si tú puedes oírme, pero yo te oigo entrecortada. Ahora mismo estoy en una góndola en medio de un canal y hay mala cobertura. Por favor, envíame un mensaje y yo te llamo en cuanto me baje de esta barca. —Astrid se apartó el teléfono y se disculpó con una sonrisa ante su amiga, la condesa Domiella Finzi-Contini. Había ido para la Bienal de Venecia y las estaban llevando en góndola al Palazzo Brandolini para una cena en honor a Anish Kapoor.

—Esto es *Venezia*. Nunca hay cobertura en ningún sitio, y mucho menos en medio del Gran Canal. —Domiella se rio mientras trataba de evitar que se le escapara la pasmina con la brisa de la noche—. Y ahora termina de contarme la historia de tu maravilloso hallazgo.

—Bueno, yo siempre había creído que Fortuny solo trabajaba con las sedas y terciopelos más pesados, así que, cuando me encontré con este vestido de gasa en una tienda de antigüedades de ni más ni menos que Yakarta, no supe qué pensar. Al principio, creí que era una especie de vestido de novia peranakan de los años veinte, pero el característico plisado me llamó la atención. Y el diseño...

—Es su clásico diseño Delphos, por supuesto, pero la tela... ¡Dios mío, qué ligera! —exclamó Domiella a la vez que acariciaba el dobladillo de la larga y vaporosa falda de Astrid—. Y el color..., nunca había visto este tono de violeta. Claramente está pintado a mano, probablemente por el mismo Fortuny o su mujer, Henriette. ¿Cómo es que siempre encuentras unos tesoros tan extraordinarios?

—Domiella, te juro por Dios que son ellos los que me encuentran a mí. Pagué por él unas trescientas mil rupias. Eso son como veinticinco dólares americanos.

—*Cazzo!* ¡Voy a vomitar de celos! Seguro que cualquier museo querría tenerlo. ¡Ándate con ojo, es probable que Dodie quiera comprártelo y arrebatártelo directamente del cuerpo en cuanto lo vea esta noche!

La majestuosa entrada del Palazzo Brandolini estaba abarrotada de invitados que llegaban en góndolas, lanchas y *vaporettos*, lo cual permitió que Astrid pudiese volver a mirar su teléfono. Esta vez, había un correo electrónico que decía:

Madame:

Le escribo seriamente preocupada ante las medidas que se han tomado recientemente con respecto a Cassian mientras usted está de viaje. Llegué a casa después de mi día libre y vi que Cassian estaba encerrado en el armario del pasillo de arriba y que Padma estaba sentada en un banquito fuera mirando su iPad. Le pregunté qué pasaba y me contestó: «El señor me ha ordenado que no deje salir a Cassian». Le pregunté cuánto tiempo llevaba Cassian dentro del armario y me dijo que cuatro horas. Su marido había acudido a una cena de trabajo. Cuando dejé salir a Cassian, el niño estaba muy angustiado.

Al parecer, Michael le había castigado por su última
infracción: estaba jugando con su espada luminosa esta tarde
y, sin querer, le hizo un pequeño arañazo en la puerta al
Porsche 550 Spyder *vintage* que está en la gran sala. Hace
dos noches, Michael mandó a Cassian a la cama sin cenar
porque el niño había dicho una palabrota china. Según parece,
es la palabra fea de moda en el jardín de infancia del Lejano
Oriente y todos los niños la están usando, aunque no tienen ni
idea de lo que están diciendo. Ah Lian me ha explicado lo que
significa. Le aseguro que un niño de cinco años no puede
siquiera imaginar semejante acto entre un padre y una hija.

En mi opinión, esas medidas disciplinarias hacia
Cassian son contraproducentes. No van destinadas a los
problemas subyacentes y solo provocan que desarrolle nuevas
fobias y resentimientos hacia su padre. Es más de la una de la
madrugada y Cassian aún no ha podido dormirse. Por primera
vez desde que tenía tres años, vuelve a sentir miedo de la
oscuridad.

Ludivine

Astrid leyó el correo sintiendo cada vez mayor frustración y tristeza. Envió un rápido SMS a su marido y, después, dejó que la ayudaran a bajar de la góndola tras la condesa. Entraron en la sala delantera del *palazzo*, que estaba dominada por una enorme escultura cóncava de metal dorado suspendida del techo.

—*Bellissima!* No sé si será una de las nuevas instalaciones de Anish. —Domiella se giró para ver la reacción de Astrid y comprobó que ni siquiera había mirado la escultura que colgaba por encima de ella—. ¿Va todo bien?

Astrid suspiró.

—Cada vez que me voy parece que hay un problema nuevo con Cassian.

—Echa de menos a su mamá.

—No, no es eso. Es decir, estoy segura de que me echa de menos, pero yo hago estos viajes cortos aposta para que Cassian pueda establecer un vínculo con su padre. Está demasiado enmadrado y estoy tratando de cambiar eso. He visto el efecto que algo así ha tenido en mi hermano. Pero, cada vez que me voy de viaje, siempre hay un problema. Michael y él parecen estar siempre de pique.

—¿Qué quiere decir de pique?

—Peleados. Michael no tolera nada de su hijo que no sea un comportamiento perfecto. Le trata como si estuviese en el ejército. Dime, cuando Luchino y Pier Paolo tenían la edad de Cassian, si rompían algo de valor, ¿qué les hacías?

—¡Dios mío, mis hijos destrozaban todo lo que había en la casa! Muebles, alfombras..., ¡todo! Un día rasgaron de un codazo un Bronzino cuando se estaban peleando. Por suerte, era un retrato de una mujer muy fea. Algún ancestro endogámico de mi marido.

—¿Y qué hiciste? ¿Los castigaste?

—¿Para qué? Son niños.

—¡Exacto! —exclamó Astrid con un suspiro.

—Ay, Dios, aquí viene ese insoportable marchante de arte que siempre está tratando de venderme un Gursky. Yo no dejo de decirle que si tuviese que estar todo el día mirando una enorme foto del aeropuerto de Ámsterdam-Schiphol, me ahorcaría. Vamos arriba.

A pesar de sus esfuerzos, el marchante las alcanzó en la gran sala de baile de la segunda planta.

—*Contessa*, qué alegría verla —dijo con acento extremadamente afectado a la vez que intentaba besarla en las dos mejillas. Ella solo permitió que lo hiciera en una—. ¿Cómo siguen sus padres?

—Aún vivos —contestó Domiella con tristeza.

El hombre se detuvo durante una milésima de segundo antes de soltar una carcajada.

—Ah, ¡ja, ja!

—Esta es mi amiga Astrid Leong Teo.

—Encantado —repuso él levantándose las gafas de montura de carey exageradamente gruesa. Había memorizado dosieres enteros sobre los coleccionistas asiáticos de alto perfil que podrían asistir ese año a la Bienal, pero, al no reconocer a Astrid, continuó dirigiendo su atención a la *contessa*—. Espero que me conceda la oportunidad de pasearme con usted por el pabellón alemán en algún momento, *contessa*.

—Perdonad, tengo que hacer una breve llamada —dijo Astrid dirigiéndose hacia el balcón de fuera.

Domiella miró al marchante de arte y negó con la cabeza con gesto lastimoso.

—Acaba de perder la oportunidad de su vida. ¿Sabe quién era mi amiga? Su familia son los Medici asiáticos y ella está comprándolo todo para un museo de Singapur.

—He supuesto que no era más que una modelo —balbuceó el marchante.

—Mire, Larry está hablando con ella. Está claro que él sí ha hecho sus deberes. Demasiado tarde para usted —comentó Domiella con desaprobación.

Tras asegurar al marchante de arte que la había arrinconado en la terraza que no tenía interés alguno en ver sus grandes y brillantes Koons, Astrid llamó a su marido.

Michael contestó con su móvil al cuarto tono con voz adormilada.

—Hola. ¿Va todo bien?

—Sí.

—Sabes que aquí es la una y media de la madrugada, ¿verdad?

—Lo sé. Pero creo que eres el único en la casa que está pudiendo dormir. Ludivine me ha enviado un mensaje diciéndome que Cassian sigue despierto. Ahora le da terror la oscuridad. Encerrarlo en un armario..., ¿en serio?

Michael soltó un suspiro de frustración.

—No lo entiendes. Lleva toda la semana siendo un plasta. Cada vez que llego a casa, se pone como loco.

—Está tratando de llamar tu atención. Quiere jugar.

—La gran sala no es un cuarto de juegos. Mis coches no son juguetes. Tiene que aprender a controlarse. A su edad yo no iba saltando por ahí todo el día como un orangután.

—Es un niño muy activo y alegre. Como era su padre.

—¡Ja! —espetó Michael—. Si yo hubiese sido como él, mi padre habría tomado cartas en el asunto. Diez azotes en el culo con su *rotan**.

—En ese caso, menos mal que no eres tu padre.

—Cassian es un niño salvaje y ahora es cuando debe aprender algo de disciplina.

—Es disciplinado. ¿No ves que está mucho más calmado cuando yo estoy? Creo que conseguirías mucho más si le prestaras atención. Y no me refiero a sentarte junto a la piscina con el ordenador portátil mientras él juega. Llévale al zoo, llévale al parque de la bahía. Él solo quiere estar con su padre.

—Así que ahora buscas que me sienta culpable.

—Cariño, no estoy buscando que te sientas de ninguna forma. Pero ¿no lo ves? El que yo me vaya es una oportunidad especial para que tú le dediques más tiempo. El año que viene estará en primaria y, después, empezará toda la carrera académica. Va a crecer muy rápido. Este es un momento de su vida que no vas a poder recuperar nunca.

---

* Bastón de ratán popularmente usado por varias generaciones de padres de Singapur, directores de colegio y tutores chinos para castigos corporales. (Señora Chan, aún la sigo odiando).

—Vale, *lah*, vale. Tú ganas. Soy un mal padre.

Astrid se retorció la tela de la falda con gesto de frustración.

—Aquí no se trata de ganar nada y tú no eres mal padre. Yo solo... —empezó a decir Astrid antes de que Michael la interrumpiera.

—Intentaré hacerlo mejor mañana mientras tú te diviertes en Venecia. Tómate un Bellini por mí.

—No estás siendo justo. Sabes que prometí hacer este viaje por el museo. Estamos intentando hacer algo bueno aquí por el bien de Singapur. Paso la mayor parte del día con Cassian durante todo el año y eres tú el que está de viaje el ochenta por ciento del año.

—Perdona por partirme el culo trabajando para asegurar el futuro de mi familia. ¡Mientras tú trabajas «por el bien de Singapur», todo lo que yo hago es por Cassian y por ti!

—Michael, no vamos a pasar hambre en un futuro próximo y lo sabes.

Michael se quedó en silencio un largo rato.

—¿Sabes cuál es el verdadero problema, Astrid? El problema es que tú no has tenido que preocuparte por el dinero ni un solo día de tu vida. No sabes lo difícil que es ganarlo. ¡Te suenas la nariz y te sale dinero! Nunca has entendido el miedo que siente la gente normal. Pues bien, a mí ese miedo me motivaba. Y he hecho mi propia fortuna gracias a él. Yo quiero que mi hijo sienta ese mismo miedo. Algún día heredará un montón de dinero y tiene que saber que debe ganárselo. Debe tener límites. De lo contrario, va a terminar como tu hermano Henry o como cualquiera de tus pretenciosos y soberbios primos, que no han trabajado ni un solo día en su vida pero se creen los dueños del mundo.

—Ahora estás siendo cruel, Michael. Esa generalización es de lo más injusta.

—Sabes que estoy diciendo la verdad. Para acabar el día, tu hijo ha decidido tomarla con mi coche. Tu hijo ha decidido usar un lenguaje desagradable. Y tú no paras de excusarlo.

—¡Solo tiene CINCO AÑOS! —exclamó Astrid elevando la voz.

—¡A ESO ME REFIERO, CARIÑO! Si no corregimos ahora sus problemas, jamás podremos hacerlo.

Astrid soltó un fuerte suspiro.

—Michael, de verdad que no quiero convertir esto en una gran discusión ahora mismo.

—Ni yo. Quiero dormir un poco. Algunos tenemos que trabajar por la mañana.

Y dicho eso, Michael colgó. Astrid volvió a guardarse el teléfono en el bolso y se inclinó sobre la barandilla con una sensación de frustración. La luz azul del crepúsculo cubría la ciudad y el agua empezó a resplandecer con el reflejo de las luces de todos los *palazzi* del Gran Canal. «Esto es absurdo. Estoy en uno de los sitios más hermosos del planeta manteniendo una discusión a larga distancia sobre mi hijo».

Domiella sacó a un grupo de personas a la terraza y Astrid reconoció a su amigo Grégoire L'Herme-Pierre entre ellas.

—¡Astrid! ¡No me lo podía creer cuando Domiella me dijo que estabas aquí también! ¿Qué haces en Venecia? No sabía que te gustara esta gente del mundo del arte —dijo Grégoire dándole a Astrid sus habituales cuatro besos parisinos.

—Solo me estoy empapando de las vistas —contestó Astrid, distraída mientras aún trataba de recomponerse después de la llamada.

—Claro. Seguro que conoces a mis amigos: Pascal Pang e Isabel Wu de Hong Kong.

Astrid saludó a la elegante pareja. Pascal vestía un traje confeccionado de forma inmaculada y que tenía una ligera iridiscencia mientras Isabel lucía un elegante vestido negro sin tirantes de Christian Dior con una falda acampanada que le llegaba a la rodilla. Llevaba el pelo recogido en un moño griego y, alrededor del cuello, un impresionante collar de oro de Michele Oka Doner con formas de hojas de palma. De repente, Astrid se dio cuenta de que no eran pareja. «¿Esta Isabel Wu que estaba delante de ella podría ser la mujer de Charlie?».

La mujer vio el destello de reconocimiento de Astrid y se limitó a decir:

—Sé quién eres.

—¿Ves? —comentó Grégoire riendo—. ¡El mundo siempre resulta muy pequeño cuando estás tú!

—Es un placer conocerte por fin —le dijo Astrid a Isabel—. Charlie me ha hablado de tu labor de recaudación de fondos para el museo M+. Me parece genial lo que estás haciendo. Ya va siendo hora de que Hong Kong tenga un espacio de arte contemporáneo de nivel internacional.

—Gracias. Sí, creo que viste recientemente a Charlie, ¿no? —preguntó Isabel.

—Sí. Siento que no pudieras unirte a nuestro viaje por California.

Isabel hizo una pausa, sorprendida. «¿California?». Sabía que Charlie se había encontrado con Astrid en la gala Pinnacle, pero no sabía nada de ningún viaje.

—¿Y lo pasasteis bien?

—Ah, sí. Teníamos pensado ir a Sausalito, pero luego decidimos de repente viajar por la costa hasta Monterrey y el Big Sur.

—Deja que adivine..., ¿te llevó a cenar al Post Ranch Inn? —continuó Isabel con tono despreocupado.

—En realidad, fuimos a comer. Ese sitio es una maravilla, ¿verdad?

—Sí, se podría decir que sí. Bueno, pues me alegro de conocerte por fin, Astrid Leong. —Isabel se giró para volver a entrar en la sala de baile con Pascal mientras Astrid se quedaba en el balcón con Domiella y Grégoire. El calor del verano seguía presente en la suave brisa de la noche y, a lo lejos, las campanas de la Basílica de San Marcos empezaron a repicar.

De repente, volvió a aparecer Pascal en el balcón para hablar apresuradamente con Grégoire.

—Isabel tiene que marcharse ahora mismo. ¿Te quedas o te vienes?

—¿Va todo bien? —quiso saber Astrid.

Pascal lanzó a Astrid una mirada glacial.

—Ha sido muy bonito que se lo restregaras a Isabel en la cara.

—¿Perdona? —preguntó Astrid, confundida.

Pascal tomó aire para tratar de contener la rabia.

—No sé quién te crees que eres, pero nunca he visto a nadie más descarado que tú. ¿Es que tenías que dejarle claro a Isabel que te has estado follando a su marido a lo largo y ancho de la costa californiana?

Domiella ahogó un grito y agarró a Astrid por el hombro.

Astrid negó con la cabeza con vehemencia.

—No, no, ha sido un enorme malentendido. Charlie y yo no somos más que viejos amigos...

—¿Viejos amigos? ¡Ja! Hasta esta noche, Isabel ni siquiera estaba segura de que siguieras viva.

4

Los Bao

Three on the Bund, Shanghái

El Rolls-Royce verde Brewster del hotel esperaba en el camino de entrada para llevar a Nick y Rachel a cenar, pero, como su destino estaba apenas a seis manzanas de distancia, decidieron ir caminando. Era una noche inusualmente fresca para primeros de junio y, mientras paseaban por el legendario bulevar del río conocido como el Bund, Nick recordó una mañana en Hong Kong cuando tenía unos seis años.

Sus padres le habían llevado en coche a un lugar recóndito en el campo de los Nuevos Territorios de Kowloon, por un camino serpenteante montaña arriba. En lo alto de la montaña había un mirador lleno de turistas que tomaban fotos de las vistas y que hacían cola para usar los prismáticos giratorios de metal montados sobre una oxidada barandilla. El padre de Nick lo había levantado para que pudiera mirar por ellos.

«¿Lo logras ver? Es la frontera de China. De ahí es de donde venían tus bisabuelos —le había dicho Philip Young a su hijo—. Mira bien, porque no vamos a poder cruzar esa frontera».

«¿Por qué no?», había preguntado Nick.

«Es un país comunista y nuestros pasaportes de Singapur tienen un sello que impide la entrada a la República Popular China. Pero algún día, con suerte, podremos ir».

Nick había mirado con ojos entrecerrados hacia el paisaje árido y de tierra marrón. Había podido distinguir unos campos apenas labrados y acequias para el riego, pero no mucho más. ¿Dónde estaba la frontera? Había tratado de buscar un enorme muro, un foso o cualquier tipo de demarcación que indicara claramente dónde terminaba la colonia británica de Hong Kong y empezaba la República Popular China, pero no había nada. Las lentes de los prismáticos estaban sucias y le dolían las axilas por la fuerza con que las grandes manos de su padre le agarraban. Nick había pedido que le bajara al suelo y había ido directo a la señora del puesto de chucherías que había al lado. Un cono de helado de Cornetto era mucho más interesante que el paisaje de China. China era aburrida.

Pero la China de la infancia de Nick no se parecía en nada a las increíbles vistas que le rodeaban ahora en todas direcciones. Shanghái era una megalópolis enorme y en crecimiento a orillas del río Huangpu, el «París del Oriente», donde unos rascacielos que iban más allá de la exageración competían con fachadas europeas de principios del siglo XX.

Nick empezó a señalar hacia algunos de sus edificios favoritos para que Rachel los viera.

—Ese es el hotel Broadway Mansions justo al otro lado del puente. Me encanta su silueta gótica y descomunal, muy *art déco* clásico. ¿Sabías que Shanghái tiene la mayor concentración de arquitectura *art déco* del mundo?

—¡No tenía ni idea! Todos los edificios que nos rodean son impresionantes. ¡Mira esa locura de horizonte! —Rachel movió emocionada una mano hacia la intimidatoria cantidad de rascacielos que había al otro lado del río.

—Y eso es solo Pudong. Antes era en gran parte tierra de cultivo y no había ninguno de esos edificios hasta hace unos diez años. Ahora es un distrito financiero que hace que Wall Street parezca una aldea de pescadores. Aquel edificio con dos enormes esferas es la torre de telecomunicaciones de la Perla Oriental. ¿No parece como si hubiese salido de *Buck Rogers en el siglo XXV*?

—¿Buck Rogers? —Rachel le miró sin saber a qué se refería.

—Era una serie de televisión de los años ochenta que transcurría en el futuro y todos los edificios parecían como una fantasía de un niño de diez años sobre otra galaxia. Probablemente, tú no viste ninguna de esas series malas de los ochenta que llegaron a Singapur años después de que triunfaran en Estados Unidos, como *Manimal*. ¿La recuerdas? Era de un tipo que podía adoptar distintas formas de animales. Como un águila, una serpiente o un jaguar.

—¿Y para qué lo hacía?

—Para enfrentarse a los malos, por supuesto. ¿Qué otra cosa iba a hacer?

Rachel sonrió, pero Nick estaba seguro de que, por debajo de su conversación, ella se iba poniendo cada vez más nerviosa a medida que se acercaban a su destino. Nick levantó los ojos hacia la luna un momento y lanzó un deseo al universo. Deseó que la cena fuera bien. Rachel había aguardado muchos años y había recorrido un largo camino para conocer a su familia y él esperaba que esta noche sus sueños se vieran cumplidos.

Enseguida llegaron al Three on the Bund, un elegante edificio de estilo posrenacentista coronado por una majestuosa cúpula. Nick y Rachel tomaron el ascensor hasta la quinta planta y salieron a un vestíbulo con paredes carmesí. Había una recepcionista delante de un fresco dorado que representaba a una preciosa joven con vestido vaporoso flanqueada por dos guerreros gigantes postrados.

—Bienvenidos al Whampoa Club —dijo la mujer en inglés.

—Gracias. Hemos venido a la fiesta de los Bao —contestó Nick.

—Por supuesto. Síganme, por favor. —La recepcionista, vestida con un cheongsam amarillo increíblemente ajustado, los condujo por el comedor principal lleno de elegantes familias de Shanghái y por un pasillo con sillones *art déco* y lámparas de cristal verde. A lo largo del pasillo había otro fresco en oro y plata y la recepcionista abrió uno de los paneles de la pared que daba a un comedor privado.

—Por favor, pónganse cómodos. Son los primeros en llegar —dijo.

—Ah, de acuerdo —contestó Rachel. Nick no estaba seguro de si parecía más sorprendida que aliviada. El comedor privado estaba lujosamente amueblado, con varios sillones tapizados con seda pura en un extremo y una mesa redonda con sillas lacadas de palisandro junto a la ventana. Rachel vio que la mesa estaba preparada para doce personas. Se preguntó a quién iba a ver esta noche. Aparte de su padre, su esposa Shaoyen y su hermanastro Carlton, ¿qué otros parientes iban a cenar con ellos?

—¿No te parece interesante que, desde que hemos llegado, prácticamente todos se dirigen a nosotros en inglés en lugar de en mandarín? —comentó Rachel.

—La verdad es que no. Desde el momento en que nos ven, saben que no somos chinos nativos. Tú eres una amazona en comparación con la mayoría de las mujeres de aquí y nos diferenciamos en todo lo demás. No vestimos como los de aquí y actuamos de forma completamente distinta.

—Cuando di clases en Chengdu hace nueve años, todos mis alumnos sabían que era americana, pero, aun así, me hablaban en mandarín.

—Eso era en Chengdu. Shanghái siempre ha sido una ciudad sofisticada e internacional y están mucho más acostumbrados a ver por aquí a medio chinos como nosotros.

—Desde luego, no vestimos como muchos de los que hemos visto hoy.

—Sí. Ahora, somos nosotros los paletos —bromeó Nick.

Mientras pasaban los minutos, Rachel se sentó en uno de los sofás y empezó a hojear el menú del té.

—Aquí dice que tienen más de cincuenta sabores de té de gran calidad de toda China y que lo sirven con ceremonias tradicionales en las salas de té privadas.

—Quizá nos hagan una muestra esta noche —contestó Nick mientras se paseaba por la habitación y fingía admirar las piezas de arte contemporáneo chino.

—¿Puedes sentarte y tranquilizarte? Tus paseos me están poniendo nerviosa.

—Lo siento —respondió Nick. Tomó asiento enfrente de ella y empezó a pasar también las páginas del menú de los tés.

Se quedaron sentados en silencio otros diez minutos hasta que Rachel no lo soportó más.

—Algo va mal. ¿Crees que nos han dejado plantados?

—Estoy seguro de que simplemente están en un atasco. —Nick trataba de aparentar tranquilidad, aunque, en el fondo, también estaba inquieto.

—No sé..., tengo un raro presentimiento. ¿Por qué iba mi padre a reservar una sala tan temprano si no iba a aparecer nadie hasta después de más de media hora?

—En Hong Kong la gente siempre se retrasa mucho. Supongo que pasa lo mismo en Shanghái. Es una cuestión de imagen. Nadie quiere ser el primero en llegar por si dan apariencia de estar demasiado ansiosos, así que tratan de superarse unos a otros en su demora. El último en llegar se considera el más importante.

—¡Eso es completamente absurdo! —exclamó Rachel.

—¿Eso crees? A mí me parece que en Nueva York ocurre algo parecido, pero no de forma tan evidente. En las reuniones de tu departamento, ¿no son siempre el decano o algún profesor estrella los últimos en llegar? ¿O el rector «se pasa» al final porque es demasiado importante como para estar durante toda la reunión?

—No es lo mismo.

—¿No? La imagen es la imagen. Los habitantes de Hong Kong simplemente lo han elevado a una forma de arte —opinó Nick.

—Bueno, puedo imaginar que eso pueda ocurrir en un almuerzo de negocios, pero esta es una cena familiar. Y están llegando muy tarde.

—Una vez estuve en una cena en Hong Kong con mis parientes y terminé esperando más de una hora antes de que llegara nadie. Eddie fue el último, claro. Creo que te estás poniendo nerviosa demasiado pronto. No te preocupes. Vendrán.

Unos minutos después, se abrió la puerta y entró en la habitación un hombre con traje azul marino.

—¿Señor y señora Young? Soy el director. Tengo para ustedes un mensaje del señor Bao.

Nick se vino abajo. «¿Qué pasa ahora?».

Rachel miró nerviosa al director, pero, antes de que él tuviera oportunidad de decir nada, los distrajo un ruido en el pasillo. Asomaron la cabeza por la puerta y vieron a una persona rodeada por una multitud de gente boquiabierta. Se trataba de una chica de poco más de veinte años vestida con un imponente y estrecho vestido blanco sin tirantes con una capa de matador de lentejuelas rojas colgando descuidadamente de sus lechosos hombros. Dos fornidos guardias de seguridad y una mujer con un peinado en cresta y un traje de rayas trataban de abrirle paso mientras unas adolescentes que minutos antes habían estado disfrutando de cenas educadas y elegantes con sus familias se habían transformado, de repente, en admiradoras chillonas que tomaban fotos con las cámaras de sus móviles.

—¿Es una estrella de cine? —preguntó Nick al director mientras miraba a la chica, que ahora posaba glamurosamente con sus fans. Con un pelo largo y voluminoso recogido en un moño colmena, una nariz perfectamente esculpida en forma de salto de esquí y unos labios carnosos, tenía un aspecto exuberante, como una Ava Gardner china.

—No, es Colette Bing. Es famosa por su forma de vestir —explicó el director.

Colette terminó de firmar autógrafos en servilletas y se encaminó directamente hacia ellos.

—¡Ah, me alegra haberte encontrado! —le dijo a Rachel como si saludara a una vieja amiga.

—¿Me hablas a mí? —Rachel la miraba completamente asombrada.

—¡Por supuesto! Venga, salgamos de aquí.

—Eh..., creo que me confundes con otra persona. Nosotros vamos a cenar aquí con... —empezó a decir Rachel.

—Eres Rachel, ¿no? Me envían los Bao. Ha habido un cambio de planes. Ven conmigo y te lo explicaré todo —la interrumpió Colette. Cogió a Rachel del brazo y se dispuso a sacarla de la habitación. Las chicas del pasillo empezaron a gritar de nuevo y a hacer más fotografías.

—¿Dónde tienen el ascensor de servicio? —preguntó la mujer de la cresta al director. Nick las siguió, perplejo ante todo lo que estaba pasando. Se metieron en un ascensor y, después, fueron por otro pasillo de servicio de la planta baja. Pero en cuanto abrieron las puertas a Guangdong Road, se encontraron con los cegadores flashes de un grupo de *paparazzi*.

Los guardias de seguridad de Colette trataron de abrirse paso entre los fotógrafos.

—¡Apartaos! ¡Atrás, joder! —gritaban al grupo que los empujaba.

—¡Esto es una locura! —gritó Nick casi chocando con un fotógrafo demasiado entusiasta que se había puesto justo delante de él.

La mujer de la cresta se giró para mirarle.

—Usted debe de ser Nick. Yo soy Roxanne Ma, la asistente personal de Colette.

—Hola, Roxanne. ¿Esto pasa allá donde va Colette?

—Sí. Pero esto no es nada. Estos son solamente fotógrafos. Debería ver lo que pasa cuando va por Nanjing West Road.

—¿Por qué es tan famosa?

—Colette es uno de los iconos de moda más importantes de China. Entre Weibo y WeChat, tiene más de treinta y cinco millones de seguidores.

—¿Ha dicho treinta y cinco millones? —preguntó Nick, incrédulo.

—Sí. Me temo que mañana su foto va a salir en todas partes. Usted limítese a mirar al frente sin dejar de sonreír.

Dos grandes Audis aparecieron de repente, casi atropellando a los fotógrafos. Los guardaespaldas metieron rápidamente a Colette, a Rachel y a Nick en el primer coche y cerraron la puerta antes de que el enjambre de fotógrafos pudiera tomar más fotos.

—¿Estáis bien? —preguntó Colette.

—Aparte de mis retinas chamuscadas, creo que sí —contestó Nick desde el asiento del pasajero de delante.

—¡Sí que ha sido fuerte! —exclamó Rachel tratando de recuperar el aliento.

—Las cosas se han descontrolado en Shanghái. Todo empezó después de mi portada en el *Elle* de China —explicó Colette con un acento británico cuidadosamente modulado teñido de ciertos tonos de una hablante nativa de mandarín.

—¿Adónde nos llevas? —preguntó Nick, aún preocupado.

Antes de que Colette pudiese responder, el coche se detuvo a pocas manzanas del restaurante. La puerta se abrió y apareció un joven al lado de Rachel. Ella soltó un pequeño grito.

—Lo siento. No quería asustarte —dijo el hombre con un acento que se parecía mucho al de Nick, antes de mirarla con una sonrisa encantadora—. Hola..., soy Carlton.

—Ah, hola. —Eso fue lo único que pudo decir Rachel mientras se miraban el uno al otro, ambos paralizados por un momento. Rachel observó a su hermano por primera vez. Carlton tenía la misma tez de bronceado perpetuo que ella y el pelo muy recortado por los lados pero más abundante y con un despeinado moderno por arriba. Bien vestido con pantalones de pana oscura, un polo naranja desteñido y una chaqueta de *tweed* con coderas, parecía haber salido directamente de una sesión de fotos para *The Rake*.

—¡Dios mío, cuánto os parecéis! —exclamó Nick.

—¡Y tanto! En cuanto vi a Rachel pensé que estaba conociendo a la desaparecida hermana gemela de Carlton —contestó Colette sin aliento.

Rachel se había quedado sin palabras, pero no tenía nada que ver con el parecido con su hermano. Sintió una inmediata conexión innata con él, algo que ni siquiera había experimentado cuando conoció a su padre. Cerró los ojos un momento, abrumada por la emoción.

—¿Estás bien? —preguntó Nick.

—Sí. De hecho, nunca he estado mejor —contestó Rachel con la voz algo entrecortada.

Colette colocó una mano sobre el brazo de Rachel.

—Siento toda esta locura. Ha sido culpa mía. Cuando llegamos al Three on the Bund, me reconocieron de inmediato y empezó a seguirme un montón de gente hasta el restaurante.

¡Ha sido un fastidio! Y la cosa ha ido a peor en el Whampoa Club, como has visto. Carlton no quería verte por primera vez delante de tres millones de personas, así que le dije que nos esperara unas manzanas más allá.

—Me parece muy bien. Pero ¿dónde están todos los demás?

Carlton empezó a explicarse.

—Mi padre te envía sus más sinceras disculpas. Ha habido que cancelar la cena porque mis padres han tenido que salir en avión a Hong Kong para ocuparse de una emergencia. Papá creía que se las arreglaría para estar de vuelta a tiempo para cenar, pero le han fallado los cálculos. Así que he vuelto yo solo.

—Espera un momento, ¿acabas de venir de Hong Kong? —Rachel estaba confusa.

—Sí. Por eso nos hemos retrasado.

—Cuando los planes de la cena se fastidiaron, propuse que Carlton y yo tomáramos un vuelo para verte —intervino Colette—. No íbamos a dejaros a los dos solos en vuestra primera noche en Shanghái, ¿no?

—Es todo un detalle por vuestra parte. Pero, Carlton, ¿tus padres están bien? —preguntó Rachel.

—Sí, sí. Solo ha sido un viaje de negocios... a sus fábricas de Hong Kong —respondió Carlton un poco vacilante.

—Me alegra saber que no es nada grave —dijo Rachel—. En fin, estoy encantada de que tú y tu novia pudierais venir.

Colette estalló en carcajadas.

—¡Ay, qué mona! ¿Soy tu novia, Carlton?

—Eh... Colette solo es una buena amiga —contestó Carlton, sonriendo avergonzado.

—Lo siento, no debería haber dado por sentado que... —empezó a disculparse Rachel.

—No pasa nada. No eres la primera que lo piensa. Tengo veintitrés años y, al contrario que la mayoría de las chicas de mi edad, yo no pienso en atarme a nadie por ahora. Carlton es uno entre muchos pretendientes y quizá algún día, si se porta bien, recibirá el premio.

Rachel miró a Nick a los ojos por el espejo retrovisor. Él le devolvió la mirada con expresión de «¿En serio acaba de decir eso?». Rachel se mordió el labio y apartó la mirada, consciente de que, si volvía a ver su expresión, empezaría a reírse. Tras una pausa incómoda, continuó:

—Sí, cuando yo tenía tu edad, casarme tampoco era una prioridad para mí.

Carlton miró a Colette.

—Bueno, doña Solterita, ¿qué plan hay ahora?

—Pues podemos ir a cualquier sitio. ¿Queréis ir a una discoteca, a un bar, a un restaurante? ¿Queréis ir a una playa desierta de la costa de Tailandia? —propuso Colette.

—Debéis saber que lo dice completamente en serio —añadió Carlton.

—Eh..., lo de la playa después. Creo que estaría bien cenar un poco —dijo Nick.

—¿Qué os apetece comer? —preguntó Colette.

Rachel seguía aún demasiado exhausta como para tomar una decisión.

—A mí me parece bien lo que sea. ¿Qué opinas tú, Nick?

—Bueno, estamos en Shanghái. ¿Dónde podemos encontrar el mejor *xiao long bao*?

Carlton y Colette se miraron durante menos de un segundo antes de responder al unísono:

—¡El Din Tai Fung!

—Un momento, ¿es igual que el Din Tai Fung de Los Ángeles y Taipéi? —preguntó Nick.

—Sí, es de la misma cadena taiwanesa. Pero, lo creas o no, este es mejor. Desde que abrieron, se ha vuelto muy popular, incluso entre la gente de aquí. Siempre hay colas, pero, por suerte, nosotros tenemos hoy compañía especial —dijo Carlton guiñando un ojo a Colette.

—Dejad que envíe un mensaje a Roxanne. Ella lo organizará para que podamos entrar por la puerta de atrás. Yo ya estoy harta de ver a mi público por hoy —sentenció Colette.

Quince minutos después, Rachel y Nick estaban cómodamente sentados en un comedor privado con ventanas que daban al horizonte de la ciudad.

—¿En China todo el mundo cena en comedores privados? —preguntó Rachel mientras disfrutaba de las vistas nocturnas. Casi todos los edificios parecían exhibir una especie de espectáculo luminoso. Unos cuantos parecían tener bordes fluorescentes mientras que otros lucían luces de neón como equipos de música gigantes.

—¿Es que hay otra forma de hacerlo? No me puedo imaginar cenando con las masas, toda esa gente mirándote y haciendo fotos mientras comes — dijo Colette lanzando a Rachel una mirada de terror.

Pronto empezó un desfile de vaporeras de bambú con las delicias más famosas de Shanghái en el interior de la sala. Había jugosos *dumplings* de *xiao long bao* de todas las variedades imaginables con otros platos famosos entre el público: pasta·artesana con carne picada de cerdo, pollo con arroz frito, salteado de judías verdes con ajo, wontones de verduras y cerdo con salsa picante, pastel de arroz de Shanghái con gambas, bollitos dulces de malanga... Antes de empezar a comer, Roxanne entró rápidamente en la sala e hizo algunas fotos de Colette sonriendo ante la comida.

—Siento la espera para comer. Es que tengo que lanzarle un hueso a mis fans a cada hora —explico Colette. Rápidamente, revisó con Roxanne las fotografías y le ordenó—: Pon en Twitter solo la de los *dumplings* de trufa negra.

225

Nick contuvo la risa. Esa Colette era todo un personaje. Se dio cuenta de que no trataba de parecer pretenciosa de forma intencionada. Estaba siendo completamente sincera. Como si se tratase de alguien famoso de nacimiento o perteneciente a la realeza, Colette parecía realmente ignorar cómo vivía el resto del mundo. Carlton, por otra parte, era más sensato en comparación con ella. A Nick le había prevenido su madre diciéndole que Carlton estaba «tremendamente mimado», pero no pudo dejar de quedar impresionado por sus impecables modales. Escogió sabiamente todos los platos, pidió una ronda de cervezas y se aseguró de que todos —especialmente las chicas— tuvieran bastante comida en sus platos antes de servirse en el suyo.

—Tú debes comerte el primer *dumpling* de cerdo y cangrejo —dijo Carlton mientras colocaba hábilmente uno en la cuchara de porcelana de Rachel. Esta dio un pequeño mordisco con cuidado en el lateral y sorbió el sabroso caldo del interior antes de comerse el resto de la suculenta carne.

—¿Habéis visto eso? ¡Rachel se come los *dumplings* con sopa exactamente igual que Carlton! —exclamó Colette con emoción.

—¡Viva la genética! —bromeó Nick—. Bueno, Rachel, ¿cuál es tu veredicto?

—¡Dios mío, es el mejor *xiao long bao* que he comido nunca! El caldo es muy ligero y, a la vez, muy intenso. Podría comerme una docena de estos. Son como el crack —dijo Rachel.

—Debes de estar muerta de hambre —observó Colette.

—Lo cierto es que hemos picado algo antes. Lo cual me recuerda, Carlton, que tengo que darte las gracias por todos los regalos.

—¿Regalos? No estoy seguro de saber a qué te refieres —contestó Carlton.

—A las cajas de comida de Daylesford Organic.

—¡Ah, eso era de mi parte! —intervino Colette.

—¿En serio? ¡Vaya, gracias! —contestó Rachel, sorprendida.

—Sí, cuando me enteré de que el padre de Carlton había dispuesto que os alojarais en un hotel a última hora, pensé: «¡Pobrecitos! ¡Van a morirse de hambre en el Peninsula! Van a necesitar provisiones».

—Entonces, ¿lo del hotel ha sido cosa de última hora? —preguntó Nick.

Colette apretó los labios al darse cuenta de que había hablado de más.

Carlton acudió rápidamente en su ayuda.

—Eh..., no..., es decir, a mi padre le gusta planear las cosas con mucha antelación, así que esto ha sido bastante improvisado en comparación. Quería que los dos tuvierais un regalo especial por la luna de miel.

—Entonces, ¿os han gustado los productos que os he enviado? —preguntó Colette.

—Mucho. Sobre todo, me encanta la mermelada de naranja de Daylesford —contestó Nick.

—A mí también. Soy adicta desde mi época en el internado de Heathfield —dijo Colette.

—¿Estuviste en Heathfield? Yo estuve en Stowe —repuso Nick.

—¡Venga ya! ¡Yo también soy un Viejo Estoico! —exclamó Carlton dando un golpe en la mesa con emoción.

—Ya lo suponía. Tu chaqueta te ha delatado —dijo Nick riendo.

—¿En qué casa estuviste tú? —preguntó Carlton.

—En Grenville.

—¡Eso sí que es una coincidencia! ¿Quién era el superior? ¿Fletcher?

—El Mocoso. Ya te imaginarás por qué le pusimos ese apodo.

—Ja, ja. ¡Genial! ¿Jugabas al rugby o al críquet?

Colette miró a Rachel y puso los ojos en blanco.

—Creo que no vamos a poder contar con los chicos el resto de la noche.

—Desde luego. Nick se pone también así cuando se junta con sus compañeros de clase de Singapur. Unas copas más y empezará a cantar aquello del viejo como se llame[*].

Carlton volvió a dirigir su atención hacia Rachel.

—Te estoy aburriendo mucho, ¿verdad? Supongo que tú fuiste al instituto en Estados Unidos, ¿no?

—Al Monta Vista High de Cupertino.

—¡Qué suerte! —exclamó Colette—. A mí me mandaron mis padres a un instituto de Inglaterra, pero siempre soñé con ir a uno de Estados Unidos. Quería ser como Marissa Cooper.

—Pero sin el accidente de coche, claro[**] —matizó Carlton.

—Por cierto, me alegra ver lo bien que estás después de tu accidente —dijo Nick.

La expresión de Carlton se nubló durante una milésima de segundo.

—Gracias. ¿Sabes? Debo decirte lo agradecido que le estoy a tu madre. No creo que hubiese tenido una recuperación tan rápida si no hubiese hecho la rehabilitación en Singapur y, por supuesto, si no hubiese sido por tu madre, ninguno de nosotros nos habríamos conocido nunca.

—Las cosas siempre surgen de la forma más extraña, ¿verdad? —observó Nick.

---

[*] Ahora todos juntos, antiguos alumnos del ACS: «*In days of yore from western shores, Oldham dauntless hero came...*». [«En tiempos de antaño desde costas occidentales llegó el valiente héroe Oldham...» - *N. de los T.*]

[**] Véase la tercera temporada de la serie *The O. C.* Si queréis saber mi opinión, la serie perdió interés después de que su heroína, Marissa Cooper, interpretada por la incomparable Mischa Barton, terminara (¡ojo, *spoiler*!) muerta en un accidente de coche.

Como si esa hubiese sido una señal, la asistente personal de Colette entró en la habitación.

—Ha venido Baptiste —anunció.

—¡Por fin! Dile que entre —dijo Colette con tono de emoción.

—Baptiste es uno de los mejores sumilleres del mundo. Antes trabajaba en el Crillon de París —le susurró Carlton a Rachel mientras un hombre con un bigote retorcido entraba en el comedor con un estuche de vinos que transportaba con tal ceremonia que cualquiera habría pensado que llevaba a un bebé de la realeza a su pila bautismal.

—¡Baptiste! ¿Has encontrado la botella? —preguntó Colette.

—Sí, Château Lafite Rothschild de la reserva privada de Shanghái —contestó Baptiste presentándole la botella a Colette para que la viera.

—Normalmente prefiero los años pares de burdeos, pero, como veréis, he elegido un año muy especial: 1981. ¿No es el año en que naciste tú, Rachel?

—Desde luego que sí —contestó Rachel, conmovida por el gesto de Colette.

—Permitid que haga yo el primer brindis —dijo Colette a la vez que levantaba su copa—. Aquí, en China, es muy poco habitual que los niños de nuestra generación tengamos hermanos. Siempre soñé con tener uno, pero no tuve esa suerte. Conozco a Carlton desde hace años, pero nunca le he visto más emocionado que el día en que supo que tenía una hermana. Así que brindo por los dos, Carlton y Rachel. ¡Hermano y hermana!

—¡Por los dos! —exclamó Nick.

Carlton se puso a continuación de pie.

—Primero, quiero brindar por Rachel. Me alegra que hayas llegado sana y salva y espero poder conocerte y que podamos recuperar todos los años perdidos. Y por Colette. Gracias por hacer posible esta maravillosa noche. Me alegra que me dieras una patada en el culo y me obligaras a hacer esto. Esta noche me siento, no solo como si hubiese ganado una hermana, sino también un hermano. ¡Así que, brindo por Rachel y por Nick! ¡Bienvenidos a China! Vamos a pasar un verano alucinante, ¿verdad?

Nick se preguntó a qué se refería Carlton con lo de que Colette le había «dado una patada en el culo», pero no dijo nada de momento. Miró con ternura a Rachel, cuyos ojos brillaban llenos de lágrimas. Esa noche había salido mucho mejor de lo que él se había atrevido nunca a soñar.

5

Charlie

Wuthering Towers, Hong Kong

S eñor Wu? Son las nueve de la mañana en Italia —dijo la asistente de dirección de Charlie asomando la cabeza en su despacho.

—Gracias, Alice. —Charlie usó su línea ultraprivada de teléfono para llamar al móvil de Astrid. Ella respondió en el tercer tono.

—¡Charlie! Dios mío, gracias por devolverme la llamada.

—¿Es demasiado temprano?

—No, llevo horas despierta. Supongo que te has enterado de lo de anoche.

—Sí... Lo siento mucho... —empezó a decir Charlie.

—No. Soy yo quien lo siente. No debería haberle dicho nada a Isabel.

—Tonterías. He sido yo quien ha metido la pata. Debería haberme comunicado mejor con mi mujer.

—Entonces, ¿has hablado con ella? ¿Le has explicado que mi primo Alistair estuvo todo el tiempo con nosotros en California?

Charlie hizo una pausa durante unos segundos.

—Sí. No te preocupes más por eso.

—¿Seguro? No he podido dormir nada esta noche. No paraba de pensar que te había metido en un problema y que Isabel creía que yo era una rompehogares cualquiera. He estado intentando buscar el modo de ponerme en contacto con ella.

—No hay problema. Cuando le expliqué que nuestro viaje en coche por California fue una cosa improvisada y que dio la casualidad de que coincidimos allí, se quedó tranquila. —Se preguntó si estaba sonando convincente.

—Espero que le hayas contado que lo más romántico que pasó fue ver cómo Alistair vomitaba desde la ventanilla del coche después de haber engullido demasiadas hamburguesas.

—Esa parte me la he saltado, pero no te preocupes. Todo está bien —dijo Charlie tratando de añadir algo de humor.

Astrid soltó un profundo suspiro de alivio.

—Eso me alegra mucho. ¿Sabes? Yo debería haber sido más cautelosa. Al fin y al cabo, era la primera vez que me veía y yo soy la mujer que... —Hizo una pausa, sin estar segura, de repente, de cómo expresarlo.

—La mujer que había rechazado a su marido —añadió Charlie con tono despreocupado.

—Sí, eso. Espero que sepa que somos ahora mucho mejores amigos de lo que pudimos ser antes. Dios mío, fuimos una pareja terrible —dijo Astrid riéndose.

—Creo que eso ya lo sabe —respondió Charlie con cautela. Estaba deseando cambiar de tema—. ¿Y qué tal por Venecia? ¿Dónde te estás alojando?

—Estoy en casa de Domiella Finzi-Contini. Su familia tiene un *palazzo* de lo más espectacular cerca de la Santa Croce. Esta mañana he salido a mi balcón y he pensado que me había metido dentro de un cuadro de Caravaggio. ¿Te acuerdas de Domiella, de nuestra época de Londres? Estaba en la LSE pero era miembro de esa pandilla de locos que salía con Freddie y Xan.

—Ah, sí... La rubia despeinada, ¿no?

—En aquella época era rubia platino, pero ahora vuelve a tener su castaño natural. En fin, que lo estábamos pasando de maravilla juntas hasta anoche.

Charlie soltó un sonoro gruñido.

—Lo siento.

—No, no. No tiene nada que ver con Isabel. Hay otro drama cocinándose en casa. Tengo dos niños cabezotas que se niegan a portarse bien.

—Probablemente, echen de menos a su mami.

—¡No empieces tú también! Ya me siento bastante mal por que Cassian haya estado encerrado en un armario.

—¿Quién le ha encerrado en un armario?

—Su padre.

—¿Qué? —preguntó Charlie con incredulidad.

—Ayer, durante varias horas, al parecer. Y solo tiene cinco años.

—Astrid, yo jamás encerraría a mi hijo en un armario, tenga la edad que tenga.

—Gracias. Eso mismo pienso yo. Creo que voy a tener que interrumpir este viaje.

—¡Sí, eso parece!

Astrid suspiró.

—¿Cuándo vuelve Isabel a tu casa?

—El viernes, creo.

—Es increíblemente guapa. Anoche iba muy elegante. Me encantó el collar que llevaba puesto. Y fue de lo más civilizada conmigo aun después del impacto que debí de provocarle. Me alegra mucho de que todo se haya solucionado.

—Yo también —contestó Charlie, obligándose a sonreír. Una vez le dijeron que la gente puede notar la sonrisa en tu voz, aunque sea por teléfono.

Astrid hizo una pausa. Sentía que necesitaba hacer un gesto más para compensar su torpeza.

—En la siguiente ocasión que Michael y yo vayamos a Hong Kong, deberíamos quedar los cuatro. Quiero conocer a Isabel en circunstancias mejores.

—Sí, deberíamos hacerlo. Una cita doble.

Charlie terminó la conversación y se levantó laboriosamente de su mesa. Estaba algo mareado y, de repente, sentía como si alguien le hubiese metido en el estómago una tonelada de grasa de panceta.

—Alice, voy a bajar un poco a tomar el aire —dijo Charlie desde el intercomunicador. Cogió su ascensor privado hasta la planta de la calle y caminó por el aparcamiento hacia la puerta de salida lateral. En el momento en que estuvo en la calle, se echó sobre el muro de hormigón y empezó a inhalar y expulsar el aire con fuerza. Unos minutos después, fue caminando hasta su lugar preferido.

Escondido entre las *Wu*thering Towers y el rascacielos de al lado en Chater Road, había un callejón peatonal con un pequeño puesto de bebidas. Un toldo de plástico de rayas azules y blancas se extendía por encima del puesto, sujeto por dos frigoríficos llenos de refrescos, zumos y fruta fresca. Bajo el único tubo fluorescente estaba la dueña, una mujer de mediana edad que pasaba el día preparando leche fresca de soja y zumos de naranja, piña y sandía. Siempre había cola durante la hora del almuerzo y por las noches, cuando la gente salía de trabajar, pero a media tarde estaba tranquila.

—¿Otra vez haciendo novillos? —preguntó la mujer bromeando con Charlie en cantonés. Le conocía como el oficinista que siempre bajaba de uno de los edificios a por una bebida a horas intempestivas.

—Cada vez que tengo oportunidad.

—Me preocupas, hijo. Te tomas demasiados descansos. Un día, tu jefe va a encontrarte aquí y te va a despedir.

Charlie sonrió. Ella era la única persona de la zona que no tenía ni idea de quién era él, y mucho menos que fuese el dueño del edificio de cincuenta y cinco plantas que le daba sombra durante todo el día.

—¿Me das una leche de soja, por favor?

—Hoy no tienes buen color. ¿Por qué estás pálido como un fantasma? No deberías beber nada frío. Necesitas algo caliente para animarte.

—Me pongo así a veces, cuando tengo demasiado trabajo —le explicó Charlie con tono poco convincente.

—Pasas todo el día con el aire acondicionado. Aire mal reciclado. Eso tampoco es bueno para ti —continuó la mujer. Sonó su teléfono móvil y se puso a parlotear unos minutos. Mientras hablaba, le sirvió un poco de agua caliente en una taza del Mundial de Fútbol y le puso unas rodajitas de raíz de ginseng. Después, añadió unas cucharadas de jalea de hierbas y sirope de azúcar y lo removió—. ¡Tómate esto! —le ordenó.

—Gracias —contestó Charlie sentándose en el cajón de la leche junto a una mesita plegable de formica. Dio unos sorbos, demasiado educado como para decirle que no le gustaba mucho la jalea de hierbas.

La mujer terminó su llamada.

—Era mi agente de bolsa —explicó emocionada—. Mira, te voy a dar un buen consejo. Hay que empezar a vender TTL Holdings. ¿Conoces TTL? Es de Tai Toh Lui, ese tipo que murió de un ataque al corazón hace dos años en un burdel de Suzhou. Mi agente de bolsa sabe de buena tinta que al inútil de su hijo que heredó el imperio le ha secuestrado la Triada de los Once Dedos. Cuando todos se enteren, sus acciones van a caer en picado. Deberías empezar a venderlas ya.

—Deberías cerciorarte de ese rumor antes de empezar a vender —le aconsejó Charlie.

—Bah, ya le he dicho a mi agente que empiece a vender. Si no me lanzo no voy a ganar dinero.

Charlie sacó su móvil y llamó a su jefe de finanzas, Aaron Shek.

—Hola, Aaron. Sé que juegas al golf con el director ejecutivo de TTL. Corre por ahí el rumor de que a Bernard lo ha secuestrado la Triada de los Once Dedos. ¿Puedes comprobar si es verdad? ¿Qué quieres decir con que no es necesario? —Charlie hizo una pausa para escuchar a Aaron y, después, soltó una carcajada—. ¿Estás seguro? Vaya, eso es mucho mejor que lo del rumor del secuestro, pero, si tú me lo dices, te creeré.

Puso fin a la llamada y miró a la mujer.

—Acabo de hablar con mi amigo, que conoce muy bien al hijo de Tai Toh Lui. No le han secuestrado. Está vivito y coleando.

—¿De verdad? —preguntó la mujer con incredulidad.

—Mantén lo que te queda y tendrás un buen beneficio. No es más que un rumor malicioso, te lo prometo. Puedes confiar en tu agente, pero estoy seguro de que sabes que hay por ahí otros que no son tan honestos. Lanzan rumores solo para cambiar el precio de las acciones unos puntos para conseguir un beneficio rápido.

—¡Vaya! ¡Esa gente y sus rumores! Te digo yo que eso es lo malo que hay en el mundo. La gente miente con todo.

Charlie asintió. De repente, las palabras que su padre le dijo mucho tiempo atrás resonaron en su cabeza. Fue una de las muchas ocasiones en las que Wu Hao Lian estuvo en el hospital y pensó que había llegado su hora. Charlie estaba a los pies de su cama mientras su padre dictaba sus últimas palabras, cosa que duró varias horas. Entre las distintas exhortaciones sobre que se asegurara de que su madre no tuviera que dejar nunca la casa grande de Singapur y que había que pagar a todos los amantes transexuales de su hermano menor, estaba esta constante cantinela: «Me preocupa que, cuando estés al mando, destruyas todo lo que yo he construido durante los últimos treinta años. Dedícate a la parte de la innovación, porque nunca vas a saber controlar la parte financiera. Tienes que asegurarte de que la gestión siempre esté controlada por los cabrones más gordos —contrata solo a gente con máster en Dirección de Empresas de Harvard o Wharton— y, luego, hazte a un lado. Porque tú eres demasiado honesto. No se te da bien mentir».

Charlie había demostrado que su padre se equivocaba en lo relativo a la dirección del negocio, pero lo que había dicho era cierto. Odiaba no ser honesto y sentía que se le retorcía el estómago siempre que se veía obligado a mentir. Sabía que aún se sentía mareado por las mentiras que le había contado a Astrid.

—Termínate la bebida. Lo que te he dado es un ginseng caro, ¿sabes? —le reprendió la mujer.

—Sí, claro.

Tras beberse el resto de la bebida medicinal y pagar a la dueña del pucsto, Charlie volvió a su despacho y se sentó para redactar un correo electrónico:

De: Charlie Wu <charles.wu@wumicrosystems.com>
Fecha: 10 de junio de 2013 a las 17:26
Para: Astrid Teo <astridleongteo@gmail.com>
Asunto: Confesión

Hola, Astrid:

No sé bien cómo empezar, así que voy a decirlo directamente. No he sido del todo sincero. Isabel está furiosa conmigo. Me llamó en mitad de la noche gritando como una loca y, después, hizo que llevaran a nuestras hijas a casa de sus padres. Se niega a escuchar mis explicaciones y ahora no me devuelve las llamadas. Grégoire me ha contado que ha subido a bordo del yate de Pascal Pang esta mañana. Creo que se dirigen a Sicilia.

Lo cierto es que Isabel y yo no hemos podido arreglar las cosas, ni siquiera después de aquella segunda luna de miel en Maldivas. Entre nosotros las cosas van peor que nunca y yo he vuelto al piso del barrio de Mid-Levels. El único acuerdo al que hemos llegado es el de no hacer nada que pueda avergonzarla públicamente, nada que pueda perjudicar a su imagen. Por desgracia, anoche pasó eso. Su imagen de esposa feliz quedó destrozada delante de Pascal Pang y ya sabes que, de lo que él se entera, lo sabe poco después todo Hong Kong. Ni siquiera estoy seguro de que eso me importe.

Hay algo que quiero que comprendas, Astrid. Mi matrimonio con Isabel fue un error desde el principio. Todo el mundo cree que me enviaron a Hong Kong para encargarme allí de los negocios de mi familia, pero lo cierto es que salí huyendo. Me quedé destrozado después de nuestra ruptura y estuve varios meses deprimido. Fui un completo fracaso en los negocios y mi padre terminó dándome un puesto en nuestro departamento de I+D para quitarme de en medio, pero es ahí donde yo empecé a prosperar. Me sumergí en el desarrollo de nuevas líneas de producto en lugar de limitarme a ser un contratista imitador que roba ideas de las mejores empresas tecnológicas de Silicon Valley. Como resultado, nuestro negocio creció exponencialmente. Eso tengo que agradecértelo a ti.

Conocí a Isabel en una fiesta en un yate que celebraba, casualmente, tu primo Eddie Cheng y su mejor amigo, Leo Ming. Eddie fue una de las pocas personas que de verdad se apiadó de mí. Tengo que confesar que, al principio, me mantuve alejado de Isabel porque me recordaba a ti. Como a ti, a ella la subestimaban constantemente por su aspecto. Resultó que era una abogada increíblemente inteligente, licenciada en la facultad de Derecho de la Universidad de Birmingham, y rápidamente se convirtió en una de las abogadas más importantes de Hong Kong. Y tiene un estilo y una educación que la diferencia de las demás. Su padre era Jeremy Lai, el famoso abogado. Los Lai son una familia adinerada de Kowloon Tong y su madre procede de una rica familia china indonesia. Yo no quería enamorarme de otra princesa inalcanzable que estaba atada a las normas de su familia.

Pero luego, cuando la conocí, vi que no se parecía en nada a ti. Sin ánimo de ofender, ella era tu polo opuesto —salvaje y desinhibida, completamente desenfadada—. A mí me pareció estimulante. No le importaba un pimiento lo que pensara su familia y, de hecho, ellos pensaban que el sol y la luna giraban alrededor de ella y que no podía hacer nada malo. Y, para colmo, les gusté a sus padres (en parte, creo que fue porque sus últimos tres novios habían sido un escocés, un australiano y un afroamericano, y se sintieron aliviados cuando ella llevó a casa a un chico chino). Me recibieron en el seno de su familia incluso al principio de nuestra relación y resultó un cambio de lo más refrescante ver que me aceptaban en la familia de mi novia y que incluso les gustaba. Tras seis meses de breve romance, nos casamos y ya conoces el resto.

Pero lo cierto es que no es así.

Todos creen que nos casamos tan rápido porque la dejé embarazada. Sí, estaba embarazada, pero no era de un hijo mío. Lo que al principio me encantó de Isabel —su carácter imprevisible— era también su maldición. Tres meses después de que empezáramos a salir, de repente desapareció. Todo había ido tan bien que la verdad es que yo empezaba a curarme de nuestra ruptura. Entonces, un día, Isabel se fue. Al parecer se había encontrado con uno de sus primos de Indonesia para tomar una copa en Florida (¿recuerdas ese bar espantoso de Lan Kwai Fong?) y él había llevado a otro amigo, un chico indonesio que era modelo. Antes siquiera de que su primo supiera qué estaba pasando, Isabel había desaparecido con ese chico. Después de unos días, averigüé que se habían ido a Maui y que estaban alojados en una villa privada para disfrutar de un tórrido romance. Ella no pensaba volver a Hong Kong e iba a romper su relación con todos nosotros. Yo no entendía qué estaba pasando. Me quedé destrozado, igual que sus padres.

Entonces, supe que ya había ocurrido algo parecido antes. No una vez, sino varias. El año anterior, ella había conocido a su novio afroamericano en un avión de camino a Londres y, de repente, había dejado su trabajo y se había mudado con él a Nueva Orleans. Dos años antes, había sido el surfista australiano y un piso en Gold Coast. Enseguida fui consciente de que el problema era mayor de lo que ninguno nos habíamos imaginado. Mi hermana estudiaba psicofarmacología en esa época y pensó que Isabel podría tener un trastorno límite de la personalidad. Yo intenté hablar con sus padres del tema, pero no parecían dispuestos a reconocerlo. No podían enfrentarse al hecho de que su querida hija padeciera una especie de enfermedad mental, aunque controlable con el debido tratamiento. Durante todos sus episodios, nunca la obligaron a que fuese a ver a un psicólogo ni a que le hicieran un examen como es debido. Se limitaron a tolerar sus «fases de dragón», que era como lo llamaban. Había nacido en el año del dragón y esa era siempre la excusa que ponían para su comportamiento. Me suplicaron que fuese a Hawái a «rescatarla».

Así que fui. Volé hasta Maui y resultó que el modelo se había ido hacía tiempo pero que Isabel estaba viviendo en una especie de comuna con un grupo de antisistemas gais. Y estaba embarazada. Ya no sufría el trastorno, pero estaba de cuatro meses y demasiado avergonzada como para volver a casa. Ya era demasiado tarde para abortar y no quería deshacerse del bebé, pero no quería volver así a Hong Kong. Me dijo que nadie la había querido nunca como yo y me suplicó que me casara con ella. Sus padres me suplicaron que lo hiciéramos rápidamente en Hawái. Y eso hice. Tuvimos una de esas «bodas íntimas con los familiares más cercanos» en el Halekulani de Waikiki.

Quiero que sepas que entré en ese matrimonio con los ojos bien abiertos. Vi lo bueno que había en Isabel por debajo de su enfermedad y estaba desesperado por ayudarla. Cuando las cosas van bien y cuando su luz te ilumina, no hay nada igual. Es un ser magnético y hermoso y me enamoré de esa parte de ella. O, al menos, eso es lo que me decía a mí mismo. Pensé que, si tenía a su lado un marido estable, un marido que la pudiera ayudar a controlar en condiciones sus problemas de salud mental, todo saldría bien.

Pero no fue bien. Después de que naciera Chloe, las hormonas se le revolucionaron y se enfrentó a una terrible depresión posparto. Empezó a odiarme y a culparme de todos sus problemas y dejamos de dormir juntos (me refiero a dormir en la misma habitación, porque no habíamos tenido relaciones íntimas desde antes de que se fuera a Maui). Ella solo aceptaba que en el dormitorio estuviese con ella el bebé. Y la niñera. Fue un arreglo, como poco, inusual.

Un día, se despertó y fue como si nada hubiese pasado. Yo volví al dormitorio, la niñera y Chloe se cambiaron a su propia habitación. Isabel fue una esposa cariñosa por primera vez en más de un año. Regresó al trabajo y volvimos a tener una vida social en la ciudad. Yo pude concentrarme de nuevo un poco más en el trabajo y Wu Microsystems pasó por una nueva etapa de gran crecimiento. Isabel se quedó embarazada de Delphine y yo pensé que ya había pasado lo peor.

Entonces, de repente, las cosas se torcieron. Esta vez, fue menos dramático —no hubo un repentino romance con un desconocido misterioso ni ninguna huida a Estambul ni a la isla de Skye—. En lugar de ello, el nuevo comportamiento de Isabel se volvió más insidioso y destructivo. Aseguró que estaba teniendo aventuras secretas con hombres casados. Tres de ellos de su bufete de abogados (como puedes imaginar, eso llevó a una situación de locura en el bufete). También estuvo con un importante juez cuya esposa descubrió la aventura y amenazó con hacerlo todo público. Te ahorraré el resto de esta historia, pero, llegados a este punto, Isabel y yo vivíamos ya, a todos los efectos, vidas completamente separadas. Yo estaba en el apartamento de Mid-Levels y ella en la casa de The Peak con nuestras hijas.

Cuando regresaste tú a mi vida, me di cuenta de dos cosas: la primera, que nunca había dejado de quererte. Fuiste mi primer amor y te he amado desde el día que te conocí en la iglesia de Fort Canning cuando teníamos quince años. Y la segunda cosa de la que también me di cuenta fue que, al contrario que yo, tú habías pasado página. Vi cuánto querías a Michael y que no ibas a romper tu matrimonio. Supe que yo había sido injusto con Isabel desde el principio, pues yo no había superado del todo lo nuestro y nunca me había entregado del todo a ella. Estaba dispuesto a dejarte marchar por fin y esa sería la clave de la salvación de mi matrimonio, de la salvación de Isabel. Quería poder amarla con total libertad y amar a mis hijas tanto como tú quieres a Cassian.

Así que redoblé mis esfuerzos y tú te convertiste en mi consejera matrimonial *de facto*. Todos esos correos electrónicos que hemos intercambiado en los últimos dos años han supuesto para mí un faro en medio de la noche mientras trataba de reconstruir mi matrimonio. Pero, como puedes ver, no ha funcionado. Los errores son todos míos. Isabel y yo podemos estar dirigiéndonos por fin al fondo del océano de una vez por todas, pero se veía venir desde hacía mucho tiempo.

Esta es mi forma farragosa de intentar explicarte que no deberías sentir el más mínimo remordimiento por lo que ha ocurrido entre Isabel y tú en Venecia. Y, lo que es más importante, quiero que conozcas la historia real porque ya no puedo vivir sin que haya verdadera sinceridad entre nosotros. Espero que puedas perdonarme por no haberte sido sincero desde el principio. Eres de los pocos puntos luminosos de esta vida mía que, por lo demás, está jodida. Y ahora, más que nunca, cuento con tu amistad.

Con todo mi corazón,
Charlie

Charlie se quedó sentado delante del ordenador, leyendo su correo una y otra vez. Eran casi las siete de la tarde en Hong Kong. Sería mediodía en Venecia. Astrid estaría probablemente almorzando junto a la piscina del Cipriani. Respiró hondo y, a continuación, pulsó el botón de borrado.

6

Carlton y Colette

Shanghái, China

M e has roto el corazón y no sé si alguna vez voy a recuperarme —dijo ella con voz dolida.

—No entiendo por qué te pones así —gruñó Carlton en mandarín.

—¿Que no lo entiendes? ¿No te das cuenta de que me has hecho daño? ¿Cómo puedes ser tan cruel?

—Explícame exactamente en qué estoy siendo cruel. Porque la verdad es que no lo pillo. Solo estoy intentando hacer lo correcto.

—Me has traicionado. Te has puesto del lado de él. Y, al hacerlo, me has destruido.

—¡Madre mía! ¡No seas tan dramática! —protestó Carlton al teléfono.

—Te llevé a Hong Kong para protegerte. ¿Es que no lo ves? Y has hecho lo peor que podías hacer. ¡No me obedeciste y volviste a Shanghái para conocer a esa chica! ¡Esa chica bastarda!

Tumbado en su cama extragrande de Shanghái, Carlton prácticamente podía sentir la furia volcánica de su madre al otro lado del teléfono en Hong Kong. Trató de adoptar un tono más calmado.

—Se llama Rachel y, de verdad, estás exagerando. Lo cierto es que creo que te gustaría mucho. Y no lo digo por decir. Es inteligente, mucho más que yo, pero no se da importancia. Es cien por cien real.

Shaoyen soltó un bufido de burla.

—Qué chico tan estúpido. ¿Cómo he podido criar a un hijo tan estúpido? ¿No ves que, cuanto más la aceptes, llevas más las de perder?

—¿Y qué voy a perder, madre?

—¿De verdad tengo que decírtelo? La misma existencia de esa chica trae la deshonra a nuestra familia. Mancilla nuestro apellido. Tu apellido. ¿No eres consciente de cómo nos va a mirar la gente cuando sepan que tu padre tuvo una hija ilegítima con una campesina que secuestró a su propio bebé para llevárselo a América? Bao Gaoliang, la nueva esperanza del partido. Todos sus enemigos están esperando a derribarlo. ¿No sabes lo mucho que me he esforzado toda mi vida para llevar a nuestra familia a esta posición? *Aiyah*, Dios debe de estar castigándome. Jamás debí enviarte a Inglaterra, donde te metiste en tantos problemas. ¡Ese accidente de coche ha hecho que desaparezca de tu cerebro toda sensatez!

Colette, que hasta ese momento había estado tumbada junto a Carlton, empezó a reírse al ver su expresión de exasperación. Carlton se apresuró a ponerle una almohada en la cara.

—Madre, te prometo que Rachel no va a traer ninguna deshonra a nuestra..., ay..., familia. —Tosió cuando Colette empezó a darle golpes de broma en las costillas.

—¡Ya lo ha hecho! ¡Estás destruyendo tu reputación desfilando por Shanghái con esa chica!

—Te aseguro, madre, que no he desfilado por ningún sitio —dijo Carlton a la vez que hacía cosquillas a Colette.

—El hijo de Fang Ai Lan os vio en el Kee Club anoche. ¡Qué tonto eres acudiendo con ella a un lugar tan poco discreto!

—¡Al Kee Club va todo tipo de gente! Por eso fuimos. Ella podría ser cualquiera. No te preocupes, les diré a todos que es la mujer de mi amigo Nick. Él fue también a Stowe, así que es una historia muy creíble.

Shaoyen insistía.

—Fang Ai Lan me ha contado que su hijo le ha dicho que estabas haciendo el tonto con una mujer de cada brazo: Colette Bing y una chica a la que no reconoció. ¡Yo no me he atrevido a decirle nada!

—Ryan Fang está celoso porque me acompañaban dos mujeres guapas. Solo está enfadado porque sus padres le obligaron a casarse con Bonnie Hui, que en los días buenos se parece a una rata lampiña.

—Ryan Fang es un buen hijo. Obedeció a sus padres e hizo lo que era mejor para su familia. Y ahora va a convertirse en el secretario del partido más joven de...

—La verdad es que no me importa si es el dirigente más joven de Poniente que se sienta en el Trono de Hierro[*] —la interrumpió Carlton.

—Esa Colette te convenció para que lo hicieras, ¿verdad? ¡Es ella la instigadora! Colette sabía que yo no quería que esta semana te acercaras por Shanghái.

—Por favor, no metas a Colette en esto. No tiene nada que ver con ella.

Al oír su nombre, Colette se subió encima de Carlton, se sentó a horcajadas sobre él y se quitó la camiseta. Carlton la miró con ansia. Dios, nunca se cansaba de esos pechos tan milagrosamente esculpidos.

—¡Súbete, vaquero! —susurró. Carlton le puso la mano en la boca y ella empezó a morderle la palma de la mano.

---

[*] Lo cierto es que todo el mundo sabe que Tommen Baratheon, de siete años, es el hombre más joven que ocupó el Trono de Hierro. (Véase *Tormenta de espadas*, de George R. R. Martin).

—Sé que Colette te ha estado influyendo. Desde que es tu novia, no me has dado más que disgustos.

—¿Cuántas veces tengo que decírtelo? No es mi novia. Solo somos amigos —replicó Carlton con voz monótona mientras Colette empezaba a frotarse contra él.

—Eso es lo que tú dices. Entonces, ¿dónde has pasado la noche? Ai-Mei me ha contado que llevas varios días sin ir por casa.

—He estado con mi hermana y, como tú no permites que ella ponga un pie en tu casa, no me queda más remedio que alojarme con ellos en su hotel. —En realidad, Carlton estaba alojado en la enorme suite presidencial del Portman Ritz-Carlton, donde sabía que los espías de su madre jamás le buscarían.

—¡Dios mío, ya la llamas hermana! Me estás sacando las entrañas.

—Sí, madre, ya lo sé. Me lo has dicho muchas veces: soy una gran decepción, he traicionado a todos mis antepasados, no te explicas por qué soportaste el dolor de tener que darme a luz —repuso Carlton, y colgó el teléfono.

—Dios mío, a tu madre le ha dado fuerte esta vez, ¿no? —dijo Colette en inglés. (De todos sus novios, Carlton era el único con perfecto acento pijo británico y a ella le encantaba oír cómo lo hablaba).

Carlton soltó un gruñido.

—Anoche tuvo una fuerte pelea con mi padre y le echó del piso. Él ha terminado registrándose en el hotel The Upper House a las dos de la madrugada. Supongo que ella quería hacerme sentir igual de mal.

—¿Por qué deberías sentirte mal? No es que tú tengas la culpa de nada de esto.

—Exacto. ¡Mi madre ha perdido la cabeza del todo! Está muy preocupada porque Rachel vaya a arruinar la reputación de nuestra familia, pero su extraño comportamiento está echando a perder la de ella.

—Últimamente viene actuando de forma bastante rara, ¿verdad? Antes le gustaba.

—Aún le gustas —dijo Carlton con poca convicción.

—Ajá. Y ahora voy yo y me lo creo.

—En serio, la única persona con la que está enfadada ahora mismo es con mi padre. Mi madre se negó a salir de Hong Kong, así que, cuando él dijo que iba a volver a Shanghái solo, ella le respondió que se divorciaría si intentaba ver a Rachel. Tiene miedo de que los vean juntos en público y se monte algún escándalo.

—Vaya. ¿Tan mal están?

—Es una amenaza sin sentido. Solo está rabiosa.

—¿Por qué no organizo yo una cena para que Rachel pueda verse en secreto con tu padre en mi casa? No es un lugar público.

—Te gusta crear problemas, ¿eh?

—¿Soy yo la que crea problemas? Solo trato de ser hospitalaria con tu hermana. Es bastante ridículo que lleve más de una semana en Shanghái y que tu padre aún no la haya visto. ¡Para empezar, fue él quien la invitó!

Carlton se quedó pensativo un momento.

—Podríamos tratar de organizar algo. Pero no estoy seguro de que mi padre venga. Él protesta y da gritos pero siempre termina obedeciendo cada orden de mi madre.

—Déjamelo a mí. Llamaré a tu padre y le diré que es mi padre quien le invita. Así no se negará y no se esperará que Rachel esté allí.

—Estás siendo de lo más buena con Rachel y Nick.

—¿Por qué no iba a serlo? Es tu hermana y me gusta mucho estar con ellos. Son una gente muy distinta. Rachel es guay, no se anda con tonterías. Y tiene un gran estilo, ¿no? Solo hay que ver su forma de llevar esa ropa sin marca, sin ningún tipo de joya. No se parece a ninguna chica china que haya conocido antes. En cuanto a Nick, aún estoy tratando de saber cómo es. ¿No decías que sus padres eran ricos?

—Creo que les va bien, pero no me da la impresión de que sean tan ricos. El padre era ingeniero y ahora se dedica a la pesca por afición. Y la señora Young se dedica a la compraventa, creo.

—Bueno, se nota que ha sido muy bien educado. Tiene esa especie de carisma relajado, y sus modales son impecables. ¿Has notado que siempre que subimos a un ascensor deja que las mujeres pasen primero?

—¿Y?

—Esa es la marca de un verdadero caballero. Y sé que eso no lo aprendió en Stowe, porque tus modales son los de un bárbaro.

—¡Vete a la mierda! Solo te gusta porque crees que se parece a ese ídolo coreano que te gusta.

—Qué mono. ¿Estás celoso? No te preocupes, no tengo interés ninguno en robarle a Nick a tu hermana. ¿Qué es, profesor de universidad?

—Da clases de Historia.

Colette se rio entre dientes.

—Un profesor de Historia y una profesora de Economía. ¿Te imaginas cómo serán sus hijos? No sé por qué tu madre se siente amenazada por esa gente.

Carlton suspiró. En el fondo, sabía exactamente por qué su madre se estaba comportando de ese modo. En realidad, no tenía nada que ver con Rachel y sí con su accidente. Ella nunca le había hablado directamente sobre lo que había hecho, pero él sabía que el estrés de aquella tragedia había provocado un cambio irreparable en su madre. Siempre había sido irascible, pero, desde Londres, se había vuelto más irracional de lo que él la había visto nunca. Ojalá pudiese viajar en el tiempo hasta aquella noche. Esa maldita noche que le había arruinado la vida. Se dio la vuelta para ponerse de lado y apartar la vista de Colette.

Colette vio la nube negra que había vuelto a caer sobre Carlton. Últimamente, sucedía muy deprisa. En un momento se lo estaban pasando de maravilla y después, de repente, él desaparecía en un pozo de desesperación. En un intento por sacarlo de su tristeza, le desabrochó los últimos botones de la camisa y empezó a dibujar círculos alrededor de su ombligo.

—Me encanta cuando haces pucheros y te enfadas conmigo —le susurró al oído.

—No sé de qué hablas.

—Sí que lo sabes. —Colette colocó los pies a ambos lados del torso de Carlton y se levantó por encima de él—. Y bueno, ¿de verdad crees que el presidente Obama ha sido la última persona que ha dormido en esta cama?

—Este lugar es como un fuerte. Todos los presidentes se alojan aquí —contestó Carlton con voz monótona.

—Apuesto a que el señor Obama no tuvo estas vistas —dijo Colette quitándose sus braguitas de Kiki de Montparnasse con un movimiento lento y seductor.

Carlton levantó los ojos hacia ella.

—No, no lo creo.

7

Nick y Rachel

Shanghái, China

Nick se despertó con la visión de Rachel deleitándose en medio de un rayo de luz del sol junto a la ventana mientras daba sorbos a su café.

—¿Qué hora es? —preguntó.

—Sobre la una menos cuarto.

Nick se incorporó de forma instintiva, como si se hubiese disparado una alarma.

—¡Madre mía! ¿Por qué no me has despertado?

—Estabas durmiendo muy a gusto y estamos de vacaciones, ¿recuerdas?

Nick estiró los brazos y soltó un gruñido.

—Uf, a mí no me parece tanto como unas vacaciones.

—Solo necesitas un poco de café.

—Y aspirinas. Muchas.

Rachel se rio. Desde que habían llegado la semana anterior, los dos se habían visto arrastrados por el tornado que era la vida social de Carlton. Aunque, más bien, era la vida social de Colette, pues habían asistido a un montón de inauguraciones de boutiques, banquetes de doce platos, inauguraciones de exposiciones, preinauguraciones de restaurantes, un recital en el consulado francés, fiestas VIP (seguidas de varios *after* VVIP) y una cosa que se anunció como «espectáculo transmedia único», todo ello por invitación de Colette. Y eso antes de ir luego de discotecas hasta el amanecer.

—¿Quién iba a decir que la vida nocturna de Shanghái iba a dejar en ridículo a la de Nueva York? Me apetece pasar una noche sin salir. ¿Crees que tu hermano se sentirá ofendido? —preguntó Nick.

—Le diremos a Carlton, sin más, que somos demasiado mayores para su gente —dijo Rachel a la vez que daba un soplo a su café.

—¡Dice la chica a la que tiraron los tejos como una docena de veces anoche! Pensé que iba a tener que hacer uno de mis movimientos ninja para conseguir que esos franceses te dejaran en paz en el M1NT*.

Rachel se rio.

—¡Eres tonto!

—¿Soy un tonto? No soy ningún friki de la tecnología. ¿Es cosa mía o todos los europeos que están en Shanghái han inventado alguna aplicación que va a revolucionar el mundo? ¿Y todos tienen que llevar esa barba? No me imagino qué se debe de sentir al besarlos.

—¡Lo cierto es que sería excitante verte liándote con ese guapo licenciado de la Polytechnique! ¿Cómo se llamaba? ¿Loïc? —preguntó Rachel.

—Gracias, pero prefiero a Claryssa o a Clamidia o como fuera que se llamara esa amiga de Colette.

———————

* Entre los más de 220.000 extranjeros que viven y trabajan en Shanghái, hay ahora más de 20.000 franceses, una alarmante cantidad de ellos licenciados en INSEAD o en la École Polytechnique. Con Europa aún sumida en un coma económico, los licenciados en las principales universidades europeas han ido llegando a Shanghái en manada. Ninguno de ellos habla una palabra de mandarín, pero ¿quién necesita hacerlo cuando los camareros del M1NT, del Mr. & Mrs. Bund o del Bar Rouge tampoco lo hablan?

—Ja, ja. ¡Clamidia es precisamente lo que pillarías si la besaras! ¿Estás hablando de esa chica con las pestañas postizas que te preguntó directamente si tenías pasaporte americano?

—¿Eran pestañas postizas?

—Cariño, todo en ella era postizo. ¿Viste cómo se quedó cuando Colette le dijo que estábamos casados? No entiendo cómo ninguna de esas personas vio los anillos de bodas que llevábamos en los dedos.

—¿Crees que un pequeño anillo dorado va a detenerlas? Las mujeres de aquí no entienden tus señales sociales. Las confundes. Pareces china, pero no pillan tu lenguaje corporal. No te comportas como la típica esposa, así que ni siquiera caen en que estamos juntos.

—Vale, a partir de ahora me aseguraré de pegarme a ti y mirarte a la cara con ojos de adoración en todo momento. Eres mi verdadero y único *gaofushuai** —dijo Rachel con un arrullo y moviendo las pestañas con gesto de burla.

—¡Así debe ser! Y, ahora, ¿dónde está mi café?

—En la cafetera de la barra. Y puedes llenarme también mi taza ya que vas.

—¿Qué ha pasado con mi servil mujercita? —Nick se acercó lánguidamente a la barra mientras Rachel gritaba desde la otra habitación.

—Ah, mi padre ha llamado esta mañana.

—¿Y qué te ha dicho? —preguntó Nick mientras trataba de averiguar medio dormido qué botón tenía que apretar en esa máquina de café de innecesaria alta tecnología.

—Se ha vuelto a disculpar por no estar aquí.

—¿Todavía solucionando sus problemas de Hong Kong?

---

* En mandarín, «alto, rico y guapo», los requisitos mínimos que toda chica de la China continental busca en un marido.

—Bueno, hoy ha tenido que salir corriendo a Pekín. Una emergencia del gobierno, esta vez.

—Ajá —dijo Nick mientras echaba un poco de café en la cafetera francesa.

Se preguntaba qué había en realidad detrás del comportamiento de Bao Gaoliang. Estaba a punto de decirlo en voz alta cuando Rachel continuó:

—Quería que nos reuniéramos este fin de semana con él en Pekín, pero, al parecer, va a haber muchísima niebla en los próximos días. Así que ha sugerido que volemos a Pekín la semana que viene si aclara.

Nick volvió al dormitorio y le pasó a Rachel su taza llena de nuevo. Ella le miró a los ojos.

—No sé tú, pero a mí todo esto me parece raro.

—No solo a ti —contestó Nick sentándose en el suelo apoyado en la ventana. La luz del sol sobre su espalda era más estimulante que el olor del café.

—¡Me alegra que lo digas! No estoy siendo una completa paranoica, ¿verdad? Sus excusas empiezan a parecer bastante pobres. ¿Niebla en Pekín? ¿No hay siempre niebla allí? He volado casi cinco mil kilómetros para conocerle mejor. No voy a dejar que un poco de contaminación me lo impida. Yo había creído que iba a ver mucho más a mi padre y me parece que nos está evitando.

—No te voy a llevar la contraria.

—¿Crees que Shaoyen tiene algo que ver con todo esto? No hemos tenido ni una noticia de ella.

—Es posible. ¿Te ha dicho algo Carlton?

—¡Carlton no dice ni una palabra! Le hemos visto todas las noches desde que llegamos, pero la verdad es que aún no sé qué pensar de él. Es muy simpático y un gran conversador, como todos los que habéis estudiado en colegios privados británicos, pero no habla mucho de sí mismo. Y, a veces, se pone bastante serio, ¿no crees?

—Sí, de eso me he dado cuenta. Hay momentos en los que simplemente parece desconectar, como la otra noche cuando estábamos en aquel bar en lo alto del Ritz Pudong tomando unas copas con aquella mujer de la melenaza.

—¿La chica afrochina? Sí, ¿cómo se llamaba?

—Ni idea, pero desprendía malas vibraciones y, por un momento, Carlton se quedó completamente callado y se limitó a mirar el horizonte. Pensé que quizá no le gustaba ella o algo así, pero luego salió del trance y volvió a ser el de antes.

Rachel miró a Nick con preocupación.

—¿Crees que quizá es por cómo bebe? No sé, su forma de beber solo esta semana hace que me duela el hígado.

—Bueno, parece que aquí todos llevan lo del alcohol a otro nivel. Pero no olvidemos que no hace tanto tiempo de su accidente. Tuvo un traumatismo grave en la cabeza.

—Pero se le ve tan en forma que siempre se me olvida que tuvo ese accidente.

Rachel se levantó de su sillón y se sentó al lado de Nick en el suelo. Miró por la ventana hacia la silueta retorcida y esquelética de la Torre de Shanghái, un nuevo rascacielos que estaban construyendo al otro lado del río y que algún día sería el más alto del mundo.

—Es muy extraño. Yo tenía la idea de que pasaríamos todo el tiempo conociendo a mi padre, viendo a otros parientes en almuerzos, ese tipo de cosas, pero parece que lo único que hemos estado haciendo un día tras otro es salir de fiesta con el reparto de *Gossip Girl* de Shanghái.

Nick asintió, pero no quería desanimarla.

—En algún momento, tu padre tiene que aparecer. ¿Y sabes qué? Es muy posible que nos estemos volviendo paranoicos y que las cosas simplemente no hayan salido bien. Tu padre es un hombre muy importante y en el mundo de la política están pasando muchas cosas con el cambio de liderazgo que acaba de haber. Puede que esté pasando alguna otra cosa que no tenga nada que ver contigo.

Rachel lo miró dudosa.

—¿Crees que debería mencionárselo a Carlton como si tal cosa?

—Si de verdad está pasando algo en la familia, puede que eso le haga sentir incómodo. Si lo pensamos bien, los Bao nos han cuidado muy bien, ¿no? Es decir, estamos disfrutando de esta suite tan fabulosa y Carlton nos ha estado acompañando todos los días. Veamos cómo siguen las cosas. Mientras tanto, creo que por fin va siendo hora de que pruebe ese zumo depurador.

—Antes de que te vayas, tenemos cena esta noche con los padres de Colette.

—Ah. Lo había olvidado. ¿Sabes dónde? Me pregunto si será otro de esos banquetes bacanales de veinte platos.

—Carlton dijo algo de que iríamos a un hotel.

—Quizá tomemos hamburguesas con queso. Mataría por comerme una hamburguesa con patatas fritas esta noche.

—¡Yo también! Pero no creo que sea ese el plan. Algo me dice que Colette no es de las que comen hamburguesas con patatas.

—¿Cómo lo has sabido? Te apuesto lo que quieras a que su presupuesto mensual para ropa es superior a nuestros ingresos anuales juntos.

—¿Mensual? Más bien su presupuesto semanal para ropa. ¿Viste esos zapatos de tacón en forma de dragón que llevaba anoche? Te juro por Dios que creo que eran de marfil. Prácticamente es Araminta 2.0.

Nick se rio.

—Colette no es Araminta 2.0. Araminta es en esencia una chica de Singapur. Puede ponerse glamurosa cuando quiera, pero se siente igual de cómoda cuando sale con una camiseta de yoga y come cocos en la playa. Colette es de una especie más avanzada que aún está sin clasificar. Creo que será quien controle China o Hollywood en pocos años.

—Y, sin embargo, a mí me tiene ganada. Hasta ahora ha sido la mayor sorpresa, ¿verdad? Cuando la conocí, pensé: «Esta chica no puede ser de verdad». Pero es muy dulce y generosa. No ha permitido que paguemos ni una cuenta desde que hemos llegado.

—Odio romper tu burbuja, pero yo creo que nos han invitado en todos los restaurantes y discotecas en los que hemos estado. ¿Has visto cómo Colette le dice a Roxanne que le haga fotos en todos los sitios a los que vamos? Ella luego habla en su perfil de Twitter o en su blog de cada sitio y los demás comemos gratis. Es todo un negocio.

—Aun así, creo que le viene bien a Carlton.

—Sí, pero ¿no crees que está jugando con él? Está claro que está interesada en Carlton, pero, aun así, no deja de decir lo de «No es más que uno de mis muchos pretendientes».

Rachel miró a Nick con ojos burlones.

—¡No te gusta que cambien las tornas! Colette tiene su propia profesión, sus objetivos, y no tiene prisa por casarse. Creo que eso resulta muy refrescante. La mayoría de las chicas están bajo una presión enorme por casarse y tener hijos con poco más de veinte años. ¿Cuántas chicas chinas tenemos cada semestre que, en realidad, a lo que van a la Universidad de Nueva York es a buscar un marido?

Nick inclinó la cabeza y se quedó pensándolo un momento.

—No se me ocurre ninguna aparte de ti.

—Ja, ja. ¡Tonto! —exclamó Rachel azotándole con una almohada con borlas.

A las cinco de esa tarde, mientras Nick y Rachel esperaban en la puerta del hotel a que Carlton los recogiera, se oyó un estruendo procedente del Bund. Nick vestía unos vaqueros informales, una camisa azul claro y su chaqueta de verano Huntsman de color beis, mientras que Rachel había optado por un vestido de lino Erica Tamov. Un momento después, un McLaren F1 albaricoque oscuro avanzó por el camino de entrada del Peninsula con sus motores provocando un rugido sordo y delirantemente caro que hizo que los aparcacoches se acercaran emocionados, cada uno con la esperanza de poder aparcar esa máquina tan exótica. Sus esperanzas se fueron al traste cuando Carlton asomó la cabeza por la ventanilla para hacer una señal a Nick y a Rachel de que subieran.

—Ponte tú delante —le ofreció galantemente Nick a su mujer.

—No seas absurdo, mis piernas son mucho más cortas que las tuyas —contestó Rachel. Su discusión terminó siendo del todo irrelevante, porque mientras se levantaban las puertas de los laterales, vieron que el asiento del conductor estaba en el centro del coche, con un asiento a cada lado.

—¡Qué chulo! ¡Nunca he visto nada así! —exclamó Rachel.

Nick asomó la cabeza al interior.

—Esto sí que es un coche sexi. ¿Es legal ir por la calle con él?

—No tengo ni idea —respondió Carlton con una sonrisa de satisfacción.

—Y yo que pensaba que aquí solo os movíais en Audis —dijo Rachel mientras se montaba en el lado derecho.

—Ah, los Audis son de la familia de Colette. Sabes por qué todos llevan un Audi, ¿no? Es el coche de más alto nivel que utilizan los políticos. Muchos los conducen porque creen que así los demás coches les cedcrán el paso y es más probable que la policía los deje tranquilos.

—Interesante —dijo Rachel mientras se acomodaba en su asiento sorprendentemente confortable—. Me encanta este olor a coche nuevo.

—La verdad es que este coche no es nada nuevo. Es de 1998 —repuso Carlton.

—¿En serio? —preguntó Rachel, sorprendida.

—Se le considera un clásico. Solo lo llevo en los días soleados y sin nubes como hoy. Lo que hueles es la piel Connolly cosida a mano. Es de vacas aún más mimadas que las de Kobe.

—Me parece que hemos descubierto otra de las pasiones de Carlton —comentó Nick.

—¡Sí! Llevo ya varios años importando coches y vendiéndolos a amigos. Empecé en mi época de Cambridge, cuando iba a Londres los fines de semana —explicó Carlton mientras avanzaba a toda velocidad por Yan'an Elevated Road.

—Habrás visto el desfile de coches deportivos árabes en Knightsbridge de cada año —dijo Nick.

—¡Puedes apostar que sí! Mis amigos y yo ocupábamos una mesa en la puerta de Ladurée para verlos pasar.

—¿De qué estáis hablando? —preguntó Rachel.

—Cada mes de junio —le explicó Nick—, muchos jóvenes árabes megamillonarios llegan a Londres llevando con ellos los coches deportivos más alucinantes del mundo. Y hacen carreras por Knightsbridge como si las calles fuesen su pista privada de Fórmula 1. Los sábados por la tarde, los coches se reúnen detrás de Harrods, en la esquina de Basil Street, como si fuese una feria de automóviles. Todos esos chicos, algunos de no más de dieciocho años, vestidos con vaqueros deshilachados caros, y sus novias, cubiertas con sus hiyabs pero luciendo ostentosas gafas de sol, en esos coches de un millón de dólares. Es digno de ver.

Carlton asintió con los ojos iluminados por la emoción.

—¡Aquí pasa lo mismo! Este es ahora el mercado número uno del mundo de los coches de lujo, especialmente los coches deportivos. Hay una demanda insaciable y todos mis amigos saben que yo soy el mejor a la hora de buscar los más especiales. De este McLaren en el que vamos sentados solo se fabricaron sesenta y cuatro. Así que, antes incluso de que llegue un coche al muelle de Shanghái, yo ya tengo una lista de compradores.

—Parece una forma divertida de ganarse la vida —comentó Nick.

—Díselo a mis padres cuando los veas. Creen que estoy desaprovechando mi existencia.

—Seguro que solo se preocupan por tu seguridad —dijo Rachel aguantando la respiración cuando, de repente, Carlton cruzó tres carriles a ciento veinte por hora.

—Lo siento, es que necesito adelantar a esos camiones. No os preocupéis, soy un conductor muy bueno.

Nick y Rachel intercambiaron miradas vacilantes, conscientes del reciente historial de Carlton. Rachel comprobó que su cinturón de seguridad estaba bien abrochado y trató de no mirar a los coches que zigzagueaban por delante de ellos.

—Todos parecen haberse vuelto completamente locos en la autopista. Se cambian de carril constantemente —dijo Nick.

—Es que si conduces aquí de forma ordenada y permaneces todo el rato en tu carril, te matarán —explicó Carlton a la vez que volvía a acelerar para adelantar a un camión lleno de cerdos—. La normativa racional de la conducción no se aplica en este país. Yo aprendí a conducir en el Reino Unido y, cuando volví a Shanghái por primera vez después de obtener el carné, me sacaron a la cuneta el primer día. El agente de policía me gritó: «¡Maldito estúpido! ¿Por qué te detienes en ese semáforo en rojo?».

—Ah, sí. A mí han estado a punto de matarme varias veces al tratar de cruzar la calle. Las señales de tráfico no significan nada para los conductores de Shanghái —dijo Nick.

—No son más que indicaciones —señaló Carlton, apretando de repente el freno y haciendo un brusco giro a la derecha, casi llevándose por delante una furgoneta que estaba en el carril izquierdo.

—¡DIOS MÍO! ¿DE VERDAD ESTABA ESA FURGONETA CIRCULANDO MARCHA ATRÁS POR EL CARRIL RÁPIDO? —gritó Rachel.

—Bienvenida a China —contestó Carlton con despreocupación.

Veinte minutos después de abandonar el centro de Shanghái, salieron por fin de la autopista, para alivio de Rachel, y giraron a lo que parecía ser un bulevar recientemente asfaltado.

—¿Dónde estamos? —preguntó Rachel.

—Esto es una urbanización nueva que se llama Porto Fino Elite —explicó Carlton—. Se ha diseñado como esos barrios lujosos de Newport Beach.

—Sin duda —comentó Nick cuando pasaron por un centro comercial de estilo mediterráneo pintado con tonos ocre y con un Starbucks. Salieron de la calle principal y siguieron por una larga avenida flanqueada por altos muros de estuco, al final de la cual había una enorme cascada junto a una garita. Carlton se detuvo delante de una valla enorme con paneles decorativos de hierro y de la garita salieron tres guardias uniformados. Uno de ellos rodeó el coche con cautela, como si buscara explosivos ocultos, mientras otro se servía de un espejo para mirar debajo del coche. El guardia que estaba al cargo reconoció a Carlton y le tachó de una lista. Miró con atención a Nick y a Rachel antes de asentir y hacer una señal para que el coche pasara.

—Es una seguridad bastante seria —comentó Nick.

—Sí. Aquí todo es muy privado —respondió Carlton.

Las pesadas puertas de la verja se abrieron y el McLaren aceleró por un camino de inmaculada grava blanca bordeado por cipreses italianos. Entre los árboles, Rachel y Nick pudieron distinguir varios lagos artificiales pequeños del centro de los cuales surgían fuentes. Vieron elegantes edificios de cristal y acero por aquí y por allá y los ondulantes montículos de una pista de golf. Por fin, al pasar junto a una pareja de obeliscos envejecidos, llegaron al edificio principal de la recepción, una estructura majestuosa pero minimalista de piedra y cristal rodeada de árboles ingeniosamente plantados.

—No tenía ni idea de que se estaban construyendo centros así a las afueras de Shanghái. ¿Cómo se llama este sitio? —preguntó Nick a Carlton.

—La verdad es que esto no es un hotel. Es la casa de retiro de Colette para los fines de semana.

—¿Perdona? ¿Todo este terreno es de ella? —exclamó Rachel.

—Sí, las doce hectáreas. Sus padres lo construyeron para ella.

—¿Y ellos dónde viven?

—Tienen casas en muchas ciudades: Hong Kong, Shanghái, Pekín... Pero ahora pasan la mayor parte del tiempo en Hawái —explicó Carlton.

—Les ha debido de ir bastante bien —comentó Rachel.

Carlton la miró con gesto divertido.

—Creo que no os lo había dicho. El padre de Colette es uno de los cinco hombres más ricos de China.

8

Colette

Shanghái (China)

El coche de Carlton se detuvo en la puerta delantera de la casa, mientras dos asistentes con camisetas y pantalones negros idénticos de James Perse salían de la nada. Uno de ellos ayudó a Rachel a bajar del coche y el otro informó a Carlton.

—Lo siento, no puede dejar el coche aquí, como hace normalmente. Estamos esperando la llegada del señor Bing. Puede llevarlo al garaje, o nosotros podemos aparcarlo por usted.

—Ya lo llevo yo, gracias —respondió el joven, antes de alejarse a toda prisa. Al cabo de unos instantes, se reunió con Rachel y Nick en la entrada. Las imponentes puertas oxidadas de madera de arce se abrieron para mostrar un sereno patio interior en el que, prácticamente, lo único que había era un estanque reflectante oscuro y poco profundo. Un sendero de travertino atravesaba el estanque y conducía a unas puertas altas lacadas, del color del café expreso. Varios macizos de bambú recorrían las paredes del patio. Las puertas lacadas se abrieron lentamente, a medida que los tres se iban acercando, revelando aquel íntimo santuario.

Ante ellos se extendía un salón inmenso, de veinticuatro metros de largo, decorado por completo en tonos blancos y negros. Las sirvientas, vestidas con largos *qipaos** de seda negra, permanecían alineadas en silencio al lado de unas columnas de ladrillo grises de estilo *shikumen*, adornadas con pergaminos caligrafiados con tinta negra. Los suelos de baldosa negra pulida y los sofás blancos de respaldo bajo proporcionaban a aquel espacio una atmósfera serena y cautivadora. A través de la cristalera que había al fondo del salón, se veía una sala exterior llena de sofás elegantes y mesas de café de madera oscura, más allá de los cuales había más estanques reflectantes y pabellones.

Hasta Nick, que se había criado en el esplendoroso Tyersall Park, se quedó sin habla por un instante.

—Caray, ¿esto es una casa, o un *resort* de Four Seasons?

Carlton se echó a reír.

—Lo cierto es que Colette se enamoró del Puli Hotel de Shanghái e intentó que su padre lo comprara. Cuando descubrieron que no estaba a la venta, pagaran lo que pagaran, le encargó a su arquitecto que construyera esta casa. Este salón principal está inspirado en el vestíbulo del Puli.

Un hombre inglés con un elegante traje negro se les acercó.

—Buenas tardes, soy Wolseley, el mayordomo. ¿Me permiten ofrecerles algo de beber?

Antes de que ninguno pudiera responder, Colette apareció por otra puerta, con un vestido de color rosa adelfa a media pierna.

—¡Rachel, Nick, me alegra mucho que hayáis podido venir! —dijo Colette, que, entre el pelo recogido en un moño alto y la falda abullonada de gazar de seda del vestido, que la rodea-

---

* Vestido chino entallado, de una sola pieza, creado para las mujeres en los años veinte en Shanghái y que ha estado de moda desde que Suzie Wong se hizo famosa por seducir a Robert Lomax con uno de ellos puesto. En Singapur y Hong Kong se le conoce por su nombre cantonés: *cheongsam*.

ba como una nube mientras entraba en la habitación, parecía recién salida de la portada de un número del *Vogue* de los años sesenta.

Rachel la saludó con un abrazo.

—¡Colette, deberías estar desayunando en Tiffany's, por lo menos! ¡Y, Dios mío, tu casa es realmente increíble!

Colette dejó escapar una risilla modesta.

—Venid, dejad que os la enseñe como es debido. ¡Pero, antes, las bebidas! ¿Con qué libación podemos tentaros? Seguro que Carlton tomará un vaso de vodka, como siempre, y yo creo que tomaré un Campari con soda para hacer juego con mi vestido. Rachel, ¿te apetece un Bellini?

—Desde luego, si no hay inconveniente —dijo Rachel.

—¡En absoluto! Siempre tenemos melocotones blancos frescos para los Bellinis, ¿verdad, Wolseley? Nick, ¿tú qué vas a tomar?

—Un *gin-tonic*.

—Puf, los chicos siempre tan aburridos —comentó Colette, mirando a Wolseley con los ojos en blanco—. Vamos, seguidme. ¿Os ha explicado Carlton el concepto general de esta casa?

—Nos ha dicho que te gustaba un hotel de Shanghái... —comentó Rachel.

—Sí, el Puli. Pero he hecho que esta casa sea aún más lujosa. Hemos usado materiales preciosos que no se usarían en un lugar público, como un hotel. Sé que mucha gente tiene la impresión de que, en China, todo el mundo vive en mansiones chabacanas de estilo Luis XIV, donde todo está bañado en oro y parece que ha explotado una fábrica de borlas, así que mi intención era que esta casa fuera un escaparate de lo mejor de la China contemporánea. Todos los muebles que veis en este salón principal han sido diseñados a medida y fabricados aquí por nuestros mejores artesanos, con los materiales más exclusivos.

Y, por supuesto, todas las antigüedades tienen calidad de museo. Los pergaminos de las paredes son de Wu Boli, del siglo XIV, ¿y veis aquel cuenco de vino de la dinastía Ming? Se lo compré a un anticuario de Xi'an hace dos años, por seiscientos mil dólares. Y el conservador del St. Louis Museum acaba de ofrecerme quince millones por él. ¡Como si lo fuera a vender!

Rachel observó el pequeño cuenco de porcelana con gallinas pintadas, intentando hacerse a la idea de que valía cien veces su sueldo anual.

El grupo salió al patio trasero, que estaba dominado por otro estanque reflectante. Colette los llevó por un sendero cubierto, mientras una evocadora canción *new age* sonaba suavemente en los altavoces exteriores ocultos.

—El orgullo de esta casa es el invernadero. Lo primero que debéis saber es que toda la propiedad es cien por cien ecológica y está certificada. Los techos tienen paneles solares y los estanques reflectantes forman parte de un sistema acuapónico de última generación.

Los cuatro entraron en una estructura futurista, con el techo de cristal, iluminada con una luz cegadora y llena de hileras alternas de peceras y plantaciones de verduras.

—Toda el agua se canaliza hacia las peceras, donde criamos peces para comer y, después, el agua rica en nutrientes fertiliza los vegetales ecológicos que cultivamos aquí. ¡Esto no es simplemente ecológico, es superecológico! —los informó Colette, con orgullo.

—¡Vale, estoy oficialmente impresionado! —dijo Nick.

Mientras volvían a atravesar el patio principal, Colette continuó con la explicación.

—Aunque los edificios son de estilo moderno, hay ocho pabellones interconectados siguiendo la disposición del «trono del emperador», para que el *feng shui* sea el adecuado. ¡QUIETOS todos!

El grupo se detuvo en seco.

—Vale, respirad el aire. ¿No notáis cómo fluye el *chi* favorable por todas partes?

Nick solo notó un ligero aroma que le recordaba al Frebreze, pero asintió, igual que Rachel y Carlton.

Colette puso las manos en posición *namaskara* y sonrió.

—Ahora vamos al pabellón de entretenimiento. La bodega ocupa todo el piso inferior. Los Taittinger la diseñaron expresamente para nosotros. Y esta es la sala de proyección. —Rachel y Nick asomaron la cabeza a un cine donde había cincuenta butacas ergonómicas reclinables suecas distribuidas como en un estadio.

—¿Veis lo que hay escondido al fondo? —preguntó Carlton.

Rachel y Nick entraron en la sala y descubrieron que toda la parte de atrás de la sala de proyección, bajo la cabina del proyector, era una barra de *sushi* que parecía directamente salida del barrio de Roppongi, en Tokio. Un cocinero de *sushi* vestido con un kimono negro les sonrió. Su joven aprendiz estaba sentado en la barra, tallando unos rábanos en forma de caritas de gato monísimas.

—¡Esto es lo más! —exclamó Rachel.

—Y nosotros nos considerábamos unos derrochadores por pedir *sushi* al Blue Ribbon los miércoles mientras veíamos *Survivor* en la tele —bromeó Nick.

—¿Habéis visto el documental sobre el mayor maestro de *sushi* del mundo, *Jiro Dreams of Sushi*? —les preguntó Colette.

—¡Madre mía, no me digas que ese es uno de sus hijos! —exclamó Rachel, mirando boquiabierta al cocinero de *sushi*, que estaba detrás del mostrador de madera clara masajeando un pulpo.

—¡No, es el primo segundo de Jiro! —exclamó Colette, emocionada.

Continuaron la visita y desde allí fueron al ala de invitados, donde Colette presumió de unas *suites* más suntuosas que las de cualquier hotel de cinco estrellas («solo permitimos que nuestros huéspedes duerman en colchones Hästens* rellenos de la mejor crin de caballo sueca»), y luego al pabellón donde estaba su habitación, que tenía unas paredes envolventes de cristal y, al fondo, un estanque circular con nenúfares. Aparte de eso, los únicos objetos que había en aquel espacio deliciosamente minimalista eran una cama gigante, que parecía una nube en medio de la habitación, y unos velones alineados a lo largo de una pared («me gusta que mi dormitorio sea muy zen. Cuando duermo, me desvinculo de todos mis bienes terrenales»). Al lado del pabellón de la habitación, había una estructura cuatro veces mayor, donde estaban el baño y el vestidor de Colette.

Rachel entró en el baño, un espacio inundado por la luz del día, totalmente recubierto de mármol blanco Calacatta. Había hendiduras talladas en la plancha gigante de mármol sin pulir, que formaban lavabos que parecían *spas* para *hobbits* sofisticados, y más allá había un patio circular privado con un estanque reflectante de malaquita azul. Del centro emergía un sauce perfectamente podado y, acurrucada a sus pies, había una bañera ovalada que parecía esculpida en una sola pieza de ónix blanco. Un camino de piedras redondas cruzaba el agua hasta la bañera.

—Dios mío, Colette. ¡Tengo que decir que me muero de envidia insana! ¡Este baño es espectacular, parece sacado directamente de mis sueños! —exclamó Rachel.

—Gracias por apreciar mi visión —dijo Colette, con los ojos un poco humedecidos.

Nick miró a Carlton.

—¿Por qué a las mujeres les obsesionan tanto los baños? Rachel estaba obsesionada con el baño de nuestro hotel, el An-

---

* Fabricantes de colchones para la familia real sueca desde 1852; el colchón Hästens más básico cuesta quince mil dólares y el modelo de gama superior 2000T sale por unos ciento veinte mil dólares. Pero ¿cuánto pagarías por un colchón que, según sus adeptos, puede prevenir el cáncer?

nabel Lee Boutique, y ahora, al parecer, ha encontrado el Nirvana de los baños.

Colette miró a Nick con desdén.

—Rachel, este hombre no entiende EN ABSOLUTO a las mujeres. ¡Deberías librarte de él!

—Créeme, estoy empezando a planteármelo —comentó Rachel, sacándole la lengua a Nick.

—Vale, vale, cuando volvamos a Nueva York llamaré al constructor y te dejaré volver a alicatar el baño como quieras —dijo Nick, con un suspiro.

—¡No quiero volver a alicatarlo, Nick, quiero esto! —declaró Rachel, extendiendo los brazos y acariciando el borde de la bañera de ónix, como si fuera el culito de un bebé.

Colette sonrió.

—Bueno, mejor nos saltamos la visita a los vestidores: no quiero ser responsable de vuestra ruptura. ¿Queréis ver el *spa*?

La comitiva atravesó un profundo pasadizo de color carmesí, donde Colette les enseñó varias salas de tratamiento tenuemente iluminadas y decoradas con muebles balineses, para llegar a un espectacular espacio subterráneo con columnas, similar a un serrallo turco, situado alrededor de una piscina gigante interior, de agua salada, que brillaba con un llamativo azul cerúleo.

—El fondo de la piscina tiene turquesas incrustadas —anunció Colette.

—¡Tienes tu propio *spa* privado! —exclamó Rachel, incrédula.

—Rachel, ahora que somos buenas amigas, tengo que confesarte algo. Antes tenía una adicción terrible... Era adicta a los *spas*. Antes de encontrarme a mí misma, me pasaba todo el año revoloteando sin rumbo fijo de *resort* en *resort*. Pero nunca estaba satisfecha porque, en todos los sitios a los que iba, había algo que no me gustaba. Encontraba una fregona sucia en un rincón de la sauna de vapor del Amanjena, en Marrakech, o tenía que soportar a algún tipo espeluznante y barrigudo que me miraba mientras tomaba el sol en la piscina infinita del One and Only Reethi Rah. Así que decidí que solo podía ser feliz creando mi propio *spa* aquí mismo.

—Bueno, eres afortunada por tener los recursos necesarios para hacerlo —comentó Rachel.

—¡Sí, pero además ahorro mucho dinero! Esta finca antes era terreno agrícola y, ahora que ya no hay granjas, he empleado a todos los lugareños desplazados en la propiedad, así que es muy bueno para la economía. Y piensa en la cantidad de puntos por ahorrar emisiones de carbono que estoy acumulando, al no tener que volar por el mundo cada fin de semana para probar nuevos *spas* —añadió Colette, con gravedad.

Nick y Rachel asintieron, diplomáticamente.

—También celebro muchos actos benéficos. La semana que viene voy a organizar una fiesta de verano en el jardín, con la actriz Pan TingTing. Será un desfile de moda ultraexclusivo, con las últimas colecciones de París. ¡Rachel, dime que vendrás!

—Claro que sí —respondió Rachel, con amabilidad, antes de preguntarse por qué había aceptado tan rápidamente. Las palabras «desfile de moda ultraexclusivo» la aterrorizaban, y de repente recordó la despedida de soltera en la isla privada de Araminta.

Justo en aquel momento, se oyeron unos ladridos agudos bajando las escaleras.

—¡Mis bebés han vuelto! —gritó Colette. El grupo se volvió para ver entrar a la asistente personal de Colette, Roxanne, con dos galgos italianos que tiraban emocionados de unas correas de piel de avestruz—. Kate, Pippa, os he echado muchísimo de menos. Pobrecitas. ¿Tenéis *jet lag*? —las arrulló Colette, mientras se agachaba para abrazar a sus esqueléticos perros.

—¿En serio le ha puesto a sus perros los nombres de...? —empezó a susurrar Rachel al oído de Carlton.

—Sí. Colette adora a la realeza británica. En la casa de sus padres, en Ningbo, tiene un par de mastines tibetanos llamados Wills y Harry —comentó Carlton.

—¿Qué tal han estado mis amorcitos? ¿Ha ido todo bien? —le preguntó Colette a Roxanne, con cara de preocupación.

—Roxanne ha llevado a Kate y Pippa en el avión de Colette a ver a una famosa vidente canina de California —les explicó Carlton a Rachel y Nick.

—Se han portado muy bien. ¿Sabe? Al principio tenía mis dudas sobre esa vidente para perros de Ojai, pero espere a ver el informe. Pippa sigue traumatizada por el día que estuvo a punto de salir volando del Bentley descapotable. Por eso intenta meterse debajo del asiento trasero y se hace popó cada vez que sube al coche. Yo no le había contado nada, ¿cómo sabía que tenía ese coche? Ahora creo a pies juntillas en las videntes para mascotas —aseguró Roxanne, solemnemente.

Colette acarició a su mascota, con lágrimas en los ojos.

—Lo siento muchísimo, Pippa. Te lo compensaré. Roxanne, por favor, haznos una foto y pon en WeChat: «Mis niñas y yo, otra vez juntas» —dijo la chica, mientras posaba con destreza para la instantánea, antes de levantarse y alisarse las arrugas de la falda—. No quiero volver a ver ese Bentley nunca más —le comentó acto seguido a Roxanne, con un tono de voz escalofriante.

El grupo se acercó al último pabellón, el mayor de todos los edificios y el único que no tenía ventanas al exterior.

—¡Roxanne, código! —le gritó Colette a su asistente, que llevaba puestos unos auriculares. Esta marcó obedientemente un código de ocho dígitos que desbloqueó la puerta—. Bienvenidos al museo privado de mi familia —dijo Colette.

Entraron en una galería del tamaño de un pabellón de baloncesto y lo primero que le llamó la atención a Rachel fue un gran lienzo serigrafiado del presidente Mao.

—¿Ese es un Warhol? —preguntó.

—Sí. ¿Te gusta mi Mao? Mi padre me lo regaló al cumplir dieciséis años.

—Qué regalo de cumpleaños tan estupendo —comentó Rachel.

—Sí, fue mi regalo favorito de ese año. Ojalá tuviera una máquina del tiempo para volver atrás y que Andy pudiera hacerme un retrato —suspiró Colette.

Nick permaneció de pie delante del cuadro, mirando divertido las entradas del líder comunista, mientras se preguntaba alternativamente qué hubieran hecho el dictador o el artista con una chica como Colette Bing.

Nick y Rachel iban a ir hacia la derecha, pero Colette se lo desaconsejó.

—Bah, podéis saltaros esa galería de ahí, está llena de bazofia aburrida que debía de tener mi padre cuando empezó la colección: Picassos, Gauguins, ese tipo de cosas. Venid a ver lo que he comprado últimamente.

Colette los llevó a una galería con las paredes llenas de obras de todos los artistas que estaban de moda en las ferias de arte internacionales: una pintura hecha con sirope de chocolate de Vik Muniz que te hacía la boca agua, un lienzo de Bridget Riley con pequeños cuadraditos superpuestos que te levantaba dolor de cabeza, un garabato imbuido por la heroína de Jean-Michel Basquiat y, por supuesto, una fotografía inmensa de Mona Kuhn, en la que dos fotogénicos jóvenes nórdicos posaban desnudos en el umbral de una puerta, cubierto de rocío.

Al doblar la esquina, entraron en una galería aún mayor que contenía una sola obra de arte gigantesca: veinticuatro pergaminos que, colgados todos juntos, formaban un paisaje enorme e intrincado.

Nick se quedó de piedra.

—Un momento, ¿ese no es *El Palacio de las Dieciocho Excelencias*? Creía que Kitty...

Justo entonces Roxanne contuvo un grito, alarmada, mientras posaba la mano sobre el auricular.

—¿Seguro? —dijo, antes de tomar a Colette del brazo—. Sus padres acaban de pasar por el puesto de seguridad.

Por una décima de segundo, Colette pareció entrar en pánico.

—¿Ya? ¡Si es tempranísimo! ¡No hay nada preparado! —exclamó la chica—. Siento tener que finalizar ya la visita, pero mis padres acaban de llegar —les dijo a Rachel y Nick, girándose hacia ellos.

El grupo regresó apresuradamente al salón principal, mientras Colette le gritaba órdenes a Roxanne.

—¡Avisa a todo el personal! ¿Dónde está el maldito Wolseley? ¡Dile a Ping Gao que empiece a cocinar el pollo en pergamino ahora mismo! ¡Y dile a Baptiste que decante el whisky! ¿Y por qué no están iluminados los bosques de bambú que hay alrededor del estanque central?

—Funcionan con temporizador. No se encienden hasta las siete en punto, con el resto de las luces —respondió Roxanne.

—¡Enciende todo ahora mismo! Y apaga esa música absurda de ese hombre gimiendo, ¡ya sabes que a mi padre solo le gusta escuchar canciones tradicionales chinas! Y mete a Kate y Pippa en sus jaulas, ¡ya sabes lo alérgica que es mi madre!

Al oír sus nombres, los perros empezaron a ladrar, emocionados.

—¡Quitad a Bon Iver y poned a Peng Liyuan[*]! —dijo Roxanne por el auricular, con aspereza, mientras corría hacia el ala de servicio con los perros, que intentaban no tropezarse con las correas.

---

[*] No solo es la cantante tradicional contemporánea más famosa de China, sino que también es la primera dama, ya que está casada con el presidente Xi Jinping.

Cuando Carlton, Colette, Nick y Rachel llegaron a la puerta delantera del pabellón principal, todo el servicio estaba ya formado al pie de la escalera. Rachel intentó contarlos, pero abandonó cuando iba por el número treinta. Las sirvientas estaban a la izquierda, vestidas con sus elegantes *qipaos* de seda negra, y los hombres a la derecha, con sus uniformes negros de James Perse, creando dos diagonales en V, como si fueran gansos migrando. Colette ocupó su lugar en el vértice de la V, mientras tras el resto del grupo esperaba en lo alto de las escaleras.

Colette miró a su alrededor e hizo una última inspección.

—¿Quién tiene las toallas? ¿Dónde están las toallas calientes?

Una de las sirvientas más jóvenes, que llevaba un cofrecito de plata, se salió de la fila.

—¿Qué estás haciendo? ¡Vuelve a tu sitio! —exclamó Roxanne, mientras el convoy de Audis SUV negros se acercaba a toda velocidad por el camino de entrada.

Las puertas del primer SUV se abrieron, y de él salieron varios hombres con trajes negros y gafas oscuras. Uno de ellos se acercó al coche del medio y abrió la puerta. A juzgar por lo gruesa que era esta, Nick supuso que se trataba de un modelo reforzado a prueba de bombas. El primero en salir fue un hombre bajo y fornido, con un traje de tres piezas hecho a medida.

Roxanne, que estaba de pie al lado de Nick, dejó escapar una exclamación apenas audible.

—Me imagino que ese no es el padre de Colette —dijo Nick, al ver que aquel hombre no parecía tener más de veintitantos años.

—No —respondió Roxanne, con aspereza, antes de dirigir una mirada furtiva a Carlton.

9

Michael y Astrid

Singapur

Vas a ir así vestida? —preguntó Michael, echando un vistazo desde la entrada del vestidor de Astrid.

—¿Qué quieres decir? ¿Voy demasiado ligera de ropa para ti? —bromeó su mujer, mientras intentaba abrocharse el delicado cierre de las sandalias.

—Eso es muy informal.

—No tiene nada de informal —replicó Astrid, levantándose. Llevaba un minivestido negro, holgado, con aplicaciones de crochet y flecos también negros.

—Vamos a uno de los mejores restaurantes de Singapur, y con la gente de IBM.

—El hecho de que André sea un buen restaurante no quiere decir que sea formal. Creía que era solo una cena informal de negocios con algunos de tus clientes.

—Y lo es, pero el pez gordo está de camino en su avión y trae a su mujer, que se supone que es muy sofisticada.

Astrid miró a Michael. ¿Habrían abducido los extraterrestres a su marido en secreto y lo habrían sustituido por un editor de moda quisquilloso? En los seis años que llevaban casados,

Michael nunca había hecho un solo comentario sobre lo que ella llevaba puesto. A veces, en contadas ocasiones, murmuraba que algo le quedaba muy «sexi» o «bonito», pero nunca había usado una palabra como «sofisticado». Hasta ese día, no formaba parte de su vocabulario.

—Si su mujer es tan sofisticada como dices, seguramente apreciará este vestido de Altuzarra: es un modelo de pasarela que nunca llegó a producirse, y lo llevo con unas sandalias de tiras de seda de Tabitha Simmons, unos pendientes de oro de Line Vautrin y mi pulsera de oro peranakan —dijo Astrid, mientras se ponía un poco de aceite esencial de rosas en el cuello.

—Puede que sea todo ese oro. Me parece un poco *kan chia**. ¿No lo podrías cambiar por diamantes, o algo así?

—Esta pulsera no tiene nada de *kan chia*. En realidad es parte de un conjunto que pertenece al legado familiar y que heredé de mi tía abuela Matilda Leong. En estos momentos lo tiene el Museo de las Civilizaciones Asiáticas, en préstamo. Se mueren porque les deje exponer también esta pieza, pero me aferro a ella por razones sentimentales.

—Lo siento, no pretendía ofender a tu tía. Y no soy ningún activista de la moda, o lo que quiera que tú seas. Este es uno de los negocios más importantes que he tenido entre manos, pero, por favor, ponte lo que quieras. Te espero abajo —dijo Michael, en tono condescendiente.

Astrid suspiró. Sabía que la pataleta tenía que ver con ese estúpido periodista de cotilleos de Hong Kong que opinaba que Michael tenía que mejorar la categoría de las joyas de su esposa. Por mucho que lo negara, aquel comentario debía de haberle

---

* La traducción literal es «vehículo de tracción», pero este término hokkien se refiere a las personas que tiran de los *rickshaw*, o a algo que se considera de clase baja. (Por supuesto, Michael nunca ha estado en Manhattan, donde los conductores de bicitaxis suelen ser modelos masculinos en paro que cobran más que un UberBLACK).

llegado al alma. Fue hacia la caja fuerte, marcó el código de nueve dígitos para abrir la puerta y echó un vistazo dentro. Maldición, los pendientes que tenía en mente estaban en la caja fuerte grande del OCBC Bank. Lo único que tenía de un tamaño aceptable en casa era un par de pendientes largos y gigantescos de Wartski, con diamantes y esmeraldas, que su abuela le había regalado sin más el otro día, después de la partida de *mahjongg* en Tyersall Park. Cada una de aquellas esmeraldas tenía casi el tamaño de un cacahuete. Al parecer, su abuela se los había puesto por última vez en la coronación del rey Bhumibol de Tailandia, en 1950. «Muy bien, si de verdad Michael quiere un espectáculo a lo Busby Berkeley, lo tendrá. ¿Pero qué atuendo podría ir bien con estos pendientes?».

Astrid repasó el armario y sacó un mono negro de Yves Saint Laurent con cordón en la cintura y mangas con cuentas de azabache. Aquello era elegante y a la vez lo suficientemente sencillo como para complementar a un par de pendientes excesivamente ostentosos. Se lo pondría con unos botines tobilleros de Alaïa, para darle otro toque al modelito. Astrid notó un pequeño nudo en la garganta, al ponerse el mono. Nunca se lo había puesto porque era demasiado preciado para ella. Pertenecía a la última colección de alta costura de Yves, de 2002, y aunque ella solo tenía veintitrés años cuando se lo había confeccionado, seguía sentándole mejor que casi cualquier otra de sus prendas. «Dios, cómo echo de menos a Yves».

Astrid bajó al cuarto de su hijo, donde encontró a Michael haciéndole compañía en la mesa infantil a Cassian, que estaba comiendo espaguetis con albóndigas.

—¡Caray, *vous êtes top, madame*! —exclamó la niñera de Cassian, al ver entrar a Astrid.

—*Merci*, Ludivine.

—¿Saint Laurent?

—*Qui d'autre?*

Ludivine se puso una mano sobre el pecho y meneó la cabeza, fascinada. Estaba deseando probárselo cuando su señora se fuera de casa al día siguiente.

Astrid se volvió hacia Michael.

—¿Será esto suficiente para impresionar a tu pez gordo de IBM?

—¿De dónde diablos has sacado esos pendientes? ¿*Tzeen* o *keh*?* —exclamó Michael.

—*Tzeen!* Mi abuela acaba de regalármelos —replicó Astrid, un tanto contrariada porque Michael solo se hubiera fijado en los pendientes y no hubiera apreciado la sutil genialidad de su mono.

—*Wah lan!*** Van Cleef y Ah Ma atacan de nuevo.

Astrid frunció el ceño. Michael castigaba a Cassian por decir palabrotas y luego juraba como un marinero delante de él.

—Mira: ¿a que mamá está guapísima esta noche? —le dijo Michael a Cassian, mientras pinchaba una albóndiga del cuenco y se la metía en la boca.

—Sí. Mamá siempre está guapa —respondió Cassian—. ¡Y deja de robarme las albóndigas!

Astrid se derritió al instante. ¿Cómo podía enfadarse con Michael, con lo mono que estaba sentado en aquella sillita, al lado de Cassian? La relación entre padre e hijo había mejorado mucho desde que ella había vuelto de Venecia. Después de darle un beso de despedida a Cassian, los dos se dirigieron a la entrada principal, donde su chófer, Youssef, le estaba dando un último pulido a los cromados del Ferrari California Spyder rojo de 1961 de Michael.

---

* En hokkien, «¿Verdaderos o falsos?».

** Literalmente, «¡Mi polla!». Este juramento en hokkien es equiparable a un «¡Joder!».

«Madre mía, sí que quiere dejarlos de piedra esta noche», pensó Astrid.

—Gracias por cambiarte, cielo. Significa mucho para mí —dijo Michael, mientras le abría la puerta del coche.

Astrid asintió, mientras se subía.

—Si crees que esto puede servir de algo, estoy encantada de ayudarte.

Al principio condujeron en silencio, disfrutando de la agradable brisa que entraba a través del techo solar, pero, en cuanto entraron en Holland Road, Michael retomó el tema de conversación.

—¿Cuánto crees que valen esos pendientes?

—Probablemente, más que este coche.

—Yo pagué ocho millones novecientos mil dólares por este Ferrari. ¿De verdad crees que tus pendientes valen más? Deberíamos hacer que los tasaran.

Astrid encontraba aquel interrogatorio un tanto vulgar. Nunca había pensado en las joyas en términos de dinero y se preguntaba por qué Michael sacaba el tema.

—Nunca voy a venderlos, así que ¿de qué serviría?

—Bueno, queremos asegurarlos, ¿no?

—Entran dentro de la póliza de mi familia. Solo tengo que añadirlos a la lista que la señorita Seong tiene en la oficina familiar.

—No lo sabía. ¿Mis coches deportivos antiguos también entran en esa póliza?

—Me temo que no. Es solo para los Leong —le espetó Astrid, que se arrepintió de inmediato de las palabras que había elegido.

Michael no pareció darse cuenta y siguió hablando.

—Te estás quedando con todas las joyas más grandes de tu Ah Ma, ¿no? Tus primas deben de estar muertas de envidia.

—Hay mucho para repartir. Fiona se ha quedado con los zafiros de la Gran Duquesa Olga y mi prima Cecilia con algunas piezas de jade imperial soberbias. Mi abuela tiene mucho criterio: regala las joyas a quien sabe que más las apreciará.

—¿Crees que tiene la sensación de que va a estirar la pata pronto?

—¡Qué cosas tienes! —exclamó Astrid, mirando horrorizada a Michael.

—Venga, *lah*, seguro que se le pasa por la cabeza, por eso ha empezado a repartir todas sus cosas. Los viejos sienten cuándo van a morir, ¿lo sabías?

—Michael, mi abuela lleva conmigo toda la vida, no quiero ni imaginarme el día en que ya no esté aquí.

—Lo siento, simplemente hablaba por hablar.

Volvieron a quedarse en silencio. Michael se centró en la cena con sus clientes y Astrid analizó aquella conversación tan desagradable. Cuando se casaron, Michael siempre se mantenía al margen de todo lo relacionado con el dinero, sobre todo si tenía que ver con la familia de ella, y se esforzaba mucho en demostrar que no tenía ningún interés en sus asuntos financieros. De hecho, su matrimonio se había visto seriamente afectado por las inseguridades de él en relación con la fortuna de ella, e incluso su marido había tenido la absurda idea de dejarla ir, pero, afortunadamente, esa época horrible hacía mucho tiempo que había quedado atrás.

Sin embargo, desde que estaba teniendo tanta suerte en los negocios, se había convertido en aquel ratón del proverbio que rugía. Astrid cayó en la cuenta de que, últimamente, en las reuniones familiares, Michael siempre era el centro de los debates financieros con los hombres. Disfrutaba de haberse convertido en el tipo al que acudir para recibir consejos sobre la industria tecnológica, así como del nuevo respeto que le profesaban el padre y los hermanos de Astrid, que, durante años, lo habían tratado con una condescendencia muy mal disimulada. Además, había descubierto su lado materialista y Astrid lo observaba atónita mientras el nivel de sus gustos subía más rápido de lo que se tardaba en decir: «¿Aceptan American Express?».

Astrid observó al tipo imponente en el que se había convertido, con su traje gris oscuro de Cesare Attolini, su corbata de Borrelli perfectamente anudada y la esfera de su Patek Philippe Nautilus Chronograph brillando bajo el destello de las farolas, mientras metía las marchas enérgicamente en su icónico automóvil, aquel que todo macho de sangre caliente había codiciado, desde James Dean hasta Ferris Bueller. Estaba orgullosa de todo lo que su marido había conseguido, pero parte de ella echaba de menos al antiguo Michael, a aquel hombre para quien el colmo de la felicidad era estar tirado en casa con su equipación de fútbol, disfrutando de su plato de *tau you bahk*[*] con arroz y de su cerveza Tiger.

Mientras pasaban entre las hileras de palmeras de Neil Road, Astrid observó las coloridas tienditas tradicionales. Entonces se dio cuenta de que acababan de pasarse el restaurante.

—Tendrías que haber girado allí. Acabamos de pasar el cruce de Bukit Pasoh.

—Tranquila, lo he hecho aposta. Vamos a dar una vuelta a la manzana.

—¿Por qué? ¿No llegamos tarde ya?

—He decidido hacerles esperar un poco más, para bajarles los humos. Le he dado instrucciones al *maître* para que haga que beban algo antes en la barra y se sienten al lado de la ventana, así verán perfectamente cómo bajamos del coche. Quiero que todo el mundo me vea bajar de este coche y luego quiero que te vean a ti salir de este coche.

A Astrid casi le entraron ganas de echarse a reír. ¿Quién era ese hombre que estaba sentado a su lado, hablando de esa forma?

---

[*] Panceta de cerdo cocinada en salsa de soja, un plato sencillo de la cocina hokkien.

Michael siguió a lo suyo.

—Estamos echando un pulso para demostrar quién tiene más huevos y se trata de ver quién parpadea antes. La nueva tecnología patentada que hemos desarrollado les pone cachondísimos y están deseando comprarla, por eso es fundamental que yo transmita la imagen adecuada.

Por fin, aparcaron delante de la elegante vivienda comercial blanca de la época colonial que habían convertido en uno de los restaurantes más aclamados de la isla.

—La verdad es que creo que te equivocaste al quitarte el primer vestido de cóctel. Te resaltaba esas piernas tan sexis. Pero al menos llevas los pendientes. Se van a quedar boquiabiertos, sobre todo la mujer. Será perfecto, quiero que sepan que no me van a llevar al huerto tan fácilmente —comentó Michael mirando a Astrid, mientras esta se bajaba del coche.

Su mujer lo observó con incredulidad y dio un pequeño traspié en la prístina cubierta de madera que conducía a la puerta principal.

Michael hizo una mueca.

—Mierda, espero que no te hayan visto. Por cierto, ¿por qué te has puesto esas botas tan ridículas?

Astrid respiró hondo.

—¿Puedes repetirme el nombre de la mujer?

—Wendy. Y tienen un perro que se llama Gizmo. Puedes hablar con ella del perro.

Astrid notó una náusea repentina en la base de la garganta, como si se tratara de ácido. Por primera vez en la vida, sintió en sus propias carnes lo que era que la trataran como a una cualquiera.

10

Los Bing

Shanghái

Nick, Rachel, Carlton y Roxanne esperaban de pie sobre los anchos peldaños de piedra de la propiedad de los Bing, observando cómo Colette le daba un cálido abrazo al hombre que acababa de salir del convoy de SUV.

—¿Quién es? —le preguntó Nick a Roxanne.

—Richie Yang —respondió Roxanne—. Uno de los pretendientes de Colette, que vive en Pekín —añadió la asistente, en un susurro.

—Va muy elegante para esta noche.

—Siempre va a la última moda. La revista *Noblest Magazine* lo ha considerado el hombre mejor vestido de China y, según *The Heron Wealth Report*, su padre está entre los cuatro hombres más ricos del país, con un patrimonio neto de quince mil trescientos millones de dólares.

Un hombre bajo y delgado de cincuenta y pocos años salió del SUV blindado. Su cara tenía un aspecto un tanto machacado, algo que su bigote a lo Errol Flynn pulcramente recortado no hacía más que acentuar.

—¿Ese es el padre de Colette? —preguntó Nick.

—Sí, es el señor Bing.

—¿En qué puesto está? —preguntó Nick, en broma. Todo eso de las listas le parecía bastante ridículo, además de tremendamente impreciso, la mayoría de las veces.

—Al señor Bing lo consideran el quinto más rico, pero *The Heron* está equivocado. Tal y como están las acciones hoy en día, el señor Bing debería estar por delante del padre de Richie. *Fortune Asia* lo tiene claro y sitúa al señor Bing en el número tres —respondió Roxanne, solemnemente.

—Es indignante. Escribiré una carta a *The Heron Wealth Report* para protestar por el error —se mofó Nick.

—No es necesario, señor, ya lo hemos hecho nosotros —comentó Roxanne.

El señor Bing ayudó a salir del coche a una mujer con el pelo ahuecado y largo hasta los hombros, gafas de sol oscuras y una mascarilla quirúrgica azul puesta en la cara.

—Esa es la señora Bing —susurró Roxanne.

—Lo suponía. ¿Está enferma?

—No, pero tiene muchísima fobia a los gérmenes. Por eso está casi siempre en la isla de Hawái, donde cree que está el aire más fresco, y por eso esta propiedad tiene un sistema de purificación de aire de última generación.

Todos observaron cómo Colette abrazaba a medias a sus padres educadamente, tras lo cual la sirvienta del baúl de toallas calientes se postró delante de ellos como si les estuviera ofreciendo oro, incienso y mirra. Los padres de Colette, que llevaban chándales idénticos de cachemira azul marino de Hermès, cogieron las toallas humeantes y empezaron a limpiarse las manos y la cara metódicamente. Acto seguido, el señor Bing extendió las manos y otra sirvienta se le acercó apresuradamente para echar desinfectante en sus ansiosas palmas. Cuando terminaron, Wolseley los saludó y Colette les hizo un gesto a ellos para que se acercaran.

—Papá, mamá, os presento a mis amigos. A Carlton ya lo conocéis, por supuesto. Esta es su hermana, Rachel, y su marido, Nicholas Young. Viven en Nueva York, pero Nicholas es de Singapur.

—¡Carlton Bao! ¿Cómo le va a tu padre? —preguntó el padre de Colette, dándole una palmada en la espalda, antes de volverse hacia Nick y Rachel—. Jack Bing —dijo el hombre, estrechándoles la mano vigorosamente—. Eres igualita a tu hermano —añadió, mirando con sumo interés a Rachel. La madre de Colette, sin embargo, no les tendió la mano. Se limitó a asentir rápidamente, mientras los miraba protegida por la mascarilla quirúrgica y por las gafas de Fendi.

—El avión de Richie estaba estacionado al lado del nuestro cuando aterrizamos —le dijo Jack Bing a su hija.

—Acababa de llegar de Chile —explicó Richie.

—Insistí en que viniera a cenar con nosotros —dijo el padre de Colette.

—Por supuesto, por supuesto —contestó Colette.

—¡Y mira quién está aquí: Carlton Bao, el hombre de las siete vidas! —comentó Richie.

Rachel notó que Carlton apretaba la mandíbula, como ella cuando estaba enfadada, pero el joven se rio educadamente del comentario de Richie.

Se dirigieron todos al salón principal. A la entrada, los recibió un hombre que a Rachel le resultaba muy familiar. Estaba de pie, al lado de la puerta, con una bandeja que tenía un brillante decantador y un vaso de whisky escocés recién servido. De pronto, Rachel recordó que lo había visto en Din Tai Fung, donde lo habían presentado como el sumiller. Entonces se dio cuenta de que aquel hombre francés no trabajaba en el restaurante, sino que era el maestro sumiller particular de los Bing.

—¿Desea que este jerez de doce años le dé la bienvenida a casa, señor? —le preguntó el hombre al señor Bing.

Nick tuvo que morderse la lengua para evitar partirse de risa. Parecía que aquel hombre le estaba ofreciendo al padre de Colette los servicios de una prostituta menor de edad.

—Ah, Baptiste, gracias —respondió Jack Bing, en un inglés con mucho acento, mientras cogía el vaso de grueso cristal tallado de la bandeja.

La señora Bing se quitó la máscara quirúrgica, se dirigió al sofá más cercano y se dejó caer en él, con un suspiro de satisfacción.

—No, madre, ahí no. Mejor vamos a sentarnos en el sofá que está al lado de las ventanas —dijo Colette.

—*Aiyah*, llevo todo el día volando y tengo los pies hinchadísimos. ¿Por qué no me dejas sentarme aquí?

—Madre, he hecho que las sirvientas ahuequen los cojines de seda de loto de ese sofá para ti, y los magnolios están en plena floración esta semana. Debemos sentarnos al lado de las ventanas para que puedas disfrutar de ellos —respondió Colette, con aspereza.

A Rachel le sorprendió el tono de Colette. La señora Bing se levantó a regañadientes y todo el grupo se dirigió hacia la pared de cristal que había al fondo del salón principal.

—Madre, siéntate aquí para poder ver los arbustos ornamentales. Papá, tú siéntate aquí. Mei Ching os traerá unos escabeles para los pies. Mei Ching, ¿dónde están los escabeles acolchados? —preguntó Colette, que se acomodó en la *chaise longue* que estaba delante de la cristalera, mientras para todos los demás que estaban allí presentes la puesta de sol emitía un resplandor cegador. Rachel y Nick empezaron a caer en la cuenta de que el elaborado ritual de bienvenida que habían presenciado en el exterior no era algo que Colette hiciera por temor o por respeto filial hacia sus padres. Por el contrario, Colette era una auténtica controladora y le gustaba que todo se hiciera exactamente como ella quería.

Mientras todos se sentaban en ángulos extraños para evitar el resplandor, Jack Bing miró a Nick con perspicacia. «¿Quién es ese hombre que se ha casado con la hija ilegítima de Bao Gaoliang? Tiene una mandíbula tan cuadrada que podría cortar *sushi* y se comporta como un duque».

—Así que eres de Singapur. Un país muy interesante. ¿A qué te dedicas? —preguntó el hombre, tras hacerle un gesto con la cabeza a Nick para dirigirse a él.

—Soy profesor de Historia —respondió Nick.

—Nick ha estudiado Derecho en Oxford, pero es profesor en la Universidad de Nueva York —explicó Colette.

—¿Te tomaste la molestia de licenciarte en Oxford, pero no ejerces? —preguntó Jack. «Debe de ser un abogado frustrado».

—Nunca he ejercido. La Historia siempre ha sido mi principal pasión —explicó Nick. «Ahora me preguntará cuánto dinero gano o a qué se dedican mis padres».

—Hmmm —dijo Jack. «Solo esos locos de Singapur son capaces de desperdiciar el dinero enviando a sus hijos a Oxford para nada. Puede que sea de una de esas familias ricas de Indonesia»—. ¿A qué se dedica tu padre?

«Y ahí está». Nick había conocido a infinidad de Jack Bings a lo largo de los años. Hombres de éxito y ambiciosos que siempre estaban en busca de contactos con personas a las que consideraban dignas. Nick sabía que, simplemente dejando caer algunos nombres adecuados, podría impresionar con facilidad a alguien como Jack Bing. Como no tenía ningún interés en hacerlo, se limitó a responder educadamente.

—Mi padre era ingeniero, pero ya se ha jubilado.

—Entiendo —dijo Jack. «Qué desperdicio de hombre. Con esa altura y esa percha, podría haber sido un banquero importante, o político».

«Ahora querrá indagar más sobre mi familia, o pasará a someter a Rachel al tercer grado».

—¿Y usted a qué se dedica, señor Bing? —preguntó Nick, por cortesía. Jack ignoró la pregunta de Nick y centró su atención en Richie Yang.

—Richie, cuéntame qué has estado haciendo ni más ni menos que en Chile. ¿Buscando nuevas empresas mineras que tu padre pueda adquirir?

«Vaya, qué bien, me ha considerado intrascendente y, obviamente, le importa una mierda a qué se dedica Rachel», se rio Nick, para sus adentros.

Richie, que estaba concentrado en su teléfono Vertu de titanio, se burló de las palabras de Jack.

—¡Por Dios, no! Estoy entrenando para el Rally Dakar. Esa carrera de resistencia de vehículos todoterreno. Ahora se hace en Sudamérica. Empieza en Argentina y acaba en Perú.

—¿Sigues compitiendo? —preguntó Carlton, metiéndose en la conversación.

—¡Por supuesto!

—¡Es increíble! —exclamó Carlton, meneando la cabeza, con la voz llena de rabia.

—¿Qué? ¿Crees que soy de los que van corriendo a casa, con mamá, tras un pequeño contratiempo?

Carlton se puso rojo de ira, como si fuera a saltar de la silla y arremeter contra Richie.

—Siempre he querido ir a Machu Picchu, pero tengo un mal de altura horrible. El año pasado fui a St. Moritz y me puse tan mal que apenas pude ir de compras —comentó Colette alegremente, posando una mano sobre el brazo de Carlton.

—¡Nunca me lo habías contado! ¿Ves cómo pones constantemente en peligro tu vida, yendo a lugares peligrosos como Suiza? —reprendió la señora Bing a su hija.

Colette se volvió hacia su madre.

—No me pasó nada, madre. Por cierto, ¿desde cuándo eres Jackie Onassis? ¿Por qué llevas gafas de sol dentro de casa? —preguntó la chica, enfadada.

La señora Bing suspiró con dramatismo.

—Claro, no te has enterado de mi última desgracia —dijo la mujer, quitándose las gafas de sol y mostrando sus ojos hinchados y ojerosos—. Ya no puedo abrir bien los ojos. ¿Lo ves? Creo que tengo esa enfermedad rara, mis... *misteria clave*.

—¡Ah, se refiere a la miastenia grave! —comentó Rachel.

—¡Sí, sí! ¡La conoce! —exclamó la señora Bing, emocionada—. Afecta a los músculos que rodean los ojos.

Rachel asintió, comprensiva.

—He oído que puede ser muy desgastante, señora Bing.

—Por favor, llámeme Lai Di —dijo la madre de Colette, mostrándose de lo más amigable con Rachel.

—No tienes *misteria clave*, o como sea que la llames, madre. Tienes los ojos hinchados porque duermes demasiado. Cualquiera estaría así si durmiera catorce horas al día —comentó Colette, con desdén.

—Tengo que dormir catorce horas al día por mi síndrome de fatiga crónica.

—Otra enfermedad que no tienes, madre. El síndrome de fatiga crónica no da sueño —dijo Colette.

—Bueno, voy a ir a ver a un especialista en *misteriatenia clave* la semana que viene en Singapur.

Colette puso los ojos en blanco.

—Mi madre mantiene al noventa por ciento de los médicos de Asia.

—Entonces seguro que ha visitado a alguno de mis parientes —comentó Nick.

La señora Bing se espabiló.

—¿Quiénes son sus parientes médicos?

—Veamos... Al que puede conocer es a mi tío Dickie: Richard T'sien, es médico de familia y tiene muchos clientes de la alta sociedad. ¿No? Luego está su hermano, Mark T'sien, que es oftalmólogo; mi primo Charles Shang es hematólogo y mi otro primo, Peter Leong, es neurólogo.

La señora Bing se quedó sin aliento.

—¿El doctor Leong? ¿Que tiene una clínica en K. L. con su esposa, Gladys?

—El mismo.

—*Aiyah!* ¡Qué pequeño es el mundo! Fui a verlo cuando creía que tenía un tumor cerebral. Y luego fui a ver a Gladys para pedirle una segunda opinión.

La señora Bing empezó a hablar a toda velocidad con su marido, emocionada, en un dialecto chino que Nick no pudo identificar. Jack, que estaba escuchando la descripción de Richie sobre un vehículo todoterreno especial que estaba diseñando con Ferrari, se volvió de inmediato hacia Nick.

—Peter Leong es tu primo. Entonces, Harry Leong debe de ser tu tío.

—Sí, lo es. «Ahora cree que soy un Leong. Mi mercado de valores empieza a recuperarse de nuevo».

Jack miró a Nick con un interés renovado. «¡Dios mío, este muchacho es de la familia de Leong Palm Oil! ¡Ocupan el tercer puesto de la lista de las familias más ricas de Asia de *The Heron Wealth Report*! ¡No me extraña que pueda permitirse ser profesor!».

—¿Su madre es una Leong? —preguntó Jack, emocionado.

—No. Harry Leong se casó con la hermana de mi padre.

—Entiendo —dijo Jack. «Hmm. Se apellida Young. Nunca lo había oído. Ese chico debe de ser de la rama pobre de la familia».

La señora Bing se inclinó hacia Nick.

—¿Qué otros médicos hay en su familia?

—Pues... ¿Conoce al doctor Malcolm Cheng, el cardió-logo de Hong Kong?

—¡Dios mío! ¡Otro de mis médicos! —exclamó la señora Bing, emocionada—. Fui a verlo por mi arritmia. Creí que po-día tener un «colapso de la válvula mistral», pero resultó que lo único que necesitaba era abusar menos de Starbucks.

Richie, cada vez más aburrido por la conversación sobre médicos, se volvió hacia Colette.

—¿A qué hora es la cena?

—Ya casi está lista. Mi chef cantonés está cocinando su famoso pollo en pergamino con trufas blancas*.

—¡Qué rico!

—Y como regalo especial, también le he pedido a mi chef francés que haga de postre tu suflé al Grand Marnier favorito —añadió Colette.

—Tú sí que sabes conquistar a un hombre.

—Solo a algunos —dijo Colette, levantando una ceja.

Rachel miró a Carlton para ver cómo estaba reaccionando a aquel diálogo, pero este parecía concentrado en su iPhone. Luego levantó la vista y asintió rápidamente mirando a Colette, que entendió el gesto pero no dijo nada. Rachel no fue capaz de descifrar qué estaba pasando entre ellos.

Al poco tiempo, Wolseley anunció que la cena ya estaba lista y el grupo se retiró al comedor, que se encontraba en una terraza acristalada con vistas al gran estanque reflectante, al final de un pequeño tramo de escaleras.

---

* Una exquisitez que consiste en trozos de pollo mezclados con salsa *hoisin* y aderezados con cinco especias, envueltos en una especie de sobres de papel de pergamino, que se dejan marinar toda la noche (las trufas blancas, un ingredien-te que no suele usarse en la cocina cantonesa tradicional, son un toque extra de glamur añadido por el ambiciosísimo chef de los Bing). Después se fríen los paquetes para que el delicioso marinado se caramelice sobre el pollo. ¡Para chupar-se los dedos!

—Como se trata de una cena familiar informal, he pensado que podíamos cenar en un sitio menos solemne, como nuestra pequeña terraza climatizada —explicó Colette.

Obviamente, la terraza no era ni pequeña ni informal. Alrededor de aquel espacio del tamaño de una cancha de tenis, había varios faroles altos de plata con velas parpadeantes en su interior, y la mesa redonda de madera de sándalo rojo para ocho comensales estaba minuciosamente montada con porcelana «informal» de Nymphenburg. Detrás de cada silla había una atenta sirvienta, esperando como si su vida dependiera de ello, para asegurarse de que los invitados lograran la hazaña de sentarse.

—Ahora, antes de empezar a cenar, tengo un regalo especial para todos —anunció Colette. La muchacha miró a Wolseley y asintió. La intensidad de las luces bajó y las primeras notas de la canción folclórica clásica china «Flor de jazmín» empezaron a sonar a todo volumen por los altavoces. En el exterior, los árboles que rodeaban el enorme estanque reflectante se iluminaron, de repente, con diversas tonalidades de un intenso verde esmeralda y el agua del estanque, iluminada en un vivo color morado, comenzó a agitarse. Entonces, cuando la operista empezó a cantar, miles de chorros de agua salieron disparados hacia el cielo nocturno, siguiendo el ritmo de la música y formando elaborados diseños, con un derroche de color más propio del arcoíris.

—¡Dios mío, es como la fuente danzante del Bellagio, en Las Vegas! —chilló la señora Bing, encantada.

—¿Cuándo has instalado eso? —le preguntó Jack a su hija.

—Llevan meses trabajando en ello en secreto. Quería que estuviera listo para mi fiesta de verano en el jardín con Pan TingTing —explicó Colette, orgullosa.

—¡Todo esto solo para impresionar a Pan TingTing!

—¡No digas tonterías, lo he hecho para madre!

—¿Y cuánto me va a costar?

—Mucho menos de lo que crees. Unos veinte pavos.

El padre de Colette suspiró, sacudiendo la cabeza con resignación.

Nick y Rachel se miraron. Sabían que, para los chinos de dinero, «pavos» significaba «millones».

Colette se volvió hacia Rachel.

—¿Te gusta?

—Es espectacular. Y la cantante me recuerda mucho a Céline Dion —respondió Rachel.

—Es que es Céline. Es su famoso dueto en mandarín con Song Zuying —explicó Colette.

Cuando el espectáculo acuático finalizó, una hilera de sirvientas entraron en el comedor de la terraza, cada una de ellas con una bandeja antigua de porcelana de Meissen. Las luces volvieron a encenderse y, exactamente a la vez, las sirvientas dejaron un plato de pollo en pergamino delante de cada comensal. Todos empezaron a abrir los pergaminos, maravillosamente atados con cordel de carnicero, y del papel de color marrón dorado empezaron a emerger unos aromas tentadores. Cuando Nick estaba a punto de hincarle el diente a aquel muslo de pollo de aspecto suculento, vio que la leal Roxanne se acercaba sin hacer ruido a Colette y le susurraba algo al oído. Esta sonrió de oreja a oreja y asintió.

—Tengo una última sorpresa para ti —dijo la joven, mirando a Rachel, que estaba al otro lado de la mesa.

Rachel vio a Bao Gaoliang subir por las escaleras del comedor. Todos los comensales se levantaron, en deferencia al importante ministro. Rachel, loca de contenta, se levantó de la silla para saludar a su padre. Bao Gaoliang parecía igual de sorprendido de ver a Rachel. La abrazó con cariño, para sorpresa de Carlton. Nunca había visto a su padre mostrar afecto físico a nadie, ni siquiera a su madre.

—Siento interrumpir la cena. Hace unas horas estaba en Pekín y, de repente, estos dos conspiradores me obligaron a subirme a un avión —comentó Gaoliang, señalando a Carlton y Colette.

—No es ninguna interrupción. Es un honor tenerlo aquí con nosotros, Bao *Buzhang** —dijo Jack Bing, antes de levantarse y darle una palmada en la espalda a Gaoliang—. Esto exige una celebración. ¿Dónde está Baptiste? Necesitamos nuestro exclusivo licor de hueso de tigre.

—¡Eso, el poder del tigre para todos! —exclamó Richie, mientras se levantaba para estrecharle la mano a Bao Gaoliang—. El discurso que dio la semana pasada sobre los peligros de la inflación monetaria fue muy esclarecedor, *Lingdao***.

—¿Estaba presente? —le preguntó Bao Gaoliang.

—No, lo vi en la CCTV. Soy un yonqui de la política.

—Vaya, me alegra que alguien de las nuevas generaciones preste atención a los asuntos de este país —dijo Gaoliang, mirando a Carlton de reojo.

—Yo solo les presto atención cuando creo que nuestros líderes están a mi nivel. Los discursos que son un mero despliegue de retórica no me interesan.

Carlton tuvo que esforzarse para no poner los ojos en blanco.

Montaron de inmediato otro servicio para Gaoliang al lado de Rachel, y Colette lo invitó a sentarse, cortésmente.

—Bao *Buzhang*, por favor, tome asiento.

—Lamento que la señora Bao no haya podido unirse a nosotros. ¿Sigue ocupada con sus asuntos en Hong Kong? —preguntó Rachel.

—Sí, por desgracia. Pero te manda saludos —dijo Gaoliang, rápidamente.

---

* En mandarín, «ministro», la forma correcta de dirigirse a un funcionario de alto rango.

** En mandarín, «jefe», la forma correcta de dirigirse a un funcionario de alto rango para hacerle realmente la pelota.

Carlton resopló. Todos los comensales lo miraron, por un instante. Carlton parecía a punto de decir algo, pero luego cambió de idea y se bebió de golpe una copa entera de Montrachet, dándole varios tragos consecutivos.

Cuando la cena se reanudó, Rachel informó a su padre de todo lo que habían hecho desde que habían llegado a Shanghái, mientras Nick charlaba amigablemente con los Bing y Richie Yang. Nick se sentía aliviado porque Bao Gaoliang finalmente hubiera aparecido, y estaba claro que a Rachel le hacía mucha ilusión estar con él. Pero no pudo evitar fijarse en que, un poco más allá, Carlton permanecía sentado, impertérrito, mientras Colette parecía ponerse cada vez más tensa con cada plato que servían. «¿Qué está pasando? Ambos parecen a punto de sufrir una combustión espontánea en cualquier momento».

De pronto, mientras todos saboreaban los *noodles* estirados a mano al estilo Lanzhou con langosta y oreja de mar, Colette posó los palillos y le susurró algo al oído a su padre. Ambos se levantaron de repente.

—Por favor, excusadnos un momento —dijo Colette, con una sonrisa forzada.

Colette hizo que su padre bajara rápidamente al piso de abajo y, cuando ya nadie podía oírlos, empezó a gritarle.

—¿Qué sentido tiene contratar al mejor mayordomo de Inglaterra para que te enseñe modales, si no quieres aprender? ¡Haces tanto ruido al sorber los *noodles* que me da dentera! ¿Y qué es esa forma de escupir los huesos en la mesa, por el amor de Dios? ¡A Christian Liaigre le daría un ataque si supiera lo que está pasando en esta mesa tan bonita! ¿Y cuántas veces te he dicho que no te quites los zapatos cuando tenemos invitados para cenar? ¡No me mientas, puedo oler cualquier cosa desde un kilómetro de distancia y sé que no eran los brotes de tirabeques hervidos en tofu apestoso!

A Jack le hizo gracia la pataleta de su hija.

—Soy hijo de un pescador. No me canso de decirte que no puedes cambiarme. Pero tranquila, mis modales son lo de menos. Mientras esto siga estando lleno —comentó el padre de Colette, dando unas palmadas a la cartera que llevaba en el bolsillo trasero—. Ni en los mejores comedores de China les importará que escupa en la mesa.

—¡Tonterías! ¡Todo el mundo puede cambiar! Mira qué bien lo está haciendo mamá: ya casi no mastica con la boca abierta y coge los palillos como una dama elegante de Shanghái.

El padre de Colette meneó la cabeza, divertido.

—Madre mía, qué pena me da el pobre idiota de Richie Yang. No sabe dónde se mete.

—¿Qué demonios estás diciendo?

—No trates de engañar a tu propio padre. Tu plan de coquetear con Carlton Bao delante de Richie ha funcionado a la perfección. Tengo la sensación de que planea declararse un día de estos.

—Eso es ridículo —dijo Colette, todavía furiosa por la falta de etiqueta de su padre.

—¿En serio? Entonces, ¿por qué me suplicó que lo dejara subir a mi avión para pedirte en matrimonio?

—Menudo idiota. Espero que le hayas dicho exactamente por dónde podía meterse esa declaración.

—En realidad, le he dado mi bendición a Richie. Creo que será una unión excelente, por no hablar de que por fin podré dejar de pelearme por las empresas con su padre —dijo Jack, sonriendo, y dejando a la vista el incisivo torcido que Colette le suplicaba constantemente que se arreglara.

—No empieces a fantasear con fusiones, papá, porque no tengo ningún interés en casarme con Richie Yang.

Jack se rio.

—Pero qué tonta eres. Yo no te he preguntado si te interesaba casarte con él. Me da igual que te interese o no —le susurró su padre.

Acto seguido, el padre de Colette dio media vuelta y subió de nuevo las escaleras.

11

Corinna y Kitty

Hong Kong

O tra vez llega tarde». Corinna estaba de pie delante de la Glory Tower, furiosa, al lado de las puertas giratorias. Le había dicho claramente a Kitty que no llegara más tarde de las diez y media, pero ya eran casi las once. «Voy a tener que darle mi charla sobre puntualidad, que, por cierto, no había tenido que volver a emplear desde que trabajé con esa familia birmana en 2002», pensó Corinna, mientras saludaba educadamente con la cabeza a toda la gente elegantemente vestida que pasaba a toda prisa por delante de ella para entrar en el edificio.

Pocos minutos después, el nuevo y modesto Mercedes utilitario Clase-S de color blanco perla de Kitty se detuvo al lado de la acera, y Kitty salió del coche. Corinna le dio unos golpecitos al reloj, ansiosa, y Kitty aceleró el paso mientras cruzaba la plaza. Al menos Kitty había seguido a pies juntillas su consejo en lo que a aspecto se refería y su elaborado recogido, la cara excesivamente blanca y la barra de labios rojo cabaré habían desaparecido.

En su lugar, la Kitty impecablemente transformada solo llevaba un poco de colorete en las mejillas, un brillo de labios de color melocotón y una melena informal con mechas de color castaño, diez centímetros más corta. Lucía un vestido de Carolina Herrera de color amarillo pollito con mangas farol de faya, unos tacones bajos de color beis de marca indeterminada y un sencillo bolso de mano verde, de piel de cocodrilo, de Givenchy. Las únicas joyas que portaba eran un par de pendientes de botón de perlas y una delicada gargantilla de diamantes con una cruz en horizontal de Ileana Makri. El efecto, en conjunto, hacía que estuviera prácticamente irreconocible.

—¡Llegas tardísimo! Ahora nos verán entrar y no podremos mezclarnos entre la multitud —la regañó Corinna.

—Lo siento, estoy tan nerviosa por esto de la iglesia que me he cambiado seis veces. ¿Qué tal estoy? —preguntó Kitty, colocándose los pliegues de la falda.

Corinna la observó durante unos instantes.

—Puede que lo de la cruz sea un poco exagerado para la primera visita, pero haré la vista gorda. El resto es bastante apropiado, al menos ya no me recuerdas a Daphne Guinness.

—¿La iglesia está dentro de ese edificio de oficinas? —preguntó Kitty, un tanto confusa, mientras entraban en el vestíbulo recubierto de mármol de color melocotón de la Glory Tower.

—Ya te he dicho que esta es una iglesia muy especial —dijo Corinna, mientras subían unas escaleras para llegar a la sala de recepción principal. Allí había una mesa de acogida cubierta de banderines azules ondulados, en la que un comité formado por un trío de adolescentes y varios guardias de seguridad les dio la bienvenida. Una mujer estadounidense con un auricular y un iPad se acercó rápidamente a ellas, sonriendo de oreja a oreja.

—¡Buenos días! ¿Van a unirse a nosotros para el servicio principal o vienen a la Clase de Orientación?

—Al servicio principal —respondió Corinna.

—¿Sus nombres, por favor?

—Corinna Ko-Tung y Kitty... Quiero decir... Katherine Tai —dijo Corinna, usando el nombre que Kitty utilizaba antes de convertirse en estrella de telenovelas.

—Lo siento, no las veo en la lista de los servicios dominicales —dijo la mujer, después de consultar su iPad.

—Vaya, había olvidado comentárselo... Helen Mok-Asprey nos ha invitado.

—Ah, sí, aquí están. Helen Mok-Asprey, más dos.

Una guardia de seguridad se acercó y les entregó sendas acreditaciones plastificadas para colgar del cuello con sus nombres recién impresos. En unas llamativas letras púrpura de imprenta se leía lo siguiente: «Culto Dominical de la Iglesia de la Estratosfera - Invitada de Helen Mok-Asprey». También se podía leer el lema de la iglesia, en cursiva: *«Comunicación de alto nivel con Cristo»*.

—Pónganse esto y cojan el primer ascensor hasta el piso cuarenta y cinco —les indicó la guardia de seguridad.

Cuando Kitty y Corinna llegaron al piso cuarenta y cinco, otra recepcionista con auricular las estaba esperando para escoltarlas hasta una serie de ascensores que había al final del pasillo, que las llevaron al piso setenta y nueve.

—Casi hemos llegado, solo faltan unos ascensores más —dijo Corinna, mientras le colocaba el cuello al vestido de Kitty.

—¿Vamos a ir hasta arriba del todo?

—Hasta la cima. Por eso te pedí que llegaras pronto, porque se tarda quince minutos solo en subir.

—¡Tantas molestias por una iglesia! —refunfuñó Kitty.

—Kitty, estás a punto de entrar en la iglesia más exclusiva de Hong Kong: la Estratosfera fue fundada por las multimillonarias hermanas pentecostales Siew, y únicamente se accede por estricta invitación. No solo es la iglesia más alta del mundo, a noventa y nueve pisos sobre la tierra, sino que se jacta de tener más miembros en la lista de millonarios del *South China Morning Post* que cualquier otro club privado de la isla.

Tras aquella presentación, las puertas del ascensor se abrieron en el piso noventa y nueve, y la luz cegó a Kitty durante unos instantes. Estaban en la punta de la torre, bajo una cúpula altísima. Los techos, de estilo catedralicio, estaban hechos casi íntegramente de cristal, lo que hacía que una intensa luz inundara la sala. A Kitty le entraron ganas de ponerse las gafas de sol, pero sospechaba que aquello le haría ganarse otra reprimenda de Corinna.

La siguiente agresión a sus sentidos fue una música rock atronadora. Mientras se sentaban en una de las últimas filas, Kitty vio a cientos de fieles moviendo a la vez las manos levantadas, mientras cantaban al unísono con la banda de rock cristiano. La banda estaba compuesta por un cantante rubio y fornido que podría ser uno de los hermanos Hemsworth, una batería china con el pelo rapado, otro tipo blanco que tocaba el bajo, tres colegialas chinas que hacían los coros y un adolescente chino escuálido con una camisa verde de Izod, tres tallas más grandes que la suya, que aporreaba frenéticamente un teclado Yamaha.

Todo el mundo cantaba: «¡Jesucristo, entra en mí! ¡Jesucristo, ven y lléname!». Kitty observó aquel espectáculo con asombro infantil. No se parecía en nada a cómo imaginaba ella que sería un servicio religioso cristiano: la luz celestial, la música atronadora, aquel dios del rock tan sexi sobre el escenario y, lo mejor de todo, las vistas. Desde su asiento, tenía una vista de pájaro sobrecogedora de la isla de Hong Kong, desde el centro comercial de Pacific Place, en el Almirantazgo, hasta North Point. Si aquello no era el paraíso terrenal, ¿qué era? Sacó el móvil y empezó a hacer algunas fotos, disimuladamente. Nunca había visto de cerca el pico del 2IFC.

—¿Qué diablos estás haciendo? ¡Guarda eso! ¡Estás en la casa de Dios! —le susurró Corinna al oído.

Kitty guardó el móvil, ruborizada.

—Me has mentido. ¡Mira, todo el mundo va de punta en blanco menos yo! —le susurró Kitty a Corinna, señalando a la joven de la fila de delante, que llevaba un traje blanco de Chanel y tres anillos enormes de Bulgari en los dedos, con piedras preciosas, que brillaban mientras ella movía los brazos a un lado y a otro.

—Esa es la mujer del pastor. Ella puede vestirse así, pero tú no puedes porque eres nueva.

Al principio, Kitty se enfadó, pero mientras miraba los gigantescos cúmulos en el nítido cielo azul, con el estruendo de aquel estribillo pegadizo en sus oídos y todo el mundo cantando a voz en grito a su alrededor, empezó a sentir unas nuevas y extrañas emociones brotando en su interior. El tipo elegante con chaqueta de pata de gallo y vaqueros ajustados de Saint Laurent que tenía al lado chillaba, desafinando: «¡Todo lo que necesito está aquí, Jesús! ¡Todo lo que necesitooooo!», mientras rodaban por su cara lágrimas de alegría. Le resultó extrañamente sexi ver a ese joven *hipster* llorar tan abiertamente. Tras media hora de cánticos, el cantante rubio —que resultó ser el pastor— se dirigió a la congregación con acento estadounidense.

—Me llena de alegría ver tantos rostros felices hoy. ¡Compartamos el amor! ¡Compartamos la alegría, transmitiéndosela a la persona que tenemos al lado! ¿Qué me decís?

Antes de que Kitty se diera cuenta de lo que estaba pasando, el *hipster* se volvió hacia ella y le dio un enorme abrazo de oso. Luego, el *tai tai* de mediana edad que estaba sentado delante se volvió y la abrazó sinceramente. Kitty estaba anonadada. ¡Hongkoneses abrazándose unos a otros! ¿Cómo era posible? Y no se trataba solo de un par de amigos que se conocían. Había perfectos desconocidos abrazándose y presentándose entre ellos. Aquello era un milagro. ¡Dios, si eso era ser cristiana, ella se apuntaba ahora mismo!

Cuando el servicio por fin acabó, Corinna se volvió hacia Kitty.

—Ha llegado la hora del café y los dulces. Ven conmigo.

—No quiero perder el apetito. ¿No vamos a ir a comer a Cuisine Cuisine?

—Kitty, la verdadera razón por la que te he traído aquí es para que puedas socializar con esta gente a la hora del café y los dulces. Es el acontecimiento principal. Muchos de los miembros son de las nuevas generaciones de familias de la vieja guardia de Hong Kong, y esta es la mejor oportunidad de conocerlos. Estarán más dispuestos a aceptarte porque son cristianos renacidos.

—¿Renacidos? ¿Cómo se puede nacer dos veces?

—Bueno, luego te lo explico. Pero lo más importante que debes saber sobre los cristianos renacidos es que, una vez que te arrepientes y aceptas a Jesús en tu corazón, se te perdonan todos los pecados, sean cuales sean. Da igual que hayas asesinado a tus padres, que te hayas tirado a tu hijastro o que hayas malversado no sé cuántos millones para financiar tu carrera como cantante: esta gente tiene que perdonarte. Lo que espero conseguir hoy es que entres en una de las Hermandades de Estudio de la Biblia. El grupo en el que todos quieren estar es el de Helen Mok-Asprey, pero es un círculo muy cerrado donde solo entran las damas más importantes. Para empezar, yo me centraría en el grupo liderado por mi sobrina, Justina Wei. Son más jóvenes y hay bastantes chicas de buena familia. El abuelo paterno de Justina, Wei Ra Men, fue el fundador de Yummy Cup Noodles, así que todos la llaman «La heredera de los *noodles* instantáneos».

Corinna llevó a Kitty hasta una mujer con cara de luna llena, de treinta y pocos años. No podía creer que aquella persona vestida con un traje de pantalón azul marino, tipo secretaria, fuera la heredera de los *noodles* de la que tanto había oído hablar. —Hola, Justina. *Gum noi moh gin!*[*] Te presento a mi amiga Katherine Tai.

—Hola. ¿Tienes algo que ver con Stephen Tai? —preguntó Justina, intentando ubicar de inmediato a Kitty en su mapa social.

—Ah, no.

Justina, que normalmente solo se sentía cómoda hablando con gente a la que conocía desde que había nacido, se vio obligada a recurrir a su pregunta comodín.

—¿Y a qué universidad has ido?

—No he ido a la universidad en Hong Kong —respondió Kitty, un poco aturullada. El pelo largo, rizado y débil de Justina le recordaba a los *noodles* instantáneos. Se preguntó qué pasaría si le echara agua hirviendo encima y lo dejara reposar durante tres minutos.

—Katherine fue a la universidad en el extranjero —explicó Corinna, interviniendo de inmediato.

—Ah. ¿Es la primera vez que vienes a rezar con nosotros? —preguntó Justina, ladeando la cabeza.

—Sí.

—Pues, entonces, bienvenida a la Estratosfera. ¿A qué iglesia sueles ir?

Kitty intentó pensar en las iglesias por las que pasaba a diario al bajar de su apartamento de The Peak, pero se le había quedado la mente en blanco.

—A la Iglesia de Volturi —soltó, mientras le venía a la cabeza la imagen de *Crepúsculo* en la que aquellos vampiros viejos y siniestros estaban sentados en sus tronos, en una sala que parecía una iglesia.

—Vaya, esa no la conozco. ¿Está en la zona de Kowloon?

—Sí —dijo Corinna, volviendo a rescatar a Kitty—. Tengo que presentarle a Kit..., es decir, a Katherine, a Helen Mok-

---

[*] En cantonés, «Cuánto tiempo sin vernos».

Asprey. Veo que ya está cogiendo las flores del altar de la iglesia, así que está a punto de marcharse. ¡Dios mío, ha sido un desastre absoluto! —le dijo Corinna a Kitty, haciéndola a un lado—. ¿Qué te pasa hoy? ¿Dónde está la mujer que engatusó a Evangeline de Ayala?

—Lo siento, no sé qué me pasa. Supongo que aún no me he acostumbrado a todo esto. A mi nuevo nombre, a fingir ser cristiana, ni a vestirme así. Sin mi maquillaje habitual y mis joyas de siempre, siento que me falta mi armadura. La gente solía preguntarme qué llevaba puesto y ahora ni siquiera puedo hablar del tema.

Corinna meneó la cabeza, sorprendida.

—¡Si eres actriz! Ha llegado el momento de poner a prueba tu capacidad de improvisación. Imagínate que estás interpretando un papel nuevo. Recuerda: ya no eres la hermana gemela del diablo. Ahora eres una buena esposa. Inviertes todo tu tiempo en cuidar a tu marido inválido y a tu joven hija, y este es el único momento de la semana que tienes para socializar con la gente. Así que debes mostrarte animada y agradecida. Y ahora, volvamos a intentarlo con Helen Mok-Asprey. Helen es Mok de nacimiento, se divorció de un Quek y ahora está casada con sir Harold Asprey. Debes dirigirte a ella como «lady Asprey».

Corinna llevó a Kitty a la mesa de recepción, donde una mujer con un enorme casco de pelo cardado envolvía furtivamente seis grandes porciones de tarta selva negra en servilletas de papel, para guardarlas en un bolso de mano grande y negro, de Oroton.

—¡Helen, muchas gracias por habernos puesto en tu lista! —trinó Corinna.

Helen se sobresaltó.

—Ah, hola, Corinna. Voy a llevarme a casa un poco de tarta para Harold. Ya sabes lo goloso que es.

—Sí, Harold es igual que tú en lo que se refiere a los dulces, ¿verdad? Antes de que te vayas, quiero presentarte a mi invitada, Katherine Tai. Katherine pertenecía a la Iglesia Voltu-ri de Kowloon, pero está pensando en cambiarse.

—¡Me encanta su iglesia! Muchas gracias por habernos invitado, lady Asprey —dijo Kitty, con dulzura.

Helen miró a Kitty de arriba abajo.

—Qué crucecita tan mona —la elogió la dama, antes de volverse hacia Corinna—. Tenía una muy parecida, pero creo que una de las nuevas sirvientas me la ha robado. Esas chicas nuevas de ya sabes dónde no son en absoluto de fiar. Dios mío, cómo extraño a mi Norma y a mi Natty. Ya ves, les pagaba tanto que me abandonaron para poner un bar en la playa, en Cebú —susurró la mujer.

Una señora con un elegante vestido acampanado en color celadón se acercó a la mesa, con dos termos de café recién re-cargados.

—Dios santo, ¿qué le ha pasado a la tarta? Supongo que tendré que volver a la cocina —suspiró.

—Fi, antes de que te vayas, quiero presentarte a mi amiga Katherine Tai. Katherine, esta es mi prima, Fiona Tung-Cheng —dijo Corinna.

—Encantada de conocerla, Katherine —dijo Fiona, mi-rando a Kitty con perspicacia—. Su cara me suena. ¿Por casua-lidad tiene algo que ver con Stephen Tai?

—Son primos lejanos —la cortó Corinna, intentando evi-tar que hiciera más preguntas.

Kitty le sonrió a Fiona con serenidad.

—¿Sabe? Me encanta su vestido. Es de Narciso Rodrí-guez, ¿verdad?

—Pues sí, gracias —dijo Fiona, encantada. No era fre-cuente que alguien elogiara su ropa.

—Lo conocí hace unos años —comentó Kitty, ignorando la mirada de Corinna. Hablaría de moda en la iglesia aunque a Corinna le diera un ataque.

—¿De verdad? ¿Conoció a Narciso? —preguntó Fiona.

—Sí, fui a su desfile en Nueva York. ¿No le parece maravilloso que el hijo de unos inmigrantes cubanos se haya convertido en un diseñador tan famoso? Es como el mensaje de hoy del sermón: cualquiera que lo desee de corazón, puede volver a nacer.

Helen Mok-Asprey sonrió, a modo de aprobación.

—Qué gran verdad. Dios mío, ¿por qué no se une a mi grupo de estudio de la Biblia? Nos vendría bien un punto de vista fresco y juvenil, como el suyo.

A Kitty se le iluminó la cara. Y Corinna parecía una madre orgullosa. ¡Por Dios, lo de Kitty había sido llegar y triunfar! Puede que Corinna hubiera infravalorado su potencial. A ese ritmo, para cuando comenzara la época de celebraciones, Kitty ya se habría ganado a todas las damas del grupo de estudio de la Biblia y la invitarían a todo tipo de eventos de la vieja guardia.

En aquel preciso instante, Eddie Cheng se acercó apresuradamente a su esposa, Fiona.

—¿Has acabado ya con lo del café? Nos esperan para comer en casa de los Ladoory y sería de muy mala educación llegar tarde —alardeó el hombre, volviéndose hacia Helen y Corinna.

—Ya casi he acabado. Solo tengo que volver a la cocina a buscar más tarta. Hoy ha volado. Eddie, te presento a Katherine. Es amiga de Corinna —le explicó Fiona. Eddie hizo la inclinación de cabeza de rigor en dirección a Kitty—. Ayúdame con la tarta para que podamos irnos antes —dijo la mujer, antes de que Eddie la acompañara a la cocina—. Esa dama tan agradable va a unirse a nuestro grupo de estudio de la Biblia. Me encanta su vestido. Ojalá me permitieras vestirme de un color así de llamativo.

Eddie miró de nuevo a Kitty, entornando de repente los ojos.

—¿Cómo has dicho que se llama?

—Katherine Tai. Es prima lejana de Stephen.

Eddie resopló.

—Serán primos en Marte, porque aquí en la tierra ya te digo yo que no. Mírala bien, Fi.

Fiona analizó con detenimiento la cara de Kitty. De pronto, ahogó un grito de asombro y dejó caer al suelo, estrepitosamente, la bandeja metálica vacía de la tarta. Todos los ojos de la sala se posaron en ellos. Aprovechando la atención, Eddie fue en línea recta hasta donde estaban Corinna, Kitty y Helen.

—Corinna, sé que siempre has sido la abogada de las causas perdidas, pero esta vez te has pasado. Esta mujer que intenta hacerse pasar por prima de Stephen Tai es una impostora. En realidad es Kitty Pong, la cazafortunas que le rompió el corazón a mi hermano Alistair y se fugó con Bernard Tai hace dos años —anunció Eddie, con arrogancia—. Hola, Kitty.

Kitty bajó la mirada. El dolor la abrumaba y no tenía muy claro cómo reaccionar. ¿Por qué la llamaban impostora? Aquello no era culpa suya: había sido Corinna la que le había dicho a Fiona que era pariente de ese tal Stephen. Kitty la miró, con la esperanza de que saliera en su defensa, pero la mujer permaneció inmóvil.

Helen Mok-Asprey fulminó a Kitty con la mirada.

—¿Eres esa Kitty Pong? Carol Tai es buena amiga mía. ¿Qué le has hecho a su hijo? ¿Y por qué no dejas que Carol vea a su nieta? *Gum hak sum!**

---

* En cantonés, «Qué corazón tan negro».

12

Astrid

Singapur

Vas a salir a correr ahora? —le preguntó Astrid a Michael, al verlo bajar vestido únicamente con unos pantalones cortos Puma de color negro.

—Sí, necesito liberar tensión.

—No olvides que tenemos la cena de los viernes en una hora.

—Me uniré a vosotros más tarde.

—Esta noche no podemos retrasarnos. Mis primos tailandeses, Adam y Piya, están de visita y el embajador tailandés ha organizado un espectáculo especial...

—¡Me importan una mierda tus primos tailandeses! —le espetó Michael, mientras salía corriendo por la puerta.

«Sigue enfadado». Astrid se levantó del sofá y subió a su estudio. Entró en Gmail y vio que el nombre de Charlie estaba destacado. «Menos mal». Le envió un mensaje inmediatamente.

ASTRID LEONG TEO: ¿Aún trabajando?
CHARLIE WU: Sí. Últimamente no salgo de la oficina, salvo para tomar zumos.

ALT: Una pregunta... Cuando estás negociando asuntos importantes con posibles clientes, ¿siempre los entretienes?

CW: ¿A qué te refieres con «entretener»?

ALT: ¿Te los llevas a cenar para hablar de negocios?

CW: ¡Jajaja! ¡Creía que me preguntabas si me acostaba con ellos! Sí, las cenas de negocios son normales... O más bien las comidas. A veces nos vamos a cenar para celebrarlo, cuando cerramos un trato. ¿Por?

ALT: Estoy intentando aprender. Es curioso, he tenido que enfrentarme a todo tipo de actos sociales con protocolos intrincados durante toda mi vida, pero en lo que se refiere a las cenas de negocios soy una completa ignorante.

CW: Bueno, nunca has tenido que ser la mujer de un empresario.

ALT: ¿Isabel suele ir a las cenas de negocios?

CW: ¿Isabel en una cena de negocios? ¡Ja! Cuando las ranas críen pelo. Las actividades con clientes no suelen incluir a las esposas.

ALT: ¿Aunque se trate de clientes extranjeros que están visitando Asia?

CW: Cuando vienen clientes extranjeros a Asia, no suelen traer a sus mujeres. En la época de mi padre, en los años ochenta y noventa, a veces algunas querían venir a Hong Kong o a Singapur de compras. Pero ahora ya no. Y, en las raras ocasiones que sí lo hacen, intentamos ponerles la alfombra roja para que los clientes puedan concentrarse en el trabajo sin preocuparse de que vayan a estafar a sus mujeres en Stanley Market.

ALT: Entonces, no consideras que un elemento esencial para hacer negocios sea una «cena con las esposas», ¿no?

CW: ¡En absoluto! Hoy en día, la mayoría de mis clientes son Zuckerbergs solteros de veintidós años, parcos en palabras. ¡Y muchas son mujeres! ¿Qué pasa? ¿Michael está intentando reclutarte para que le ayudes con algunos clientes?

ALT: Ya lo ha hecho.

CW: Entonces, ¿por qué preguntas?

ALT: Bueno, porque fue un desastre total, el negocio se fue al garete, y adivina a quién le ha echado la culpa.

CW: ¿Qué? ¿Por qué ibas a tener tú la culpa de un trabajo mal hecho? La última vez que lo comprobé, no eras su empleada. ¿Derramaste *bak kut teh*[*] hirviendo sobre el regazo del cliente, o qué?

ALT: Es una larga historia. Y bastante curiosa, la verdad. Ya te la contaré cuando te vea en Hong Kong el mes que viene.

CW: ¡Venga ya, no me dejes en ascuas!

Astrid levantó las manos del teclado. Por un instante, se debatió entre inventarse alguna excusa e irse o seguir con la historia. No quería despotricar sobre su marido con Charlie porque sabía que él ya tenía una impresión sesgada de Michael, pero la necesidad de desahogarse se apoderó de ella.

ALT: Al parecer, Michael lleva trabajándose a esos clientes mucho tiempo y el pez gordo y todo su

---

[*] La traducción literal sería: «Infusión de carne con hueso». No es el nombre de ningún espectáculo veraniego de Fire Island, sino una popular sopa singapurense hecha con costillas de cerdo que se deshacen en la boca, tras haber sido cocidas durante varias horas en un caldo de hierbas y especias embriagadoramente complejo.

equipo vinieron a cerrar el trato. Él se trajo a su mujer, así que Michael me pidió que organizara una cena agradable en algún lugar que los impresionara. La pareja es amante de la buena la comida, así que elegí el André.

CW: No está mal. Para la gente de fuera de la ciudad también me gusta el Waku Ghin.

ALT: A mí me encanta la cocina de Tetsuya, pero no me pareció adecuada para ese grupo. En cualquier caso, por primera vez en la vida, Michael se obsesionó con lo que me iba a poner para ir a la cena. Me había puesto un modelo que para mí era perfecto, pero quiso que me cambiara y me pusiera algo más ostentoso.

CW: ¡Pero ese no es tu estilo!

ALT: Yo quería colaborar. Así que me puse unos pendientes irresponsablemente grandes de esmeraldas y diamantes que, en realidad, no deberían llevarse en público salvo en una cena de gala en el Castillo de Windsor o en una boda en Yakarta.

CW: Suena alucinante.

ALT: Bueno, pues resultaron ser la elección equivocada. Llegamos tarde al restaurante y Michael insistió en conducir él mismo su nuevo Ferrari *vintage* y aparcar justo delante. Así que todos nos estaban mirando mientras entrábamos. Luego resultó que el pez gordo era del norte de California. Se trataba de una pareja encantadora y discreta, la mujer era elegante pero de forma sutil. Llevaba un bonito vestido corto y holgado, unas sandalias de tiras y unos pendientes hechos a mano por algún jovencito. Comparada con ella, yo iba excesivamente arreglada, lo que hizo que todo el mundo se sintiera incómodo.

A partir de ese momento, todo fue de mal en peor y hoy Michael ha llegado a casa muy enfadado. Han rechazado el trato.

CW: ¿Y Michael te culpa a ti?

ALT: Se culpa más a sí mismo, pero yo creo que, en parte, fue culpa mía. Debería haber seguido mi instinto y no haberme quitado el primer conjunto. A decir verdad, me cabreó un poco que Michael criticara mi elección, así que pisé el acelerador hasta el fondo con el segundo conjunto. Pero fue demasiado y causó rechazo al cliente.

El móvil de Astrid empezó a sonar. Al ver que era Charlie, contestó.

—¡Astrid Leong, eso es lo más ridículo que he oído nunca! A los clientes les importa una mierda cómo van vestidas las mujeres de los hombres con los que hacen negocios, sobre todo en el mundo de la tecnología. Seguro que hay muchas razones por las que el trato no ha funcionado, pero, créeme, tus accesorios no han tenido nada que ver. Lo entiendes, ¿verdad?

—Entiendo lo que dices y estoy de acuerdo... en parte. Pero fue una noche muy rara y se produjo una cadena de acontecimientos extraña. Tendrías que haber estado allí.

—Astrid, eso son gilipolleces. ¡Y me cabrea que Michael intente hacerte sentir, en cierto modo, responsable de ello!

Astrid suspiró.

—Sé que no soy la única responsable, pero sí creo que, si hubiera hecho las cosas de forma un poco diferente, el resultado habría sido más positivo. Siento que te hayas enfadado. No era mi intención. Supongo que solo estaba despotricando egoístamente después de la discusión que he tenido con Michael. Me siento mal por él, en serio. Sé que ha trabajado muy duro para intentar hacer despegar ese negocio.

—¡Laméntate todo lo que quieras! A la empresa de Michael sigue yéndole de fábula, sus acciones no han bajado ni un solo punto por causa de eso. Pero de alguna forma se las ha arreglado para hacerte sentir mal, y eso es lo que me preocupa. No entiendes lo absurdo que es todo ese razonamiento. Tú no has hecho nada malo, Astrid. NADA.

—Gracias por decir eso. Bueno, tengo que salir pitando. Cassian está gritando por algo —dijo Astrid. Luego colgó el teléfono, cerró los ojos y dio rienda suelta a sus lágrimas.

No se había atrevido a contarle a Charlie lo que Michael le había dicho realmente al llegar a casa esa noche. Había entrado en el cuarto de Cassian, donde Astrid estaba agazapada bajo el escritorio con los pendientes de esmeraldas puestos, tras una barricada hecha con tres sillas, fingiendo que era Ginebra y que Cassian, el rey Arturo, la había secuestrado.

—¡Otra vez esos malditos pendientes! ¡Hiciste que ese trato tan importante fracasara por culpa de esos pendientes! —dijo Michael, con desprecio.

—¿De qué demonios estás hablando? —preguntó Astrid, observándolo desde su escondite.

—El negocio se ha ido al traste hoy. Ni se han acercado al precio que les pedía.

—Lo siento, cielo —dijo Astrid, saliendo de debajo del escritorio para intentar darle un abrazo que él rechazó de inmediato. Su mujer lo siguió por el pasillo, hasta el dormitorio.

—La cagamos bien cagada en la cena de los clientes. La culpa no es tuya, sino mía. Yo fui el idiota que te pidió que te cambiaras. Por lo visto, tu conjunto no le pareció tan bien a todo el mundo.

Astrid no podía creer lo que estaba oyendo.

—La verdad, no entiendo qué importancia podría tener eso. ¿A quién iba a importarle lo que llevaba puesto?

—En este sector, la intuición lo es todo. Y una parte fundamental a la hora de hacer negocios es la importantísima cena con los clientes y sus esposas.

—Creía que nos lo habíamos pasado bien. A Wendy le entusiasmaron todos los platos, e incluso intercambiamos nuestros números de teléfono.

Michael se sentó en la cama y apoyó la cabeza sobre las manos unos instantes.

—¿No lo entiendes? En realidad no importa lo que piense esa mujer. Estaba intentando demostrarles a esos tíos que soy el jefe de la empresa tecnológica más importante de Singapur. Que somos la opción más sobresaliente, como nuestro estilo de vida. Y que por eso tenían que pagarnos lo que valemos. Pero me ha salido el tiro por la culata.

—A lo mejor no tenías que haber elegido el Ferrari. Puede que fuera demasiado obvio —dijo Astrid.

—No, no fue por eso. A todos les encantó el Ferrari. Lo que no entendieron demasiado bien fue tu estilismo.

—¿Mi estilismo? —preguntó Astrid, incrédula.

—Nadie entiende lo de esas cosas raras *vintage*. ¿Por qué no puedes vestirte de Chanel de vez en cuando, como todo el mundo? Lo he pensado mucho, y creo que tenemos que hacer algunos cambios sustanciales. Necesito urgentemente renovar mi imagen por completo. La gente no me toma en serio por la forma en que vivimos. Piensan: «Si tiene una de las empresas tecnológicas más importantes de Asia, ¿por qué no vive en una casa más grande? ¿Por qué no sale más en la prensa? ¿Por qué su mujer sigue conduciendo un Acura y no tiene mejores joyas?».

Astrid meneó la cabeza, con escepticismo.

—Cualquier coleccionista importante de joyas conoce la colección de mi familia.

—¡Ese es uno de los problemas, cielo: que nadie, salvo un diminuto círculo endogámico, ha oído hablar jamás de tu familia debido a su puñetera obsesión por la privacidad! En la cena, mi cliente ni se imaginó que esos pedruscos del tamaño de un rambután que llevabas puestos eran auténticos. Así que, en vez de darte más caché, parecía que llevabas puesta bisutería barata. ¿Sabes qué le dijo anoche su asesor legal a Silas Teoh, mientras se tomaban unas copas? Que, cuando entramos en el restaurante, todos habían creído que mi pareja era una chica de Orchard Towers.

—¿De Orchard Towers? —preguntó Astrid, confusa.

—Es donde trabajan todas las acompañantes. ¡Las botas y los pendientes que llevabas la otra noche hicieron que los chicos creyeran que eras una puta de lujo! —gritó Michael. Astrid miró fijamente a su marido, demasiado dolida para decir nada—. Tenemos que darlo todo o irnos a casa. Yo necesito contratar a un nuevo asesor de RR. PP. y tú necesitas un nuevo *look*. Y creo que mañana deberías llamar a esa amiga tuya de MGS que es agente inmobiliaria, ¿cómo se llamaba? ¿Miranda?

—¿Te refieres a Carmen?

—Eso, Carmen. Dile que necesitamos empezar a buscar casas nuevas. Quiero vivir en un sitio que haga que todos los que vengan se pongan a *lao nua** nada más llegar a la entrada.

---

* Literalmente, en hokkien, «salivar». En otras palabras, que se les caiga la baba a causa de la envidia.

13

El desfile de moda de «Salvemos a las costureras»

Junio de 2013, Porto Fino Estates, Shanghái

NOBLESTMAGAZINE.COM.CN
La cronista de sociedad Honey Chai bloguea en directo desde su asiento de primera fila, mientras dos de los iconos de la moda más influyentes de China se unen esta noche por la más noble de las causas.

17:50
Acabo de llegar a la paradisiaca casa de campo de la heredera y bloguera de moda **Colette Bing,** que nos va a ofrecer un avance muy especial de la colección de otoño con su mejor amiga, la superestrella **Pan TingTing.** Esta es la codiciada invitación que solo las trescientas personas más chic de China han recibido. **Prêt-à-Couture** nos traerá los conjuntos más deslumbrantes de las principales casas de moda de Europa. Mientras las más famosas supermodelos asiáticas, incluidas **Du Juan** y **Liu Wen,** desfilan por la pasarela, la ropa se subastará y los beneficios se donarán a **Salvemos a las costureras,** una fundación creada por Colette y TingTing, que lucha por

mejorar las condiciones laborales de las trabajadoras del sector textil en Asia.

17:53

A medida que los invitados llegamos a la casa caminando por el largo sendero de guijarros, una hilera de camareros franceses, ataviados con chaquetas con cuello Napoleón negras, nos dan la bienvenida con cócteles French Blonde* servidos en copas *vintage* de Lalique. Eso sí es tener clase.

18:09

Este lugar es como el hotel Puli, pero mucho más grande. Ahora mismo, estamos dentro del Museo de la Familia Bing y, mire adonde mire, veo Warhols, Picassos y Bacons y, delante de ellos, están algunas de las obras de arte vivientes más fabulosas de China: **Lester Liu** y su esposa, **Valerie,** con un espectacular vestido *vintage* de Christian Lacroix de falda abullonada; **Perrineum Wang,** que luce un tocado de Stephen Jones con brillantes rayos de sol dorados y un vestido de jirones de Sacai; **Stephanie Shi,** que está impresionante con un Rochas azul, y **Tiffany Yap,** más a la moda que nunca, vestida de Carven. ¡*Le tout* Shanghái está aquí esta noche!

18:25

Acabo de conocer a **Virginie de Bassinet,** la elegante fundadora de Prêt-à-Couture, que asegura que nos quedaremos extasiados en nuestros asientos cuando empiece el desfile de moda. **Carlton Bao** acaba de entrar con una chica muy guapa que se parece mucho a él. ¿Quién será ella y quién es el bombón que los acompaña? Madre mía, ¿es el

---

* Refrescante aperitivo compuesto por licor de flor de saúco St. Germain, ginebra y Lillet blanco mezclado con zumo de uva. ¡Chinchín!

actor de la famosa serie coreana de televisión *My Love from the Star*?

18:30
No es el chico de *My Love from the Star*. Al parecer, es un profesor de Historia amigo de Carlton que ha venido a visitarlo desde Nueva York. Qué decepción.

18:35
Lester y **Valerie Liu** se encuentran en una galería donde están colgados unos preciosos pergaminos antiguos y Valerie está llorando sobre el hombro de Lester. ¿Qué habrá pasado?

18:45
Ahora estamos en el jardín, donde han colocado las sillas a lo largo de un inmenso estanque reflectante. ¿Es posible que este jardín esté climatizado? Estamos en plena ola de calor de junio y, aun así, noto que corre una brisa fresca y percibo un aroma a madreselva.

18:48
Hay iPads en todos los asientos con una aplicación especial instalada para poder ver de cerca todas las prendas que van saliendo en la pasarela y pujar por ellas. ¡Esto sí que es sacar partido a la tecnología!

18:55
Todo el mundo espera la llegada de Colette y Pan TingTing. ¿Qué llevarán puesto?

19:03
Colette acaba de entrar y **Richie Yang** ha ido corriendo para cogerla del brazo y acompañarla a su sitio. (¿Serán ciertos los

rumores de que vuelven a estar juntos?). Esto es lo que Colette lleva puesto: un vestido largo, palabra de honor, en color narciso y con unas transparencias impresionantes a la altura del muslo, de Dior Couture, acompañado de unos taconazos rojos extremadamente sexis de Sheme, que tienen unas serpientes de pedrería alrededor de los tobillos. ¡Esto es una PRIMICIA, ni siquiera a ella misma le ha dado tiempo a colgarlo en su blog!

19:05

Roxanne Wang, la maravillosa asistente de Colette, que está de infarto con un mono tejano negro de Rick Owens DRKSHDW, acaba de informarme de que las serpientes no son de pedrería, sino de rubíes. ¡¡¡ME MUERO!!!

19:22

Seguimos esperando a Pan TingTing, que ya lleva más de una hora de retraso. Nos han dicho que acaba de aterrizar el avión en el que viene directamente de Londres, donde ha estado rodando una nueva película supersecreta con el director Alfonso Cuarón.

19:45

¡Pan TingTing acaba de llegar! Repito: ¡Pan TingTing acaba de llegar! Lleva una cola de caballo alta, un mono blanco de satén de seda y unas botas de montar por la rodilla, de piel gris gastada. Os diré los nombres de los diseñadores cuando los averigüe. Joyas: unos pendientes tribales con cuentas de colores de la reserva africana de Masái Mara. Nada ostentoso, pero ¿qué más da? Está realmente espectacular, como si acabara de llegar de una carrera de motos por el desierto del Gobi. ¡La gente se está volviendo loca!

—Así que esa es la Jennifer Lawrence china —le comentó Rachel a Carlton, mientras observaba el revuelo que se había formado al otro lado del estanque reflectante.

—Es mucho más importante que Jennifer. Es como Jennifer Lawrence, Gisele Bündchen y Beyoncé juntas —declaró Carlton.

Rachel se rio de aquella analogía.

—Hasta esta noche, nunca había oído hablar de ella.

—Créeme, pronto lo harás. Todos los directores de Hollywood están intentando contratarla para sus películas, porque saben que aquí generará cientos de millones en taquilla.

Pan TingTing estaba de pie en la entrada del jardín, con todos los ojos clavados en ella. Cada uno de los invitados quería observar aquel cutis de mármol translúcido que *Shanghai Vogue* había comparado con la *Piedad* de Miguel Ángel, aquellos celebrados ojos de Bambi y sus curvas a lo Sofía Loren.

TingTing esbozó la candorosa sonrisa que tanta fama le había dado e hizo un barrido rápido de la multitud con la mirada, mientras estallaban los primeros *flashes* de las cámaras. «Esta noche no hay ninguna sorpresa. Están todos los sospechosos habituales. ¿Por qué accedería a dejar Londres por este evento? Mi agente dijo que era publicidad de la buena. Pero, si este mes ya salgo en seis portadas de revistas, ¿para qué necesito más publicidad? Ahora mismo podría estar disfrutando de esa maravillosa ensalada de calabaza en Ottolenghi y paseando en bici por Notting Hill, sin que me reconociera absolutamente nadie (salvo los turistas chinos que van de compras por Ledbury Road), pero aquí estoy, siendo diseccionada como un insecto bajo un microscopio. Hablando de insectos, ¿qué lleva Perrineum Wang en la cabeza, por el amor de Guanyin? No establezcas contacto visual. Mira, ahí viene el fotógrafo Russell Wing. ¿Cómo se las arregla para estar en todas las fiestas de Asia a la vez? Stephanie Shi acaba de saltar de su asiento como un caniche electrocutado. Ya verás, va a intentar ponerse otra vez a mi derecha para que, cuando el fotógrafo aparezca por alguna parte, el pie de foto diga: "Stephanie Shi y Pan TingTing". Siempre quiere que su nombre vaya primero. Menos mal que su abuelo ya no está en el poder. Tengo entendido que ahora el viejo tiene que usar una bolsa de colostomía. Y, por supuesto, a la zaga de Stephanie vienen otras dos princesas de Pekín: Adele Deng y Wen Pi Fang. Pobrecitas mías, con esos vestidos de rejilla de Balmain parecen un par de sillas de ratán andantes».

Las chicas saludaron a TingTing con unos abrazos empalagosos y entrelazaron los brazos alrededor de ella como si fueran sus mejores amigas, mientras Russell hacía las fotos. «Madre mía, en esta fotografía voy a parecer el relleno de un bocadillo de Balmain. ¿Estas chicas *guanerdai** se habrían molestado siquiera en escupir en mi dirección hace cinco años? ¡Por Dios, las cosas que soy capaz de hacer por caridad!».

—Esta vez, he intentado buscar las cicatrices de sus párpados; esos ojos enormes de mapache no pueden ser de verdad. El problema es que lleva pestañas postizas y un corrector muy bueno. En las fotos, parece que va muy poco maquillada, pero en realidad lleva plastones en todos los lugares estratégicos —le susurró Adele a Pi Fang, mientras regresaban a sus asientos.

Pi Fang asintió.

—Me he fijado en su nariz. ¡Nadie tiene las fosas nasales tan perfectas! Ivan Koon jura que era azafata de KTV en Suzhou hasta que algún ricachón de por allí le pagó los gastos para que fuera a Seúl y se operara todo. El cirujano plástico tuvo que expedirle uno de esos certificados con las fotos del «antes» y el «después», porque su foto del pasaporte no se parecía en nada a ella cuando le quitaron todos los vendajes.

---

* Término en mandarín para designar a los hijos de los altos cargos del Gobierno.

—*Pi hua!*[*] —replicó Tiffany Yap—. ¿No podéis limitaros a aceptar el hecho de que ha nacido con esa belleza natural? No todo el mundo ha ido a Seúl a que le rompan la nariz a propósito, como vosotras dos. Y TingTing no es de Suzhou, es de Jinan. Y no oculta el hecho de que, antes de que Zhang Yimou la descubriera, vendía maquillaje en un mostrador de SK-II.

—Bueno, entonces en parte tengo razón. Así es como tiene acceso a los mejores correctores —declaró Adele.

TingTing llegó a su asiento de honor, entre Colette y la madre de esta. Le estrechó las manos con respeto a la señora Bing antes de sentarse y Colette se inclinó para darle dos besos en las mejillas. «Colette está espectacular, como siempre. La gente dice que solo tiene esa imagen porque puede permitirse cualquier cosa del mundo, pero yo no estoy de acuerdo. Tiene un estilo que el dinero no puede comprar. Es curioso que la prensa diga que somos tan buenas amigas, cuando esta debe de ser la quinta vez que la veo. Aun así, ella es una de las pocas de este grupito a la que de verdad puedo soportar. No es predecible, como el resto, y resulta divertidísimo ver cómo hace que todos esos tipos revoloteen alrededor de ella, como *gigolós* desesperados. Ahora voy a ignorar el hecho de que la señora Bing acaba de vaciarse en las manos una botella entera de desinfectante después de saludarme».

De repente, las luces del jardín se apagaron. Tras una breve pausa, el bosquecillo de bambú que había detrás del estanque reflectante se iluminó en un llamativo azul Yves Klein, mientras unas luces de tonos amarillentos sumergidas en las profundidades del agua empezaban a parpadear con intensidad, como si se tratara de una pista de aterrizaje. *Bonnie and Clyde*, de Serge Gainsbourg y Brigitte Bardot, empezó a sonar a todo volumen por el equipo de sonido mientras la primera modelo, con un vestido

---

[*] En mandarín, «tonterías».

largo, dorado y con cola de gasa, se deslizaba por el enorme estanque, como si tuviera el poder de caminar sobre las aguas.

La multitud estalló en un aplauso eufórico, pero Colette permaneció sentada, con los brazos cruzados y la cabeza ladeada de forma evaluadora. Mientras el resto de las modelos, vestidas con conjuntos profusamente adornados, continuaban desfilando por la pasarela, varias de las mujeres de la primera fila empezaron a intercambiar miradas inquietas. Valerie Liu hizo un gesto de desaprobación con la cabeza y Tiffany Yap miró a Stephanie Shi, levantando las cejas, mientras una modelo con una cazadora de motorista ribeteada con peonías de seda pasaba pisando fuerte por delante de ellas. Cuando apareció un trío de chicas con vestidos largos con cola de sirena y corpiños joya, Perrineum Wang se inclinó hacia Colette.

—¿Esto es un desfile de moda, o estamos en el concurso de trajes de noche de Miss Universo? —le susurró la mujer, a grito pelado.

—Estoy tan desconcertada como tú —dijo Colette, nerviosa. Unos momentos después, cuando una modelo tomó la pasarela con un abrigo de satén perlado, bordado con un dragón escarlata, Colette decidió que ya había visto suficiente. Se levantó apresuradamente y fue hecha una furia hasta el borde de la pasarela, donde el productor del desfile, Oscar Huang, dirigía frenéticamente a las modelos.

—¡Interrumpe el desfile! —le exigió Colette.

—¿Qué? —contestó Oscar, aturdido.

—¡He dicho que interrumpas el maldito desfile! —exclamó Colette, y lanzó una mirada a Roxanne, que ya había salido corriendo hacia la cabina de audio, donde estaba el técnico de sonido. La música paró de golpe, las luces de la casa se encendieron y las modelos permanecieron incómodas en su sitio, con los pies metidos en dos centímetros y medio de agua, sin saber qué hacer.

Enfadada, Colette le arrebató los auriculares con micrófono a Oscar, se arrancó los zapatos de tacón de aguja con rubíes
incrustados y saltó a la pasarela de metacrilato que se escondía
bajo la superficie del agua. Caminó hasta el centro del estanque
y se dirigió a la multitud.

—Os pido disculpas a todos. El desfile de moda ha terminado. Este no era el desfile que esperaba y tampoco es lo que os
prometí. Por favor, aceptad mis más sinceras disculpas.

Virginie de Bassinet, la fundadora de Prêt-à-Couture, llegó corriendo a la pasarela.

—¿Qué significa esto? —chilló la mujer.

Colette se giró hacia Virginie.

—Yo debería estar haciéndote la misma pregunta. Me ase-
guraste que traerías los conjuntos más novedosos de Londres,
París y Milán.

—¡Estas prendas vienen directas de la pasarela! —insistió
Virginie.

—¿De cuál? ¿De la del aeropuerto de Ürümqi? Dime, ¿qué
es toda esa basura de dragones y aves fénix, y ese exceso de pedrería? ¡Es como si estuviera viendo modelitos de patinadoras
sobre hielo rusas! ¿A Hubert de Givenchy se le habría ocurrido
bordarle cristales *pavé* a una capa de cachemir? ¡Este es el tipo de
moda condescendiente que se hace para los *fu er dai** ignorantes
de las provincias occidentales, y es un insulto para mis invitados!
¡He convocado a los *influencers* de las marcas con más estilo y a
los líderes de opinión más importantes del país para que vinieran
aquí esta noche, y creo que hablo en nombre de todos cuando
digo que ni locos dejaríamos que ni siquiera nuestras sirvientas
se pusieran un solo vestido de los que he visto hasta ahora!

Virginie miró a Colette, completamente atónita.

---

* En mandarín, «segunda generación de ricos». Es un término, normalmente
despectivo, usado para designar a los hijos e hijas de los nuevos ricos chinos que
se beneficiaron de los primeros años de la reforma económica china.

Cuando la mayoría de los invitados se dispersaron, Colette invitó a Carlton, Rachel, Nick, TingTing y algunos otros amigos íntimos a volver a la casa para tomar una cena ligera.

—¿Dónde está Richie? —le preguntó Perrineum Wang a Colette, mientras entraban en el salón principal.

—Lo mandé a freír espárragos después de la jugarreta de antes. ¡A quién se le ocurre suponer que necesitaría que me acompañara a mi asiento, como si fuera mi dueño o algo así! —resopló Colette.

—¡Bravo, Colette! —dijo Adele Deng—. No podría estar más de acuerdo contigo. Y también has hecho lo correcto cancelando el desfile de moda. Habría arruinado tu reputación como icono de estilo haber permitido que siguiera adelante.

Rachel miró a Nick, desconcertada, antes de aventurarse a hacer una pregunta.

—Perdona mi ignorancia, pero todavía no entiendo lo que ha sucedido. ¿Qué le pasaba al desfile? Por lo que ponía en la guía de mi iPad, al parecer estábamos viendo prendas de todos los diseñadores importantes.

—Eran de los diseñadores importantes. Pero solo estábamos viendo prendas diseñadas específicamente para satisfacer al mercado chino. Era tremendamente condescendiente. Esto forma parte de una tendencia bastante alarmante, y es que las marcas envían todas estas prendas diseñadas para China a Asia, pero no nos dan acceso a las verdaderas prendas de última moda que pueden comprar las mujeres en Londres, París o Nueva York —le explicó Colette.

—Cada semana, los principales diseñadores me envían percheros y percheros llenos de este tipo de prendas, con la esperanza de que me las ponga, pero la mayoría de ellas son como lo que acabamos de ver en la pasarela —comentó TingTing.

—No tenía ni idea de que pasara eso —dijo Rachel.

—Y yo me pregunto: ¿dónde estaba Gareth Pugh? ¿Y Hussein Chalayan? ¡Un vestido más de lentejuelas con un hombro al aire sobre esa pasarela, y me habría puesto a vomitar! —resopló Perrineum, mientras las antenas doradas que llevaba en la cabeza se bamboleaban con furia.

Repantingada en uno de los sofás, Tiffany Yap suspiró.

—Esperaba hacer todas las compras de la próxima temporada esta noche, pero esto ha sido un fracaso estrepitoso.

—Pues últimamente yo ya he dejado de intentar comprar en China. Voy directamente a París —dijo Stephanie Shi, exasperada.

—Deberíamos ir todas a París un día de estos. Sería un viaje divertido —propuso Adele.

A Colette se le iluminó la mirada.

—¿Por qué no vamos ahora? ¡Cojamos mi avión y vayamos directas al origen!

—Colette, ¿lo dices en serio? —preguntó Stephanie, emocionada.

—Claro que lo digo en serio —contestó Colette, y se volvió hacia Roxanne—. ¿Cómo está la agenda del avión privado? ¿Van a usar a Trenta la semana que viene?

Roxanne empezó a consultar su iPad.

—Su padre tiene a Trenta el jueves, pero tengo reservado a Venti el lunes. Se supone que tiene que volar a Guilin con Rachel y Nick.

—Vaya, lo había olvidado —dijo Colette, mirando a Rachel un tanto avergonzada.

—Colette, por supuesto que tienes que ir a París. Nick y yo podemos visitar Guilin solos —insistió Rachel.

—Tonterías. Os prometí enseñaros mis montañas favoritas de Guilin, e iremos sí o sí. Pero, antes, Nick y tú tenéis que venir a París con nosotras.

Rachel le dirigió a Nick otra mirada que él claramente interpretó como: «¡Por favor, otro vuelo en un avión privado no!».

—No queremos molestar —repuso Nick, prudentemente.

Colette se volvió hacia Carlton.

—¡*Aiyah*, diles a Nick y a Rachel que dejen de ser tan educados conmigo!

—Por supuesto que vendrán con nosotros a París —aseguró Carlton, tranquilamente, como si ya estuviera decidido.

—¿Y tú, TingTing? ¿Puedes venir? —preguntó Colette.

Por una décima de segundo, TingTing pareció un ciervo sorprendido por los faros de un coche. «Antes preferiría tener un episodio de herpes agudo que estar atrapada en un avión con esas chicas durante doce horas».

—Vaya, ojalá pudiera ir a París, pero tengo que estar de vuelta para rodar en Londres a principios de la semana que viene —respondió la actriz, mirando a todos con tristeza.

—Qué pena —dijo Colette.

Roxanne se aclaró la garganta ruidosamente.

—Ejem, hay un pequeño contratiempo... Su madre va a usar a Trenta mañana.

—¿Para qué? ¿Adónde va? —preguntó Colette.

—A Toronto.

—¡Madre! —gritó Colette, con todas sus fuerzas.

La señora Bing entró caminando como un pato en el salón principal, con un cuenco de *congee* de pescado.

—¿A qué diablos tienes que ir a Toronto? —le preguntó Colette.

—A ver a un podólogo que me ha recomendado Mary Xie.

—¿Qué te pasa en los pies?

—*Aiyah*, no son solo los pies. También las pantorrillas y los muslos. Me arden como el fuego cuando camino más de diez minutos. Creo que tengo fimosis espinal.

—Si de verdad tienes problemas en los pies, no deberías ir a Toronto: deberías ir a París.

—¿A París, en Francia? —dijo la señora Bing, con incredulidad, sin dejar de comer *congee*.

—Sí, ¿no sabes que los mejores podólogos del mundo están en París? Tienen que tratar a todas esas mujeres que se destrozan los pies intentando caminar por esas calles adoquinadas con sus Roger Vivier. Queremos irnos a París esta noche. Deberías venir con nosotros y yo te llevaré al mejor especialista.

La señora Bing miró a su hija entre sorprendida y encantada. Aquella era la primera vez que Colette se había interesado por alguno de sus males.

—¿Pueden venir también *nainai** y la tía Pan Di? Ella siempre ha querido ir a París, y *nainai* necesita hacer algo con sus juanetes.

—Pues claro. ¡Tenemos un montón de sitio! Invita a quien quieras.

La señora Bing miró a Stephanie, pensativa.

—¿Por qué no invitas también a tu madre? Sé que está muy triste desde que echaron a tu hermano de Yale.

—¡Es una idea fantástica, señora Bing! Estoy segura de que le hará mucha ilusión venir, especialmente si va usted —respondió Stephanie.

Colette se volvió hacia Roxanne en cuanto su madre salió de la habitación.

—Busca en Google «podólogo París».

—Ya lo he hecho —dijo Roxanne—. Y Trenta puede estar preparado y con toda la tripulación a bordo en tres horas.

Colette se giró hacia sus amigos.

—¿Por qué no nos vemos todos en el aeropuerto de Hongqiao a medianoche?

—¡Desempolvad vuestras Goyard! ¡Nos vamos a París! —exclamó Perrineum.

---

* En mandarín, «abuela».

14

Trenta

*De Shanghái a París en el avión privado de los Bing**

El guardia de seguridad en la entrada de la zona de Aviación Privada del Aeropuerto Internacional de Hongqiao les entregó a Carlton, Rachel y Nick los pasaportes y les dio paso con la mano.

—Tengo un poco de fobia a los *jets* privados, pero debo admitir que el avión de Colette es precioso —comentó Rachel, mientras el SUV de Carlton se acercaba a un Gulfstream VI al que estaban llegando varios coches.

—Ese avión es muy bonito, pero no es el de Colette. El de Colette es ese otro —dijo Carlton, girando a la derecha. Aparcado a lo lejos, en la pista, esperaba un colosal avión privado Boeing 747 de color blanco alpino con una cinta roja ondulante dibujada a lo largo del fuselaje, como si de una pincelada caligráfica gigante se tratara—. Este Boeing 747-81 VIP fue un regalo de cuarenta cumpleaños para la madre de Colette.

---

* La lista de pasajeros estaba formada por Rachel, Nick, Carlton, Colette Bing, la señora Bing, la abuela Bing, la tía Pan Di, Stephanie Shi, la señora Shi, Adele Deng, Wen Pi Fang, la señora Wen, Perrineum Wang, Tiffany Yap, Roxanne Ma y seis sirvientas (cada una de las amigas de Colette llevaba su propia sirvienta).

—¡Estás de broma! —exclamó Rachel, con la mirada clavada en aquel inmenso aparato que brillaba bajo los reflectores.

Nick se rio.

—Rachel, no sé cómo puedes sorprenderte a estas alturas. Para los Bing, más grande siempre significa mejor, ¿no?

—Se pasan la vida yendo de un lado a otro del planeta, así que en su caso tiene sentido. Además, para los hombres de negocios como Jack Bing el tiempo es oro. Con los enormes retrasos que hay últimamente en los aeropuertos de Shanghái y Pekín, es una ventaja tener tu propio avión: solo tienes que pagar para saltarte la cola de la pista — explicó Carlton.

—¿No es eso, precisamente, lo que está causando tantos retrasos en los aeropuertos chinos? ¿Que los aviones privados se salten la cola de las aerolíneas comerciales? —preguntó Nick.

—Sin comentarios —dijo Carlton, guiñando un ojo, mientras se acercaba a la alfombra roja que iba de la cabina del avión a la pista. El personal de tierra empezó a moverse diligentemente alrededor del coche, abriendo puertas y sacando maletas, mientras Carlton le entregaba el vehículo al aparcacoches. A lo largo de la alfombra, quince miembros de la tripulación permanecían atentos como tropas listas para la inspección, vestidos con los mismos uniformes negros almidonados de James Perse que llevaban los empleados de la casa de Colette.

—Me siento como Michelle Obama a punto de embarcar en el Air Force One —le susurró Rachel a Nick, mientras caminaban por la lujosa alfombra roja.

—Esperad a subir a bordo, este avión hace que el Air Force One parezca una lata de sardinas —bromeó Carlton, que los había oído.

Cuando llegaron al final de la escalera, entraron por la puerta de la cabina y el sobrecargo principal les dio la bienvenida de inmediato.

—Bienvenido a bordo, señor Bao. Me alegro de volver a verle.

—Hola, Fernando.

—¿Qué número calzan, por favor? —preguntó la azafata que estaba al lado de Fernando, después de hacer una profunda reverencia.

—Pues yo el treinta y ocho y medio, y él el cuarenta y cuatro y medio —dijo Rachel, preguntándose a qué venía aquella pregunta.

Al cabo de un rato, la azafata volvió con bolsas de terciopelo con cordón para todos.

—Un regalo de la señora Bing —anunció. Rachel miró en el interior y vio un par de zapatillas de piel de Bottega Veneta.

—La madre de Colette prefiere que todo el mundo lleve esto puesto a bordo —explicó Carlton, quitándose los mocasines—. Venid, dejad que os haga una visita rápida antes de que suban los demás. —Los condujo por un pasillo con paneles de madera de arce lacada en color gris e intentó abrir unas puertas dobles—. Mierda, parece que está cerrado. Esta es la escalera que baja a la clínica. Hay un quirófano con un sistema completo de soporte vital y siempre hay un médico a bordo.

—Déjame adivinar..., ¿idea de la señora Bing? —preguntó Nick.

—Sí, siempre le preocupa caer enferma en el avión mientras va de camino a visitar a sus médicos. Intentemos ir por aquí.

Siguieron a Carlton por otro pasadizo y bajaron unas escaleras más anchas.

—Esta es la cabina principal, o el Salón Principal, como ellos la llaman.

Rachel se quedó boquiabierta. Era perfectamente consciente de que seguía dentro de un avión. Pero lo que estaba viendo era algo que no podía existir en una aeronave. Acababan de entrar en una sala semicircular gigante con brillantes sofás balineses de teca, consolas que parecían arcones antiguos de plata y lámparas cubiertas de seda en forma de flores de loto. Pero el punto focal de aquel espacio era una pared de piedra de tres pisos con Budas tallados que parecían antiguos. En la pared crecían helechos y otras plantas exóticas, y, a un lado, una escalera de caracol de cristal y piedra serpenteaba hacia el piso de arriba.

—La señora Bing quería que el Salón Principal pareciera un templo antiguo de Java —les explicó Carlton.

—Es igualito a Borobudur —murmuró Nick, mientras tocaba la piedra cubierta de musgo.

—Tú lo has dicho. Creo que se enamoró de algún complejo hotelero de por allí hace muchos años y quiso tener una réplica en su avión. La pared es una fachada de verdad de un yacimiento arqueológico. Tuvieron que sacarla a escondidas de Indonesia, según tengo entendido.

—Supongo que con un 747 puedes hacer lo que quieras, si no necesitas meter dentro cuatrocientos asientos —conjeturó Nick.

—Sí, y tener cuatrocientos sesenta metros cuadrados de espacio para jugar también ayuda. Estos sofás, por cierto, están tapizados con piel de reno ruso. Y al final de esas escaleras hay una sala de karaoke, otra de proyección, un gimnasio y diez habitaciones.

—¡Ay, Dios! ¡Nick, ven aquí ahora mismo! —exclamó Rachel, asustada, desde el otro lado de la estancia.

Nick fue corriendo hacia ella.

—¿Estás bien?

Rachel estaba petrificada al lado de lo que parecía un carril de natación, meneando la cabeza con incredulidad.

—Mira, es un estanque con carpas.

—Por Dios, qué susto me has dado. Por un momento creí que había pasado algo —dijo Nick.

—¿Y crees que no pasa nada? ¡HAY UN PUÑETERO ESTANQUE CON CARPAS EN MEDIO DE ESTE AVIÓN, NICK!

Carlton se acercó, riéndose de la reacción de su hermana.

—Son algunas de las preciadas carpas de la señora Bing. ¿Ves esa gorda y blanca de ahí, que tiene una mancha roja grande en medio de la espalda? Algún capullo japonés que vino de invitado al avión les ofreció a los Bing doscientos cincuenta mil dólares por ese pez. Le recordaba a la bandera japonesa. Me pregunto si esas pobres carpas sufrirán el *jet lag*.

Justo entonces, Colette entró en la cabina principal envuelta en un poncho de angora con capucha, seguida por una larga comitiva formada por su madre, su abuela, Roxanne, algunas de las chicas de antes y un séquito de sirvientas.

—¡No puedo creer que esos idiotas os hayan dejado subir a bordo! ¡Quería enseñárselo yo misma a Nick y Rachel! —dijo Colette, haciendo un pucherito.

—Solo hemos visto esta sala —repuso Rachel, con docilidad.

—¡Vale, genial! Como sé que te encantan los baños, quería enseñarte la sala de hidromasaje. —Colette bajó la voz y se dirigió a Rachel—. Quería ponerte sobre aviso. Mis padres compraron y diseñaron este avión mientras yo estaba fuera, en Regent's. Así que no soy responsable de la decoración.

—No sé de qué me hablas, Colette. Este avión es increíblemente maravilloso —le aseguró Rachel.

Colette pareció genuinamente aliviada.

—Venid, voy a presentaros a mi abuela. *Nainai*, estos son mis amigos de Estados Unidos: Rachel y Nick —le comunicó Colette a una septuagenaria rolliza, que lucía la típica permanente de abuela china.

La anciana les sonrió, cansada, enseñando un par de dientes de oro. Parecía como si la hubieran sacado de la cama apresuradamente, la hubieran envuelto en una chaqueta de punto de St. John dos tallas más pequeña, y la hubieran metido a empujones en el avión.

Colette echó un vistazo a la cabina, bastante molesta. Luego miró a Roxanne.

—Llama a Fernando ahora mismo —dijo.

El hombre llegó de inmediato y Colette le dirigió una mirada asesina.

—¿Dónde está el té? ¡Debería haber siempre unas tazas de té de Lengua de Pájaro de Longjing* bien calientes esperando a mi madre y a mi abuela en cuanto suben a bordo! ¡Y unos platitos de *hua mei*** para saborear durante el despegue! ¿Es que nadie se ha leído el Manual de Normas de Aviación?

—Lo siento, señorita Bing. Hemos aterrizado hace poco más de una hora y no hemos tenido tiempo de preparar el avión como es debido.

—¿Cómo que acabáis de aterrizar? ¿Trenta no lleva aquí todo el fin de semana?

—No, señorita Bing. Su padre acaba de volver de Los Ángeles.

—¿De verdad? No tenía ni idea. Bueno, tráenos el té y dile al capitán que estamos preparados para despegar.

—Ahora mismo, señorita Bing —dijo el sobrecargo, antes de dar media vuelta para irse.

—Una cosa más...

—¿Sí, señorita Bing?

---

* Las montañas de Hangzhou son famosas por el té Longjing, también conocido como té Dragon Well. Al parecer, son necesarias seiscientas mil hojas frescas para producir un kilo de ese valioso té, el más apreciado por los expertos chinos.

** Ciruelas pasas saladas, fervientemente saboreadas por generaciones de chinos como si fueran las aceitunas de los martinis. Se supone que son buenas para combatir las náuseas, pero en mí tienen el efecto contrario.

—Esta noche hay algo en el aire, Fernando.

—Reajustaremos la temperatura de la cabina de inmediato.

—No, no es eso. ¿A qué huele, Fernando? No se parece en nada a Flor Jurásica de Frédéric Malle. ¿Quién ha cambiado el olor de la cabina sin mi permiso?

—No sabría decirle, señorita Bing.

Cuando Fernando se fue, Colette se volvió de nuevo hacia Roxanne.

—Cuando lleguemos a París, quiero que impriman unas copias nuevas del Manual de Normas de Aviación y se las entreguen a todos los miembros de la tripulación. Quiero que memoricen todas las páginas y les haremos un examen sorpresa durante el vuelo de vuelta.

15

El 28 de Cluny Park Road

Singapur

Carmen Loh acababa de ponerse en posición de *sarvangasana* en medio del salón, cuando oyó que se activaba el contestador automático.

«Carmen, ah. Soy mamá. Geik Choo acaba de llamarme para decirme que han ingresado al tío C. K. en el hospital de cuidados paliativos de Dover Park. Dicen que, si sobrevive a esta noche, seguramente aguantará toda la semana. Yo voy a ir a visitarlo hoy. Creo que deberías venir conmigo. ¿Podrías pasar a recogerme por casa de Lillian May Tan sobre las seis? A esa hora deberíamos haber acabado ya la partida de *mahjongg*, a menos que aparezca la señora Lee Yong Chien. En ese caso, el juego durará más. El horario de visitas de Dover Park termina a las ocho, así que quiero asegurarme de que tenemos tiempo más que suficiente. Además, hoy me he encontrado con Keng Lien en el NTUC y me ha dicho que Paula le había contado que vendías tu membresía del Churchill Club para financiar un nuevo negocio de submarinismo, o no sé qué. Yo le dije que aquello eran pamplinas, que de ninguna manera mi hija haría algo así...».

Gruñendo de frustración, Carmen deshizo la postura de la vela que había estado manteniendo. ¿Por qué diablos había olvidado apagar el contestador? Treinta minutos de pura felicidad echados a perder por una llamada de su madre. Caminó lentamente hacia el teléfono y contestó.

—Ma, ¿por qué demonios está el tío C. K. en un hospital de cuidados paliativos y no en casa? ¿No pueden proporcionarle ese tipo de cuidados las veinticuatro horas en casa ni siquiera en sus últimos días? No puedo creer que su familia sea así de *giam siap**.

—*Aiyah*, no es por eso. El tío C. K. quiere morir en casa, pero sus hijos no le dejan. Creen que afectará al valor de la vivienda, increíble.

Carmen puso los ojos en blanco, exasperada. Incluso antes de que los resultados de la resonancia magnética del magnate de las minas de estaño C. K. Wong revelaran que su cáncer se había extendido por todas partes, todo el mundo había empezado ya a confabular. Antiguamente, los agentes de la propiedad peinaban las esquelas todas las mañanas, con la esperanza de ver aparecer el nombre de algún magnate importante, conscientes de que solo era cuestión de tiempo que la familia pusiera su mansión a la venta. Pero ahora que los Bungalós de Clase Bien** eran más escasos que los unicornios, los mejores agentes recurrían a sus «contactos estratégicamente posicionados» de todos los hospitales. Cinco meses atrás, el jefe de Carmen, Owen Kwee, de MangoTee Properties, la había llamado a su oficina.

---

* En hokkien, «cutre, tacaña».

** Resulte creíble o no, ese es el término que se usa en el mundo de los bienes raíces para referirse a propiedades que tienen un mínimo de mil quinientos metros cuadrados de terreno y una altura de solo dos pisos. En una isla de cinco millones trescientos mil habitantes, solo quedan mil Bungalós de Clase Bien. Están ubicados, exclusivamente, en los importantes distritos residenciales 10, 11, 21 y 23, y puedes hacerte con un bonito BCB para principiantes por unos cuarenta y cinco millones de dólares.

—Mi *lobang*[*] de Mount E. ha visto a C. K. Wong en «quimio». ¿No es familiar tuyo? —le había preguntado.

—Nuestros padres son primos.

—Su casa de Cluny Park Road está en un solar de doce mil metros cuadrados. Es una de las últimas casas de Frank Brewer que quedan en pie.

—Lo sé. Llevo yendo allí toda la vida.

Owen se recostó en la silla de oficina de piel de capitoné.

—Solo conozco a su hijo mayor, Quentin. Pero tiene hermanos, ¿no?

—Dos hermanos y una hermana más jóvenes —había respondido Carmen, que sabía perfectamente a dónde quería llegar.

—Los dos hermanos viven fuera, ¿no?

—Sí —había contestado Carmen, con impaciencia, deseando que fuera al grano.

—Seguramente la familia querrá vender cuando el viejo la espiche, ¿no?

—Por Dios, Owen, a mi tío aún le queda mucha vida por delante. Estuvo jugando al golf en el Pulau Club el domingo pasado.

—Ya lo sé, *lah*, ¿pero puedo dar por hecho que MangoTee conseguirá la venta en exclusiva si la familia decide vender?

—No seas tan *kiasu*[**]. Por supuesto que conseguiré la venta —había dicho Carmen, molesta.

—No estoy siendo *kiasu*, solo quería asegurarme de que estuvieras preparada. He oído que Willy Sim, de Eon Properties, está ya dando vueltas como un halcón. Fue a Raffles con Quentin Wong, ¿lo sabías?

—Willy Sim puede dar todas las vueltas que quiera. Yo estoy dentro del nido.

---

[*] En argot malayo, «contacto, confidente».

[**] En hokkien, «temeroso de perder» algo o a alguien.

Seis meses después, allí era precisamente donde estaba Carmen, de pie en el nido del cuervo, una pequeña habitación escondida en el desván del viejo bungaló de su difunto tío, mientras le enseñaba a su amiga Astrid la propiedad.

—¡Qué espacio tan mono! ¿Para qué usaban esta habitación? —preguntó Astrid, mientras le echaba un vistazo a aquel rinconcito.

—La familia que construyó esta casa la llamaba «el nido del cuervo». Cuenta la leyenda que la mujer era poetisa y quería un lugar tranquilo, alejado de sus hijos, para escribir. Desde la ventana, tenía una vista aérea del jardín delantero y del camino de entrada, así que siempre podía estar atenta a lo que sucedía. Cuando mi tío compró la casa, esto no era más que un almacén. Mis primos y yo lo usábamos como sede de nuestro club cuando éramos niños. Lo llamábamos «el escondite del capitán Haddock».

—A Cassian le encantaría. Se divertiría mucho aquí arriba —comentó Astrid, antes de mirar por la ventana y ver que el Porsche 356 Speedster de 1956 de Michael se acercaba por el camino.

—James Dean acaba de llegar —dijo Carmen, con socarronería.

—Muy graciosa. Sí parece un poco rebelde con él, ¿verdad?

—Siempre supe que acabarías con un chico malo. Venga, vamos a enseñarle la casa.

Al ver salir a Michael de su coche deportivo clásico, Carmen no pudo evitar fijarse en su transformación. La última vez que lo había visto había sido hacía dos años en una fiesta en casa de los padres de Astrid, vestido con unos pantalones cargo, un polo y el pelo todavía rapado. Ahora, se acercaba apresuradamente a las escaleras principales con un traje de color gris acero de Berluti, unas gafas de sol de Robert Marc y un moderno corte de pelo despeinado, y parecía un hombre totalmente distinto.

—Hola, Carmen. Me encanta tu nuevo peinado —dijo Michael, antes de darle un beso en la mejilla.

—Gracias —respondió Carmen. Se había cortado su larga melena lisa a la altura de la barbilla, a capas, hacía unas cuantas semanas, y era el primer hombre que le hacía un cumplido.

—Siento lo de tu tío. Era un buen hombre.

—Gracias. El lado positivo de ese desafortunado acontecimiento es que podéis ver la casa antes de que salga oficialmente al mercado, mañana.

—Sí, Astrid me ha dado la lata para que saliera de la oficina y viniera a verla ahora mismo.

—Bueno, prevemos un aluvión de llamadas en cuanto se publique la venta. Hace años que no sale al mercado una propiedad como esta y lo más probable es que vaya directamente a subasta.

—Me lo imagino. ¿Cuánto tiene, entre ocho y doce mil metros cuadrados? ¿Y en este barrio? Seguro que a cualquier constructor le encantaría echarle el guante —comentó Michael, mientras observaba el extenso jardín delantero, enmarcado por unas elevadas y frondosas palmas de viajero.

—Precisamente por eso la familia me ha permitido enseñárosla solo a vosotros. No queremos que echen abajo esta casa y la conviertan en una urbanización de lujo gigante.

Michael miró a Astrid con expresión burlona.

—¿No es para derribar? Creía que querías contratar al mejor arquitecto francés del mundo para que diseñara algo para este terreno.

—No, no, te estás confundiendo con la casa que quería que vieras en Trevose Crescent. Esto no deberían demolerlo nunca: es un tesoro —dijo Astrid, con énfasis.

—Me gustan los terrenos, pero dime qué tiene de especial esta casa. No es como esas mansiones históricas blancas y negras.

—No, es mucho más excepcional que una casa blanca y negra —intervino Carmen—. Esta es una de las pocas casas construidas por Frank Brewer, uno de los arquitectos más importantes de la primera época de Singapur. Diseñó el Cathay Building. Venga, vamos a dar un paseo por fuera antes.

Mientras rodeaban la casa, Astrid empezó a alabar los característicos hastiales de madera que daban a la casa aquel majestuoso aspecto de estilo tudoresco, los elegantes arcos de ladrillo visto del pórtico y algunos detalles ingeniosos, como las parrillas de ventilación inspiradas en Mackintosh que mantenían las habitaciones frescas incluso con aquel sofocante calor tropical.

—¿Veis cómo combina la estética Arts and Crafts con los estilos Charles Rennie Mackintosh y Misión Española? No encontraréis una fusión tal de estilos arquitectónicos en ninguna otra casa del planeta.

—¡Es bonita, cariño, pero probablemente seas la única persona de Singapur a la que le importan esos detalles! ¿Quién vivió aquí antes de tus parientes? —le preguntó Michael a Carmen.

—La construyó el presidente de Fraser and Neave en 1922 y, más tarde, se convirtió en la residencia del embajador belga —le explicó Carmen, y añadió de forma tal vez innecesaria—: Esta es una oportunidad única para hacerse con una verdadera joya histórica de Singapur.

Entraron los tres en la casa y, mientras merodeaban por las habitaciones de elegantes proporciones, a Michael empezó a gustarle cada vez más aquel lugar.

—Me gusta la altura de los techos de la planta baja.

—En algunos sitios chirría un poco, pero conozco al arquitecto perfecto para hacer una restauración minuciosa. Trabajó en la casa de mi tío Alfred en Surrey y acaba de restaurar Dumfries House, en Escocia, para el príncipe de Gales —dijo Astrid.

Mientras estaba en la sala de estar, donde la luz entraba a raudales por los miradores, proyectando sombras tipo origami sobre las tablas del parqué de madera, Michael recordó de pronto el salón de Tyersall Park y la sensación de asombro indescriptible que se había apoderado de él la primera vez que había entrado allí para conocer a la abuela de Astrid. Al principio, había visualizado su nueva casa como algo parecido al ala contemporánea de un museo, pero ahora tenía otra visión de sí mismo dentro de treinta años, como una eminencia de cabellos plateados y dueño de aquel lugar de interés turístico, mientras compañeros de todo el mundo venían a presentarle sus respetos.

—Me gusta esta mampostería antigua. Esta casa parece sólida como una roca, no como la desvencijada casa blanca y negra de tu padre —le dijo Michael a Astrid, apoyando la mano sobre una de aquellas paredes con contrafuertes.

—Me alegra que te guste. Es totalmente diferente a la casa de papá —dijo Astrid, discretamente.

«Y también es más grande que la casa de tu padre», pensó Michael. Ya podía imaginar lo que dirían sus hermanos cuando llegaran allí: «*Wah lan eh, ji keng choo seeee baaay tua!*»[*]. Michael se giró hacia Carmen.

—¿Qué hace falta para conseguir las llaves de la puerta principal?

Carmen valoró la pregunta unos instantes.

—En el mercado libre, esta casa se vendería fácilmente por sesenta y cinco o setenta millones. Tendrías que hacerle a la familia una oferta lo suficientemente persuasiva para que no la pusieran en venta mañana por la mañana.

Michael se detuvo en lo alto de la escalera y acarició la madera tallada del pasamanos. Sus rayos de sol *art déco* le recordaban al edificio Chrysler.

---

[*] En argot hokkien, «¡Joder, esta casa es ENORME!».

—C. K. Wong tenía cuatro hijos, ¿verdad? Ofreceré setenta y cuatro. Así cada uno de los hermanos recibirá un millón extra por las molestias.

—Deja que llame a mi primo Geik Choo —dijo Carmen, antes de buscar el teléfono en su bolso de Saint Laurent y salir discretamente de la sala de estar.

Unos minutos después, regresó.

—Mis primos os agradecen la oferta. Pero teniendo en cuenta los impuestos y mi comisión, la familia necesitará más. Aceptarían ochenta millones.

—Sabía que dirías eso —comentó Michael, sonriendo—. Cariño, ¿hasta qué punto estás encaprichada con esta casa? —preguntó el hombre, mirando a Astrid.

«Un momento, pero si eres tú el que quiere mudarse», pensó Astrid. Pero esa no fue su respuesta.

—Seré muy feliz en esta casa, si tú también lo eres.

—Muy bien, pues ochenta, entonces.

Carmen sonrió. Aquello había sido mucho más fácil de lo que imaginaba. La mujer volvió a desaparecer en uno de los dormitorios del pasillo para llamar de nuevo a su primo.

—¿Cuánto crees que va a costar decorarla? —le preguntó Michael a Astrid.

—La verdad es que depende de lo que queramos hacer. Me recuerda a las casas de campo de los Cotswolds, así que yo pondría algunas piezas inglesas sencillas mezcladas con tejidos de Geoffrey Bennison, quizás. Creo que combinarían bien con tus artilugios históricos y con algunas de mis antigüedades chinas. Y abajo, a lo mejor podríamos...

—Convertiremos toda la planta de abajo en un museo de coches de última generación para mi colección —la interrumpió Michael.

—¿Toda?

—Por supuesto. Es lo primero que me he imaginado al entrar por la puerta. He pensado tirar todas esas salitas para hacer un salón gigante. Podría poner plataformas giratorias para los coches en el suelo. Sería genial ver cómo mis coches dan vueltas entre todas esas columnas.

Astrid lo miró, esperando que dijera que no era más que una broma, pero se dio cuenta de que hablaba completamente en serio.

—Si eso es lo que quieres —consiguió susurrar su mujer, finalmente.

—Pero bueno, ¿por qué tarda tanto tu amiga? No me digas que los Wong se han puesto avariciosos y quieren retarme a otro asalto.

Justo entonces, Carmen volvió a entrar en la habitación, considerablemente ruborizada.

—Lo siento, espero no haber gritado demasiado.

—No. ¿Qué ha pasado? —preguntó Astrid.

—Bueno, no sé cómo decir esto, pero me temo que ya han vendido la casa a otra persona.

—¿QUÉÉÉÉÉ? Creía que teníamos la exclusiva de la primera oferta —exclamó Michael.

—Lo siento mucho. Yo también lo creía. Pero el imbécil de mi primo Quentin me la ha jugado. Ha usado vuestra oferta para hacer que subieran otra que ya estaba sobre la mesa.

—Mejoraré cualquier oferta que le hayan hecho a tu primo —repuso Michael, desafiante.

—Ya se lo he dicho, pero al parecer el trato está cerrado. El comprador ha doblado tu oferta para retirar totalmente la casa del mercado. Se ha vendido por ciento sesenta millones.

—¿Ciento sesenta millones? ¡Eso es ridículo! ¿Quién diablos la ha comprado?

—No lo sé. Ni siquiera mi primo lo sabe. Alguna sociedad anónima china, obviamente es una tapadera.

—Algún chino continental. Cómo no —musitó Astrid.

—*Kan ni na bu chao chee bye!*[*] —gritó Michael, dándole una patada al pasamanos, frustrado.

—¡Michael! —exclamó Astrid, anonadada.

—¿Qué? —dijo Michael, mirándola desafiante—. ¡Todo esto es por tu puñetera culpa! ¡No puedo creer que me hagas perder así el tiempo!

Carmen resopló.

—¿Por qué le echas la culpa a tu mujer? Si alguien tiene la culpa, soy yo.

—Las dos tenéis la culpa. Astrid, ¿sabes lo ocupado que estaba hoy? No deberías haberme exigido que lo dejara todo para venir a ver esta puñetera casa, si en realidad no estaba disponible. Carmen, ¿cómo demonios te han dado la licencia de agente inmobiliaria, si ni siquiera eres capaz de hacer un negocio tan sencillo como este? ¡Es increíble, joder! —maldijo Michael, antes de salir hecho una furia de la casa.

Astrid se sentó en el último escalón de las escaleras y enterró la cabeza entre las manos, por un instante.

—Lo siento muchísimo.

—Astrid, por favor, no tienes por qué disculparte. Soy yo quien lo siente.

—¿Le ha pasado algo al pasamanos? —preguntó Astrid, dándole unas palmadas suaves al arañazo que había dejado el pie de Michael.

—Lo del pasamanos tiene solución. Estoy un poco más preocupada por ti, a decir verdad.

—Yo estoy perfectamente. Esta casa me parece preciosa pero, para ser sincera, me da igual vivir o no aquí.

---

[*] Popular frase en hokkien, preciosa y emotiva, que literalmente quiere decir: «Que le jodan al chocho putrefacto y maloliente de tu madre».

—No me refiero a eso. Solo... —dijo Carmen, antes de hacer una pausa para sopesar si debía abrir la caja de Pandora—. Solo me pregunto qué os ha pasado.

—¿A qué te refieres?

—Vale, voy a ser muy clara contigo porque somos amigas desde hace muchísimo tiempo: no puedo creer que Michael te hable así y que tú se lo permitas.

—Bah, no tiene importancia. Michael solo se ha enfadado un poco porque han superado su oferta. Está acostumbrado a conseguir lo que quiere.

—No me digas. Pero no me refiero al ataque que le ha dado antes de largarse. No me ha gustado la forma en que te ha hablado desde que ha llegado.

—¿Qué quieres decir?

—Tú no lo ves, ¿verdad? ¿No ves cuánto ha cambiado? —le preguntó Carmen, con un suspiro de frustración—. Cuando conocí a Michael hace seis años, parecía tan buena persona. No es que hablara mucho, pero veía cómo te miraba y pensaba: «Vaya, este tío realmente la adora. Es el tipo de hombre que quiero». Estaba tan acostumbrada a esos niños de mamá malcriados que esperaban que estuvieras a sus pies, como mi ex, pero allí estaba ese *hombre*. Un hombre fuerte y reservado que siempre tenía pequeños detalles contigo. ¿Recuerdas el día que estábamos de compras en el atelier de Patric y Michael se pasó una hora corriendo por Chinatown, intentando encontrar *kueh tutu*[*], solo porque habías comentado que tu niñera te llevaba a uno de esos viejos carritos de metal donde se vendían esos dulces?

---

[*] Esta exquisitez tradicional singapurense consiste en un pequeño pastelito en forma de flor, cocinado al vapor, de harina de arroz machacada, relleno de azúcar moreno y cacahuetes o coco rallado. Se sirve en una hoja de pandan para que sea aún más aromático. Antes era normal ver al hombre del *kueh tutu* en el Chinatown de Singapur, pero en la actualidad cada vez es menos habitual.

—Sigue teniendo detalles conmigo... —empezó a decir Astrid.

—Esa no es la cuestión. El hombre que ha venido hoy a ver esta casa era una persona totalmente distinta a la que yo conocí.

—Bueno, ha ganado mucha confianza en sí mismo. Normal, ha logrado que su empresa triunfara. Eso cambia a cualquiera.

—Obviamente. ¿Pero ha cambiado para mejor o para peor? Cuando Michael llegó aquí, me dio un beso en la mejilla. Eso fue lo primero que me sorprendió. Es tan continental, tan impropio del tipo *chin chye** que yo conocí. Y luego, por si fuera poco, me hace un cumplido. Pero tú estás de pie, justo a mi lado, con el vestido de flores de Dries Van Noten más bonito que he visto jamás, y no te dice ni mu.

—Vamos, no tiene por qué piropearme cada vez que nos vemos. Ya llevamos casados muchos años.

—Mi padre le dice un millón de piropos a mi madre a lo largo del día y llevan casados cuarenta años. Pero, aparte de eso, ha sido su actitud contigo en general mientras ha estado aquí lo que me ha chocado. Su lenguaje corporal. Sus pequeños apartes. Ese poso de..., de... desdén hacia todo.

Astrid rio, intentando tomarse a broma su comentario.

—No estoy bromeando. El hecho de que ni siquiera lo veas es lo que resulta alarmante. Es como si tuvieras el síndrome de Estocolmo, o algo así. ¿Qué ha sido de «la Diosa»? La Astrid que yo conozco nunca aguantaría esto.

Astrid se quedó en silencio unos instantes, antes de levantar la vista hacia su amiga.

—Sí que lo veo, Carmen. Lo veo todo.

—Entonces, ¿por qué lo permites? Porque deja que te diga que estás sobre terreno resbaladizo. Al principio son solo unas cuantas pullas aquí y allá, pero luego una mañana te despier-

---

* En hokkien, «de trato fácil, con los pies en la tierra».

tas y te das cuenta de que cualquier conversación que tienes con tu marido es en realidad una pelea a gritos.

—Es más complicado que todo eso, Carmen —replicó Astrid, respirando hondo antes de continuar—. Lo cierto es que Michael y yo pasamos por un gran bache hace unos años. Estuvimos un tiempo separados y a punto de divorciarnos.

Carmen abrió los ojos de par en par.

—¿Cuándo?

—Hace tres años. Más o menos cuando se casó Araminta Lee. Eres la única persona de toda esta isla que lo sabe.

—¿Qué pasó?

—Es una larga historia, pero básicamente se reduce al hecho de que Michael estaba llevando mal la dinámica de poder de nuestro matrimonio. Aunque yo intentaba apoyarlo por todos los medios, él se sentía castrado por..., ya sabes, por todo eso del dinero. Se sentía como un marido florero y la forma en que mi familia lo trataba tampoco ayudaba mucho.

—Entiendo que estar casado con la única hija de Harry Leong no debe de ser fácil, pero, vamos, la mayoría de los hombres sueñan con algo así —dijo Carmen.

—Esa es exactamente la cuestión. Michael no es como la mayoría de los hombres. Y eso fue lo que me atrajo de él. Es muy listo y resuelto, y tenía muchas ganas de hacer cosas por sí mismo. Nunca ha querido usar ni un solo vínculo familiar para levantar su empresa y siempre ha insistido en no aceptar ni un céntimo mío.

—¿Por eso vivíais en aquel pisito de Clemenceau Avenue?

—Claro. Él había comprado ese piso con su dinero.

—¡Quién se lo iba a imaginar! Recuerdo que todo el mundo hablaba de eso: «¿Puedes creer que Astrid Leong se haya casado con ese exmilitar y se haya mudado a un PISITO VIEJO Y DIMINUTO? La Diosa ha puesto los pies en el suelo de golpe».

—Michael no se casó conmigo porque quisiera una diosa. Y ahora que por fin ha conseguido triunfar, estoy intentando ser una esposa más tradicional. A veces le dejo que se salga con la suya y que gane algunas batallas.

—Siempre y cuando no te pierdas a ti misma por el camino.

—Vamos, Carmen, ¿crees que dejaría que eso pasara? ¿Sabes? Me alegra que Michael por fin se interese por algunas de las cosas que me importan. Como su indumentaria. Y nuestra forma de vida. Me alegra que ahora tenga opiniones sólidas y que a veces me desafíe. Me resulta bastante atractivo, la verdad. Me recuerda a lo que hizo que me fijara en él, al principio.

—Bueno, si tú eres feliz —dijo Carmen, dándose por vencida.

—Mírame, Carmen. Soy feliz. Más feliz que nunca.

16

París

Extractos del diario de Rachel

Domingo, 16 de junio

Viajar a París al estilo de Colette Bing era como adentrarse en un universo paralelo. Jamás pensé que comería el mejor pato pequinés de mi vida a una altitud de doce mil metros en un comedor más suntuoso que el del palacio de verano de la emperatriz Cixí, o que sería posible ver *El hombre de acero* en la sala de proyección IMAX del avión (acaba de estrenarse en Estados Unidos, pero, como la familia de Adele Deng es propietaria de una de las cadenas de salas de cine más grandes del mundo, ella consigue ver los preestrenos de todo). Jamás imaginé que presenciaría una escena con seis chicas chinas borrachas como cubas interpretando una versión desafinada de *Call Me Maybe* en mandarín en la sala de karaoke del avión, con revestimientos de mármol y luces LED encastradas con intensidad regulable. Sin darnos cuenta, aterrizamos en el aeropuerto de Le Bourget, donde se respiraba un ambiente muy civilizado: sin colas, sin control de aduanas, sin alboroto, tan solo tres policías que subieron a bordo para sellar nuestros pasaportes y una flota de Land Rovers negros esperando sobre el asfalto. Y..., ah, sí, seis guardaespaldas que se parecían a Alain Delon en sus mejores tiempos. Colette había contratado este personal de seguridad de antiguos miembros de la Legión Extranjera francesa para seguirnos las veinticuatro horas los siete días de la semana. «Será un puntazo», había comentado.

Los relucientes coches negros nos llevaron a la ciudad en un abrir y cerrar de ojos y nos dejaron en el hotel Shangri-La, donde Colette había reservado todas las habitaciones de las dos últimas plantas. Se respiraba el ambiente de una residencia particular, precisamente porque se trataba del antiguo palacio del príncipe Luis Bonaparte, nieto* de Napoleón, y había sido meticulosamente restaurado a lo largo de cuatro años. Todo en nuestra descomunal suite está decorado en espléndidos tonos crema y verde celadón, y hay un precioso tocador con un espejo plegable de tres cuerpos al que he hecho un millón de fotos desde todos los ángulos. Sé que hay un carpintero/agente literario *hipster* en un sitio de Brooklyn que puede hacer una reproducción. He intentado echar una cabezada como Nick, pero estoy sobrepasada por la excitación, el *jet lag* y la resaca al mismo tiempo. Once horas en un avión + un barista filipino portentoso = mala combinación.

Lunes, 17 de junio

Al despertarme esta mañana me encontré la silueta del bonito culo desnudo de Nick perfilado contra las vistas de la torre Eiffel y me pareció estar soñando. Acto seguido caí de golpe en la cuenta: ¡estamos realmente en la Ciudad de la Luz! Mien-

---

* En realidad se trataba del príncipe Roland Bonaparte, sobrino nieto de Napoleón Bonaparte (Rachel todavía está demasiado resacosa como para pensar con claridad).

tras Nick pasaba el día curioseando en las librerías del Barrio Latino, yo me apunté con las chicas a su primera maratón de compras a lo grande. En la caravana de SUV, acabé en un coche con Tiffany Yap, que me puso al tanto de las otras chicas: Stephanie Shi, de exquisitos modales, procede de una reputada familia de políticos, y su familia materna posee enormes sociedades financieras mineras e inmobiliarias a lo largo y ancho del país. Adele Deng, que lleva el mismo corte a lo paje desde la guardería, es heredera de centros comerciales y cines, y está casada con el hijo de otro patriarca del partido. El padre de Wen Pi Fang es el Rey del Gas Natural, y Perrineum Wang, cuya barbilla, nariz y pómulos por lo visto son bastante recientes, también es una nueva rica. «Hace diez años su padre montó una empresa de venta por internet en su sala de estar y actualmente es el Bill Gates de China». ¿Y qué hay de Tiffany? «Mi familia se dedica a la bebida», se limitó a decir la seductora chica con retrognatismo. Pero, mira por dónde, todas estas chicas trabajan en el P. J. Whitney Bank, y todas ostentan cargos que suenan muy rimbombantes; Tiffany es «directora gerente asociada de la cartera privada de clientes». Entonces, ¿no os ocasionó mucho trastorno coger un avión de repente para venir a París? «Por supuesto que no», dijo Tiffany.

Llegamos a la rue Saint-Honoré y todo el grupo se dispersó hacia diferentes boutiques. Adele y Pi Fang se fueron derechas a Balenciaga, Tiffany y Perrineum se dirigieron como locas a Mulberry, la señora Bing y las tías enfilaron hacia Goyard, y Colette se fue a Colette. Yo acompañé a Stephanie a Moynat, una boutique de artículos de piel de la que nunca había oído hablar hasta hoy. Había un bolsito de mano Rejane de lo más exquisito llamándome a gritos, pero bajo ningún concepto iba a gastar seis mil euros por un pedazo de cuero, aun cuando fuera de una vaca que desconoce la existencia de los mosquitos. Stephanie dio la vuelta a la pared curvilínea, llena de bolsos desde el suelo hasta el techo, examinando todo con atención. A continuación señaló hacia tres bolsos. «¿Quiere que le enseñe esos bolsos, *mademoiselle*?», le preguntó la dependienta. «No, me llevo todos los de esa pared *menos* esos tres», respondió Stephanie, al tiempo que le tendía su tarjeta de crédito negra *palladium*. #Ohdiosmío #lacosasehapuestoseria

Martes, 18 de junio

Me figuro que se corrió la voz de que seis de las mayores armas de consumo masivo de China se encontraban en la ciudad, porque emisarios de las boutiques más selectas comenzaron a entregar en mano invitaciones en el Shangri-La, todos ofreciendo privilegios exclusivos y tiempo para hacer la pelota con dedicación. Empezamos el día en la avenida Montaigne, donde Chanel abrió temprano para nosotras y organizó un desayuno digno de un rey en honor a Colette. Mientras me ponía ciega con la tortilla francesa más suave y esponjosa que he probado en mi vida, las chicas pasaron de la comida y se pusieron a probarse vaporosos vestidos de flecos como locas. Después llegó la hora de comer en la boutique de Chloé, y a continuación el té en Dior.

Yo pensaba que conocía a compradoras compulsivas, como Goh Peik Lin y Araminta Lee, ¡pero jamás en mi vida he visto un derroche semejante! Las chicas eran como una plaga de langostas: entraban a saco en cada una de las boutiques para arrasar con todo lo que había a la vista mientras Colette colgaba sin resuello cada compra en las redes sociales. Arrastrada por toda esta vorágine, hice mi primera compra de alta costura: un par de pantalones de vestir azul marino con un precioso corte que encontré en el perchero de oportunidades de Chloé y que me pegarán con todo. Sobra decir que el perchero de oportunidades es invisible para las otras chicas. Para ellas es el *look* de la próxima temporada o nada.

Nick decidió que ya había tenido suficiente después de Chanel y se fue a visitar no sé qué museo de taxidermia, pero Carlton, que tenía más paciencia que el santo Job, se quedó y contempló con adoración a Colette arrasando con cada pieza chic. Aunque él no lo reconozca, cuando un tío está dispuesto a pasar quince horas de compras seguidas con una panda de mujeres y sus respectivas madres, hablamos de amor de verdad. Como es natural, Carlton también estaba comprando como un poseso, con la diferencia de que mucho más deprisa: mientras la señora Bing se debatía en una crisis existencial ante la duda de si comprar un collar de rubíes de 6.800.000 euros en Bulgari o un collar de diamantes amarillos de 8.400.000 euros en Boucheron, en la acera de enfrente, Carlton se escabulló discretamente. Al cabo de veinte minutos regresó cargado con diez bolsas de Charvet y me entregó una. Una vez en el hotel, al abrirla me encontré una blusa de vestir rosa pálido con rayas blancas del algodón más suave que uno pueda imaginar. Carlton seguramente pensó que combinaría de maravilla con mis nuevos pantalones de Chloé. ¡Es un cielo!

Miércoles, 19 de junio

Hoy era el día de la alta costura. Por la mañana visitamos el atelier de Bouchra Jarrar y Alexis Mabille para asistir a desfiles privados. En Bouchra presencié algo que no había visto en mi vida: mujeres enloquecidas teniendo orgasmos múltiples por *pantalones*. Por lo visto el original corte de los pantalones de Bouchra es como una experiencia religiosa..., bueno, más bien como una experiencia orgásmica. En el siguiente atelier, el propio Alexis apareció en escena al término del desfile y las chicas de repente se transformaron en niñatas babeando en un concierto de One Direction, y trataron de impresionarlo a él y las unas a las otras con los pedidos de conjuntos. Hasta Nick me animó a comprarme algo, pero le dije que prefería reservar los ahorros para la reforma de nuestro baño. «Ya tenemos totalmente cubiertos los fondos para el baño, ¿vale? Así que ¡haz el favor de elegir un vestido!», insistió Nick. Eché un vistazo a la colección de trajes de fiesta y elegí una chaqueta negra con un corte divino pintada a mano, con colores degradados en las mangas y anudada a la cintura con un elegantísimo lazo de seda azul. Es original y a la vez clásica, y es algo que podré ponerme hasta que cumpla cien años.

Cuando llegó el momento de que me tomaran las medidas, la dependienta se empeñó en medir hasta el último centímetro de mi cuerpo. ¡Al parecer, Nick les había dicho que también quería llevarme los pantalones a juego pintados a mano! Me lo pasé estupendamente observando el arte de estas modistas en su salsa: ¡jamás se me habría pasado por la cabeza que tendría un modelito de alta costura! Pienso en mi madre, en las largas horas que pasaba trabajando como una mula los primeros años, y aun así sacaba tiempo para arreglarme la ropa heredada de nuestras primas para que siempre fuera vestida como Dios manda al colegio. Tengo que comprarle algo muy especial en París.

Tras un almuerzo excesivamente pomposo en un restaurante situado en la place des Vosges que costó más que mis bonificaciones del año pasado (menos mal que pagó Perrineum), Carlton y Nick se fueron a Molsheim a visitar la fábrica de Bugatti, mientras que la señora Bing se empecinó en ir a la boutique de Hermès en la rue de Sèvres. (Por cierto, daba la impresión de que ya no le dolían los pies, incluso después de setenta y dos horas pateando las calles sin parar). Aunque nunca he entendido la fascinación por Hermès, hay que reconocer que la tienda era bastante chula: está en la antigua piscina cubierta del Hôtel Lutetia, con todo el género distribuido en diversas plantas del atrio central. A Perrineum le sentó fatal que no cerraran al público la tienda para ella y decidió sabotearla. Se puso a dar vueltas haciendo comentarios desdeñosos sobre los demás clientes asiáticos. «¿No te sientes cohibida al comprar rodeada de esta gente?», me dijo. «¿Tienes algo en contra de los asiáticos ricos?», pregunté con sorna. «Esta gente no es rica: ¡son meros HENRYS!», comentó Perrineum con burla. «¿Qué son los Henrys?». Ella me fulminó con la mirada. «Eres economista. ¿Acaso no sabes qué significan las siglas HENRY?». Aunque me devané los sesos, seguía sin tener ni la más remota idea. Perrineum finalmente soltó: «Gente con altos ingresos, pero todavía no ricos»[*].

Jueves, 20 de junio

Nick y yo decidimos tomarnos un descanso para hacer algo cultural en vez de ir de compras. Cuando salíamos disimuladamente de buena mañana para visitar el Musée Gustave Moreau, nos tropezamos con Colette en el ascensor. Ella se empeñó en que la acompañáramos en el desayuno especial que había planeado para todos en los jardines de Luxemburgo. Acepté su invitación de buen grado, pues el jardín es uno de mis descubrimientos favoritos de nuestro último viaje.

Por la mañana estaba precioso: solamente había madres elegantes empujando carritos con sus bebés, ancianos atildados leyendo el periódico matutino, y las palomas de aspecto más rollizo y feliz que he visto en mi vida. Subimos por las escaleras que hay junto a la fuente de los Médici y nos sentamos

[*] En inglés «High earners, not rich yet». *[N. de los T.]*

en la terraza de un precioso café. Todo el mundo pidió café con crema o té Dammann, y Colette pidió una docena de *pains au chocolat*. Los camareros no tardaron en traer doce platos con los bollos, pero, cuando me disponía a hincarle el diente al mío, Colette me cuchicheó: «¡Para! ¡No comas eso!». El café aún no me había hecho efecto del todo y, antes de que pudiera comprender qué estaba pasando, Colette se levantó de la silla de un salto y le dijo a Roxanne por lo bajini: «¡Rápido, rápido! ¡Hazlo ahora que no miran los camareros!». Roxanne abrió su enorme bolso negro de bandolera con pinta de ser de S&M y sacó una bolsa de papel llena de *pains au chocolat*. Las dos se pusieron a cambiar a toda prisa los bollos de los platos de todos por los de la bolsa mientras Nick y Carlton se partían de risa y una pareja con aspecto impecable sentada a la mesa de al lado nos miraba como si estuviéramos locos.

Colette me dijo: «Vale, ya puedes comer». Le di el primer bocado a mi *pain au chocolat*, y fue alucinante. Esponjoso, hojaldrado, con sabor a mantequilla, bañado de un rico chocolate agridulce. Colette explicó: «Estos *pains au chocolat* son de Gérard Mulot. Son mis favoritos, pero el problema es que allí no hay mesas para sentarse. Y yo solo puedo tomar mi *pain au chocolat* con una buena taza de té. Pero como los salones de té decentes no tienen *pains au chocolat* tan buenos como estos y ni que decir tiene que no permiten que lleves nada de otra pastelería, la única forma de resolver este dilema era dar el cambiazo. No obstante, ¿a que esto es ideal? Ahora tenemos la suerte de disfrutar del mejor té matutino, con el mejor *pain au chocolat*, en el mejor parque del mundo». Carlton meneó la cabeza y comentó: «¡Estás como una puñetera cabra, Colette!».

Por la tarde, algunas de las chicas se fueron de compras a L'Éclaireur a puerta cerrada mientras Nick y yo acompañábamos a Stephanie y su madre a Kraemer Gallery. Nick había oído hablar de esta tienda de antigüedades y tenía ganas de verla. Bromeando, lo llamó «el IKEA de los millonarios», pero al llegar allí me di cuenta de que no bromeaba: era un palacete junto al Parc Monceau a rebosar de muebles y objetos absolutamente increíbles. Todas las piezas eran dignas de museo y daba la impresión de que habían pertenecido a reyes. La señora Shi, una mujer tímida que hasta ahora no se había apuntado a la maratón de compras, de buenas a primeras se transformó en una de esas adictas al canal de teletienda QVC y comenzó a arrasar con las existencias como si estuviera poseída. Nick se mantuvo al margen conversando con monsieur Kraemer, y, al cabo de unos minutos, el hombre desapareció. No tardó en regresar con uno de sus históricos libros de contabilidad y, para gran regocijo de Nick, ¡nos mostró antiguos recibos de compras realizadas por el bisabuelo de Nick a principios del siglo xx!

Viernes, 21 de junio

¿Adivina quién se presentó en París hoy? Richie Yang. Es obvio que no podía soportar verse relegado. Hasta intentó hospedarse en el Shangri-La, pero, como todas las suites estaban reservadas para nuestro grupo, al final se «conformó» con el ático del Mandarin Oriental. Se dejó caer por el Shangri-La con cestas de piezas de fruta con pinta de ser cara de Hédiard: todas para la madre de Colette. Entretanto, Carlton anunció oportunamente que le habían ofrecido un impresionante coche deportivo *vintage* y que tenía que reunirse con el dueño en algún lugar de las afueras de París. Yo me ofrecí para acompañarlo, pero farfulló unas cuantas excusas y se marchó solo rápidamente. No sé si tragarme sus excusas: es rarísimo que saliera corriendo así. ¿Por qué abandonaba el combate justo cuando su principal contrincante subía al cuadrilátero?

Por la noche, Richie insistió en invitarnos a todos al «restaurante más exclusivo de París. Prácticamente hay que matar a alguien para reservar mesa», comentó. Inexplicablemente, el restaurante estaba decorado como la sala de juntas de una multinacional, y Richie pidió el menú de degustación del chef para todos nosotros: «Entretenimientos y tentaciones en dieciséis movimientos». Pese a lo poco apetitoso que sonaba, la comida resultó ser bastante espectacular y original, especialmente la sopa de alcachofa y trufa blanca y las navajas con sabayón de ajos morados, pero yo reparé en que la señora Bing y las tías no estaban ni la mitad de entusiasmadas. La abuela de Colette se quedó a cuadros con el marisco «cocido crudo al vapor», los asombrosos colores de las espumas y la artística presentación de las verduras enanas, y cada dos por tres preguntaba a su hija: «¿Por qué nos dan todos los desperdicios de las verduras? ¿Es porque somos chinos?». La señora Bing respondió: «No, sirven los mismos platos a todo el mundo. Fíjate cuántos franceses hay cenando aquí; este sitio debe de ser muy auténtico».

Después de la cena, los mayores regresaron al hotel mientras el flautista de Hamelín, Richie, anunció que nos iba a llevar a no sé qué club superexclusivo montado por el director de cine David Lynch. «Yo soy socio desde el primer día», fanfarroneó. Nick y yo esgrimimos una excusa y dimos un precioso paseo nocturno por la orilla del Sena. Al llegar al hotel, nos cruzamos con la señora Bing, que estaba en la puerta de su habitación cuchicheando con una camarera china del servicio de mantenimiento. Al fijarse en mí, nos hizo señas con excitación. «¡Rachel, Rachel, mira lo que me ha dado esta amable doncella!». Tenía en la mano una bolsa de basura blanca llena de innumerables frascos de gel de baño, champú y suavizante de pelo Bulgari del hotel. «¿Quieres unos cuantos? ¡Puede traer más!». Le dije que Nicky y yo usábamos nuestros propios champús y que ni tocábamos los artículos de aseo del hotel. «Entonces, ¿me dais los vuestros? ¿Y los gorros de ducha también?», preguntó la señora Bing, en vilo. Reunimos todos nuestros productos de aseo y nos dirigimos a su suite. Ella abrió la puerta y se comportó como una yonqui a la que le acababan de suministrar heroína de primera calidad gratis. «¡*Aiyah*, debería haberos avisado para que me guardaseis estos frascos toda la semana! ¡Un momento, no os vayáis!». Volvió con una bolsa con cinco botellas de agua de plástico. «¡Tomad, llevaos agua! ¡La hervimos fresca en el hervidor eléctrico todos los días para no tener que pagar el agua embotellada del hotel!». Mientras Nick hacía un sumo esfuerzo por mantener el gesto serio, la abuela Bing se acercó a la puerta y dijo: «Lai Di, ¿por qué no los invitas a entrar?».

Cuando entramos en la inmensa suite nos encontramos a la tía Pan Di, a la señora Shi y a la señora Wen acurrucadas alrededor de una olla portátil en el comedor. En el suelo había un enorme baúl de viaje de Louis Vuitton lleno de paquetes de ramen de todo tipo de sabores. «¿Ramen de camarones y cerdo?», preguntó la tía Pan Di, al tiempo que enroscaba un buen puñado de fideos chinos con un par de palillos. La señora Bing murmuró en tono cómplice: «¡No se lo digáis a Colette, pero hacemos esto todas las noches! ¡Preferimos con diferencia comer ramen que toda esa comida francesa estrambótica!». A lo que la señora Wen comentó: «*Aiyah*, no hay día que no tenga estreñimiento por la cantidad de queso que nos hemos visto obligadas a tomar». Les pregunté por qué no bajaban sencillamente a Shang Palace, el restaurante chino del hotel, galardonado por Michelin, para cenar. La señora Shi, que hoy mismo se ha comprado un reloj de pie* antiguo por 4.200.000 euros en Kraemer Gallery después de observarlo no más de tres minutos, exclamó: «¡Hemos intentado ir después de esa espantosa cena

---

* Un extraordinario reloj de pie de estilo Luis XV diseñado por Jean-Pierre Latz, casi idéntico al realizado para Federico II el Grande en el Neues Palais de Potsdam.

francesa, pero todos los platos eran tan caros que nos hemos marchado! ¿Veinticinco euros por arroz frito? *Tai leiren le!*»*.

Sábado, 22 de junio

Colette llamó a la puerta al amanecer y nos despertó. Nos preguntó por Carlton. Al parecer no había regresado al hotel anoche, y no respondía al teléfono. Colette parecía preocupada, pero Nick consideró que no había motivos para preocuparse. «Ya aparecerá. A veces se tarda lo suyo en negociar con estos coleccionistas de coches; es probable que aún se encuentre en pleno tira y afloja». Entretanto, Richie invitó a todo el mundo a su suite para tomar un cóctel al atardecer en la terraza del ático. «Una fiestecita en honor a Colette», según dijo. Mientras las chicas pasaban la tarde recibiendo tratamientos de belleza, Nick y yo echamos una siesta divina en el césped del Parc Monceau.

A media tarde, al llegar a la fiesta de Richie en el Mandarin Oriental, cuál fue nuestra sorpresa cuando los vigilantes de seguridad apostados junto al ascensor de los VIP no nos permitieron el paso; al parecer nuestros nombres no figuraban «en la lista». Tras llamar por teléfono a Colette, conseguimos aclarar la situación y fuimos conducidos rápidamente a la azotea, donde descubrimos que no se trataba de una mera «fiestecita para tomar un cóctel» con nuestro grupo. El ático se hallaba a rebosar de gente sumamente glamurosa y estaba decorado como para el lanzamiento de un producto de alta tecnología. Gigantescos setos con forma de obeliscos engalanados con luces flanqueaban el antepecho, en un extremo había montado un elaborado escenario, y a lo largo de un lado de la terraza había media docena de chefs célebres al mando de distintos puestos de comida.

---

* En mandarín, «¡Qué disparate!».

Inmediatamente sentí que no iba vestida acorde con la ocasión con mi vestido camisero de seda azul lavanda y mis sandalias de tiras, sobre todo cuando la invitada de honor, Colette, hizo su entrada luciendo el enorme collar de diamantes que su madre acababa de comprar y un despampanante vestido palabra de honor negro de Stéphane Rolland cuya larga falda de volantes parecía no tener fin. La señora Bing, por su parte, estaba prácticamente irreconocible con la cara impecablemente maquillada, el pelo recogido en un moño colmena, y un descomunal juego de zafiros sobre un vestido de fiesta rojo de Ellie Saab con un pronunciado escote.

Pero la mayor sorpresa fue que... ¡Carlton estaba allí! No hizo el menor comentario sobre que había estado desaparecido en combate durante veinticuatro horas y se mostró tan encantador como siempre. Resulta que él conocía a un montón de gente de la fiesta; muchos amigos se habían desplazado desde la ruta fiestera Londres-Dubái-Shanghái, y enseguida me vi envuelta en un frenesí de presentaciones. Conocí a Sean y Anthony (dos hermanos encantadores que pinchaban en la fiesta), a un príncipe árabe con el que Carlton había coincidido en Stowe, a una condesa francesa que me repetía sin cesar lo disgustada que estaba con la política exterior estadounidense, y luego se produjo un auténtico desmadre al aparecer no sé qué estrella del pop chino. Poco imaginaba yo que la noche estaba a punto de desmadrarse mucho más.

17

El Mandarin Oriental

París, Francia

Nick subió los escalones que conducían al mirador más elevado de la azotea con la intención de encontrar un rincón apartado del bullicio de abajo. No era muy dado a estas fiestas escandalosas, y el evento parecía aún más ostentoso de lo habitual: todo multimillonario en un radio de distancia al alcance de un *jet* privado había hecho acto de presencia, y los egos desmedidos rebosaban en el ambiente.

Una hilera de primorosos cipreses italianos comenzó a dar sacudidas por detrás de él y Nick alcanzó a oír a un tío gimiendo:

—Cariño..., cariño..., cariño... ¡Oooh!

Nick dio media vuelta para marcharse sigilosamente, pero Richie asomó súbitamente por entre los árboles remetiéndose los faldones de la camisa, mientras una chica, avergonzada, se escabullía tratando de pasar desapercibida en la dirección contraria.

—Ah, eres tú —dijo Richie sin ningún reparo—. ¿Lo estás pasando bien?

—Las vistas son una pasada —dijo Nick diplomáticamente.

—¿A que sí? Ojalá estos estúpidos parisinos permitieran construir rascacielos en la ciudad. Las vistas serían impresionantes, y se forrarían vendiéndolos. Oye, no me has visto aquí arriba, ¿vale?

—Claro.

—Tampoco has visto a esa chica, ¿vale?

—¿Qué chica?

Richie sonrió con picardía.

—Te has ganado un sobresaliente alto en mi lista. Oye, perdona por el malentendido que se ha producido abajo, pero no me extraña que mi personal de seguridad no te dejara subir. Sin ánimo de ofender, tu vestimenta no está precisamente a la altura de esta gente.

—Mis disculpas; hemos pasado todo el día en el parque y nos quedamos dormidos. Rachel quería volver al hotel para cambiarse, pero yo creía que esta fiesta iba a ser simplemente unas copas en una azotea. De haber sabido que ibas a ponerte una chaqueta de esmoquin de terciopelo burdeos, nos habríamos arreglado.

—Rachel está despampanante. Las tías dan el pego con cualquier cosa, pero los tíos tenemos que esmerarnos más, ¿verdad? La única manera de salir del paso vistiendo tan informal es lucir una muñequera de multimillonario.

—¿Y eso qué es?

Richie señaló hacia la muñeca de Nick.

—Tu reloj. Veo que llevas un nuevo Patek.

—¿Nuevo? En realidad, este reloj era de mi abuelo*.

—Es bonito, pero ya sabes que en los últimos tiempos los Patek por lo general se consideran relojes mediocres. No está a

---

* Un cronógrafo de botón único de Patek Philippe de oro de dieciocho quilates muy poco común con aguja central vertical y dial de sector. Con número de serie 130, fue fabricado en 1928 y la abuela de Nick se lo regaló al cumplir los veintiún años.

la altura de una muñequera de multimillonario como la mía. Mira, fíjate en este, mi último Richard Plumper Tourbillon —dijo Richie, lanzando su muñeca a escasos milímetros de la nariz de Nick—. Como soy VIC (cliente muy importante) de Richard Plumper, me permitieron comprarlo directamente en el muestrario de la Feria del Reloj Baselworld en Basilea. Y ni siquiera saldrá a la venta hasta octubre.

—Tiene una pinta impresionante.

—Este Plumper dispone de setenta y siete funciones, y está fabricado con un compuesto de titanio y silicona centrifugado a tal velocidad que se fusiona a nivel molecular.

—Guau.

—Podría ponerme una camiseta y unos vaqueros rasgados con los huevos al aire y aun así conseguiría entrar en cualquiera de los clubes o restaurantes más de moda del mundo con solo lucirlo. Todos los porteros y *maîtres* están entrenados para distinguir un Richard Plumper a un kilómetro, y todos saben que cuesta más que un yate. ¡A eso es a lo que me refiero con la muñequera de multimillonario, je, je!

—Oye, ¿cómo se lee la hora exactamente con eso?

—¿Ves esas dos agujas con estrellas verdes en las puntas?

Nick aguzó la vista.

—Creo que sí...

—Cuando esas estrellas verdes se alinean con esos engranajes del sistema de cables y poleas, así es como identificas la hora y los minutos. Los engranajes de hecho están fabricados con metales experimentales no clasificados destinados para la próxima generación de drones para espionaje.

—No me digas.

—Sí, el reloj entero está fabricado para soportar fuerzas de hasta diez mil *g*. Es lo mismo que atar a alguien en el exterior de un cohete mientras atraviesa la exosfera de la Tierra.

—Pero, si de verdad te expusieras a semejantes fuerzas, ¿no morirías?

—¡Je, je! Pues claro. Pero merece la pena tener un Plumper por el mero hecho de saber que tu reloj sobreviviría, ¿no? Toma, te dejo que te lo pruebes.

—Ni pensarlo.

Richie se distrajo momentáneamente al recibir un mensaje de texto.

—Guau, ¿a que no adivinas quién ha llegado? ¡Mehmet Sabançi! La familia de ese tío es la dueña de prácticamente toda Grecia.

—Turquía, más bien —precisó Nick algo pensativo.

—Ah, ¿has oído hablar de él?

—Es uno de mis mejores amigos.

Richie se quedó pasmado durante unos instantes.

—¿¿En serio?? ¿Cómo es posible que lo conozcas?

—Estuvimos juntos en Stowe.

—¿Que os conocisteis en una estación de esquí?

—No me refiero a Stowe en Vermont. Me refiero a Stowe, un colegio de Inglaterra.

—Oh. Yo fui a la Escuela de Negocios de Harvard.

—Sí, ya lo has mencionado en varias ocasiones.

Justo entonces, Mehmet entró en la terraza desde el ascensor. Mirando al invitado rezagado, Richie dijo con entusiasmo:

—¡Uy! ¿Quién es ese pibón que lo acompaña?

Nick bajó la vista.

—Dios mío... ¡No me lo puedo creer!

En la terraza principal, Carlton se hallaba apoyado en una barandilla junto a su amigo de Cambridge Harry Wentworth-Davies, contemplando la escena.

—Tienes que probar estos *cronuts* de paté —le dijo Harry al oído a voz en grito—. Es mejor que el crack. Es increíble que me lo haya servido el tío ese de la tele que va por el mundo haciendo que cunda el pánico en los restaurantes de los demás.

—Así es como Richie atrae a la gente. Con un montón de comida pretenciosa y bebidas caras —dijo Carlton sin apenas disimular su desdén.

—Desde luego, este Romanée-Conti no está nada mal —comentó Harry, haciendo girar su copa.

—Es un pelín corriente para mi gusto, pero voy a contribuir a reducir lo máximo posible estas reservas —replicó Carlton.

—Igual no te conviene agarrarte un pedo esta noche, tío —le advirtió Harry—. ¿No deberías estar en plena forma para el evento principal más tarde?

—Pues sí. Lo más inteligente sería dejar de beber ya, ¿verdad? —se planteó Carlton, antes de dar cuenta rápidamente de otro vaso con varios tragos seguidos. Al escrutar el gentío, reconoció a la mayoría de los amigotes de Richie congregados allí. Le extrañaba que Colette no sospechara nada. Se arrepintió de haber ido esa noche. El hecho de estar ahí, de ver a todo el mundo dándolo todo para divertirse, no hacía sino acrecentar su enojo, y notaba el torrente de sangre palpitando por sus sienes. Cuatro horas antes se encontraba en Amberes; ojalá se hubiera quedado allí o hubiera continuado hasta Bruselas para coger el siguiente vuelo de regreso a Shanghái. De hecho, lo que realmente le apetecía era irse a Inglaterra, pero el señor Tin le había aconsejado que no se dejase ver por el Reino Unido en unos cuantos años. ¿Cómo era posible que la hubiese cagado hasta ese punto? ¿Que se le negara la entrada al único lugar donde sentía que podía verdaderamente respirar?

—Colette está espectacular —le comentó Harry a Carlton, al tiempo que la miraba de arriba abajo mientras esta posaba para una foto con Rachel junto a la pirámide de copas de champán.

—Como siempre.

—La chica con la que está posando se parece bastante a ti.

—Es mi hermana —señaló Carlton. Rachel era la razón por la que Carlton había regresado. En parte se lo reprochaba, pero al mismo tiempo sentía un curioso instinto protector hacia ella. No podía dejarla tirada en París por las buenas. Había sido así desde el instante en que se conocieron. Él estaba predispuesto a odiarla, a esa chica que había aparecido de la nada y lanzado una bomba atómica en medio de su familia, pero ella había roto todas sus expectativas. Era diferente a todas las demás mujeres de su vida, y Nick era uno de los pocos tíos con los que realmente aguantaba relacionarse. ¿Por qué sería?, se preguntó. ¿Sería porque Nick también había ido a Stowe? ¿O porque Nick no sentía la necesidad de disputarse el protagonismo con Richie como el resto de parásitos fiesteros presentes esa noche?

—No me habías dicho que tenías una hermana —dijo Harry, interrumpiendo sus cavilaciones de nuevo.

—Pues sí. Aunque es un poco más mayor.

—Podríais pasar por mellizos. Ese es el problema de los puñeteros chinos: que no pasan los años por vosotros.

—Durante cierto tiempo, pero luego hay un punto de inflexión en el que pasamos de aparentar veintiuno una noche a doscientos a la mañana siguiente.

—Bueno, si al principio todos se parecen a tu hermana o a Colette, me apunto. Oye, cuéntame, ¿cómo va la cosa entre tú y Colette últimamente? En un momento dado estáis juntos y al minuto siguiente cada uno por su lado. No logro seguiros la pista.

—Yo tampoco —repuso Carlton. Estaba hasta las narices de los juegos que Colette se traía entre manos. Durante toda la semana ella había estado soltando indirectas cada vez que pasaban por una joyería. A él le constaba que, cuando se negó a entrar con ella en Mauboussin el martes, Colette había puesto en marcha el Plan Richie y le había pedido que fuera a París. A veces se comportaba como una puñetera niñata. Como si por el hecho de que Richie hubiera organizado una fiesta para ella con el dinero sucio de su padre fuera a ponerse celoso.

Harry le dio un codazo a Carlton en el costado.

—¡Eh! ¿Conoces a esa chica de ahí? La del vestido blanco, a las nueve en punto.

—Harry, algún día te darás cuenta de que no todos los asiáticos nos conocemos los unos a los otros.

—No me puedes reprochar que me ponga a cien: ¡posiblemente sea la tía más buenorra que he visto en mi vida! Voy a entrarle.

—Te echo una carrera —dijo Carlton. Si Colette tenía ganas de jueguecitos, él también jugaría. Le dio un tironcito a la solapa de su chaqueta, cogió dos copas de vino al paso de un camarero y cruzó con aire resuelto la terraza en dirección a la chica de blanco. Justo al llegar junto a ella, de repente Nick se le adelantó y, para su asombro, la envolvió entre sus brazos para darle un fuerte abrazo.

—¡Astrid! ¿Qué demonios estás haciendo aquí? —exclamó Nick con júbilo.

—¡Nicky! —chilló Astrid—. Creía que Rachel y tú estabais en China.

—Sí, pero decidimos volar a París de improviso con el hermano de Rachel y unos cuantos nuevos amigos. Ah, hablando del rey de Roma, este es Carlton. Carlton, esta es mi prima Astrid, de Singapur.

—Encantada de conocerte. —Astrid le tendió la mano a Carlton, que se había quedado totalmente anonadado por el repentino giro de los acontecimientos. ¿Esa extraordinaria criatura a la que estaba a punto de ligarse era prima de Nick?

—Y este es mi gran amigo Mehmet —dijo Nick al presentárselo a Carlton—. ¿Qué estás haciendo de pingoneo con mi prima Astrid en París, granuja?

Mehmet le dio una palmadita a Nick en la espalda efusivamente.

—¡Ha sido pura casualidad! He venido por asuntos de trabajo, y nos hemos encontrado en Le Voltaire. Estaba sentado en un almuerzo de negocios y mira por dónde aparece por la puerta Charlotte Gainsbourg... ¡con Astrid! Y claro, tenía que saludarlas; no pude resistir la tentación de que todos mis colegas se murieran de envidia. Después Astrid me invitó a cenar y la convencí para hacer esta parada técnica.

Llegados a este punto, Rachel y Colette se habían unido al grupo.

—¡Astrid! ¿Mehmet? ¡No me lo puedo creer! —dijo Rachel a voz en grito, al tiempo que los abrazaba con patente entusiasmo.

Les presentaron a Colette, y ella no pudo evitar hacerle un repaso milimétrico a Astrid. De modo que esta era la prima amante de la alta costura de la que le había hablado Rachel. Se fijó en las sexis sandalias doradas de Astrid hechas a mano por Da Constanzo en Capri. La cartera de charol blanco *vintage* era de Courrèges. Los brazaletes de oro de estilo etrusco con cabezas de leones eran de Lalaounis. Pero no lograba identificar el vestidito plisado blanco. Por Dios, era ideal la forma en la que el tejido se ceñía a su cuerpo, lo justo para volver locos a todos los hombres pero no tan ajustado como para resultar vulgar. Y esas jaretas en el escote que realzaban la sensualidad de sus clavículas: una auténtica maravilla. Tenía que averiguar quién era el diseñador SIN FALTA.

—Soy bloguera de moda: ¿te importaría que te hiciera una foto? —preguntó.

—Colette está siendo modesta. Es la bloguera de moda MÁS famosa de China —alardeó Nick.

—Eh... Por supuesto —contestó Astrid, sorprendida.

—¡Roxanne! —gritó Colette. Su fiel ayudante corrió a su encuentro y les hizo unas cuantas fotos a Colette y Astrid posando juntas. A continuación Roxanne se puso a tomar notas mientras Colette sometía a Astrid a un interrogatorio acerca de todo lo que llevaba puesto.

—A ver, me hace falta un poco de información para los pies de foto. Reconozco tus zapatos y tu bolso, como es natural, y los brazaletes son Lalaounis...

—En realidad, no —la interrumpió Astrid.

—Ah. ¿De quién son?

—Son etruscos.

—Ya, ¿pero quién los diseñó?

—No tengo ni idea. Datan del año 650 a. C.

Colette se quedó mirando asombrada las piezas de museo que se balanceaban con gracia en las muñecas de Astrid. Ahora ella quería tener de esas.

—Vale, lo más importante, dime qué genio diseñó tu fabuloso vestido. Es de Josep Font, ¿a que sí?

—Oh, ¿esto? Me lo he comprado hoy en Zara.

Roxanne no olvidaría el resto de su vida la expresión de Colette.

Al cabo de unas horas, Rachel y Nick se encontraban cenando a deshoras con Astrid y Mehmet en Monsieur Bleu, la *brasserie* escondida a espaldas del Palais de Tokyo. Al hincarle el diente a su lenguado a la marinera, Rachel echó una ojeada al comedor y se fijó en las fascinantes lámparas, los asientos corridos junto a las paredes de mármol y los relucientes bajorrelieves de bronce.

—Astrid, llevamos comiendo en sitios superlujosos toda la semana, pero este es, con diferencia, mi favorito. Gracias por traernos aquí.

—¡Estoy bastante de acuerdo! —comentó Mehmet—. En este lugar se respira un ambiente que conjuga la sencillez y a la vez el lujo envolvente. No rivaliza con la comida, pero efectivamente uno se siente más especial por el mero hecho de estar aquí.

Astrid sonrió.

—Me alegro mucho de que os guste a todos. Tenía ganas de venir aquí porque me estoy planteando encargar al arquitecto de este espacio, Joseph Dirand, la construcción de nuestra próxima casa. En realidad por eso he venido a París.

—Me muero de ganas de ver lo que te diseña —dijo Mehmet.

—¿No os mudasteis de casa el año pasado? —preguntó Nick.

—Sí, pero enseguida se nos ha quedado pequeña. Estuvimos a punto de comprar una casa histórica de Frank Brewer en Cluny Park Road, pero, como el asunto se torció en el último momento, hemos decidido construir en una parcela que tengo en Bukit Timah.

Nick miró a los comensales y comentó riendo entre dientes:

—Todavía no doy crédito a que hayamos coincidido los cuatro. ¡El mundo es un pañuelo!

—Y pensar que casi me apetecía pasar de la fiesta... Pero como mi familia está haciendo negocios con los Yang, consideré necesario hacer acto de presencia —dijo Mehmet.

—Qué contenta estoy de que hayamos ido —exclamó Astrid—. ¡Fue un claro caso de serendipia! Lo único que siento es que tu hermano y su novia no hayan podido acompañarnos.

—Creo que a Carlton le apetecía, pero se sintió en el compromiso de quedarse en la fiesta con Colette. Y, al ser la invitada de honor, ella no podía marcharse.

—Colette es todo un personaje. Jamás había visto a alguien con tanto interés en todos los detalles de lo que llevo encima. Medio temía que acabara preguntándome de qué marca es mi ropa interior.

—¡Muy posiblemente lo habría hecho si no se hubiera quedado tan perpleja de que te hayas comprado el vestido en Zara! —comentó Rachel entre risas.

—No sé qué tiene de raro. Yo compro ropa en todas partes: en tiendas *vintage*, en puestos callejeros...

—Colette y sus amigas viven por y para la alta costura. Francamente, me tienen un poco harto —reconoció Nick.

—Todo ha sido comprar sin cesar desde el instante en que llegamos. Durante los dos primeros días fue fascinante, pero ahora ya resulta tedioso —explicó Rachel—. No quiero quejarme, pues Colette ha sido muy generosa con nosotros, pero la única razón por la que vine fue porque tenía en mente pasar más tiempo con mi hermano.

Astrid se echó hacia delante.

—¿Qué tal el trato con tu nueva familia?

—Bastante frustrante, la verdad. Solo he conseguido ver a mi padre en una ocasión desde mi llegada a China.

—¿Solo una vez?

—No entendemos del todo lo que está pasando, pero creemos que tiene algo que ver con la mujer de mi padre. Ni siquiera la hemos conocido desde que pusimos los pies en la ciudad. Es bastante raro, ¿no os parece?

—Igual convendría que os tomarais un descanso de China y vinierais a Singapur a pasar una semana —propuso Astrid.

Nick frunció el ceño. Ya había sido todo un reto lidiar con la familia de Rachel en ese viaje; no quería complicar más las cosas yendo a Singapur y haciendo frente a ese campo de minas. Para empezar, ¿dónde se hospedarían Rachel y él?

Como si le estuviera leyendo el pensamiento, Astrid dijo:

—Yo encantada de que os alojéis en mi casa. Cassian se pondría contentísimo de veros. Seguro que igual que muchos otros —no pudo evitar añadir.

Nick se quedó callado durante unos instantes; Rachel no supo qué decir.

—O podríais veniros los dos a Estambul conmigo —sugirió Mehmet, rompiendo el incómodo silencio.

—¡Oooh! ¡Me encantaría viajar a Estambul! —exclamó Rachel.

—En mi avión solo se tarda tres horas desde París, y este verano hace un tiempo absolutamente maravilloso —dijo Mehmet para tentarlos—. Tú también deberías venir, Astrid. Vente unos cuantos días.

Después de cenar, los cuatro subieron tranquilamente por las escaleras del Palais de Tokyo, que conducían a la avenue du Président Wilson. Rachel echó un vistazo a su teléfono y vio que Colette le había dejado varios mensajes.

22:26, sábado
¿Está Carlton con vosotros en el restaurante?

22:57, sábado
¡Por favor, avísame si te llama Carlton!

23:19, sábado
Ya nada... Lo he localizado.

23:47, sábado
Por favor, llámame lo antes posible.

00:28, domingo
¡¡ES URGENTE!! ¡¡LLÁMAME, POR FAVOR!!

Rachel se sobresaltó al leer el último mensaje y marcó rápidamente el número del móvil de Colette.

—¿Diga? —respondió una voz apagada.

—¿Colette? Soy Rachel. ¿Eres Colette?

—¡Rachel! ¡Oh, Dios mío! ¿Dónde te has metido? ¿Dónde estás?

—¿Qué ocurre, Colette? ¿Qué ha pasado? —preguntó Rachel, alarmada por el tono casi histérico de Colette.

—Es Carlton... Tienes que ayudarme. Por favor.

18

El Shangri-La

París, Francia

A y, gracias a Dios que estáis aquí! ¡Menos mal! —exclamó Colette al abrir la puerta para que Rachel, Nick, Astrid y Mehmet entraran en su suite, un amplio dúplex. Rachel la abrazó con inquietud y Colette inmediatamente rompió en sollozos contra su hombro.

—¿Estás bien? ¿Se encuentra bien Carlton? —preguntó Rachel, al tiempo que conducía a la súbitamente desvalida chica al sofá que había más a mano.

—¿Dónde está todo el mundo? —preguntó Nick al darse cuenta de que Colette no estaba en compañía de su séquito, cosa inaudita.

—Les dije a todos que estaba cansada y los despaché a sus habitaciones. ¡Por nada del mundo quería que se enteraran de lo que estaba ocurriendo!

—¿Qué ha pasado? —preguntó Rachel.

—¡Oh, ha sido horrible! —respondió Colette, intentando recomponerse—. ¡Totalmente espantoso! Cuando os marchasteis de la fiesta, sacaron al escenario un pequeño piano de cola con ruedas. Entonces apareció John Major y me pidió que me colocase a su lado para cantarme una balada...

—¿Que el exprimer ministro británico te cantó una balada? —la interrumpió Nick, totalmente perplejo.

—Perdón, me refería a John Legend.

—Qué alivio —comentó Mehmet a Astrid con ironía.

—Así que John se puso a cantar *All of Me* —continuó Colette en tono lacrimógeno— y, al final de la canción, Richie subió al escenario, se postró de rodillas muy teatralmente y me pidió que me casara con él.

Tanto Rachel como Nick se quedaron con la boca abierta.

—¡Me tendió una trampa delante de todo el mundo! Por lo visto mi madre y las chicas estaban en el ajo: por eso se presentaron en la fiesta tantísimos amigos de China. Yo me quedé sin palabras. Me quedé ahí como un pasmarote y me fijé en que Gordon Ramsay se encontraba junto a los palitos de zanahoria fritos en aceite de trufa. Lo único que se me ocurrió fue: «¿Qué va a pensar Gordon si digo que no?».

—¿Qué hiciste? —preguntó Rachel.

—Intenté quitarle hierro. Dije: «Oh, venga ya, Richie, esto es una tomadura de pelo, ¿a que sí?». Y Richie contestó: «¿Acaso parece una tomadura de pelo?». Entonces se saca un estuche de terciopelo del bolsillo y me planta el anillo delante de las narices. Me quedo mirando el diamante azul este de treinta y dos quilates de Repossi, y pienso: «¡COMO SI yo me fuera a poner alguna vez un anillo de Repossi! Este hombre no me conoce, y no estoy enamorada de él». Así que dije: «Me siento muy halagada, pero vas a tener que darme un tiempo». A lo que Richie contestó: «¿¿Cómo que te dé tiempo?? Ya llevamos tres años saliendo en exclusiva». Y yo dije: «Vamos, no hemos estado saliendo en exclusiva», y de buenas a primeras a Richie se le descompuso el gesto y se puso a despotricar: «¿Qué demonios quieres decir con eso? ¡Has estado dándome esperanzas tres años! Estoy harto de esperar, y estoy harto de tus juegos. ¿Tienes la menor idea de lo que me he gastado esta noche? ¿Acaso crees que John Legend vuela a París a la voz del primero que se lo pida?». Entonces, inesperadamente, Carlton, que estaba en primera fila delante del escenario, dijo a grito pelado: «*Hundan!*[*] ¿Es que no captas el mensaje? ¡ELLA NO ESTÁ POR TI!», y, sin darme tiempo a asimilar lo que estaba sucediendo, Richie gritó: «*Nong sa bi suo luan!*»[**], saltó del escenario, se abalanzó sobre Carlton y ¡se puso a darle puñetazos en la cara!

—¡Madre mía! ¿Está bien Carlton? —preguntó Rachel.

—Está un poco vapuleado, pero se encuentra bien. Mario Batali, sin embargo...

—¿Qué le ha pasado a Mario? —la interrumpió Astrid, alarmada.

—Mientras Carlton y Richie rodaban por el suelo tratando de matarse, mis guardaespaldas intentaron separarlos, lo cual no hizo más que empeorar las cosas, porque los cuatro se estamparon contra el puesto de Mario, y la freidora de aceite de oliva donde estaba preparando la fritura se volcó y estalló en llamas. ¡Y acto seguido la coleta de Mario empezó a arder!

—¡Oh, no! ¡Pobre Mario! —Astrid, espantada, se llevó las manos a la cara.

—Gracias a Dios, la señora Shi andaba por ahí. Sabía perfectamente qué hacer: inmediatamente cogió el bote de bicarbonato y se lo echó por la cabeza a Mario. ¡Le salvó la vida!

—Menos mal que Mario ha salido bien parado. —Astrid dio un suspiro de alivio.

—Bueno, ¿y qué pasó después? —preguntó Nick.

—La pelea prácticamente puso fin a la fiesta, y yo me las ingenié para llevarme a Carlton a rastras al hotel, pero, mien-

[*] En mandarín, «Gilipollas».

[**] En shanghainés, «Cabrón al que le faltan huevos».

tras intentaba ayudarle a curarse las heridas, nos enzarzamos en la mayor bronca que jamás hemos tenido. Oh, Rachel, me consta que estaba borracho, pero soltó cosas tan hirientes... Me acusó de malmeterle en contra de Richie..., dijo que yo era la única culpable de todo este desastre, y después salió de la habitación hecho una furia.

Aunque Rachel consideraba que las acusaciones de su hermano realmente no iban tan desencaminadas, trató de mostrarse comprensiva.

—Seguramente lo único que necesita es tranquilizarse un poco. Las aguas volverán a su cauce por la mañana.

—¡Pero no podemos esperar a mañana! Cuando Carlton se fue, recibí una llamada de Honey Chai, la periodista del corazón. Aunque está en Shanghái, ya se había enterado de los pormenores de la pelea entre Richie y Carlton. Pero me dijo una cosa aún más alarmante: ¡parece ser que, hace unos meses, Richie retó a Carlton a una carrera de resistencia, y va a ser esta noche!

—¿Una carrera de resistencia? Estás de broma —dijo Rachel.

—¿Tengo pinta de estar de broma? —contestó Colette con el ceño fruncido.

—¿No son un poco mayorcitos para eso? —preguntó Rachel. Las carreras de resistencia le parecían muy infantiles, como algo sacado de *Rebelde sin causa*.

—¡No lo entiendes! No se trata de una de esas carreras de niñatos: van a conducir esos bólidos por las calles esta noche, a eludir a la policía todo el rato. ¡Será muy peligroso! Honey Chai se ha enterado de que Richie y Carlton se han apostado diez millones de dólares respectivamente, y hay gente por toda Asia haciendo apuestas en esta carrera; ¡por eso hay tantos amigos de Richie aquí en París! De un tiempo a esta parte, casi todos los tíos que conozco están obsesionados con las carreras.

—De hecho, leí un artículo sobre esto en el periódico —intervino Nick—. Todos estos niñatos chinos de familias ricas están participando en carreras ilegales en todo el mundo: Toronto, Hong Kong, Sídney..., sufriendo tremendos accidentes y provocando destrozos por valor de millones de dólares a su paso. ¡Ahora entiendo por qué Carlton dio tantas vueltas de prueba en el circuito de Bugatti el otro día!

Colette asintió compungida.

—Sí, yo pensaba que simplemente estaba comprando coches para su negocio paralelo, pero ahora sabemos el verdadero motivo. Y estos últimos días ha tenido muchos altibajos de ánimo: su desaparición, la borrachera, la pelea..., ¡todo por culpa de esta maldita carrera! Qué estúpida he sido; debería haberlo visto venir a la legua.

—Vamos, ninguno de nosotros lo sospechaba tampoco —dijo Rachel.

Colette miró alrededor de la estancia con inquietud mientras intentaba dilucidar hasta dónde deseaba contar.

—¿Sabéis? Esta no es la primera vez que Richie y Carlton intentan esto. Ya sucedió en Londres.

—Así es como Carlton tuvo aquel accidente, ¿verdad? —preguntó Nick.

Colette asintió con tristeza.

—Estaba retándose con Richie en una carrera por Sloane Street, y su coche... —de pronto se le quebró la voz—, su coche salió disparado haciendo trompos y se estrelló contra un edificio.

—Un momento, me parece que leí algo sobre esto... ¿No fue un Ferrari que chocó contra la boutique de Jimmy Choo? —intervino Astrid.

—¡El mismo! Pero ahí no acaba la historia. Había otras pasajeras además de Carlton. En el coche iban dos chicas: una británica que jamás volverá a andar y una china que..., que murió. Fue una espantosa tragedia, pero los Bao lo encubrieron todo.

Rachel empalideció.

—¿Carlton te contó todo esto?

—Yo estaba allí, Rachel. Yo iba en el otro coche, en el Lamborghini que Richie conducía. La chica que murió era una amiga mía que iba a la London School of Economics —confesó Colette entre lágrimas.

Todos se quedaron mirando a Colette conmocionados.

—Ahora todo empieza a encajar —dijo Nick en voz baja, al recordar lo que su madre le había contado sobre el accidente.

Colette continuó.

—Carlton no es el mismo desde el accidente. No ha logrado superarlo: se culpa a sí mismo y a Richie. Creo que piensa que puede redimirse de alguna manera ganando esta carrera. Pero no podemos permitir que se ponga al volante esta noche. No está en condiciones ni física ni, sobre todo, emocionalmente. Rachel, ¿puedes hacerle entrar en razón, por favor? He estado llamándolo sin cesar y, por supuesto, no responde a mis llamadas. Pero creo que a ti te escuchará.

Plenamente consciente al fin de la gravedad de la situación, Rachel cogió su teléfono y llamó a Carlton.

—Ha saltado directamente el buzón de voz.

—Esperaba que lo cogiera al ver tu número. —Colette suspiró.

—No tenemos más remedio que ir en su busca. ¿Dónde se ha organizado la carrera? —preguntó Nick.

—Ese es el problema: no tengo ni idea. Todo el mundo se ha esfumado sin más. Roxanne se ha ido con mi personal de seguridad para intentar localizarlos, pero de momento no ha habido suerte.

Astrid habló de repente.

—¿Cuál es el número de Carlton?

—El 86 135 8580 9999.

Astrid sacó su móvil y marcó el teléfono personal de Charlie Wu.

—¡Hola! No, no, todo va bien, gracias. Eh..., espero que no te importe, pero tengo que pedirte un gran favor. ¿El máquina ese de la seguridad sigue trabajando para ti? —Tras una pausa, bajó la voz—: El que localizó a quien tú ya sabes por medio de un simple número de teléfono hace un par de años. Estupendo. ¿Podrías ayudarme a localizar la ubicación de este número? No, en serio, estoy fenomenal. Solo estoy tratando de echar una mano a unos amigos... Te daré todos los detalles de la historia luego.

Al cabo de unos minutos, el teléfono de Astrid vibró al recibir un mensaje.

—Han dado con él —dijo con una sonrisa de satisfacción—. Parece ser que ahora mismo Carlton está en un taller mecánico en la avenue de Malakoff, justo al lado de Porte Maillot.

París, 02:45 horas

Rachel, Nick y Colette iban apretujados en el asiento trasero del Range Rover mientras este avanzaba a toda velocidad hacia la ubicación de Carlton. Rachel, sentada en silencio, iba contemplando los bulevares del distrito 16, prácticamente desiertos, las farolas que iluminaban las elegantes fachadas con esa peculiar tonalidad dorada que solo puede encontrarse en París. Reflexionó acerca de la mejor manera de abordar a Carlton en su actual estado y se preguntó si llegarían a tiempo.

Enseguida llegaron a la avenue de Malakoff y el chófer señaló hacia el solitario taller mecánico que parecía ser un hervidero de gente. Rachel observó con asombro cómo el dispositivo completo de la carrera que llevaba meses organizándose finalmente se desplegaba ante ella. Al otro lado de la puerta del taller, parcialmente subida, un equipo de mecánicos pululaba alrededor de un Bugatti Veyron Super Sport* azul eléctrico como si lo estuvieran preparando para la final de Fórmula 1, y en la puerta del taller había varios tíos fumando que le sonaban de la fiesta. Rachel cuchicheó a Nick:

—¿No es increíble? ¡Jamás me habría imaginado que pudieran montar semejante tinglado!

—Has visto cómo gastan el dinero las mujeres de este círculo; así es como lo gastan los tíos —comentó Nick discretamente.

—¡Mirad, mirad! Carlton está ahí de pie con Harry Wentworth-Davies. ¡Puf, debería haberme olido que el gilipollas ese estaba metido en el ajo! —dijo Colette.

Rachel respiró hondo.

—Creo que será mejor que yo me encargue de tratar de hacer entrar en razón a Carlton. Igual se muestra más receptivo si no lo agobiamos los tres.

—Sí, sí, nosotros nos quedaremos en el coche —convino Colette ansiosa.

Rachel bajó del coche y, al aproximarse al taller, Carlton de repente levantó la vista y reparó en ellos. Con una mueca, avanzó tambaleándose, se plantó en medio de la calle y le bloqueó el paso a Rachel.

—Chicos, estáis de más aquí. Para empezar, ¿cómo es posible que me hayáis localizado?

—¿Qué más da? —dijo Rachel, escrutando a su hermano con inquietud. Tenía el ojo izquierdo amoratado, un cardenal en la mandíbula, un feo corte en el labio inferior y a saber cuán-

---

* El Veyron, también proclamado «el vehículo de serie con máxima velocidad permitida del mundo», alcanza un límite de velocidad de 431 km/h. Hoy en día puede aparcar uno en su garaje por 2,7 millones de dólares.

tas otras heridas bajo su mono de carreras—. Carlton, por lo que más quieras, no sigas adelante con esto: sabes que no estás en condiciones de ponerte al volante esta noche.

—Me he despejado: sé lo que me hago.

«Y una mierda», pensó Rachel. Consciente de que era inútil razonar con alguien que evidentemente había bebido demasiado, probó a cambiar de táctica.

—Carlton, sé lo que ha ocurrido esta noche. Entiendo perfectamente tu indignación, de verdad.

—No tienes ni la más remota idea.

Rachel lo agarró del brazo con ademán alentador.

—¡Oye, ya no tienes que demostrarle nada a Richie! ¿Acaso no ves que ha perdido la partida? Ha sido objeto de una tremenda humillación por parte de Colette. ¿No te das cuenta de lo mucho que ella te quiere? Compórtate como un señor y retírate de esta carrera ya.

Carlton apartó el brazo bruscamente y dijo en tono áspero:

—No es el momento de hacer de hermana mayor conmigo. Lárgate de aquí ahora mismo, por favor.

—Carlton, sé lo de Londres —insistió Rachel, mirándolo a los ojos—. Colette me lo ha contado todo... Sé cómo te sientes.

Carlton se quedó atónito durante unos instantes, pero acto seguido la miró con expresión de ira.

—Te crees muy lista, ¿verdad? Vienes a China a pasar dos semanas y te piensas que nos vas a dar lecciones a todos. ¡Pues no tienes ni idea! No tienes ni idea de cómo me siento realmente. ¡No tienes ni la más remota idea de los problemas que nos has causado a mí y a mi familia!

—¿Qué quieres decir? —Rachel lo miró sorprendida.

—¡No te haces la menor idea de los quebraderos de cabeza que le has dado a mi padre por el mero hecho de venir a China! ¿Acaso no has captado la indirecta de que huye de ti como de la peste? ¿No te ha dado que pensar que te hospedes en el Peninsula? ¡Es porque mi madre no te permitiría poner los pies en su casa ni muerta! ¿Sabes que he estado quedando contigo solo para cabrearla? ¿Por qué no haces el favor de meterte en tus asuntos y nos dejas en paz?

Rachel se quedó aturdida por sus palabras y retrocedió unos pasos, sintiendo por unos instantes que le faltaba el aire. Colette salió precipitadamente del coche, fue al encuentro de Carlton pisando fuerte con sus zapatos de tacón negros y dorados de Walter Steiger Unicorn, y se puso a vociferarle en plena cara:

—¿Cómo te atreves a hablarle así a tu hermana? ¿No te das cuenta de lo afortunado que eres de tener a alguien como ella que mire por ti? No, qué va. Menosprecias a todo el mundo y te encanta hacerte el mártir. Lo que pasó en Londres fue una tragedia, pero la culpa no fue solo tuya. Fue culpa mía, fue culpa de Richie: todos somos culpables. Ganar esta carrera no va a devolverle la vida a nadie, ni va a hacer que te sientas algo mejor. Pero, adelante, métete en tu coche. Ve a competir con Richie. ¡Por mí, podéis echaros un pulso los dos a ver quién tiene más huevos y estrellar vuestros deportivos de un millón de dólares contra el Arco del Triunfo!

Carlton se quedó de piedra durante unos instantes, sin mirarlos. A continuación, antes de darse la vuelta para regresar al taller, dijo a voz en grito:

—¡Que te jodan! ¡Que os jodan a todos!

Colette levantó las manos con gesto de impotencia y se dispuso a dirigirse al SUV. Inesperadamente, Carlton se sentó en el bordillo de la acera y se llevó las manos a la cabeza como si estuviera a punto de estallarle. Rachel se volvió y se quedó mirándolo durante unos instantes. De pronto, parecía un crío desvalido. Se sentó a su lado en el bordillo y posó la mano en su espalda.

—Carlton, siento haber causado tantos problemas a tu familia. No tenía ni idea de nada de esto. Lo único que deseaba era conoceros mejor, a ti, a tu madre y a tu padre. No volveré a China si tanto sufrimiento os he causado. Te prometo que me iré derecha a Nueva York. Pero, por favor, por lo que más quieras, no subas a ese coche. No quiero que resultes herido otra vez. ¡Eres mi hermano, maldita sea, eres el único hermano que tengo!

Carlton, con los ojos al borde de las lágrimas e inclinando la cabeza, dijo con voz apagada:

—Lo siento. No sé lo que me ha pasado. No cra mi intención decir esas cosas.

—Lo sé, lo sé —susurró Rachel mientras le daba palmaditas en la espalda.

Al ver que los ánimos se habían sosegado, Colette se acercó a los dos con cautela.

—Carlton, he rechazado la proposición de Richie. ¿Quieres hacer el favor de cancelar esta absurda carrera?

Carlton asintió con gesto cansado, y las mujeres se miraron la una a la otra aliviadas.

Tercera parte

Detrás de toda gran fortuna hay un gran crimen.

HONORÉ DE BALZAC

1

Shek O

Hong Kong

Ah, qué bien, llegas pronto —dijo Corinna cuando Kitty fue conducida a la mesa exterior por el mayordomo.

—¡Madre mía! ¡Qué vistas! No me da para nada la sensación de estar en Hong Kong —exclamó Kitty al contemplar el resplandeciente azul turquesa de las aguas del mar de China desde la imponente terraza de la villa de los Ko-Tung, en la pared de un acantilado de Shek O, una península de la costa meridional de la isla de Hong Kong.

—Sí, eso es lo que todo el mundo comenta siempre —repuso Corinna, contenta de ver que Kitty estaba debidamente impresionada. Ese día, había organizado el almuerzo en ese lugar concretamente porque le constaba que no tenía más remedio que hacer algo especial para compensar la tremenda debacle de la Iglesia de la Estratosfera.

—¡Esta es la casa más bonita en la que he estado de todo Hong Kong! ¿Vive aquí tu madre? —preguntó Kitty, tomando asiento en el sitio asignado bajo el arco en el comedor al aire libre.

—No. Aquí no vive nadie permanentemente. En su origen esta era la residencia de fin de semana de mi abuelo, y antes de morir estipuló muy sabiamente que lo heredase la multinacional Ko-Tung con el fin de que sus hijos no pudieran disputársela. La compartimos toda la familia; la usamos como nuestro club particular, y la compañía también la utiliza para eventos muy especiales.

—¿De modo que aquí es donde tu madre celebró el baile de gala para la duquesa de Oxbridge hace unos meses?

—No solo para la duquesa. Mi madre organizó una cena aquí para la princesa Margarita cuando vino con lord Snowdon en 1966, y la princesa Alejandra también la ha visitado.

—¿De dónde son esas princesas?

Corinna tuvo que reprimir una mueca.

—La princesa Margarita es la hermana menor de la reina Isabel II, y la princesa Alejandra de Kent es prima de la reina.

—Ah, no sabía que había tantas princesas en Inglaterra. Pensaba que solo estaban las princesas Diana y Kate.

—De hecho, la forma correcta es Catalina, es la duquesa de Cambridge y oficialmente no es una princesa de sangre real. Como consorte del príncipe Guillermo... Bah, da igual —dijo Corinna, quitándole importancia—. Bueno, Ada y Fiona llegarán en unos minutos. Recuerda mostrarte especialmente cortés con Fiona, porque fue ella la que convenció a Ada de que viniera hoy.

—¿Por qué Fiona Tung-Cheng se muestra tan amable conmigo? —preguntó Kitty.

—Bueno, de entrada, a diferencia de algunos de los miembros de nuestro selecto club, Fiona es una devota cristiana que cree en el poder de la redención y, como además es mi prima, tuve la posibilidad de ponerla en el compromiso de ayudarme. Como es natural, también da la casualidad de que Ada se muere de ganas de ver esta casa desde hace años.

—No me extraña. Yo pensaba que solo había unas cuantas mansiones en Repulse Bay y Deep Water Bay; ignoraba que aún existiesen grandes casas en plena costa en Hong Kong.

—Nosotros lo preferimos así. Shek O es donde todas las familias antiguas tienen sus casas, apartadas en cabos recónditos.

—Debería comprarme algo aquí, ¿verdad? Me has insistido en que me mude de Optus Towers. ¡Esto sería como tener una casa en Hawái!

Corinna le sonrió con aire condescendiente.

—No puedes comprarte una casa aquí así como así, Kitty. En primer lugar, solo hay unas cuantas casas, y casi todas pertenecen a las mismas familias desde hace generaciones y siempre permanecerán de esa manera. Si se diera la rara circunstancia de que una propiedad se pusiera a la venta, los nuevos residentes habrían de contar necesariamente con el visto bueno de la constructora Shek O, que controla la mayor parte de los terrenos de la zona. Vivir aquí es como ser aceptado en un club muy exclusivo; de hecho, yo diría que el conjunto de propietarios de Shek O pertenece al club más exclusivo de Hong Kong.

—Bueno, ¿puedes ayudarme a acceder? ¿No es ese precisamente el motivo por el que trabajamos juntas? «Y por lo que estoy pagándote un puñetero pastón cada mes», pensó Kitty.

—Ya veremos cómo van las cosas. Por eso es tan importante limpiar tu imagen: con el tiempo, quizá permitan a tus nietos comprar aquí.

Kitty asimiló todo esto en un silencio enfurruñado. «¿Mis nietos? Yo quiero vivir aquí ahora, cuando aún puedo tomar el sol desnuda en una terraza privada como esta».

—Bueno, ¿te has aprendido de memoria la disculpa para Ada? —preguntó Corinna.

—Sí. He estado ensayando toda la mañana con mis criadas. Según ellas, he estado muy convincente.

—Bien. Deseo realmente que esto te salga del corazón, Kitty. Es preciso que lo expreses como si fuera tu única oportunidad de ganar un Óscar. No pretendo que Ada y tú os hagáis íntimas al instante, pero sí espero que este gesto la ablande y marque un punto de inflexión. Su perdón contribuirá con creces a que seas aceptada en la alta sociedad de nuevo.

—Haré todo lo que esté en mi mano. Hasta vengo vestida tal y como me dijiste. —Kitty suspiró. Se sentía como un cerdo al que llevan al matadero con el discreto vestido de flores de Jenny Packham y el cárdigan melocotón de Pringle que Corinna había elegido para ella.

—Me alegro de que me hicieras caso. Oye, hazme un favor y abróchate un poco más arriba el cárdigan. ¡Ahora está perfecto!

Al cabo de unos minutos, el mayordomo anunció:

—Señora, lady Poon y la señora Tung-Cheng.

Las damas hicieron su entrada en la terraza; Fiona besó cortésmente tanto a Corinna como a Kitty sin rozarles las mejillas, mientras que Ada apenas miró a Kitty y le dio un efusivo abrazo a Corinna.

—¡Cielo santo, Corinna, qué sitio! ¡Esto es igual que el Hotel du Cap!

Una vez servida la ensalada nizarda e intercambiados los cumplidos de rigor, Kitty respiró hondo y miró con gesto serio a Ada.

—Lady Poon, no hay una manera fácil de decir esto, pero lamento mucho lo ocurrido en la gala Pinnacle. Desde entonces no he sido capaz de perdonarme a mí misma por mi comportamiento. Fue un tremendo despropósito por mi parte irrumpir en el escenario de esa manera cuando sir Francis estaba recibiendo su galardón, pero, verá…, estaba sumamente desbordada por la emoción. He de decirle algo que hasta ahora jamás he dicho a nadie… —Kitty hizo una pausa y miró a los ojos a las señoras una por una antes de continuar—: Verá, cuando do sir Francis comenzó a hablar de todos esos niños de África que han contraído la tuberculosis, inevitablemente me vino a la memoria mi propia infancia. Me consta que todo el mundo cree que soy de Taiwán, pero lo cierto es que procedo de una pequeña aldea de Qinghai, en China. Éramos de los campesinos más humildes..., ni siquiera nos alcanzaba el dinero para quedarnos en la aldea: yo vivía con mi abuela en una pequeña chabola fabricada con metal y trozos de cartón junto al río. Verá, mi abuela me crio con sus propios recursos porque mis padres trabajaban en una fábrica de ropa en Guangzhou. Cultivábamos hortalizas en los marjales de la orilla del río. Así es como nos alimentábamos y malvivíamos. Pero, cuando cumplí doce años, mi abuela... —Kitty hizo otra pausa con los ojos anegados en lágrimas—, mi abuela contrajo la tuberculosis... y...

—No es necesario que continúe —dijo Fiona con delicadeza, y posó la mano en el hombro de Kitty.

—No, no, he de hacerlo —repuso Kitty, al tiempo que negaba con la cabeza y contenía las lágrimas.

—Lady Poon, quiero que entienda por qué me emocioné tanto aquella noche cuando su marido comenzó a hablar. Como mi *nainai* contrajo la tuberculosis, no tuve más remedio que dejar el colegio para cuidarla. Lo hice durante tres meses... hasta que falleció. Por eso me conmovieron tanto los esfuerzos de su marido por combatir la tuberculosis en África. ¡Por eso salté al escenario y quise extender el talón de veinte millones de dólares allí mismo y en ese preciso momento! Es que me sentía muy afortunada de que una chica como yo, que se había criado en una chabola junto al río, ahora se encontrara en disposición de ayudar a otros afectados de tuberculosis. No tenía la más mínima idea de lo que estaba haciendo... No era consciente... Jamás imaginé lo irrespetuoso que fue mi acto. Por nada del mundo fue mi intención hacerle ese feo a su marido... Yo le considero un héroe.

En cuanto a usted, ojalá supiera lo mucho que la admiro. Todo lo que hace por la gente de Hong Kong, su trabajo de concienciación sobre el cáncer de mama..., me ha hecho ser consciente de mis pechos de una manera totalmente distinta. Y, cuando caí en la cuenta de que la había ofendido a usted y a todos los Poon, Dios mío, me sentí tan avergonzada que... solo quería que me tragase la tierra —dijo Kitty con tristeza, bajó la vista y se puso a temblar como una posesa mientras sollozaba.

«¡Dios mío, es mejor que Cate Blanchett!», pensó Corinna, pasmada ante la estampa de Kitty con las lágrimas cayendo a raudales por su semblante y los mocos por su nariz.

Ada, que había permanecido impertérrita a lo largo de toda la actuación de Kitty, de pronto esbozó una sonrisa de compromiso.

—Ahora lo entiendo. Por favor, no diga nada más. Todo ha quedado relegado al pasado.

Fiona, con los ojos llorosos, alargó los brazos por encima de la mesa y estrechó con fuerza ambas manos de Kitty.

—Ha sufrido mucho a lo largo de su vida. ¡No sabía nada! Y ahora, con lo delicado que se encuentra Bernard... Pobrecita...

Kitty se quedó mirándola. «¿De qué demonios está hablando?».

—Quiero que sepa que he estado rezando por Bernard. No lo he tratado mucho, pero mi marido y él se conocen de toda la vida. Me consta que Eddie lo considera como un hermano.

—Ah, ¿sí? No sabía que tenían tanta amistad.

—Los dos trabajaron durante una temporada en P. J. Whitney en Nueva York en los comienzos de sus carreras profesionales, y tenían por costumbre frecuentar un club deportivo llamado Scores. Cada vez que yo llamaba a Eddie, siempre estaba jugando un partido allí con Bernard; parecía sin resuello. Bueno, ahora rezaré aún con más fervor por Bernard, para que se recupere del todo. Jesús puede hacer milagros.

—Sí, eso espero —susurró Kitty. «Para ayudar a Bernard hará falta un milagro».

—Si me permite preguntarle —dijo Ada acercándose más—, ¿cuál es el pronóstico de Bernard? Y ¿es tan contagioso como dicen?

Kitty las miró con gesto inexpresivo.

—Eh…, la verdad es que realmente no sabemos…

Después de marcharse Ada y Fiona, Corinna ordenó traer una botella de champán.

—¡Por ti, Kitty! Has triunfado —dijo al brindar con su protegida.

—¡Para nada, el mérito es todo tuyo! ¿Cómo demonios te inventaste todo ese rollo sobre la abuela y la chabola junto al río? —preguntó Kitty.

—Ah, lo saqué de un documental que vi el año pasado. Pero, caramba, has dado vida al texto convincentemente: hasta a mí se me ha hecho un nudo en la garganta.

—Entonces, ¿sabías de antemano que esto funcionaría con Ada? ¿Que con esa sentida disculpa y halago bastaría?

—Conozco a Ada desde hace muchos años. A decir verdad, creo que la disculpa realmente le importaba un comino. Lo único que necesitaba oír es que procedes de algún pueblucho de mierda de China. Necesitaba sentirse superior a ti, y no estuvo de más que te humillaras de esa manera tan convincente ante ella. Ahora se sentirá mucho más cómoda en tu presencia. Ahora se te van a abrir más puertas, tiempo al tiempo.

—No puedo creer que tu prima Fiona me haya invitado a esa fiesta benéfica la próxima semana. ¿Me das permiso para ir?

—¿A la recaudación de fondos en la mansión del rey Yin Lei? Por supuesto. Fiona esperará que extiendas un talón sustancioso.

—Hoy ha tenido una actitud encantadora conmigo. Me parece que se compadecía de mí debido a Bernard.

—Sí, pero ya sabes que la simpatía hacia ti solo durará cierto tiempo. Me da que hoy has estado a punto de levantar la liebre. Ada no es tan ingenua como Fiona, ¿sabes? En serio, Kitty, es preciso que acalles todos los rumores que circulan acerca de Bernard y tu hija.

Kitty volvió la vista hacia el océano y se quedó mirando un islote a lo lejos.

—Que rumoreen todo lo que quieran.

—¿Por qué no me dices de una vez lo que pasa? ¿Tan grave se encuentra Bernard? ¿Es verdad que le transmitió a tu hija un trastorno genético?

De pronto Kitty rompió a llorar, y Corinna se dio cuenta de que, esta vez, las lágrimas eran de corazón.

—No sé cómo explicarlo... No encuentro las palabras para explicarlo —repuso en voz baja.

—Entonces, ¿por qué no me lo muestras? Si pretendes que te ayude, es preciso que lo entienda. Porque, hasta que no acallemos de una vez por todas la sarta de rumores que circulan sobre Bernard, tu situación en Hong Kong no va a mejorar gran cosa —dijo Corinna con delicadeza.

Tras secarse las lágrimas con un pañuelo bordado, Kitty asintió.

—Vale, te lo mostraré. Te llevaré a ver a Bernard.

—Puedo ir a Macao contigo en cualquier momento a partir del jueves.

—Oh, no, no iremos a Macao; hace años que no vivimos allí. Tendrás que acompañarme a Los Ángeles.

—¿A Los Ángeles? —repitió Corinna, sorprendida.

—Sí —respondió Kitty, apretando los dientes.

2

Aeropuerto de Changi

Singapur

Astrid acababa de desembarcar del vuelo procedente de París y, justo cuando pasaba por la tienda de prensa de la Terminal 3 en dirección a la salida, vio que una dependienta estaba colocando una pila del último número de *Pinnacle* en el estante de revistas. En la portada había un hombre abrazando a un niño y, al mirarla desde lejos, Astrid pensó: «Qué niño más guapo». Entonces se detuvo, dio media vuelta y se dirigió a la tienda. Como no era habitual que *Pinnacle* publicara una portada donde no figurase alguna mujer excesivamente retocada con Photoshop y vestida de gala, le intrigó saber quién era esa gente. Al acercarse al expositor de revistas, dio un grito ahogado de asombro.

En la portada de la «edición especial de padres e hijos» de *Pinnacle* la observaban su marido y su hijo. «MICHAEL Y CASSIAN TEO NAVEGAN RUMBO A LA VICTORIA», decía el titular. Michael aparecía fotografiado en la proa de un megayate, vestido con una camiseta marinera de rayas y un cárdigan azul eléctrico meticulosamente colocado sobre los hombros, con el brazo apoyado con torpeza en la barandilla para lucir su Rolex *vintage* «Paul Newman» Daytona en todo su esplendor. A sus pies aparecía en cuclillas Cassian, vestido con una camisa de cuadros azules y una chaqueta marinera con botones dorados, con lo que parecían litros de fijador en el pelo y una pizca de colorete en las mejillas.

«Por el amor de Dios, ¿qué le han hecho a mi hijo?». Astrid cogió la revista y pasó frenéticamente las quinientas páginas de anuncios de joyas y relojes, desesperada por dar con el artículo. Y ahí estaba. En la apertura del reportaje figuraba una foto completamente diferente de Michael y Cassian, esta vez los dos a juego con cazadoras de ante de Brunello Cucinelli y gafas de sol de Persol, tomada desde arriba mientras estaban sentados en el Ferrari 275 GTB descapotable. «¿Cuándo diablos se hicieron estas fotos?», se preguntó Astrid. El titular del artículo, en fuente negrita blanca, ocupaba todo el pie de foto:

PADRE DEL AÑO: MICHAEL TEO

Cuesta imaginar a alguien con una vida más afortunada que Michael Teo. El fundador de una de las compañías más punteras tiene una familia de postal, una casa preciosa y una creciente colección de coches deportivos clásicos. ¿Hemos mencionado que tiene el físico de un modelo de ropa interior de Calvin Klein y unos pómulos sobre los que se podrían tallar diamantes? Olivia Irawidjaya ha indagado un poco más y ha descubierto que detrás de este hombre hay más de lo que parece...

«¿Sabe lo que es esto?», pregunta Michael Teo apuntando hacia un antiguo documento amarillento colocado en un sencillo marco de titanio colgado en la pared de su ultramoderno vestidor, entre hileras de trajes confeccionados a medida por gente de la talla de Brioni, Caraceni y Cifonelli. Al examinar con atención el documento, para mi gran sorpresa descubro que está firmado por Abraham Lincoln. «Se trata de una copia original de la Declaración de Independencia. Solo existen siete copias y yo poseo una de ellas», comenta Michael con orgullo. «La he colocado justo enfrente del armario de espejos de mi vestidor con el fin de poder verla cada día mientras me visto, y para que me recuerde quién soy».

No es para menos, pues Teo se ha ganado su independencia a pulso: hace unos años, era prácticamente un desconocido que trabajaba sin descanso para poner en marcha su empresa de tecnología en Jurong. Hijo de maestros de escuela, creció en el seno de una «modesta familia de clase media en Toa Payoh», reconoce sin tapujos, pero, a fuerza de mucho trabajo y perseverancia, consiguió plaza en St. Andrews School, y a partir de ahí se convirtió en un destacado miembro de las fuerzas especiales del Ejército de Singapur.

«Desde el primer momento, Teo demostró ser uno de los cadetes más valientes de su generación», recuerda su antiguo comandante, el mayor Dick Teo (que no guarda parentesco con él). «Su nivel de resistencia rozaba lo sobrehumano, pero fue su inteligencia lo que propició su ascenso a la cúpula de la inteligencia militar». Teo consiguió una beca para estudiar ingeniería informática en el prestigioso Instituto de Tecnología de California y, tras graduarse *cum laude*, regresó para trabajar en el Ministerio de Defensa.

Otro oficial de alto rango al que entrevisté, el teniente coronel Naveen Sinha, declaró: «No puedo revelarle concretamente lo que hizo, pues es información clasificada, pero digamos que Michael Teo ha sido decisivo en el desarrollo de los recursos de inteligencia. Lamentamos que se marchara».

¿Qué impulsó a Teo a renunciar a una prometedora carrera en el Ministerio de Defensa de Singapur para dedicarse al sector privado? «El amor. Me enamoré de una hermosa mujer, me casé, y decidí que tenía que comenzar a comportarme como un hombre casado; los continuos viajes para visitar bases militares repartidas por el mundo y el trabajo hasta altas horas de la noche ya no iban conmigo. Además, necesitaba levantar mi propio imperio por el bien de mi hijo y mi esposa», explica Teo, con una chispa de emoción en sus penetrantes ojos de halcón.

Cuando le pregunto por su esposa, se muestra algo evasivo. «Ella prefiere permanecer fuera del foco». Al descubrir un retrato en blanco y negro de una despampanante mujer en su dormitorio, le pregunto: «¿Es ella?». «Sí, pero esa foto es de hace bastantes años», responde. Al fijarme con más atención descubro que en la fotografía figura la dedicatoria: «Para Astrid, que continúa evitándome. Dick». «¿Quién es Dick?», pregunto. «En realidad es un fotógrafo llamado Richard Burton que murió hace un tiempo», responde Michael. Un momento, ¿el autor de esta foto fue el legendario fotógrafo de moda Richard Avedon? «Ah, sí, así se llamaba».

Intrigada por este asombroso y jugoso chisme, me puse a indagar en el pasado de Astrid Teo. ¿Fue modelo de alta costura en Nueva York? Resulta que Astrid no es otra simple chica guapa de la Escuela Metodista Femenina que se casó con un buen partido y se convirtió en un ama de casa mimada. *Pinnacle* puede desvelar que es la hija única de Henry y Felicity Leong, nombres que no les resultarán muy familiares a la mayoría de los lectores de esta revista, pero que al parecer son influyentes por derecho propio.

Una experta en linaje del Sudeste Asiático (que desea permanecer en el anonimato) declara: «Los Leong jamás figuran en ningún listado porque son demasiado distinguidos y discretos como para darse a conocer. Son una familia de

chinos peranakan extremadamente reservada que se remonta
a varias generaciones y que posee un variopinto patrimonio
por toda Asia: materias primas, mercancías, inmuebles y
cosas por el estilo. Poseen una inmensa riqueza; el bisabuelo
de Astrid, S. W. Leong, era apodado "el Rey del Aceite de
Palma de Borneo". Si en Singapur existiese la aristocracia,
Astrid sería considerada una princesa».

Otra gran dama de los ricos de toda la vida de Singapur
que solo está dispuesta a hacer declaraciones
confidencialmente me dice: «Su importancia no se debe
únicamente a su sangre Leong. Astrid está forrada por ambos
lados de su familia. Su madre es Felicity Young, y permítame
decirle que cualquiera parece indigente en comparación con
los Young, porque se emparentaron con los T'sien y los Shang.
Alamak, ya me he ido demasiado de la lengua».

¿Puede esta poderosa y misteriosa familia ser la
responsable del éxito meteórico de Teo? «¡Ni mucho menos!»,
afirma categóricamente Teo. A continuación, recobrando la
compostura, suelta una risotada. «En un principio, he de
confesar que fui yo el que se casó con un buen partido, pero
hoy en día encajo muy bien con su familia precisamente
porque jamás les pedí ayuda: estaba decidido a triunfar
exclusivamente por mis propios medios».

Y no cabe duda de que ha triunfado: a estas alturas es
de sobra sabido que la incipiente empresa de tecnología de
Teo fue adquirida de la noche a la mañana por una compañía
de Silicon Valley en 2010 y ha aumentado su valor neto en
varios cientos de millones de dólares. Mientras que la mayoría
de los hombres se habrían conformado con pasar el resto de
sus vidas contemplando las vistas del océano desde uno de
los lujosos complejos hoteleros de Annabel Lee, Teo redobló
sus esfuerzos y montó su propia empresa de capital riesgo en
el sector tecnológico.

«Yo no tenía ninguna intención de retirarme a los treinta y tres. Sentía que se me había brindado una oportunidad de oro, y no deseaba desperdiciarla. Aquí, en Singapur, hay mucho talento e ingenio, y quería descubrir a la nueva generación asiática de Serguéis Brins y darles alas para volar», dice Teo. Hasta la fecha, sus apuestas no solo han alcanzado cumbres como las águilas, sino que se han disparado como cohetes hasta la luna. Sus aplicaciones Gong Simi? y Ziak Simi? han revolucionado la manera en la que los singapurenses se comunican y debaten sobre comida, y varias de las empresas que ha fundado han sido adquiridas por gigantes como Google, el Grupo Alibaba y Tencent. Según *The Heron Wealth Report,* se calcula que actualmente la fortuna de Teo asciende a mil millones de dólares, lo cual no está nada mal para alguien de treinta y seis años que compartió habitación con dos de sus hermanos hasta que se fue a la universidad.

Así pues, ¿cómo disfruta Teo de los beneficios de su fortuna? Para empezar, tiene una villa moderna en Bukit Timah que cualquiera que pase en coche podría fácilmente confundir por un Aman Resort. Construida alrededor de varios estanques reflectantes y jardines de estilo mediterráneo, la amplia casa ya se está quedando algo pequeña para la creciente colección de artefactos bélicos y coches deportivos de Teo. «Estamos en el proceso de construir un nuevo hogar, y hemos estado manteniendo reuniones con posibles arquitectos, como Renzo Piano y Jean Nouvel. Queremos algo realmente revolucionario, una casa nunca vista en Singapur hasta la fecha».

Hasta entonces, Teo me ofrece un recorrido por su exclusivo tesoro. En la galería de la planta baja, se exhiben espadas samuráis del periodo Edo y un gigantesco cañón de las Guerras Napoleónicas junto a Ferraris, Porsches y Aston Martins magníficamente restaurados. «Me lo estoy tomando con calma, pero espero reunir la colección más espléndida de coches deportivos *vintage* de fuera del Hemisferio Occidental. ¿Ve este Ferrari Modena Spyder de 1963?», dice Teo, deslizando cariñosamente el dedo índice por el cromo. «Este es el auténtico Ferrari que Ferris Bueller condujo en *Todo en un día*».

Cassian, el adorable hijo de Teo, recién llegado de la guardería, entra en la sala haciendo varias piruetas. Teo agarra al niño del cuello de la camisa y lo coge en brazos. «Todas estas posesiones, sin embargo, no significan nada para mí sin este pequeño granuja». Cassian, un vivaracho niño que ha heredado la extraordinaria belleza de sus padres, cumplirá seis años a finales de este año, y Teo está decidido a transmitirle los secretos de su éxito a su hijo. «Creo firmemente en el dicho "la letra con sangre entra". Opino que los críos necesitan mucha disciplina, y que es preciso formarlos para sacar el máximo partido de ellos. Mi hijo, por ejemplo, es sumamente inteligente, y considero que no lo están estimulando en la guardería; estará feo que lo diga, pero no creo que tampoco lo vayan a estimular en ninguna escuela primaria de Singapur».

¿Significa eso que los Teo tienen previsto mandar a su hijo a un internado al extranjero a tan corta edad? «Aún no lo hemos decidido, pero seguramente lo mandaremos a Gordonstoun, en Escocia [*alma mater* tanto de Felipe de Edimburgo como de Carlos de Inglaterra], o bien a Le Rosey, en Suiza. Por encima de todo, lo más importante es proporcionarle a mi hijo la mejor educación que me pueda costear: yo quiero que estudie con futuros reyes y líderes mundiales, con personas que realmente muevan el mundo», afirma con vehemencia. Sin duda Michael Teo es una de esas personas y, con semejante entrega y amor hacia su hijo, ¡no es de extrañar que sea el Padre del Año de *Pinnacle*!

A su regreso del aeropuerto a toda prisa, Astrid abrió la puerta y se encontró a Michael subido a una escalera de mano ajustando el foco que iluminaba el busto del emperador Nerón.

—¡Por el amor de Dios, Michael! ¿Qué has hecho? —exclamó con rabia.

—Vaya, hola a ti también, cariño.

Astrid sostuvo en alto la revista.

—¿Cuándo concediste esta entrevista?

—¡Ah! ¡Ya se ha publicado! —dijo Michael con excitación.

—¡Y tanto que sí, maldita sea! Es increíble que hayas permitido que ocurriera esto.

—No es que lo permitiera, es que me encargué de que ocurriera. Hicimos la sesión de fotos mientras estabas en la boda de Nicky en California. ¿Sabes? Se suponía que en portada aparecerían Ang Peng Siong y su hijo, pero a última hora la reemplazaron por la mía. Mi nueva publicista, Angelina Chio-Lee, de Estrategias SPG, lo maquinó. ¿Qué te parecen las fotos?

—Absolutamente ridículas.

—No te pongas tan de mala hostia por el mero hecho de que no aparezcas en ellas —replicó Michael con rabia.

—Por Dios, ¿crees que estoy enfadada por eso? ¿Acaso has leído el artículo?

—No, ¿cómo iba a hacerlo? Acaba de publicarse. Pero no te preocupes, me cuidé muy mucho de no decir nada sobre ti o sobre tu paranoica familia.

—No hubo necesidad: ¡dejaste entrar a la periodista en nuestra casa! ¡En nuestro dormitorio! ¡Ya se encargó ella misma de encontrar cosas!

—¡No te pongas tan histérica! ¿Es que no ves que esto me beneficia? ¿Que esto beneficiará a nuestra familia?

—Dudo que opines eso cuando lo leas. En fin, ya te ajustará las cuentas mi padre cuando se entere, no yo.

—¡Tu padre! Todo gira siempre en torno a tu padre —refunfuñó Michael mientras toqueteaba el tornillo del foco.

—Se va a poner como una furia cuando vea esto. Mucho más de lo que puedas imaginar —sentenció Astrid.

Michael, decepcionado, negó con la cabeza al bajarse de la escalera.

—Y pensar que se suponía que esto era un regalo para ti.

—¿Un regalo para mí? —Astrid pugnó por encontrarle sentido a aquello.

—Cassian estaba muy entusiasmado por la sesión de fotos, se moría de ganas de darte una sorpresa.

—Oh, créeme, estoy sorprendida.

—¿Sabes lo que me sorprende a mí? Que has estado fuera casi una semana, pero da la impresión de que te preocupa mucho más el artículo de esta revista que ver a tu propio hijo.

Astrid se quedó mirándolo sin dar crédito.

—¿En serio estás tratando de hacerme quedar como la mala persona en esto?

—Obras son amores, que no buenas razones. Sigues aquí, echándome la bronca, mientras en la planta de arriba hay un niño que lleva toda la noche esperando que su madre llegue a casa.

Astrid salió de la habitación sin mediar palabra y se dirigió a la planta de arriba.

3

Jinxian Lu

Shanghái

Un par de horas después de regresar a Shanghái del viaje a París, Carlton llamó por teléfono a Rachel al hotel Peninsula.

—¿Te has instalado ya?

—Sí, pero otra vez estoy sufriendo los efectos del desfase horario. Nick, cómo no, se ha puesto a roncar nada más apoyar la cabeza en la almohada. Es muy injusto —dijo Rachel con un suspiro.

—Eh..., ¿crees que a Nick le importará si te invito a cenar? ¿Los dos solos? —preguntó Carlton tímidamente.

—¡Por supuesto que no! Aun cuando no estuviera como un tronco durante las próximas diez horas, no le importaría.

Esa noche, Carlton llevó a Rachel (esta vez, muy prudentemente, en un Mercedes Clase G) a Jinxian Lu, una estrecha calle flanqueada de antiguas tiendas con viviendas encima situada en la Concesión Francesa.

—Aquí está el restaurante, pero a ver dónde aparco... Esa es la cuestión —dijo entre dientes Carlton. Rachel se fijó en la modesta fachada comercial con cortinas blancas plisadas y en la fila de vehículos de lujo estacionados en la puerta. Encontraron un hueco para aparcar a media manzana y fueron paseando tranquilamente, pasando por delante de unos cuantos bares coquetos y pintorescos, tiendas de antigüedades y modernas boutiques, de camino al restaurante.

Al llegar al establecimiento, Rachel se encontró con un minúsculo local con solo cinco mesas. Era un espacio iluminado con luces fluorescentes, completamente desprovisto de decoración con la salvedad de un ventilador de sobremesa giratorio de plástico atornillado a la sucia pared blanca, pero estaba atestado de gente definitivamente pija.

—Tiene bastante pinta de destino gastronómico —comentó Rachel, sin quitar ojo a una pareja vestida con ropa cara cenando con dos niños que todavía llevaban puesto el uniforme de escuela privada gris y blanco, mientras que una mesa junto a la puerta la ocupaban dos *hipsters* alemanes, con sus típicas camisas de cuadros, que manejaban los palillos chinos con tanta destreza como los locales.

Un camarero con una camiseta sin mangas blanca y pantalón negro se acercó a ellos.

—¿Señor Fung? —preguntó a Carlton en mandarín.

—No, Bao; dos personas a las siete y media —repuso Carlton. El hombre asintió y les indicó que entrasen. Se abrieron paso hasta el fondo del local, donde una mujer con las manos empapadas señaló hacia una puerta.

—¡A la planta de arriba! ¡No sean tímidos! —dijo. Rachel enseguida se encontró trepando por una escalera sumamente estrecha y empinada con peldaños de madera muy baqueteados y combados por el centro. A medio camino, pasó por un pequeño descansillo que hacía las veces de espacio para cocinar. Había dos mujeres en cuclillas delante de woks chisporroteantes cuyo apetitoso y humeante aroma impregnaba todo el hueco de la escalera.

Al final de esta había una sala con una cama pegada a una pared y una cómoda con un montón de ropa pulcramente doblada en el lado opuesto. Delante de la cama habían colocado una mesita junto con un par de sillas, y en un rincón un pequeño televisor emitía un zumbido.

—¿De veras vamos a comer en el dormitorio de alguien? —preguntó Rachel, atónita.

Carlton sonrió con picardía.

—Confiaba en que consiguiéramos comer aquí arriba; se considera la mejor mesa de la casa. ¿Te parece bien?

—¿Bromeas? ¡Creo que este es el restaurante más chulo en el que he estado en mi vida! —dijo Rachel, emocionada, mirando por la ventana la cuerda de ropa tendida enganchada al otro lado de la calle.

—Aunque este sitio es la definición por antonomasia de «cuchitril», es famoso porque preparan algunos de los platos típicos caseros más genuinos de la ciudad. No hay carta; te sirven lo que estén cocinando hoy, y todo es siempre de temporada y muy fresco —explicó Carlton.

—Después de nuestra semana en París, este cambio es muy de agradecer.

—Ocupa tú el sitio de honor en la cama —sugirió Carlton. Rachel se acomodó de buen grado sobre el colchón; le parecía muy extraño y en cierto modo una travesura comer en la cama de alguien.

Poco después, dos mujeres entraron en el dormitorio/comedor y se pusieron a colocar multitud de platos humeantes encima de la mesa de formica. Ante ellos había un surtido de *hongshao rou* (gruesas rodajas de panza de cerdo macerado en dulce con pimiento verde); *jiang ya* (estofado de pata de pato cubierta con una sustanciosa salsa de soja dulzona); *jiuyang caotou* (verduras de temporada salteadas con vino oloroso); *ganshao changyu* (palometa frita); y *yandu xian* (una sopa típica de Shanghái con brotes de bambú, tofu prensado, jamón cocido salado y cerdo).

—¡Madre mía! ¿Cómo vamos a terminar todo esto nosotros solos? —dijo Rachel entre risas.

—Confía en mí, la comida de aquí está tan buena que comerás más que de costumbre.

—Uy, eso es lo que me temo.

—Pueden envolvernos las sobras para que Nick disfrute de un picoteo a última hora de la noche —sugirió Carlton.

—Eso le va a encantar.

Tras brindar con sus botellines de cerveza Tsingtao helada, le hincaron el diente a sus platos sin ceremonias y pasaron los primeros minutos saboreando la comida en silencio.

Después de la primera tanda de cerdo dulce, Carlton miró a Rachel con gesto serio y dijo:

—Quería llevarte a cenar esta noche porque te debo una disculpa.

—Entiendo. Pero ya te disculpaste.

—No, qué va. No como es debido, en cualquier caso. Le he estado dando vueltas sin parar, y todavía me siento fatal por lo que sucedió en París. Gracias por tomar cartas en el asunto y hacer lo que hiciste. Fue una estupidez por mi parte pensar que podía desafiar a Richie en una carrera en las condiciones en las que me encontraba.

—Me alegro de que seas consciente de ello.

—También lamento todo lo que te dije. Me consternó..., en realidad me avergonzó, que averiguaras lo de Londres, pero, maldita sea, fue injusto por mi parte arremeter contra ti de esa manera. Ojalá pudiera retirarlo.

Rachel se quedó callada durante unos instantes.

—De hecho te estoy muy agradecida por lo que me dijiste. Eso me ha permitido comprender mejor una situación que me tenía desconcertada desde nuestra llegada.

—Me lo figuro.

—Mira, creo que entiendo la tesitura en la que he puesto a tu padre. Lamento de verdad si he ocasionado algún problema a tu familia. Especialmente a tu madre. Ahora entiendo que debe de ser muy duro para ella; toda esta situación es algo que ninguno de nosotros podía haber anticipado en ningún momento. Confío realmente en que no me odie por venir a China.

—Ella no te odia; no te conoce. Mi madre sencillamente ha pasado un año duro con mi accidente y todo eso. El hecho de haber descubierto tu existencia, de haber descubierto el pasado de mi padre, no ha hecho más que agravar ese estrés. Ella está acostumbrada a llevar una vida muy ordenada, y se ha pasado muchos años planificando las cosas al detalle. Como la empresa. Y la carrera de mi padre. En realidad ella ha sido el motor del ascenso político de él, y ahora está intentando darle un empujón a mi futuro también. Desde su punto de vista mi accidente fue un tremendo revés, y tiene mucho miedo de que cualquier otra cosa que dañe nuestra imagen dé al traste con todo lo que ha planeado para mí.

—Pero ¿qué ha planeado para ti? ¿Quiere que te dediques a la política también?

—Últimamente sí.

—Pero ¿acaso tú deseas eso?

Carlton suspiró.

—Yo no sé lo que quiero.

—No pasa nada. Tienes tiempo para averiguarlo.

—¿Sí? Porque a veces me da la sensación de que toda la gente de mi edad me lleva la delantera y que yo estoy totalmente jodido. Pensaba que tenía claro lo que quería, pero a raíz del accidente todo cambió. ¿Qué hacías tú a los veintitrés?

Rachel reflexionó sobre ello mientras tomaba un poco de sopa de cerdo y bambú. Extasiada momentáneamente por los sutiles sabores, cerró los ojos.

—Está buena, ¿a que sí? Son famosos por esta sopa —dijo Carlton.

—Es alucinante. ¡Creo que podría beberme la olla entera! —exclamó Rachel.

—Pues no te cortes.

Tras recobrar la compostura, Rachel continuó:

—A los veintitrés años estaba estudiando un posgrado en la Universidad Northwestern en Chicago. Y pasé la mitad del año en Ghana.

—¿Estuviste en África?

—Sí. Investigando sobre el terreno para mi tesis sobre microcréditos.

—¡Qué pasada! Yo siempre he soñado con ir a un lugar de Namibia llamado la costa de los Esqueletos.

—Deberías hablar con Nick: él ha estado allí.

—¿En serio?

—Sí, fue con Colin, su mejor amigo, cuando vivía en Inglaterra. Solían viajar a todos esos lugares remotos. Nick se pegaba la vida padre antes de conocerme y sentar la cabeza.

—Pues ahora da la impresión de que os pegáis la vida padre los dos —dijo Carlton con nostalgia.

—Puedes llevar el tipo de vida que desees, Carlton.

—No lo tengo muy claro. No conoces a mi madre. Pero ¿sabes qué? Pronto lo harás. Voy a hablar seriamente con mi padre: no tiene más remedio que plantarle cara y poner fin a este estúpido bloqueo que ella ha impuesto. Una vez que te conozca, cuando dejes de ser un ente misterioso para ella, te juzgará por quién eres. Y llegará a apreciarte, no me cabe duda.

—Es muy amable por tu parte decir eso, pero Nick y yo lo hemos hablado hoy y estamos planteándonos cambiar nuestro plan de viaje. Peik Lin, mi amiga de Singapur, va a coger un avión para venir a verme el jueves. Quiere llevarme a pasar un fin de semana a un spa de Hangzhou mientras Nick está fuera en Pekín haciendo su investigación en la Biblioteca Nacional. Pero a la vuelta, la semana que viene, creo que regresaremos a Nueva York.

—¿La semana que viene? En teoría ibais a quedaros hasta agosto... ¡No podéis marcharos tan pronto! —comenzó a protestar Carlton.

—Es lo mejor. Me he dado cuenta de que fue un error garrafal por mi parte organizar este viaje tan precipitadamente. No le di a tu madre el tiempo suficiente para hacerse a la idea de mi existencia. Por nada del mundo querría ser la causante de un daño irreparable entre tus padres. De verdad.

—Deja que hable con ellos. No puedes irte de China sin volver a ver a papá, y quiero que mi madre te conozca. Tiene que hacerlo.

Rachel sopesó la situación durante unos instantes.

—Es cosa tuya. No quiero ponerlos entre la espada y la pared más de lo que ya lo he hecho. Mira, en China lo hemos pasado de maravilla. Y en París, por supuesto. Conseguir compartir todo este tiempo contigo colma con creces todas las ilusiones que me hubiera podido hacer.

Carlton miró fijamente a los ojos a su hermana durante unos instantes y no hizo falta decir nada más.

4

Riverside Victory Towers

Shanghái

Para muchos habitantes de Shanghái que habían nacido en Puxi —el casco histórico—, la relumbrante nueva metrópoli del otro lado del río llamada Pudong jamás formaría parte del verdadero Shanghái. «Puxi es como Pu-*York*, pero Pudong siempre será Pu-*Jersey*», solían comentar con sarcasmo los entendidos. Jack Bing, oriundo de Ningbo, en la provincia de Zhejiang, no tenía tiempo para semejantes clasismos. Se enorgullecía de formar parte de la nueva China que construyó Pudong y, siempre que recibía visitas en su ático de tres plantas en Riverside Victory Towers —un imponente trío de bloques de viviendas ultralujosas que él había construido en la orilla del barrio financiero de Pudong—, les mostraba con orgullo el amplio jardín de la azotea de su ático de ochocientos veintiséis metros cuadrados y señalaba hacia la nueva ciudad que se extendía hasta donde la vista alcanzaba. «Hace una década, todo esto era terreno agrícola. Ahora es el centro del mundo», decía.

Ese día, sentado en la silla *lounge* de titanio y piel de gacela de Mongolia que Marc Newson había diseñado especialmente a su gusto, mientras daba sorbos a su copa de Château

Pétrus de 2005 con hielo, le vino a la memoria una tarde que pasó a solas en el palacio de Versalles al término de un viaje de negocios, donde para su gran deleite encontró casualmente una pequeña muestra dedicada a las antigüedades chinas de la corte de Luis XIV. Estaba contemplando un retrato del emperador Qianlong en una pequeña sala escondida tras el salón de los Espejos cuando un grupo numeroso de turistas chinos llenó a rebosar el espacio. Un hombre vestido de Stefano Ricci de la cabeza a los pies señaló el retrato del emperador, ataviado con un gorro de pelo de estilo manchú, y murmuró con excitación:

—¡Gengis Kan! ¡Gengis Kan!

Jack, temiendo que pudieran relacionarlo con ese grupo de chinos ignorantes, abandonó la sala a toda prisa. ¡Menudos incultos que no conocían a uno de sus emperadores más ilustres, que gobernó durante más de sesenta años! No obstante, mientras paseaba por el gran canal que dividía los majestuosos jardines de Versalles, comenzó a preguntarse si los propios franceses reconocerían hoy en día un retrato de su rey, que había construido un monumento tan impresionante para hacer ostentación de su poder. Ahora, mientras Jack contemplaba absorto la curvilínea media luna de luces doradas a lo largo de la ribera de Pudong, contando los edificios de su propiedad, reflexionó sobre su propio legado y en qué medida lo recordaría la gente de esta nueva China en los siglos venideros.

El clic-clic familiar de los tacones altos de su hija no tardó en romper el silencio, y Jack rápidamente sacó los cubitos de hielo de su vino y los lanzó a la maceta con la *tan hua* que había cerca. Sabía que Colette le regañaría si los viera. Un par de cubitos cayeron fuera del tiesto de cerámica Ming y resbalaron por el suelo, dejando tenues marcas rojizas sobre el mármol Emperador.

Colette irrumpió en su estudio con aire enojado.

—¿Qué pasa? ¿Está bien mamá? ¿Está bien *nainai*?

—Que yo sepa, tu abuela sigue viva, y tu madre está en su cita de reflexología —respondió Jack en tono sereno.

—Entonces, ¿a qué vienen tantas prisas? ¡Estaba en mitad de una cena muy importante con los chefs más aclamados del mundo!

—¿Y eso es más importante que ver a tu padre? ¿Vienes de París y prefieres cenar con el servicio?

—Un reputado comerciante de trufas estaba a punto de ofrecerme su preciada trufa Alba cuando me llamaste, pero ahora creo que el taimado de Eric Ripert me la ha birlado. Iba a darte una sorpresa con la trufa.

Jack soltó un bufido.

—Lo que realmente me sorprende es tu manera de defraudarme una y otra vez.

Colette se quedó mirando a su padre inquisitivamente.

—¿En qué te he defraudado?

—El hecho de que ni siquiera seas consciente de ello es muy revelador. Hice lo imposible para ayudar a Richie Yang a orquestar su proposición de matrimonio, y mira lo que hiciste para recompensarme.

—¿Que tú formaste parte de todo el tinglado? Cómo no: ¡si yo lo hubiera organizado, habría sido con mucho más gusto!

—Esa no es la cuestión. La cuestión es que se suponía que debías decir que sí, como cualquier chica corriente a la que dedica una balada uno de los cantantes más cotizados del mundo.

Colette puso los ojos en blanco.

—A mí me gusta John Legend, pero, aunque hubieras pagado para que John Lennon se levantara de la tumba y me cantara *All You Need Is Love*, la respuesta seguiría siendo «no».

Colette vio algo que se movía con el rabillo del ojo y, al darse la vuelta, se encontró a su madre apostada en el umbral.

—¿Qué haces acechando en la penumbra? ¿Llevas todo el rato en casa? Sabías que papá estaba en el ajo desde el principio, ¿no?

—*Aiyah*, ¡me pareció increíble que rechazaras a Richie! Ambos deseábamos esto para ti desde que empezaste a salir con él hace tres años —dijo su madre con un profundo suspiro, y se dejó caer en el canapé dorado.

—No es que haya estado saliendo con él en exclusiva. He salido con muchos otros hombres.

—Bueno, te has divertido, y ya va siendo hora de que te cases. A tu edad yo ya te había tenido —la reconvino la señora Bing.

—¡Me parece surrealista el mero hecho de mantener esta conversación! ¿Para qué me mandasteis a los colegios más progresistas de Inglaterra si vuestra única aspiración era que me casase a una edad tan temprana? ¿Para qué me molesté en hincar los codos en Regent's? Tengo muchísimas aspiraciones, muchísimas cosas que deseo conseguir antes de casarme con nadie.

—¿Acaso no puedes cumplir tus aspiraciones estando casada? —repuso Jack.

—No es lo mismo, padre. Además, mi situación es muy diferente a cuando vosotros erais jóvenes. A veces incluso me planteo qué necesidad tengo de casarme: ¡no necesito que un hombre cuide de mí!

—¿Cuánto tiempo pretendes que esperemos hasta que estés lista para casarte? —inquirió su madre.

—Me parece que no estaré lista hasta dentro de otra década como mínimo.

—*Wo de tian ah!*[*] Tendrás treinta y tres años. ¿Qué ocurrirá con tus óvulos? ¡Tus óvulos envejecerán y puede que tus hijos nazcan retrasados o deformes! —gritó la señora Bing.

—¡Madre, deja de decir tonterías! Con la cantidad de puñeteros médicos que ves a diario, deberías saber que a estas alturas ya no ocurren semejantes cosas. ¡Ahora hay pruebas gené-

---

[*] En mandarín, «¡Por el amor de Dios!».

ticas especiales, y las mujeres dan a luz bien entradas en los cuarenta!

—¡Fíjate lo que dice! —exclamó la señora Bing mirando a su marido sin dar crédito.

Jack se echó hacia delante en su silla y comentó con ironía:

—La verdad es que creo que esto no tiene nada que ver con la edad. Creo que nuestra hija está enamorada de Carlton Bao.

—Incluso si así fuera, no querría casarme con él ahora mismo —replicó Colette.

—¿Y qué te hace pensar que yo daría mi beneplácito para que te casaras con él?

Colette miró a su padre con gesto exasperado.

—¿Por qué Richie es mucho más especial que Carlton? Los dos tienen títulos de universidades de primer orden, y los dos proceden de familias respetables. Vamos, hasta diría que Carlton procede de una familia de mayor estatus que la de Richie.

La señora Bing, indignada, terció:

—No me cae bien la Bao Shaoyen esa. ¡Siempre con esa actitud tan arrogante, creyéndose mucho mejor y más lista que yo!

—Eso es porque ES más lista que tú, madre. Tiene un doctorado en bioquímica y dirige una compañía de miles de millones de dólares.

—¡Cómo te atreves a decirme eso! ¿No te parece que en parte soy responsable del éxito de tu padre? Fui yo quien pasó todos aquellos años...

Levantando la voz para hacerse oír en la discusión entre su esposa y su hija, Jack atajó:

—La familia de CARLTON BAO tiene como mucho dos mil millones de dólares. Los Yang están a un nivel totalmente distinto. A nuestro nivel. ¿Es que no ves que este es el arreglo matrimonial entre dinastías perfecto? Con vuestra unión, nuestras respectivas familias se convertirían en las más poderosas e influentes de China. ¿No te das cuenta de la extraordinaria posición en la que te encuentras para formar parte de la historia?

—Perdona, no era consciente de ser una pieza de ajedrez en tu plan para dominar el mundo —replicó Colette con sarcasmo.

Jack dio un puñetazo a la mesa, se levantó de la silla y la apuntó enardecido con el dedo.

—¡Tú no eres mi pieza de ajedrez! Eres mi tesoro más preciado. ¡Y quiero ver que te traten como a una reina y que te cases con el mejor hombre del mundo entero a ser posible!

—¡Pero el hecho de que yo no coincida con tu concepto del hombre ideal es irrelevante para ti!

—Pues si Carlton Bao es el hombre ideal para ti, ¿entonces por qué no se te ha declarado? —le preguntó Jack en tono desafiante.

—Oh, se me declarará cuando yo lo desee. ¿No lo entiendes? No dejo de repetírtelo: ¡¡no estoy lista y punto!! CUANDO considere oportuno casarme y SI elijo a Carlton, puedes estar seguro de que colmará con creces tus expectativas. Para entonces los Bao posiblemente tengan más dinero que los Yang. ¡No tienes ni idea de lo listo que es Carlton! Una vez que vuelque realmente su atención en la empresa familiar, es imposible saber lo bien que le puede ir.

—¿Lo veré en vida? Tu madre y yo tenemos nuestros años; ¡quiero ver crecer a mis nietos mientras todavía tengamos suficiente salud como para disfrutar de ellos!

Colette se quedó mirando a su padre con los ojos entrecerrados y percibió las cosas desde una perspectiva totalmente nueva.

—De modo que de esto es de lo que realmente se trata..., os morís de ganas de tener nietos, ¿verdad?

—¡Por supuesto! ¿Qué abuelos no querrían montones de nietos? —dijo la señora Bing.

—Esto es para mondarse de risa..., es como si estuviera atrapada en una especie de máquina del tiempo. —Colette se rio para sus adentros—. ¿Y qué pasa si solo concibo niñas? ¿O si no deseo tener hijos para nada?

—No digas tonterías —repuso su madre.

Colette estaba a punto de replicar cuando de pronto cayó en la cuenta: precisamente el nombre de su madre, Lai Di, significaba «la que espera un hijo». Su madre no podía evitar su manera de pensar: se la habían grabado a fuego literalmente desde el día en que nació. Colette miró a sus padres cara a cara y dijo:

—Puede que vosotros dos os hayáis criado como campesinos, pero yo no soy ninguna campesina, y no me criasteis como tal. Estamos en 2013, y no pienso casarme y ponerme a criar hijos por el mero hecho de que queráis miles de nietos.

—¡Qué niña más desagradecida! ¡Después de todo lo que te hemos dado en la vida! —exclamó la señora Bing.

—¡Sí, gracias, me habéis proporcionado una vida estupenda, y pretendo vivirla! —afirmó Colette, y salió de la habitación hecha una furia.

Jack soltó una tenue risotada irónica.

—Ya veremos cómo pretende vivir su vida una vez que le congele las cuentas.

5

Pulau Club

Singapur

M ichael estaba atrincherado en su despacho preparando una gran presentación con su principal socio
y su responsable de asesoramiento tecnológico cuando su teléfono vibró con un mensaje de texto de Astrid.

MUJERCITA: Ha llamado mi madre; está sufriendo un
colapso por el artículo de la revista.
MT: Qué novedad.
MUJERCITA: Mi padre quiere reunirse contigo en el
Pulau Club a las 10:30.
MT: Lo siento, pero a esa hora estaré en una reunión.
MUJERCITA: Tarde o temprano tendrás que plantarle
cara.
MT: Ya, pero ahora mismo estoy ocupado. Algunos
TENEMOS QUE TRABAJAR PARA
GANARNOS LA VIDA.
MUJERCITA: Yo me limito a trasladarte su mensaje.
MT: Dile que tengo una reunión muy importante con
la Autoridad Monetaria de Singapur esta mañana. Mi

ayudante llamará a su ayudante para concertar una reunión a otra hora.

MUJERCITA: Vale. Buena suerte en la reunión.

Al cabo de unos minutos, la ayudante de Michael, Krystal, lo llamó por el interfono.

—Michael, acabo de recibir llamada de la secretaria de tu suegro, señorita Chua. Quiere reunirse contigo en Pulau Club dentro de media hora.

Michael puso los ojos en blanco con impotencia.

—Ya lo sé, Krystal. Está arreglado. Oye, basta de interrupciones, por favor. Solo nos queda una hora para el gran partido.

Se volvió hacia sus socios.

—Perdonad, chicos. A ver, ¿por dónde íbamos? Sí, podemos hacer hincapié en que nuestra nueva aplicación de datos financieros es un cuarto de segundo más rápida que las terminales de Bloomberg...

El interfono sonó de nuevo.

—Michael..., sé que has dicho que no te *kachiao**, pero...

—Entonces, ¿por qué diablos lo haces? —repuso Michael enojado, levantando la voz.

—Es que acabo de recibir otra llamada... La reunión con gente del *gahmen*** se aplaza, *lah*.

—¿La reunión con la Autoridad Monetaria? —preguntó Michael para aclararlo.

—Sí, *lah*.

—¿Hasta qué hora?

—¡Se aplaza, se aplaza, *lor!* No han dicho nada.

—¡Qué coño...!

---

* En el inglés dialectal de Singapur (singlish), «moleste» (de origen malayo).

** En singlish, «gobierno»

—Y han vuelto a llamar de oficina de tu suegro para dejar otro mensaje. La señorita Chua ha dicho que te lo lea en voz alta. Espera... ¡Ah! Aquí está mensaje. Vale, dice: «Por favor, reunirse con señor Leong en Pulau Club a las 10:30. No hay excusas que valgan».

—*Kan ni nah!* —maldijo Michael, dando un puñetazo sobre su mesa.

Cualquiera que se apostara junto al tercer hoyo del campo de golf Island del Pulau Club —que recibía el pintoresco apelativo de «el viejo campo»— se sentía como si se hubiera remontado a una época pasada. Trazado entre jungla virgen natural en 1930, su ondulado terreno verde lindaba con huertos tropicales de casuarinas y tembusus en un costado y con el idílico embalse de Peirce en el otro. Desde ese emplazamiento privilegiado no se divisaba ni rastro del denso y compacto conjunto de rascacielos que conformaban el Singapur moderno. Harry Leong, vestido con su habitual traje de golf de polo de algodón blanco de manga corta, pantalón caqui y una gorra[*] de las Fuerzas Aéreas de la República de Singapur para proteger su ralo pelo canoso, estaba observando cómo hacía un *swing* su compañero de juego cuando vio a su yerno aproximarse como un basilisco por la calle.

—Ah, ahí viene, con gesto endemoniado. Vamos a tomarle un poco el pelo, ¿te parece? —le susurró Harry a su amigo—. Bonito día, ¿verdad? —dijo en voz alta.

—Lo sería si no hubieras... —comenzó a contestar Michael en tono desabrido antes de fijarse en el hombre que había al lado de su suegro. Era Hu Lee Shan, el ministro de Comercio, pulcramente vestido con un llamativo polo de rayas de Sligo.

—Buenos días, señor Teo —dijo el ministro en tono jovial.

---

[*] Un regalo de su alteza real el duque de Kent.

Con una sonrisa forzada, Michael respondió:

—Buenos días, señor.

«¡Maldita sea! No me extraña que consiguiera sabotear mi reunión tan rápidamente. ¡Está jugando al golf con el puto jefe del jefe de la Autoridad Monetaria!».

—Gracias por reunirte conmigo con tan poca antelación —continuó Harry educadamente—. Bueno, iré directo al grano: esa tontería de la revista.

—Lo siento, papá. En ningún momento fue mi intención mencionar tu nombre —comenzó a aducir Michael.

—Ah, no, lo de mi nombre me trae sin cuidado. ¿Quién soy yo en resumidas cuentas? Soy un funcionario público: la gente puede publicar cualquier tontería que se le antoje sobre mí. En mi opinión, es mucho ruido y pocas nueces, pero, ¿sabes?, en ese artículo se mencionan otros nombres. Otras personas para las que semejantes cosas son importantes. Como mi esposa y mi suegra. Esa parte de la familia. Ya sabes que no debemos disgustar a la abuela de Astrid ni al tío Alfred bajo ningún concepto.

—Je, je, je; nadie debería disgustar a Alfred Shang bajo ningún concepto.

Michael se contuvo de poner los ojos en blanco. ¿Qué tenía de especial Alfred Shang que hacía que todos los hombres se volvieran tan *bo lam pa** en su presencia?

—De verdad que no tenía ni idea de que esa periodista se iba a poner a escarbar. En teoría no iba a ser más que una historia halag...

Harry lo interrumpió.

—La gente del *Tattle* sabe que no puede escribir nada sobre nosotros. Por eso fuiste a la otra revista, *Pompous* o como se llame. Dime, ¿qué esperabas conseguir?

---

* Término hokkien equivalente a «cobarde» que significa literalmente «sin huevos».

—Pensaba que el artículo me permitiría promocionar el perfil de mi compañía respetando al mismo tiempo la necesidad de privacidad de Astrid... y de tu familia.

—¿Y crees que lo has conseguido? Doy por sentado que a estas alturas habrás leído el artículo.

Michael tragó saliva.

—No se adecua del todo a lo que esperaba.

—Te da una imagen de payaso pretencioso, ¿no? —dijo Harry, al tiempo que cogía otro palo de golf—. Prueba con este Honma, Lee Shan.

Michael apretó la mandíbula. ¡De no estar allí el ministro, le cantaría las cuarenta al viejo!

El ministro realizó un *swing* preciso de aproximación, y la pelota de golf rodó suavemente hasta el hoyo.

—Buen golpe, señor —dijo Michael.

—¿Usted juega, señor Teo?

—Sí, cuando puedo.

El ministro miró a Harry conforme se acercaba al *tee* de salida y dijo:

—Es un hombre afortunado: tiene un yerno que juega al golf. Mis hijos están demasiado ocupados con sus importantes vidas como para jugar una mísera partida conmigo.

—Deberíamos jugar todos alguna vez en mi club en Sentosa. Las vistas al océano son espectaculares —sugirió Michael.

Harry se detuvo en mitad de su lanzamiento.

—¿Sabes? Jamás he puesto los pies en ese club y no pienso poner los pies allí ni muerto. Aparte de St. Andrews o Pebble Beach, el único lugar donde juego es en este viejo campo.

—Yo coincido contigo, Harry —dijo el ministro—. ¿No tenías por costumbre coger el Concorde para ir a Londres los viernes a la salida del trabajo y luego de allí a Edimburgo con tal de jugar una partida en St. Andrews?

—Eso era en los viejos tiempos, cuando solo tenía libres los fines de semana. Ahora que estoy semirretirado, puedo ir a pasar un fin de semana entero en Pebble Beach.

Michael, que estaba echando chispas, se preguntaba cuándo iba a terminar por fin esa audiencia. Como si le estuviera leyendo el pensamiento, su suegro lo miró fijamente y dijo:

—Necesito que hagas algo por mí. Necesito que vayas personalmente a pedir disculpas a tu suegra.

—Por supuesto. Incluso escribiré una carta a la revista desautorizando el artículo, si ese es tu deseo.

—No hace falta; he comprado la tirada entera y he ordenado que retiren de las papelerías todos los ejemplares de la revista y que los hagan papilla —repuso Harry como si tal cosa.

Michael puso los ojos como platos.

—Je, je, je. Todos los suscriptores estarán preguntándose por qué no han recibido *Pinnacle* en sus buzones este mes —dijo el ministro con voz ronca.

—Bueno, no dejes que te entretenga, Michael. Sé que eres un hombre muy ocupado. Ahora tienes que ir a ver a mi mujer antes de que se marche al Salon Dor La Mode para su lavado y peinado a las once y media.

—Por supuesto —contestó Michael, aliviado de salir relativamente bien parado—. Una vez más, mis disculpas. En resumidas cuentas, solo trataba de hacer lo mejor para la familia. Un reportaje sobre mi éxito no puede más que beneficiar...

Harry, furioso, estalló de pronto.

—¡Tu éxito es absolutamente irrelevante para mí! A ver, ¿en qué has triunfado exactamente? Has vendido unas cuantas compañías de tres al cuarto y has ganado una cantidad de dinero insignificante. ¡Te lo han puesto en bandeja! En lo que a mí respecta, tu única misión en la vida es proteger a mi hija, y eso significa proteger su intimidad. Tu segunda misión es proteger a mi nieto. Y has fracasado en ambos sentidos.

Michael, con la cara sofocada de vergüenza y rabia, se quedó mirando a su suegro. Cuando estaba a punto de decir algo, seis guardias de seguridad con trajes negros aparecieron de la nada y se pusieron a cargar con las bolsas de los palos de golf.

Harry Leong se dirigió a su amigo.

—Bueno, ¿vamos al cuarto hoyo?

Michael, enardecido de rabia, condujo a toda velocidad por Adam Road en su Aston Martin DB5. «¿Cómo se atreve ese saco de mierda a humillarme delante del ministro de Comercio? ¿A llamarme payaso pretencioso, cuando es él quien fanfarronea sobre sus escapadas de fin de semana para jugar al golf en Pebble Beach? ¡Menuda puta gilipollez decir que me lo han puesto en bandeja cuando él heredó hasta el último céntimo de su obscena fortuna y yo me he deslomado trabajando toda mi puñetera vida!».

Súbitamente una sospecha se abrió paso en su mente. Iba de camino a la casa de su suegra, en Nassim Road, pero de repente pisó a fondo el freno, realizó un giro cerrado y se dirigió a toda mecha a su oficina.

Krystal estaba curioseando en sitios web de ofertas de viajes baratos a las Maldivas en su ordenador cuando Michael irrumpió bruscamente en la oficina y se puso a revisar los archivadores.

—¿Dónde están todos los archivos relacionados con la venta de Cloud Nine Solutions, mi primera empresa?

—*Acherley*[*], ¿no estarán esos viejos documentos en la sala de archivos de planta cuarenta y tres? —sugirió Krystal.

—¡Acompáñame, tenemos que encontrarlos ahora mismo!

---

[*] Pronunciación correcta de *actually* (de hecho) en singlish.

Bajaron corriendo a la sala de archivos, donde Michael jamás había puesto los pies, y empezaron a hurgar en los cajones.

—Necesito encontrar los contratos originales de 2010 —dijo él en tono apremiante.

—¡Uy, aquí hay muchísimos archivos! ¡Voy a buscar y buscar hasta vomitar sangre! —rezongó Krystal.

Tras veinte minutos de búsqueda, dieron con un juego de voluminosas carpetas naranjas que contenían todos los documentos relevantes.

—¡Aquí está! —dijo Michael con entusiasmo.

—¡Uy, puñetero *beng**! ¡Pensaba que jamás lo encontraríamos!

—Vale, Krystal, ya puedes subir. —Michael se puso a revolver las páginas hasta que dio con la que buscaba. Era el contrato de compra de acciones que autorizaba la venta de su empresa a Tecnologías Promenade de Mountain View, en California. Ahí, enterrado entre las docenas de entidades que intervinieron en la adquisición de su empresa de tecnología, destacaba un nombre: la empresa matriz de la filial de inversión, una corporación fantasma con sede en Mauricio. Sostuvo el folio en sus manos, con la vista clavada en el nombre, sin dar crédito, con el corazón latiéndole con más ímpetu que jamás en su vida: Pebble Beach HoldCo IV-A, LTD.

«¡Te lo han puesto en bandeja!». Las palabras de su suegro de pronto adquirieron un significado totalmente nuevo.

---

* En hokkien, «suertudo», «afortunado».

6

Restaurante Imperial Treasure

Shanghái

Espero que no os importe: he invitado a Colette a que nos acompañara —dijo Carlton en tono jovial a sus padres al llegar al comedor privado del Imperial Treasure. Los Bao, que habían citado a su hijo para cenar en cuanto se enteraron del rumor que circulaba sobre lo de París, no pudieron disimular su sorpresa cuando Colette hizo su entrada con la omnipresente Roxanne a la zaga portando una canasta adornada con cintas llena de regalos de París.

—Siempre es un placer tenerte con nosotros, Colette —dijo Gaoliang, esbozando una sonrisa de compromiso al mirar con gesto adusto el ojo amoratado de Carlton. «De modo que la historia de la pelea con Richie Yang era cierta».

Shaoyen mostró una actitud menos comedida. Se levantó de la mesa, se abalanzó sobre su hijo y le sujetó la cara entre sus manos.

—¡Mírate! ¡Pareces un mapache que se ha puesto silicona en los labios! Por Dios, después de todo lo que padeciste con tus cirugías reconstructivas, ¿cómo has permitido que pase esto?

—Estoy bien, madre. No es nada —repuso Carlton en tono áspero, tratando de zafarse de ella.

—Señora Bao, le he traído unos regalos de París. Sé lo mucho que le gustan los *pâtés de fruits* de Hédiard. —Colette señaló hacia la canasta con la esperanza de distraerlos.

—Ay, de haber sabido que vendrías, habría organizado la cena en algún lugar especial. Esto no era más que una cena familiar improvisada en el último minuto —dijo Shaoyen, con la esperanza de que el énfasis en la palabra «familiar» hiciera sentir a la chica que su presencia era especialmente poco grata.

—¡Oh, este también es uno de mis restaurantes familiares favoritos! Conozco muy bien la carta —comentó Colette con tono alegre, aparentemente ajena a la tensión que se palpaba en la sala.

—Entonces, ¿por qué no haces tú la comanda? Asegúrate de pedir tus platos favoritos —contestó Shaoyen con gesto solícito.

—No, no, voy a ir a lo sencillo. —Colette se volvió hacia el camarero y sonrió—. Comencemos con las patas de cangrejo fritas rellenas de picadillo de langostinos, y a continuación las escupiñas al vapor con salsa de marisco picante, el cerdo asado a la barbacoa con salsa de miel, las vieiras salteadas con aceite de trufa blanca italiano, y el estofado de pollo con dados de oreja de mar y salazón de pescado en olla de barro. Ah, y, por supuesto, tenemos que pedir el cochinillo asado, asegúrese de que esté rollizo, y las rodajas de mero al vapor con setas en hoja de loto, los dados de verdura frita con nueces servidos en un lecho crujiente y, cómo no, estofado de fideos *e-fu* con huevas y carne de cangrejo. Y, de postre, gelatina de nido de pájaro con azúcar cande.

Roxanne, que se encontraba de pie detrás de la silla de Colette, se acercó al camarero y le dijo al oído:

—Por favor, dígale al chef que es para la señora Bing; él sabe que a ella le gusta el postre de nido de pájaro con nueve gotas de Amaretto di Saronno y aderezado con virutas de oro de veinticuatro quilates.

Gaoliang y su esposa se miraron el uno al otro. Lo de Colette Bing era demasiado. Fulminando a Carlton con la mirada, Shaoyen dijo bromeando:

—Con razón nuestro banquero me llamó por teléfono la semana pasada. Habían detectado algunos movimientos de sumas muy elevadas en tu cuenta. Parece ser que os lo pasasteis en grande en París, ¿no?

—Ooh, fue una pura delicia —dijo Colette con un suspiro.

—Nos lo pasamos fenomenal —comentó Carlton, algo incómodo.

—¿Y esa carrera de coches con Richie Yang fue también fenomenal? —preguntó Shaoyen con patente sarcasmo.

—¿A qué te refieres? Yo no hice ninguna carrera con él —replicó Carlton con cautela.

—Pero ibas a hacerla, ¿no?

—No se llegó a organizar, madre —protestó Carlton.

Gaoliang soltó un resoplido.

—Hijo, lo que realmente me decepciona es tu absoluta falta de sensatez. Me resulta totalmente inconcebible que te plantearas hacer algo semejante después de tu accidente. Y, para colmo, esa descabellada apuesta que hiciste para la carrera: es increíble que tuvieras la desfachatez de apostarte diez millones de dólares con Richie Yang.

Colette tomó la palabra en defensa de Carlton.

—Señor y señora Bao, no es mi intención entrometerme, pero deberían saber que Richie fue el que ideó el reto y la apuesta. Richie ha sido el que ha aprovechado cualquier oportunidad para provocar a Carlton en los últimos meses. Hizo todo esto para intentar impresionarme. Si hay que echar la culpa a alguien de todo lo ocurrido en París, es a mí. Deberían estar orgullosos de su hijo: Carlton hizo lo correcto. Se comportó como un señor y se retiró de esa carrera. ¿Se imaginan si Richie hubiera ganado? A ver, sé que diez millones de dólares no son gran cosa, pero, aun así, ¡qué bochorno habría supuesto para los Bao!

Gaoliang y Shaoyen, demasiado estupefactos para decir nada, se quedaron mirando a Colette. Justo en ese momento, el teléfono de Colette comenzó a emitir zumbidos.

—Ja, ja, hablando del rey de Roma, es Richie. ¡Sigue sin tirar la toalla y me llama cada dos por tres todos los días! ¿Enciendo el altavoz para que participe en la conversación? Seguro que lo confirmaría todo.

Los Bao, atemorizados ante la idea, negaron con la cabeza.

—Entonces le cuelgo —dijo Colette tan campante, y dejó el teléfono en la silla vacía que había a su lado.

Cuando comenzaron a llegar los platos de la cena, los cuatro se pusieron a comer en un silencio incómodo. Cuando finalmente les sirvieron con gran fanfarria el cochinillo en una fuente de plata, Carlton decidió que había llegado la hora de hablar claro.

—Padre, madre, asumo toda la responsabilidad de lo ocurrido en París. Fue una estupidez por mi parte dejarme arrastrar por el fango con Richie. Sí, estaba dispuesto a retarme con él, pero gracias a Dios Rachel me hizo entrar en razón.

Shaoyen se encogió al oír que mencionaba a Rachel, pero Carlton continuó hablando:

—Rachel está al corriente de todo lo ocurrido en Londres. Entendió el estado emocional en el que me encontraba y consiguió convencerme de que me retirara de la carrera. Le estoy tremendamente agradecido por lo que hizo, porque de lo contrario a lo mejor ni siquiera estaría aquí contándoos esto en este momento.

—¿Está al corriente de los detalles de tu accidente? —preguntó Shaoyen a Carlton, procurando aparentar naturalidad. «¿Estará al corriente incluso de que murió una chica?».

—Sí, de todo —contestó Carlton, mirando fijamente a los ojos de su madre.

Shaoyen no dijo nada, pero su mirada iracunda fue de lo más elocuente. «¡Qué niño más imbécil! ¡Qué niño más imbécil! ¡Qué niño más imbécil!».

Carlton, como si le estuviera leyendo el pensamiento, explicó:

—Es digna de confianza, madre. Te guste o no, Rachel va a formar parte de nuestras vidas. Ahora está de viaje en Hangzhou con una amiga de Singapur, pero, cuando regrese a Shanghái, creo firmemente que tienes la obligación de invitarla a casa. Ya está bien de hacerle el vacío. Cuando la conozcas, sé que a ti también te caerá bien.

Como Shaoyen se quedó mirando la crujiente piel dorada del cochinillo que se había dejado en el plato y no dijo una palabra, Carlton probó otra estrategia:

—Si no me crees, pregúntale a Colette. Rachel les cayó fenomenal a todas tus amigas en París, ¿a que sí? A Stephanie Shi, Adele Deng, Tiffany Yap.

Colette asintió con la cabeza diplomáticamente.

—Sí, triunfó entre todas mis amigas. Señora Bao, Rachel no tiene nada que ver con el concepto que se ha hecho de ella: es norteamericana, pero en el mejor de los sentidos. Opino que, con el tiempo, la alta sociedad de Shanghái y Pekín llegará a aceptarla, sobre todo si cambia de bolso. Debería regalarle uno de sus Hermès, señora Bao. Será como la hija que nunca tuvo.

Shaoyen se mantuvo impertérrita mientras Gaoliang se dirigía a su hijo.

—Me alegro de que Rachel pudiera ayudarte, pero eso sigue sin justificar tu comportamiento. El despilfarro en París, la pelea en público, el pique de la carrera, todo me lleva a pensar que no estás preparado para...

Carlton se levantó bruscamente de la silla.

—Mirad, me he disculpado. Siento mucho haberos defraudado. Haberos defraudado siempre. No estoy dispuesto a seguir sentado aquí y continuar esta inquisición, ¡especialmente cuando vosotros dos no sois capaces de resolver vuestros propios problemas! Colette, larguémonos de aquí.

—Pero ¿y el postre? Si ni siquiera han servido todavía el nido de pájaro —protestó Colette.

Carlton puso los ojos en blanco y se marchó del comedor sin mediar palabra.

Colette, violenta, apretó los labios.

—Hum... Será mejor que vaya en su busca. Pero, antes, permítanme que los invite esta noche.

—Es un detalle por tu parte, Colette, pero la cena corre a nuestro cargo —repuso Gaoliang.

—Yo hice toda la comanda; de verdad, debería pagar yo —replicó Colette en tono resuelto, al tiempo que le hacía un gesto a Roxanne, que le entregó una tarjeta de crédito con un ademán al jefe de comedor.

—No, no, insistimos —dijo Shaoyen, levantándose de su asiento para intentar darle al camarero su tarjeta de crédito.

—¡De ninguna de las maneras, señora Bao! —exclamó a voz en grito Colette, incorporándose de un salto para arrebatarle la tarjeta de Shaoyen al desventurado camarero.

—*Aiyah*, no vale la pena que discutáis —intervino Gaoliang.

—Tiene razón, no vale la pena —zanjó Colette con una sonrisa triunfal.

Instantes después, el camarero regresó. Mirando con gesto cohibido a Colette, le susurró algo a Roxanne en el oído.

—Eso no es posible. Pruebe de nuevo —dijo Roxanne en tono displicente.

—Hemos probado varias veces, señora —murmuró él—. Tal vez ha excedido su límite...

Roxanne salió del comedor privado con el camarero y bramó:

—¿Sabe lo que es esto? Es una tarjeta Titanium de P. J. Whitney, y únicamente está a disposición de personas de altísimos ingresos. No hay límite. Podría comprar un avión con esta tarjeta si se me antojara. Pásela una vez más.

—¿Qué problema hay? —preguntó Colette saliendo de la sala.

Roxanne meneó la cabeza indignada.

—Dice que la tarjeta es rechazada.

—No lo entiendo. ¿Cómo es posible que una tarjeta de crédito sea rechazada? ¡Ni que fuera un riñón! —dijo Colette entre risas.

—No, no, es un término de facturación. A veces, las tarjetas de otras personas pueden ser «rechazadas» si rebasan un cierto límite de gasto, pero en su caso no es posible —explicó Roxanne.

Al cabo de unos instantes, el jefe de comedor regresó con el gerente, que iba emperifollado con una camisa estampada de Gianni Versace y pantalones de pitillo negros. Sonrió a modo de disculpa y dijo:

—Lo lamento mucho, señora Bing, pero lo hemos intentado de todas las maneras posibles. No hay forma de que funcione. ¿Le parece que utilicemos otra tarjeta?

Colette miró a Roxanne absolutamente desconcertada. Jamás en su vida le había ocurrido algo parecido.

—¿Tengo otra tarjeta?

—Lo pagaré yo y punto —dijo Roxanne, enfurruñada, al tenderle su tarjeta al gerente.

Cuando Roxanne y Colette abandonaron la sala, los Bao se quedaron sentados en silencio durante unos instantes.

—Supongo que te sentirás muy satisfecho por todo esto —dijo finalmente Shaoyen.

Gaoliang frunció el ceño.

—¿A qué te refieres?

—Nos enteramos de que tu virtuosa hija salvó la situación y crees que ahora ya está todo en orden.

—¿Es eso lo que piensas?

Shaoyen lo miró con frialdad y dijo en tono bajo y pausado:

—No, no es eso lo que pienso. Pienso que ahora todas las familias de renombre de China están al tanto de que engendraste a una bastarda. Pienso que nuestra familia va a ser el hazmerreír de la alta sociedad. Pienso que tu carrera política tal y como la conoces se irá al garete, y que ahora el porvenir de Carlton también se ha malogrado.

Gaoliang resopló con hastío.

—Ahora mismo me preocupa más Carlton como ser humano, no su carrera política. Me pregunto qué equivocación cometimos con él. ¿Cómo nos las apañamos para criar a un hijo que considera aceptable apostar diez millones de dólares en una carrera? ¡Ya no reconozco a mi propio hijo!

—¿Y ahora qué? ¿Vas a echarlo de casa? —dijo Shaoyen con sorna.

—Podría ir más allá. Podría amenazar con desheredarlo. El hecho de ser consciente de que tal vez no disponga de una fortuna para dilapidarla en apuestas a lo mejor le sirve para tener un poco de sentido común —caviló Gaoliang.

Shaoyen, alarmada, puso los ojos como platos.

—¿No estarás hablando en serio?

—No voy a desheredarlo por completo, pero, después de lo ocurrido, opino que dejar en sus manos el control de todo sería un craso error. Dime, ¿qué va a pasar con aquello por lo que tanto hemos trabajado? Especialmente tú: asumiste el control de la empresa farmacéutica de mi padre y sin ayuda de nadie la transformaste en un emporio de miles de millones de dólares. ¿De veras crees que Carlton es capaz de asumir las riendas a corto plazo? Estoy barajando la idea de involucrar a Rachel en el negocio. Es una economista muy respetada; ¡por lo menos ella no hundirá la empresa!

Justo entonces se abrió la puerta y entró Roxanne.

—Oh... ¿Aún están aquí? Lamento interrumpirles, pero creo que Colette se ha dejado el móvil.

Gaoliang lo vio encima de la silla de al lado y se lo tendió a Roxanne. En cuanto Roxanne cerró la puerta al salir, Shaoyen reanudó la conversación.

—¿Cómo se te ocurre plantearte involucrar a esa chica en la empresa? ¿Cómo le sentaría a Carlton?

—Creo que a Carlton le importaría un rábano. No ha mostrado el más mínimo interés en tomarse en serio su vida, y...

—¡Todavía se está recuperando del accidente!

Gaoliang negó con la cabeza con impotencia.

—Carlton no hecho más que cagarla en los últimos años, pero tú te empeñas en disculparlo en cada ocasión. Participa en una carrera de coches en Londres y casi se mata, y tú me prohíbes que lo critique porque según tú será contraproducente para su recuperación. Regresa a China y no hace otra cosa que salir de juerga cada noche de la semana con Colette Bing, y no decimos nada. Ahora se va a París y tiene la desvergüenza de retarse en otra carrera temeraria, y sigues defendiéndolo.

—¡No lo estoy defendiendo! Pero percibo su lucha interna —objetó Shaoyen. «Si Gaoliang supiera lo que realmente sucedió en Londres, lo entendería. Pero no lo sabe».

—¿Qué lucha interna? La única lucha que he presenciado es la tuya agobiándolo con todos tus mimos.

Dolida por la pulla, Shaoyen soltó una agria risotada.

—¿Conque todo es culpa mía? ¡Estás demasiado ciego para verlo, pero la culpa es de tu propio comportamiento! Permitiste que esa chica viniera a China. Ella es la que ha destrozado la armonía de nuestra familia. ¡Ella es la razón por la que Carlton está actuando de manera tan temeraria!

—¡Qué disparate! ¡Lo has escuchado con tus propios oídos esta noche: Rachel fue quien le hizo entrar en razón cuando él ni siquiera valoraba su propia vida!

—¿Cómo iba a hacerlo cuando su propio padre jamás lo ha valorado? Incluso cuando era un bebé, yo sentía que no querías a Carlton de la misma manera que yo. Y ahora sé el motivo: porque nunca dejaste de querer a esa *shabi** Kerry Chu, ¿a que sí? ¡Nunca dejaste de añorarlas a ella y a tu hija perdida hace tiempo!

—No digas tonterías. Sabes de sobra que no tenía ni idea siquiera de si Kerry vivía hasta hace unos meses. ¡No podía ni imaginarme que tenía una hija!

—¡Pues eres más patético de lo que pensaba! ¡Estás dispuesto a regalar el legado de tu familia a una chica que apenas conoces! Llevo más de veinte años dejándome la piel en esta maldita empresa, y vas a tener que pasar por encima de mi cadáver para cedérsela a esa..., ¡esa bastarda! —bramó Shaoyen, al tiempo que cogía la tetera medio vacía que había encima de la mesa y la estampaba contra la pared de espejos.

Gaoliang se quedó mirando con gesto sombrío las esquirlas de porcelana hecha añicos y los hilos ámbar de té chorreando por la pared de espejos.

—Es imposible hablar contigo cuando te pones así. Es evidente que estás desvariando —dijo, y acto seguido se levantó de la mesa y abandonó la sala.

Shaoyen gritó:

—¡Estoy desvariando por tu culpa!

---

* En mandarín, «zorra estúpida».

7

El Lago del Oeste

Hangzhou, China

Mientras los últimos retazos de la bruma de primera hora de la mañana envolvían las mansas aguas, lo único que se oía era el tenue sonido del remo del barquero conforme conducía a Rachel y Peik Lin hasta un recóndito islote del Lago del Oeste de Hangzhou.

—Qué contenta estoy de que me hayas sacado de la cama para hacer esto. ¡Es absolutamente divino! —exclamó Rachel suspirando con satisfacción al estirar las piernas sobre el largo asiento acolchado del junco tradicional chino.

—Te dije que cuando más bonito está el lago es al amanecer —comentó Peik Lin, contemplando absorta la poesía de las líneas creadas por las montañas colindantes. A lo lejos divisaba la silueta de un antiguo templo en la cima de un monte perfilada contra el cielo gris perla. Había algo en ese paisaje que la conmovía en el alma, y de pronto entendió por qué los grandes poetas y artistas chinos se inspiraban en el Lago del Oeste desde hacía siglos.

Mientras la barca se mecía lentamente bajo uno de los románticos puentes de piedra, Rachel le preguntó al barquero:

—¿Cuándo se construyeron estos puentes?

—No se sabe, señorita. Hangzhou fue el retiro predilecto de los emperadores durante cinco mil años; Marco Polo la llamaba la Ciudad del Cielo —contestó él.

—Coincido con él —dijo Rachel, y le dio otro largo y lento sorbo al té Longjing recién tostado que le había preparado el barquero. Mientras la embarcación atravesaba lentamente una laguna de lotos silvestres, las chicas vieron un pequeño martín pescador encaramado en la punta de un tallo de loto, a la espera del momento oportuno para lanzarse al ataque.

—Ojalá Nick pudiera ver esto —comentó Rachel con añoranza.

—¡Es verdad! Pero antes de que te des cuenta volverás aquí con él. Me parece que te ha picado el gusanillo de Hangzhou, ¿a que sí?

—¡Y tanto! ¡Ojalá hubiera venido antes! La primera vez que me dijiste que este lugar era el lago de Como de China, tuve mis dudas, pero después de visitar esa maravillosa plantación de té ayer, y a continuación la increíble cena en el templo de la cima del monte, estoy totalmente convencida.

—Y yo que pensaba que tendría que organizar que George Clooney apareciera como por arte de magia entre esos sauces de ahí —bromeó Peik Lin.

Al volver al elegante muelle de madera del Four Seasons Hangzhou, bajaron de la embarcación despacio, aún obnubiladas por la sibarita travesía.

—Justo a tiempo para nuestras citas en el spa. Prepárate, este sitio te va a alucinar —dijo Peik Lin con excitación mientras recorrían el sendero hasta la villa palaciega de paredes grises que albergaba el spa del complejo hotelero—. ¿Al final qué tratamiento reservaste primero?

—Se me ocurrió comenzar el día con el masaje Jade y Loto —respondió Rachel.

Peik Lin enarcó una ceja.

—Mmmm... ¿Concretamente qué partes del cuerpo te van a masajear?

—¡Cállate! Por lo visto te exfolian el cuerpo con semillas de loto y polvo de jade y después te dan un masaje intensivo de tejidos profundos. ¿Tú qué te vas a hacer?

—Mi favorito: el Ritual de Agua Perfumada de Consortes y Concubinas Imperiales. Se inspira en el ritual de baño que se reservaba para la mujer de turno que el emperador eligiese para pasar la noche. Te sumergen en un baño perfumado de azahar y gardenias, seguido por un suave masaje en puntos de presión. Luego te hacen una alucinante exfoliación corporal con polvo de perlas y almendras, antes de envolverte el cuerpo con barro blanco chino. Y, para terminar, una larga siesta en una sauna privada. Te lo aseguro, siempre salgo sintiéndome diez años más joven.

—Oooh. Igual esta noche me decanto por eso. Ay, espera, me parece que para esta noche reservé el tratamiento facial de lujo con caviar. ¡Qué rabia, nos faltan días para todos los tratamientos que quiero probar!

—Un momento, ¿cuándo se ha convertido en una viciosa de los spas Rachel Chu, que en la época de la universidad ni siquiera iba a hacerse la pedicura?

Rachel sonrió maliciosamente.

—Es por todo el tiempo que estoy pasando con esas chicas de Shanghái; creo que es contagioso.

Tras varias horas de placenteros tratamientos, Rachel y Peik Lin quedaron para almorzar en el restaurante del complejo hotelero. Naturalmente, les asignaron uno de los comedores privados, que se ubicaban en estructuras al estilo de las pagodas con vistas a una tranquila laguna. Mientras contemplaba con admiración la gigantesca araña de cristal de Murano que se cernía sobre la mesa de nogal lacada, Rachel comentó pensativa:

—Después de este viaje, Nueva York me va a parecer un sitio de mala muerte. Cada sitio que visito en China me resulta más lujoso que el anterior. ¿Quién lo habría imaginado nunca? ¿Te acuerdas de cuando estuve de maestra en Chengdu en 2002? El lugar donde me alojaba tenía un baño común interior, y eso se consideraba un lujo.

—¡Bah! Ahora no reconocerías Chengdu. Se ha convertido en el Silicon Valley de China: allí se fabrica una quinta parte de los ordenadores del mundo —dijo Peik Lin.

Rachel meneó la cabeza con asombro.

—Me cuesta acostumbrarme..., todas estas megalópolis surgiendo de la noche a la mañana, este incesante boom económico. La economista que llevo dentro se inclina a pensar: «Esto tiene los días contados», pero luego veo algo que me rompe totalmente los esquemas. El otro día en Shanghái, Nick y yo estábamos intentando volver al hotel desde Xintiandi. Todos los taxis que pasaban iban libres, pero no nos explicábamos por qué no paraban para recogernos. Finalmente, una chica australiana que había de pie en la esquina nos dijo: «¿No tenéis la app para los taxis?». Nosotros nos quedamos a cuadros. Resulta que hay una aplicación para pujar por los taxis. Todo el mundo la usa, y el que puja más alto consigue el taxi.

A Peik Lin le hizo gracia.

—¡El no va más de la empresa en el mercado libre!

Un camarero entró en la sala y retiró la tapa del primer plato con un ademán. Era un plato rebosante de diminutos camarones que brillaban como perlas.

—Estos son los famosos camarones de agua dulce de Hangzhou salteados con ajo. No los encontrarás en ninguna otra parte del mundo. Me moría de ganas de tomar este plato desde la primera vez que hablamos de quedar aquí —dijo Peik Lin, y le sirvió una generosa ración a Rachel en su plato.

Rachel los probó y sonrió sorprendida a su amiga.

—Guau... ¡Qué dulces!

—Alucinante, ¿no te parece?

—No he probado marisco tan bueno desde París —comentó Rachel.

—Yo siempre digo que los franceses son los únicos que pueden competir con los chinos en lo que se refiere a cocinar el marisco. Seguro que os disteis un atracón en París.

—Nick y yo sí, pero la verdad es que la comida no era el principal interés de Colette y sus amigas. ¿Recuerdas que yo te solía echar en cara tu «euforia desmedida» siempre que Neiman Marcus te invitaba a un desfile de trajes de baño? ¡Pues bien, a estas chicas se les fue totalmente la pinza en París! ¡Iban de tienda en tienda desde por la mañana hasta por la noche, y disponíamos de tres Range Rover de refuerzo que nos seguían a dondequiera que fuéramos solo para llevarnos las bolsas de las compras!

Peik Lin sonrió.

—Me suena. Estas PRC* también vienen a Singapur para sus locas maratones de compras. ¿Sabes? Para muchas de ellas, comprar a tutiplén es su forma de reafirmar su éxito. Es una manera de compensar todas las calamidades que sus respectivas familias se vieron obligadas a sufrir en el pasado.

—Oye, lo entiendo. Yo procedo de una familia de inmigrantes a la que le ha ido bien, y me he casado con un tío pudiente. Pero considero que hay ciertos límites que jamás rebasaría en lo que respecta a las compras —dijo Rachel—. Gastar

---

* La generación más joven de singapurenses ha tomado por costumbre referirse a los chinos continentales como PRC (en referencia a las siglas de República Popular China en inglés), mientras que gran parte de los mayores aún emplea el término «continentales».

más dinero en un vestido de alta costura que lo necesario para vacunar a mil niños contra el sarampión o para suministrar agua potable a toda una ciudad resulta inadmisible.

Peik Lin se quedó mirando a Rachel con aire pensativo.

—No obstante, ¿no es todo relativo? Para alguien que viva en una cabaña de adobe en algún lugar, ¿no es escandaloso que pagaras doscientos dólares por esos vaqueros de Rag & Bone que llevas puestos? La mujer que se compre ese vestido de alta costura podría aducir que hizo falta un equipo de doce costureras durante tres meses para crear esa prenda, y todas ellas están contribuyendo a mantener a sus familias haciendo ese trabajo. Mi madre quería para su dormitorio una reproducción exacta de un fresco barroco que vio en algún palacio alemán. Le costó medio millón de dólares, pero dos artistas de la República Checa trabajaron en ello día a día durante tres meses. Uno de los tíos consiguió comprarse y amueblar una casa nueva en Praga, mientras que el otro mandó a su hijo a la Universidad Estatal de Pensilvania. Todos decidimos gastar nuestro dinero de distintas formas, pero al menos contamos con esa posibilidad. Párate a pensar; hace veinte años, estas chicas con las que fuiste a París únicamente tenían dos opciones: ¿prefieres la chaqueta Mao en marrón caca o gris caca?

Rachel se echó a reír.

—Vale, lo pillo, pero a pesar de ello no gastaría semejante cantidad de dinero. Oye, no creo que pueda comer más albóndigas de ternera de estas. Me están recordando demasiado a un mojón humeante de Mao.

Después de comer, Rachel y Peik Lin decidieron explorar un poco el complejo, que se ubicaba en un recinto ajardinado de siete hectáreas cuyo diseño evocaba los jardines de un palacio imperial de verano de la dinastía Qing. Mientras paseaban sin rumbo fijo bajo las pérgolas de los senderos, aspirando la fragancia de las flores de los cerezos y contemplando los estanques de nenúfares conectados entre sí, Rachel empezó a sentirse algo indispuesta. Al llegar a un jardín lleno de rocas de los eruditos, tomó asiento en uno de los bancos.

—¿Estás bien? —le preguntó Peik Lin, al ver que Rachel se había puesto pálida de repente.

—Voy a volver a mi habitación. Creo que hay demasiada humedad para mí.

—No estás acostumbrada a esto. Esto es el paraíso comparado con Singapur en esta época del año. ¿Te apetece refrescarte en aquella piscina de horizonte junto al lago? —sugirió Peik Lin.

—Creo que lo único que necesito es tumbarme un rato.

—Vale, volvamos.

—No, no, tú quédate y disfruta de los jardines —insistió Rachel.

—¿Quedamos para tomar un té en la terraza a eso de las cuatro?

—Me parece perfecto.

Peik Lin se quedó recorriendo los jardines un rato más; descubrió una pequeña y apacible gruta que escondía una gran talla en piedra de un Buda sonriente muy rollizo. Decidió quemar unas cuantas varillas de incienso que yacían en una urna delante de la escultura y después se dirigió a su habitación para ponerse el bikini. Nada más entrar en la habitación, reparó en que la luz verde del contestador automático del teléfono estaba parpadeando. Pulsó el botón para escuchar el mensaje. Era Rachel, que parecía sin aliento.

—Eh... Peik Lin, ¿puedes venir a mi habitación? Creo que necesito ayuda.

Alarmada, Peik Lin cogió su teléfono móvil en un acto reflejo y comprobó que Rachel la había llamado tres veces. Salió corriendo de la habitación y cruzó como una exhalación el pasillo en dirección a la habitación de Rachel. Al llegar, se puso a llamar a la puerta, pero nadie respondía. Al pasar un empleado del hotel, Peik Lin lo agarró del brazo con gesto apremiante.

—¿Puede abrir esta puerta? Mi amiga no se encuentra bien y necesita ayuda.

Al cabo de unos minutos, uno de los encargados de recepción llegó con un guarda de seguridad.

—¿Podemos ayudarla, señorita?

—Sí, mi amiga me ha dejado un mensaje urgente pidiéndome ayuda. No se encontraba bien, y ahora no responde —dijo Peik Lin, histérica.

—Eh... ¿No estará durmiendo? —preguntó el encargado.

—¡O igual se está muriendo! ¡Abran la puta puerta ahora mismo! —gritó Peik Lin.

El encargado deslizó la llave maestra por la cerradura, y Peik Lin entró a toda prisa. No había rastro de nadie en la cama o en la terraza, pero, en el baño de mármol, al lado de la enorme bañera, se encontró a Rachel tirada inconsciente en medio de un charco de bilis verde oscuro.

8

Biblioteca Nacional de China

Nick estaba leyendo atentamente una antigua biografía sobre la familia Sassoon en la Sala de Lectura de Lenguas Occidentales de la Biblioteca Nacional cuando su teléfono empezó a vibrar. Puso un sobre marrón sobre el libro abierto para guardar la página y salió al pasillo para responder a la llamada.

Era Peik Lin y parecía estar al borde de las lágrimas.

—¡Dios mío, Nick! No sé cómo decirte esto, pero estoy en una sala de urgencias con Rachel. Se ha desmayado en su habitación del hotel.

—¿Qué? ¿Se encuentra bien? ¿Qué ha pasado? —respondió Nick conmocionado.

—En realidad, no lo sabemos. Aún está inconsciente, pero está muy baja de glóbulos blancos y la tensión sanguínea la tiene por las nubes. Le han puesto una intravenosa de magnesio para estabilizarla, pero creen que quizá sea un caso extremo de intoxicación alimentaria.

—Iré en el siguiente vuelo a Hangzhou —dijo Nick con tono decidido.

16:25 horas

Tras correr por todo el Aeropuerto Internacional de Pekín, Nick acababa de llegar al mostrador de China Airlines cuando Peik Lin volvió a llamarle.

—Hola, Peik Lin, estoy tratando de conseguir un billete para el vuelo de las 16:55.

—No quiero alarmarte, pero la situación ha ido empeorando. Rachel sigue inconsciente y los riñones se le han cerrado. Los médicos le están haciendo pruebas, pero, hasta ahora, no tienen ni idea de lo que le pasa. Sinceramente, estoy perdiendo la confianza y creo que a Rachel la debería llevar en un avión medicalizado a Hong Kong, donde pueda recibir los mejores cuidados de la zona.

—Me fío de ti. Haz lo que sea mejor. ¿Alquilo un avión especial? —preguntó Nick.

—No te preocupes, ya me he ocupado yo.

—¡No sé qué haríamos sin ti, Peik Lin!

—Tú ve a Hong Kong.

—Eso haré. Oye, voy a llamar a mi tío Malcolm, que es cardiocirujano en Hong Kong. Quizá nos sirva de ayuda.

18:48 horas

Cuando el Gulfstream V de Peik Lin aterrizó en el Aeropuerto Internacional de Chek Lap Kok, ya había un helicóptero de asistencia sanitaria en la pista para llevar a Rachel al hospital. Peik Lin salió del avión y se encontró con un hombre con vaqueros de color mostaza y chaqueta Rubinacci azul cobalto que la esperaba.

—Soy Edison Cheng, el primo de Nick. No hay espacio en el helicóptero para ti, así que vente en mi Bentley —dijo por encima del rugido de las hélices del helicóptero. Peik Lin siguió a Eddie a su coche sin decir nada y, mientras se dirigían al hospital, Eddie volvió a hablar—: Mi padre está en Houston recibiendo un premio de la Fundación Médica DeBakey, pero ya ha llamado al hospital Queen Mary. Es nuestro mejor centro sanitario. Me han dicho que todo el equipo especializado en enfermedades de riñón está a la espera de su llegada.

—Cuánto me alegro —repuso Peik Lin.

—Y bueno, resulta que Leo Ming es mi mejor amigo, así que su padre, Ming Kah-Ching, de quien seguro que habrás oído hablar, ha llamado ya al director gerente del hospital para meterle más presión aún. La sala de urgencias, por cierto, está en el ala de Ming Kah-Ching. Así que a Rachel la van a tratar como a una personalidad importante desde el momento de su llegada —presumió Eddie.

«Como si eso le importara mucho a Rachel en este momento», pensó Peik Lin.

—Lo importante es que la traten de forma eficiente.

Continuaron en silencio unos minutos.

—¿Y ese GV era tuyo o lo has alquilado? —preguntó Eddie al cabo de un rato.

—Es de mi familia —respondió Peik Lin. «Apuesto a que me va a preguntar quién es mi familia».

—Qué bien. Y, si me permites la pregunta, ¿a qué sector de negocios se dedica tu familia? —«Parece hokkien, así que supongo que a la banca o al sector inmobiliario».

—Al de la construcción y promoción de edificios. —«Ahora querrá saber qué empresa. ¡Voy a hacer que se lo trabaje!».

Eddie sonrió cordialmente. «¡Malditos sean los de Singapur! Si fuese de Hong Kong o de China, ya lo sabría todo sobre su familia desde el momento en que ha bajado del avión».

—¿Comerciales o viviendas?

«Bueno, saquémosle de su angustia».

—Mi familia fundó la Organización Near West.

El rostro de Eddie se iluminó. «¡Ting, ting, ting! Los Goh ocupan el puesto 178 en *The Heron Wealth Report*».

—Vosotros construisteis el nuevo edificio de apartamentos de Singapur con garajes panorámicos en las plantas altas, ¿no? —preguntó él con tono despreocupado.

—Sí, fuimos nosotros. —«Ahora va a decirme a qué se dedica él. Por su atuendo, supongo que es hombre del tiempo o peluquero».

—Yo soy el director gerente de Leichtenburg Group Asia.

—Ah, sí. —«Otro banquero. Uf».

Eddie miró a Peik Lin con su sonrisa de gato de Cheshire.

—Y dime, ¿estáis satisfechos con el equipo de gestión de vuestros fondos privados?

—Sí, mucho. —«¡No me puedo creer lo que está haciendo este cabrón! ¡A Rachel la llevan corriendo al hospital en estado crítico y él está tratando de conseguir un nuevo cliente!».

19:45 horas

Peik Lin y Eddie se acercaron corriendo al mostrador de recepción de urgencias.

—¿Puede decirnos adónde han llevado a Rachel Young? La han ingresado durante la última hora. Ha venido por ambulancia aérea.

—¿Son parientes de la paciente? —preguntó la mujer del mostrador.

—Sí.

—A ver... —La mujer empezó a escribir algo en su ordenador—. ¿Me puede repetir el nombre?

—Rachel Young. O puede que la ingresaran con el nombre de Rachel Chu —respondió Peik Lin.

La mujer estudiaba la pantalla de su ordenador.

—No encuentro nada aquí. Deberían ir a la recepción principal de...

Eddie dio un golpe en el mostrador con gesto de frustración.

—¡No nos haga perder el tiempo! ¿Sabe quién soy yo? Soy Edison Cheng. Mi padre es el doctor Malcolm Cheng. ¡Antes era el jefe de cardiología! ¡La cafetería lleva su nombre! ¡Exijo saber adónde han llevado a Rachel Young ahora mismo o haré que la despidan a usted mañana!

Justo entonces oyeron que alguien los llamaba a sus espaldas.

—¡Eh, Eddie! ¡Por aquí! —Se giraron y vieron que Nick asomaba la cabeza desde detrás de una doble puerta batiente.

—¡Nick! ¿Cómo narices has llegado antes que nosotros? —preguntó Peik Lin, sorprendida, mientras corría hacia él.

—He pedido un favor —contestó Nick dándole un fuerte abrazo.

—¿Conoces al capitán Kirk o algo parecido? ¡Pekín está una hora más allá de Hong Kong!

—He conseguido venir en un avión militar. No hemos tenido que aguantar retrasos en el espacio aéreo y juro que hemos volado a velocidad Mach 3.

—Deja que adivine... ¿Tío Alfred ha hecho una llamada? —preguntó Eddie.

Nick asintió. Los condujo a la sala de espera de la unidad de cuidados intensivos para adultos, que estaba flanqueada de cómodos sillones de piel.

—He podido ver a Rachel unos minutos y, después, me han obligado a salir. Ahora mismo están tratando de recuperar su funcionamiento renal. La médica tiene que hacerte varias preguntas, Peik Lin.

Unos minutos después, la médica entró en la sala de espera.

—Esta es la doctora Jacobson —anunció Nick.

Eddie se levantó de su sillón y extendió una mano con una floritura.

—Edison Chen. Soy hijo de Malcolm Cheng.

—Lo siento, ¿se supone que debo saber quién es? —preguntó la médica de pelo negro.

Eddie la miró sorprendido. La médica sonrió.

—Era broma. Claro que sé quién es su padre.

Eddie nunca se había sentido más aliviado en su vida.

—¿Cómo está? —preguntó Nick tratando de mantener la calma.

—Hemos estabilizado sus constantes vitales por ahora y le estamos haciendo varias pruebas. Se trata de un caso muy sorprendente. Aún no hemos podido determinar qué es lo que ha provocado un fallo multiorgánico tan rápido, pero está claro que algo extremadamente tóxico ha entrado en su sistema. —Miró a Peik Lin y preguntó—: ¿Puede contarme todo lo que su amiga ha comido y bebido durante las últimas veinticuatro horas?

—Lo puedo intentar. A ver, cuando llegamos anoche al Four Seasons, Rachel comió una ensalada Cobb y, después, un postre de mousse de fresa y lichi. Esta mañana nos hemos saltado el desayuno pero hemos tomado un almuerzo muy ligero de gamba de río de Hangzhou, brotes de bambú salteados y sopa de fideos con pato asado. También había jengibre con trozos de chocolate en nuestras habitaciones que quizá ha podido comer Rachel. Yo no los he comido. Ah, un momento. Esta mañana le han dado un masaje en el que se supone que usaban trozos de jade y semillas de loto.

—Ajá... Deje que lo mire. Llamaremos al hotel para que nos den una lista completa de cualquier cosa que haya podido ingerir o a lo que haya estado expuesta.

—¿Qué cree que ha podido ser, doctora? Prácticamente hemos comido lo mismo y, como puede ver, yo estoy perfectamente bien —dijo Peik Lin.

—Cada cuerpo reacciona de una forma distinta. Pero no quiero sacar conclusiones hasta haber terminado con todos los análisis de toxicología —explicó la doctora.

—¿Cuál es su pronóstico? —preguntó Nick, preocupado.

La doctora hizo una pausa a la vez que encorvaba los hombros.

—No voy a mentirle. En este momento el estado es bastante crítico. Quizá tengamos que poner una DPIT* para contener el empeoramiento del hígado. Y si desarrolla una encefalopatía, tendremos que llevarla al coma inducido para dar a su cuerpo más oportunidades de defenderse.

—¿Coma inducido? —preguntó Peik Lin con un susurro a la vez que se echaba a llorar. Nick la agarró entre sus brazos, deseando con desesperación no perder el control.

Eddie se acercó a la doctora.

—Haga todo lo que le sea posible. Recuerde que el doctor Malcolm Cheng y Ming Kah-Ching le harán personalmente responsable si le pasa algo a ella.

La doctora Jacobson lanzó a Eddie una mirada de ligero fastidio.

—Hacemos todo lo que podemos con todos nuestros pacientes, señor Cheng, sean quienes sean.

—Por favor, ¿podemos verla? —preguntó Peik Lin.

—Solo puedo dejarles pasar de uno en uno —contestó la doctora.

—Ve tú, Nick —dijo Peik Lin volviendo a dejarse caer en el sofá.

---

* DPIT son las siglas de derivación portosistémica intrahepática transyugular. Intentad decirlo cinco veces en voz alta y con rapidez.

20:40 horas

Nick estaba a los pies de la cama de Rachel, observando con impotencia cómo un equipo de médicos y enfermeros daba vueltas alrededor de ella. Dos días antes se encontraban en su suite del Peninsula, donde ella había estado preparando las maletas, emocionada, para su fin de semana en el spa con una de sus mejores amigas. «¡No te diviertas demasiado en Pekín! Nada de flirtear con atractivas bibliotecarias, a menos que sea Parker Posey», había bromeado Rachel antes de darle el más dulce beso de despedida. Ahora, su tez se había vuelto amarilla y tenía cables, cuerdas y tubos en el cuello y el abdomen. Era todo de lo más surrealista. ¿Qué le había pasado a su preciosa esposa? ¿Por qué no mejoraba? No podía imaginarse siquiera que la pudiera perder. No, no, no. Tenía que borrar esa idea de su mente. Ella era muy fuerte y muy sana. Iba a ponerse bien. Tenía toda la vida por delante. Pasarían toda la vida juntos. Nick salió de la habitación y fue hacia la sala de espera. Al pasar junto a un baño para minusválidos, entró y cerró la puerta. Respiró hondo varias veces, se echó agua en la cara y se miró en el espejo. Después, se fijó en cómo era el espejo, redondo e iluminado por detrás, como los que hay en las tiendas de diseño caras. Miró a su alrededor y vio que todo ese espacio había sido redecorado recientemente. Empezaron a caerle lágrimas por la cara sin que pudiera controlarlas. Si Rachel se recuperaba... No..., cuando Rachel se recuperara, le iba a hacer el baño más increíble y bonito del mundo.

21:22 horas

Nick volvió a entrar en la sala de espera y se encontró a Peik sentada y comiendo fideos wonton de un cuenco desechable. Su tía

Alix y su primo Alistair estaban sentados en los sillones de enfrente. Alistair se puso de pie y dio a su primo un cálido abrazo.

—¡Ay, Nicky! ¡Cuánto lo siento! ¿Cómo está Rachel? —preguntó Alix con angustia.

—No ha habido muchos cambios —contestó Nick con tono agotado.

—Bueno, yo conozco muy bien a la doctora Jacobson. Es la mejor, en serio. Así que Rachel se encuentra en muy buenas manos.

—Me alegra saberlo.

—Y ha llamado tu tío Malcolm. El hospital le ha estado informando y ha pedido a su compañero, que es el mejor especialista de Hong Kong en enfermedades hepatobiliares, que venga para dar una segunda opinión.

—No sé cómo daros las gracias.

—Él solo desearía poder estar aquí. *Gum ngaam**. ¡Para una vez que tienes una emergencia médica en Hong Kong, él no está! Hemos traído un poco de *siew yook* y *wonton meen***. ¿Tienes hambre?

—Claro. Creo que debería comer algo. —Nick se sentó aturdido mientras su tía se disponía a colocar un surtido de recipientes de comida y utensilios de plástico a su alrededor.

—Todavía no hemos llamado a nadie, Nicky. No estaba segura de si querías que la gente lo supiera, así que me he contenido de llamar a tu madre. Cuando lo sepa ella, lo sabrá todo el mundo.

—Gracias, tía Alix. Ahora mismo no puedo enfrentarme a mi madre.

—¿Has hablado con la madre de Rachel? —preguntó Peik Lin.

Nick suspiró.

---

* En cantonés, «Vaya casualidad».

** Cerdo asado a la parrilla y fideos wonton.

—La llamaré dentro de un rato. Es que no veo la necesidad de alarmarla hasta que sepamos qué pasa.

La puerta se abrió y entró Eddie con la hermana de Alistair, Cecilia, que llevaba un elaborado ramo de lirios blancos.

—Parece que ya estamos todos —dijo Nick tratando de forzar una sonrisa.

—Ya me conoces. No podía perderme una fiesta —contestó Cecilia mientras daba a Nick un beso en la mejilla y colocaba el arreglo floral en el asiento a su lado.

—¡Dios mío, qué maravilla! Muchas gracias, pero no tenías por qué traer nada.

—Ah, no es cosa mía. El recepcionista de la puerta me ha dicho que te lo trajera.

—Qué raro. ¿De quién será? Nadie sabe que estamos aquí aparte de vosotros —se preguntó Nick en voz alta mientras se comía la pasta.

Peik Lin empezó a deshacer los lazos que había alrededor del jarrón y, al abrirse el envoltorio, cayó una nota.

—¡Joder! —exclamó Peik Lin ahogando un grito a la vez que apartaba el jarrón con un acto reflejo. El jarrón de flores aterrizó en el suelo y se rompió y el agua salpicó por todas partes.

Nick se levantó de un salto de la silla.

—¿Qué ha pasado?

Peik Lin le dio la tarjeta, donde decía:

Rachel:
Has sido envenenada con una dosis potencialmente letal de tarquinomida. Tus médicos podrán aplacar los efectos secundarios una vez que lo sepan.

Si valoras tu vida, no mencionarás a nadie este incidente.

No vuelvas a poner un pie en China.

Este es el último aviso.

9

Ridout Road

Singapur

A strid encendió su ordenador portátil y redactó un correo electrónico:

Querido Charlie:
Siento seguir molestándote, pero necesito pedirte un favor. Me preguntaba si podrías ayudarme a llegar al fondo de un asunto...
¿Qué sabes de Promenade Technologies? Tienen su sede en Mountain View, California. ¿Alguna vez has trabajado con ellos? Compraron la primera empresa de Michael, Cloud Nine Solutions. Quiero saber más cosas sobre esta empresa. En especial, quiénes son sus propietarios.
¡Gracias!
Un beso, Astrid.

Envió el correo y, un minuto después, Charlie apareció en el Google Chat.

CW: ¡Hola! Encantado de ayudarte.
ALT: Agradezco mucho tu ayuda.

CW: ¿Alguna razón en especial?

ALT: Solo estoy tratando de encontrar algunas respuestas. ¿Has oído hablar de ellos?

CW: Sí, pero ¿Michael no lo sabe?

ALT: Al parecer, no. ¿Sabes si son propiedad por completo o en parte de algún conglomerado asiático?

CW: ¿Qué está pasando, Astrid?

Astrid se detuvo unos segundos, sin saber si estaba preparada para entrar en detalle con Charlie sobre lo que había sucedido con Michael.

ALT: Estoy tratando de ayudar a Michael a averiguar la verdad. Es un poco complicado..., no quiero meterte en todo eso.

CW: Ya estoy metido. Pero, bueno, no insistiré. Aunque si de verdad quieres mi ayuda, sería mejor si me pusieras en contexto.

Ella se sentó en el borde de la cama, pensando: «¿Qué tengo que esconderle a Charlie? Es la única persona que lo entenderá».

ALT: Vale, allá va. A Michael se le ha metido en la cabeza que mi padre..., o alguien de alguna de las empresas que controla mi familia, fue quien compró en realidad Cloud Nine Solutions usando Promenade como tapadera.

CW: ¿Por qué iba a pensar de repente algo así?

ALT: Es una larga historia, pero, básicamente, se encontró unos viejos documentos donde aparecía el comprador como Pebble Beach Holding Company y, como sabe lo mucho que a mi padre le gusta jugar allí al golf, ha llegado a esa conclusión.

CW: Siento tener que decir una obviedad, pero ¿le has preguntado a tu padre si compró él la empresa?

ALT: Sí. Y, por supuesto, lo ha negado. «¿Por qué demonios iba yo a querer la empresa de Michael? Para empezar, a mí me parecía ridículamente sobrevalorada».

CW: ¡Típico de Harry Leong!

ALT: Desde luego.

CW: No creo que tu padre tenga nada que ver con esto, pero ¿de verdad importaría si fuera verdad?

ALT: ¿Estás de broma? Michael siempre ha sostenido que lo consiguió él solo. La sospecha de que mi familia haya tenido algo que ver con su éxito le saca de quicio. Cree que mi padre está tratando otra vez de controlarle, de controlarnos, etc. Anoche tuvimos la mayor discusión de nuestra vida.

CW: Lo siento.

ALT: Yo terminé yéndome de casa. O lo hacía o llamaba a la policía. Ahora estoy en el hotel Marina Bay Sands.

Quince segundos después, sonó el móvil de Astrid. Era Charlie, así que respondió con tono de broma:

—¿Servicio de habitaciones?

—Sí, necesito que alguien venga a ocuparse de un gran problema en mi habitación ahora mismo —respondió Charlie siguiéndole el juego de inmediato.

—¿Qué tipo de problema?

—Unos fetichistas de los dulces celebraron una fiesta en mi habitación y hay como treinta tartas aplastadas de la pastelería Lana por toda la alfombra, untadas por las paredes y por la cama. Parece que han estado revolviéndose sobre las tartas y los glaseados probando distintas posturas del Kama Sutra.

Astrid se rio.

—¡Loco! ¿Cómo se te ocurren esas cosas?

—Estuve mirando en internet anoche y me encontré con un artículo sobre gente que se excita sentándose sobre tartas.

—No voy a preguntarte qué tipo de páginas has estado visitando en Hong Kong. Sin duda, son de las que están bloqueadas en Singapur.

—Y yo no te voy a preguntar por qué estás sentada en una habitación de Marina Bay Sands. ¡Como si no hubiera más sitios!

Astrid soltó un suspiro.

—Hay pocos hoteles donde pueda estar segura de que nadie me va a reconocer. Este es uno de ellos. Está lleno principalmente de turistas.

—¿No hay gente de Singapur? ¿En serio?

—Nadie que yo conozca, al menos. Cuando lo inauguraron, mi madre trató de subir al jardín de la planta superior con la señora Lee Yong Chien y la reina madre de Borneo para contemplar las vistas, pero, cuando vieron que las personas de la tercera edad tenían que pagar una entrada de veinte dólares, la señora de Lee Yong Chien dijo: «*Ah nee kwee! Wah mai chut!*»*, y terminaron yendo al Toast Box del centro comercial.

Charlie se rio.

—Esas mujeres no van a cambiar nunca. Resulta gracioso. Mi madre era antes una gran derrochadora, pero, cuanto mayor se hace, más parece estar convirtiéndose en una tacaña obsesiva. ¿Sabes que ahora no permite que sus cocineros enciendan las luces de la cocina hasta las siete y media? Cuando voy, los veo andando a trompicones completamente a oscuras mientras tratan de prepararle la cena.

---

* En hokkien, «¡Qué caro! ¡No voy a pagar ese dinero!».

—¡Eso es una locura! Últimamente, cuando vamos a restaurantes, mi madre les obliga a *tah pow** la salsa que queda en los platos. No es broma. Yo le digo que es un disparate y ella me responde: «¡La hemos pagado! ¿Por qué desperdiciar esta salsa tan rica? Rosie puede usarla para la comida de mañana y sabrá mejor».

Charlie se rio.

—En serio, ¿cuánto tiempo piensas esconderte en el hotel?

—No me escondo. Solo me estoy dando un pequeño descanso. Cassian y su niñera están conmigo y a él le encanta la piscina de la azotea.

—¿Sabes? Es el marido quien se supone que tiene que marcharse. Cuando yo tenía peleas fuertes con Isabel, o me iba a casa de mi hermano o me buscaba una habitación en un hotel. No podía ni imaginar que mi mujer y mis hijas tuvieran que irse de casa.

—Bueno, tú eres de una especie distinta que Michael. Además, él no me ha obligado a marcharme. La decisión ha sido mía. Se enfadó tanto que empezó a ponerse agresivo.

—¿Qué? ¿Contigo? —preguntó Charlie, impactado. «Joder, le mataré si la ha tocado».

—No, hombre, Michael jamás me haría daño, pero destrozó por completo uno de sus Porsches. Cogió una espada de samurái y empezó a golpear el capó. Yo no soportaba quedarme allí mirando.

—¡Joder! ¿Y todo por su obsesión por quién compró su empresa? —preguntó Charlie, alarmándose más por momentos.

—No es solo eso. Últimamente, le han ido mal las cosas. Echó a perder su acuerdo con IBM, perdió la casa que quería, hubo un asunto con un artículo en una revista del que ni siquiera deseo hablar y parece que lo único que hacemos ahora es...

---

* En hokkien, «meter en recipiente para llevar».

—Astrid se interrumpió un momento. «Ya he dicho demasiado. No es justo seguir abrumando a Charlie».

Charlie oyó que Astrid se sorbía la nariz apartándose el auricular. «Está llorando. Está sentada en una habitación de hotel llorando».

—Lo siento. No debería molestarte con todo esto cuando estás en el trabajo. —Astrid volvió a sorberse la nariz.

—Lo cierto es que hoy no estoy trabajando mucho, pero no te preocupes, nadie me va a despedir. Sabes que puedes llamarme siempre que quieras, ¿verdad?

—Lo sé. Eres la única persona que de verdad me comprende. Sabes lo que tengo que soportar con mi familia. No entienden lo que es tener problemas matrimoniales.

—¿De verdad crees que tus hermanos son completamente felices en sus matrimonios?

—¿Estás de broma? Creo que todos son infelices de una forma u otra, pero ninguno de ellos lo admitirá nunca. En mi familia, a nadie se le permite ser infeliz. Creo que solo Alex es de verdad feliz en Los Ángeles. Se fue para estar con el amor de su vida. Es muy patético que no acepten a Salimah. Resulta irónico si piensas que todo el dinero de la familia procede de Malasia, ¿no?

—Al menos, se hacen felices el uno al otro. Eso es lo único que importa —dijo Charlie.

—¿Sabes? Cuando los visité hace unos meses, pensé: «Ojalá yo también pudiera hacerlo». A veces, desearía preparar una maleta e irme a California, donde nadie me conozca ni a nadie le interese. Cassian podría criarse lejos de todas las presiones a las que va a tener que enfrentarse muy pronto. Y yo sería de lo más feliz, te lo juro por Dios, si viviera en una casucha en la playa.

«Yo también lo sería», pensó Charlie.

Los dos se quedaron un momento en silencio, hasta que Charlie volvió a hablar:

—¿Y qué vas a hacer?

—La verdad es que no puedo hacer nada. Michael se tranquilizará en un par de días y volveremos a casa. Si puedes ayudarme a demostrar que mi padre no tuvo nada que ver con la compra de su empresa, estoy segura de que servirá para que se quede más contento.

Charlie se quedó un momento en silencio.

—Veré lo que puedo hacer.

—Eres el mejor, Charlie. De verdad.

En cuanto cortó su llamada con Astrid, Charlie llamó a su director financiero.

—Hola, Aaron. ¿Recuerdas la compra de Cloud Nine a Michael Teo en 2010?

—¿Cómo me iba a olvidar? Aún estamos anotando las pérdidas de esa compra —contestó Aaron.

—¿Y por qué narices tuviste que llamar al holding empresarial Peeble Beach LTD?

—Tío, estaba junto al hoyo dieciocho cuando me llamaste para decir que comprara la empresa. Es el hoyo final más importante del mundo. ¿Por qué lo preguntas?

—No importa.

10

Hospital Queen Mary

Pokfulam, Hong Kong

Nick estaba haciendo el crucigrama del *New York Times* en su iPad cuando el agente de policía que estaba de guardia en la puerta de la habitación asomó la cabeza.

—Señor, en la recepción hay una pareja que quiere ver a la señorita Chu. Traen dos carros llenos de comida y el hombre dice que es su hermano.

—Ah, sí. —Nick sonrió y se inclinó para susurrar al oído de Rachel—: Cariño, ¿estás despierta? Han venido Carlton y Colette. ¿Te apetece ver a gente?

Rachel, que había estado dormitando de forma intermitente toda la mañana, abrió los ojos con gesto adormilado.

—Eh..., claro.

—Dígales que suban —le ordenó Nick al agente.

Habían pasado dos días desde que habían sacado a Rachel de la unidad de cuidados intensivos a una habitación privada y su estado había tenido una mejoría constante desde que los médicos averiguaron la droga exacta que habían usado para envenenarla y, de inmediato, le administraron el antídoto.

Enseguida llamaron a la puerta y Carlton y Colette entraron en la habitación.

—¡Hola, hermanita! No es precisamente así como creía que sería el Four Seasons Hangzhou —bromeó Carlton mientras se acercaba a la cama y le apretaba la mano con suavidad.

Rachel lo miró con una débil sonrisa.

—Chicos, no deberíais haberos molestado...

—¡Venga ya! Tomamos el primer vuelo en cuanto Nick llamó —contestó Carlton—. Además, en Joyce hay una venta a la que Colette quería ir.

Colette dio un golpe a Carlton en el brazo.

—Como no habíamos tenido noticias vuestras desde el lunes, pensábamos que lo estabais pasando muy bien en Hangzhou sin nosotros.

—De maravilla, como podéis ver —dijo Rachel con tono jocoso a la vez que extendía los brazos para enseñarles los tubos intravenosos.

—¡Aún no me puedo creer que hayas tenido piedras en la vesícula siendo tan joven! Creía que solo le pasaba a la gente mayor —exclamó Colette.

—Lo cierto es que puede pasarle a cualquiera —contestó Nick.

Colette se apoyó en el borde de la cama de hospital de Rachel.

—Me alegra que vuelvas a estar bien.

—¿Habéis venido en tu avión más pequeño? ¿Cómo se llamaba? —preguntó Rachel a Colette.

—¿Te refieres a Venti? No —respondió Colette poniendo los ojos en blanco—. Mi padre me ha recortado los privilegios de uso de la flota. Desde que rechacé la propuesta de matrimonio de Richie Yang, mis padres están furiosos y se les ha ocurrido darme una especie de lección. ¿Os podéis creer que congelaron mi cuenta y que anularon mi tarjeta Titanium? Pues,

¿sabéis qué? Se les ha vuelto en contra, porque puedo sobrevivir perfectamente sin su ayuda. ¡Estáis delante de la embajadora internacional de Prêt-à-Couture!

—Colette acaba de firmar un contrato multimillonario con ellos —presumió Carlton.

—¡Enhorabuena! ¡Es fantástico! —exclamó Rachel.

—Sí. He arreglado las cosas con Virginie de Bassinet y ahora ella va a hacer una fiesta en mi honor la semana que viene en la Johnnie Walker House para anunciar la gran noticia. Voy a aparecer en todos los anuncios de Prêt-à-Couture de la temporada próxima y Tim Walker va a ser el fotógrafo de la campaña. Espero que estés lo suficientemente recuperada para asistir a la fiesta.

Nick y Rachel permanecieron en silencio.

—Esta loca de aquí ha insistido en que os trajéramos más comida de Daylesford Organic, pero el vigilante no nos ha dejado subir los carros a esta planta —dijo Carlton.

—Bueno, estoy segura de que la comida del hospital resulta insípida —comentó Colette.

—Lo cierto es que te sorprenderías. Ayer comí un pastel de ternera en la cafetería que estaba bastante bueno —repuso Nick.

—Muchas gracias, Colette. Esta mañana he empezado a comer sólido y estoy deseando tomar algo dulce —dijo Rachel.

—¡Dios mío, pues tenemos que subirte a escondidas alguna galleta de limón con trozos de chocolate! —exclamó Colette.

—Quizá si bajo contigo nos dejen subir algo —sugirió Nick a Carlton.

Los dos se dirigieron al vestíbulo.

—Qué alivio ver que Rachel ha pasado lo peor —dijo Carlton en el ascensor—. Pero ¿por qué hay policías por todas partes?

Nick miró a Carlton directamente a los ojos.

—Te voy a contar una cosa, pero tienes que prometerme que quedará únicamente entre nosotros, ¿de acuerdo?

—Claro.

Nick tomó aire.

—Rachel no ha tenido piedras en la vesícula. Ha sido una intoxicación.

—¿Una intoxicación alimentaria? —preguntó Carlton confundido.

—No. Alguien la ha envenenado de forma intencionada con una toxina.

Carlton se quedó mirando a Nick con expresión de horror.

—Estás de broma.

—Ojalá. Ella no quiere darle mucha importancia, pero debes saber que podría haber muerto. Los órganos le fueron fallando de uno en uno y los médicos estaban desesperados por saber qué le pasaba hasta que averiguamos que la habían envenenado.

—¡Joder, es increíble! ¿Cómo lo supisteis?

—Recibimos una nota anónima.

Carlton contuvo el aliento.

—¿Qué? ¿Quién iba a querer envenenar a Rachel?

—Eso es lo que estamos tratando de averiguar. Gracias a mi tía Alix, que conoce muy bien al jefe ejecutivo de Hong Kong, se ha abierto una investigación oficial en la que participan tanto la policía hongkonesa como la china. —El ascensor llegó al vestíbulo y Nick llevó a Carlton a un rincón tranquilo—. Permite que te pregunte... Sinceramente, ¿crees que Richie Yang es capaz de hacer algo así?

Carlton se quedó en silencio un momento.

—¿Richie? ¿Por qué iba a tener algo que ver con esto?

—Tú le humillaste delante de todos sus amigos en París. Colette le dejó claro a todo el mundo que te prefiere a ti... —empezó a decir Nick.

—¿Crees que ha envenenado a Rachel para perjudicarme a mí? ¡Dios mío, eso le convertiría en una persona más enferma de lo que yo pensaba! Jamás me lo perdonaré si es verdad.

—Solo es una teoría. Hemos tratado de pensar en todo el que pueda tener el más pequeño móvil. Creo que la policía va a querer hablar con Colette y contigo en algún momento.

—Claro, claro —dijo Carlton con el ceño fruncido por la sorpresa—. ¿Sabes qué tipo de toxina era?

—Se llama tarquinomida. Es un producto farmacéutico muy difícil de conseguir y que normalmente se usa para tratar a personas con esclerosis múltiple y solo se fabrica en Israel. Dicen que, a veces, lo usan los agentes del Mosad para cometer asesinatos.

De repente, Carlton se quedó pálido.

Residencia de los Bao, Shanghái
Esa misma noche

Bao Gaoliang y su mujer estaban bajo el pórtico de su elegante mansión de la Concesión Francesa despidiéndose de sus invitados cuando el coche de Carlton llegó a toda velocidad por el camino de entrada circular.

—¡Dios mío, el emperador ha decidido concedernos la gracia de su presencia! ¿A qué debemos el honor? —preguntó Shaoyen con tono sarcástico mientras Carlton subía los escalones de piedra hacia ellos.

—Tengo que veros en la biblioteca. ¡Ahora mismo! —ordenó con los dientes apretados.

—¡No le hables a tu madre con ese tono! —le reprendió Gaoliang.

—¿Qué pasa? ¿Os habéis reconciliado? —preguntó Carlton mientras entraba en la casa.

—Hemos celebrado una cena para el embajador de Mongolia. Al contrario que tú, tu padre y yo aún sabemos mantener las formas el uno con el otro cuando la ocasión lo requiere —respondió Shaoyen dejándose caer en el sofá de piel y quitándose sus zapatos de tacón de Zanotti con un suspiro de alivio.

Carlton meneó la cabeza con desagrado.

—¡No sé cómo puedes sentarte ahí con ese vestido de baile fingiendo que no pasa nada cuando sabes muy bien lo que has hecho!

—¿De qué estás hablando? —preguntó Gaoliang con voz de cansancio.

Carlton fulminó a su madre con la mirada.

—¿Quieres contárselo tú? ¿O lo debería hacer yo?

—No tengo ni idea de qué estás hablando —dijo Shaoyen con frialdad.

Carlton miró a su padre con la mirada cargada de furia.

—Mientras estabas sentado en esta casa celebrando una cena con tu esposa, tu hija..., de tu propia sangre, estaba postrada en una cama de hospital en Hong Kong...

—¿Rachel está en el hospital? —le interrumpió Gaoliang.

—¿No te has enterado? Tuvieron que llevarla en avión desde Hanzhou hasta Hong Kong.

—¿Qué ha pasado? —Gaoliang miraba a Carlton alarmado.

—La han envenenado. Ha estado en la UCI tres días y casi se muere.

Gaoliang se quedó boquiabierto.

—¿Y quién la ha envenenado?

—No sé... ¿Por qué no le preguntas a mi madre?

Shaoyen se incorporó de pronto en el sofá.

—*Ni zai jiang shen me pi hua?** ¿Has dejado de tomar tu medicación, Carlton? ¿Es esto alguna de tus alucinaciones?

---

* En mandarín, «¿Qué coño estás diciendo?».

—¡Sé que solo querías lanzarle una advertencia, pero has estado a punto de matarla! No te entiendo, madre. ¿Cómo has podido hacer una cosa así? —preguntó Carlton con los ojos inundados de lágrimas.

Shaoyen miró a su marido asombrada.

—¿Te lo puedes creer? Nuestro hijo me está acusando de asesinato. ¿Cómo narices crees que he podido formar parte de eso, Carlton?

—Sé exactamente cómo. No tú, por supuesto, sino a través de uno de tus lacayos. A Rachel la han envenenado con tarquinomida, que tan convenientemente acabamos de empezar a fabricar para Farmacéuticas Opal de Tel Aviv.

—Dios mío —susurró Shaoyen mientras Gaoliang la miraba incrédulo.

—¿Creéis que no estoy al corriente de lo que pasa en la empresa? Pues sorpresa, sorpresa, sí que lo sé. Lo sé todo sobre ese acuerdo en secreto que firmasteis con Opal.

—Tenemos muchos acuerdos secretos con empresas de todo el mundo. Sí, Opal nos ha subcontratado para la tarquinomida, pero ¿de verdad crees que yo envenenaría a Rachel? ¿Por qué iba a hacerlo?

Carlton lanzó a su madre una mirada acusadora.

—¡Venga ya! ¡Has estado en contra de Rachel desde el primer día! ¿Es necesario que te lo recuerde?

Gaoliang levantó la voz, harto de las acusaciones de su hijo.

—No seas absurdo, Carlton. ¡ELLA NO HA ENVENENADO A RACHEL! ¿Cómo te atreves a decir algo así de tu propia madre?

—Papá, no sabes la mitad de las cosas que mi madre me ha estado diciendo. ¡Ojalá hubieses oído lo que ha dicho de Rachel!

—Puede que tu madre tenga problemas con Rachel, pero nunca le haría daño.

Carlton empezó a reírse.

—¿Eso crees? No tienes ni idea de lo que es capaz mi madre, ¿no? Claro que no. No tienes ni idea de lo que hizo en...

—CARLTON —dijo Shaoyen con tono de advertencia.

—¡Lo que mi madre hizo en Londres!

—¿De qué estás hablando? —preguntó Gaoliang.

—De la gran tapadera de Londres..., todo para protegerte.

Shaoyen corrió hasta su hijo y lo agarró de los hombros asustada.

—¡CÁLLATE, CARLTON!

—¡NO! ¡NO PIENSO CALLARME! Estoy harto de callarme y de no poder hablar de ello —estalló Carlton.

—¡Pues habla! ¿Qué pasó en Londres? —preguntó Gaoliang.

—Por favor, Carlton, si sabes lo que es mejor para ti, no digas nada más, por favor —le suplicó Shaoyen con frenesí.

—¡En el accidente murió una chica! —aulló Carlton.

—¡NO LE HAGAS CASO! ¡Está borracho! ¡Está mal de la cabeza! —gritó Shaoyen mientras trataba de poner las manos sobre la boca de Carlton.

—¿De qué demonios estás hablando? Yo creía que la chica había quedado paralítica —dijo Gaoliang.

Carlton apartó a su madre y corrió al otro lado de la habitación.

—¡Había dos chicas en el Ferrari conmigo, papá! Una sobrevivió, pero la otra murió. Y madre lo tapó todo. Hizo que el señor Tin y tu banquero de Hong Kong pagaran a todos para que se callaran. Ella no quería que tú te enteraras de nada de lo que pasó. ¡Todo para proteger tu valioso estatus! Nunca me dejó hablar de ello. Nunca ha querido que sepas lo mal que estoy. Pero ahora lo confieso, papá. ¡Maté a una chica!

Gaoliang se quedó mirándolos horrorizado, mientras Shaoyen caía al suelo entre sollozos.

—Nunca me lo perdonaré. Lo que pasó me perseguirá el resto de mi vida. Pero estoy tratando de responsabilizarme de lo que hice, papá. No puedo cambiar el pasado, pero sí estoy tratando de cambiar yo. Rachel me ha ayudado a darme cuenta de todo esto cuando hemos estado en París. ¡Pero madre se ha enterado de que Rachel conoce este secreto de mi accidente y esa es la verdadera razón por la que la quería muerta!

—¡No, no! ¡Eso no es verdad! —gritó Shaoyen.

—¿Qué se siente ahora, madre? El gran secreto ha salido a la luz y tu peor pesadilla se está haciendo realidad. Nuestro apellido quedará destruido tal y como tú pensabas que pasaría. ¡No por culpa de Rachel ni por la mía, sino cuando la policía venga para llevarte a la cárcel!

Carlton salió de la casa dejando a su madre en el suelo de la biblioteca y a su padre sentado a su lado con la cabeza enterrada entre las manos.

11

Cementerio de Bukit Brown

Singapur

C ada año, en el aniversario de la muerte de su padre, Shang Su Yi y su hermano, Alfred, visitaban la tumba donde sus padres estaban enterrados. Los miembros más cercanos de la familia de Su Yi y unos cuantos parientes más se reunían tradicionalmente en Tyersall Park para desayunar antes de salir para el cementerio, pero ese año todos se encontraron en Bukit Brown. Astrid llegó pronto, directamente después de dejar a Cassian en el jardín de infancia de Far Eastern, y casi no había nadie por allí mientras atravesaba el cementerio más antiguo de Singapur.

Como el cementerio había dejado de admitir más entierros en 1970, el bosque había crecido a su alrededor sin recibir ningún cuidado, lo que convertía a este lugar de descanso definitivo de los padres fundadores de Singapur en un lugar frondoso. Su naturaleza edénica conservaba algunas de las más raras especies de flora y fauna de la isla. A Astrid le encantaba merodear y admirar aquellas adornadas tumbas que no se parecían a las de ningún otro lugar del mundo. Las tumbas más grandes y ostentosas de estilo chino se habían construido en las laderas de suaves pendientes y algunas eran tan grandes como los pabellones de algunos palacios, presumiendo de sus propios patios enlosados donde los dolientes se podían reunir, mientras otras estaban decoradas con baldosas coloridas de estilo peranakan y estatuas a escala real que representaban a guardias sij, a Guan Yin o a otras deidades chinas. Astrid empezó a leer las lápidas y, de vez en cuando, reconoció el nombre de algún pionero de Singapur: Tan Kheam Hock, Ong Sam Leong, Lee Choo Neo, Tan Ean Kiam, Chew Boon Lay... Todos estaban allí.

A las diez en punto, una pequeña caravana de coches invadió el tranquilo cementerio. Delante iba el Jaguar Vanden Plas de los años noventa que llevaba a la madre de Astrid, Felicity Leong —hija mayor de Su Yi— y su marido, Harry, seguidos del pequeño Kia Picanto conducido por el hermano de Astrid, Henry Leong hijo*. Después, iba el Daimler *vintage* negro y burdeos con la hija menor de Su Yi, Victoria, que iba acompañada de Rosemary T'sien, Lillian May Tan y el obispo de Singapur. Unos minutos después, llegó un Mercedes 600 Pullman negro con las ventanas tintadas, y, antes de que la enorme limusina se detuviera del todo, se abrieron las puertas centrales y salieron de ella dos guardias gurka.

Alfred Shang, un hombre bajito y corpulento de setenta y muchos años y con el pelo gris y bien peinado, salió del coche con los ojos entrecerrados bajo la brillante luz de la mañana a pesar de llevar puestas sus gafas de sol sin montura. Ayudó a salir del coche a su hermana mayor, Su Yi, seguida de las dos damas de compañía que lucían elegantes vestidos de seda azul

---

* Se calcula, siendo conservadores, que el patrimonio personal neto de Henry Leong hijo es de cuatrocientos veinte millones de dólares, pues su padre sigue estando muy vivo y él aún tiene que heredar su verdadera fortuna. Por este motivo, y porque va todos los días a trabajar en coche hasta los Woodlands, Harry conduce un vehículo muy económico. Su mujer, la abogada Cathleen Kah (heredera de la fortuna de Kah Chin Kee) va todos los días caminando desde su casa, parecida a un consulado, hasta la parada del autobús 75 para ir a su oficina de Raffles Place.

pavo real tornasolada. Su Yi vestía una blusa color crema, una fina rebeca de color azafrán y unos ligeros pantalones marrones. Con sus gafas de sol redondas de carey, un casquete de paja y unos guantes de gamuza marrón, parecía lista para pasarse el día trabajando en el jardín. Su Yi vio al obispo See Bei Sien y le murmuró a Alfred con tono de enfado:

—¡Victoria ha invitado otra vez a ese obispo metomento-do cuando le dejé muy claro que no lo hiciera! ¡Mi padre se va a revolver en su tumba!

Tras una oleada de rápidos saludos, la familia avanzó por uno de los senderos más cuidados formando una solemne procesión con Su Yi al frente, caminando bajo una sombrilla de seda amarilla con bordados sostenida por los guardias gurka. La tumba de Shang Loong Ma estaba en la colina más alta, un lugar apartado completamente rodeado por un bosquecillo de árboles. La lápida misma no era especialmente monumental en comparación con otras, pero la gran plaza circular de baldosas vidriadas y los exquisitos bajorrelieves que representaban una escena del *Romance de los tres reinos* sobre la tumba la hacían destacar por su belleza. Esperándolos junto a la tumba había varios monjes budistas vestidos con túnicas marrones oscuras y, delante de la plaza, habían colocado una marquesina con una larga mesa de banquete que relucía con la plata y la vajilla amarilla clara de Wedgwood del siglo XIX que Su Yi siempre usaba para sus comidas en el exterior.

—¡Dios mío! ¿Vamos a comer aquí? —exclamó Lillian May Tan al ver el gordo lechón con una cereza en la boca y una fila de asistentes uniformados de Tyersall Park firmes junto a la marquesina.

—Sí, madre ha pensado que estaría bien comer aquí, para variar —respondió Victoria.

La familia se reunió delante de la tumba y los monjes budistas empezaron a cantar. Cuando terminaron, el obispo se acercó y dijo una corta oración por las almas de Shang Loong Ma y su esposa, Wang Lan Yin, pues, aunque nunca habían sido bautizados, él esperaba que sus buenas acciones y sus contribuciones a Singapur implicaran que no sufrieran demasiado la condena eterna. Victoria asintió con gesto de aprobación mientras él rezaba sin hacer caso de la mirada asesina de su madre.

Cuando el obispo se apartó, las damas de compañía tailandesas entregaron a Su Yi y a Alfred unos pequeños cubos de plata con agua jabonosa y cepillos de dientes y los dos ancianos hermanos Shang se acercaron a la tumba y empezaron a frotar las lápidas. Astrid siempre se sentía profundamente conmovida ante aquel sencillo gesto de piedad filial cuando su abuela de noventa y tantos años se ponía a cuatro patas para limpiar cuidadosamente las diminutas grietas del intricadamente esculpido sepulcro.

Una vez terminado el ritual de la limpieza, Su Yi colocó un ramo de sus preciadas orquídeas dendrobium delante de la lápida de su padre mientras Alfred situaba un jarrón de camelias al lado de su querida madre. Después, cada miembro de la familia se turnaba para acercarse a colocar ofrendas de fruta fresca y dulces junto a la tumba. Cuando hubieron colocado la cornucopia de comida como un bodegón de Caravaggio, los monjes budistas encendieron pebetes y dijeron una oración final.

La familia se dirigió después a comer bajo la marquesina. Cuando Alfred Shang pasó junto a Harry Leong de camino a la mesa, sacó un papel doblado del bolsillo de su pantalón.

—Aquí tienes la información que querías. ¿De qué va todo esto? He tenido que retorcer unos cuantos brazos más de lo que esperaba.

—Ya te lo explicaré. Estarás en Tyersall Park para la cena del viernes, ¿no?

—¿Tengo otra opción? —preguntó Alfred riendo disimuladamente.

Harry se sentó en la mesa y examinó el papel rápidamente. Después, se lo guardó y empezó a atacar el primer plato de sopa fría de soja verde.

—Astrid, me han dicho que acabas de estar en París. ¿Estaba tan bonita como siempre? —preguntó Lillian May Tan.

—Estaba maravillosa. La mayor sorpresa ha sido encontrarme con Nicky.

—¿Con Nicky? ¿De verdad? ¡Hace una eternidad que no lo veo!

Astrid miró unos pasos más allá para asegurarse de que su abuela no la oía.

—Sí, estaba allí con Rachel y pasamos juntos una velada bastante emocionante.

—Cuéntame, ¿cómo es su esposa? —preguntó Lillian May en voz baja.

—Ya sabes que a mí me gusta mucho Rachel. Aunque no estuviese casada con Nicky, es el tipo de persona que me gustaría tener de amiga. Es bastante...

Justo entonces, Astrid sintió un suave apretón en su hombro. Era una de las doncellas de Su Yi, que le susurró:

—Tu abuela quiere que dejes de hablar de Nicholas ahora mismo o que abandones la mesa.

Tras el almuerzo, mientras todos volvían a los coches, Harry caminó junto a Astrid.

—¿Tienes contacto con Charlie Wu?

—Sí, de vez en cuando. ¿Por qué?

—El tío Alfred acaba de proporcionarme un chismorreo de lo más intrigante. ¿Te acuerdas de cuando me preguntaste el otro día si yo había comprado la primera empresa de Michael? Decidí indagar, pues siempre me pareció muy extraño que pudiera vender esa empresa por tanto dinero.

—Ah, ¿y Charlie te echó una mano?

—No, Astrid. Charlie fue el que compró la empresa.

Astrid se detuvo en seco.

—Estás de broma, ¿no?

—En absoluto. Lo realmente gracioso es que Charlie Wu pagara en secreto trescientos millones de dólares por una diminuta *start-up* tecnológica.

—Papá, ¿estás completamente seguro de esto?

Harry sacó el papel y se lo enseñó a Astrid.

—Oye, ha sido muy difícil conseguir esta información. Ni siquiera nuestros mejores asesores financieros consiguieron otra cosa que llegar a callejones sin salida, así que tuve que pedir al tío Alfred que me ayudara y ya sabes que él nunca se equivoca. Es evidente que Charlie se esforzó mucho por ocultar que era el propietario sirviéndose de una compleja red de sociedades instrumentales, pero en este documento puedes ver la prueba tan clara como el agua. La cuestión es: ¿qué es lo que trama? Eso es lo que me gustaría saber.

Astrid se quedó mirando el papel con incredulidad.

—Papá, hazme un favor. No le hables de esto a Michael ni a nadie más hasta que yo haga averiguaciones.

Después de que todos se marcharan, Astrid se quedó en el cementerio. Se sentó en su coche con el aire acondicionado a toda potencia durante unos minutos mientras se preparaba para marcharse, pero, a continuación, apagó el motor y salió del vehículo. Necesitaba caminar un poco. La cabeza le daba vueltas a toda velocidad y necesitaba con desesperación darle sentido a la sorprendente noticia que acababan de darle. ¿Por qué demonios había comprado Charlie la empresa de su marido? ¿Y por qué no se lo había contado nunca? ¿Charlie y Michael habían tenido durante todo ese tiempo algún acuerdo secreto? ¿O había algún plan más oscuro que ella no podía siquiera imaginar? No sabía qué pensar, pero no podía evitar tener la extraña sensación de que Charlie la había traicionado. Ella había abierto ante él su alma y su corazón y él la había engañado. ¿Podría volver a confiar en él?

Astrid caminaba por un sendero lleno de plantas que se adentraba en una parte más profunda del bosque tras pasar junto a unas largas enredaderas que colgaban de las ramas de los enormes tamarindos y unos antiguos sepulcros cubiertos de moho. Los pájaros trinaban con fuerza en lo alto de los árboles y unas pequeñas mariposas aparecían y desaparecían entre los gigantescos helechos. Por fin podía volver a respirar. Se sentía completamente tranquila en aquellos bosques. Eran casi iguales que los bosques de Tyersall Park en los que había pasado su infancia jugando. En un claro donde los rayos del sol se filtraban entre el verde follaje, Astrid se encontró con una pequeña tumba enclavada entre las largas raíces de un gran baniano. Había una curiosa escultura de un querubín agachado en lo alto de la tumba con sus enormes alas desplegadas y arqueándose por encima de su cabeza. Un diminuto retrato ovalado de tonos sepia de un niño serio vestido con un traje blanco ocupaba el centro de la lápida. Tendría, más o menos, la edad de Cassian cuando murió. Había algo muy trágico pero, aun así, hermoso en aquel sepulcro y Astrid se acordó de las tumbas del cementerio de Père Lachaise de París.

En uno de sus frecuentes viajes cuando vivían en Londres durante su época universitaria, Charlie le había enseñado la tumba de Abelardo y Eloísa. Cuando por fin llegaron a la majestuosa tumba, la vieron llena de cartas de amor y Charlie le explicó: «Abelardo era un gran filósofo del siglo XII que fue contratado para dar clases a Eloísa, la joven noble sobrina de Fulbert, el canónigo de Notre Dame. Se enamoraron y tuvieron una aventura, Eloísa se quedó embarazada y los dos se casaron en secreto. Cuando el tío de Eloísa se enteró del romance, hizo que castraran a Abelardo y envió a Eloísa a un convento. Nunca más pudieron volver a verse, pero se estuvieron enviando apasionadas cartas de amor el resto de sus vidas, cartas que ahora son de las más famosas de la historia. Los huesos de los amantes pudieron por fin reunirse aquí en 1817 y, desde entonces, enamorados procedentes de todo el mundo han ido dejando cartas en esta tumba».

«¡Oh, qué romántico!», había exclamado Astrid suspirando. «¿Me prometes que nunca dejarás de enviarme cartas de amor?».

Charlie le había besado las manos.

«Prometo que nunca dejaré de enviarte cartas de amor, Astrid», le había contestado. «Hasta el día en que me muera».

Mientras Astrid permanecía sola en medio del bosque recordando aquellas palabras, fue como si pudiera de repente escuchar que los árboles le hablaban. En los huecos más profundos de sus cortezas, en el crepitar de las hojas, podía oír que le susurraban: «Lo ha hecho por amor, lo ha hecho por amor». Y, de pronto, lo vio todo claro. Charlie había comprado la empresa de Michael para ayudarla a salvar su matrimonio. Había pagado cientos de millones de más porque quería que Michael tuviese una fortuna propia, para darle la oportunidad de superar su sensación de desigualdad. Había sido un acto de puro y generoso amor. Todo lo que Charlie había hecho tres años atrás empezaba ahora a tener sentido: aconsejarle a ella que esperara al menos un año antes de aceptar el divorcio diciéndole: «Tengo la sensación de que Michael puede cambiar de opinión». Sí que había cambiado de opinión, pero de un modo que nadie podría haber imaginado. Se había transformado en un hombre completamente irreconocible. El modesto y humilde soldado se había convertido en un multimillonario maniaco e impulsivo. Y quería que ella se convirtiera en un tipo de mujer distinto que le correspondiera. Astrid se dio cuenta de lo mucho que se había esforzado en cambiar por Michael y lo poco que ya deseaba seguir haciéndolo. Lo que de verdad deseaba, lo que siempre había querido pero no había sabido hasta ese momento, era que alguien la quisiera tal cual era. Alguien como Charlie. Ay, Charlie. En otra vida podrían haber sido felices juntos. Ojalá ella no le hubiese roto el corazón anteriormente. Ojalá ella hubiese sido más fuerte y se hubiese enfrentado a sus padres aquella vez. Ojalá él no fuera un hombre casado y con dos preciosas hijas. Ojalá.

12

Mar Vista

Los Ángeles, California

Cuándo ha sido la última vez que los viste? —le preguntó Corinna a Kitty cuando estaban cómodamente sentadas en el Tesla que había venido a recogerlas al aeropuerto.

—Hace tres semanas. Intento pasar una semana al mes aquí, pero la verdad es que últimamente se ha convertido en un enorme desafío por el régimen de mi hija.

—Así que es verdad. ¿Bernard y tu hija están aquí en Los Ángeles para recibir tratamiento médico?

Kitty soltó una carcajada amarga.

—No tengo ni idea de cómo empezó ese rumor. Bernard estaba aquí para someterse a unos tratamientos, pero no del tipo que estás pensando.

—¿Qué tipo de trastorno es? —preguntó Corinna abriendo los ojos de par en par.

Tras respirar hondo, Kitty empezó a contar su historia:

—Todo empezó justo después de que nos casáramos en Las Vegas. Nos quedamos allí algunos días y una noche fuimos a ver la última película de Batman. Entonces, no fui consciente de lo obsesionado que Bernard estaba con Batman ni de que se veía a sí mismo como una versión asiática de Bruce Wayne. Con su obsesión por los coches exóticos y la espeluznante decoración de interiores, debería haberlo imaginado. Así que, cuando volvimos a Hong Kong, Bernard se empeñó en querer parecerse al actor de Batman. Encontró a un cirujano plástico buenísimo que supuestamente estaba especializado en hacer que la gente se parezca a los famosos, un médico de Seúl. Tuvimos largas conversaciones al respecto y lo cierto es que a mí no me importaba que mi marido quisiera parecerse a un actor atractivo. La verdad es que me parecía bastante emocionante. Pero luego...

—Dios mío, le hicieron una chapuza de operación, ¿es eso? —preguntó Corinna sentada en el borde de su asiento.

—No, en realidad la operación salió perfecta. Pero el equipo preparatorio cometió un error colosal antes de que tuviera lugar la operación. Fue un error informático. Las cirugías plásticas más avanzadas de Corea están todas asistidas ahora por ordenador y el programa de imagen en 3D de AutoCAD que «diseñaba» la nueva cara de Bernard recibió la información errónea. Fue un problema lingüístico. La enfermera oyó mal el nombre que le dio el médico antes de la operación y escribió mal el nombre del actor en el ordenador. Así que todas las impresiones anatómicas que hicieron estaban mal y todos los implantes que se fabricaron eran para otra cara. Bernard salió de la cirugía con un aspecto que no se parecía en nada al que él quería.

—Tengo que preguntarte: ¿quién era el actor con el que se confundió la enfermera?

Kitty suspiró.

—Se suponía que debía ser Christian Bale, pero la enfermera escribió Kristen Bell.

Corinna se quedó boquiabierta.

—¿Esa actriz rubia tan alegre?

—Sí. Resulta que tenían otro paciente de Hong Kong que estaba haciendo la transición de hombre a mujer. Fue un error sin mala fe.

—¿Es por eso por lo que Bernard ha estado escondido de toda Asia?

—No. Es decir, al principio sí, pero esa no es ya la verdadera razón. Bernard y yo vinimos a Los Ángeles para que pudieran hacerle una cirugía plástica correctora. Encontró a un estupendo médico que le ha estado transformando poco a poco la cara hasta su aspecto normal. Pero ahora el problema va más allá de la cirugía.

—¿A qué te refieres?

—Esta experiencia ha cambiado por completo a Bernard. No solo física, sino también psicológicamente. Lo entenderás cuando le veas.

En ese momento, llegaron a una pequeña vivienda de estilo casa de campo inglesa de dos plantas en Mar Vista donde una niña y un hombre hacían yoga en el patio delantero con un instructor alto y rubio.

—Dios mío, ¿esa niña tan preciosa es tu hija? —preguntó Corinna mirando a la niña de larga trenza que ejecutaba una perfecta postura del perro boca abajo.

—Sí, esa es Gisele. Toma, ponte este desinfectante de manos orgánico antes de saludarla.

En cuanto el coche se detuvo, Gisele interrumpió su postura de yoga y fue corriendo hacia ellas.

—¿Os habéis puesto el desinfectante? —gritó Bernard a Kitty con tono de urgencia.

—Claro —le respondió ella mientras daba un fuerte abrazo a su hija—. ¡Cariño! ¡Te he echado mucho de menos!

—Se supone que no debes decir eso. No queremos generarle problemas de apego —la reprendió Bernard—. Y supuestamente solo debes hablar con ella en mandarín. Yo en inglés y cantonés, ¿recuerdas?

—Hoy es el día del español, ¿no?* —dijo la pequeña niña china con el ceño fruncido en un castellano perfectamente pronunciado.

—¡Dios mío, habla ya muy bien el español! ¿Cuántos idiomas está aprendiendo? —preguntó Corinna.

—Ahora mismo solo cinco. Tiene una niñera colombiana a tiempo parcial que solo le habla en español y nuestro chef interno es francés —contestó Kitty—. Gisele, esta es la tía Corinna. ¿Puedes saludar a la tía Corinna?

—Buenos días, tía Corinna —dijo Gisele con voz dulce en español.

—Vamos a iniciarla en el ruso cuando cumpla los tres años —dijo Bernard al acercarse a saludar a las señoras.

—¡Bernard, cielo santo, cuánto tiempo! —exclamó Corinna tratando de disimular su impacto al verle su nueva cara. El hombre al que había visto en tantas galas se había transformado de una forma que ella jamás podría haberse imaginado. Sus rasgos cantoneses redondeados habían sido sustituidos por una mandíbula angular pero acompañada por una incongruente y diminuta nariz de pájaro. Sus pómulos se habían cincelado, pero sus ojos tenían la extraña forma de los de un elfo y estaban girados hacia arriba por los extremos. «Parece el hijo natural de Jay Leno y esa tal Hermione de las películas de Harry Potter», pensó Corinna, incapaz de apartar los ojos de su cara.

—Vamos, es la hora de la sesión craneosacral de Gisele y luego podremos comer —dijo Bernard mientras acompañaba a la niña adentro.

Corinna ya estaba impactada por el hecho de que Bernard Tai, que se había criado en enormes mansiones y en los yates más grandes, estuviese viviendo en un entorno tan modesto, pero nada la había preparado para lo que vio al entrar en la casa. La

---

* En español en el original. *[N. de los T.]*

sala de estar había sido transformada en una especie de clínica, con todo tipo de raros aparatos terapéuticos por todas partes, y Gisele yacía quieta sobre una camilla profesional de masajes mientras su especialista en cráneo y sacro le acariciaba suavemente el cuero cabelludo. A continuación había una pequeña habitación que parecía un aula escandinava, con sencillos taburetes de madera clara y mesas pequeñas, cojines de estera en el suelo y una pared de corcho donde habían clavado con chinchetas docenas de dibujos y dactilopinturas hechas por niños.

—Esto era antes el comedor, pero, como siempre comemos en la cocina, lo hemos convertido en espacio de aprendizaje. La clase de programación de Gisele se reúne aquí tres veces por semana. Ven, deja que te enseñe tu habitación de invitados donde podrás refrescarte antes del almuerzo —le dijo Bernard a Corinna.

Corinna trató de deshacer un poco las maletas en su apretada habitación. Sacó la lata de dulces de chocolate Almond Roca que había comprado como capricho y bajó. En la planta de abajo vio que la familia ya estaba sentada alrededor de una mesa de madera en el pequeño porche del patio.

—Te he traído un regalito, Gisele —dijo Corinna. Le entregó su lata de brillante color rosa con la tapa de plástico y la niña de dos años y medio se quedó mirándola con verdadero asombro.

—*Wah lao!* ¡Plástico! ¡Deja eso, Gisele! —gritó horrorizado Bernard.

—Ah, lo siento. Se me había olvidado decírtelo. Nada de plástico en esta casa —le susurró Kitty a Corinna.

—No hay problema. Sacaré los dulces para ella y no volverás a ver la caja —respondió Corinna con tono calmado.

Bernard fulminó a Corinna con la mirada.

—Gisele sigue una dieta paleo sin azúcar, sin gluten, orgánica y natural.

—Lo siento muchísimo. No tenía ni idea.

Al ver la cara de Corinna, Bernard suavizó el tono.

—Perdona. No creo que los invitados, sobre todo los que vienen de Asia, estén preparados para nuestra forma de vida. Pero espero que aprecies la comida consciente y nutriente que se consume en esta casa. Tenemos nuestra propia granja en Topanga, donde cultivamos toda nuestra producción. Toma, prueba un poco de este extracto de bellota con hinojo. Lo recolectamos ayer mismo. Gisele arrancó el hinojo con sus propias manos. ¿Verdad, Gisele?

—Solo comemos lo que cultivamos —contestó Gisele en español mientras empezaba a masticar con cuidado sus diminutos trozos de *filet mignon* poco hecho y alimentado con pasto.

—Supongo entonces que no os vais a beber el Johnnie Walker etiqueta negra que os he traído —comentó Corinna.

—Aprecio el detalle, pero ahora yo solo bebo agua de ósmosis inversa —dijo Bernard.

«¿Aprecio el detalle? Dios mío, mira lo que les pasa a los hombres de Hong Kong cuando se mudan a California», pensó Corinna horrorizada.

Después de que Corinna se tragara educadamente la comida más insulsa de toda su vida, se quedó en el vestíbulo viendo cómo Bernard ayudaba a Gisele a ponerse sus zapatillas TOMS y su sombrerito de paja.

—Acabamos de llegar —le suplicó Kitty a Bernard—. ¿No puede Gisele saltarse hoy la sesión y quedarse con nosotras? Quiero llevarla a comprarse ropa bonita en Fred Segal.

—No vas a comprarle más ropa en ese templo del materialismo. La última vez le compraste esos vestidos rosa de princesa con volantes y terminamos donándolo todo a la Union Rescue Mission. No quiero que lleve ropa que refuerce estereotipos de género ni historias de cuento de hadas.

—Bueno, entonces podemos llevarla a la playa o a algún otro sitio. La playa se le sigue permitiendo, ¿no? ¿No será de arena sin gluten o algo así?

Bernard llevó a Kitty a un rincón y habló a su mujer en voz baja.

—Creo que no entiendes del todo lo mucho que Gisele necesita estas sesiones de *mindfulness* cada dos semanas en su piscina de flotación de aislamiento sensorial. Su practicante de reiki me dice que aún tiene algún trauma y ansiedad relacionado con su paso por el canal de parto.

—¿Estás de broma? Por si no lo recuerdas, yo estaba presente cuando nació, Bernard. ¡El verdadero trauma fue que ella asesinara mi canal de parto porque no permitiste que me pusieran la epidural!

—¡Calla! ¿Es que quieres provocarle más sentimiento de culpa reprimida? —preguntó Bernard entre susurros—. Bueno, estaremos de vuelta para las seis. Su sesión de flotación en Venice Beach solo dura cuarenta y cinco minutos y, después, tiene una hora de juegos no dirigidos con sus amigos de inmersión en el mundo real, en Compton.

—¿Y por qué vais a tardar cinco horas?

Bernard miró a Kitty con exasperación.

—Por el tráfico, claro. ¿Sabes cuántas veces tengo que entrar en la 405?

Tras decir «adiós» a Gisele mientras la ataban con cuidado al asiento personalizado del Tesla de Bernard, Kitty y Corinna se sentaron para hablar.

—Ahora entiendo por qué decías que tenía que verlo con mis propios ojos. ¿Cuándo se han torcido tanto las cosas? —preguntó Corinna.

Kitty miró a Corinna con tristeza.

—El problema empezó cuando Bernard comenzó a someterse a sus cirugías correctoras en Los Ángeles. Pasaba muchísimo tiempo en la clínica del doctor Goldberg y se hizo amigo de algunos de los pacientes que estaban en la sala de espera, principalmente de unas madres jóvenes del Westside supercompetitivas. Una de ellas le invitó a un retiro de un fin de semana en Sedona y no hizo falta nada más. Volvió a Singapur cambiado, asegurando que quería parar todas las cirugías y abrazar su nuevo rostro. Hablaba de su terrible infancia y de que había tenido un padre que no le hacía caso y se limitaba a lanzarle dinero mientras su madre estaba demasiado obsesionada con su iglesia como para mostrar interés por él. Quería deshacer el daño de tantas generaciones convirtiéndose en un padre tolerante y atento. El primer año después de que Gisele naciera fue el peor. Bernard nos obligó a mudarnos a Los Ángeles cuando Gisele tenía solo dos meses de edad, asegurando que Singapur era tóxico para ella, que sus padres eran tóxicos para ella. Aquí estuve completamente aislada, con Bernard encima de nosotras cada segundo del día, controlando cada cosa que yo decía. Nada de lo que yo hiciera estaba bien. En su opinión yo siempre estaba exponiendo al bebé a algo. ¡Cuando lo único a lo que la exponía era a mis tetas! Íbamos como a cincuenta especialistas distintos cada semana para cualquier problema de nada. El colmo fue cuando rediseñó el dormitorio principal para adaptarlo a los patrones de sueño de Gisele. Yo no podía dormir con todas esas resplandecientes luces LED, el aire sobrepurificado y la música de Mozart sonando en su cuna toda la noche. Fue entonces cuando empecé a volver a Hong Kong cada mes. No podía soportarlo más. ¡No tienes más que ver cómo vivimos!

—Me he quedado muy sorprendida cuando hemos llegado a esta casa —confesó Corinna.

—Nos fuimos de nuestra mansión de Bel Air porque Bernard quiere que Gisele experimente «la preparación para el mundo real». Y cree que, viviendo en este barrio más humilde, ella va a tener más oportunidades de entrar en Harvard.

—¿Alguna vez te pregunta Bernard qué quieres tú para tu hija?

—Yo no tengo voz en nada de esto porque, al parecer, soy demasiado tonta como para entender nada. ¿Sabes? En realidad, creo que Bernard prefiere que me quede en Asia. Creo que tiene miedo de que, de alguna forma, yo vaya a volver más tonta a nuestra hija. Ni siquiera le importa que yo siga existiendo. Todo gira en torno a su preciosa hija, las veinticuatro horas del día.

Corinna miró a Kitty con compasión.

—Hazme caso, te hablo no como tu asesora social, sino de madre a madre, si de verdad quieres que tu hija se críe como una persona normal, si quieres que ocupe el lugar que le corresponde en la sociedad asiática, tienes que poner fin a esto.

—Lo sé. He estado pensando en un plan —dijo Kitty en voz baja.

—Me alegra saberlo. ¡Porque si *Dato'* Tai Toh Lui viera cómo se está criando su única nieta, se revolvería en su tumba! Esta niña debería tener un dormitorio en Queen Astrid Park o en Deep Water Bay más grande que esta casa entera y no dormir con sus padres todas las noches —sentenció Corinna con voz agitada y llena de convicción.

—Amén.

—¡Esta niña necesita que la eduquen bien, a manos de un equipo de sensatas niñeras cantonesas, sin que sus padres interfieran! —exclamó Corinna dando un golpe en la mesa.

—¡Así debe ser!

—¡Esta niña debería ir vestida con la ropa más bonita de Marie-Chantal para llevarla al Mandarin cada semana a merendar *macarons* rosas!

—¡Sí, joder! —gritó Kitty.

13

Triumph Towers

The Peak, Hong Kong

Nick y Rachel estaban sentados uno al lado del otro en unas tumbonas del balcón, agarrados de la mano mientras se deleitaban con las magníficas vistas. El ático de Eddie era como la guarida de un halcón en lo alto de The Peak y, por debajo de ellos, se extendían los increíbles rascacielos de la ciudad, seguidos asombrosamente cerca por las centelleantes aguas azules del puerto Victoria.

—No está nada mal —comentó Nick disfrutando de la fresca brisa sobre su piel calentada por el sol.

—Desde luego, nada mal —asintió Rachel. Habían pasado dos días desde que le habían dado el alta en el hospital y estaba deleitándose con cada segundo que pasaba al aire libre—. ¿Sabes? Cuando Eddie se empeñó en que nos alojáramos en su casa porque Fiona y los niños no estaban, me asusté un poco. Pero esto ha resultado ser todo un regalo. No bromeaba cuando decía que estar en su casa era como estar en Villa d'Este.

Como si esa hubiese sido la señal, Laarni, una de las asistentas, salió al balcón con dos vasos altos de Arnold Palmer con enormes cubitos de hielo y sombrillas de papel.

—¡Dios mío, Laarni, no tenías que molestarte! —exclamó Rachel.

—El señor dijo que tiene que beber más líquido para ponerse bien —contestó Laarni con una sonrisa amable.

—¿Sabes? Nunca pensé que lo diría, pero podría acostumbrarme a esto. Laarni es increíble. ¿Sabes lo que hizo ayer cuando fui a comer con Carlton? Insistió en bajar conmigo a la entrada, donde me esperaba el chófer de Eddie. Después, abrió la puerta del coche y, cuando entré, se inclinó en el interior de repente, estiró los brazos por encima de mí y ¡ME PUSO EL CINTURÓN DE SEGURIDAD!

—Ah, sí, lo del cinturón de seguridad. Supongo que nunca te lo han hecho antes —repuso Nick con tono despreocupado.

—Dios mío, por una décima de segundo pensé que quería meterme mano. ¡Me quedé impactada! Le pregunté: «Laarni, ¿esto también se lo haces a Eddie y a Fiona?». Y ella respondió: «Sí, señora, se lo hacemos a toda la familia». ¡Tus primos están tan mimados que ni siquiera saben abrocharse ellos mismos el cinturón de seguridad! —dijo Rachel con fingida indignación.

—Bienvenida a Hong Kong —bromeó Nick.

El teléfono de Rachel sonó y contestó.

—¡Ah! Hola, papá... Sí, sí, gracias. Me siento mil veces mejor... ¿Estarás hoy en Hong Kong? Ah, claro. ¿Sobre las cinco? Sí, estamos libres... Muy bien. Buen viaje.

Rachel colgó el teléfono y miró a Nick.

—Mi padre viene hoy a Hong Kong y quería saber si podemos verle.

—¿A ti te apetece? —preguntó Nick. En los últimos días, Carlton les había contado todo lo que había pasado cuando él volvió corriendo a Shanghái para enfrentarse a sus padres y, desde entonces, no había recibido por parte de los Bao más que silencio.

—Me gustaría verle, pero va a ser bastante incómodo, ¿no? —contestó Rachel con la expresión algo nublada.

—Bueno, seguro que él se siente aún más incómodo que tú. Al fin y al cabo, su mujer es la principal sospechosa de tu envenenamiento. Pero, al menos, él ha propuesto venir a verte.

Rachel negó con la cabeza con gesto triste.

—Dios, qué mal ha salido todo. ¿Por qué se tuercen siempre las cosas cuando vengo a Asia? No me respondas.

—¿Te sentirías mejor si él viniera aquí? Seguro que a Eddie le encantará tener la oportunidad de presumir de sus muebles Biedermeier o de su armario zapatero con control de humedad.

—¡Ay, Dios, ese armario zapatero! ¿Has visto que todos los zapatos están colocados en orden alfabético según su marca?

—Claro. Y tú crees que soy yo el que está obsesionado con los zapatos.

—Nunca volveré a decir nada sobre tu trastorno obsesivo compulsivo después de haber conocido a Eddie Cheng.

A las cuatro cuarenta y cinco, Eddie corría por su apartamento como un loco gritándoles a las asistentas.

—¡Laarni, ese no! ¡Te he dicho Bebel Gilberto, no Astrud Gilberto! —vociferó Eddie a pleno pulmón—. No quiero que esa mierda de *La chica de Ipanema* esté sonando cuando llegue Bao Gaoliang. ¡Es uno de mis clientes más importantes! ¡Quiero la segunda pista de *Tanto tempo*!

—Lo siento, señor —gritó Laarni desde la otra habitación mientras trataba de encontrar, nerviosa, la canción en el equipo de música Linn. Apenas sabía cómo funcionaba esa maldita cosa y aún le costaba más usar el mando a distancia con los guantes de algodón que el señor Cheng le hacía ponerse cuando se acercaba a su valioso estéreo, que no dejaba de decir que valía más que todo el pueblo de ella en Maguindanao.

Eddie entró en la cocina, donde dos asistentas chinas estaban sentadas junto a la pequeña televisión viendo *Fei Cheng Wu Rao**. Se levantaron de un salto de sus banquetas cuando él apareció.

—Li Jing, ¿está listo el caviar? —preguntó en mandarín.

—Sí, señor Cheng.

—Déjame verlo.

Li Jing abrió el frigorífico Subzero y sacó orgullosa la bandeja de plata de ley que ocupaba todo un estante.

—¡No, no, no! ¡No hay que enfriarlo todo! ¡Solo el caviar! ¡No quiero que toda la maldita bandeja de caviar sude como una puta camboyana cuando salga del frigorífico! Sécala con un paño y déjala fuera. Justo cuando llegue nuestro invitado, el político importante, pones el hielo aquí dentro, ¿lo ves? Y luego, colocas encima el cuenco del caviar. Así, ¿ves? Y asegúrate de usar hielo picado del frigorífico, no los cubitos de la máquina de hielo, ¿de acuerdo?

«Estas asistentas son unas inútiles, unas verdaderas inútiles», se lamentaba Eddie mientras volvía a su vestidor. No ayudaba el hecho de que parecía que sus asistentas nunca renovaban sus contratos tras el primer año. Había intentado robarle a su Ah Ma alguna de sus asistentas impecablemente formadas mientras estaba en Singapur, pero esas sirvientas eran más leales que los nazis.

Eddie comprobó por décima vez si su chaqueta de espiguilla tenía pelusa en su espejo dorado de la secesión vienesa. La había combinado con unos vaqueros DSquared ajustados

---

* Un programa chino de citas inmensamente popular. Hubo un escándalo nacional cuando un pobre pretendiente le preguntó a una concursante si quería salir con él a montar en bicicleta y ella contestó: «¡Antes prefiero llorar en un BMW que sonreír en una bicicleta!».

pensando que le darían un aspecto más informal. De repente, sonó el timbre de la puerta. ¡Joder, Bao Gaoliang había llegado antes!

—¡Laaaarni, pon la música! ¡Charity, enciende las luces indirectas! Y Charity, hoy vas mejor peinada... ¡Abre tú! —gritó Eddie mientras entraba corriendo en su elegante sala de estar. Nick miró sorprendido cómo su primo daba golpes de kárate sobre los cojines con borlas y trataba con movimientos frenéticos de que adquirieran un perfecto aspecto mullido.

Mientras tanto, Rachel se dirigió a la puerta.

—Yo abro, Charity.

—Nicky, tienes que enseñar a tu mujer a dejar que las asistentas hagan lo que se supone que tienen que hacer —le susurró Eddie a su primo.

—Ni en sueños me atrevería a cambiarla —respondió Nick.

—Vaya, eso es lo que pasa cuando uno se va a vivir a América —dijo Eddie con desesperación.

Rachel abrió la puerta y, delante de ella, estaba su padre con aspecto de haber envejecido diez años. No llevaba el pelo meticulosamente peinado como normalmente solía y le habían salido unas pesadas bolsas por debajo de los ojos. Extendió los brazos y la abrazó con fuerza y, en ese momento, Rachel supo que no había razón por la que sentirse incómoda estando con él. Entraron en la elegante sala de estar cogidos del brazo.

—Bao *Buzhang*, es un honor recibirlo en mi casa —dijo Eddie con tono cordial.

—Muchas gracias por invitarme a venir con tan poca antelación —le contestó Gaoliang antes de volver a brindar a Rachel una mirada de ternura—. Me siento muy aliviado al verte con tan buen aspecto. Siento mucho que este viaje haya terminado siendo tan malo para ti. Desde luego, no era lo que yo esperaba cuando te invité a venir a China. Y no hablo solamente de tu..., eh..., incidente. Hablo de mí y de todas las complicaciones que me han impedido estar más tiempo contigo.

—No pasa nada, padre. No me arrepiento de este viaje. Me ha gustado poder conocer a Carlton.

—Sé que él opina lo mismo. Por cierto, debo darte las gracias por lo que hiciste por Carlton en París.

—No fue nada —respondió Rachel con modestia.

—Lo que me lleva a lo que de verdad quería comentarte. Mira, soy consciente de lo extraño que esta situación debe de resultar para los dos. Estos últimos días he tenido muchas reuniones con el inspector de la policía de Hangzhou y acabo de venir de una reunión con su homólogo de Hong Kong, el comandante Kwok. Estoy completamente convencido de que mi mujer no ha tenido nada que ver con tu envenenamiento. No creo que sea ninguna sorpresa para vosotros en este momento saber que Shaoyen albergaba ciertos temores con respecto a vuestra visita y yo solo puedo culparme a mí mismo de ello. No supe manejar bien este asunto con ella. Sin embargo, no es de la clase de personas que haría nunca daño a nadie.

Rachel asintió con diplomacia.

Gaoliang soltó un suspiro.

—Voy a hacer todo lo que esté en mi poder por llevar ante la justicia a quienquiera que sea el responsable de este terrible delito. Sé que la policía de Pekín tiene bajo vigilancia las veinticuatro horas del día a Richie Yang y que toda la ciudad de Hangzhou ha sido puesta del revés con esta investigación. Tengo plena confianza en que la policía se está acercando a la verdad a cada hora que pasa.

Todos los demás permanecían en silencio, sin saber qué decir tras el monólogo de Gaoliang, y Li Jing decidió que era el momento de entrar en la sala de estar con un carrito de plata lleno de caviar. Eddie vio con fastidio que el fondo estaba lleno de cubitos de hielo y no de hielo picado, tal y como él había indicado tan específicamente. Ahora, el cuenco de cristal estaba apoyado sobre los cubitos con un ligero ángulo y él trató de que aquello no le distrajera. Charity entró detrás con una botella de Krug Clos d'Ambonnay recién abierta y cuatro copas de champán. ¡Joder, les había ordenado a las asistentas que sacaran las copas antiguas de Venini, no las Baccarat de uso diario!

—¿Un poco de caviar y champán? —preguntó Eddie tratando de animar la situación mientras lanzaba miradas asesinas a Charity, que se preguntaba por qué estaría tan enfadado. ¿Había aparecido con el champán demasiado pronto? Él había dicho que lo llevaran ocho minutos después de que el invitado importante llegara y ella lo había cronometrado con exactitud en el reloj de pared. El señor no dejaba de mirar con fastidio las copas de champán. Ay, mierda, había puesto las copas equivocadas.

Rachel y Nick se sirvieron un poco de caviar y champán pero, cuando le ofrecieron una copa a Gaoliang, él la rechazó con educación.

—¿No quiere champán, Bao *Buzhang*? —preguntó Eddie bastante decepcionado. Habría puesto Dom Perignon de saber que era solo para Nick y Rachel.

—No, pero no me importaría tomar un vaso de agua caliente.

«¡Estos de la China continental y su agua caliente!».

—Charity, ¿puedes encargarte de traer un vaso de agua caliente para el señor Bao de inmediato?

Gaoliang miró a Nick y a Rachel directamente a los ojos.

—Quiero que los dos sepáis que Shaoyen está colaborando al cien por cien con los investigadores. Se ha sometido a incontables horas de interrogatorio e incluso ha entregado todos los vídeos de vigilancia de nuestra planta de Shenzhen, donde se fabrica el medicamento, para que la policía pueda analizarlo todo.

—Gracias por hacer este viaje para contarme todo esto, padre. Sé lo difícil que debe de resultar para ti —dijo Rachel.

—¡Cielo santo, no es nada comparado con lo que tú has tenido que pasar!

Charity entró en la sala de estar llevando en las manos una bandeja con una jarra de agua hirviendo y una de las copas antiguas de Venini. Bajó la bandeja junto a Bao Gaoliang y, antes de que Eddie pudiese darse cuenta de lo que estaba pasando, empezó a servir el agua hirviendo en la copa veneciana de ochenta años de antigüedad. Un agudo crujido se oyó cuando la copa empezó a romperse por el lateral.

—¡Noooooooooooooo! —gritó de repente Eddie a la vez que daba un salto desde el sofá y volcaba de una patada el carrito con el caviar. Un millón de diminutas huevas negras de pescado salieron volando por la desgastada alfombra antigua de Savonnerie y, mientras las demás sirvientas entraban corriendo para ver qué era ese tumulto, Eddie bajó la mirada en medio del pánico y empezó a respirar entrecortadamente—. ¡No os mováis! ¡Esa alfombra me costó novecientos cincuenta mil euros en una subasta! ¡Que nadie se mueva!

Rachel se giró hacia Laarni y le dijo con voz calmada:

—¿Tienes una aspiradora?

Después de que el incidente del caviar quedara bien resuelto sin que la alfombra sufriera daño alguno, el grupo tomó el aperitivo en la terraza para disfrutar de las vistas del atardecer. Ahora que Gaoliang se había descargado de todo lo que tenía que decir, los ánimos habían mejorado considerablemente. Eddie estaba en un extremo con Gaoliang apuntando hacia las casas de cada famoso magnate que vivía en Victoria Peak a la vez que calculaba el valor de sus propiedades, mientras que Rachel y Nick estaban apoyados en un rincón mirando hacia el agua.

—¿Cómo te encuentras, cariño? —preguntó Nick, aún preocupado por cómo estaría llevando Rachel todo aquello.

—Me siento bien. Me alegra haber aclarado las cosas con mi padre. Ya estoy lista para volver a casa.

—Bueno, el comandante Kwok ha dicho que podríamos irnos al final de la semana si no hay nada nuevo. Te prometo que nos iremos a casa en cuanto nos sea posible —dijo Nick envolviéndola con sus brazos mientras miraban las luces que se iban encendiendo por toda la ciudad.

Esa misma noche, mientras Nick, Rachel y Gaoliang estaban en medio de la cena con Eddie y su madre, Alix, en el Locke Club, empezó a sonar el teléfono móvil de Gaoliang. Al ver que era el jefe de policía de Shanghái quien llamaba, se disculpó y salió al vestíbulo para responder a la llamada. Unos momentos después, volvió a la mesa con una expresión de urgencia en la cara.

—Ha habido un gran giro en el caso y han arrestado a alguien. Quieren que volvamos a Shanghái de inmediato.

Rachel sintió que el estómago se le ponía en tensión.

—¿De verdad tengo que ir yo?

—Parece ser que necesitan que identifiques a una persona —respondió Gaoliang con gesto serio.

Algo más de tres horas después, Rachel, Nick y Gaoliang estaban de vuelta en Shanghái desplazándose a toda velocidad en un Audi conducido por un chófer en dirección a la Comisaría Central de policía en Fuzhou Lu.

—¿Todavía no se sabe nada de Carlton? —preguntó Rachel.

—Eh..., no —respondió Gaoliang con tono seco. Había tratado de ponerse en contacto con Carlton y Shaoyen incluso antes de que el avión privado saliera de Hong Kong, pero sus teléfonos saltaban directamente al buzón de voz. Ahora, él pulsaba nerviosamente el botón de la rellamada sin ningún resultado.

Llegaron a la comisaría y los acompañaron arriba hasta una sala iluminada con luces fluorescentes. Un agente de carrillos caídos entró en la sala e inclinó la cabeza ante el padre de Rachel.

—Bao *Buzhang*, gracias por volver tan rápidamente. ¿Es esta la señorita Chu?

—Sí —respondió Rachel.

—Soy el inspector Zhang. Vamos a llevarla a una sala de interrogatorios y nos gustaría que nos dijera si la persona a la que hemos arrestado le resulta conocida. Los verá desde detrás de un espejo bidireccional y ellos no podrán verla ni oírla, así que, por favor, no tenga miedo de hablar. ¿Me he expresado con claridad?

—Sí. ¿Puede entrar mi marido conmigo?

—No, eso no va a ser posible. Pero no se preocupe, estará usted conmigo y con varios agentes más. No va a pasarle nada.

—Estaremos aquí mismo, Rachel. —Nick le apretó la mano para darle ánimos.

Rachel asintió y se fue con el agente. Ya había otros dos agentes en la primera sala cuando entró. Uno de ellos tiró de un cordón y la cortina que tapaba la ventana se abrió.

—¿Reconoce a esta persona? —preguntó Zhang.

Rachel sintió que el corazón le empezaba a latir con fuerza en la garganta.

—Sí. Sí que le reconozco. Es el hombre que conducía nuestra barca en el Lago del Oeste de Hangzhou.

—En realidad, no es un barquero. Sobornó al de verdad para poder envenenar el té que usted se tomó durante el trayecto en la barca.

—¡Dios mío! ¡Me había olvidado por completo de ese té de Longjing! —exclamó Rachel perpleja—. Pero ¿quién es? ¿Por qué motivo iba a querer envenenarme?

—Aún no hemos acabado, señorita. Entre en la siguiente habitación.

Rachel entró en la sala de al lado y el agente abrió otra cortina. Rachel miró con los ojos abiertos de par en par, incrédula.

—No lo entiendo. ¿Qué hace ella aquí?

—¿La conoce?

—Es... —Rachel balbuceaba—. Es Roxanne Ma, la asistente personal de Colette Bing.

14

Comisaría Central de policía

Fuzhou Lu, Shanghái

Permitieron que Nick y Gaoliang se unieran a Rachel en la sala de observación mientras sometían a Roxanne al interrogatorio oficial.

—Por enésima vez, le digo que ha sido un terrible error. Yo solo trataba de hacer llegar un mensaje a Rachel, eso es todo —musitó con voz cansada.

—¿Pensaba que envenenar a una mujer con una droga de alta potencia que bloquea los riñones y el hígado y puede conducir a la muerte era una forma de «hacer llegar a alguien un mensaje»? —preguntó incrédulo el inspector Zhang.

—No se suponía que iba a ser así. El medicamento solo tenía que hacerle vomitar un rato y provocarle fuertes calambres en el estómago. Te sientes como si te estuvieses muriendo, pero no es verdad. El plan era enviarle a Rachel las flores con la nota cuando llegara al hospital de Hangzhou. Pero antes de que pudiésemos enviarle los lirios, la sacaron del hospital y la enviaron a Hong Kong. ¿Cómo demonios iba yo a saber que iba a pasar eso?

—Entonces, ¿por qué esperó tanto tiempo después de que la ingresaran en el hospital Queen Mary de Hong Kong antes de enviar la nota?

—No tenía ni idea de adónde la habían llevado. ¡Había desaparecido sin más! Estuvimos buscándola con desesperación por todas partes. Moví a gente de Shanghái, Pekín y los principales hospitales de la zona para buscarla. Pero tuvimos que esperar a que apareciera por algún sitio el registro de su hospitalización. Nunca hubo intención de dejar que las cosas se pusieran tan mal. Yo solo quería asustarla y obligarla a salir del país. El plan salió terriblemente mal.

—Pero, para empezar, ¿para qué quería asustar a Rachel Chu?

—Ya se lo he dicho. Colette estaba completamente consternada por el hecho de que Carlton Bao pudiese perder parte de su herencia por culpa de Rachel.

Gaoliang se quedó boquiabierto al oír aquello, mientras Rachel y Nick se miraron confundidos.

—¿Y por qué iba a pasar tal cosa? —continuó el inspector Zhang.

—Bao Gaoliang y su esposa se pusieron furiosos cuando supieron de las imprudencias que su hijo había cometido en París.

—¿Imprudencias de las que se hablaron durante la cena en el restaurante Imperial Treasure?

—Sí. Los Bao discutieron por Carlton, y Bao Gaoliang amenazó con desheredarle.

—¿Esa discusión tuvo lugar en presencia de Colette Bing y usted?

—No, ocurrió después de que nos fuéramos. Yo había dejado intencionadamente el iPhone de Colette en la habitación con la grabadora encendida y volví después para recogerlo.

Gaoliang se llevó las manos a la frente y meneó la cabeza espantado.

—¿Y es entonces cuando usted descubre que los Bao están hablando de desheredar a Carlton?

—Sí. Fue un tremendo impacto para Colette. Ella creía que estaba ayudando a suavizar las cosas entre Carlton y sus padres, pero, en lugar de eso, las había empeorado aún más. Ya la avisé. ¡Las buenas acciones también tienen su castigo!

—¿Y por qué le iba a importar a Colette Bing que desheredaran a Carlton Bao?

—¿No es evidente? Ella está ridículamente enamorada de ese fracasado.

—Entonces, ¿Colette Bing ordenó que todo esto tuviera lugar?

—¡No! Le he dicho varias veces que ella no hizo nada. Colette simplemente estaba muy disgustada al saber que había puesto a Carlton en esa situación. No podía parar de llorar ni de maldecir a Rachel Chu, así que le dije que yo lo arreglaría todo.

—Entonces, sí que conocía ella su plan de envenenar a Rachel.

—¡No! Colette nunca supo lo que me proponía hacer. Solo le dije que yo me encargaría.

—Tratándose de una misión tan importante, ¿Colette no tuvo nada que ver con ella?

—¡NADA EN ABSOLUTO! Y no era una «misión importante».

—¡No siga intentando proteger a Colette Bing! Ella le ordenó que lo hiciera, ¿no es así? Ese había sido su plan desde el principio y usted no era más que la secuaz que tenía que hacer todo el trabajo sucio.

—Yo no soy su secuaz. ¡Soy su asistente personal! ¿Sabe lo que eso implica? Gestiono un personal directo compuesto de cuarenta y dos empleados y un personal de apoyo de muchísimos más. Gano seiscientos cincuenta mil dólares al año.

—¿Colette Bing le paga ese dinero y, aun así, no sabe todo lo que hace para ella? Me cuesta creerlo.

Roxanne miró al inspector con desprecio.

—¿Qué sabrá usted de los multimillonarios? ¿Acaso conoce a alguno? ¿Tiene idea de cómo viven? Colette Bing es una de las mujeres más ricas del mundo y es una persona increíblemente ocupada e influyente. Su blog de moda es seguido cada minuto del día por más de treinta y cinco millones de personas y está a punto de convertirse en la embajadora internacional de una de las marcas de moda más importantes. Su agenda está llena. Tiene, al menos, tres o cuatro eventos sociales que requieren su presencia cada noche. Tiene seis residencias, tres aviones, diez coches y cada semana viaja a algún sitio. ¿Cree que va a hacer un seguimiento de todo lo que ocurre a su alrededor en todo momento? ¡Está demasiado ocupada asistiendo a reuniones importantes con gente mundialmente conocida como Ai Weiwei y Pan TingTing! Mi trabajo consiste en asegurarme de que todo lo concerniente a su vida profesional y personal vaya como la seda. ¡Yo publico todas sus fotos en su blog! ¡Yo negocio todos sus contratos! ¡Yo me aseguro de que las heces de sus perros tengan el tono correcto de azúcar de arce marrón! ¡Me encargo de que cada ramo de flores de seis casas y tres aviones sea exquisito y perfecto en todo momento! ¿Sabe usted siquiera cuántas diseñadoras florales tenemos en nómina y los dramas que montan? ¡Esas zorras podrían tener su propio *reality show* con todas las confabulaciones y puñaladas en la espalda que se dan justo después de que Colette haga un cumplido sobre unos putos delfinios! ¡Cada día tengo que encargarme de un millón de fastidiosos problemitas de los que ella ni siquiera tiene conocimiento de que existen!

—Así que Rachel Chu no era más que un fastidioso problemita que había que hacer desaparecer.

Roxanne miró al inspector Zhang indignada.

—Yo solo hacía mi trabajo.

Nick miró a Rachel con absoluta repulsión.

—Vámonos de aquí. Ya he oído más que suficiente.

Los tres salieron de la comisaría de policía y, mientras su SUV avanzaba por las calles oscurecidas de Huangpu, guardaron silencio, cada uno pensando en lo que acababan de saber. Sentado en el asiento delantero, Bao Gaoliang era un revoltijo de emociones. Sentía asco por Roxanne y por Colette, pero estaba aún más rabioso y avergonzado de sí mismo. Todo había sido culpa suya. Había dejado que toda esa espiral de sucesos se descontrolara con Shaoyen y, mientras los secretos y las mentiras que rodeaban a Carlton se convertían en una maraña peligrosa, Rachel era la víctima inocente que había quedado presa en ella. Rachel, que no había querido otra cosa más que conocerle a él y a su familia. Se merecía algo mucho mejor. No se merecía verse expuesta a una familia tan enferma como la suya.

Nick parecía ir sentado tranquilamente en el asiento de atrás con el brazo alrededor de Rachel pero, por dentro, hervía de rabia. Esa maldita Colette. En el fondo, había sido ella la culpable de provocarle tanto dolor a Rachel y él deseaba que sufriera junto a Roxanne. Resultaba indignante que Roxanne fuera a ir a la cárcel mientras Colette se iba de rositas. Los ricos y bien relacionados siempre eran intocables, eso lo sabía él perfectamente. Pero si Rachel no hubiese estado sentada en ese instante a su lado, habría salido pitando hasta la casa de Colette para meterle la cabeza en ese absurdo estanque reflectante mientras Céline Dion sonaba a todo volumen.

Con la cabeza apoyada sobre el ancho hombro de Nick, Rachel era la que más calmada estaba de los tres. Desde el momento en que Roxanne había empezado a hablar en esa sala de interrogatorios, Rachel había comenzado a experimentar una increíble sensación de alivio. El sufrimiento había terminado.

No había ningún loco desconocido detrás de ella. No era más que la loca asistente personal de la novia de su hermano, alguien por quien ahora solo sentía una inmensa pena. Lo único que quería en ese momento era llegar al hotel. Quería meterse en esa deliciosa cama con las mullidas almohadas y las sedosas sábanas Frette y dormir sin más.

Cuando el Audi entró en Henan South Road, Nick vio que iban en dirección contraria a su hotel.

—¿No nos estamos alejando del Bund? —preguntó a Gaoliang.

—Sí, así es. No os voy a llevar al Peninsula. Vais a quedaros en mi casa esta noche, donde deberíais haber estado desde el principio.

Entraron en una zona residencial y más tranquila con plataneros cuyas ramas formaban arcos sobre las calles y el coche se detuvo en la puerta de una garita junto a un alto muro de piedra. Un policía abrió una verja de hierro forjado negro y el coche avanzó por un corto camino de entrada en curva hasta una preciosa casa al estilo de una mansión francesa totalmente iluminada. Cuando el SUV entró por el camino circular, se abrieron las altas puertas de roble y tres mujeres bajaron los escalones corriendo.

—Hola, Ah Ting. ¿Está mi mujer en casa? —preguntó Gaoliang a la jefa de sirvientas.

—Sí, se ha retirado arriba durante el resto de la noche.

—Estos son mi hija y su marido. Por favor, ¿puede llamar al Peninsula y asegurarse de que traen su equipaje de inmediato? Y ocúpese de que les preparen algo de cenar. ¿Quizá una sopa de fideos con bolitas de pescado?

Ah Ting se quedó mirando a Rachel boquiabierta completamente impactada. «¿Su hija?».

—Por favor, encárguese de que les instalan en el dormitorio azul —le ordenó Gaoliang.

—¿El dormitorio azul? —preguntó Ah Ting. El dormitorio azul solo se usaba para los invitados de honor.

—Eso he dicho —respondió Gaoliang con contundencia mientras miraba a la segunda planta y veía la silueta de su mujer en la ventana.

Ah Ting vaciló un momento, como si fuese a decir algo, pero, a continuación, se giró y empezó a dar órdenes a las dos asistentas más jóvenes.

Gaoliang sonrió a Rachel y a Nick.

—Ha sido un día muy largo. Espero que no os importe si os doy ya las buenas noches. Os veré por la mañana.

—Buenas noches —dijeron al unísono Rachel y Nick mientras veían cómo Gaoliang desaparecía en el interior de la casa.

Rachel se despertó por un estridente gorjeo en la ventana. La luz del sol se filtraba por las cortinas, proyectando sombras translúcidas sobre las paredes de suave color azul y lila. Salió de la cama con dosel, se acercó a la ventana y descubrió un nido de pájaros en el alero del tejado a dos aguas. Tres polluelos hambrientos arqueaban sus diminutos picos hacia arriba, ansiosos por que les trajera el desayuno su madre, que revoloteaba alrededor del nido con afán protector. Corrió a por su iPhone e, inclinándose por la ventana de la buhardilla, trató de hacer una buena foto de la mamá pájaro, que tenía una característica cabeza negra, un cuerpo gris y una elegante línea azul en las alas. Rachel tomó algunas fotografías y, cuando estaba dejando el teléfono, se sorprendió al ver a una señora con un vestido amarillo claro y cuello mao en medio del jardín mirándola fijamente. Tenía que ser la madre de Carlton.

Desprevenida, Rachel gritó:

—Buenos días.

—Buenos días —contestó la señora con cierto tono seco. Después, continuó en tono más relajado—. Has encontrado a las urracas.

—Sí. Les he hecho unas fotos —contestó Rachel, sintiéndose al instante un poco tonta por decir una obviedad.

—¿Café? —preguntó la mujer.

—Gracias. Bajo ahora mismo —respondió Rachel. Se movió de puntillas por la habitación durante unos momentos, tratando de no despertar a Nick mientras se cepillaba los dientes, se hacía una coleta y pensaba qué debía ponerse. Era absurdo. La mujer ya la había visto con su enorme jersey de los Knicks y los viejos calzoncillos de Nick. Una idea pasó por su cabeza: ¿era esa mujer de verdad la madre de Carlton? Se puso un sencillo vestido de algodón blanco con encaje y bajó la elegante escalera en curva. ¿Por qué, de repente, estaba tan nerviosa? Sabía que los Bao habían estado hablando hasta altas horas de la noche. De vez en cuando, había oído voces amortiguadas por el pasillo desde su habitación de invitados.

¿Dónde se suponía que tenía que reunirse con la señora? Mientras se asomaba a las majestuosas salas para visitas de la planta de abajo, que estaban llenas de una elegante mezcla de antigüedades francesas y chinas, se preguntó qué le diría ahora la madre de Carlton, después de todo lo que había pasado. De repente, en su mente resonaban las palabras que Carlton le había dicho en París: «¡Mi madre prefiere morirse antes que permitir que pongas un pie en su casa!».

Una sirvienta que pasaba por un pasillo con una cafetera de plata se detuvo cuando vio que Rachel se asomaba.

—Por aquí, señora —dijo, haciéndole pasar por unas puertas acristaladas a una ancha terraza de baldosas donde la señora del jardín estaba sentada junto a una mesita de palisandro oscuro. Rachel se acercó despacio sintiendo que, de repente, se le había secado la boca.

La señora vio que la joven salía a la terraza. «Así que esta es la hija de mi marido. La chica que ha estado a punto de morir por culpa de Carlton». Cuando pudo ver bien a la chica, una revelación: «Dios mío, es igual que él. Es su hermana». Y sin más, todos los miedos que había albergado en lo más profundo de su ser, todos los pensamientos que la habían estado destrozando por dentro, perdieron de pronto el sentido.

Rachel se acercó a la mesa y la señora se puso de pie y extendió una mano.

—Soy Bao Shaoyen. Bienvenida a mi casa.

—Yo soy Rachel Chu. Es un placer estar aquí.

15

Ridout Road

Singapur

Cuando Astrid volvió de su cena del viernes en Tyersall
Park, Led Zepellin sonaba a un volumen atronador en
el equipo de música del estudio de Michael. Subió al adormilado Cassian a su dormitorio y se lo pasó a su niñera.

—¿Cuánto tiempo lleva así? —preguntó.

—Yo he llegado hace una hora, señora. En ese momento,
era Metallica —le informó obediente Ludivine.

Astrid cerró la puerta del dormitorio de Cassian y volvió
a bajar. Se asomó al estudio y vio a Michael sentado a oscuras
en su sillón Arne Jacobsen.

—¿Te importa bajarla un poco? Cassian está durmiendo
y es más de medianoche.

Michael apagó el equipo de música y se quedó inmóvil en
su sillón. Ella estaba segura de que había estado bebiendo y,
como no quería empezar una discusión, se aventuró a hablar con
tono alegre.

—Te has perdido una buena velada. El tío Alfred ha tenido de repente un loco antojo de melocotones y hemos ido al
717 Trading de Upper Serangoon Road a comprar algunos.

Ojalá hubieses venido. Todos saben que se te da bien escoger los mejores.

Michael resopló con sorna.

—Si crees que voy a sentarme allí a entablar conversación con el tío Alfred y tu padre sobre melocotones...

Astrid entró en la habitación, encendió una lámpara y se sentó en la otomana que había enfrente de él.

—Oye, no puedes seguir evitando así a mi padre. Antes o después, tendrás que hacer las paces con él.

—¿Por qué iba a hacer las paces cuando ha sido él quien ha empezado la guerra?

—¿Qué guerra? Ya lo hemos hablado muchas veces y te he dicho que sé a ciencia cierta que mi padre no compró tu empresa. Pero imaginemos que sí. ¿Qué diferencia habría ahora mismo? Cogiste ese dinero y lo multiplicaste por cuatro. Ya les has demostrado a todos..., a mi padre, a mi familia, a todo el mundo, que eres un genio. ¿No puedes alegrarte de ello?

—Tú no estabas allí esa mañana en el campo de golf. No oíste las cosas que me dijo tu padre, el desprecio en su voz. Desde el principio, me ha mirado por encima del hombro y siempre lo seguirá haciendo.

Astrid suspiró.

—Mi padre mira a todos por encima del hombro. Incluso a sus propios hijos. Él es así. Y, si no lo has sabido hasta ahora, no sé qué más decirte.

—Quiero que dejes de ir a las cenas de los viernes. Quiero que dejes de ver a tus padres cada maldita semana —exigió Michael.

Astrid hizo una pequeña pausa.

—¿Sabes? Lo haría si creyera que eso iba a cambiar las cosas. Sé que eres infeliz, Michael, pero también sé que tu infelicidad tiene poco que ver con mi familia.

—En eso tienes razón. Creo que sería más feliz si también dejaras de engañarme.

Astrid se rio.

—Sí que estás borracho.

—No estoy nada borracho. Solo he tomado cuatro whiskies. En cualquier caso, no estoy lo suficientemente borracho como para no saber distinguir la verdad cuando la veo.

Astrid lo miró directamente a los ojos, sin estar segura de si él hablaba en serio o no.

—¿Sabes, Michael? Me estoy esforzando mucho por ser paciente contigo, por nuestro matrimonio, pero la verdad es que no me lo pones fácil.

—Así que ¿te has estado follando a Charlie Wu por el bien de nuestro matrimonio?

—¿A Charlie Wu? ¿Qué te hace pensar que te estoy engañando con Charlie? —preguntó Astrid, dudando de si, de algún modo, él habría averiguado la verdad sobre su empresa.

—Sé lo de Charlie y tú desde el principio.

—Si te refieres a ese viaje de fin de semana por California con Alistair, estás siendo ridículo, Michael. Sabes que solo somos viejos amigos.

—¿Solo viejos amigos? «Ay, Charlie, tú eres el único que me entiende de verdad» —dijo Michael con voz burlona y femenina.

Astrid notó que un escalofrío le recorría la espalda.

—¿Cuánto tiempo llevas escuchando a escondidas mis llamadas?

—Desde el principio, Astrid. Y también tus correos electrónicos. He leído cada correo que has intercambiado con él.

—¿Cómo? ¿Por qué?

—Mi mujer pasó dos semanas en Hong Kong con uno de mis principales competidores en 2010. ¿No crees que voy a investigarlo? Fui especialista en vigilancia para el Gobierno.

Tengo todos los recursos a mi disposición —alardeó Michael con frialdad.

Durante un largo instante, Astrid se sintió tan impactada y rabiosa que no se movió. Se quedó mirando a Michael, preguntándose quién era ese hombre que tenía delante. Antes pensaba que era el hombre más guapo del planeta, pero ahora casi le parecía alguien diabólico. En ese momento, Astrid supo que ya no quería vivir bajo el mismo techo que él. Se levantó de su asiento y avanzó por el corredor abierto junto al estanque reflectante hacia la escalera que llevaba al dormitorio de Cassian. Corrió escaleras arriba y tocó en la puerta de Ludivine.

—¿Sí? Entre. —Astrid abrió la puerta y vio a Ludivine tumbada en su cama hablando por FaceTime con algún surfista.

—Ludivine, por favor, prepara una maleta para pasar la noche para ti y otra para Cassian. Nos vamos a casa de mi madre.

—¿Cuándo?

—Ahora mismo.

Desde ahí, Astrid corrió a su dormitorio y cogió su cartera y las llaves del coche. Cuando bajaba con Ludivine y Cassian, vio a Michael en medio de la gran sala mirándolos con expresión maliciosa. Ella le dio las llaves del coche a Ludivine y le susurró:

—Métete en el coche con Cassian. Si no salgo en cinco minutos, ve directa a Nassim Road.

—¡Ludivine, no te atrevas a mover un puto dedo o te rompo el puto cuello! —gritó Michael. La niñera se quedó inmóvil y Cassian miró a su padre con los ojos abiertos de par en par.

Astrid le fulminó con la mirada.

—Bonito lenguaje delante de tu hijo, Michael. ¿Sabes? Me he esforzado durante mucho tiempo, de verdad. Creía que podíamos salvar este matrimonio, por el bien de nuestro hijo. Pero el hecho de que hayas invadido mi privacidad tan a las claras me ha demostrado lo roto que está nuestro matrimonio. No me respetas y, lo que es más importante, no confías en mí. ¡Nunca has confiado en mí! Así que ¿por qué quieres detenernos ahora? En el fondo, sabes que ya no soy la mujer que deseas. Solo que no lo admites.

Michael corrió a la puerta de la calle y se puso delante. Cogió una alabarda bávara del siglo xv de la pared y la movió amenazante hacia Astrid.

—¡Por lo que a mí respecta, tú te puedes ir al infierno, pero no vas a llevarte a mi hijo! Si te vas ahora de esta casa, voy a llamar a la policía para decirles que lo has secuestrado. ¡Cassian, ven aquí!

Cassian empezó a llorar y Ludivine lo abrazó con fuerza mientras murmuraba: «*C'est des putains de conneries!*»*.

—¡Calla! ¡Le estás asustando! —dijo Astrid con furia.

—¡Voy a arrastrarte a ti y a toda tu familia por el lodo! ¡Os vais a ver en la portada de *The Straits Times*! Te demandaré por adulterio y abandono del hogar. ¡Tengo todos los correos electrónicos y los registros de llamadas para demostrarlo! —rugió Michael.

—Si has leído todos mis correos, deberías saber que no le he escrito una sola cosa inapropiada a Charlie. ¡Ni una palabra! Él no ha sido para mí más que un buen amigo. Ha sido mejor amigo de lo que tú te puedas nunca imaginar —dijo Astrid con la voz entrecortada por la emoción.

—Sí, sé que has sido muy cautelosa a la hora de borrar tu rastro. Pero ese rompehogares de Charlie no.

—¿A qué te refieres?

—Está muy claro, Astrid. Ese tío está tan locamente enamorado de ti que resulta de lo más triste, joder. Todos sus correos son como patéticas cartas de amor.

---

* ¡Esto es una puta mierda! (Suena muy civilizado en francés, ¿verdad?).

De repente, Astrid pensó que lo que Michael decía era verdad. Cada correo electrónico, cada mensaje de texto que Charlie le había escrito era prueba de su amor. Nunca había roto su promesa. Desde el día que estuvieron junto a la tumba de Abelardo y Eloísa. De pronto, Astrid se vio invadida por un poder que la volvió más valiente que nunca.

—¡Michael, si no te apartas de la puerta ahora mismo, juro por Dios que seré yo quien llame a la policía!

—¡Adelante! ¡Así estaremos los dos en los putos periódicos mañana por la mañana! —gritó Michael.

Astrid sacó su teléfono y llamó al 999.

—Michael, ¿todavía no sabes que mi abuela y mi tío Alfred son los mayores accionistas de los medios de comunicación de Singapur? No vamos a salir en los periódicos. Nunca vamos a salir en los periódicos.

16

El 188 de Taiyuan Road

Shanghái

Por qué tengo que enterarme por Eleanor Young de que mi propia hija ha estado a punto de morir? —protestaba Kerry Chu por teléfono.

—No he estado a punto de morir, mamá —contestó Rachel, tumbada en una *chaise longue* de su dormitorio de la residencia de los Bao.

—¡Pues Eleanor me ha dicho que estabas en tu lecho de muerte! ¡Mañana tomaré el primer vuelo a Shanghái!

—No hace falta que vengas, mamá. Te aseguro que nunca he corrido peligro y que ya estoy perfectamente bien —repuso Rachel riendo, tratando de restarle importancia.

—¿Por qué no me ha llamado Nick antes? ¿Por qué soy la última en enterarme de todo?

—Solo he estado unos días en el hospital y, como me he recuperado tan rápido, no he visto motivos para preocuparte. ¿Y desde cuándo has empezado a creerte todo lo que Eleanor te cuenta? ¿Ahora sois íntimas?

—No somos nada de eso. Pero ahora me llama varias veces por semana y no tengo más remedio que responder a sus llamadas.

—Un momento, ¿y por qué te llama varias veces por semana?

—¿Te extraña? Desde que supo en la boda que me dedico a vender casas a los dueños de todas las empresas tecnológicas de Cupertino y Palo Alto, me llama para que la asesore sobre valores bursátiles de esas empresas. Y luego me fastidia con preguntas sobre ti. Cada pocos días quiere saber si hay alguna noticia.

—¿Noticia sobre nuestro viaje?

—No, vuestro viaje no le importa lo más mínimo. ¡Quiere saber si estás embarazada, claro!

—¡Dios! Ya empieza —murmuró Rachel.

—En serio, ¿no sería bonito decir que concebiste a tu bebé en Shanghái? Espero que Nick y tú os estéis esforzando.

Rachel hizo un sonido como si se hubiese atragantado.

—¡Eh! ¡Para, para! No quiero tener esta conversación contigo, mamá. Por favor. ¡Respetemos los límites!

—¿A qué límites te refieres? Tú saliste de mi vagina. ¿Qué tipo de límites hay entre nosotras? Ya tienes treinta y dos años y, si no empiezas pronto a tener hijos, ¿cuándo lo vas a hacer?

—Tomo nota, mamá. Tomo nota.

Kerry suspiró.

—¿Y qué ha pasado con la chica que ha intentado envenenarte? ¿La van a ahorcar?

—Dios mío, no tengo ni idea. Espero que no.

—¿Qué quieres decir con que esperas que no? ¡Trató de matarte!

Rachel soltó un suspiro.

—Es más complicado que eso. No puedo explicártelo bien por teléfono, mamá. Es una larga historia. Una historia que solo podría pasar en China.

—Siempre olvidas que yo soy de China, hija mía. Sé mucho más sobre ese país que tú —dijo Kerry con tono de fastidio.

—Claro, mamá, no me refería a eso. Pero no conoces a la gente y las circunstancias a las que me he visto expuesta desde que he llegado aquí —contestó Rachel sintiendo que la invadía la tristeza al pensar en su encuentro con Colette a primeros de esa semana.

La mañana siguiente a su regreso a Shanghái, Rachel se había visto bombardeada por mensajes de voz de Colette. «Dios mío, Rachel, lo siento muchísimo. No sé qué decir. Acabo de enterarme de lo de Roxanne y todo lo demás. Por favor, llámame».

Y poco después: «Rachel, ¿dónde estás? Por favor, ¿puedo verte? He llamado al Peninsula y me han dicho que no volviste ahí. ¿Estás en casa de los Bao? Llámame, por favor».

Media hora después: «Hola, soy yo otra vez, Colette. ¿Está Carlton contigo? Estoy muy preocupada por él. Ha desaparecido por completo y no responde a mis llamadas ni mis mensajes. Por favor, llámame».

Y luego, por la tarde, un mensaje con voz llorosa: «Rachel, espero y rezo por que sepas que yo no he tenido NADA que ver con esto. Nada en absoluto. Por favor, créeme. Esto es terrible. Por favor, deja que te explique».

Nick estaba convencido de que Rachel no debía responder a ninguna de las llamadas de Colette.

—¿Sabes? La verdad es que no creo que sea tan inocente como asegura Roxanne. Es la responsable última de lo que te ha pasado y preferiría que no la vieras ni hablaras con ella nunca más.

Rachel se había mostrado más compasiva.

—Puedes decir lo que quieras sobre que es una princesita de lo más mimada, pero no puedes decir que no haya sido amable con nosotros.

—Es que no quiero ver que vuelves a sufrir, eso es todo —había dicho Nick con el ceño fruncido por la preocupación.

—Lo sé. Pero no creo de verdad que Colette quisiera hacerme daño y, desde luego, no va a hacerlo ahora. Creo que, al menos, le debo la oportunidad de escucharla.

A las cinco de la tarde siguiente, Rachel había entrado en el hotel Waldorf Astoria del Bund acompañada discretamente por dos guardias de seguridad de Bao Gaoliang que Nick se había empeñado en que la acompañaran. Se había dirigido a la Grand Brasserie, un majestuoso espacio enmarcado por un entresuelo con forma elíptica, altas columnas de mármol que se elevaban hasta la segunda planta y un jardín interior impresionante. Colette se había levantado de su asiento y había corrido hacia Rachel nada más verla.

—¡Cómo me alegra que hayas venido! No sabía si aparecerías —había dicho Colette dándole un abrazo fuerte.

—Por supuesto que iba a venir —había contestado Rachel.

—Aquí sirven un té fabuloso. Debes probar los *scones*. Son como los de Claridges. ¿Qué té quieres tomar? Yo creo que tomaré el Darjeeling, que siempre es el mejor —había parloteado Colette, nerviosa.

—Tomaré lo mismo que tú —había respondido Rachel tratando de que se tranquilizara. Había visto que Colette iba vestida de una forma completamente distinta a la habitual, con un elegante y austero vestido blanco y gris acompañado tan solo por una cruz de Malta hecha con esmeraldas antiguas de cabujón. Llevaba menos maquillaje que de costumbre y parecía tener los ojos hinchados de haber llorado.

—Rachel, debes creerme cuando te digo que no tenía ni idea de que Roxanne iba a hacer lo que ha hecho. Para mí ha sido tan sorprendente como lo ha debido de ser para ti. Jamás ordené a Roxanne que te hiciese ningún daño. Nada en absoluto. Me crees, ¿verdad? Por favor, di que me crees.

—Te creo —había contestado Rachel.

—Ay, gracias a Dios —había dicho Colette con un suspiro—. Por un momento, he creído que me ibas a odiar toda la vida.

—Yo nunca podría odiarte, Colette —había replicado Rachel con suavidad, a la vez que colocaba una mano sobre la de Colette.

Les habían llevado dos teteras humeantes junto con una bandeja alta rebosante de pequeños sándwiches triangulares delicadamente cortados, *scones* y todo un despliegue de dulces. Mientras Colette empezaba a llenar el plato de Rachel de relucientes pastelitos y esponjosos *scones* calientes, había continuado explicándose:

—Fue a Roxanne a quien se le ocurrió la idea de escuchar a escondidas a los Bao después de irnos. Fue todo idea de ella. Pero, después, cuando oímos su conversación, yo me quedé impactada, eso es todo. Lo único en lo que podía pensar era en que le había hecho daño a Carlton, que había hecho que su situación empeorara mucho más. Y en ese momento, solo en ese mismo momento, me enfadé mucho. No contigo, sino con toda la situación. Y Roxanne malinterpretó mis sentimientos.

—Ya lo creo que los malinterpretó —había comentado Rachel.

—Sí, así es. Roxanne y yo... tenemos una relación complicada. Lleva ya cinco años trabajando para mí, fue un regalo de mi padre por mi dieciocho cumpleaños, y me conoce como nadie. Antes de trabajar para mí, tenía un triste trabajo en P. J. Whitney y me está muy agradecida. No tiene nada más: yo soy toda su vida. Es como el personaje de Helen Mirren en *Gosford Park*, el ama de llaves definitiva. Puede anticiparse a mis necesidades antes incluso de que yo las sepa distinguir y en todo momento hace cosas que piensa que son buenas para mí, aun cuando yo no se las pida. Pero ha cruzado el límite. Lo ha cruzado de verdad. Espero que sepas que la he despedido. Le envié un mensaje despidiéndola en cuanto me enteré de todo.

«Sí, estoy segura de que tiene una conexión wifi estupenda en su celda de la cárcel», había pensado Rachel.

—Lo que no tengo claro, Colette, es por qué te enfadaste tanto por que Carlton pudiese perder su herencia. ¿Por qué te importa tanto?

Colette bajó los ojos a su plato y empezó a coger las pasas de su *scone*.

—Creo que no sabes las presiones que he tenido que soportar en mi vida. Sé lo afortunada que soy, créeme, pero toda esta fortuna viene acompañada de unas tremendas cargas. Soy hija única y, desde que nací, mis padres han puesto sobre mí unas enormes expectativas. Me han dado lo mejor de todo, los mejores colegios, los mejores médicos... ¿Sabes que mi madre hizo que me arreglaran los párpados cuando tenía seis años? Durante mi adolescencia, siempre había alguna operación a la que someterme cada año para hacerme parecer más guapa. Pero, a cambio, siempre esperaban que yo fuera la mejor. La mejor del colegio. La mejor en todo. Yo creía que me estaban preparando para tener éxito en los negocios, pero resultó que lo único que querían era que me casara y empezara a darles nietos. Para ellos, yo soy una princesa heredera y lo único que quieren es que me case con un príncipe heredero. Richie Yang era el que ellos habían elegido y se enfadaron mucho cuando le rechacé. Pero es que no le amo, Rachel. Yo quiero a Carlton. Seguro que eso siempre lo has sabido. Y, aunque no esté lista para casarme, quiero que sea con Carlton cuando sí lo esté. Me imagino con él. Tiene ese acento maravilloso, la altura, su hermosa cara. Tendríamos juntos unos hijos preciosos. Mi padre no ve nada de eso. No considera a alguien como Carlton, él solo ve a tipos más tradicionales como Richie. Así que Carlton ya está en la cuerda floja y, si pierde su fortuna, aunque solo sea una pequeña parte, no haría más que perjudicar la idea que mi padre tiene de él. Y eso haría aún más imposible que yo me pudiera casar algún día con él.

—Pero tu familia ya tiene mucho. Más que suficiente para cien generaciones.

—Sé que eso puede tener sentido para ti, a juzgar por cuál es tu procedencia, pero, créeme, mi padre no considera que tenga suficiente. Ni de lejos.

Rachel había meneado la cabeza asqueada.

—Espero que seas consciente de que vas a tener que enfrentarte a tu padre en algún momento.

—Lo sé. Ya lo estoy haciendo. Le dije que no a Richie, ¿recuerdas? Y ahora estoy tratando de demostrar a mi padre que puedo estar estupendamente bien sin su dinero. Sé que me está poniendo a prueba, siempre hace ese tipo de cosas, y sé que no va a cortarme el grifo durante mucho tiempo. A ver, no es que vaya a dejar de pagar al paisajista de mi casa de campo. Pero ahora necesito tu ayuda.

—¿Qué puedo hacer?

Los ojos de Colette se habían inundado de lágrimas.

—Carlton ha respondido por fin al teléfono. Me ha dicho que deje de llamarle. Me ha dicho cosas tan terribles que ni siquiera soy capaz de repetírtelas. ¡Y me ha dicho que no quiere volver a verme! ¿Te lo puedes creer? Sé que está enfadado por lo que te ha pasado. Sé que se siente responsable, que se culpa a sí mismo de algún modo. Por favor, tienes que convencerle de que estás bien y que somos amigas, y que no debe seguir enfadado conmigo. Necesito hablar con él de una cosa muy importante y he de verle cuanto antes. ¿Me ayudarás, por favor?

Rachel se había quedado en silencio, viendo cómo las lágrimas caían por las mejillas de Colette.

—¿Sabes? No he visto a Carlton desde que he vuelto a Shanghái. No ha hablado conmigo ni con sus padres. Creo que aún no está preparado para hablar con nadie.

—Contigo hablará, Rachel, y sé dónde está. Está en la suite Presidencial del Portman Ritz-Carlton. Ahí es donde siempre se esconde. ¿Puedes ir a verle por mí? ¿Por favor?

—No puedo hacer eso, Colette. No quiero obligar a Carlton a que me vea hasta que esté preparado. Y la verdad es que no creo que deba meterme en medio de vuestra relación. Nada de lo que yo pueda decir va a hacer que deje de sentirse como se siente. Tienes que darle tiempo para sanar y él necesita saber por sí mismo qué es lo que quiere.

—Pero él nunca sabe lo que quiere. ¡Tienes que decírselo! —había suplicado Colette—. Creo que, cuantas más vueltas le dé a esto, más se enconará, como con su accidente. Ya estuvo bastante mal cuando se recuperaba del accidente. No quiero que vuelva a convertir su cabeza en un embrollo con esto.

—No sé qué decirte, Colette. La gente es un embrollo. La vida es un embrollo. Las cosas no salen siempre a la perfección solo porque uno lo desee.

—Eso no es verdad. Para mí las cosas siempre terminan saliendo bien —había respondido Colette de forma irreflexiva.

—Pues, entonces, supongo que tendrás que confiar en que esta vez también ocurra lo mismo.

—¿Así que no vas a ir al Portman?

—No le veo sentido.

Colette había entrecerrado los ojos un momento.

—Ah, ya entiendo. No quieres que yo vuelva con Carlton, ¿no?

—Eso no es cierto.

—Sí, ahora lo veo. Quieres castigarme, ¿verdad?

—No entiendo...

Sigues enfadada por lo que te ha pasado.

Rachel había mirado a Colette con frustración.

—No estoy enfadada contigo. Sentí pena por ti, pero nunca estuve enfadada de verdad.

—¿Sentiste pena por mí?

—Sí, me dio pena toda la situación, que las cosas llegaran a un punto en que Roxanne sintiera la necesidad de...

De repente, Colette había dado un puñetazo en la mesa.

—¿Cómo te atreves a sentir pena por mí? ¿Quién te crees que eres?

Rachel se había echado hacia atrás, asustada.

—Eh..., no lo decía como un insulto, Colette, solo decía que...

—¡Yo sí sentí pena por ti, Rachel Chu! Pensé: pobre y patética huerfanita de América. He pagado tus comidas, te he invitado a mi casa, has volado en mi avión, he pagado todo el maldito viaje a París. Te he dado acceso especial a los lugares más exclusivos del mundo y te he presentado a todos mis amigos más importantes, ¿y ni siquiera puedes hacerme este pequeño favor?

«Dios mío, se le está yendo la cabeza». Rachel había tratado de mantener la calma.

—Colette, creo que no estás siendo sensata. Te agradezco toda la generosidad que has mostrado por Nick y por mí, pero no creo que me corresponda a mí decirle nada a Carlton, sobre todo si es en referencia a su relación contigo.

—Nunca has sido mi amiga de verdad, ¿no? Ahora lo veo claro, con tu barata ropa americana y tus baratas joyas —había contestado Colette con desprecio.

Rachel se había quedado mirándola, impactada. «¿De verdad estaba pasando aquello?». Había podido ver que todas las mujeres bien arregladas presentes en el comedor las estaban observando ahora. Los dos guardias de seguridad se habían acercado corriendo por detrás de la silla de Rachel.

—¿Va todo bien, señorita?

—¿Has traído seguridad? ¿Quién te crees que eres? Esto sí que es gracioso. ¿Ahora intentas imitarme? ¡Pues yo tengo el doble de guardias de seguridad que tú! Roxanne tenía razón con respecto a ti desde el principio. Me has tenido envidia desde el primer día y has estado tramando alejar a Carlton de mí y de su familia. A ti te viene de maravilla, ¿no? Quieres todo su dinero para ti sola. Pues, por lo que a mí respecta, puedes quedarte con sus tristes mil quinientos millones. Eso no es nada comparado con lo que posee mi familia. ¡Jamás en tu vida vas a llegar a lo que yo tengo! Ni todo el dinero del mundo podrá comprar jamás mi estilo ni mi gusto porque siempre serás una mujer corriente. ¡No eres nada más que una bastarda corriente!

Rachel se había quedado completamente inmóvil un momento, sintiendo cómo la cara le empezaba a hervir. Tras decidir que no iba a soportar ni un segundo más de enloquecidos insultos por parte de Colette, había empujado su silla hacia atrás y se había levantado de la mesa.

—¿Sabes? Esto va más allá de lo absurdo. Por un tiempo, me había sentido realmente mal por ti, a pesar de haber estado gravemente enferma por tu culpa. Pero ahora no siento más que pena por ti. Tienes razón, nunca voy a ser como tú. ¡Muchas gracias por el cumplido! No eres más que una mierdecilla consentida y engreída. Y, al contrario que tú, yo estoy orgullosa de mis raíces. No hablo de mi padre biológico, sino de la madre honesta y trabajadora que me ha criado y la increíble familia que la ha apoyado. No hemos hecho una gran fortuna de la noche a la mañana ni vamos a necesitar nunca contratar a ningún mayordomo que nos enseñe modales. No vives en el mundo real, nunca lo has hecho, así que no voy a intentar siquiera discutir contigo. Esa labor queda muy por encima de mi sueldo como para molestarme. Quédate en tu perfecta y lujosa burbuja mientras las empresas de tu padre son las que más contaminan de toda China. ¡Podrás tener todo el dinero del mundo, pero eres la niña más pobre a nivel moral que he conocido nunca! ¡Crece, Colette, y haz algo en la vida!

Dicho eso, Rachel había salido del hotel al Bund seguida de cerca por los dos guardaespaldas.

—¿Llamamos al coche, señorita? —había preguntado uno de ellos.

—¿Sabes qué? Si no os importa, voy a tomar un poco el aire. Creo que puedo ir sola desde aquí. Os veré en casa, chicos.

Rachel había empezado a caminar por el famoso bulevar en curva, levantando la vista hacia los relucientes edificios *art déco* y las rojas banderas chinas que aleteaban por encima de ellos. Al pasar junto a unos novios felices que se hacían fotos en la puerta del hotel Peace, había comenzado a sonar su teléfono. Era Carlton.

—¡Rachel! ¿Estás bien? —había exclamado con tono angustiado y eufórico a la vez.

—Claro. ¿Por qué?

—Por esa discusión que acabas de tener con Colette...

—¿Cómo lo has sabido? —había preguntado Rachel con voz entrecortada.

—Alguien lo ha grabado todo en vídeo con su teléfono desde el entresuelo justo por encima de vuestra mesa. ¡Se ha vuelto viral en WeChat! «Épica humillación de la zorra mimada», así lo han llamado. ¡Ostras! ¡Ya lleva nueve millones de visualizaciones!

17

Periódicos de todo el mundo

LOS ANGELES DAILY NEWS

NIÑA DE MAR VISTA SECUESTRADA
EN AVIÓN PRIVADO

Última hora — El aeropuerto de Van Nuys fue anoche el escenario de una persecución a gran velocidad sobre las 21:50 cuando unos agentes del Departamento de Policía de Los Ángeles salieron detrás de un avión privado que llevaba en su interior a la víctima de un secuestro de dos años y medio de edad mientras aceleraba por la pista 16R. Al menos, cuatro coches patrulla participaron en la persecución del avión, pero no consiguieron evitar que despegara y saliera del espacio aéreo estadounidense.

Minutos antes, el padre de la niña, Bernard Tai, había realizado una llamada urgente al 011 denunciando que su hija, Gisele, había sido secuestrada en su casa del número 11950 de Victoria Avenue en Mar Vista. La cuidadora de Gisele había dejado entrar en la casa a una mujer sin identificar mientras Tai estaba fuera y la mujer se había marchado con la niña. Cuando la policía localizó a Gisele en el aeropuerto de Van Nuys, ya estaba a bordo del avión privado.

Tai, ciudadano de Singapur pero residente en Los Ángeles, informó de que se encuentra desempleado y le dijo a la policía de Los Ángeles que dedica todo su tiempo al cuidado de Gisele. Tai no ha hecho más declaraciones. El Departamento de Policía de Los Ángeles no emitirá más información relativa al avión a la espera de nuevos resultados en la investigación.

LOS ANGELES TIMES

NIÑA HEREDERA SECUESTRADA POR SU MADRE

Los Ángeles — En un sorprendente giro de los acontecimientos en el misterioso «secuestro del avión privado» de una niña en Mar Vista hace dos días, *Los Angeles Times* ha averiguado que a la víctima del secuestro, Gisele Tai, se la llevó su madre, la antigua actriz de telenovelas de Hong Kong Kitty Pong. Gisele es la heredera e hija única de Bernard Tai, presidente y consejero de TTL Holdings, que tiene su sede en Hong Kong.

Se dice que Tai, que declaró a la policía de Los Ángeles que estaba desempleado, tiene un patrimonio de más de cuatro mil millones de dólares y que es propietario de lujosas residencias por todo el mundo. También es el dueño del megayate de ciento veinte metros *Kitty en abundancia*. Sin embargo, durante los últimos dos años Tai y su familia han residido tranquilamente en una casa de doscientos sesenta metros cuadrados en el barrio de clase media-alta de Mar Vista. «Siempre sospeché que Bernard tenía dinero, pero nunca supe que tenía tanto dinero. Sabía que se había mudado a Mar Vista porque quería criar a su hija prestándole toda su atención. Es un padre buenísimo. No vi a la mujer ni una sola vez», ha dicho Linda C. Scout, que daba clases de Nia con Tai.

Hace dos noches, la chef personal de Tai, Milla Lignel, que reside en la casa y que estaba cuidando de la niña esa noche, dejó que la madre de la niña, Kitty Pong, entrara en la casa. Pong, que actualmente está separada de su marido y vive en Hong Kong, se llevó a su hija de la casa. «*Madame* me pidió que le preparara una tortilla y solo tardé *cinq* minutos, pero, cuando terminé la tortilla, *madame* y Gisele habían desaparecido», ha declarado Lignel entre lágrimas.

Tai supo que algo pasaba cuando le entregaron los documentos del divorcio mientras estaba en un taller de sanación con baño de sonido en Santa Mónica. Tras hablar con la señorita Lignel, sospechó de inmediato que su mujer tenía intención de salir del país con su hija. El Departamento de Policía de Los Ángeles ha confirmado que Tai había activado un GPS secreto en las zapatillas TOMS de Gisele que también alertó a la policía. La policía siguió a la niña hasta el aeropuerto de Van Nuys, pero ya era demasiado tarde para detener al avión privado Boeing 747-81.

El agente Scot Ishihara, que estaba en el lugar, ha declarado con voz calmada: «Lo perseguimos, pero es difícil detener el despegue de un jumbo de 450 toneladas».

Al parecer, Tai, que ha presentado una denuncia por secuestro contra su esposa en Los Ángeles, ha salido del país. Las llamadas a la sede central de TTL en Hong Kong no han recibido respuesta.

SOUTH CHINA MORNING POST

KITTY TAI HUYÓ CON SU HIJA EN EL AVIÓN DE UN MULTIMILLONARIO DE LA CHINA CONTINENTAL

Hong Kong — El Departamento de Policía de Los Ángeles, junto con agentes del aeropuerto de Van Nuys de Los Ángeles, puede confirmar ya que el Boeing 747-81 utilizado en el supuesto «secuestro» de la heredera Gisele Tai por parte de su madre, Kitty Tai, pertenece al industrial chino Jack Bing.

El señor Bing, quien se dice que es dueño de un patrimonio superior a los veintiún mil millones de dólares, prestó, al parecer, a la señora Tai su avión de trescientos cincuenta millones de dólares por petición de un amigo común. El representante del señor Bing ha emitido hoy este comunicado: «El señor Bing presta sus aviones de vez en cuando a distintas personas y organizaciones con fines humanitarios. El señor Bing no conoce a la señora Tai, pero le solicitaron que prestara su avión para lo que él tenía entendido que era una misión de rescate humanitario. Ni el señor Bing ni su familia han tenido ningún papel en lo que se trata de un asunto familiar y privado de los Tai».

Tras una breve parada para repostar en Shanghái, el avión de Bing aterrizó en Singapur, donde representantes de la señora Tai dicen que tiene la intención de divorciarse de Bernard Tai y solicitar la custodia compartida de su hija. Tai, que ha llegado a Singapur hoy mismo, ya ha presentado una contrademanda por secuestro tanto en Los Ángeles como en Singapur.

En unas breves declaraciones después de aterrizar en el aeropuerto de Changi, Tai, cuyo rostro parece drásticamente alterado por la cirugía plástica, ha dicho: «Mi mujer nunca ha tenido un rol activo en la educación de nuestra hija y este hecho está bien documentado y puede confirmarse consultando cualquier revista de sociedad donde se podrán ver todos los eventos a los que mi esposa ha asistido en Asia mientras su hija estaba en Los Ángeles. Gisele ha pasado la mayor parte de su vida racional en Los Ángeles y está perdiéndose la oportunidad de disfrutar de un aprendizaje y un desarrollo muy valiosos. Esta es una tragedia de proporciones épicas y Gisele necesita regresar de inmediato con aquellos que de verdad la quieren y la saben cuidar».

La señora Tai no ha prestado declaraciones.

NOBLESTMAGAZINE.COM.CN

Las exclusivas más recientes de la columnista de noticias de sociedad más fiable, Honey Chai

¿Están todos sentados? ¡Porque tengo tantas cosas suculentas para ustedes que muy bien podríamos hacer con ellas un postre gigante! Recuerden, la primera exclusiva la leyeron aquí ANTES: ¡La mujer de **Bernard Tai,** alias **Kitty Pong,** es la amante de **Jack Bing!** Fuentes de toda confianza me han dicho que Pong y Bing llevan juntos desde hace ya un tiempo. Se conocieron hace dos años en —atención— el funeral del suegro de Kitty, *Dato' Tai Toh Lui.* Tai fue un gran mentor de Bing y, al parecer, saltaron chispas de verdad en el crematorio cuando Jack conoció a Kitty. Mientras tanto, se dice que una destrozada señora Bing ha ingresado en el balneario de Brenners Park-Hotel de Baden-Baden, Alemania. **Colette Bing,** que sin duda está furiosa con su padre, ha salido también de Shanghái y se la ha visto por última vez besuqueándose con cierto conocido *playboy* en una discoteca de Ibiza.

Lo cual me lleva a mi siguiente exclusiva: todo el planeta ha visto a estas alturas el vídeo que se ha filtrado con la épica humillación de Colette por parte de una mujer sin identificar. Es el vídeo que provocó que Prêt-à-Couture cancelara el contrato multimillonario con Colette. Ahora puedo revelar que esa mujer, cuyo monólogo se ha convertido en el grito de guerra de todos los no multimillonarios de China (y, por desgracia, aún quedamos muchos que no hemos conseguido entrar en la lista de *The Heron Wealth Report*), no es otra que **Rachel Chu,** la hermana del examante de Colette, **Carlton Bao.** (¿Me siguen todavía?). En fin, el vídeo también provocó la ruptura de Carlton y Colette y, cuando pregunté a Carlton cómo estaba la otra noche en el bar DR, él me miró con el ceño fruncido y dijo: «¿Qué ruptura? Yo siempre he dicho que Colette no era mi novia. Pero ella ha sido una buena amiga en una época en la que necesitaba tenerla y le deseo lo mejor». Eso es lo que yo llamo responder con clase.

Hablando de clase, los padres de Carlton, **Bao Gaoliang** y su esposa, **Bao Shaoyen,** celebraron anoche una cena de despedida en Yong Foo Elite para su hija, Rachel Chu, y su marido, el profesor **Nicholas Young,** que regresan en breve a Nueva York. Nadie pudo contener las lágrimas en la sala de estilo *art déco* cuando Bao hizo un emotivo brindis por su hija, «tanto tiempo perdida», recordando la desgarradora historia de su juventud y de cómo rescató a su pequeña hija y a su madre de las garras de una familia maltratadora. La reluciente muchedumbre entre la que se encontraban las familias más importantes de la política y las finanzas aplaudieron con fuerza tras su discurso, incluido el titán de la tecnología **Charles Wu. Wu,** que ha sorprendido a *le tout* Hong Kong con el anuncio de su separación de su esposa, Isabel, apenas hace unas semanas, pasó toda la noche pegado a una hermosa dama que llevaba un maravilloso vestido blanco plisado de caerte muerta. Muchos de los asistentes a la fiesta parecían conocerla, pero no logré averiguar su nombre en ningún momento.

Cuando puedo hablar de Yong Foo Elite, familias maltratadoras y chicas con vestidos blancos en un mismo párrafo, sé que va siendo hora de terminar mi columna. Mientras, manténganse atentos a las siguientes noticias de la aventura amorosa Bing-Pong. ¡Yo solo sé que va a haber más bombas estallando a nuestro alrededor una vez que todos los departamentos legales se pongan en marcha!

—¿Qué demonios estás haciendo? —gritó Corinna cuando por fin pudo ponerse en contacto con Kitty.

—Ya veo que has leído el periódico de esta mañana. ¿O has leído la última publicación de Honey Chai? —dijo Kitty entre risas.

—¡Casi parece que estés orgullosa de lo que has hecho!

—¡Estoy orgullosa de lo que he hecho! Por fin he alejado a Gisele de Bernard.

—¡Pero has echado a perder por completo todo el trabajo que hemos estado haciendo! ¡Este escándalo va a causar un daño incalculable a tu reputación en Hong Kong! —se quejó Corinna.

—¿Sabes? Ya no me importa nada de eso. Ada Poon puede quedarse con todo Hong Kong. Yo estoy ahora en Singapur y hay muchos extranjeros encantadores aquí que saben divertirse y no les importa un pimiento la alta sociedad. Y acabo de mudarme a una casa nueva y fabulosa de Cluny Park Road. En realidad es una casa muy antigua, pero ya sabes a qué me refiero.

—Ay, Dios. ¿Eres tú la compradora misteriosa de la casa de Frank Brewer?

—Ja, ja. Sí, aunque, entre tú y yo, ha sido un regalo de Jack.

—Entonces, Honey Chai no se lo ha inventado. ¡Eres la amante de Jack Bing!

—No soy su amante. Soy su amiga. Jack ha sido un amigo maravilloso para mí. Me ha regalado muchas cosas preciosas y nos ha rescatado a mi hija y a mí del aquel agujero que era Mar Vista. Resulta gracioso que el barrio se llamara así cuando la única vista que teníamos era la maldita autopista 405.

Corinna soltó un suspiro.

—Supongo que no puedo culparte de haber escapado de allí. ¿Cómo está Gisele?

—Está todo lo feliz que pueda estar cualquier niña de su edad. Se encuentra en el jardín jugando en el columpio con su abuela. Y ha descubierto cosas maravillosas, como las tartas de piña y las muñecas Barbie.

—Bueno, espero que no te arrepientas de lo que has hecho —dijo Corinna con tono de preocupación.

—Más alto, creo. Perdona, ¿qué me decías, Corinna? —preguntó Kitty, distraída por un momento.

—Decía..., da igual. Espero que puedas solucionar las cosas con Bernard de forma cordial.

—¿Qué significa «cordial»?

—De manera amistosa, pacífica.

—Yo no quiero ninguna guerra con Bernard. Solo deseo que pueda compartir a Gisele conmigo, eso es todo.

—Ese es el espíritu. En fin, buena suerte, y asegúrate de llamarme la próxima vez que vengas a Hong Kong.

—¡Llevaremos a Gisele a merendar al Four Seasons!

—No, al Mandarin. Siempre al Mandarin. Y no digas «merendar». La merienda es solo para los obreros de las fábricas. Se dice «tomar el té».

—Claro. Lo que tú digas, Corinna.

Kitty colgó el teléfono y dio unos pasos atrás.

—¿Sabes, Oliver? Tenías razón. No hacía falta ponerlo más alto. Vamos a colocarlo de nuevo donde tú lo tenías al principio.

Oliver T'sien le guiñó un ojo.

—Tenía razón cuando te dije que compraras esta casa y tenía razón cuando te dije que compraras el cuadro, ¿verdad? Siempre me lo imaginé exquisitamente colgado de esta pared. Es por cómo se filtra la luz por esas ventanas de vidrio de plomo.

—Tienes razón, va a quedar de lo más exquisito —dijo Kitty mirando por la ventana mientras los obreros volvían a colgar *El Palacio de las Dieciocho Excelencias* sobre la pared de su sala de estar.

Agradecimientos

No podría haber escrito este libro sin la ayuda, la inspiración, la pericia, la paciencia, el apoyo, la sabiduría y el buen humor de todas estas personas tan importantes:

Alan Bienstock
Ryan Matthew Chan
Lacy Crawford
Cleo Davis-Urman
David Elliott
Simone Gers
Aaron Goldberg
Jeffrey Hang
Daniel K. Isaac
Jenny Jackson
Jeanne Lawrence
Baptiste Lignel
Wah Guan Lim
Carmen Loke
Alexandra Machinist

Pang Lee Ting
David Sangalli
Jeannette Watson Sanger
Sandi Tan
Jackie Zirkman

Este libro
se publicó en España
en el mes de febrero de 2019

megustaleer

Esperamos que
hayas disfrutado de
la lectura de este libro
y nos gustaría poder
sugerirte nuevas lecturas
de nuestro catálogo.

Si quieres formar parte de nuestra
comunidad, regístrate en
www.megustaleer.club y recibirás
recomendaciones de lecturas
personalizadas.

Te esperamos.